LE CHEVALIER

DE

SAINT-GEORGES

PAR

ROGER DE BEAUVOIR

NOUVELLE ÉDITION

PARIS

MICHEL LÉVY FRÈRES, ÉDITEURS

RUE VIVIENNE, 2 BIS, ET BOULEVARD DES ITALIENS, 15

A LA LIBRAIRIE NOUVELLE

—

1869

COLLECTION MICHEL LÉVY

LE CHEVALIER
DE SAINT-GEORGES

OUVRAGES

DE

ROGER DE BEAUVOIR

Publiés dans la Collection Michel Lévy

CLICHY. — Imprimerie Maurice Loignon et Cie, rue du Bac-d'Asnières, 12.

LE CHEVALIER

DE SAINT-GEORGES

I

L'ajoupa.

FAUST : Comme le vent s'agite dans l'air!
De quels coups il frappe mes épaules !
(*La Nuit du Sabbat*, scène Ire.)

Un soir du mois de juin 17.., après le coucher du soleil, dans le canton de l'Artibonite, à Saint-Domingue, cinq personnes étaient réunies dans l'intérieur d'un *ajoupa*, d'où ressortait, à l'extérieur, la fumée des tiges de cardasses allumées pour donner la chasse aux maringouins. Les vapeurs oranges qui doraient, une heure auparavant, les pitons du Gros-Morne s'étaient fondues en masses ténébreuses à l'horizon ; l'écho trop fidèle de ces montagnes grossissait les éclats de la foudre. Les beaux arbres à verdure fraîche et riante, enchaînés l'un à l'autre par des guirlandes de convolvulus et de lianes qui avoisinent l'Ester et en ombragent les écores, courbaient le front sous cette bourrasque inattendue. L'eau de l'Ester, tranquille et limpide au point d'y suivre les jeux du poisson à vingt pieds de profondeur, soulevaient de longues spirales de poussière formant une sorte de trombe ; les gramens à tiges desséchées jonchaient le sol. L'ouragan, dont les éclairs croissaient, promenant ses lueurs et son murmure jusque sous les campêches les plus touffus et faisant voler devant lui, comme un sinistre avertissement de son courroux, les crâbiers et les aigrettes, semblait prendre plaisir en ce moment à démembrer la couverture de l'*ajoupa*.

Élevée à quelques centaines de toises de la belle habitation de la Rose, qui appartenait, à cet époque, à M. de Boullogne,

1

alors contrôleur général, cette chaumière, protégée par sa seule toiture de feuilles de palmier, s'offrait à l'œil dans un tel état de vétusté qu'on aurait pu croire qu'elle ne tarderait pas à s'affaisser un jour sur elle-même. Elle ressemblait assez, par sa forme conique, aux tentes nommées canonnières. Quatre bambous, fichés autour d'elle, semblaient la retenir sur le penchant de sa ruine; toutefois elle était encore joyeuse et répondait à ces préludes de l'orage par le chant maigre et monotone du banza, cet instrument dont la danse du nègre s'accompagne. Meublée à l'intérieur de calebasses sciées transversalement par le milieu en guise de plats, de quelques peaux de bœufs ou nattes de paille au lieu de lits, elle avait l'air de protester contre la tempête par le tintement répété de ses *sicayes*, cuillères du pays faites d'une tranche de calebassier marron que ses cinq convives frappaient en mesure l'un contre l'autre. Le vent soulevait en vain au dehors les lanières de cette misérable cahute; en vain il éparpillait, en se glissant sous la porte, les cendres de son foyer, le bruit des cuillères et le son du banza y duraient encore.

Ainsi que nous l'avons dit, il y avait cinq êtres humains réunis au moment de cet ouragan sous l'*ajoupa*. Ce groupe curieux se composait d'une négresse, d'un vieux nègre guinéen jouant avec les charbons du feu qu'il affectait de prendre avec les mains de temps à autre, comme étant sûr qu'il n'en serait point brûlé, de deux enfants, l'un négrillon, l'autre mulâtre; enfin, d'un blanc armé d'un long fouet et portant à sa veste un petit sifflet d'ivoire.

Éclairées en ce moment par la vive lueur du bois-chandelle que la négresse se vit contrainte d'allumer pour lutter contre ces ténèbres inattendues, ces figures offraient une étude intéressante de castes distinctives.....

Celle de la maîtresse du lieu eût attiré la première votre attention.

Cette femme avait dû être belle, de la beauté que possèdent les négresses esclaves aux colonies; elle conservait encore une incontestable perfection de formes sous ses haillons. Les rugosités de sa peau et l'altération de ses traits faisaient rêver douloureusement à son masque ancien de beauté; ses cheveux gardaient un luisant de jais, son œil palpitait brillant comme la flamme d'un flambeau qui va s'éteindre. La fièvre donnait à ses joues une couleur livide et plombée; mais ce site aride et plein de maigreur s'était vu peut-être autrefois réjoui par les fraîches brises, ce visage d'esclave avait eu la jeunesse et la fraîcheur du fruit. A vingt ans, une négresse est déjà vieille aux colonies, pour peu qu'elle ait servi d'instrument et de ragoût au libertinage; celle-ci, qui en avait à peine vingt-huit, n'était déjà plus que l'ombre d'elle-même. Le soleil des Antilles, la fièvre et la misère avaient consommé leur œuvre sur elle comme autant de génies irrités. Le blanc de son œil était imbibé de ces pleurs avares dont la résignation seule contient la digue. Sous cet ensemble inculte et ces infirmités précoces perçait toutefois une force inouïe de volonté. Son visage exprimait à la fois la résolution et la souffrance. La tête nue, le corps à peine couvert d'un *tanga* en lambeaux, cette créature hébétée pinçait machinalement les cordes de son banza, contemplant avec une fixité de regard stupide la danse de deux enfants au fond de la hutte, et s'inquiétant peu du bacchanal triomphant que faisait l'orage.

Tandis qu'ils brossaient de leur pied endurci la terre poudreuse de l'*ajoupa*, en dansant au son de sa musique, elle prêtait machinalement l'oreille aux paroles inintelligibles que le vieux nègre guinéen marmottait en touchant d'une main hardie les charbons du feu. Cet homme, accueilli par la négresse dans l'*ajoupa* aux premiers coups de la foudre, paraissait exercer une sorte de terreur magique sur son esprit; il venait de quitter la natte où figuraient encore les bananes boucanées pour le repas, quelques herbes cuites et des crabes. Ceux qui connaissent la secte idolâtre appelée du nom de *vaudoux*, à Saint-Domingue, l'auraient peut-être accusé de n'être point alors dans tout le charlatanisme de son costume. En effet, il ne portait guère que son collier de dents de caïman, une culotte courte de nankin, retenue au genou par deux boucles d'acier bruni escroquées à quelque créole, des plumes de toutes couleurs entremêlées à l'aventure dans ses cheveux, et un fétiche assez laid sur la poitrine. Son menton et ses joues n'étaient pas ce soir-là colorés, comme de coutume, de ce rouge vif qui imite le sang, et il s'était dispensé de porter à toutes les articulations les paquets de têtes de couleuvres, talismans inséparables de sa secte.

Assis devant les tisons de l'âtre, il poursuivait en lui-même une sorte de conjuration mystérieuse.....

La négresse avait placé à côté de lui une bouteille de tafia, comme pour le payer d'avance de ses frais cabalistiques, et

s'entretenait de temps à autre avec lui en langage guinéen. Le
blanc qui fumait dans sa hutte semblait à peine l'occuper, et,
bien qu'il fût gérant de la cotonnerie dont elle dépendait, elle
avait cru faire assez pour lui en rassemblant, sur une natte à
part, quelques pommes roses et des sapotilles choisies.

La *chica* finie, les deux enfants qui l'avaient dansée s'accrou-
pirent près du feu. Le négrillon tendit sa main au vaudou, qui
venait de boire deux ou trois gorgées de tafia, et il lui demanda
sa bonne aventure sur cette main, tandis qu'il lui présentait
dans l'autre une poignée de beaux coquillages.

Pour l'autre enfant, dont la couleur était celle d'un mulâtre,
il refusa, malgré les instances de Noëmi, la négresse, de présenter sa main au jongleur. Couché auprès de la natte du gérant, qui bourrait pour la troisième fois sa pipe, il s'occupait à
graver un nom sur un couis, gobelet ordinaire des nègres.....

Si la différence de couleur demeurait sensible entre ces deux
enfants, celle du caractère et de l'organisation paraissait aussi
évidente. Le négrillon, pour être moins lourd et moins rustre
qu'un de ses aïeux africains, restait tout aussi mal partagé du
côté de la grâce et de la tournure. Ses épaules étaient trapues,
sa lèvre gloutonne, son front avancé. Superstitieux comme
tous les nègres, il affichait surtout une grande vénération pour
le suif de France, dont il s'était frotté tous le corps, et de plus
un culte ardent pour les fétiches ou gris-gris dont il avait orné
l'*ajoupa* de sa mère négresse. Ce soir-là, Zäo, c'était le nom de
ce nègre, avait, contre son habitude, l'œil plus vif et plus brillant, sa pose était emphatique en tendant sa main au vaudou,
et tout annonçait un ébranlement intérieur dans sa nature.

— Eh bien Zäo, que veux-tu que je fasse de ta main ? répliqua le vieux jongleur en ayant l'air d'interroger les doigts du
noir, je n'y vois pas, ami Zäo, de trop bonnes lignes..... —
Maître, reprit Zäo avec une persistance de néophyte, interrogez
Dompête, votre Dieu et votre chef, qui lit jusque dans les veines
de nos mines, vous me direz à quoi Dompête destine Zäo? —
Mais apparemment à satisfaire tes supérieurs, répondit le vaudou, gêné par la présence du gérant, qui l'écoutait d'un air de
cacique. Tu continueras Zäo, à peigner l'aloès-pitt et à en tirer,
pour tes maîtres, une filasse d'un lin éblouissant ; tu tresseras
des joncs et en formeras de jolies nattes, destinées au service
de table ; tu chasseras même le caïman, si cela peut te faire
plaisir.....

Ici le vaudou but une seconde gorgée de tafia.

— J'entends bien, maître; Zäo est capable de toutes ces choses, mais il y en a d'autres encore. Par exemple, ne nous disiez-vous pas, l'autre été, dans un *calenda*, près de la Petite-Rivière, qu'il y avait en ce canton même, sur les grands Cahos, je crois, une belle grosse grappe attachée à la plus haute croupe du premier morne et nommée la grappe libre? Ceux qui mordaient, selon vous, à cette grappe avaient la promesse de Dompète de n'être plus esclaves à leur seizième année révolue ; or, comme à la lune qui vient j'aurai seize ans... — Veux-tu bien te taire, maudit crabe, interrompit le vaudou en faisant craquer sous sa main osseuse les doigts de Zäo, dont l'indiscrétion lui déplut. Tu ne vois donc pas, continua-t-il plus bas, que nous ne sommes pas seuls? Prends garde à toi, Zäo, je te livrerai au serpent de Dompète si tu ne contiens ta langue!

Cette menace fit une grande impression sur Zäo, qui s'agenouilla devant le vaudou et se coucha à ses pieds comme un jeune dogue. L'orage continuait avec fureur et faisait bruire chaque feuille de l'ajoupa. Le gérant, homme de quarante années, avait lancé au vaudou un de ces regards significatifs qui traduisait assez la défiance que lui inspiraient ses principes de liberté en faveur de la négraille. Le vaudou se sentit blessé jusqu'au fond de l'âme de ce regard méprisant et courroucé. Ce n'est pas que l'ensemble de Joseph Platon, gérant de l'habitation de la Rose, fût redoutable; mais le vaudou se repentait d'avoir ainsi mis à jour, pour une bouteille de tafia, la partie la plus dangereuse de sa doctrine devant un blanc, qui pouvait le dénoncer ou le faire traquer comme une bête fauve dans un calenda, malgré son titre de grand prêtre. D'un autre côté, Noëmi, attentive aux mouvements du vaudou, le pressait d'achever ce qu'il appelait la conjuration ; seulement il était facile de lire dans son regard le déplaisir qu'elle éprouvait de l'indifférence du jeune mulâtre devant le charme commencé...

Cet enfant, plus jeune de quatre ans que le négrillon Zäo, avait résisté, comme on l'a pu voir, à l'invitation de Noëmi avec la fierté d'un vrai créole. Laissant son aîné humblement roulé aux pieds du vaudou, il mâchait tranquillement le tabac que lui avait donné M. Platon.

L'expression dédaigneuse qui se faisait jour dans ses moindres traits avait droit de surprendre chez un mulâtre; mais il faut se hâter de dire que cette nature bâtarde se serait relevée bien vite, même à l'œil jaloux d'un blanc, de toute l'énergie et la finesse de sa trempe.

Singulièrement souple, elle gardait dans chacune de ses fibres une grande valeur d'agilité et de force; elle aspirait déjà la vie et la passion. Le corps de cet enfant mulâtre semblait avoir été jeté dans un moule à part, la puissance physique s'y faisait sentir avant tout; les pieds en étaient à la fois fermes et minces, le torse aussi fort que celui d'un jeune tigre. Pour son col, il était implanté vigoureusement et avec un air réel de noblesse, son jarret semblait tenir du jarret du basque pour la promptitude et l'adresse; ses bras étaient longs et bien attachés. Malgré ses cheveux, aussi crépus que ceux de Zäo, et sa couleur plus foncée que ne l'est ordinairement celle des mulâtres, il l'emportait sur le nègre de toute la supériorité du maître sur l'esclave. Sa bouche ne s'était point agrandie à l'instar de celle de Zäo, pour aller au devant de la nourriture; ses organes ne semblaient pas dressés au larcin dès l'enfance, comme ceux de la plupart des nègres. Zäo promenait partout son regard hébété, il ne semblait avoir aucune conviction de sa force; c'était une misérable nature d'enfant, fait pour obéir ou pour voler, et se jeter ensuite la face contre terre et les mains sur la poitrine dans quelque jonglerie superstitieuse. Le mulâtre différait en tout de son cousin (car Zäo était le fils de la propre sœur de Noëmi, qui le lui avait recommandé en mourant). Jeune plongeur, entouré de reptiles voraces, on le voyait déjà défier le caïman, ou chasser, en se traînant sur le ventre, dans l'eau peu profonde des lagons, portant le fusil du gérant de l'habitation sur sa tête, et tuant d'un seul coup plusieurs pintardes maronnes. Doué, comme tous les mulâtres, d'une aptitude singulière pour les arts d'imitation, cet enfant de douze ans était déjà, à son insu, un artiste. Son oreille était sensible à la musique; avec quelques mots pris au hasard, il se formait un rhythme et une chanson. Pendant que Zäo, ses deux bras sous le menton, regardait stupidement brûler les bouses sèches ou mangeait des melons d'eau à moitié mûrs, le mulâtre s'en allait causer avec les domestiques blancs de l'habitation, qu'il récréait par ses tours d'adresse, ou bien, de concert avec les postillons nègres de Saint-Domingue, il courait près d'eux éprouver la bonté de leur attelage, au grand galop, par les chemins les plus difficiles. Parfois on l'avait vu, à Saint-Marc ou au Port-au-Prince, faire des tours de voltige sur un mulet qui n'était ni sellé ni bridé, tirant en l'air un ramier avec son fusil, et s'élançant de là pour escalader la croupe de mornes pierreux et sans verdure. Amené, il n'y avait pas trois ans, à Saint-Domingue par Noëmi, qui revenait alors de la Guadeloupe, il s'était vu, ainsi que sa mère nourrice, porté sur l'habitation de M. de Boullogne, située à l'Artibonite. Joseph Platon, le gérant de la cotonnerie, demeurait son surveillant et son Mentor.

L'intelligence de M. Joseph Platon, il faut le dire, ne lui donnait guère de droits à une pareille charge ; mais comme c'était lui qui s'était institué de son plein consentement le patron de ce jeune mulâtre, nommé Saint-Georges, il en résultait que son élève lui faisait honneur devant les autres esclaves de l'habitation, qu'il menait très-gaillardement à coups de fouet. M. Joseph Platon s'était de bonne heure embarqué pour les colonies avec peu d'argent et beaucoup de résolution, comme cela se pratiquait avant les temps qui précédèrent les désastres de Saint-Domingue. Nommé d'abord commis aux gabelles par la protection de M. de Boullogne, du ressort de qui cet humble poste dépendait, il y avait encouru certains désagréments qu'il n'avait, hélas ! que trop prévus, tels que platassades et coups de gaule de la part de quidams outrés et mal appris qui font du rat de cave une véritable victime. L'idée de se venger de ses infortunes sur une partie de la société le tourmentant, il avait résolu de faire payer aux nègres des Antilles son passé d'étrivières et d'écorchures. Les citronniers, le ben odorant et les figues bananes l'attiraient moins aux colonies que l'espoir de la domination, et Barthélemi de Las Casas, qui plaida la cause des insulaires opprimés, lui aurait paru dans l'histoire un homme bon à pendre. Le génie de Joseph Platon, si l'on peut toutefois nommer génie l'ambition de la médiocrité, consistait dans une gestion plus heureuse que régulière, une grande fanfaronnade d'aptitude et une tenacité de routine qui aurait fait honneur à un alcade espagnol.

D'une nature poltronne, il s'appuyait sur le code de la force et de l'autorité, comme tous les gens qui ne sont eux-mêmes que des instruments vis-à-vis d'autres machines. Le chef abrité par un énorme chapeau de paille et les yeux munis de lunettes vertes que la réverbération fatigante du tuf blanc, qui abonde aux colonies, ainsi que la chaleur violente lui avaient fait adopter, il se promenait régulièrement dans la cotonnerie, tintant lui-même au besoin la cloche de travail, comme s'il était encore

sur le port de Bercy, théâtre de ses premières campagnes. Cette
fabrique, dépendante de l'habitation de M. de Boullogne et qui
ne rapportait pas moins de quatre cent milliers de coton par
an, avait de quoi l'occuper.

Le vaudou regardait cet homme d'un air inquiet, ainsi que
nous l'avons observé, et sa conjuration magique en demeurait
suspendue. Comme tous les prophètes qui ne veulent jamais se
compromettre, il jugea prudent d'envelopper sa prédiction d'un
nuage énigmatique, et prenant avec résolution la main de Zäo,
dont la contenance était devenue assez piteuse, il lui dit :

— Tu m'as demandé, Zäo, d'interroger pour toi le sublime
Dompête; eh bien, voici, Zäo, ce qu'il m'ordonne de te dire :
« Tu auras un jour un nom illustre, tu seras élevé très-haut, et
tu planeras au-dessus de ta tribu! »

Le vaudou prit en même temps une pincée de terre dans sa
poche et la répandit sur les cheveux de Zäo.   ,

— Par Dompête, notre chef, et par cette figure taillée que je
te donne en son souvenir, je te répète, Zäo, que tu auras un
jour un nom illustre, que tu seras élevé très-haut et que tu
planeras au-dessus de ta tribu. — Ce qui veut dire pendu! fit
Joseph Platon avec un sourire dédaigneux. Voilà une belle prédiction à double entente !

Le vaudou se dressa de toute sa hauteur d'un air indigné,
pendant que Zäo, l'œil rayonnant de joie et d'orgueil, courait
comme un insensé par toute la hutte, en couvrant de baisers
le hideux fétiche en pierre ollaire verdâtre que lui avait donné
le jongleur. Il représentait un crapaud ayant une tête à chaque
extrémité des pattes.

— Voilà un joli dieu, continua Joseph Platon en cherchant à
le lui arracher, et si jamais celui-là te sauve!... — Et pourquoi
ne le sauverait-il pas? répliqua le vaudou d'un ton solennel.
Dompête est le plus puissant de tous les dieux !...

Joseph Platon se contenta de hausser les épaules.

— Vois donc, mère, dit en ce moment le jeune mulâtre à
Noëmi, vois donc, j'ai gravé sur ce couis le nom de mon bien-
faiteur...

Et il présentait à sa mère le gobelet de bois où se trouvait
ciselé en effet un fort beau chiffre...

— Que veulent dire ces lettres? dit le vaudou à la négresse.

Noëmi baissa les yeux d'un air de confusion et balbutia :

— C'est le chiffre de monsieur le curé de Saint-Marc. Il a

protégé mon fils, vous ne l'ignorez pas; il lui a épargné l'autre jour vingt coups de fouet.., Oh ! pour cela je lui donnerais vingt ans de ma vie ! — Dompête n'est pas son Dieu, reprit le vaudou en regardant de travers Noëmi, qu'avez-vous besoin de ce prêtre?...

En ce moment la toiture de l'ajoupa se vit assaillie d'un tel coup de vent que les cendres du foyer voltigèrent à aveugler les interlocuteurs de cette scène. La pluie était plus rare, mais les éclairs ne pouvaient s'éteindre, leur bandeau éblouissait. La saison des secs, qui dure à Saint-Domingue depuis le mois de novembre jusqu'à la fin de mai, avait fui, celle des pluies retrouvait son cours. L'ouragan soulevait ensemble l'air et le sable; les palmiers et les bambous craquaient au loin. Les buttes de terre placées au milieu du petit ruisseau qui avoisinait l'ajoupa étaient couvertes d'une nuée de tourterelles qui venaient en roucoulant avec effroi y éteindre le feu dévorant de la soif. Les hennissements des chevaux restés à l'éperlin se mêlaient aux mugissements des mornes, la poussière et les tourbillons remplaçaient par intervalles la pluie.

Accoutumé à ces retours de tempête, le vaudou, élevant les bras au ciel avec une expression de confiance et d'orgueil, semblait prendre le ciel à témoin de la science de ses prophéties. Les autres habitants de la hutte étaient loin d'affecter une contenance aussi tranquille; principalement Joseph Platon qui, depuis ce dernier choc de la foudre, n'était pas fort rassuré. Pour Zäo, il ne cessait de répéter stupidement : *Mari-Barou li aprés cogné!*[1]

A la seconde invasion de cette cataracte poudreuse, Noëmi avait couru bien vite au jeune mulâtre, laissant Zäo le négrillon, au vaudou... Joseph Platon paraissait contrarié au dernier point de n'avoir pas encore regagné l'habitation, où des affaires importantes l'appelaient sans doute, car il regardait l'heure à sa montre avec tous les signes de l'impatience la plus vive.

La violence du coup de vent était devenue telle que les feuilles de latanier et de palmier arrachées de l'ajoupa voltigeaient dans l'air en tournoyant. L'aile de l'ouragan était de plus en plus lourde, une nuit subite augmenta bientôt les craintes de Noëmi. Zäo s'était tu, regardant de ses grands yeux blancs une pauvre aigrette aux plumes démembrées, qui était tombée dans les

[1] *Mari-Barou*, le tonnerre des nègres.

cendres... Ce fut le signal de la chute rapide de l'ajoupa, dont les quatre pans s'écroulèrent bientôt avec fracas sous une trombe qui permit à grand'peine aux personnages de cette scène de regagner les premières limites de l'habitation.

II

Joseph Platon.

> Sot événement qui me dérange !
> (*Mariage de Figaro*, act. III, sc. XVI.)

L'ouragan avait duré six heures. De telles commotions sont fréquentes à Saint-Domingue ; mais le spectacle que présente le sol au lendemain les rend, la plupart du temps, ineffaçables de la mémoire du colon.

L'habitation de la **Rose**, vers laquelle s'étaient acheminés assez heureusement les acteurs de la scène précédente après l'écroulement de l'ajoupa, conservait partout l'empreinte du désastre. Ses colonnes de palmiers brisées par le vent, ses avocatiers fendus dans toute leur longueur, ses cases suintant la pluie, ses carreaux de terre envahis par le gonflement des ruisseaux, ses pièces de cannes renversées, ici des touffes entières de campêches souillées par le sable, plus loin des bayaondes aux épines fracturées traînant à terre, et rendant le chemin presque impraticable, tel fut le premier aspect de désolation que le jour révéla.

Cependant, dès le matin, les jeunes négresses, étendant leurs bras paresseux, sortaient timidement le pied de leurs cases : quelques-unes chantaient des airs du pays, d'autres allaient examiner en curieuses la plaine immense nommée le *jardin*, terroir aménagé à merveille dans le principe, mais que le défaut de culture avait laissé couvrir, depuis peu, d'herbes parasites. En effet, bien que cette cotonnerie fût une des plus importantes de l'île, il était facile de voir que l'œil du maître lui faisait défaut. Son opulent propriétaire, M. de Boullogne, n'y avait pas mis le pied depuis longues années et ne s'était guère inquiété que de ses possessions à la Guadeloupe, où le cabinet de France l'avait d'ailleurs envoyé, il y avait trois années à peine. La cotonnerie de la Rose était cependant renommée de longue date dans tous les ports de France et d'Angleterre, en raison de la

beauté de ses produits, le quintal s'en était payé de tout temps
une gourde au-dessus du cours. La surveillance de Joseph Platon
n'avait pu effacer, en quelques mois, le dommage de plusieurs
années de négligence ; au lieu d'arbres féconds, vivaces, la cotonnerie n'offrait guère que d'humbles plantes grêles et mala-
dives, auxquelles pendaient quelques gousses isolées. Les nègres
indolents s'y étaient adonnés beaucoup trop au jardinage, la
déprédation des intendants successifs de M. de Boullogne les
avait encouragés. Indépendamment de cette cotonnerie, l'habitation de la Rose possédait une bananerie superbe, l'ombrage
des arbres les plus rares, deux corps de logis fort riches, l'un
pour les étrangers, l'autre pour le maître, comme il est d'usage
aux colonies, un sol fécondé par veines distinctes et divinement
choisi, des épiceries et des plantes indigènes.

A cette époque, quelques-uns des plus riches propriétaires de
Saint-Domingue, ruinés en partie à la suite de la banqueroute
de Law, s'étaient courageusement tournés vers la culture. Du
jour où leur fortune s'était évanouie en billets de la Compagnie
du Mississipi et que l'établissement dit colonial avait été prononcé, ils avaient senti le besoin de se faire eux-mêmes les ex-
ploiteurs de leurs produits, de les défendre et de les garantir
contre des calamités qu'ils ne prévoyaient que trop. Le système
colonial avait fait abandonner celui des compagnies exclusives,
la France entière, pour ainsi dire, s'était faite compagnie à
l'égard de sa colonie, elle exerçait envers elle un monopole qui
n'était point compensé réellement par la réciprocité. Saint-
Domingue, en effet, ne fournissait à la France que des articles
dont elle pouvait, à la rigueur, se passer : c'était le sucre, l'indigo, le café ; la France apportait à Saint-Domingue les denrées
indispensables à ses besoins : la farine, les bestiaux, les bois.
Entre un commerce de luxe et un commerce de première nécessité peut-il exister une réciprocité véritable? Les plus judicieux
ou les plus prévoyants d'entre les colons s'alarmaient donc avec
justice de la gêne introduite par le système prohibitif. La rigueur
du blocus et la famine de 1745, célèbre autant que celle de 1756,
dans les annales de l'île, durent les fortifier, à coup sûr, dans
ces idées de decouragement.

Par suite du système colonial et de la guerre, le traité de 1763
était destiné à trouver, comme on sait, Saint-Domingue inculte
et dépeuplé; plus de la moitié des esclaves avait péri. Les nègres
marrons se multipliaient déjà avec succès vers cette époque, et,

bien qu'ils ne tentassent aucune excursion dans la plaine, on
pouvait prévoir en partie leurs succès futurs.

Au temps de cette histoire, il n'y avait guère cependant que
les clairvoyants et les désintéressés qui s'inquiétassent de ces
choses. L'orage intérieur était sourd ; partout dans chaque veine
de cette île, fastueusement nommée la reine des Antilles, bouillonnait la lave qui devait un jour l'engloutir ; mais nul signe
extérieur n'avait paru. Imprévoyante de tout, même de la famine, cette colonie se ruinait et se consumait elle-même comme
l'antique Gomorrhe. Ses habitants se nourrissaient d'ambitions
mercenaires, et sacrifiaient tout à la soif de l'or. C'était bien
encore, si on le voulait, ce sol fertile, cet Éden aux fruits d'azur,
ces ruisseaux nourriciers et ce soleil fécondant ; c'était bien cette
terre ouverte au travail et à l'industrie, qui fournissait tant au
commerce et à l'échange, cette nature prodigue et créatrice qui
regardait l'homme comme la mère regarde ses fils ; mais aussi
c'était le siége des trafics couverts et des lois insuffisantes. Le
publiciste qui a dit, en parlant des colonies, que dans l'ordre
politique une colonie est ce qu'est un enfant dans l'ordre civil,
eût trouvé Saint-Domingue la plus incorrigible et la plus gâtée
des filles. L'autorité lui paraissait un joug dur, ses agents l'im-
portunaient. Sa fierté créole en était venue à mépriser tout, et
les gouverneurs salariés dont l'autorité venait d'outre-mer, et
les hommes de couleur, esclaves nés de son territoire. Rencon-
trait-elle ses voisins les Espagnols, elle raillait leur sobriété ;
ses surveillants militaires, elle se prévalait contre eux de ses
droits de cour. La facilité que ses seigneurs avaient eu de s'affi-
lier en France avec tout ce que l'Œil-de-Bœuf avait de plus
brillant fortifiait son orgueil de prérogative, et l'exemptait
presque de la déférence. Enfin, sa population et l'éclat de ses
richesses lui avaient monté au cerveau.

Vainement quelques prétentions locales inquiétaient les riches
planteurs et les grands propriétaires ; vainement les projets de
reforme s'élaboraient sur divers points de son territoire. Les
ménagements et l'esprit des nobles triomphaient aisément de
ces résistances partielles ; on ne pressentait guère, en 1753, le
club Massiac et la prise de la Bastille.

Un petit nombre de colons opulents surveillaient, nous l'avons
dit, leurs propriétés du Cap ou de l'Artibonite ; les grands planteurs résidaient à Paris pour y jouir de leurs richesses. Il leur
paraissait charmant de se montrer à Versailles ou à Saint-Cloud

avec des habits à paillettes, des bagues, des nœuds d'épée, pendant que les noirs de Saint-Domingue courbaient le front sur leur plantage et que leurs habitations roulaient le sucre. Saint-Domingue, c'était leur ferme annuelle, leur espoir, leur crédit; mais la mer des Antilles leur paraissait loin de l'Opéra, et les courtisans n'aiment guère à rêver les lointains voyages. Tout au plus à la fin d'un souper ou d'une orgie rêvaient-ils.à ce mirage fantastique de l'île lointaine, à ces arbres plantés par leurs pères au profit de leur ambition, à cette terre belle comme le jardin antique d'Hespérus ou quelque pays des contes arabes. Quelques-uns étaient nés dans cette patrie des bananes et de la vanille grimpante; ils avaient ouvert les yeux devant ces rochers pacifiques, leur odorat, jeune encore, se souvenait de la senteur embaumée des acacias et des pommes roses. Les savanes de Saint-Domingue avaient conservé leur prix pour ces charmants gentilshommes, créoles émigrés de la terre natale, devenus des sybarites français en si peu de temps! Seulement, déjà pervertis par l'influence des principes de l'Angleterre, ils agissaient en marchands à l'égard de leurs possessions, s'embarrassant fort peu du *principe* que devaient soutenir plus tard le docteur Franklin et Washington. Insouciants des droits de l'homme, ils spéculaient à Paris, du fond de leur petite maison, sur cette marchandise noire dont l'esprit de ruse et de tromperie croissait cependant de jour en jour. Ils s'étonnaient presque de la voir rapporter si peu, et ils accusaient avec assez de raison le climat des colonies de leur dévorer *leurs* nègres. En effet, soit que le ciel d'Afrique s'opposât à leur multiplication, soit plutôt que la servitude et la misère minassent insensiblement les esclaves, la reproduction devenait de plus en plus faible. Dans les temps qui ont précédé 1789, la traite introduisait dans le seul établissement français des Antilles environ trente mille nègres par année, et, depuis 1700, la seule partie française de Saint-Domingue en avait reçu neuf cent mille. Or, en 1789, on y comptait à peu près quatre cent soixante-cinq mille esclaves; ainsi la moitié de la masse d'hommes importés avait été consommée sans se reproduire. Ce simple calcul ne juge-t-il pas l'esclavage?

Chaque nègre rapportait alors à son maître environ un écu par jour; ceux qui avaient une profession, comme les nègres charpentiers, serruriers, cuisiniers et autres, lui en rapportaient bien davantage. C'était là du moins un bienfait, une route frayée à l'intelligence et au labeur des noirs; ces esclaves étaient les

plus ménagés et les mieux traités. La noblesse de l'île se serait
crue stupide de ne pas les distinguer ; autant le mépris des *petits
blancs* leur était acquis, autant la tutelle des hauts propriétaires
les soutenait, même contre les gérants ou économes d'habitations, accoutumés de longue date à faire gémir leur race sous
les fouets. La noblesse du dix-huitième siècle, que tant de pamphlets accusent, fut sincère, il faut le dire, dans tout ce qu'elle
eut de philanthropie, quand elle en eut ; elle laissa à l'Angleterre son étalage de principes, maintint, il est vrai, le joug nécessaire aux esclaves de ses possessions, mais leur présenta toutes
les chances d'amélioration qui lui semblèrent plausibles. Longtemps elle s'appliqua à substituer la persuasion du bien-être à
l'empire, en cultivant elle-même chez ses esclaves des instincts
d'intelligence ; loin de les refouler, elle s'en servit. La seule
admission des principes du droit de l'homme et du citoyen
écartée de sa règle de conduite avec l'esclave, elle se montra
mille fois moins dure envers ses propres sujets que ces aventuriers sans existence, flétris du nom de *petits blancs* à Saint-
Domingue, race bâtarde, fuyant le plus souvent l'Europe pour
des crimes, et qui, grâce à la blancheur de son épiderme, fut
souvent surprise de retrouver, sous le ciel des Antilles, une considération dont elle était très-certainement indigne. L'exigence
impudente de cette caste surpassa de beaucoup les torts des
nobles propriétaires : ce furent les vexations de ces hommes,
leur dégradation morale, leurs intrigues et leurs attentats juri-
diques qui fomentèrent les excès de Saint-Domingue.

Cette habitation de M. de Boullogne était donc depuis longtemps inoccupée. D'abord conseiller du roi en son parlement de
Metz, intendant des finances de Sa Majesté, puis contrôleur
général et grand trésorier de l'ordre du Saint-Esprit, M. de Boullogne était retenu à Paris par d'insurmontables devoirs et des
alliances importantes pour sa famille. La volonté du roi était
qu'il ne s'absentât jamais des conseils, son département d'intendant des finances étant aussi grave que compliqué. Ces raisons de convenance et de haute position l'avaient toujours empêché de revoir la Rose, cette habitation opulente, sœur ou
plutôt rivale de celles qu'il possédait à la Guadeloupe. Confiné
dans les soins importants d'un ministère, homme d'État et de
travail avant tout, à peine reconnaissait-il, sur une carte envoyée
de l'île, le tracé de ses richesses, son habitation bordée de palma-
christi et de tamarins plantés symétriquement à cinq pas de

distance l'un de l'autre, au milieu d'une haie touffue de citronniers; la flèche Saint-Marc fuyant au loin et le bac de l'Artibonite, rivière si dangereuse par ses débordements limoneux. La
fortune coloniale de M. de Boullogne avait bien reçu quelques
échecs à la suite de la catastrophe de Law, mais il aurait pu
vivre somptueusement encore à Saint-Domingue dans ces jours
d'imprévoyance et de luxe, où chacun ne songeait qu'à tuer
le temps. La colonnade d'arbres qui conduisait à ses domaines
demeurait encore majestueuse, les galeries extérieures de sa
case étaient construites en bois d'acajou, ornées de riches dorures
et garnies de troncs bruts de lataniers. En sus du coton, du
sucre et de l'indigo qui se recueillaient chez lui avec fruit, l'eau
s'y rencontrait à cinq pouces du niveau de la terre; le parfum
des aromates l'y disputait à la fraîcheur des cascades. Cette habitation était un véritable village. La cloche y retentissait à la fois
dans la cotonnerie pour le travail de la houe, dans la tannerie,
située à portée de la rivière si poissonneuse de l'Ester, dans les
hattes et dans le cantonnement des cases à nègres. Les seuls
cultivateurs à la houe, au nombre de douze cent quatre-vingts,
y existaient à la charge de l'habitation, s'étendant complaisamment sur la plus longue partie du vaste canton de l'Artibonite.
Un fossé d'eau vive et limpide coupait joyeusement ce beau
domaine au sol verdoyant, derrière lequel coulait encore l'Ester.

Cependant nul visage de maître n'avait encore apparu, depuis
celui de M. de Boullogne, dans cette magnifique demeure. Les
plus vieux d'entre ses intendants, c'est-à-dire les plus rusés et
les moins probes en avaient reçu tour à tour la gestion; mais
ils n'en avaient guère respecté les belles futaies, trafiquant avec
insolence de tous les produits de son sol. On devinait partout
la déprédation et le pillage : les fruits étaient volés par des
nègres parasites, même avant leur maturité; les lambris dorés
de la grande case n'avaient point été rafraîchis, c'était un terrain fourragé inhumainement et livré en pâture à la tyrannie
mercantile de ses tuteurs. En jetant les yeux sur Joseph Platon
pour le nommer économe de cette villa déchue, M. de Boullogne
avait plus calculé sur la bêtise de cet homme que sur ses idées;
cette bêtise lui présentait du moins des chances de probité
admissibles.

Le premier soin de Joseph Platon avait eu pour objet de
discipliner les nègres; mais il s'était vu bien vite contraint d'y
renoncer. Leur malignité ou leur paresse l'avait dégoûté en peu

de jours de son projet de législation, qui consistait cependant à les empêcher de prendre des chevaux à l'éperlin pour les monter, de voler le suif de France, leur panacée ordinaire, de de battre leurs mères et de jouer de mauvais tours aux fermiers. Dès lors Joseph Platon s'était résolu à employer envers eux les voies de rigueur, qui étaient alors plus que jamais de mode aux Antilles. La seule chose qu'il leur passât, c'était un *calenda* sur les bords de l'Ester, et la chasse, quand ils lui rapportaient du gibier. Joseph Platon, malgré ses lunettes vertes et la dignité de son emploi, estimait singulièrement cet exercice.

Vêtu d'une *vareuse*, espèce de camisole large, d'une étoffe légère, il se servait des petits nègres comme d'autant de chiens d'arrêt. Quand il ne s'exerçait pas à chiffrer, sa main pressait assez volontiers les gachettes d'un fusil. La chasse de Saint-Domingue ayant plutôt lieu à l'affût, puisqu'on s'y sert rarement de chiens, si ce n'est de ceux des haltes, pour faire lever le gibier dans les fourrés impraticables aux hommes, le gérant emmenait souvent à sa suite ceux qu'il appelait ses protégés. pour porter son sac et ses callebacites. Souvent le long des haies, au milieu des cotonniers, ou dans les champs de maïs et de patates, on voyait se glisser le matin l'ex-commis aux octrois, M. Joseph Platon, tirant au passage les gingeons et autres canards, les tourterelles et les ramiers, dont il se faisait composer ensuite des daubes succulentes. Pour la chasse du caïman, il lui arrivait parfois de paraître moins résolu; il ne l'affrontait guère qu'avec quatre sondeurs noirs munis d'épieux d'une main et d'un coutelas de l'autre. Parmi les compagnons les plus ordinaires de ces sortes d'expéditions brillait le jeune mulâtre, que Joseph Platon avait pris en amitié. Saint-Georges, loin d'être traité par Joseph sur le pied des autres esclaves de l'habitation, recevait chaque jour, de la part du contre-maître, des témoignages réels d'amitié et d'adoucissement en sa faveur. Ainsi, il l'avait exempté de certains offices trop rudes, comme de puiser de l'eau aux sources lointaines, de courber l'épaule sous de lourds fardeaux; en un mot, Joseph Platon était devenu économe de son élève à un degré qui eût honoré un philanthrope. S'étant pris un jour à examiner la constitution de ce jeune mulâtre, comme il aurait fait de celle d'un cheval dans celle d'un cheval dans une foire, son agilité et sa force l'avaient frappé. Platon chassait souvent, et Saint-Georges aimait passionnément la chasse. L'ex-commis de l'octroi chantait, et le mulâtre ne

mettait pas un long temps à lui répéter un refrain des Porche-
rons ou de Bercy, avec ce léger grasseyement créole, charme
enfantin de la voix aux colonies. Enfin, Joseph Platon, depuis
son arrivée aux îles, avait commencé une fort belle collection
d'oiseaux; l'enfant aidait ses goûts de naturaliste en lui rappor-
tant des pièces rares. Dans l'esprit étroit de Joseph, le mulâtre
lui paraissait très-propre à devenir un jour conducteur des mou-
linières à coton ; sa confiance en son avenir n'allait pas au delà.
Il lui faisait don de ses vieilles vestes de nankin, de ses dentelles fanées et de ses boucles de culottes. Comme en sa qualité
d'ex-douanier il avait râclé jadis du violon, il n'était pas fâché
de se produire avec quelque avantage chez les *petits blancs*,
escorté de Saint-Georges, qui lui servait de domestique. Le digne Joseph Platon usait des deux esclaves de la manière sui-
vante : Zäo se tenait accroupi par ses ordres sous sa table,
quand il écrivait ses additions, pour lui garantir les pieds des
moustiques; Saint-Georges, debout, agitait un ventilateur autour de son corps. Quand il montait à cheval, c'était Saint-
Georges qui lui tenait l'étrier, lui encore qui nettoyait ses deux
chaines de montre descendant jusqu'aux genoux, et qui auraient
pu, au besoin, lui servir à chasser les mouches.

L'équitation n'étant pas le fort de Joseph, et cependant une
des nécessités de son emploi, il prenait grand plaisir à faire
monter à Saint-Georges son cheval de réserve, cheval difficile
auquel l'éperon déplaisait et que l'enfant conduisait du bout
des doigts avec une dextérité merveilleuse. Cette monture se
trouvait ainsi façonnée pour le gérant, qui, on le voit, au lieu
d'avoir cet enfant mulâtre pour élève, comme il le disait complaisamment, le trouvait déjà son maître en chacun de ses
exercices.

Le perroquet de l'ex-commis aux gabelles mérite bien que nous
en disions quelques mots. C'était un charmant oiseau; il était
né dans la partie espagnole de l'île et mangeait le *calalou* avec
toute la grâce d'un créole. Cette bête n'avait qu'un défaut, celui
de répéter assidûment le même nom et la même phrase : *Rosette! Rosette! Pauvre Joseph Platon!* Cette exclamation touchante de l'oiseau se rattachait à un malheur domestique de son
maitre, sur lequel nous ne nous appesantirons pas. Joseph Platon, étant commis aux gabelles, avait épousé mademoiselle
Rosette, blanchisseuse et empeseuse, logeant à l'entrée des Por-
cherons. Mademoiselle Rosette, après une semaine de mariage,

avait trouvé bon de se faire enlever et d'en prévenir officielle-
ment Joseph Platon par une épître qu'elle s'était sans doute fait
écrire. Cette lettre, le malheureux gérant la relisait maintes fois
dans ses jours de fièvre aux colonies, en jetant aux échos son
nom et celui de la parjure ; ces deux noms étaient devenus la
gamme éternelle de son perroquet.

Seul possesseur par le fait de cette habitation, Joseph Platon
coulait donc une vie tranquille au milieu du coton, de l'indigo
et du caffier, se livrant moins à la manie des spéculations qu'au
bien-être, se nourrissant bien et jouissant de lui-même avec délices. Il rendait une fois par an le pain bénit à la paroisse de
Saint-Marc, se montrait rarement chez le gouverneur, lutinait
fort peu les mulâtresses et, à l'exception de celui qu'il appelait
son élève, traitait les autres esclaves fort rudement. Il mettait
à part sur ses économies, conservait les revenus de cette possession dont il était le gérant ; mais n'avait, il faut l'avouer, ni
génie ni force pour l'amélioration. Il lui paraissait tout simple
de rendre, une fois par an, ses comptes à M. de Lassis, ami de
M. de Boullogne, lequel venait surveiller quelques-unes de ses
propriétés dans l'île, mais sans appeler la sollicitude de cet in-
specteur sur des progrès nécessaires aux ateliers. Depuis trois
ans bientôt que Joseph Platon habitait l'Artibonite, il n'y avait
guère d'autre société intime que son perroquet, Saint-Georges
et le maître d'hôtel de la plantation, vieillard oublié au milieu
de ces magnifiques possessions, délaissées elle-mêmes. Si Joseph
Platon avait eu la moindre dose d'intrigue, il fût devenu bien
vite un peu mieux qu'un simple gérant ; mais M. de Boullogne.
qui s'y connaissait, en contrôleur général, avait su, nous l'avons
dit, ce qu'il faisait en le choisissant.

Au sein de ce pacifique Eldorado, que n'avait encore agité
aucun trouble, la maigre nature du gérant s'était donc heureusement implantée ; à part le chagrin que lui causait l'enlèvement
de mademoiselle Rosette, son épouse, Joseph Platon pouvait se
croire le plus heureux des mortels et des économes.

Cet état de choses devait cependant changer ; la marquise de
Langey venait d'arriver cette nuit même à la grande case, jusqu'alors déserte...

III

Une aubade.

> Mais, au nom du ciel, que signifie cette
> musique confuse, si près de moi?
>
> (HOFFMANN, *Don Juan.*)

Une lettre de M. de Lassis avait prévenu, depuis huit jours, Joseph Platon de cette arrivée. Elle lui annonçait les intentions de M. le contrôleur général au sujet de la nouvelle hôtesse qu'allait recevoir l'habitation. M. de Boullogne enjoignait à Platon de lui obéir en tout et comme à lui-même, de ne lui adresser jamais la parole qu'avec le plus grand respect; il ajoutait que tous les gens qu'elle amènerait à sa suite devaient être considérés sur le même pied par Joseph Platon; qu'il entendait lui faire recevoir à Saint-Domingue les mêmes honneurs que lui-même y avait reçus à son premier voyage, dont la date remontait à 1744; que pour elle la maison fût garnie de tout au monde, et qu'elle attendît tranquillement la visite des autorités, au lieu de la prévenir.

Cette missive avait assez d'importance pour que le gérant de l'habitation de la Rose y réfléchît mûrement. La conduite de ces affaires ne lui parut guère embarrassante; façonné depuis sa naissance à la soumission, il augura heureusement de cette nouvelle pour son avenir, forma le projet de se rendre nécessaire, de gagner l'esprit de madame la marquise de Langey, si bien qu'elle ne pourrait plus se passer de lui; en un mot, il envisagea la chose plutôt comme une bonne fortune que comme un embarras qui lui survenait au milieu de cette douce et grasse oisiveté qui faisait sa vie.

Pour les embellissements intérieurs, comme cela demandait du temps et que Joseph ignorait d'ailleurs le goût de madame la marquise, l'honnête gérant jugea prudent d'attendre un peu. Il se contenta de faire assurer les parquets et les solives des chambres, donna ses ordres pour qu'on enlevât les toiles d'araignées, que l'on réparât les nattes et les boiseries, criblées d'insectes. Il décora le maître d'hôtel, à sa demande, d'une belle livrée neuve et daigna même manger, par forme d'essai, plusieurs excellents pâtés de venaison dus au génie de ce Comus sexagénaire, ancien chef du maréchal de Saxe.

A l'égard du programme de cette fête, il l'élabora sérieusement. Il résolut d'y apparaître d'abord en acteur principal et de s'y faire entendre comme violon au milieu de tous ses noirs. Pour arriver à son but, il repassa toutes ses symphonies, ce qui effraya les oiseaux de ces bocages pendant un grand mois. Plus d'une pintade domestique en tressaillit, plus d'un noir s'imagina que le diable Hurrica lui-même donnait des leçons à cet Orphée. En un mot, Joseph n'épargna rien pour satisfaire à la pompe qu'exigeait pareille occasion.

Ce plan de réception, digne en tout de madame la marquise de Langey, fut contrarié malheureusement par l'orage; elle arriva à la nuit, par un temps affreux, peu propre à la mettre en belle humeur. On ne l'attendait que le 20 juin, et elle arriva le 7. Les premières lueurs du matin, qui éclairaient le désastre, ne lui offrirent que de tristes images : elle aurait pu compter par les croisées de la grande case les arbres déracinés, les feuilles de bambou surnageant au-dessus des rigoles, les lianes inclinées douloureusement, les ravines remplies de boue et de sable. La nuit, malgré la moustiquaire, le bruit de la bigaille avait troublé son sommeil, l'ondée avait ruisselé par les vitres, et les cris des négrites l'avaient effrayée. Tout le monde se trouvait aux plantations dès les premiers coups de la foudre : il ne s'était guère présenté pour la recevoir que le vieux maître d'hôtel, qui n'avait pu lui apprêter que quelques calalous. On l'avait reçue sans tirer un coup de fusil, ce qui est un mauvais présage. Aucun nègre enfin n'était venu au-devant d'elle, et c'était à peine si le maître d'hôtel lui avait su trouver un lit.

Comme pour l'indisposer encore, dès que le chant du coq éveilla l'écho, M. Joseph Platon, qui voulait réparer le temps perdu, se mit en devoir de rassembler, au son du tambour, les noirs et mulâtres esclaves de la Rose, qui accoururent tous, comme une troupe de pintades, sous les fenêtres fermées du balcon.

Brossé, poudré, épinglé, à l'instar d'un bailli d'opéra comique, Joseph Platon les conduisait, escorté du maître d'hôtel, qui, pour réparer son souper indécent de la veille, était suivi lui-même d'une douzaine de négrillons porteurs du plus rare gibier et des plus beaux fruits.

L'attelage de la marquise demeurait encore exposé aux regards des curieux sous une des remises de la grande case, embarrassé des cordes qu'emploient les postillons nègres, cordes souillées par la boue de la veille et dont le seul éraillement prouvait assez que la voiture avait traversé les chemins les plus épineux. Un noir, étranger à l'habitation, était déjà occupé à nettoyer dans la cour cette magnifique voiture, déballée sans doute l'avant-veille de quelque navire, et dont la seule caisse en vernis Martin coloriée (mode très en vogue, à cette époque, aux plus beaux Long-Champs de Paris) pouvait bien valoir trente mille livres.

Le noir étranger, tenant en main son étrille, regardait cette députation avec assez de calme, quand Joseph Platon lui fit demander s'il ne venait pas se joindre à eux pour l'aubade. On lui présenta en même temps un *bamboula* et une flûte, à son choix.

Ce domestique refusa en disant que ce tintamarre allait déplaire sans doute à sa maîtresse, qu'elle était arrivée depuis deux jours seulement de la Guadeloupe dans l'île et très-fatiguée de la traversée.

Joseph Platon fut sur le point d'arrêter l'élan général, mais comme le temps ne lui semblait pas entièrement sûr, il résolut de mettre à profit les premiers rayons de l'aurore et fit signe à ses musiciens de partir en frappant la terre de son bâton à fouet, comme l'eût fait un maître de chapelle....

Ce signal devint le prétexte du plus bruyant des charivaris.... Tout l'orchestre noir en reçut le branle et ne tarda pas à remplir la cour de la plus indéfinissable musique dont une oreille humaine puisse être blessée. Ces dilettanti avaient mis en réquisition tous les instruments connus dans l'île, jusqu'aux chaudières de cuisine. La chanterelle agaçante de Joseph Platon y faisait entendre de véritables cris de sarcelle effarouchée. Le bruit de cette gamme assourdissante et continue monta jusqu'aux croisées en une seconde et réveilla en sursaut la marquise de Langey.

— Finette, cria-t-elle, donne vite la chasse à ces moustiques; va, jette-leur quelques piastres. Tu trouveras des bourses toutes prêtes sur cette table....

Finette, belle mulâtresse de dix-huit à vingt ans et femme de chambre de madame la marquise, descendit bien vite sur le perron pour exécuter cet ordre absolu. Elle fit voler les piastres au milieu du groupe, avec une main digne d'une impératrice. Elle dit à Platon de faire retirer ses noirs et leur ferma elle-même la porte au nez.

— Sachez donc, une fois pour toutes, ajouta mademoiselle Finette au gérant tout ébahi, que madame la marquise ne se réveille qu'à trois heures ! A trois heures vous pourrez lui présenter vos devoirs !

Joseph Platon balbutia quelques mots d'excuses et se retira l'oreille basse. Comme il lui fallait se remettre un peu, il cingla, par contenance seulement, quelques coups de fouet aux musiciens les plus proches, et, s'appuyant avec dignité sur le bras du maître d'hôtel, M. Printemps, il regagna l'office, où le déjeûner d'habitude les attendait.

IV

Créole et Marquise.

> Oh! çà, je te la ferai connaître! Elle est femme à dormir sous un ciel de glace ; elle ne joue qu'avec des cartes parfumées. L'autre hiver elle exigea que chacune de ses femmes ne se présentât devant elle qu'à la Bergamotte.
>
> (*La Princesse Bambiche*, livre 1er.)

Joseph Platon dévora. Son appétit, aiguisé par l'air du matin et doublé par la colère, lui fit goûter de tous les plats sans préférence ; il but, en homme acharné, à des dieux meilleurs, à une maîtresse plus matinale et plus sensible aux doux charmes de l'harmonie. Rosette lui revint alors à l'esprit, cette Rosette si fraîche, si accorte, si chantante, qui trouvait son violon un orchestre sans rival, et qu'il avait cependant perdue comme Orphée perdit Eurydice !...

Joseph Platon but un excellent verre de rota en essuyant deux larmes parallèles qui roulaient sur son gilet blanc à fleurs.

— Mon Dieu ! s'écria-t-il devant le maître-d'hôtel, que ces grandes dames sont difficiles à contenter ! Mon violon est cependant un violon de Paris, il m'a été cédé à bons deniers comptants par M. Exaudet, second violon de l'Opéra. Il logeait alors rue Croix-des-Petits-Champs, chez le pâtissier, vis-à-vis le cloître Saint-Honoré. Le digne homme que cet Exaudet ! il avait joué avec ce violon tout l'opéra de *Jephté* !... Je le vois encore avec son habit couleur de noisette et sa petite perruque.... Eh bien ! où est-il donc passé, mon violon ? me l'aurait-on pris ?

Il se leva tout effaré de la table, où Noëmi, Zäo et le jeune Saint-Georges se trouvaient assis la minute d'auparavant. Joseph les avait tous trois admis à ce banquet avec les autres domestiques blancs de l'habitation, pour prix de l'hospitalité qu'il avait rencontrée la veille sous leur ajoupa, détruit à cette heure. Le digne gérant leur avait promis son aide auprès de madame de Langey.

Comme il furetait encore dans l'office, cherchant son précieux instrument et donnant son voleur à tous les diables, le verger, que l'on entrevoyait par les fenêtres de la salle, s'emplit subitement d'une harmonie nouvelle jusqu'alors inouïe pour les oreilles de Platon....

Le virtuose inconnu qui maniait ainsi le violon du gérant exécutait un trait en double corde disposé par Tartini, de manière à faire croire que deux instruments se faisaient entendre à la fois. Des trilles brillants et pleins d'audace, des gammes chromatiques, dont les notes vivement attaquées semblaient autant de fusées éblouissantes, succédaient tour à tour à ce duo ravissant qui précédait et suivait le solo que faisait entendre l'archet, après avoir charmé l'oreille par l'harmonie pleine et mordante de l'ensemble.

— Par la sambleu ! c'est votre *élève*, comme vous nous le dites toujours, monsieur Joseph, s'écria le maître d'hôtel ; il vient de s'enfuir à travers la haie dès qu'il vous a aperçu. Il faut lui pardonner, car le gaillard est presque aussi fort que vous. Je vous préviens que j'ai bu trop de Madère, et qu'il fait un peu chaud pour que je coure après lui.

Le gérant de la Rose demeurait plongé dans une rêverie profonde ; l'agilité de l'enfant l'avait confondu. Joseph Platon avait beau n'être pas un Corelli en fait de violon, il s'y connaissait assez pour trouver le jeune mulâtre supérieur à sa propre science, il en devenait jaloux à son insu. Il lui paraissait inouï qu'il lui eût ainsi dérobé son violon sans lui rien dire, et il s'apprêtait à le gronder d'importance, quand un petit noir sauta par-dessus une palissade de la cour, courant à toutes jambes comme s'il eût vu le diable à ses trousses.

La chaleur était accablante, le sol brûlant comme un lendemain de pluie à Saint-Domingue. Le négrillon en sueur s'assit sous un cirouellier, regardant de toutes parts avec l'effroi d'un enfant poursuivi. Un frémissement étrange agitait son corps. Il levait tantôt ses yeux au ciel d'un œil inspiré, tantôt il ceignait son front d'une couronne de fleurs diversement nuancées, sous lesquelles il semblait se pavaner d'un air glorieux. Évidemment le négrillon croyait être seul, car il se promenait par instant, sautait, dansait et se frottait le ventre contre terre à la manière des esclaves. Joseph Platon et le maître d'hôtel ne l'eurent pas envisagé trois secondes qu'ils reconnurent Zäo, mais Zäo à moitié fou, trébuchant comme après une longue course ou une orgie, Zäo n'ayant plus que la moitié de sa veste à force d'avoir couru. Ils ne pouvaient comprendre quelle poursuite l'avait amené dans le verger, dont les branches épaisses les dérobaient tous deux à son regard. La présence subite du vieux vaudou, qu'ils avaient entrevu la veille dans l'ajoupa de Noëmi, tira bientôt Joseph Platon de son incertitude à cet égard ; cet homme, sortant tout d'un coup d'une enceinte voisine protégée par des pingoins et des raquettes, se posa subitement devant Zäo en lui demandant si tout était prêt.

— Je guettais, maître, je guettais, fit Zäo avec un mouvement de crainte. Moi être d'avis qu'il nous faut attendre jusqu'après demain ; après demain il y aura plus de chances pour notre projet.... — Songe bien, Zäo, que tu n'auras la *grappe libre* qu'à ce prix.... — J'ai promis, maître ; Zäo vous tiendra parole. — Surtout, pas un mot. Je compte sur toi pour après demain. Adieu. . . . .

. . . .

Le vaudou s'était abîmé dans les broussailles. Joseph Platon allait appeler Zäo pour lui demander compte de ce singulier entretien, quand Finette, en belle robe de mousseline blanche, s'avança vers lui. Trois heures sonnaient à l'horloge de la grande case.

— Ma maîtresse m'envoie vous chercher, monsieur Platon ; ne vous avais-je pas prévenu qu'elle se levait à trois heures ? — Mille pardons, mademoiselle, répondit Joseph en rentrant par la salle de l'office, où il trouva Saint-Georges nettoyant l'un de ses fusils. Le jeune mulâtre venait de serrer le violon dans sa boîte, après l'avoir enveloppé dans sa couverture de serge verte avec tous les soins possibles. — Attendez-moi dans cette salle jusqu'à mon retour, mon Orphée jaune, et n'oubliez pas de m'y faire arranger mes bottes par Noëmi avec des feuilles de palma-christi, des oranges aigres et du noir de fumée, pour les rendre luisantes... Hier encore elle me les apporta couvertes de pepins et de plaques de noir non broyé.

En parlant ainsi, Joseph Platon n'était pas fâché d'humilier, en passant, le talent de son élève. L'enfant ne répliqua pas et fut s'asseoir dans un coin. Noëmi n'était plus là.

Après un coup d'œil donné, dans la salle, à un grand miroir piqué de mouches, coup d'œil qui servit à Platon pour resserrer le nœud de sa cravate et donner un tour gracieux à son jabot, le gérant de la Rose suivit la nouvelle Iris de madame la marquise.

Chemin faisant, Platon chercha vainement à la faire causer, ce fut en pure perte; mademoiselle Finette n'était point une servante de comédie. Elle marchait d'un air fier et résolu, se fiant sans doute à sa beauté, qui était grande, et à l'importance de son rôle de cameriste auprès d'une marquise. Platon, qui de sa vie n'avait aimé que Rosette, fut interdit rien qu'en la voyant.

La lettre de M. de Lassis et ses instructions ne lui apprenaient rien sur l'âge de la dame qu'il allait complimenter. Était-ce une douairière, une vieille demoiselle ou une jeune femme? Joseph Platon se demandait à lui-même avec quelle phrase il lui faudrait aborder la marquise de Langey, cette noble hôtesse inconnue que M. de Boullogne, avec une lettre, installait ainsi d'un seul coup dans ses domaines. Il lui vint en pensée que le mieux serait d'attendre qu'elle l'interrogeât lui-même; il la salua du plus loin qu'il l'aperçut, agitant autour de lui, dans cette obséquieuse salutation, un nuage odorant de poudre à la maréchale.

S'étant annoncé de la sorte dans le salon, le gérant put voir une jeune femme de vingt-cinq années au plus, vêtue de noir comme le serait une femme en deuil. Elle était couchée sur un sopha ou *chinnta* qu'elle avait fait emballer sans doute avec elle, car Joseph ne reconnut pas ce meuble; du haut de ce trône, elle causait avec une négresse qui lui chatouillait les pieds. La voluptueuse nonchalance de son regard n'en tempérait en rien la fierté; il était facile de voir que les moindres désirs de cette femme servaient de lois. Son teint d'une incomparable blancheur, avait la pâleur mate d'un camée; la langueur de ses mouvements, ses cheveux noirs et la finesse de son pied annonçaient une créole. La marquise en demi-toilette n'en parut pas mois à Joseph Platon une beauté surhumaine. Pendant quelques minutes, le gérant de la Rose resta interdit devant cette statue royale qui avait l'air de quelque Diane en

2

marbre sortie du parc de Versailles. La marquise avait à peine remarqué son entrée, elle riait avec sa négresse et un gros vilain singe mangeant une goyave. Madame de Langey toisa Platon de la tête aux pieds, Finette lui avança une chaise en canne. Le malheureux vit le moment où, faute de phrase de début, il allait être obligé de baiser la pantoufle de madame la marquise. Rien ne lui parut plus glacial et plus majestueux que cet accueil

— C'est donc vous, monsieur Joseph Platon? Je ne suis pas fâchée de vous voir, dit-elle avec un petit éclat de voix sèche. Vous dirigez tout ici, n'est-il, pas vrai?

Joseph Platon pressentit une tempête.

— Vous avez eu pour moi, continua-t-elle des attentions inimaginables... Le coucher d'abord, puis l'aubade. Dites-moi, monsieur Joseph, en étiez-vous? Finette prétend que vous la dirigiez comme violon... — C'est un instrument que j'aime assez, répondit Platon avec un sourire de modestie gênée; madame la marquise ferait-elle aussi de la musique? — Pas tout à fait aussi bien que vous, monsieur Platon. Ah! ça, dites-moi, vous ne m'attendiez pas sitôt? — M. de Lassis m'avait écrit pour le vingt. — C'est à cela sans doute, mon digne monsieur Platon, que j'ai dû ma belle réception! J'avais compté sur une nuée de tapissiers et de peintres décorateurs pour m'arranger ces appartements; il paraît que vous y avez renoncé. Je trouverais plaisant d'en écrire à M. le contrôleur général, si je ne vous savais son protégé... Sa grande case, ma foi, ne ressemble pas mal à une grange, et ses lits à des banquettes d'Opéra! A la Guadeloupe, je vous en préviens, j'étais mieux traitée. Tous les matins d'abord, sachez-le, mon très-excellent monsieur Platon, je prends un bain. Les parfums de l'oranger et du frangipanier me vont encore, mais j'aime aussi les parfums de France, et vous m'en aurez, n'est-ce pas? Je vous préviens aussi que je n'ai pas assez d'un singe, il me faut le plus joli de vos négrillons pour porter mon parasol. Qu'il soit bien appris, et remplace auprès de mon fils un angora magnifique que nous avons eu le chagrin de perdre dans la traversée... A propos, l'avez-vous vu mon fils? Négresse, allez donc chercher Maurice!

Joseph Platon avait écouté cette tirade, prononcée avec une dédaigneuse paresse, sans oser même respirer. Il semblait s'attendre à une seconde avalanche de reproches. L'air embarrassé, il tournait bêtement son chapeau de paille entre ses mains, et regardait l'horrible singe de madame de Langey comme pour se donner une contenance...

La négresse revint, portant M. Maurice, âgé de six ans, entre ses bras. Cet enfant, contrarié de se voir distrait de ses jeux, pleurait d'avance, il arriva de fort mauvaise grâce devant Platon. M. Maurice avait toutes les allures d'un enfant gâté, il commença par enlever à Joseph Platon la badine à glands qu'il portait et par la donner au sapajou, qui la brisa comme une allumette. Cela fait, il tira à les casser les chaînes de montre du gérant, et lui souffla la poudre de son collet dans les yeux. Joseph Platon déclara ces gentillesses adorables; il félicita madame de Langey sur la beauté de son fils. Encadrée par de charmants cheveux blonds, la figure de Maurice, frêle et délicate, semblait être, en effet, une miniature de celle de sa mère: elle avait cette même couleur molle et limpide, cette chair blanche qui indiquent plutôt l'opulence que la santé; les cheveux et les cils de l'enfant, sa bouche ronde et pure, son nez mince, témoignaient assez en faveur d'un enfant de bonne race. La fée Heureuse semblait s'être penchée en souriant sur le berceau de cet enfant, en le dotant de tous les dons du bien-être et du visage.

— Mon fils a six ans, mosieur Platon, reprit la marquise, et, le croiriez-vous? il n'est point encore baptisé. Des raisons diverses ont retardé cette cérémonie pendant que j'habitais la Guadeloupe. Vous m'obligerez, monsieur Platon d'en écrire ce soir même à M. le curé de Saint-Marc, qui est, je le crois, votre paroisse. Je connais l'esprit des habitants de l'Artibonite, la promptitude de cette démarche est de conséquence pour moi. Songez-y donc, et rapportez-moi la réponse demain matin. Encore un mot, monsieur Joseph Platon. Je ne vous gênerai en rien, pourvu que vous suiviez toujours mes volontés. Au revoir, monsieur Joseph Platon.

La négresse remporta Maurice, qu'on ne laissait jamais marcher, fût-ce sur les nattes des cases. Madame de Langey se leva avec des façons languissantes, et se retira après avoir donné encore d'autres ordres à Joseph. Une volonté très-ferme de domination perçait dans chacune de ses paroles. Joseph Platon en conclut qu'elle allait bientôt le tyranniser, il avait toujours craint les maîtresses femmes. Sur le pas de son boudoir où elle entrait, la marquise lui dit cependant avec complaisance:

— Était-ce vous, monsieur le gérant, qui jouiez du violon

dans le verger, il n'y a pas encore une heure. — Vous êtes bien bonne, madame la marquise, c'était mon jeune élève, un jeune mulâtre !..

Tout en rendant de la sorte hommage à la vérité, Platon appuyait beaucoup sur le mot *élève*.

— Je vous en félicite, monsieur Platon, vous voilà précepteur de noirs, vous nous amènerez ce garçon-là ; il apprendra le menuet à mon singe. Entendez-vous, je veux le voir dès demain !

Moitié ébaubi et moitié satisfait de cet accueil, Joseph Platon s'était éloigné. Il songeait aux choses qu'il avait à préparer pour le lendemain, au baptême futur de M. le marquis Maurice de Langey, néophyte, âgé de six ans, à l'envoi d'un messager au curé de Saint-Marc ; et enfin à la présentation du mulâtre, son élève, à madame de Langey. Cette dernière recommandation le fit souvenir de Saint-Georges, auquel il avait enjoint de l'attendre à l'office. Il le trouva dans la société du maître d'hôtel, M. Printemps, qui, en sa qualité d'ancien soldat du maréchal de Saxe, lui contait toutes ses guerres. Ce Mars caduc assaisonnait ce récit de quelques tranches de gibier et de vin de Bourgogne de l'ancienne cave du maréchal. La négresse Noëmi, les coudes appuyés sur la table, prêtait une vive attention au récit du maître d'hôtel, qui en était au plus beau période de la bataille de Fontenoy, quand Joseph Platon entra...

A son air morose et préoccupé, tous jugèrent prudent de ne pas l'interroger ; lui-même il coupa court à toute question, en ordonnant à Saint-Georges de prendre un mulet et d'aller prévenir le curé de Saint-Marc qu'il se tînt prêt le surlendemain, dès l'aurore, pour un baptême.

V

Conversations à l'office.

> Vous croyez que je veux rire? De grâce dites-moi sincèrement comment vous la trouvez.
>
> (*Beaucoup de bruit pour rien*, acte 1er, sc. 1re.)

Le galop du mulet sellé par l'enfant résonnait encore, et Noëmi l'écoutait avec une attention inquiète, lorsque plusieurs noirs, esclaves familiers de l'habitation, entrèrent avec des pa-

niers dans cette salle, apportant les objets utiles à la consommation du lendemain; ceux-ci des patates, d'autres des poules;
les pêcheurs, des écrevisses et des tortues; les chasseurs, du
gibier, provisions que M. Printemps recevait du haut de sa grandeur et de son fauteuil.

Le maître d'hôtel inclinait sa tête à droite et à gauche, ac-
ceuillant ces richesses comme un prince eût accueilli des ambassadeurs; son bonnet de coton, d'un blanc irréprochable, sa
perruque et son épée en faisaient presque un monarque aux
yeux des noirs. Ces esclaves à demi nus, revenant du travail,
la poitrine haletante comme le soufflet d'une forge, contrastaient avec le calme majestueux du maître d'hôtel, se carrant
seul dans son fauteuil de velours d'Utrecht fané, en accordant
à peine un sourire aux jeunes négresses qui faisaient autour
de lui des ouvrages de couture. A la tête de ces négresses,
préposées au linge de table, figurait Noëmi, élue ce soir même
d'un commun accord, et dont Joseph Platon regardait le travail
avec une anxiété visible, car il s'agissait d'un superbe gilet à
fleurs qu'il devait porter le lendemain et que Noëmi racommo-
dait de son mieux.

— *Bravissimo!* mes enfants, s'écria enfin d'une voix de
Stentor monsieur Printemps, le maître d'hôtel, *bravissimo!* cela
veut dire en latin : *je suis content!* Vous aurez la petite goutte
de croc si vous continuez, car les beaux jours de la cuisine française vont, je l'espère, renaître dans l'île. Nous avons après demain un banquet à la suite du baptême. Monsieur l'intendant
doit venir, madame l'intendante l'accompagnera; il y aura
monsieur Gachard, monsieur de Vannes... du beau monde!
Tout cela n'est que pour commencer, nous verrons bien d'autres choses !...

La négraille ne répondit rien. Nul ne bougea.

— Comment, vous vous taisez, canailles! vous voilà tous
comme des caïmans rôtis! Mais, vive Dieu! à votre place je
danserais, moi, et je *gragerais* [1], comme vous le dites, à me
démettre les lombes... vous devez être fiers d'appartenir à madame la marquise de Langey !

Disant ainsi, le vieux maître d'hôtel touchait complaisamment sa livrée neuve. Dans l'idée de M. Printemps, changer de
collier n'était rien, pourvu que le collier fût d'or.

---

[1] *Grager*, sorte de chica modifiée.

Ce soir-là même, en femme habile et prudente, la marquise de Langey avait envoyé par son noir ses gratifications aux gens ordinaires de M. de Boullogne. M. Printemps était donc sous le poids d'une ivresse double, celle de la gratification et de la livrée.

Les nègres n'osaient se lancer en fait de joie, comprimés qu'ils étaient par l'aspect rechigné de Joseph Platon, appuyé sur son grand fouet.

Sa contenance devait être, à vrai dire, une énigme pour eux. Pendant que le maître d'hôtel chauffait l'enthousiasme, Platon, livré sans doute à quelque rêverie contemplative, regardait tristement les boucles de ses souliers gris. Un combat intérieur le brisait, il faut le croire; car soudain il se leva et frappa sur la table un coup de manche de fouet à écraser les maringouins sifflant autour des chandelles...

— Hors d'ici, négrites, dansez la *chica* si vous voulez, on vous l'accorde, mais qu'après demain tout le monde soit sur pied !

Un murmure de joie accueillit cette sortie. Les nègres, en voyant Platon lever son fouet, croyaient être battus; il leur permettait la danse. Le mot *chica* une fois lâché, la salle d'office fut vide. Il ne demeura que le maître d'hôtel, Platon et Noëmi.

— Tu ne vas pas avec eux, Noëmi ? dit le gérant. — Si vous le permettez, maître, je préfère rester ici; ce linge est d'ailleurs en mauvais état, et je ne voudrais pas encourir le blâme de *madame la marquise* de Langey, répondit Noëmi en appuyant sur ce mot.

Joseph Platon se contenta de reculer sa chaise loin de Noëmi avec un dédain assez marqué, et pendant que la négresse s'occupait assidûment de son travail, à la lueur d'une petite lampe, il causa avec M. Printemps ainsi qu'il suit :

— Eh bien, je l'ai vue, Printemps ! — Pardine ! moi aussi, mais c'était à la nuit. N'importe, je la tiens pour une belle femme, monsieur Joseph ! et je m'y connais..... Voilà une maîtresse femme, celle-là ! — A quoi jugez-vous cela, Printemps? — A ces dix louis qu'elle m'a envoyés, monsieur Joseph. C'est une femme rare, une femme de qualité, qui me paraît beaucoup tenir à sa cuisine... C'est à la bouche qu'on reconnaît une marquise, voyez-vous... — Marquise tant que vous voudrez, reprit Platon; mais si vous aviez vu avec quelle dextérité son singe qu'elle nomme, je crois, Poppo, m'a cassé ma badine...

C'est un fort vilain être que ce Poppo! — Elle a un singe! C'est encore au singe que l'on reconnaît la vraie marquise!... Ah! il est vrai que mademoiselle Lecouvreur, pour laquelle monsieur le maréchal de Saxe m'a fait rôtir et confire prodigieusement, dans les temps, en possédait un fort journalier... Quelle comédienne que cette demoiselle Lecouvreur! — Printemps, vous qui avez de l'esprit, que pensez-vous qu'elle vienne faire ici?— Pour cela, je ne puis pas trop vous dire. Monsieur le maréchal de Saxe avait pour coutume de prêter souvent son hôtel à des comédiennes quand il partait en campagne; monsieur le contrôleur général, homme raisonnable, agit peut être ainsi pour ses protégées. — Dites ses parentes, Printemps; madame la marquise de Langey ne peut être, ne doit être que sa parente, reprit Joseph avec une pruderie manifeste de dignité. — Sa parente, soit; mais il me revient en mémoire l'aventure de certaine cousine du maréchal de Saxe qu'il faut, monsieur Joseph, que je vous conte. C'était en 1730..... ma foi... L'armée...

Des cris perçans arrêtèrent l'histoire de M. Printemps dès son début, l'on vit entrer dans la salle plusieurs nègres de houe armés de pioches, amenant un petit noir qu'ils tenaient par le collet. Derrière cet enfant marchaient, d'un air piteux, plusieurs négrillons, ses amis et ses complices sans doute, car les nègres de houe ne s'en étaient rendus maître eux-mêmes qu'en les battant. Le héros de la troupe porta la parole devant Platon; il dit avoir trouvé Zäo sellant lui-même un cheval pris à l'éperlin; que sur les flancs du cheval pendaient deux paniers remplis de morue sèche, de viande salée et de fruits, des pipes, du tabac, un habillement neuf, tout ce qui peut servir à un voyage de longue haleine; qu'après avoir battu et questionné Zäo sur ces choses, volées sans doute, ils n'en avaient tiré aucune réponse, et qu'ils l'amenaient pour que M. Platon lui-même l'interrogeât.

Le premier acte d'autorité de M. Joseph Platon fut de faire fouiller le négrillon, sur lequel on trouva d'autres objets : des serpes, du cordage, des clous, une lime et une scie. Les nègres fugitifs, dits marrons, sont nantis ordinairement de ces objets. L'exploration plus approfondie des deux paniers donna matière à l'étonnement des assistants; ils étaient remplis en effet de fétiches de toute sorte, bizarrement taillés et coloriés, que Zäo avait cachés au fond sous des feuilles de palmistes. Loin de nier son projet de fuite et ses vols, Zäo affecta une véritable résolution.

— Voilà qui est bien, mes braves noirs, dit le gérant ; quoique vous n'ayez fait que votre devoir, j'aurai soin de faire couler demain dans vos gourdes autre chose que de l'eau. Quant à ce méchant petit crabe-là, j'aurais bien envie de le jeter aux poissons de l'Ester, mais ils n'en voudraient pas, tant il est laid. Il me vient à l'idée de le réserver pour après demain en guise d'exemple. Allons, Zäo, tu te résoudras peut-être à nous nommer ton complice, car tu n'as pas fait tes provisions pour toi seul. Songe à dire la vérité, ou je te livre à messieurs les dragons jaunes.... En attendant, tu jeûneras dans la chambre que voici, et dont les serrures sont bonnes. Bonsoir, ami Zäo, cette fenêtre est bien grillée, je t'en préviens ; elle donne, pour plus de sûreté, sur le puits de la *noria* ; ainsi ne te berce pas d'un faux espoir. Vous autres, gardez-le, vous aurez demain double paye.

Joseph Platon s'éloigna quelques instants, puis revint bientôt armé d'un cadenas énorme et d'une clef digne de la geôle de la Bastille. Zäo ne sourcillait pas ; son œil, parmi cette foule, venait de rencontrer un autre œil, celui du vaudou. Appuyé en dehors de cette fenêtre non fermée encore, auprès du puits de la *noria*, dont les festons de lianes grimpantes le cachaient, cet homme exerçait sur l'enfant la puissance de son regard... Le fouet se fût levé sur Zäo qu'il ne lui fût pas échappé une plainte ou une parole sous cette magique influence..... il ne s'appartenait plus !

Les nègres de houe emmenèrent Zäo. L'assurance du négrillon ne s'était pas démentie une minute ; il jeta même sur Platon un regard assez insolent pour celui d'un enfant de son âge ; mais le vertueux gérant n'y prit pas garde. M. Platon, pour se faire valoir, écrivit sur-le-champ à madame de Langey le récit fidèle de l'événement ; aidé pour ce procès-verbal, de M. Printemps, duquel il avait appris insensiblement les us et le beau parlage des personnes de qualité.

VI

Une mère.

> Je suis assise dans ma douleur : j'attends
> le matin dans les larmes.
>
> (*Colma*, OSSIAN.)

Noëmi n'avait prêté qu'une attention assez ordinaire à la scène précédente. Le délit singulier dont les nègres de houe venaient d'accuser Zäo lui semblait la conséquence ordinaire de ses conversations avec le vaudou ; elle était convaincue que cet homme l'avait fanatisé, qu'il lui avait jeté ce qu'on appelle au pays un *ouanga*, sortilége qu'il ferait cesser à sa prière dès qu'elle le rencontrerait.

Cette idée la rassurait presque sur le sort de Zäo, dont le jeune âge devenait, du reste, la meilleure excuse. Il faut le dire aussi, et le lecteur a pu s'en apercevoir à certains traits épars dans nos premières pages, Noëmi avait accepté Zäo, le fils de sa sœur, plutôt comme un fardeau pour sa misère que comme un bienfait. C'était le mulâtre qu'elle chérissait par-dessus tout, le mulâtre plus leste mille fois et plus adroit que Zäo, dont l'intelligence n'allait pas au-delà de l'humilité et de la superstition envers le jongleur. Pour Zäo, la négresse eût consenti peut-être à se voir battue ; pour Saint-Georges, elle eût donné sa vie et son sang ! Saint-Georges était le Benjamin de Noëmi, son bonheur, son idole de tous les jours ! Au moindre désir exprimé par lui, on la voyait s'empresser et courir, esclave de ses volontés, l'embrassant et l'adorant comme un idolâtre eût fait d'un fétiche. C'était elle qui le lavait soir et matin, elle qui s'occupait de sa *rechange*, équipement consistant en une chemise, un pantalon et une veste de toile que portait l'enfant lorsqu'il suivait M. Joseph Platon à la chasse. Devait-il monter par ces durs chemins aux roches tranchantes et calcaires que les nègres nomment *roches à ravets*, Noëmi visitait le soir ses pieds endurcis à la fatigue, dans la crainte d'y trouver quelque piqûre de ronce ou de serpent. Orgueilleuse de son fils, lorsqu'elle faisait le tour des cases, elle avait l'air de briguer les suffrages de chaque noir de l'habitation. C'était elle qui l'avait allaité à la Guadeloupe, ce pays qu'elle semblait tant regretter, surtout depuis qu'elle était à Saint-Domingue. Ce fils bien-aimé était si beau pour

Noëmi ! Un mouvement fébrile la saisissait quand il était loin de l'ajoupa, une larme brillante se faisait jour alors à travers ses longs cils noirs ; son trouble était visible, malgré le crêpe éternel impitoyablement jeté sur son visage, ce voile immuable qui cache jusqu'à la pâleur ! Souvent, la nuit, elle se levait de sa couche pour le contempler dormant sur sa natte ; elle lui choisissait les plus belles goyaves, frugale pour elle-même jusqu'à l'abstinence. Dans la traversée, il n'était sorte de soins qu'elle ne lui eût prodigués, au point de vendre pour lui son collier de verroteries et ses boucles d'oreilles, seule relique qu'elle eût conservée de la Guadeloupe.

Il y avait des jours où Noëmi ne pouvait concevoir qu'elle eût mis au monde cet enfant ; elle se demandait par quel céleste bienfait il lui avait été donné. Sa vie de misère s'étonnait de cette douce rosée de tous les jours, de ces gentillesses, de ces sourires. Les négresses, pour la plupart, n'aiment guère leurs enfants que tant qu'ils conservent l'ignorance du premier âge ; elles les choient plutôt comme nourrices que comme mères. Chez ces femmes, aucune gradation : l'âge de la raison une fois atteint par l'enfant, elles oublient presque qu'elles ont été mères. Elles les livrent aux chances de la servitude, les abandonnant ainsi de plein gré, après les avoir amollis par leurs anciennes caresses. L'esclavage, cette main de fer, les prend alors, et sa tyrannie est d'autant plus dure qu'elle est soudaine. Rien n'a préparé le nègre enfant à cette transition subite ; il se réveille avec sa chaîne comme un homme que l'on vient de jeter dans un cachot. Ses parents eux-mêmes se font exécuteurs et bourreaux à son égard ; ils le punissent bientôt autant qu'ils le gâtaient ; c'est à la loi seule qu'il appartient.

Noëmi n'aimait pas ainsi son enfant. La pauvre mère n'avait compris que trop vite à quelles dures épreuves celui qu'elle appelait son *ange noir* devait être un jour réservé par sa seule tache originelle. Abîmée dans sa contemplation, elle le préservait déjà dans son cœur contre toute atteinte et toute morsure. Il lui paraissait affreux de penser que ces mains robustes, faites pour manier le fouet, dussent un jour se voir flagellées inhumainement à la moindre faute ; que cet être si complet, si beau, ignorant encore jusqu'à sa force, ne fût qu'une marchandise ! Elle admettait bien les coups et le trafic pour elle, dont les mains commençaient déjà à se gercer, dont la peau avait perdu son lustre, pauvre pacotille de négresse avariée et qui avait eu son prix; mais son fils! son beau Saint-Georges! Il n'avait pas été admiré pour rien dans la traversée, ce cher trésor! Il n'avait pas été caressé par les matelots et le capitaine sans qu'il y eût sur son front quelque ligne glorieuse inscrite par les destinées! Les fanfares des fifres et des tambours lui plaisaient; ce serait peut-être un jour un grand capitaine! Son mouchoir de Madras, il le ceignait déjà avec grâce sous son large chapeau de paille tressée; il dansait et montait à cheval mieux qu'un créole. Enfin, chose neuve assurément pour une mère de cette couleur, elle était déjà récompensée de sa pauvreté et de ses douleurs par l'âme de son enfant!

Noëmi, la triste mère, regardait cette âme s'ouvrir comme la fleur ouvre ses pétales odorantes après la pluie... L'œil de son amour n'y découvrait qu'une chose encore, l'envie de se distinguer, cette ambition des âmes nobles qu'on opprime; elle n'y soupçonnait pas l'amour, ce volcan plus furieux que l'obstacle des sociétés irrite. Noëmi, qui n'avait jamais connu que l'obéissance, ne pouvait deviner cet aiguillon des grandes révoltes, ce niveleur glorieux qui arrive à tout!

Sa crainte la plus forte, c'était que son fils ne revînt plus tard, qu'il ne se perdît dans les mornes et ne couchât sur la terre humide encore de rosée! Ses courses aventureuses l'agitaient; elle écoutait chaque bruit qui pouvait le lui annoncer, celui des oiseaux, du vent, des vagues lointaines. Le devançant quelquefois pour l'attendre jusque près du pont de l'Ester, à la tombée de la nuit, elle y demeurait pensive, comptant et recomptant les minutes avec des grains de maïs, son sablier ordinaire. Vainement les judelles et les râles se jouaient-ils dans les branchages et les lianes autour d'elle, vainement le jakana s'argentait-il à la lune de ses couleurs les plus belles pour raser les plantes flottantes; absorbée dans son inquiétude, Noëmi ne rêvait qu'à son enfant. Parfois alors il y avait un bruit léger auprès d'elle, comme si quelqu'un passait; elle se levait toute droite et la sueur sur le front, la pauvre mère! mais c'était pour voir le caïman s'élancer d'un bond à la poursuite d'une tortue fuyarde. Quand elle entendait le chant de Saint-Georges, elle n'y pouvait tenir et se jetait contre terre, bénissant Dieu...

Ce nom de Saint-Georges n'avait pas été donné au jeune mulâtre par une simple préférence de nom, comme il arrive fréquemment aux colonies. Le plus beau navire en rade.

Guadeloupe, lorsque l'enfant y était né, lui avait servi de par-
rain; c'était Noëmi qui l'avait ainsi voulu, la plus belle et la
plus triste chose à la fois pour une négresse étant un navire de
France, parce qu'il les enlève et les ramène en leur patrie.

Peut-être aussi Noëmi attachait-elle à ce nom d'autres idées,
peut-être lui rappelait-il une époque de sa vie sur laquelle sa
bouche s'était fermée à tout jamais comme la pierre sur le sépulcre. Accablée souvent par la souffrance et prête à livrer sa
main au désespoir, elle s'élevait tout d'un coup et relevait le
front avec orgueil, comme si elle eût entrevu quelque aurore
lointaine dans un mirage. Dans ces instants de crise et de fièvre,
elle nommait des sites oubliés depuis longtemps, elle suivait le
cours de ruisseaux taris et désolés. Suspendue à ces souvenirs
inintelligibles pour tous, elle poursuivait en elle le sens de cette
mystérieuse énigme; elle pleurait et souriait tour à tour... Plus
forte bientôt contre la peine, elle se renfermait dans tout le
courage de son martyre. Son état de santé variait selon les joies
ou les douleurs enfantines de son fils. Elle souriait de son sourire et s'inquiétait de ses moindres maux; dépendante et mé-
prisée, elle lui cachait chacune de ses amertumes. L'habitude
de la souffrance avait fait enfin de cet instrument de passion
une grande et belle âme, rachetant amplement, aux yeux de
Dieu, même sans être chrétienne, les condescendances coupables
de sa jeunesse et des voluptés qu'elle avait plutôt subies que
cherchées.

Quand le pas du mulet retentit près de la hutte, Noëmi
veillait encore, bien que la nuit fût profonde... Elle songeait
moins à coup sûr alors à Zäo le captif qu'à Saint-Georges l'absent... Elle s'arracha de sa natte aux premiers bonds de l'animal dans la grande cour, et, pressant le jeune mulâtre entre
ses bras, elle l'inonda de larmes...

Après avoir étanché sa sueur et lui avoir fait, avec son pouce,
un signe sur le front, elle agita sur lui les feuilles d'un frangipanier chargées de rosée qu'elle avait cueillies, et ne s'endormit qu'après s'être bien assurée qu'il dormait.

VII

Le Départ.

> SANCHE : Je ne sais ce qui arrivera; mais,
> s'il plait à Dieu, Jeanne, tout ira bien.
> (*Le meilleur alcade c'est le roi*, sc. III.)

Le jour choisi par madame la marquise de Langey pour la cérémonie du baptême de Maurice, les esclaves de la Rose reçurent en effet double ration; on leur distribua des bananes mûres, des figues et des patates en abondance. Tout se mouvait, s'attifait et chantait dans l'Artibonite. Les vestes rouges et les vestes blanches rayonnaient au soleil; les coups de fusil, tirés par les nègres créoles, le bruit et les chants, annonçaient la joie. La classe noire se cramponne d'ordinaire à toutes les occasions qu'elle trouve de se réjouir, peu lui importe la cause, c'est un jour de plus d'affranchissement conquis sur la servitude.

La fabrique, ce matin-là, ressemblait presque à un manoir du moyen âge qui donne quelques heures de répit à ses vassaux. M. Joseph Platon parcourait les ruelles des cases avec un air de bénignité qui semblait être de commande; il se laissait aller jusqu'à être bon prince et à goûter du *moussa* et du *tumtum*, comme pour s'assurer par lui-même de la nourriture de sa colonie. Le repos accordé aux esclaves pour ce jour de solennité assurait au gérant un travail plus opiniâtre et plus fructueux de leur part quand viendrait le lendemain : c'était une machine aux mille roues qui promettait de fonctionner avec plus de force, et que l'on ne laissait reposer qu'à ce prix.

La miraculeuse berline de madame la marquise de Langey était déjà prête à partir; une foule de noirs l'entouraient, curieux d'en admirer de près les riches dorures. Les lames d'un soleil éblouissant se jouaient à ses panneaux, où le peintre avait entouré l'écusson de la marquise d'une nuée d'amours et de colombes. Le train du carrosse était rechampi de bleu et d'or, sa forme présentait, vers le bas, celle d'une gondole surmontée d'un treillage de pampres verts en guise de dôme. C'était une voiture de princesse digne de la chaussée de Versailles; madame la duchesse de Valentinois en possédait seule une semblable.

Les chevaux attelés à la berline, et qui piaffaient dans la cour, sortaient tous de la hatte de la Rose. On se sert peu de chevaux pour les attelages de voitures à Saint-Domingue, où l'on emploie plus communément les mulets, comme devant moins succomber à la fatigue; mais comme les chevaux nés dans l'île sont difficiles à manier, les nègres, qui s'exercent de bonne heure à ce manége dangereux, et se vantent de les réduire, avaient voulu prouver leur valeur en cette occasion. Les noms des meilleurs maquignons et maîtres en cette science venaient d'être ballottés dans le tricorne galonné de M. Printemps. le maître d'hôtel, qui regardait ce départ d'un air d'envie et de chagrin, les devoirs de sa charge le retenant aux cuisines.

Les deux noms qui sortirent furent ceux de Saint-Georges, appartenant à l'habitation de la Rose, et celui de Toussaint-Breda [1], appartenant à l'habitation de M. Noë, située à une lieue de la ville du Cap.

Ce dernier nom se vit accueilli par des murmures. Le noir qui le portait, plus âgé de deux ans que Saint-Georges, n'était pas de l'Artibonite, il était venu à la suite de quelques personnes de l'habitation Noë qui visitaient madame de Langey, dont la famille leur était connue pour avoir habité la Guadeloupe. Joseph Platon chercha vainement à faire comprendre aux noirs de la Rose que Toussaint-Breda représentait alors les maquignons de la ville du Cap. La jalousie de ceux de l'Artibonite ne voulut rien écouter. Madame de Langey descendait déjà par le perron, et Joseph craignait quelque sédition populaire. Le noir de l'habitation Breda choisit ce moment pour prendre son élan et courir à sa monture. C'était, par malheur pour lui, un cheval *pautre*, comme on dit à Saint-Domingue, cheval non dressé, et qui s'indignait déjà de se trouver à côté d'une autre bête docile et froide. A peine le noir l'eut-il enfourché que l'animal lui imprima une forte secousse. Toussaint fut lancé au milieu d'un groupe de noirs, qui battirent des mains à sa défaite.

Le noir, honteux, se releva, grommelant entre ses dents. Il était pourtant renommé au Cap pour cet exercice; mais, cette

[1] Toussaint-Breda, depuis Toussaint l'Ouverture. Il était né en 1748. M. Bayon de Libertat, procureur de M. de Noë, en fit son cocher. Il portait alors ce nom de *Breda*, du nom de l'habitation.

fois, le cheval auquel il s'attaquait ne lui était pas connu. Il cherchait encore à enlever la poussière qui couvrait sa veste à carreaux blancs et rouges, quand un coup de fouet victorieux retentit, et le noir du Cap eut le désappointement de voir le jeune mulâtre de la Rose maîtrisant chaque mouvement de l'animal, et faisant décrire à la berline un tour gracieux jusqu'au perron.

Les applaudissements de tous les noirs de l'Artibonite lui furent prodigués. Sa casaque vert-pomme, sa bonne mine et sa grâce avaient frappé tous les spectateurs... Madame de Langey, la nourrice, l'enfant et Finette la mulâtresse, montèrent dans la berline, que suivait une voiture de l'habitation Noë, dont Toussaint se vit heureux d'occuper l'arrière-train, aux cordons duquel il se suspendit d'un air piteux... Saint-Georges conduisait seul l'attelage brillant de madame de Langey, qui sillonna bientôt de ses roues les sables du chemin qui mène à Saint-Marc.

A la suite de la berline, et juché sur un cheval dont il déchirait les flancs, Joseph Platon se tenait en selle tant bien que mal, constamment préoccupé de la bataille que livrait la brise à ses lunettes vertes et à son grand chapeau de paille.

Entre les négresses de l'habitation, attroupées pour voir ce départ, Noëmi suivait de l'œil avec plus d'attention qu'aucune autre la glorieuse caravane. Elle avait passé une partie de la nuit à terminer l'équipement de Saint-Georges; c'était elle qui avait attaché les rubans et les fleurs de son chapeau : son orgueil crédule s'imaginait que tous les yeux cherchaient son enfant. Elle n'ignorait pas qu'il se levait souvent la nuit, comme un maraudeur, pour prendre un cheval à l'éperlin et le dresser sans être vu; malgré son habileté, elle éprouvait une certaine frayeur à le voir en selle.

L'heure du départ sonna. La robe isabelle du bâtard anglais que montait Saint-Georges disparut bientôt aux regards de Noëmi; bientôt elle n'entendit plus autour de la case que des chansons de hattiers sortant le *cachimbeau* à la bouche et le grand fouet sur l'épaule. Un sentiment de tristesse indicible la saisit en se retrouvant seule loin de cet enfant chéri que la protection de son amour ne quittait pas. C'était pour la négresse un sacrifice immense et qu'elle ne tarda pas à trouver au-dessus de ses forces. Sans compter la fatigue qui pouvait résulter pour lui de cette route par un soleil accablant, fatigue

que ses soins empressés lui eussent rendue moins pénible, la
cérémonie dont il allait se trouver témoin lui paraissait de nature à exiger impérieusement la présence de sa mère. Quel
intérêt cette pompe chrétienne pouvait-elle avoir pour une idolâtre comme Noëmi? pourquoi cette paroisse de Saint-Marc
l'attirait-elle? Noëmi seule le savait. Du jour où l'humble
prêtre de ce modeste lieu s'était interposé entre le fouet d'un
commandeur brutal et son malheureux enfant coupable d'une
faute légère, Noëmi l'avait considéré comme son sauveur. Elle
avait été plus d'une fois au-devant de ses conseils; son intelligence bornée ne les analysait point, elle demeurait étrangère
au dogme, tout en adorant l'apôtre. Un *vaudou* de sa secte pas-
sait-il chez elle pour y secouer la poussière de ses sandales à
son foyer, Noëmi lui parlait avec admiration, vous l'avez vu, de
cet autre vaudou qui avait fait preuve d'assez de puissance pour
conjurer une punition suspendue sur la tête de Saint-Georges;
c'était là tout ce qu'elle avait compris de notre Évangile, la
pauvre mère! sa force agissante, son intervention sacrée, sa
main tendue vers le faible! Dès lors elle était devenue d'une
curiosité extrême à l'endroit de ce pouvoir qu'elle avait jugé
devoir être son unique sauvegarde! Émerveillée de ce qu'il
avait risqué pour elle, la négresse le considérait comme une
arme à toute épreuve pour son enfant. Si incertaines que fussent
ces lueurs, ces adorations, ces extases, elles plaçaient Noëmi sur
la pente d'un terrain nouveau pour elle. Un prêtre de sa secte
n'eût pas délivré son fils, un prêtre qui n'était pas de sa religion l'avait préservé, et cela sur une terre où l'homme ne régnait
que par le mal!

Rien au monde n'avait égalé la reconnaissance de Noëmi, si
ce n'est peut-être son étonnement. La seule fois qu'elle était
entrée dans son église, sa nature abaissée s'était relevée de tout
l'orgueil qu'inspire un air libre; en voyant la Vierge, son nou-
veau-né dans les bras, elle avait prié machinalement.

La douleur qu'elle éprouvait de se voir retenue loin de Saint-
Georges un jour pareil, peut-être aussi le poids d'autres réflexions accablantes pour Noëmi, l'empêchaient de se livrer à
son travail ordinaire; c'était fête, d'ailleurs, pour l'habitation;
la cloche annonçant les différents jeux des noirs tintait agile
entre leurs mains, Noëmi les voyait passer par bandes devant
elle, trainant après eux leurs enfants, qui faisaient rouler entre
leurs doigts les bamboulas de la danse. Toutes ces natures, em-

portées vers le plaisir, ne purent la distraire de sa pensée, elle songeait que parmi tous ces obscurs produits de l'esclavage il n'y avait pas un seul être que le fouet ne pût déchirer inhumainement ; seul entre eux tous, son fils avait échappé, par une protection nouvelle pour la pauvre mère, à ce supplice, à ces plaies ! Que faisait-elle là, devant cette foule réjouie, elle qui ne partageait en rien ses joies? Des voix secrètes lui murmuraient sans doute à l'oreille d'étranges paroles; car tout d'un coup elle sortit d'un petit sac de cuir quelques grains de verroterie et les offrit à un aide de cuisine, homme de couleur, qui lui demanda, en surplus, cinq escalins pour la conduire à Saint-Marc.

Comme il était chargé de rapporter à M. Printemps quelques fruits rares pour la table de la marquise, il avait attelé lui-même deux excellents chevaux pris aux écuries de la grande case.

La carriole partit au grand trot, la bouteille de tafia que le valet avait bu l'excitant à ne pas ménager sa monture.

VIII

Deux Baptêmes.

> Je veux des enfans.... parce que lorsqu'ils sont bien habillés, cela fait bien sur le devant d'une calèche. (*Une femme à la mode.*)

> Judith, ayant cessé de crier au Seigneur, se leva du lieu où elle était demeurée à terre.
> (*Judith*, chap. x.)

Le parfum de l'acacia et des citronniers embaumait la route, la voiture courait aussi rapide que l'éclair. Voluptueusement couchée au fond de la berline, madame de Langey admirait intérieurement ces chemins nuancés de festons de toutes couleurs : ici des raquettes à fruits rouges, des karatas à bouquets aurore, plus loin des buissons élégants de *grad-gale;* mille teintes, en un mot, s'élevant du sol jusqu'à la corne des rochers. La nourrice de l'enfant était vêtue d'une robe de serge noire, livrée de deuil que sa maîtresse seule conservait ainsi qu'elle; l'enfant, se jouant sur ses genoux, avait une veste blanche serrée par une riche ceinture à franges d'or.

Dans cette cérémonie du rite catholique qui allait avoir lieu, madame de Langey venait-elle accomplir une vaine formalité,

ou bien suivait-elle une inspiration religieuse de sa conscience ?
La question était facile à résoudre. La religion chrétienne, si
féconde en poétiques aspects, n'avait guère plus d'influence
alors sur l'esprit des créoles de Saint-Domingue que sur celui
des Américains d'aujourd'hui. Hors la partie espagnole, qui
avait conservé les pompes du culte dans des églises aussi ornées
que ses maisons étaient pauvres, quel pouvoir à Saint-Domingue
eût songé à relever une religion exposée en France à tous les
pamphlets amers des philosophes, outragée, battue en brèche
par des écrits qui avaient la prétention d'être lus et commentés
jusque dans les îles? Ce germe divin de perfectibilité pour
toutes les classes, les suzerains et maîtres des noirs avaient
plutôt intérêt à le laisser périr ; il devenait un contre-poids de
leur pouvoir du jour où il fécondait l'intelligence des esclaves.
La religion chrétienne devait paraître, en effet, une puissance
dangereuse dans un pays où elle parlait de l'âme à des opprimés qui ne s'y croyaient possesseurs que d'un corps : la loi
civile avait beau déclarer ces hommes une denrée et une chose,
la loi chrétienne les instruisait d'une autre chose et d'une autre
denrée non vendue, l'intelligence ! L'Église, mère tendre, donnait aux esclaves l'instruction que leur refusaient leurs maîtres ;
en regard de la philosophie avare du dix-huitième siècle, philosophie écrasante pour eux, elle seule, vraiment philosophe et
libérale, ouvrait à leurs désirs, jusque-là comprimés, le chemin
des facultés humaines. Le seul droit conservé à l'esclave était
son culte ; la religion lui enseignait donc le courage. Dans les
temples protestants d'Amérique vous verrez encore les noirs, à
l'heure qu'il est, parqués dans un endroit à part ; car la séparation des blancs et des nègres se trouve partout à Philadelphie,
dans les hôpitaux, dans les prisons, au théâtre, jusque dans le
cimetière. Relégués dans un coin de l'église, ils peuvent prier,
mais seulement comme Lazare, à quelque distance du riche [1].

Mais à Saint-Domingue, qui comptait alors un bon nombre
de familles françaises attachées à la religion catholique, l'église
leur ouvrait du moins les bras ; la population noire trouvait un
libre accès dans les temples, elle s'y agenouillait matin et soir,
comme pour contraster, par sa foi vive, avec l'incrédulité railleuse et la corruption déjà avancée des créoles. Ébranlés dans
leurs croyances par les doctrines qui leur venaient de France,

---

[1] Voir l'ouvrage excellent de M. Gustave de Beaumont, *Marie*.

les colons ne fléchissaient plus en effet le genou qu'avec une
sorte de répugnance. Au Cap, on lisait Voltaire en place de la
Bible ; à Saint-Marc, au Port-au-Prince, les romans de Crébillon
le fils faisaient fureur. Le vent qui soufflait de France n'était
pas au respect des choses saintes ; l'escarmouche philosophique
y avait envahi jusqu'à la chaire ; le clergé, comme la société,
semblait prendre à tâche de ruiner et de dissoudre sa puissance : les convulsionnaires d'un côté et les prélats musqués de
l'autre n'y militaient guère qu'en faveur du ridicule. Toutes ces
folies, dont le contre-coup se faisait ressentir aux îles, n'y mettaient guère le pouvoir religieux en crédit ; les colons en pres-
sentaient le déclin. Les passions orgueilleuses des blancs s'indi-
gnaient de ce que les prêtres catholiques leur débauchassen
presque leurs esclaves ; ils n'allaient à l'église que parce qu'ils
la considéraient comme moyen de distraction ; leurs femmes s'y
montraient avec les mêmes fleurs et les mêmes dentelles qu'au
bal ; on n'y priait qu'en paniers et en satin. Quelquefois, pendant
le prêche, indécemment troublé par les causeries et les œillades,
au milieu de cette assemblée si coquettement impie, on voyait
entrer comme contraste, par un des bas côtés du temple, un
homme au teint basané, l'air humble et son chapelet au cou :
c'était quelque Espagnol apportant des fruits ou des cocos au
marché ; il restait les bras croisés, priant Dieu l'espace d'un
quart d'heure, puis remontait sur sa mule, suivi des petits
enfants qui riaient de lui quand il longeait les arbres de la promenade. La présence de ce croyant semblait avoir purifié l'église,
où le bruit ne recommençait que trop tôt.

Pour la marquise de Langey, l'objet de cette cérémonie était
donc moins le baptême de Maurice qu'un déploiement de luxe
et de belles façons dans la colonie : c'était en quelque sorte le
programme de sa richesse qu'elle déroulait, en même temps
qu'elle prouvait son mépris pour tout ce qui pouvait se trouver
israélite ou protestant autour d'elle. Caroline de Langey, noble
avant tout, était loin d'avoir oublié son origine : c'était une
marquise et une créole dans la stricte acception de ces deux
mots. Marquise, elle avait toujours devant les yeux le nom que
M. de Langey, neveu d'un commandeur au service de mer, lui
avait apporté en mariage ; créole, elle avait retenu de sa mère
ces leçons d'empire souverain dans lesquelles l'entretenait le
privilége de l'épiderme. Or, elle arrivait dans un pays où ces
doubles qualités devaient prévaloir et lui assurer les admirations

de la foule; elle allait se lancer bientôt comme une frégate légère au milieu des vagues; elle allait vivre au sein d'une société tendrement nonchalante ou ardemment dissolue. Il lui fallait d'un seul coup conquérir tous les suffrages, affronter ce climat brûlant des Antilles et s'y trouver bien vite à sa place par quelque vice ou quelque vertu d'éclat. Il ne manquerait pas, à coup sûr, de gens maussades qui éplucheraient ses actions, sa froideur ou ses caprices. Madame de Langey voulait marcher seule, indépendante de toute impulsion particulière; ce qui pouvait la mettre en relief par les autres lui importait peu : c'était un acier trop finement trempé pour ne pas résister à tout par sa propre force. Veuve et libre, jeune et belle, elle ne songeait qu'à vivre comme elle l'entendait, avec une franchise d'allure que des puritains auraient peut-être appelée licence. Ceux qui admirent la Médée antique comme la plus parfaite concentration de volonté auraient admiré madame de Langey. C'était un singulier mélange de beauté et de tyrannie, femme et marbre tout à la fois! Jamais peut-être plus décevante image de passion n'avait traversé le cerveau; les plus indifférents se laissaient aller devant elle à des rêveries et à des extases. Le poëte tombé dans les filets d'une pareille femme eût été perdu; le philosophe n'eût pas été à couvert. Modulé comme une musique, son parler s'élevait en gammes vives ou s'abaissait doucement en notes éteintes. L'orgueil, plus que la tendresse, se peignait dans ses beaux yeux; mais c'était un orgueil consacré et si peu fait pour être mis en doute que son moindre sourire l'adoucissait. Elle avait la peau fine et les plus belles dents du monde. Son regard mourant, son air abattu, inspiraient à l'âme une de ces fatales voluptés dont on ne peut se distraire une fois qu'on en est esclave; elle avait pour elle jusqu'au charme de la maussaderie enfantine, apanage distinctif des belles créoles; défaut si charmant qu'il devient chez elles un mérite et souvent même une étude.

Son deuil récent la rendait plus attrayante encore en l'encadrant de sa bordure noire, comme une tête sévèrement noble de Velasquez ou de Carrêno. Pourquoi s'était-elle astreinte à ce deuil, même le jour d'un baptême? C'est ce que chacun ignorait. Quoi qu'il en fût, ce rigide costume était loin de lui être défavorable : au lieu de voiler ses formes, il les dessinait et leur imprimait cet air de suprême dignité qui convient aux belles femmes. Son voile laissait échapper ses cheveux tombant en grappes soyeuses. Enfin l'harmonie de ses mouvements était telle qu'on eût dit qu'elle les avait répétés devant un miroir.

Lorsqu'elle arriva après un trajet rapide à la paroisse de Saint-Marc, le curé vint la recevoir à l'entrée de l'église, comme il eût fait pour M. de Boullogne lui-même. Joseph Platon, descendu à son honneur de sa monture, lui offrit la main....

La cérémonie commença suivant les coutumes de l'église catholique; le baptistère était entouré de curieux. La nourrice de l'enfant avait quelque peine à le contenir. Maurice ne comprenait guère ce qu'on lui voulait, et la marquise, assez indifférente à l'importance sacrée de cet acte, songeait plutôt à se faire voir qu'à prier. Les habitants de Saint-Marc, opulents colons pour la plupart, furent surpris de sa beauté, de son faste et de la nouveauté merveilleuse de son équipage, remisé à l'ombre sous les arbres touffus implantés devant l'église. L'arrivée de cette jeune et belle femme dans la colonie était bien digne d'y faire sensation : peu s'en fallut que le canon des forts ne la saluât comme un navire attendu. Madame l'intendante vint à sa rencontre avec son mari dès le pas de la paroisse; plusieurs officiers de la ville, des personnes de l'habitation Noë, des nègres et des négresses de la Rose formaient le cortége de la marquise.

Entre tous les actes chrétiens, le baptême est certainement celui qui donne le plus à réfléchir : c'est le premier flot d'huile sainte qui coule sur le front de l'enfant avant tous les autres; il n'est peut-être pas de symbole d'égalité plus complet que cette eau lustrale versée indistinctement sur le pauvre comme sur le riche, qui sert au peuple comme au roi. Ainsi consacrée sous l'œil de Dieu, l'existence de l'enfant semble s'ouvrir aux brises propices, comme le calice d'une jeune et belle fleur. La bénédiction céleste est descendue sur lui; il pourra du moins recourir au sein de Dieu si quelque jour le sein maternel lui manque. Pour lui, le baptême est la porte d'un monde nouveau; monde divin, poétique, semé d'ombres fraîches, de haies vives, d'aspects doux et consolants; monde que recherche l'âme brisée après la tourmente, l'âme usée par les fausses joies, l'âme esclave qui aspire aux sommets libres. Mais le baptême, ce premier gage de protection que vous donne l'Église, existe plus solennel encore aux colonies que partout ailleurs devant l'idolâtrie et la superstition des noirs, dont une faible portion recourt à lui, il devient une distinction utile au principe d'asservissement. L'enfant du créole y naît libre, l'enfant du nègre y appartient au maître : de là une différence sensible dès le seuil de la vie. Le colon s'empresse peu de faire baptiser l'enfant noir, l'avenir d'un tel être ne valant pas autre chose pour lui que dix acres de terre en bonne culture. Rarement le noir courbe le front sous l'onde salutaire, rarement l'étoile lumineuse scintille sur sa tête; sa mère, à laquelle la loi le dispute, l'allaite parce que les bêtes fauves allaitent leurs petits; ce temps passé, il n'existe plus que par lui seul. Le baptême donnerait-il au nègre, dans la colonie, un rang moins inférieur aux yeux de tous? l'empêcherait-il d'être la chose d'autrui? Hélas ! cette chose humaine ne doit pas laisser plus de traces dans la société religieuse que dans la société civile? son cerveau étroit est mesuré au compas, il n'y a pour lui ni naissance, ni décès, ni mariage. Affranchi par l'ablution chrétienne, le noir n'en resterait pas moins un ilote [1].

Mais la religion chrétienne se rit de la loi des hommes; alors comme aujourd'hui elle ouvrait ses bras à tant de misères! Ses rayons, si rares que l'incrédulité les eût faits, pénétraient encore le fond des savanes : ils y portaient l'espérance et le remède aux maux violents. Considérée comme contre-poids au fouet, à la torture, d'indulgence naturelle au prêtre, à l'homme de Dieu, paraissait à quelques-uns de ces opprimés un véritable refuge. La loi civile ne se produisait jamais à l'œil du noir qu'armée de paroles menaçantes et de supplices; la loi chrétienne l'abritait, souvent elle était assez courageuse pour intercéder en sa faveur. Merci ! répondait l'esclave au prêtre. C'était à Dieu que l'esclave eût dû répondre merci ! mais il ne connaissait que l'idée palpable, le sacerdoce. Chez ce clergé d'alors ce n'était pourtant déjà plus la même foi, la même charité ardente, le même amour véhément qui dirigeait les anciens missionnaires ! Le sang de ces premiers martyrs, aussi inspirés que Paul, accourus de toutes parts sur cette plage pour racheter des âmes à Dieu, ne fécondait plus le courage au cœur de leurs descendants apostoliques. Effrayés par tout l'appareil de force

[1] Des législateurs de la Caroline du Sud ont bien senti toute la portée du principe moral dont le christianisme renferme le germe, car dans l'un des premiers articles du code qui organise l'esclavage, ils ont pris soin de déclarer en termes formels que l'esclave qui recevra le baptême *ne deviendra pas libre par ce seul fait.* (Lois de la Caroline du Sud. — *Brevard's Digest*, page 229, tome II, v° Slaves, § 3.)

dont se faisait précéder le pouvoir colonial de la métropole, ils n'osaient agir aussi ouvertement qu'autrefois pour la cause de l'Église. Intéressés à reconnaître ce pouvoir, ils se contentaient des vertus humbles et pacifiques de leur état; on ne les voyait plus la croix haute par les chemins, promenant les images à châsses d'argent, les statues, les ex-voto, au son des cloches et des acclamations de tout un peuple avide de se suspendre à leur parole. La raillerie philosophique les intimidait. En abordant la hutte du noir, leur charité devenait presque tremblante. Et cependant c'était toujours la même croix de bois qui avait sauvé le monde, c'était la même piscine ouverte aux infirmes, le même doigt qui guérissait l'âme et le corps.

Le spectacle d'une cérémonie pareille eût donc intéressé doublement toute autre femme que la marquise de Langey, en faisant remonter ses regards du fond misérable et méprisé des cabanes noires jusque sur le berceau de Maurice. Un grand nombre de nègres demeuraient encore agenouillés hors de l'église, pendant qu'elle se tenait debout à côté du baptistère; vous eussiez dit une princesse du Bas-Empire devant son évêque. Elle avait passé la main avec une douceur toute maternelle entre les cheveux de l'enfant, l'invitant elle-même à s'agenouiller près du prêtre... Malgré sa mutinerie ordinaire, Maurice, à force de bonbons et de caresses, en était venu à son honneur pendant le cours de la cérémonie; et madame de Langey, après avoir fait inscrire son nom sur les registres de l'église, se disposait à partir, quand il y eut tout d'un coup un grand tumulte... Une négresse, que nul n'avait remarquée jusque-là, parut bientôt, son madras et sa jupe blanche couverts de poussière; elle fendit la foule, et se jetant aux pieds du prêtre, elle les tint d'abord étroitement embrassés.

Le Dieu des chrétiens n'était pas le Dieu de cette femme, le prêtre la reconnut, la releva et s'écria :

— Noëmi !

La marquise allait sortir, elle se sentit clouée à sa place par un pouvoir indéfinissable...

— Oui! moi, Noëmi! moi la négresse, moi qui baise vos pieds, monsieur le prêtre, je viens vous demander pour mon fils, que vous avez déjà sauvé une fois, ce gage sacré..... qui, dites-vous, fait l'égal de tous !

Madame de Langey recula.

— Quoi, le même jour que mon fils ! murmura-t-elle à voix

basse au curé de Saint-Marc. Cette femme est mon esclave, monsieur. Cela ne se fera pas!

Noëmi n'entendit point, mais voyant que le curé hésitait :

— Monsieur, je n'ai que deux mots à vous dire...

Le curé pencha la tête et prêta l'oreille à la négresse... La confidence qu'il avait reçue et surtout l'air inspiré avec lequel Noëmi venait de la lui faire amenèrent un tressaillement léger sur ses traits; il écarta doucement la négresse. Derrière elle se tenait son fils, qui venait de confier ses chevaux à l'aubergiste... Le jeune mulâtre, appuyé contre un des pilastres extérieurs de l'église, avait contemplé d'abord à distance le baptême de Maurice comme un tableau dont il n'osait approcher, n'étant pas initié à la sainteté du lieu. Il n'avait compris qu'une chose de cette solennité, la blancheur des dentelles et de la peau de Maurice, l'enfant blanc pour l'enfant mulâtre devant être toujours un objet de culte ou d'envie. Mais en voyant Noëmi entrer résolûment dans ce lieu, y assister, le front contre terre, à ces chants qu'il ne comprenait pas plus qu'elle, il s'était hasardé à l'approcher, n'ayant pas oublié qu'il avait trouvé dans le prêtre de cette église une aide touchante, inattendue.

— Quel nom donnerai-je à votre fils, Noëmi? reprit le curé de Saint-Marc élevant la voix avec fermeté. — Le nom de Saint-Georges, répondit-elle.

Agenouillée contre le marbre du baptistère, la négresse, en parlant ainsi, fixait avec orgueil madame de Langey. Dans ce cœur qui ne battait que pour son fils, il se livrait alors un de ces combats sublimes dont les anges seuls admirent la beauté sans aucun voile.

Dès que l'eau du prêtre, cette même eau qui avait touché le bront de Maurice, eut touché le front du mulâtre, Noëmi se releva, et les deux enfants que l'Église venait de faire chrétiens virent fermer sur eux les portes du temple.

Quelque étrange que dût sembler ce double baptême à la marquise, elle se remit bien vite de sa mauvaise humeur en considérant l'âge des deux néophytes et en réfléchissant aux devoirs accoutumés de l'Église. La brillante berline repartit au trot, suivie des acclamations de tout le peuple.

IX

Un Nègre et un Perroquet.

Lugete , ô Veneres, Cupidinesque ,
Et quantùm est hominum venustiorum.
(*Luctus in morte passeris*, CATULLI *liber* III.)

L'étonnement du jeune mulâtre n'avait pas été moins grand que celui de la marquise. Poussé par sa mère au pied de cet autel qu'il abordait humblement, forcé d'obéir à cette volonté qu'il ne se donnait pas même la peine d'approfondir, il n'emportait guère qu'une perception vague de tout ce qui venait de se passer.

Devant la joie de Noëmi, joie nouvelle chez cette mère, joie élevée, infinie, il n'avait conçu qu'un enchantement réel, celui de voir couler sur son front l'eau qui avait été puisée au font baptismal pour l'enfant blanc de madame de Langey, d'approcher son genou du même coussin, d'entendre les mêmes paroles sortir de la bouche du prêtre. Sauvé par cet homme une première fois, il avait éprouvé un secret bonheur à le retrouver ; il l'aimait d'instinct. Trois degrés de la chapelle l'avaient rapproché de lui, et le balustre doré qui s'était fermé sur les acteurs de cette scène religieuse avait paru à l'enfant la porte du ciel. La veille, il n'envisageait Maurice qu'avec une sorte de frayeur respectueuse; à la sortie de l'église, il marchait presque son égal en voyant les noirs se ranger d'eux-mêmes devant Noëmi, comme si elle eût accompli un acte surnaturel... La négresse le tint longtemps serré contre sa poitrine, qui battait avec violence; le sourire sur les lèvres et les larmes dans les yeux, Noëmi semblait murmurer en elle un chant d'allégresse intérieure... Elle-même lui tendit l'étrier quand il dut remonter en selle : un baiser la récompensa de ce soin. Noëmi, plus vaine que jamais de son enfant, le regardait comme une vierge altière du Titien regarderait Jésus.

Cependant la berline, remorquant à sa suite un honnête carrosse des temps passés, où se trouvaient M. et madame l'intendante, laissait derrière elle les ormes de l'église. Avec quelle joie Saint-Georges retrouva-t-il les regards flatteurs de tous les habitants de Saint-Marc! avec quel orgueil enfantin vit-il le soleil ruisseler à flots sur cet équipage dont il était le guide ! Il continuait à le maintenir en tête de tous les autres. La course n'était pas si rapide cependant qu'il n'eût le temps de s'apercevoir des louanges et des gâteries de Finette; il l'entendait vanter derrière lui sa bonne grâce à cheval. Cette fille était de sa couleur, et, à ce titre, elle lui devait protection. Elle causait de lui avec la nourrice, pendant que madame de Langey demeurait rêveuse au fond de la voiture. M. Joseph Platon avait beau crier à son élève de ne pas aller si vite, Saint-Georges n'en tenait compte et feignait de ne pas entendre. Noëmi avait eu soin de mettre dans une des poches de sa casaque une gourde d'excellent vin; quelques gorgées lui rendirent courage à demi-route. On arriva bientôt à la grille de la Rose. Joseph Platon ne fut pas peu surpris en approchant de voir plusieurs bandes de nègres en désordre : les uns sautaient, d'autres criaient; il y en avait qui éteignaient brusquement leurs torches. L'un d'eux s'approcha de lui, quand il descendit de sa monture, pour lui faire lire un papier semé de lignes rouges et de signes auxquels il ne comprit rien. Le gérant de l'habitation de la Rose se vit bientôt conduit à la chambre ou plutôt à la prison dans laquelle il avait enfermé Zäo : là il trouva M. Printemps qui verbalisait. Zäo s'était enfui avec le vaudou pour les Grands-Cahos, retraite ordinaire des noirs marrons.

A la vue du maître d'hôtel remplissant par intérim les fonctions de haut justicier, M. Platon s'emporta beaucoup; il demanda comment le captif avait pu scier si habilement les barreaux de la fenêtre. M. Printemps ne lui répondit qu'en lui remettant, avec un soupir, un de ces petits couteaux que les nègres nomment *jambettes*, couteaux semblables à une lime grossière par les brèches faites au tranchant de la lame. Le vaudou avait laissé une lettre à l'adresse de Noëmi; elle était en langue guinéenne. Joseph Platon en demanda l'explication à l'un des noirs, qui s'en fit de la sorte le traducteur :

« Votre neveu Zäo me charge de vous apprendre qu'il se sent né pour les grandes choses. Il a eu, cette nuit même, une vision de Dompête, qui lui a apparu dans sa prison et a détaché ses liens, à la condition qu'il deviendrait son serviteur. Pour cela, il était nécessaire à Zäo de quitter les blancs, et c'est ce qu'il a accompli à l'aide de Dompête et de moi. Après lui avoir imprimé son image sur le bras gauche, je l'ai dévoué à notre culte solennel; vous ne le reverrez qu'aux temps voulus. Adieu, fille et mère de ma tribu; Dompête vous protége! Pour vous consoler et vous redonner la force, voici une tortue représentant un soleil sur sa carapace; Zäo m'ordonne de vous la laisser. »

Sur le rebord de la fenêtre et auprès de la tortue de Zäo on voyait encore les arêtes de poisson à l'aide desquelles le vaudou avait tatoué le jeune homme. Le sang du néophyte les arrosait; il y avait aussi des tâches de ce sang sur les nattes. Les noirs avaient écouté la lecture avec une admiration stupide; ils croyaient voir Dompête, leur dieu, dans chaque recoin de la chambre. Noémi, prosternée aux pieds de Joseph Platon, ne protestait que d'une chose, c'est qu'elle avait été étrangère à la fuite de Zäo. M. Printemps, assuré que le fugitif ne pouvait manquer d'être saisi, venait de mettre à sa poursuite plusieurs nègres et les molosses de la bananerie. Malgré l'obscurité, il espérait bientôt s'en rendre maître; d'ailleurs, la disette de vivres le forcerait bientôt à revenir sur l'habitation de la Rose pour obtenir sa grâce. Ainsi raisonnait le vénérable Printemps, faisant valoir en outre au gérant un motif de consolation très-rassurant, suivant lui, c'est que Zäo, comme tous les nègres esclaves, était sans nul doute *étampé* sur le sein, et que cette étampe indiquait le nom et la résidence de son propriétaire; puis, il y avait eu chez lui *vocation*, le jongleur l'avait catéchisé pendant un mois! M. Printemps ne se dissimulait pas que le négrillon de douze à seize ans se vendait de onze à quinze cents livres; mais il serait arrivé pour Zäo tôt ou tard certains cas rédhibitoires, le mal caduc, par exemple, autrement appelé mal Saint-Jean, maladie que les fréquentes illuminations du vaudou lui auraient donnée. En un mot, ce n'était point un nègre *pièce d'Inde* [1], un nègre dont la perte dût entraîner celle de deux mille quatre cents livres!

Joseph Platon, malgré les beaux calculs du maître d'hôtel, dont il ne goûtait guère le raisonnement, demeurait encore stupéfait de l'aventure quand le domestique noir de madame la marquise vint l'avertir que la compagnie l'attendait et que la collation était finie. Le malheureux gérant de la Rose trouva en effet madame de Langey assise dans le grand salon, pendant que quelques jeunes officiers du Port-au-Prince multipliaient déjà leurs agaceries autour d'elle. Diverses tables de jeu étaient préparées autour de madame de Langey pour ses hôtes, qu'elle avait accueillis malgré sa fatigue, autant dans la crainte de s'ennuyer

---

[1] C'est-à-dire âgé de dix-huit à vingt ans.

que par le désir de se former vite une cour. Après avoir proposé un *biribi* à un lieutenant de vaisseau et à madame l'intendante, qui avaient fini par s'en accommoder, elle avait arrangé
un *cavagnol* entre un conseiller du Port-au-Prince et le procureur de l'habitation de Breda, appartenant à M. de Noë. Ces
graves figures ne ressemblaient pas mal à une garniture de cheminée en magots de la Chine; mais il fallait bien que madame
de Langey se contentât d'abord de ce qui lui tombait sous la
main. Le bruit de son arrivée lui avait amené moins de papillons
que de moustiques. Cependant on parlait déjà autour d'elle de
son attelage, de sa beauté, de son luxe. Ce n'était pas assez des
camaïeux de sa berline, de sa doublure intérieure, d'un velours
à la reine lilas, brodée en chenilles couleur de rose, elle avait
encore sur ses genoux un chat et une petite chienne gredine du
plus beau poil du monde; ménagerie princière, s'il en fut, mais
dont Poppo le singe était à coup sûr le roi.

Et puisque ce nom de Poppo intervient ici dans mon récit, je
dois déclarer que ce charmant animal faisait le sujet de la conversation quand M. Platon entra. La marquise eut l'air de se
faire violence pour ne pas étouffer de rire du plus loin qu'elle
entrevit le vertueux gérant. Par contenance, elle se mit à faire
des nœuds. Madame la marquise avait échangé sa robe du matin pour un peignoir blanc garni d'une échelle de rubans noirs.
Ces nœuds galants voltigeaient autour d'elle avec des frôlements de soie délicieux...

A peine le gérant fut-il entré qu'elle l'invita à prendre un fauteuil auprès de sa *chinnta*, en lui disant :

— Monsieur Platon, j'ai de grands remercîments à vous faire.
— Madame la marquise est contente, fit ingénument Platon.
Tant mieux, j'avais peur que les chevaux ne la versassent.....
— Cela aurait bien pu m'arriver sans votre petit postillon mulâtre, que vous me présenterez demain, car vous me l'avez promis, monsieur Platon; mais ce n'est pas de lui qu'il s'agit...
— J'entends; madame la marquise veut me dire que la collation de monsieur Printemps a eu du succès. En cette saison, on
fait ce qu'on peut..... — Vous vous moquez, ce n'est nullement
de ma table qu'il s'agit, c'est de la table de Poppo, mon singe.
— Je me flatte, madame, que rien ne lui manque... — Oh! je
le crois bien, il ne se plaint pas! vous faites les choses admirablement pour lui; nous l'avons trouvé achevant ce perroquet...

La marquise écarta les feuilles de laque d'un beau paravent

chinois qui cachait Poppo; le singe apparut à l'œil de Joseph
Platon comme une monstrueuse représentation du vautour de
Prométhée. Les plumes de l'infortuné perroquet jonchaient le
tapis.

— C'est mon perroquet! s'écria Platon éperdu. — Comment!
votre perroquet! reprit la marquise.

Il y eut un éclat de rire si communicatif dans le salon que
toutes les vitres le répétèrent... La pose superbe de Poppo, son
dédain et une sorte de satisfaction intérieure qui perçaient jusque
dans son silence, allumèrent encore plus la fureur du gérant...
Silencieux et triste, il se contenta de ramasser les plumes de
l'oiseau et de les serrer dans sa poche de l'air d'un amant qui
ramasserait les morceaux d'une miniature chérie...

— Ce pauvre ami! murmura intérieurement Platon. Qui me
répétera maintenant le nom de Rosette?

Il jeta au singe un coup d'œil oblique qui voulait dire : Tu
mourras! Poppo fit une gambade, madame de Langey sourit.

— Monsieur Platon, les devoirs d'un gérant d'habitation n'au-
torisent pas semblable holocauste. Si Poppo n'eût point rencontré ici votre perroquet, il ne lui aurait point fait ce mauvais
parti; mais le maître d'hôtel ayant jugé convenable de le lui
présenter avant son dîner pour qu'ils fissent connaissance, Poppo
a pris cela pour un à-compte... Inclinez-vous, Poppo; pour vous
punir, on ne vous servira plus que des ananas...

Et du bout de ses doigts rosés, madame la marquise envoya
au nez de son singe la plus adorable des pichenettes...

— Ne m'avez-vous pas écrit, monsieur Platon, reprit-elle négligemment, pour me prévenir d'un vol? un négrillon que vous
devez châtier, je crois? J'entends, je veux que, pour le baptême
de mon cher Maurice, vous lui fassiez grâce... — Il a devancé
votre clémence, madame la marquise, il a pris la fuite vers les
Grands-Cahos. — La fuite! oh! alors qu'on le poursuive, que
l'on crève plutôt vingt chiens pour le ressaisir! Je connais le
prix d'un nègre, monsieur. Celui-là avait-il la peau frottée
d'huile de palme? était-ce un Guinéen ou un créole? l'a-t-on
acheté avec sa mère? Parlez. Il faudrait peut-être punir la mère;
elle dirait la route qu'a prise le fugitif... Battue ou mise en prison, monsieur! j'ai vu ce moyen-là réussir à la Guadeloupe!...
— Croyez, madame la marquise, que c'est la première et dernière fois!... — C'est trop d'une, monsieur Platon; vous ne
savez pas vous y prendre, j'en suis sûre. Un esclave, c'est un

revenu fixe, annuel, et vous ne voulez point, je pense, priver votre maître de ses revenus! Je gage que vous surchargez la négraille! Le difficile, monsieur, est de conserver un nègre en le nourrissant peu et de le faire travailler sans l'épuiser. Je vous ferai donner un excellent mémoire de France qui a paru là-dessus... Tenez-vous prêt, je visiterai demain les cases...

Madame de Langey laissa le contre-maître anéanti de son ton et de sa logique. Dans la colonie la plus florissante de l'univers, comme on nommait encore Saint-Domingue à l'époque de ce récit, l'arrivée de cette exigeante maîtresse était bien faite pour effrayer une conscience de gérant aussi peu en ordre que celle de Joseph Platon. Il affecta toutefois une certaine assurance dans le *oui* résigné qu'il prononça, et se retira après avoir bien promis à madame de Langey d'être exact et de lui présenter dès le lendemain, à sa visite dans les cases, le jeune mulâtre, futur valet de chambre de Poppo, à qui il se jura bien de donner de tels conseils pour l'éducation du singe que le coupable animal mourût avant quinze jours.

Il avait paru plus cruel au gérant de perdre son perroquet que Zäo.

X

Le Mapou.

> En ce pays-ci, chacun se hâte de vivre, les nerfs facilement excités portent au plaisir; on se dépêche de faire ses affaires : ils ont tous l'air de marchands dans une foire. Il n'y a en réalité ni nobles, ni bourgeois, ni rentiers, ni beaux esprits.
>
> (*Collection des Mémoires sur les Colonies*, etc., par V.-P. Malouet, ancien administrateur des colonies et de la marine. (An 10.)
>
> De quoi ai-je donc peur? De moi? Il n'y a ici que moi.
>
> (*Richard III*, acte v, scène iii.)

On poussa le cavagnol assez avant dans la soirée; il s'y perdit même de grosses sommes.

— Savez-vous, monsieur de Vannes, disait le conseiller du Port-au-Prince à un jeune homme de manières élégantes, que vous renversez comme la faux abat l'épi? Vous jouez avec un bonheur!... — Qui n'a droit, je pense, d'étonner personne, reprit aigrement M. de Vannes. — Je n'ai point voulu vous offenser, monsieur; je dis seulement que vous avez du bonheur. — Et voilà ce qui vous trompe, monsieur le conseiller, interrompit un autre personnage portant l'uniforme râpé de colonel de cavalerie; de Vannes n'est pas plus heureux que moi; la protection de messieurs de la colonie ne nous caresse pas ici.. n'est-ce pas, de Vannes?

Le joueur inclina le front en signe d'assentiment.

— En vérité, reprit l'ex-militaire, il n'est sorte de tracasserie qu'on ne nous suscite. Ne vont-ils pas jusqu'à dire que j'ai été remercié en France, et que j'eusse été cassé, à la tête de ma compagnie, sans mon prompt départ! — Vous jouez gros jeu, monsieur de Vannes. — C'est une maudite habitude, mon cher conseiller. J'ai perdu, en revanche, tout l'automne dernier, et je me suis vu sur le point de me faire économe de sucrerie... — Par la sambleu! de Vannes, reprit un planteur de la Petite-Rivière, tu aurais fait bonne figure à pied ou à cheval autour des cases; il faut pour cela un tempérament robuste, et je te crois plus propre à réussir au cavagnol ou au biribi que dans l'inspection des jardins et des caféières, comme Platon que voici... — Que veux-tu, mon cher, depuis qu'il y a un tas de roturiers qui sont venus faire à Saint-Domingue le rôle de gentilshommes, la vraie noblesse agonise... — Ne m'en parle pas; tu as raison, il nous pleut ici des intrigants qui font le rôle de gens d'affaires dans les villes et dans les plaines, ce sont les moteurs d'une foule de mauvais procès. M. le conseiller peut d'ailleurs ici l'avouer, un dixième des revenus de la colonie est absorbé en frais de justice. Il faut être huissier ou greffier pour briller ici... — Cependant, monsieur, il y a plus de quatre mille soldats à entretenir, des officiers de guerre, des... — Vous ne parlez pas des mulâtresses, messieurs, interrompit un ex-financier bossu de sa personne, qui vint s'épater au milieu de cette conversation; les mulâtresses, bon Dieu! voilà notre véritable ruine. Depuis 1700 surtout, c'est un luxe qui ne connaît pas de bornes. — Monsieur le financier parle d'elles en homme expert, interrompit le lieutenant de vaisseau; il devrait seulement, pour mettre au courant des passagers dans la colonie comme moi, m'inviter à souper dans sa petite maison de la *Croix-des-Bouquets*, dont on raconte des merveilles, car monsieur Gachard a inauguré ici la petite maison... continua-t-il en se frottant les mains. — Ce me sera grand honneur, si monsieur le lieutenant veut la visiter. Je ne vous offre pas de vous y faire servir par mes trois cents nègres... Cependant, si vous voulez... — On sait votre luxe, monsieur. A Paris, vous meniez grand train. Je suis d'autant plus ravi de vous retrouver que voici une traite à laquelle, je n'en doute pas, vous ferez honneur. Elle est de la maison Malthus de Bordeaux. Elle date de votre dernier bilan... — Et je serais un ingrat de ne pas l'acquitter! Comment donc! une faillite d'un million donne un produit net de deux cent cinquante mille livres; c'est la règle. Mon dernier *malheur*, ainsi partagé entre mes trois associés, m'a enrichi... Il m'est facile... — Papa Gachard, interrompit monsieur de Vannes, je n'oublierai pas que vous m'avez aidé, à mon arrivée à la colonie, à distinguer les vrais sentiers qui conduisent au temple de la Fortune; vous m'avez soutenu de vos capitaux et de votre crédit, je suis reconnaissant, et je m'invite à souper dans votre petite maison, après demain... — J'en veux être aussi, reprit à voix basse le conseiller, mais à la condition que l'on jouera un jeu modéré, messieurs. La dernière semaine j'y ai perdu six nègres contre monsieur l'intendant... — Bah! c'est une misère!... nous nous en tiendrons cette fois, avec monsieur le lieutenant que voici, à deux balles de café pour ouvrir le feu. — Je ne prends jamais mon café sans sucre, messieurs, dit monsieur de Vannes avec un sourire dédaigneux; monsieur le lieutenant, aux balles de café, ajoutons, s'il vous plaît, des balles de sucre... — Tout ce que vous voudrez; j'arrive de la Jamaïque, et ma cargaison est assez belle. — Vous prit-il envie, monsieur le conseiller, d'assister à la procession de la partie espagnole? L'on m'a vu, moi qui vous parle, à Santo-Domingo, un cierge en main : il est vrai que l'évêque don Fernando del Portillo officiait et nous donnait ensuite à dîner. — Et que vous aimez fort, nous a-t-on dit, une certaine Thécla, maîtresse du café *del Sol*, qui fait le chocolat comme un ange. — A propos, dit monsieur de Vannes, voici une pacotille de vers charmants, de monsieur Dorat, qui m'arrivent en droite ligne de France. Les plus belles marchettes sont toujours de chez madame Leleu, les plus charmantes boîtes de chez Ravechel. Mes frères m'en écrivent long sur l'Opéra de Paris. Par exemple, dans *Acis et Galatée*, la caverne de Polyphème était à faire compassion; le char est resté une mortelle minute de trop sur le théâtre. Conçoit-on la reprise de cet opéra de Lulli? Du reste, à Longchamps de la pluie et peu de carrosses. La petite baronne d'Hormes m'écrit que le président Bailli l'a versée! L'état d'un président est de siéger sur des fleurs de lis et non sur le trône d'un cocher. Voilà ce que c'est que la manie de conduire! — Et les spectacles de Choisy? — Charmants. Mademoiselle Clairon y a été vue près de la marquise de Sabran et de madame de Makau. Madame de Montesson compte riposter par ceux de Bagnolet. — Que dit-on de nous là-bas? — Que nous sommes impardonnables de n'avoir encore établi que deux spectacles dans la colonie! Rebel et Francœur nous mandent qu'ils tiennent à. notre disposition plusieurs déesses du grand Opéra... — On ne t'envoie rien de France? — Si fait, le *Journal des Modes*, par Léonard. Ces dames y verront des *pouffes* et des *fontanges* adorables...

Au récit de ces nouvelles, que celui qui parlait eut soin de faire sonner haut, afin que les dames de la compagnie l'entendissent, madame de Langey retourna la tête nonchalamment. Le journal venu de France fut bientôt dans toutes les mains; il contenait, au reste, de merveilleux détails sur la dernière ambassade de M. le duc de Richelieu à Vienne. Le récit de cette pompe, consistant en soixante-neuf beaux carrosses à six chevaux, et six autres de la plus grande richesse, avec des chevaux bai brun couverts de plaques d'argent doré et de points d'Espagne; six coureurs habillés de velours rouge, entièrement galonnés d'argent; douze heiduques tenant en main des masses d'argent; douze pages à cheval, avec le gouverneur des pages, le sous-gouverneur, l'écuyer, les sous-écuyers, six suisses et vingt-six palefreniers tant à cheval que tenant des chevaux en main, donna furieusement à penser à madame de Langey, éprise avant tout de la vanité des équipages et du luxe des livrées. Quelques autres détails relatifs à la vie de cour, qu'elle trouva dans cette feuille venue de France, réveillèrent bientôt en elle d'autres bouffées d'amour-propre; elle se dit sans doute qu'il ne tiendrait qu'à elle de voir un jour toutes ces choses. Penchée comme une sultane souveraine au milieu de ce harem d'esclaves nouveaux, elle éprouva d'abord quelque peine à le trouver si restreint. En effet, soit que le bruit de son arrivée dans la colonie ne fût pas encore répandu, soit que certaines susceptibilités aristocratiques attendissent de plus amples informations pour la visiter, le premier aspect de son salon lui parut triste. Madame l'intendante, la baronne d'Esparbac, personne d'un âge assez mûr, n'était guère faite pour épouser son intimité : c'était une femme qui s'évanouissait à la première sonate attaquée sur un clavecin, et madame de Langey raffolait de la musique. Par-dessus le marché, l'intendante ne pouvait souffrir aucune odeur, et madame de Langey était trop à la mode pour n'en point avoir sur elle à entêter la colonie. L'intendante avait des spasmes en voiture, et le goût des chevaux avait pris tellement à madame de Langey qu'elle en était devenue une véritable amazone. Le premier visage de femme que la marquise rencontra dans Saint-Marc fut celui de madame l'intendante, enfouie dans une berline basse, sur laquelle deux grands laquais jetaient leurs bras à la nage. Cette vieille figure avait l'air de la narguer en lui prédisant l'avenir le plus ennuyeux dans la colonie. De temps à autre l'intendante levait les yeux de dessus ses cartes pour jeter à la marquise un de ces regards scrutateurs de vieille femme qui sondent toute une vie... Les autres personnes rassemblées autour des tables de jeu s'en éloignaient à leur tour par intervalles, afin de venir balbutier de froids compliments aux bords de la *chinnta* où madame de Langey était étendue plutôt qu'assise. Parmi ces officiers du Port-au-Prince, il y en avait sans doute de fort dignes en tout point de toucher la nouvelle reine, si l'âme de cette femme, ainsi exposée aux hommages de tous, n'eût jeté d'avance l'homme assez hardi pour l'interroger dans une suite de perplexités cruelles.

Au milieu de ce monde rassemblé ainsi à l'aventure, madame de Langey conservait un air ennuyé. Était-ce l'influence de sa robe de veuve, ou bien venait-elle d'aborder intérieurement une question chagrine ? Ce qu'il y a de certain, c'est que sa coquetterie excessive s'affligeait déjà d'avoir quitté la Guadeloupe pour Saint-Domingue. A la Guadeloupe, elle était admirée, fêtée partout; à Saint-Domingue, et malgré l'hospitalité créole, le noble domaine sur lequel elle posait le pied lui susciterait sans doute beaucoup d'envieux; les méchantes langues s'attaqueraient à une femme sans mari, sans protecteur, sans mère! Maîtresse d'elle-même et de sa conduite, elle tremblait. Oui, c'était bien un sentiment de crainte qui amenait un pli à ce beau front. Parmi ces êtres si cruellement positifs réunis autour d'elle, vicieux ou froids, libertins ou enchaînés à leurs affaires, madame de Langey avait compris bien vite qu'il n'y en avait pas un non-seulement assez fort pour le rendre un jour le dépositaire de ses secrets et de sa destinée, mais aussi qu'il n'en existait aucun dont le charme l'attirât. L'empire qu'elle gardait sur elle lui fit juger d'un seul coup cette jeunesse déjà vieille, ridée par la mollesse et le plaisir, imbue de la funeste oisiveté des garnisons, ou déjà perdue aux souffles contagieux des vents de France, usée de dettes, et n'ayant plus même de patrie. Dans ces quelques·hommes qui étaient venus s'abattre ainsi chez elle dès l'abord, comme autant d'oiseaux de proie, elle découvrit sans peine des aventuriers, des intrigants, des ennemis. Tous ces masques, recouverts de je ne sais quel vernis d'élégance et de politesse, la main de madame de Langey les souleva impitoyablement.

Madame de Langey n'était point femme à se laisser duper, elle pénétra bien vite cet abîme de corruption. L'adresse de M. de Vannes le joueur qui corrigeait la fortune, la stupidité du Crésus bossu, la vénalité du conseiller et l'active méchanceté de l'intendante, tout cela fut de cristal pour elle ; la froideur même de cette première soirée l'éclaira. Il y eut chez elle une joie secrète à condamner tout d'abord cette société ; elle échappait de la sorte à tout péril de séduction ; elle était sûre de ne point succomber, tant elle lui était supérieure par la trempe de sa nature. Pour madame de Langey, caractère habile et froid, il ne s'agissait pas d'une intrigue, mais d'une affaire ; son passe-temps n'était pas d'aimer, mais de s'arranger un amour ; or, il n'y avait là aucune composition possible. Assise à la galerie, elle observait ; mais son cœur ne battait pas.

Pour l'honneur de la colonie et des habitations voisines de celle de la Rose, il est juste aussi de déclarer que la répugnance de madame de Langey s'attaquait plutôt à quelques êtres isolés qu'aux véritables représentants de cette partie de l'île. Comme on voit le nègre esclave s'enorgueillir quelquefois en raison du rang que son maître occupe dans le monde, ainsi se pavanaient dans les salons de madame de Langey les agents subalternes du ministère français, fantômes épars de cette soirée. L'habitation de la Rose ayant appartenu de tout temps à M. de Boullogne, il avait paru de haute convenance à certains agitateurs en place de grossir le nombre des visiteurs chez madame de Langey. C'était peut-être la dispensatrice des faveurs ; par elle ils auraient l'oreille d'un contrôleur général en France. Tôt ou tard M. de Boullogne reviendrait visiter son habitation et sa châtelaine. Les hauts emplois de la métropole ne passaient pas pour être alors occupés par des gens désintéressés de tout trafic ; si quelque étranger avait pu même conserver des doutes à cet

égard, les confidences naïves de ces fonctionnaires l'en eussent
tiré. Ministres arbitraires, ils ignoraient jusqu'à leurs ennemis
et leurs fautes. Obstinés comme presque tous les gens de finance,
ils formaient autour du gouverneur de la colonie une chaîne
qui ne laissait arriver à lui aucune récrimination. La coupable
idolâtrie de l'argent, plus que celle des honneurs, se dénotait
chez eux par une soif d'échanges, de trafics sourds, honteux.
L'erreur semblait être l'apanage de leur esprit. Humbles et
rampants auprès des nobles, ils jouaient chez eux le rôle de
charlatans politiques, cachant les blessures de la colonie sous
la couche brillante de ses vices; ce furent ces mêmes hommes
qui tarirent la source la plus abondante des richesses de la
France, ces mêmes hommes dont la négligence coupable livra
Saint-Domingue au désastre et au pillage!

Abîmée dans la contemplation muette de cette société dont
elle étudiait les figures, la marquise avait perdu ses airs de
gaieté. Pendant que tout ce monde lui vantait déjà les plaisirs
de l'île, elle en était à se demander à elle-même la raison de
sa tristesse. Comme un malade qui goûte le breuvage qu'il s'est
fait, elle trouvait la première de l'amertume au fond du vase.
Si elle avait choisi Saint-Domingue pour sa résidence, tout en
obéissant aux volontés de M. de Boullogne, c'était parce qu'elle
cherchait l'étourdissement. Or, elle abordait, par un calme
plat, cette colonie qu'on lui avait dépeinte sous les couleurs de
la féerie et du plaisir. Son deuil lui interdisait la danse, la
danse aux mille bras, qui l'eût emportée dès son arrivée au
milieu de ses tourbillons joyeux! Si du moins les fêtes, la musique l'eussent fait valoir aux yeux de tous avec le prestige de
son attrayante langueur! Le bal, qu'elle regrettait, le bal, cet
ami qui ne manque jamais aux femmes; le bal, qu'elle ne pouvait reprendre qu'au bout de cinq mois, eût fait ressortir la souplesse de sa taille et cette démarche de créole dont les Euro-
péennes sont jalouses! Là se seraient endormies, aux balance-
ments de l'orchestre, je ne sais quelles tristesses inquiètes, pâles
visions des nuits de madame de Langey! Non, ce n'était pas
ainsi que devait s'offrir à ses yeux cette seconde France, cette
étourdissante contrée vers laquelle la jeune femme avait bien
des fois tendu les bras! Madame de Langey s'adressait à cette
terre comme à une amie secourable. Peut-être avait-elle conçu
l'espoir d'y faire prendre le change à son ennui, à quelque chagrin intime, dévorant! Elle n'était pas de ces femmes, nous

l'avons dit, dont l'âme se réfléchit dans la franchise du regard ; une sérénité froide réglait ses mouvements et sa démarche. Dans ses yeux seulement demeurait écrit, de façon profonde, immuable, le mépris qu'elle eût fait d'un homme assez lâche pour pâlir devant un péril ou s'en faire le payer le prix. Tout lui semblait dû, à cette nature égoïste, jalouse, avant tout, d'être belle et de se l'entendre dire, admirablement créée pour entraîner et pour perdre, pour vivre d'elle seule et de son amour exclusif, insensible à toute autre adoration qu'à la sienne, condamnant la passion et n'autorisant que le calcul !

Appuyée contre le rebord du balcon à demi ouvert sur les jardins, madame de Langey causait alors familièrement avec Finette, armée d'un long éventail de plumes de paon pour écarter d'elles les moustiques. Pendant que les valets noirs faisaient circuler les ananas et les fruits glacés sur les plateaux, la marquise s'était fait apporter Maurice sur les nattes du balcon ; elle aimait à caresser ses cheveux, les plus blonds et les plus doux qu'une femme pût toucher. Égayé doucement par le chant des rossignols et des moqueurs perchés sur les arbres de la pelouse, le jardin de la grande case invitait à respirer le frais. La lune dardait ses rayons sur le parasol épais de figuiers qui ombrageait le perron ; sa balustrade de fer, entourée par un jasmin qui la côtoyait comme un feston, répandait le parfum d'une cassolette. Çà et là des bourdonnements de mouches brillantes, quelques chants de colibris sautillant, comme des écrins mouvants, de fleur en fleur sur les plates-bandes du sol. Les vagues enchantements de la lune donnaient à ce tableau une teinte magique de rêverie ; les rayons de l'astre, perçant la verdure condensée des arbres énormes et touffus de la pelouse, réalisaient une pluie d'argent sur ce tapis. A la senteur odorante des haies vives de la route se mêlèrent bientôt les aromates du citronnier et du bois de campêche, venant embaumer pour la nuit les appartements dorés des cases. Au dehors, les négresses, assises en rond, chantaient d'une voix légère, ne s'interrompant que pour sucer des cannes à sucre, des bananes mûres ou quelque salaison dérobée. Le monbin, le cirouellier, le tamarinier et le pommier rose formaient, du haut de cette terrasse, un assemblage de panaches divers sur le terrain ; le rouge de la pomme d'acajou et le vert sombre du corrossol s'y confondaient avec le jaune terreux de la sapotille et le vert glauque du cachiment. Les arbres de haute stature s'y partageaient le sol en géants et jetaient leur ombre jusqu'aux ajoupas, près desquels dormaient les gazelles.

Madame de Langey aspirait avec bonheur ces suaves parfums du soir pendant que les quadruples et les piastres tintaient bruyamment sur les tapis de ses tables de jeu, et que cette ancienne demeure, fermée depuis longues années à toute réception étrangère, s'illuminait ainsi comme par magie. La marquise, loin de ce cercle affairé, interrogeait Finette sur les événements de la journée. Le babil de la jolie mulâtresse paraissait sans doute une musique agréable à ses oreilles, car elle avait passé sa main royale autour de son cou et prenait plaisir à dérouler doucement ses cheveux de jais à demi contenus par le madras.

— Tu écoutais ce soir les récits de monsieur Printemps, Finette? — Imaginez donc, madame la marquise, qu'il sait toutes les batailles du maréchal de Saxe! C'est à faire dresser les cheveux dessus la tête. Il a commencé par me demander le mariage, ce qui a failli me faire avaler de travers, parce qu'alors nous étions à table... Le mariage! Monsieur Printemps serait mon grand-père, madame! C'est comme si quelque jour monsieur de Boullogne demandait à vous épouser!

La marquise, à ces paroles étourdiment prononcées, quitta subitement les cheveux de sa mulâtresse, la regarda fixement, et lui enjoignit de se retirer. Finette, sans le savoir, avait fait vibrer au cœur de madame de Langey sa corde la plus tendue et la plus sensible. Étonnée du ton d'autorité que venait de reprendre sa maîtresse vis-à-vis d'elle, elle se hâta d'emporter M. le marquis Maurice, auquel les embrassements de madame l'intendante, survenue vers la fin de cette conversation, semblaient fort peu convenir...

— Qu'avez-vous, ma chère? dit la baronne d'Esparbac à madame de Langey. Ne rejoignez-vous pas un peu notre compagnie? Le jeu s'échauffe, je le sais, à un point tel que l'on s'apercevra peu de votre absence... — Un instant de promenade dans les jardins me remettra, madame l'intendante. La fatigue de ce jour m'a paru grande, et si vous le voulez... — Volontiers, moi je raffole de la promenade du soir. Mettez votre masque de gaze contre les moustiques, chère belle.

Les deux femmes, après avoir descendu le perron, foulèrent bientôt les gazons autour desquels gazouillaient plusieurs ruisseaux détournés comme autant de bras de l'Ester. Madame de

Langey réfléchissait encore aux mots inconsidérés de Finette; elle se disait sans doute intérieurement qu'elle n'était qu'un enfant; cette légèreté l'avait rejetée néanmoins dans un ordre d'idées inattendues. Un orage sourd couvait dans ce cœur, agité déjà de tous les vents de l'ambition; Finette, par un seul trait, y faisait germer la crainte du ridicule. L'imprudente enfant venait de contrarier ouvertement une des plus intimes espérances de la marquise, et le courage de madame de Langey en était presque abattu. En se retrouvant près de la vieille baronne d'Esparbac, madame de Langey se sentit plus forte, elle marcha presque à l'aise. Le souffle de Finette venait d'ébranler sa volonté pour la première fois peut-être, comme il eût fait d'un château de cartes; la présence de madame l'intendante la soutint, madame l'intendante n'ayant guère d'autres appuis à invoquer, dans cette première conversation avec la marquise, que les lieux communs, ces bons amis qui ne manquent jamais au besoin.

Profitant de la fraîcheur de la nuit pour reposer son teint hâlé par la route, madame de Langey avait dépassé les arbres de la pelouse; bientôt elle se trouva dans une partie assez reculée des jardins, devant un mapou dont le tronc colossal eût pu faire un canot d'une seule pièce...

Creusées par le temps, les fissures nombreuses de cet arbre scintillaient alors à la lune... Ses bras noueux, s'élevant à une hauteur prodigieuse, ne portaient plus guère qu'un bouquet de feuilles rares; au sommet des branches perchaient quelques oiseaux tristes et sans voix.

La marquise considérait encore le mapou se dessinant avec fierté sur le parc, à l'angle des communs de la grande case, lorsque madame d'Esparbac s'écria :

— Voyez donc! marquise, il y a un nom entaillé sur l'écorce de cet arbre.

Les deux femmes approchèrent et lurent ce nom : *Tio-Blas.*

— C'est un nom espagnol, murmura madame l'intendante.
— Remontons les degrés de la case, reprit vivement la marquise, l'air ma saisie, et je ne me sens pas bien. — *Tio-Blas!* répéta la marquise à voix basse et avec angoisse.

Lorsqu'elle reparut au salon, tout le monde fut frappé de sa pâleur. Elle eut cependant la force de les congédier tous avec un sourire, et M. Platon reçut d'elle l'ordre de l'accompagner, dans la visite qu'elle devait faire aux cases le lendemain.

XI

Noémi.

> En vérité, dit le docteur, ce qui est en
> honneur parmi les hommes est souvent digne
> de leur mépris, et ce qui est méprisé d'eux
> mérite souvent d'en être honoré.
> (*La Chaumière indienne.*)

Dès le premier chant du coq, les ruelles voisines de l'habitation de la Rose attendaient déjà, fraîches et parées, la visite de madame de Langey.

Construites en bois revêtu d'un enduit de terre franche, ces humbles cases, ou maisons des nègres, semblaient dès l'abord prévenues de l'importance de cette visite ; les noirs *anciens* les avaient ornées d'arbustes et de fleurs du pays ; les feuilles de roseaux, de lataniers et d'herbes à panaches formant leur toit, doucement caressées par les brises de mer, gardaient aux passants de suaves murmures. Le jour s'était levé calme et serein, et avant le jour M. Joseph Platon, encore ému du sort de son infortuné perroquet, dont le gérant n'avait, hélas ! sauvé que les plumes. Après la fuite de Zäo, dont nul indice n'avait pu faire découvrir la trace, mais que Joseph Platon supposait avec raison perdu pour l'habitation de la Rose à tout jamais, il lui importait de prouver du moins que ses nègres étaient entretenus proprement, qu'ils vivaient en bonne intelligence, et que le *moussa* et le *tumtum* ne leur manquaient pas. Madame de Langey avait habité la Guadeloupe, et Platon jugea qu'elle aurait le droit de se montrer difficile. Le raccommodage étant parmi les nègres une sorte de déshonneur, le gérant leur avait fait distribuer, dès le matin, un équipement nouveau : c'était pour les hommes plusieurs pantalons de zinga, des jupons à longue queue pour leurs femmes, des boucles d'oreilles et quelques verroteries pour les mulâtres. Les nègres infirmes avaient reçu l'ordre de rester à l'hôpital, comme ne devant pas attrister la vue. Pour les mulâtresses, quelques-unes s'attifaient déjà avec une certaine coquetterie devant leurs cases et parfumaient leurs cheveux avec l'huile odoriférante du palmier à chapelet, après s'être vêtues de leur mousseline la plus blanche.

Madame de Langey apparut bientôt avec Finette aux portes de la bananerie. Les mulâtres préposés à la garde de cet emplacement, dont l'entretien constitue dans chaque habitation créole

leur meilleure nourriture, rentraient alors les bananes conve-
nables à la consommation du jour, pendant que plusieurs, assis
en rond devant les portes des cases, chantaient quelque air du
pays sur un rhythme lent et mélancolique. De distance en distance on apercevait des *ajoupas* construits dans la place pour
préserver les noirs de la pluie; quelques nègres *commandeurs*,
épars sur le terrain, avaient l'œil sur ceux qui se rendaient au
travail. Ceux-là étaient vêtus proprement et mieux entretenus
que les autres; ils portaient en se rendant au jardin des casa-
ques d'étoffe bariolée. Quelques cases rares en maçonnerie frappaient l'œil de temps en temps; mais presque toutes, formées
d'un cours irrégulier de chevrons, ne s'élevaient guère qu'à la
hauteur d'un rez-de-chaussée, long de vingt à vingt-cinq pieds
environ. De simples cloisons de roseaux les partageaient en deux
ou trois petites chambres obscures qui ne recevaient le jour que
par la porte d'entrée. Les plus belles s'enorgueillissaient pourtant d'une petite fenêtre par laquelle de vieilles femmes allon-
geaient alors le cou, dans leur impatience de voir leur nouvelle
maîtresse. Plus recherchés que les nègres créoles dans leur
parure, les mulâtres avaient tenu à honneur, pour ce jour-là,
de se vêtir de la veste, du pantalon de toile fine, des mouchoirs
de tête et de cou les plus galants. La plupart étaient jeunes, et
leur menton sans barbe leur conservait toute la fraîcheur de
l'âge; mais le blanc des yeux, jaunissant chez d'autres, décelait
leur vieillesse et leur vanité ridicule. Escortée de mademoiselle Finette, qui accordait de temps à autre à ses compatriotes
un salut de grave protection, la marquise parut d'abord frappée
du luxe déployé autour d'elle par certaines mulâtresses; les plus
riches étoffes de l'Inde ornaient les épaules brunes de ces femmes.
A cette époque, en effet, le rang que les mulâtresses tenaient dans
la colonie était tel que ces filles, une fois maîtresses d'un créole,
pouvaient changer d'ajustements et de toilette chaque jour de
l'année. Les libéralités de leurs amants et la multiplicité de leurs
intrigues leur donnant le droit de marcher souvent, dans l'audace et l'ivresse de leur triomphe, à l'égal des femmes créoles,
elles renchérissaient sur elles en fait de luxe, de bijoux; les plus
belles, les plus riches productions étaient sacrifiées à leur caprice. Plusieurs nobles de l'île ne rougissaient pas de les avouer
pour maîtresses; à force de lubricité, elles étaient devenues les
reines véritables de Saint-Domingue.

Le regard assuré que la marquise jeta sur ces femmes ne les

déconcerta aucunement; Finette était d'ailleurs de leur caste. La marquise ne consentit à leur adresser la parole qu'en portant la main à sa ceinture : à cette ceinture pendait un petit fouet à manche d'ivoire, dont les femmes créoles de véritable naissance usaient encore avant les premiers troubles de Saint-Domingue. A la seule vue de la toilette insolente de ces filles, une indignation visible se peignit sur les traits de madame de Langey; elle demanda à Joseph Platon si elles faisaient partie de l'habitation de la Rose.

— Quand monsieur le contrôleur général partit de Saint-Domingue, à son dernier voyage, madame la marquise, ces filles-là étaient encore bien jeunes; elles ont grandi; mais je me souviens qu'il m'en recommanda un bon nombre... Dame ! monsieur le contrôleur général était galant ! — Madame veut-elle visiter la case que voici ? interrompit Finette, qui sentit que Platon avait dit une bêtise. C'est la case n° 12. — La case de mon élève, dit aussitôt le gérant en se rengorgeant. Ouvrez, Noëmi; madame la marquise vous fait l'honneur de sa visite ! — Volontiers, reprit la marquise, bien que la promenade m'ait fatiguée.....

Noëmi parut et s'inclina devant la marquise. Il n'y avait qu'elle dans la case..... La négresse rangeait quelques calebasses où reposaient ses provisions.

— Et Saint-Georges ? demanda Platon avec un air visible d'autorité. — Il est sorti, monsieur Joseph, depuis ce matin pour chasser dans les lagons avec le procureur de l'habitation à Breda, répondit Noëmi presque tremblante. — Sans ma permission ? — Le procureur de l'habitation de Breda lui a dit qu'il s'en chargeait. — Noëmi, retenez ceci ! Le procureur de l'habitation de Breda ne sait pas tirer, *ergo* votre fils ne rapportera pas une seule pintade. Ensuite la place de votre fils est ici, et, pour tout vous dire, il ne doit chasser qu'avec moi..... pour l'entretien de la table de madame la marquise. — Madame la marquise m'excusera, reprit Noëmi, si je ne lui offre que mon banc : je n'ai que ce coffre, cette natte et cette table. C'est assez pour une mère noire et pour un enfant mulâtre..... Il fut un temps où j'eusse mieux reçu madame la marquise; mais je ne suis plus à la Guadeloupe..... — Vous avez habité la Guadeloupe ? — J'y suis née. — Sur quelle habitation ? — Sur celle des Palmiers, appartenant à monsieur de Boullogne. — Quel âge avez-vous ? — Vingt-huit ans.

Madame de Langey recula; elle crut que Noëmi voulait la tromper, et elle reprit :

— Vous dites vingt-huit ans ?

Noëmi secoua la tête..... Son aspect misérable ne confirmait que trop l'état de vieillesse précoce dans lequel elle était tombée. Sa maigreur excessive épouvanta madame de Langey.

— Vingt-huit ans !

Il semblait que la marquise n'abordât qu'en tremblant cette créature minée par la fièvre. Madame de Langey ne pouvait souffrir le spectacle de la misère ou du chagrin. La pauvreté de l'intérieur de la case répondait à son entrée : deux ou trois planches élevées sur quatre pieux fichés en terre et couvertes d'une natte y formaient le lit; un tonneau défoncé par un bout servait à renfermer les patates et les bananes; quelques vases à eau, et pour tout décor un assortiment d'oiseaux tués sans doute par Saint-Georges; des fioles et des paquets d'herbes séchées. La marquise demanda à Noëmi quel rang elle occupait dans l'habitation des Palmiers.

— Aucun, madame; j'étais négresse..... — Et pauvre ? — Pas toujours. Oh! j'ai eu de l'or à moi..... — Et comment cet or ?.....

Noëmi baissa la tête. Il y a chez les négresses une sorte de honte instinctive. Celle-ci ne voulait pas donner à madame de Langey le droit de la mépriser. Elle se hâta de reprendre en relevant le front :

— Oh! mais c'est qu'alors j'étais belle, si belle, madame, que monsieur de Latour, un peintre français, fit ma miniature... Voyez!

Et Noëmi détacha de son cou un médaillon qu'elle présenta à la marquise.

Dans ce portrait, elle était peinte avec un simple madras; ses cheveux, le bronze de son teint, y contrastaient heureusement avec la blancheur éblouissante de ses dents.

La marquise, en comparant l'original au portrait, sourit de ce sourire qui retombe de tout son poids sur l'être dégradé; elle passa le médaillon à Finette... La mulâtresse, dans un geste étourdi, le laissa tomber.

Le verre vola en éclats, deux grosses larmes sillonnèrent les joues de Noëmi... Elle ramassa le médaillon et fut le serrer près d'un petit crucifix que lui avait donné le curé de Saint-Marc.

— Madame la marquise, dit Platon, me permettra sans doute d'augmenter la portion de terrain consacrée à Noëmi? Cette négresse a la connaissance de plusieurs simples qui croissent dans l'île; elle nous a rendu de véritables services...

Noëmi sourit de ce sourire hébété qui semblait indiquer le peu de cas qu'elle-même faisait de sa science; bien souvent on l'avait vue se diriger vers l'hôpital des nègres pour leur porter sa petite pharmacie lorsqu'elle en était priée; elle composait elle-même leurs boissons médicales, et dans toutes les cases on l'appelait *chirurgien noir*.

— Monsieur le gérant a déjà fait beaucoup, Noëmi, en vous recueillant ici avec votre fils après la chute de votre ajoupa. Votre fils travaille sans doute à l'atelier; je lui assure, de ce jour, ma protection. En le faisant baptiser le même jour que mon fils, continua madame de Langey avec hauteur, vous assuriez du moins à mon cher Maurice un fidèle domestique. Il nous a conduits hier comme un ange, et cela par les chemins les plus épineux. — Tout ce que je gagne, madame la marquise, passe à mon enfant. Oh! le ciel m'en est témoin! Il est si beau mon enfant!

Madame de Langey ne put retenir un éclat de rire, même devant sa mulâtresse Finette.

Noëmi ne comprit pas ce rire dédaigneux.

La pauvre mère avait mis sa tête à la lucarne en entendant retentir des pas sur la terre battue de sa ruelle. Deux figures se montrèrent bientôt au seuil de la case : c'était le procureur de l'habitation de Breda et Saint-Georges, qui lui portait ses fusils et ses carniers.

Dès qu'elle l'aperçut, la négresse s'en fut à lui ; l'enfant tenait sa main droite enveloppée d'un mouchoir rouge.

— Bonne chasse, mère, bonne chasse, cria-t-il en déposant sur la natte plusieurs coqs d'eau, des pluviers dorés et des bécassines. Quant à vous, maître, continua-t-il en s'adressant à Platon, voici votre lot.

Le jeune mulâtre tira de son sein un charmant crabier des mangles.

Le gérant courut à l'oiseau, le flaira comme tout bon naturaliste doit le faire ; il n'avait jamais rien vu de plus élégant. Le crabier offrait à l'œil le manteau le plus richement nuancé : le devant de sa cravate d'un blanc parfait, ses parties latérales d'un fauve ondulé, ses grandes pennes noires et ses pieds d'un jaune verdâtre, transportèrent de joie M. Platon, qui n'ignorait pas qu'on ne rencontrait cet oiseau qu'au milieu des paletuviers et dans les endroits les plus déserts. L'oiseau trouva dans Finette une admiratrice non moins grande.

— Il faut, dit Joseph, que tu aies bien fait courir monsieur le procureur de l'habitation de Breda pour me rapporter un pareil cadeau. — Vous dites vrai, monsieur Platon, répondit le procureur de Breda, c'était, par ma foi, dans un lieu où l'on n'apercevait que le ciel, l'eau et les arbres. Votre élève vous fait honneur. — Tu as du sang, cher Georges, interrompit Noëmi. D'où vient ce sang?

L'enfant recula sa main.

— Mon Dieu! s'écria-t-elle, il aura voulu écarter de son chemin quelque épine, ou bien serait-ce le bec d'une tortue de l'Ester? Et tout aussitôt Noëmi se hâta de sucer le sang et d'appliquer quelques herbes sur sa blessure. — Vous n'y êtes pas, mère négresse, reprit le procureur, et puisque votre enfant ne veut pas parler, je vais tout vous dire, moi. Apprenez donc que ce matin en me venant chercher pour la chasse, ainsi que je le lui avais demandé, il s'est battu... — Battu! s'écria Noëmi avec angoisse. — Oui, battu, battu aux couteaux, rien que cela. — Et avec qui? — Avec un nègre assez robuste de notre habitation, le nommé Toussaint-Breda. Une simple querelle de *maquignons*. — Comment cela?

—C'est la suite du triomphe obtenu hier par Saint-Georges comme maquignon sur Toussain. Le nègre a été furieux de se voir vaincu par le mulâtre. Ils ont joué des couteaux ce matin; mais nous étions là!

— Vous, monsieur le procureur? s'écria Platon avec un sentiment d'humanité dont il avait pourtant perdu l'habitude. — Moi-même; nous étions convenus de les séparer au premier sang... Ce n'est pas moi qui laisserais sacrifier un de mes nègres! Je sais trop leur prix... Je l'ai coté là sur mon carnet! — Mais Saint-Georges m'appartient! — D'accord... Aussi n'ai-je regardé la chose que comme un combat de coqs! Allez, soyez tranquille, le mulâtre a rudement frotté le nègre! — Voilà un bien misérable exemple pour les noirs! reprit Joseph Platon; vous, un procureur d'habitation, assister à ce combat! — Comment donc, mon cher! Madame la marquise aurait elle-même bien ri de voir Toussaint l'œil enflé, le mufle écumant comme un jeune taureau!... Il y avait là vingt noirs, et pas un ne songeait à séparer les deux braves!

Pendant ce dialogue de deux procureurs d'habitations distinctes, auquel madame de Langey ne prêtait qu'une attention médiocre, Noëmi, empressée auprès de son fils, lavait sa main enflée par le maniement du fusil, en jetant un regard courroucé sur le procureur de l'habitation Breda, homme dur et sévère... L'enfant allait presque s'évanouir de fatigue. Quelques gouttes de tafia versées sur ses lèvres par Joseph Platon le remirent sur pied.

— Un duel à douze ans! Peste! mon gaillard! c'est commencer de bonne heure! tu iras loin. Mais je te pardonne en faveur de ton crabier; n'est-ce pas, madame la marquise?

Puis, comme madame de Langey respirait nonchalamment un flacon d'odeur pour conjurer ce qu'elle appelait le mauvais air de la case, Platon lui proposa de diriger la promenade vers les travaux de la cotonnerie.

— Les autres cases, reprit-il, ne valent guère mieux que celle-ci. A part quelques officiers du Port-au-Prince, qui font ici de la dépense pour des négresses, le mobilier de ces créatures ne mérite guère l'attention de madame la marquise. J'observerai en passant à madame de Langey que voici des haies vives que j'ai fait tailler et chausser au moins trois fois l'an... J'ai ordonné hier que l'on fît boucher ces brèches et fermer les entourages. Trouvez-vous, madame la marquise, ces cabrouets et ces chariots en bon état? Pour les instruments de jardinage, je veux que vous les voyiez. L'état des malades est satisfaisant, et...

La marquise s'empressa d'avertir Finette pour qu'elle fît avancer sa calèche, qui l'attendait à peu de distance; elle avait assez de l'éloquence verbeuse du gérant et se trouvait déjà fatiguée de la promenade. Les deux laquais la portèrent bientôt jusqu'à sa calèche, qui partit au milieu d'un attroupement confus de noirs. Quand elle passa vers les dernières cases, les mulâtresses, tant vieilles que jeunes, se levèrent par respect. Platon et le procureur de l'habitation de Breda écartaient à coups de fouet les négrillons qui tendaient la main vers la voiture.

La négresse ne fut tirée de l'espèce d'apathie où l'avait plongée le péril couru par son enfant que par le bruit du fouet et le retentissement de la voiture sur le sable. Les douces senteurs du soir venaient de s'abattre déjà de toutes parts sur le sol, le fond du paysage était zébré de longues bandes d'azur. Saint-Georges s'était jeté sur la natte de la case, épuisé par la fatigue ; la sérénité siégeait sur sa douce figure d'enfant : vous eussiez dit un jeune pasteur d'Égypte endormi. En le regardant ainsi reposer, sa mère ne pouvait songer sans frémir encore aux périls qu'il avait courus parmi les monts hérissés et la vase épaisse de ces marais. Les poissons dangereux, tels que les caïmans et les bécunes, qui peuplent les eaux de Saint-Domingue, apparaissaient à ses yeux comme autant de monstres que l'adresse et le courage de l'enfant avaient domptés. De cette contemplation tacite de son fils, la négresse passa bientôt à la visite qu'elle avait reçue, à la belle dame qui, la minute d'avant, avait apparu chez elle. Pourtant, comme le prouvera bientôt ce récit, ce n'était pas la première fois que la négresse voyait la marquise... Mais ce jour-là son incomparable beauté captivait impérieusement son attention, elle provoquait chez Noëmi un ressouvenir amer... En regardant le banc de la marquise, devenu vide tout d'un coup, Noëmi se frotta les yeux, comme après la disparition d'une fée. Un parfum charmant remplissait encore la case... La négresse rêva bientôt de ces divinités de Fida, le pied chargé de clochettes d'or, la bouche parée de dents limées en festons, la chevelure ornée d'anneaux et de perles. L'éblouissante beauté de madame de Langey était certainement le trait distinctif qui avait le plus frappé Noëmi, elle en gardait un étonnement sauvage et presque stupide. Un morceau de miroir ingrat cloué aux bambous de sa case lui ayant alors rendu ses traits, la négresse soupira, se tordit les mains, se rapprocha de la glace encore une fois, puis s'écria, immobile de douleur en considérant ses traits flétris :

« Et moi aussi j'ai été belle ! »

Murmurant alors intérieurement des mots qu'elle seule comprenait, elle se rassit et se cacha la tête dans ses deux mains. Saint-Georges dormait : il ne la vit point pleurer.

XII

Conversation d'une robe feuille-morte.

> Voilà ce que l'on dit, et que dis-je autre chose ?
> (BOILEAU.)

En rentrant à la case, la marquise trouva madame d'Esparbac qui l'attendait assise sur un des sophas du boudoir...

Ce boudoir était une véritable grotte tapissée de coquillages et de mousse; des oranges et des limons, posés sur de longs plateaux d'argent, y réjouissaient la vue. Quelques melons d'eau, des pommes roses et des sapotilles choisies recevaient du demi-jour réservé tout exprès pour ce lieu charmant une foule de teintes blondes et violettes que la palette de Chardin eût enviées. Plusieurs coquilles de marbre, soutenues par de petits Amours, imploraient l'eau d'une gueule de dauphin, sur lequel chevauchait Amphion portant sa lyre. La marquise mâcha quelques pommes roses, et se jeta, non sans se plaindre beaucoup de la chaleur, sur un lit aux rideaux de gaze. Ses longues paupières chargées de langueur, sa respiration lente, et je ne sais quel air très-impérieux d'ennui répandu peut-être à dessein sur sa personne, auraient fait comprendre suffisamment à toute autre femme qu'à madame l'intendante que la marquise désirait demeurer seule; mais la baronne d'Esparbac n'en tint compte.

— Vous êtes une vraie déesse, ma toute belle, et je pense que l'on peut bien pénétrer dans votre sanctuaire..... à mon âge!

La baronne s'éventa après cet aveu, qui sans doute lui avait coûté.

— Quel roman lisez-vous là? continua-t-elle. *Elmire, ou les Malheurs de l'inconstance?* Vous me le prêterez, et monsieur d'Esparbac me le lira. Il faut que je vous dise que j'ai trouvé un moyen délicieux d'utiliser mon mari. Il me lit tous les romans de France, ma chère! — Tous? — Ou du moins les plus huppés. Que cela est fade, bon Dieu! auprès de la vie que nous menons ici dans la belle saison! Voilà dix-neuf ans bientôt que j'habite la colonie avec monsieur l'intendant, et je puis dire que je m'y suis divertie! A propos, quelle sorte de compagnie aviez-vous donc, l'autre soir, ma divine? Des joueurs acharnés au biribi, comme ce petit de Vannes, ou le conseiller, qui, lorsqu'il perd, a l'humeur comme un dogue! Pour les femmes, passe, il n'y avait que moi... Mais il faudra changer tout ce monde... Nous autres de Saint-Marc, nous vous aiderons...

Le rideau à franges roses qui servait de porte d'entrée se leva, et mademoiselle Finette s'avança dans le boudoir escortée de deux valets noirs portant des caisses.

— Pardon, madame la marquise, ce sont les dernières modes de Paris que vous envoie monsieur le contrôleur général, des poupées de chez du Chapt..... des garnitures, voyez!

Les valets sortirent, et mademoiselle Finette déploya d'abord les *poupées*, qu'elle tira de leur caisse. Elles étaient de la grandeur de Maurice; il n'y manquait pas un pompon. Madame de Langey sourit : l'aspect de ces chiffons avait chassé son chagrin.

— Voilà des éventails qui viennent du Palais et de véritables poupées de cour! s'écria madame l'intendante. — Ce que renferme cet écrin joint aux poupées vaut peut-être plus, galante baronne : ce sont des *esclavages* de chez l'Empereur, le bijoutier. — Ne me parlez pas de l'Empereur. Dans le temps où nous résidions à Paris, monsieur le baron d'Esparbac et moi, le drôle nous a donné à sa campagne une fête illuminée et garnie de pots à feu... Ces diamants feraient à merveille sur une robe blanche dauphine à bouquets d'or... — Une robe blanche, vous croyez? reprit madame de Langey. — Folle que je suis ! j'oublie que vous êtes en deuil!

La marquise soupira. Elle ne regardait plus les bijoux. La baronne reprit :

— Savez-vous que par ma mère nous étions alliés de loin à monsieur le marquis de Langey? un de mes neveux, le capitaine de Lemps, a fait sous lui son noviciat de marin. Monsieur de Lillebonne, qui l'a connu, en disait un bien... — Voulez-vous m'arranger un de ces citrons, baronne? la chaleur est suffocante... — Vous avez raison, l'orage était cependant terrible, l'autre jour; il nous a surpris chez le curé de Saint-Marc, que nous étions allés visiter. Je ne saurais vous dire quelle horrible peur m'a fait cet orage! Les cloches de l'église tintaient à vous rendre sourd... Monsieur l'intendant, par contenance et pour ne point m'effrayer en paraissant lui-même avoir peur, feuilletait plusieurs livres de la bibliothèque du curé, quand il tomba tout d'un coup sur le registre des morts de la paroisse, et..... — N'avez-vous pas entendu gratter à la porte, baronne? Peut-être Finette, qui m'amène Maurice... Je ne puis me soulever, j'ai une migraine affreuse...

L'intendante reprit, après s'être levée et avoir prêté l'oreille à la porte :

— Vous vous trompiez, marquise, personne ne venait. Je vous disais donc, reprit-elle avec une tranquillité imperturbable, que sur le registre mortuaire de la paroisse de Saint-Marc, nous avons trouvé sans peine le nom de M. de Langey... C'est un noble de la partie espagnole de l'île, le comte de Cerda, qui vint lui-même remplir ce triste office près de monsieur le curé

de Saint-Marc. — On me l'a écrit, baronne : j'étais à cette triste époque à la Guadeloupe. J'ai perdu mon mari le 3 janvier de cette année; il était à la veille de remonter *l'Ariane*, bâtiment qui devait me le ramener...—Le registre, continua mielleusement madame l'intendante, porte que le comte de Cerda, accompagné de deux noirs de San-Yago, pourvut lui-même à tous les frais de sépulture... Je regrette, en vérité, que cet événement tragique ait passé dans l'île si inaperçu; nous n'en avons eu connaissance, monsieur d'Esparbac et moi, que par une lettre de monsieur le curé de Saint-Marc adressée à l'intendance. Il nous annonçait avoir pris sur lui d'ensevelir monsieur de Langey, tué en duel auprès de Rio-Verde. Son adversaire, sir Crafton, capitaine anglais en rade à la station du Cap, avait, d'après le récit du comte de Cerda, pris la fuite vers Cibao...
— C'est la vérité, ma *chère parente*. — A titre d'alliée à monsieur de Langey, j'exprimai alors à monsieur le curé de Saint-Marc le désir de voir la sépulture du défunt entourée d'un marbre qui rappelât du moins son nom et ses titres. Les noirs de la colonie sont bannis de ce cimetière, il est vrai, mais une simple croix de bois distingue jusqu'ici la tombe de *notre* parent. Je dis notre parent, les registres de notre famille en font foi... Ma mère, en 1682..... — Je me souviens, en effet, d'avoir ouï prononcer votre nom dans ma famille... Monsieur de Boullogne, qui a pris lui-même en pitié ma douloureuse position...
— Monsieur de Boullogne nous avait parlé de vous, marquise, avant le fatal événement, à son dernier passage à Saint-Domingue. Il faisait voile pour la Guadeloupe, le pays de ses possessions héréditaires... A la Guadeloupe, il fréquentait votre maison? — C'est à la Guadeloupe que monsieur de Langey me le présenta.—Sa magnificence n'y est-elle point passée en proverbe? Elle égalait, dit-on, celle de monsieur de Saint-James, le fermier général. — Cela est vrai. — Et on le dit fort empressé près des dames, pour un contrôleur général des finances de Sa Majesté. — Les occupations de monsieur de Boullogne ne lui laissaient guère le temps de s'occuper de bagatelles à Paris, reprit sèchement madame de Langey. — Mais à la Guadeloupe, il a eu des aventures... — Vous croyez? — Quand ce ne serait que celle arrivée à ma cousine de Fleury !... Écoutez donc, monsieur de Boullogne, à son âge, est encore fort bien; il a la main royale et le port très-noble... Son esprit... — Chère baronne, je veux dire *chère parente*, seriez-vous en instance près de lui

pour affaire de son département? — Non pas que je sache ; mais
j'ai entendu dire par ma cousine qu'il accordait assez volontiers... Le menu de ses dîners rappelle ceux de M. de Beaujon.
Après tout, ses nègres étaient fort heureux là-bas, on en disait
ce que l'on dit ici des nègres de M. de Galliffet (1)... Je suis en-
chantée de savoir qu'il a connu à la Guadeloupe feu monsieur
le marquis... — Ainsi, continua-t-elle en s'éventant, vous voilà
par votre deuil condamnée, ma chère, à regarder seulement
nos fêtes ! Cela est vraiment dommage, surtout avec ces diamants que je vois là, et qui sont d'une richesse !... — Finette !
s'écria d'un air grondeur madame de Langey en sonnant sa mulâtresse, pourquoi n'avoir point serré ce collier !... Vous savez
que je n'aime point qu'il traîne ! — Vous avez raison ; il est
aussi beau que celui de saint Dominique à la cathédrale espagnole... Ce grand saint Dominique, que vous verrez, n'a pas
moins de six pieds de haut ; il est d'argent massif, et on ne
l'extrait que pour les grandes fêtes de sa châsse de bois d'acajou. Un beau jour il disparut ; aussitôt la ville de sonner les
cloches. Quelque temps après on le retrouva près de Monte-
Christ ; mais dans quel état, ma chère ! Nu comme Lazare, nu
comme la main, indignement dépouillé par des misérables, des
contrebandiers sans doute, qui s'apprêtaient à réduire son corps
en lingots, après l'avoir dépouillé de ses ornements, quand la
grâce les toucha... C'est une histoire connue dans le pays, et
plus encore dans la partie espagnole, mais que vous ne savez
pas, vous fraîchement débarquée... Les prêtres de Santo-Domingo ont eu grand soin d'annoncer au peuple que saint Dominique n'avait disparu et entrepris ce voyage que parce qu'il
n'avait pas voulu demeurer au milieu de gens aussi dégénérés
de leur première foi. L'archevêque, qui n'a pas renoncé encore
aux biens de ce monde, a éprouvé surtout une grande joie à
retrouver son saint Dominique d'argent, de six pieds de haut...
Je vous le ferai voir quand nous visiterons cette digne colonie
espagnole, qui ne vit que de prières, d'ennui et de chocolat ! —
Je crois avoir entendu dire que ces ours de la partie espagnole,
vos très-basanés voisins, étaient vindicatifs à l'extrême, reprit
indifféremment madame de Langey en disposant autour de sa
taille les plis de sa robe. — Pour mon compte, chère marquise,
je n'en sais rien. Monsieur d'Esparbac et moi, nous ne recevons

_____

(1) « *Heureux comme un nègre à Galliffet,* » disait-on en effet alors à
Saint-Domingue.

guère à l'intendance que le chef civil et militaire de leur colonie; sous le titre de président de l'audience royale, il réside d'habitude à Santo-Domingo. Nous voyons aussi l'évêque don Portillo, l'oncle de ce comte de Cerda dont je vous parlais tout à l'heure... que je ne connais pas, mais que l'on dit avcir eu de fort grands biens. Il paraît qu'il a été le témoin de ce duel de monsieur de Langey?... Le curé de Saint-Marc ne nous en a pas dit plus... — Cette fois, je ne me trompe pas, la cloche du perron a sonné; c'est une visite... Ne pourriez-vous pas me dire, en soulevant ce store à gauche, qui me fait l'honneur?... — Le gérant de votre habitation en personne, ma toute belle; il est suivi d'un jeune mulâtre... — La suite de ma ménagerie! s'écria la marquise en ayant l'air d'échapper, comme par une secousse électrique, à quelque pensée amère qui l'avait agitée l'espace de deux secondes. Restez, baronne, vous allez m'aider à recevoir le valet de chambre futur de Poppo, mon singe! — L'idée est sublime, marquise; seulement monsieur d'Esparbac et moi, nous aurions pu vous amener notre noir, *Pompée*, pour lui tenir compagnie... — Attention! c'est mon petit monstre de safran foncé... Vous allez voir!...

Le rideau se souleva, et M. Platon entra précédant Saint-Georges.

XIII

Poppo.

Viola: N'es-tu pas le fol de la dame Olivia?
(*La douzième nuit*, scène v, acte iii.)

De son côté la marquise sonna Finette, pour qu'on lui apportât Poppo.

— Il faut, reprit-elle, que les choses se passent dans les règles!

Un grand vilain nègre, à la livrée de la marquise, survint bientôt apportant monseigneur Poppo entre ses bras. Deux clous étaient fichés au plafond de cette chambre; il y suspendit un hamac de fibres de latanier, dans lequel il coucha voluptueusement Poppo. Cela fait, il donna le branle à cette balançoire, puis il étendit sous elle une natte d'une finesse miraculeuse, zébrée de charmants dessins et travaillée comme le serait le rochet d'un cardinal.

Après l'avoir arrosée d'eau de senteur, il sortit.

Finette déposa M. Maurice, qu'elle portait entre ses bras, sur cette natte, ainsi qu'elle eût fait d'un fils de mandarin dans le royaume de Canton.

L'enfant regarda le jeune mulâtre d'un air d'étonnement profond; Poppo poussa un cri enroué, guttural, un cri de mauvaise humeur.

— Seriez-vous déjà mécontent de votre valet de chambre, Poppo? dit la marquise à l'horrible singe; il est cependant fort convenable... — Comment donc! il est charmant! reprit la baronne... Des dents d'une blancheur de perle, et les cheveux du plus beau noir!... Ah! il est excellent teint! — Et il a, Dieu me pardonne! apporté son violon, murmura à l'oreille de la baronne madame de Langey. — Monsieur Platon possède un élève accompli, continua la baronne. — Je vous le livre, mesdames, pour un garçon qui mérite vos bontés. — Son âge. — Douze ans et demi. — C'est dommage qu'il se nomme Saint-Georges, j'eusse autant aimé *Jupiter*, ou *Scipion*, *Narcisse*, *Acajou!* — *Saint-Georges* n'est point mal, ma chère; c'est un nom français, un nom de roman. Voyez *Saint-Preux*, *Saint-Phar*, et tant d'autres saints! J'aime *Saint-Georges*. — Pour mon début dans la colonie, je ne veux pas, baronne, me montrer trop difficile. Tu garderas ton nom, mon page jaune; je te promets de t'avancer si tu plais à Maurice et si tu amuses Poppo!

— Je réponds de lui, madame la marquise. Vous l'avez vu, c'est un chasseur décidé...

— Oh! nous vous le laisserons de temps en temps, monsieur Joseph; nous ne prétendons pas éteindre chez lui ce noble instinct... Vous demeurerez son instituteur... A propos, je veux m'entendre avec vous sur l'habit qu'il va porter. Oui, je veux un turban orné de perles avec une veste de damas lilas rayé d'argent... Cela fera fort bien quand j'irai visiter en chaise quelque voisine... Avec mon parasol et mon singe, ce sera miraculeux! — Madame la marquise sera satisfaite. Du reste, le gaillard n'est ni voleur ni gourmand, deux vices chers à la race des noirs créoles. Moyennant quelques coups de gaule que je lui ai donnés par ci, par là, afin de mûrir son éducation, c'est un garçon accompli... — Allons, Saint-Georges, reprit-il, ouvrez proprement cette orange pour la présenter à Poppo sans qu'il vous morde.

Saint-Georges ouvrit le fruit et le présenta fort élégamment à Poppo, qui ne lui fit pas mauvais accueil.

— A présent, Saint-Georges, une chanson pour amuser M. le marquis Maurice !

Saint-Georges se leva de l'air calme et modeste d'un petit page brun de Velasquez et chanta l'air créole qui suit :

> Aza ! guetté com' z'ami toüé,
> Visag' li fondi semblé cire !
> Temps la ! toüé ! tant loigné de moüé !
> Jourdi la guetté moüé sourire !

La gentillesse et la naïveté de l'air ravirent madame l'intendante. Elle tira de sa poche de côté sa boîte à la bergamote et jeta sur la natte quelques pastilles au mulâtre.

— Décidément, dit la baronne d'Esparbac, il a toute la douceur de Médor. Est-il tatoué ? — Pour peu que ce soit agréable à madame la marquise... — Inutile, monsieur Platon, N'oubliez pas seulement de lui faire confectionner sous peu un *harnois* à sa taille pour lui faire traîner Poppo dans sa *berline*.

L'annonce du dîner de la marquise mit seule une fin à cette indécente conversation. Platon salua et laissa son élève enchanté de la compagnie de Poppo et des pastilles de madame l'intendante.

Cette pauvre denrée humaine se réjouissait de la promesse d'un turban de perles et de l'honneur insigne d'appartenir à madame la marquise de Langey.

XIV

L'homme à la couleuvre.

> Culebra ! culebra !
> (*Cringle's log.*)

Un mois s'était écoulé depuis l'arrivée de la marquise.

Madame de Langey s'était levée vers les quatre heures de l'après-midi, le visage plus pâle que de coutume.

Finette l'avait trouvée debout près sa cheminée, dont elle avait allumé le feu avec sa bougie. Elle brûlait un à un plusieurs papiers renfermés jusque-là dans un coffret de bois rose...

L'air abattu de madame de Langey, sa tristesse mystérieuse firent place, dès qu'elle aperçut Finette, à ce masque de convention qui n'a de nom dans aucune langue, livrée banale sous laquelle il devient difficile de reconnaître la pensée, à moins d'être devin ou alchimiste.

Or, la pauvre Finette n'était rien de ces deux choses.

Au rebours de beaucoup de ses pareilles, la mulâtresse ne possédait guère qu'à demi la confiance de sa noble maîtresse, madame de Langey. La marquise ne demandait pas mieux que de s'ébattre avec Finette aux belles lueurs d'un soleil couchant, sous les feuilles dentelées de ses grands arbres, de poser elle-même sa main royale sur ses épaules, au rebord de sa *chinnta*, de marcher avec elle par les pelouses pour y admirer les plantes rares, quelquefois même de folâtrer avec Finette, comme une femme se joue avec un ramier chéri ; mais, à part cet abandon commun aux belles créoles, madame de Langey se gardait bien de la rendre dépositaire de la moindre confidence intime...

L'âge de la mulâtresse autorisait-il cette discrétion prudente, ou bien la marquise avait-elle résolu de ne donner à personne la clef de son âme? C'est ce qu'il importait peu à Finette de pénétrer ; aussi entra-t-elle en véritable étourdie dans cette chambre, en riant à gorge déployée et montrant à sa maîtresse un beau collier formé des graines rouges du caitier que M. Printemps, son *amoureux*, venait de lui offrir.

— Je ne saurais vous donner une idée, madame la marquise, des belles histoires que débite M. Printemps, dit Finette en renouant devant la glace les deux bouts de son madras. Il faut croire que chez M. le maréchal de Saxe il a eu beaucoup d'aventures, car à la veillée d'hier il n'a pas cessé de nous en dire ! Ajoutez, madame, qu'il n'y a pas d'homme comme celui-là pour apprêter le *sang gris* (1) ! — Ouvre la fenêtre, Finette ; il y a, je crois, un peu de brise... Tu as des lèvres de vrai corail ce matin. Tu es charmante. M. Printemps est donc un habile conteur, continua la marquise. — Vous allez en juger, madame, il a des histoires miraculeuses. En voici une qui m'a presque empêchée de dormir... Il y a six jours (c'est M. Printemps qui parle), je me promenais dans les jardins du parc avec mon bon ami M. Joseph Platon, en causant de nos anciennes folies — (il paraît que ce M. Platon a été aussi très-jovial dans

(1) Boisson en usage au moment où la chaleur est accablante et qui se fait avec du *rhum* ou du *brandy* mêlé avec de l'eau. On y jette de la noix muscade, de l'écorce de citron et du sucre.

son temps !) quand nous remarquâmes un immense mapou
creusé par le temps et dans lequel le noir de service qui écartait devant nous les ronces assez nombreuses dans cette partie
du parc, nous assura qu'une couleuvre avait depuis quelques
mois élu domicile. — Une couleuvre ! reprit madame de Langey... — La lune, dit M. Printemps en continuant son histoire,
promenait alors sur l'arbre une immense bande de lumière...
— Cachez-vous près de ces massifs, nous dit le noir, vous ne
tarderez pas à voir venir l'homme à la couleuvre ! — A ce
mot de couleuvre, qui sonnait mal sans doute à l'oreille de
M. Platon, il avait jugé prudent de partir, en prétextant des
ordres à donner. Je demeurai seul avec le noir. Il ne m'avait
pas trompé. Bientôt un homme parut ; nous n'avions pas entendu ses pas sur les feuilles sèches. Arrivé au pied de l'arbre,
dont les moindres branches scintillaient alors sous une pluie
de rayons argentés, l'homme tira de son sein un petit sifflet
d'ivoire et l'approcha de ses lèvres... Au bruit aigu que produisit ce sifflet, nous ne tardâmes pas, le noir et moi, à voir
sortir du tronc du mapou la tête de la couleuvre... L'homme,
dont nous ne pouvions distinguer les traits, tira bientôt une
gourde passée au travers de sa ceinture, il la déboucha et versa
du lait dans un coco, puis il le présenta à la couleuvre. Elle
but et se retira. Je voulus courir vers cet homme, car je ne
craignais rien, armé ainsi que je l'étais de mon épée de maître d'hôtel, mais il avait fui et s'était perdu comme l'éclair,
sous l'ombre des campêches les plus noirs... — Et cet homme,
le connaît-on ? — Pas que je sache, repartit Finette. Le noir a
dit seulement à M. Printemps qu'il apportait depuis quelques
jours à la couleuvre de quoi se nourrir en viande, poisson, lait,
calalou d'herbages et autres provisions que les nègres, ses
camarades, se gardaient bien de faire disparaître. En effet,
madame la marquise, poursuivit Finette, d'un air profondément pénétré de ce qu'elle disait, cette couleuvre pourrait
bien être un *fétiche* ! — Enfant ! reprit sa maîtresse en agitant
elle-même avec une sorte de violence convulsive la main de
Finette, qui ne songeait plus à l'éventer.

La mulâtresse était devenue, en effet, toute rêveuse.

— Et il n'y a pas de nom gravé sur l'écorce de ce mapou ?
— Aucun que je sache, madame... du moins M. Printemps ne
nous l'a pas dit... Vous savez que cet arbre est assez commun
ici.....

Un beau rayon de soleil pourpré, comme le sont d'ordinaire ceux du couchant, colorait les nattes diversifiées de l'appartement; la fraîcheur de la brise était encore doublée pour la marquise par les plumes frémissantes de l'éventail et le balancement du hamac où elle s'était fait étendre par Finette. La mulâtresse avait levé les stores de la chambre, afin que la senteur délicieuse des jardins la pénétrât.

C'était un tableau ravissant que ces deux jeunes femmes, l'une debout près du hamac et chantant à sa maîtresse une chanson d'un rhythme égal au bercement méthodique de cette couche aérienne, vive et maligne figure dont le pinceau de Lancret eût pu rendre seul la piquante étrangeté; l'autre, enveloppée de ce filet blanc et rose, voluptueusement noyée dans ses cheveux de jais, fuyant et revenant comme l'hirondelle dans son vol, pendant que la mulâtresse arrosait de temps à autre ses petits pieds d'eau de senteur ou qu'elle agaçait une perruche bleue, retenue à sa chaîne d'argent près de la fenêtre.

Madame de Langey tenait alors entre ses mains deux bracelets en cheveux, ornés chacun d'un portrait, qu'elle venait de prendre nonchalamment sur sa toilette. Un hasard singulier avait pu seul accoupler sans doute ces deux bracelets, car la marquise ne les eut pas plutôt considérés qu'elle se hâta de les tendre à Finette, comme si elle eût redouté leur contemplation.

La mulâtresse, qui n'avait pas la même crainte, profita de la la somnolence produite chez sa maîtresse par le balancement du hamac pour jeter sur les deux bracelets un regard d'indiscrétion.

Ils étaient tous deux richement montés en pierreries; le double médaillon qu'ils contenaient était ovale : il représentait deux hommes, l'un en uniforme de simple capitaine de navire, l'autre en riche habit de velours, traversé d'un cordon bleu.

La figure du premier de ces deux hommes était intéressante au dernier degré, peut-être encore moins par son air de jeunesse et de haute distinction que par une pâleur mélancolique et précoce. Le souffle amer du découragement et du chagrin semblait avoir passé de bonne heure sur le front de ce jeune homme; ses épaules étaient légèrement voûtées, son œil terne, ses joues amaigries. C'était un héros de roman dans toute l'acception de ce terme, mais un héros de roman qui avait lutté, combattu; un martyr avant le temps, martyr pour une idée ou

5.

pour un amour! Sa main pâle et maigre, veinée de grandes veines bleues qui lui imprimaient le froid du marbre, tenait un porte-voix de bâtiment; derrière lui flottait le pavillon blanc aux armes de France.

Sur le dos de ce portrait que Finette eut soin de retourner, elle lut cette inscription : *Marquis de Langey, né à Chollet, en Vendée.*

L'autre médaillon offrait les traits d'un personnage plus âgé, aux manières aisées, mais graves. Le repos et la santé épanouissaient son teint, il portait le front haut et le regard assuré. Sa perruque poudrée se déroulait en boucles égales sur son collet; outre son cordon bleu, il était décoré de plusieurs ordres. Par une coquetterie d'homme mûr, que les peintres ne manquent jamais d'encourager, il s'était fait peindre avec les mains très-fines et ressortant des plus admirables manchettes que l'on pût voir; il avait, du reste, la main fort belle.

Le peintre avait en outre ménagé dans cette miniature un coin du bureau chargé de lettres, sur l'une d'elles on lisait : *A monsieur de Boullogne, contrôleur général des finances de Sa Majesté et grand trésorier de l'ordre du Saint-Esprit.*

Il fallut moins de temps à Finette pour reconnaître cette figure que l'autre; à peine avait-elle aperçu M. le marquis de Langey, son entrée chez la marquise datant de deux mois avant le voyage où il mourut.

Elle renferma précipitamment les deux bracelets dans le tiroir quand sa maîtresse étendit les bras et l'appela.

Madame de Langey avait le regard fixe, hagard; on eût dit qu'elle venait d'échapper à un péril...

— J'ai fait un horrible rêve, Finette, dit madame de Langey, comme malgré elle et ayant l'air de se débattre comme un fantôme dans son hamac... Ta vilaine histoire de l'homme à la couleuvre, sans doute!... Il est temps, ajouta la marquise, que tu sonnes mes femmes pour t'aider à m'habiller, car la cloche ne tardera pas à sonner; j'ai monsieur de Bongars, monsieur d'Esparbac, monsieur de Vannes et monsieur Gachard, qui viennent faire ici la *media-noche.*

Finette obéit; le soir avait étendu son réseau d'ombres sur les mornes qu'on apercevait de la fenêtre. Les femmes de la marquise montèrent bientôt, puis l'habillèrent. Malgré la pâleur légère répandue sur son visage, madame de Langey n'avait jamais été plus belle.

Elle parut à ce souper en simple robe noire.

Comme toutes les veuves, madame de Langey n'avait rien eu de plus hâté que de se conformer à l'étiquette de son deuil, mais aussi mieux que personne au monde elle savait le temps précis qu'il est décent pour une femme de s'affliger. Le jour où la marquise pourrait mettre les diamants après les pierres noires était bien loin encore, mais elle se servait si habilement de tout l'encadrement obligé de sa tristesse qu'il semblait que les diamants n'eussent pu relever en rien l'éclat naturel de sa figure.

Son deuil était d'un an et six semaines, et la cour, où M. le contrôleur général avait tant de fois promis à la belle créole de la produire, lui imposait comme règle absolue six mois de veuvage avant qu'elle pût l'aborder.

Madame de Langey trouva son monde réuni dans la grande galerie boisée de cèdre, au sein de laquelle on avait servi le souper. Une demi-douzaine de négrillons en livrée bourdonnaient autour de la table, où s'élevaient en piles les ananas, les cédrats et les pastèques.

XV

Événements.

C'est moi—même.. . ouvrez, ouvrez!
(*Le coureur de nuit.* QUEVEDO, p. 13.)

On parla de choses diverses à ce souper, auquel assistèrent non-seulement les conviés, mais la ménagerie de la marquise, renforcée de plusieurs maîtres d'agréments pour M. Maurice.

Depuis que Saint-Georges était devenu le page de Poppo et le compagnon de Maurice, la toilette du fils de madame de Langey avait subi une transformation dont il est de notre devoir de parler.

M. le marquis de Langey, dont peu à peu madame de Langey avait composé la *maison*, se voyait entouré déjà de toutes les folles vanités qu'exigeait son titre aux yeux de sa mère. Dès huit heures du matin, on le lavait et on le poudrait à blanc; on lui mettait une bourse, un habit à panier et de grandes manchettes; il portait l'épée au côté et le chapeau sous le bras.

Le petit marquis de six ans se tenait déjà rogue et fier devant son assiette; on lui avait appris à s'asseoir et à se lever avec dignité, il faisait la révérence presque aussi bien que Poppo.

Pour Saint-Georges il restait debout derrière la chaise de Maurice, ne soufflant pas, prêt au moindre signe à lui échanger son assiette; il remplissait à ce souper l'office de *moulin*, office curieux dont nous vous entretiendrons tout à l'heure.

Autant vous eussiez ressenti de pitié à voir la tête enfantine de Maurice victime d'une mode qui la défigurait, saupoudrée à blanc, gâtée à force de rouleaux et de plâtrage, autant votre œil se fût arrêté avec intérêt sur la nature ingénument belle de Saint-Georges.

Le maintien du mulâtre était à la fois tranquille et fier; ses formes, aussi parfaites que celles d'un vrai lutteur phrygien, se dessinaient en relief sur le cèdre et sur l'acap qui boisaient la salle; la blancheur éblouissante de ses dents, le feu de son œil et une certaine mélancolie noble et douce lui donnaient l'air de l'un de ces jeunes princes noirs que l'on voit apparaître dans les contes arabes, les cheveux relevés en tresses sur le sommet de la tête et arrêtés par des tours en diamants.

Le costume du mulâtre était en effet particulier : Saint-Georges ne portait pas la livée des autres noirs. Madame de Langey ne l'y avait pas assujetti.

Non, à son turban de grosses perles, à sa veste de damas lilas rayé d'argent, à ses pendants d'oreilles et à ses bas galamment pailletés, on reconnaissait plutôt le nègre de fantaisie que le noir laquais, le noir esclave.

Et de fait, au milieu de toutes ces faces épatées, de ces misérables valets noirs, tortus, gauches, rabougris, la nature vigoureuse du mulâtre devait se faire jour et produire l'effet d'une véritable exception.

Suivant un usage commun encore à ce jour aux blancs des Barbades, la fraîcheur de la salle où le souper était servi, son humidité vaporeuse et sensuelle était entretenue par des ventilateurs d'un nouveau genre, sorte de moulins mettant en action l'eau parfumée d'une pompe retombant en pluie froide et glacée sur le parquet. Des nègres richement vêtus posaient ces moulins près des convives. Saint-Georges avait la direction et le soin de celui de Maurice. Le petit marquis prenait un malin plaisir à ce rafraîchissement perpétuel qui faisait voler de temps à autre la poudre de son collet dans les yeux de son maître à danser.

Cet homme faisait partie de la meute de professeurs recrutés par M. Joseph Platon dans Saint-Marc et le Port-au-Prince pour l'éducation de M. le marquis Maurice. Il devait l'instruire à prendre de bonne heure du tabac avec grâce, à parler *gras*, ce qui était alors le suprême bon ton, à donner un coup d'œil subtil à ses basques, à observer la troisième position et à saluer avec grâce. Comme il se rouillait dans Saint-Marc en fait d'éducations distinguées, il avait sauté en l'air à l'idée de diriger celle d'un marquis.

En observant de près Saint-Georges, le digne maître à danser, génie fort impartial, regretta beaucoup de ne pas l'avoir pour élève. Le pied et la jambe du mulâtre lui parurent irréprochables; au souper même il ne put leur refuser son approbation, et il s'écria en frappant Saint-Georges sur les mollets d'un coup assez fouetté de sa serviette :

— Voilà un *jaune* fort bien fait !

Après les singes, dont les femmes du dix-huitième siècle raffolèrent, parce que leur couleur fauve tranchait adroitement dans leurs boudoirs ou leurs portraits avec leur teint de lis et de roses, la mode, cette grande conseillère, leur avait insinué les nègres comme un contraste habile à leur blancheur. Le petit noir l'emporta bientôt sur l'épagneul, la perruche ou la levrette; il donnait la patte aussi bien qu'un angora. Né dans l'esclavage, il devait se montrer doux et soumis. Bientôt la folie du jour inventa pour eux mille caprices : les tailleurs remontèrent à Paul Véronèse pour les habiller; le pinceau des peintres de Louis XV les représenta escaladant les genoux des belles marquises, chiffonnant de leurs mains d'ébène les broderies des duchesses. De l'antichambre ils sautèrent bien vite dans le salon; leurs mutineries, que l'on eût châtiées à Saint-Domingue par la perte d'une oreille, semblaient en France un attrait de plus; au lieu du fouet d'un nègre commandeur retombant à coups pressés sur leurs épaules, c'était la main caressante d'une comtesse ou d'une fille d'Opéra qu'ils sentaient glisser sur leurs durs cheveux de laine. De la sorte et au milieu même de l'esclavage, il y eut deux peuples chez le peuple noir, le nègre esclave et le nègre bouffon; le nègre des Antilles, saisi, fustigé à la moindre faute, et le nègre parisien, heureux, impuni, buvant le sucre dans la tasse d'or de sa maîtresse, pendant que son frère engraissait de ses sueurs le champ africain d'où ce sucre était tiré !

Le goût du siècle, plus qu'un sentiment d'humanité et de compassion, avait donc amené de la part de la marquise cette distinction dans le costume de Saint-Georges. Le plus beau de

tous les enfants mulâtres de l'Artibonite, le plus fort, le plus
adroit lui avait paru digne d'être excepté de la classe vulgaire
des noirs; ces exemples-là se rencontraient alors fréquemment,
témoin Zamore, le nègre de madame Dubarry, et Scipion, l'enfant gâté de la duchesse d'Orléans (1).

Dans son esprit, madame de Langey devait donc trouver
Saint-Georges très-honoré, très-heureux.

Mais Saint-Georges était mulâtre, Saint-Georges avait sucé
dès l'enfance, avec le lait de Noëmi, cette haine distinctive de la
race safranée contre la race noire; il pouvait se croire, comme
tous les mulâtres, d'une caste intermédiaire. Cette sorte d'égalité
factice, pour les leçons et les jeux, établie à certaines heures du
jour entre Maurice et lui l'étonnait à peine; il y avait dans cette
âme jeune je ne sais quel levain de noblesse et d'ambition qui
fermentait.

Aussi, bien qu'il ne fût guère entré au service de la marquise
de Langey que pour son singe, le mulâtre avait bien vite compris qu'il ne tiendrait qu'à lui de devenir bientôt l'ami, plus
encore que l'émule de Maurice, tant la supériorité de l'âge et de
la force lui donnait d'audace, tant il avait hâte de se signaler
chez madame de Langey par quelque fait à son avantage, un
fait pour lequel la marquise, cette fée nouvelle, radieuse, qu'il
admirait de toutes les forces de son âme, lui dît : « Saint-
Georges, merci ! »

Ainsi encore se résolut-il à passer par tous les caprices méchants de Poppo, afin d'arriver par là plus sûrement à l'amitié
de Maurice. Cette amitié, il la voulait voir fleurir et se développer chez Maurice à l'aide de son dévouement absolu pour
madame de Langey. Le premier sentiment que le mulâtre ressentit pour cet enfant plus jeune que lui, ce fut un sentiment
de compassion mêlée de respect : Maurice était né chétif, Saint-
Georges était vigoureux. Le mulâtre n'avait jamais aimé jusque-là
que Noëmi; encore dans cet amour entrait-il un grand orgueil de
protection. Les mains jointes devant le fouet de Platon, souvent
Saint-Georges avait empêché sa mère d'être inhumainement
battue; il l'avait sauvée dans plus d'une rencontre de sa colère,
apaisant le gérant par l'offre de sa chasse et un tour merveilleux dont il le rendait spectateur. Eh bien! chose étrange! cette
même protection dont le mulâtre couvrait Noëmi, être faible,

(1) Propre mère de Louis-Philippe.

abandonné, il sentit que la nature de l'enfant la réclamait; que cette nature, frêle et délicate, aurait besoin de la sienne. Il s'attacha vite à Maurice pour cette raison, l'idée ne pouvant lui venir encore que le fouet n'était que suspendu sur sa tête, et qu'en cas de faute, Maurice lui-même ne pouvait l'en exempter!

Nous avons dit que Saint-Georges s'était soumis aux malignités de Poppo; mais, en vérité, ce digne animal n'était-il pas, après M. le marquis Maurice, le premier de la maison?

Poppo était un assez laid sapajou, affublé pour l'ordinaire d'un immense chapeau d'Espagnol à plumes bleues et jaunes, comme en dut porter autrefois Pizarre. L'emploi de Saint-Georges était de lui mettre du rouge sur les pommettes, de peigner sa barbe et de lui présenter sur un cristal une appétissante guirlande de goyaves et de fruits cristallisés au sucre candi. Le caractère de Poppo était loin d'être commode : si on lui servait le punch ou le tafia trop chaud ou trop froid, il le rejetait insolemment à la figure de son page, accompagnant ce geste d'une foule de grimaces et de contorsions qui le faisaient ressembler à un vieux Caffre. Deux rangées de dents, aussi aiguës que celles d'un crocodile, donnaient peu d'envie de se jouer à Poppo, qui prenait en outre un singulier plaisir à rejeter sans cesse sur la veste brodée du mulâtre les gouttes de sauce, les morceaux de graisse et les pâtes confites, dont M. Printemps, pour complaire à sa maîtresse, le bourrait quotidiennement.

Entre tous les convives, celui qui avait donné le plus de mal à Saint-Georges pendant tout ce repas, c'était Poppo; il l'ajustait malignement de ses doigts velus, et lui lançait, pour le faire venir à lui, des noisettes, des pepins d'orange et autres projectiles. Comme on avait trouvé bon de lui laisser suspendre à son cou le tambour de M. Maurice, il frappa dessus à la fin du souper avec un si horrible vacarme que la marquise fit signe au mulâtre de lui arracher le tambour. Saint-Georges s'empressa d'obéir; mais, à l'instant même, l'odieux Poppo, dont le museau devint d'un rouge cramoisi, le gratifia d'un coup de ses ongles sur le cou, si bien que le sang en jaillit sur ses dentelles.

Il y eut un cri, un cri étouffé; mais ce qui surprit les convives et les força presque à s'entre-regarder entre eux, c'est que le mulâtre ne paraissait pas avoir poussé ce cri. Il se tenait paisible, bien que le sang coulât sous sa veste avec abondance. La colère du singe son maître grondait encore comme un tonnerre souterrain entre ses mâchoires serrées...

—Ce cher agneau! dit la marquise en se retournant vers sa bête favorite et en lançant à Saint-Georges un coup d'œil irrité, il abhorre la contradiction! — En ce cas, il ne faut jamais l'agacer, poursuivit le maître de latin, d'autant qu'il n'est pas orang-outang, *simius satyrus*, comme dit Linnée, et Tulpius après lui. L'orang-outang de M. de Buffon, que j'ai vu, eut un jour une indigestion de fraises d'un accès de colère rentrée ; il est donc périlleux... — De laisser une fenêtre ouverte..... monsieur le professeur. Le voisinage des maringouins nous va mal; voilà sans doute ce que vous voulez dire. Saint-Georges, fermez-la.

Jusque-là personne, hormis le mulâtre, n'avait pris garde à cette fenêtre..... Dans la nuit produite au dehors par l'enlacement confus et sombre des campêches qui la bordaient et qui formaient un cordon serré vers cet angle de la case, scintillaient deux yeux tournés vers Saint-Georges, deux yeux dont le rayon ne le quittait pas. Quand son sang s'était échappé violemment des veines de son cou, ce n'était pas le mulâtre qui avait poussé ce cri étouffé, c'était cette figure immobile appuyée sur ses deux bras à la hauteur de la fenêtre. Rien ne l'y détachait en saillie apparente, son teint noir et ses cheveux de même couleur s'y confondant avec l'obscurité dure et bleuâtre des fonds. Le regard de cette tête, brillant, animé, avait suivi Saint-Georges dans ses moindres mouvements, quand il avait présenté l'aiguière d'or au jeune marquis, quand il lui avait servi de *moulin*, quand le maître à danser de M. Maurice lui avait fait compliment de sa bonne mine, enfin quand Poppo s'était jeté sur lui d'une façon si incongrue.

C'était le regard de Noëmi !

Le regard d'une mère a le privilége céleste d'intervenir en tout lieu où souffre son fils; l'œil de la négresse retenait une larme, car son fils, c'était sa vie! Comme un chien aimant, elle eût alors léché sa blessure si elle eût pu se montrer sans inconvenance au milieu de ce monde indifférent; elle eût serré de ses deux mains convulsives la gorge de ce misérable singe! Elle était venue là à tâtons, dans l'obscurité, pour jouir de son fils sans qu'il la vît, pour suivre chacun de ses mouvements et l'admirer. Saint-Georges couchait depuis quelques jours seulement aux communs de la grande case, Noëmi ne l'avait entrevu que furtivement; elle ne s'en était point saturée, il lui manquait! Elle avait eu soin de dire aux autres négresses qu'elle allait rentrer chez elle; et là, dans le recoin le plus obscur, isolée

de toute distraction, rêveuse, contemplative, elle se livra d'abord
à une joie d'enfant, en examinant les dorures de son costume,
ses joues luisantes, ses yeux plus vifs au feu de ces mille lumières. La négresse n'eût pas aspiré avec plus de charme, pendant la chaleur la brise rafraîchissante du cocotier que le frémissement léger du pas de Saint-Georges sur ces nattes : sa
surveillance ne le quittait pas.

Son grand désespoir, c'était qu'il ne la vît, qu'il ne se trou-
blât et qu'il ne brisât dans son service quelque flacon dès qu'il
l'aurait vue. L'envie de quitter cet appui de fenêtre la tourmentait; elle l'abandonnait un instant, puis y revenait bien vite.
L'abeille pompant le suc de sa ruche, l'aile émue et frémissante,
éprouve moins de bonheur que n'en éprouvait Noëmi à se dé-
lecter des mouvements de son fils. En le comparant à Maurice,
énervé dès son jeune âge, elle ressentait en elle mille aiguillons secrets d'orgueil, les mères de cette couleur puisant toute
leur sécurité en l'avenir dans la conformation physique de l'objet de leur tendresse.

Quand Saint-Georges, pour obéir à madame de Langey, s'en
vint fermer la fenêtre, Noëmi avait disparu ; il ne la vit pas s'enfuir en faisant sur sa poitrine un signe de croix.....

Madame de Langey, placée entre M. d'Esparbac et M. de Bongars, n'avait pas admis de femmes à ce souper. Les hommes qui
l'entouraient murmuraient en vain autour d'elle mille compliments appris par cœur; en vain ne manquait-il même à certains d'entre eux ni esprit, ni belles manières, madame de Langey gardait vis-à-vis de ce cercle une attitude indolente, se
laissant changer d'assiettes sans les salir, broutant quelques
feuilles de son beau et large bouquet qui le disputait aux ananas
à gerbes pourprées par ses mille nuances, et n'écoutant pas plus
les sornettes de ces messieurs que les traités de morale des professeurs de Maurice.

Cependant M. de Bongars était gouverneur de la colonie,
M. d'Esparbac était intendant et avait du goût, et M. de Vannes
faisait de petits vers pour se consoler des rigueurs du biribi.

M. Gachard, le financier, possédait à son doigt une crapaudine de cinq cents louis, le galon de ses laquais était plus large;
il osa raconter qu'il dormait fastueusement dans un lit doré,
sous un ciel de glaces, et qu'il *consommait* huit cents nègres.
Ceci lui valut un coup d'œil.....

Une certaine dignité froide ayant cependant remplacé bientôt la première gaieté du vin, une partie de la société dut songer à la retraite. Le silence de la plaine était devenu profond, la nuit assez noire, le sol éclairé seulement par les scarabées traînant leurs corps étincelants sur les sables. Des exhalaisons dévorantes, s'élevant du sein des marais, corrompaient alors les parfums de l'acacia ; la terre haletait de chaleur et de fatigue. Si la fièvre de l'industrie n'eût point secoué, à la table même de madame de Langey, ces lourdes natures, ses convives fussent demeurés pour la plupart : mais dans peu ces corps assoupis se remuèrent. Le pas des chevaux et la voix des laquais retentirent bientôt sous la galerie ; la marquise jeta à ses hôtes un bonsoir majestueux du haut de son balcon, et ils partirent fendant l'air pour se créer eux-mêmes un vent factice. L'habitation de la Rose reprit son calme.

Le poids de cette chaleur accablante ne tarda pas cependant à se faire sentir à la marquise. La fatigue du souper l'avait clouée, pour ainsi dire, dans la galerie ; l'œil machinalement tourné vers Maurice, elle le contemplait légèrement assoupi auprès de Saint-Georges. Le désordre du souper régnait encore, çà et là des verres encore pleins, des glacières d'argent dont la grésille extérieure se fondait. Armé d'un large éventail de feuilles, Saint-Georges écartait les moustiques du front de Maurice.

Tout d'un coup il y eut, au milieu de ce silence, une clameur aiguë, lamentable..... Elle éclata d'abord, puis elle s'éteignit sourdement articulée comme une voix humaine dans la peur. Cette voix étrange réveilla l'enfant ; la marquise s'aperçut alors seulement que Poppo avait disparu.

On sonna la cloche, on battit même, à le crever, l'innocent tambour de Poppo ; rien ne parut. Madame de Langey, très-alarmée pour son singe, dit à Saint-Georges de la suivre en s'armant de son fusil. Tous deux, ils descendirent au centre des jardins de la Rose. La marquise avait mis son masque de gaze. En passant sous un dôme majestueux de palmistes, il lui sembla que le vent avait fraîchi et qu'il agitait leurs panaches. Madame de Langey pensa que Poppo s'était absenté pour courir le bord de l'Ester, où il se livrait parfois à quelque pêche nocturne et frauduleuse. Le ciel en ce moment recouvrait sa robe d'azur, des couples d'anolis familiers se poursuivaient sur les herbes, étalant à la lune, qui ressortait des nuages, leurs belles écailles dorées. La marquise n'entendait plus aucun bruit ;

Saint-Georges, couvrant ses oreilles de la paume de ses mains, écoutait avec impatience le cri du grillon troublant seul ces solitudes. Tout d'un coup, la crosse de son fusil, avec lequel il écartait les ronces parasites, heurta quelque chose d'agile et de furtif qui se déroula devant lui en poussant un sifflement; c'était une couleuvre qui remonta bien vite au tronc noueux d'un mapou et se blottit dans ses cavités.

Au-dessous de l'arbre le singe était étendu, râlant encore; le sang coulait à gouttes rares de son mufle rose, un sang presque verdâtre, coagulé déjà sous les piqûres de la couleuvre pourpre...

Avide, comme tous ses pareils, de détruire la nichée des oiseaux et de jeter leurs œufs à terre, Poppo s'était suspendu par sa queue aux fortes branches du mapou; mais arrivé au gîte ténébreux de la couleuvre, elle l'avait piqué de façon à lui faire perdre l'équilibre. Le corps du pauvre singe, contusionné par l'affreuse chute qu'il venait de faire de l'une des branches du mapou, avait été reçu, pour comble d'infortune, par des bayaondes à crête aiguë : de là ces cris furieux et cette agonie du désespéré Poppo. Le singe se mourait autant de sa chute que du gonflement mortel de sa piqûre.

Toutefois ce ne fut pas ce spectacle qui fit ployer sous elle les genoux de la marquise; — non, — mais une autre vue, vue soudaine, impérieuse; madame de Langey venait de reconnaître le mapou sur lequel le nom de Tio-Blas était écrit.

Dans toute autre circonstance, elle eût songé à secourir Poppo; cette fois, poussée par un pressentiment qui lui faisait redouter un autre danger, elle s'approcha hardiment de l'arbre dont la masse gigantesque vit éclairer bientôt son feuiller sous la torche de bois-chandelle que le mulâtre avait prise avec lui, et qu'il alluma à l'aide de sa pierre à fusil et de quelques feuilles sèches.

Au-dessous du nom de Tio-Blas, madame de Langey put lire un autre nom tout récemment entaillé sur l'écorce et dont la dernière lettre n'était pas encore formée; c'était le sien : Caroline!

Des pas lourds retentissaient en ce moment vers cette partie isolée du parc; Saint-Georges, secouant sa torche sur les buissons et les frappant par intervalles de son fusil, semblait vouloir préserver madame de Langey de la piqûre venimeuse de tout reptile, quand, par un geste habile qui se fit autour de lui, il se sentit arracher la torche d'entre ses mains.

Presque en même temps elle s'éteignit sous le pied d'un homme... Saint-Georges se retourna, et vit, ainsi que madame de Langey, l'homme s'avancer vers le mapou aux faibles clartés de la lune. Ce nouveau venu regarda quelques secondes autour de lui, puis il siffla la couleuvre, à laquelle il présenta quelques fruits secs et un vase de laitage.

La couleuvre au collier de pourpre parut bientôt; elle s'approcha de l'homme d'un air soumis et comme s'il se fût agi d'obéir à son roi et maître. Elle retirait son cou lorsqu'un coup de feu l'abattit.

— Bien tiré, Saint-Georges! cria M. Joseph Platon, qui survenait essoufflé. Bien tiré; mais votre mère Noëmi vous attend à la veillée... Est-ce un ibis vert que vous avez descendu, mon jeune ami? Qu'est-ce enfin? A-t-on retrouvé Poppo?

Pour toute réponse, Saint-Georges, qui abaissait son fusil, fit voir à M. Joseph Platon le corps de Poppo et à peu de distance du singe la couleuvre pourpre formant sur l'herbe, à la lune, un vrai collier de rubis. Trouvant sans doute que les mânes de son perroquet étaient vengés, Platon poussa une exclamation de joie qu'heureusement madame de Langey n'entendit pas, tant elle prêtait une craintive attention aux mouvements de l'homme qui venait de présenter le lait à la couleuvre... Cet homme avait ri d'un rire infernal lorsque la couleuvre était tombée.

— Caroline! je vous retrouve, murmura-t-il en bondissant tout d'un coup aux côtés de la marquise, dont il arracha le masque de gaze. — Tio-Blas! dit-elle d'une voix presque éteinte par la frayeur. — Moi-même, Caroline, j'ai à vous parler cette nuit... — Cette nuit? — Dans une heure, Caroline. Demeurez dans votre chambre, j'irai.

La marquise le regarda, et elle eut peur; elle lui fit de la tête un signe d'assentiment.

— Dans votre chambre, reprit-il. — Dans ma chambre, Tio-Blas.

Il s'éloigna aussi rapidement qu'il était venu et ne tarda pas à franchir les raquettes les plus serrées. On eût dit que les paroles de cet homme singulier avaient cloué madame de Langey à la place même où elle venait de les entendre... Le mulâtre et Platon ne pouvaient rien comprendre à cette scène.

Cependant les laquais noirs de l'habitation arrivaient; ils

amenèrent leur pâle maîtresse sur leurs bras. Finette fut la
remière à remarquer le désordre et l'abattement de son
sage.

— Reposerai-je dans votre chambre comme j'ai coutume,
madame? demanda la mulâtresse à la marquise.

Elle soulevait en même temps le réseau bleu de la moustiquaire.

— Pas ce soir, Finette; la veillée de Noëmi vous retiendrait
à l'office, n'est-ce pas, si tel était mon bon plaisir?

— Oh! certainement, madame la marquise, et jusqu'à cinq
heures encore!... — Eh bien, Finette, vous pouvez aller à la
veillée. — Madame est bien bonne, et je la remercie de tout
mon cœur. Mais comme madame est pâle!

— Tu crois, Finette? dit madame de Langey en s'approchant
de sa glace.

— La perte de Poppo est grande, reprit Finette; mais aussi
Poppo était bien gourmand. Je connais, madame, un capitaine
anglais qui vous rapportera un *ouistiti* (1).

Dès que Finette fut sortie, madame de Langey, remise à peine
de son trouble, visita de nouveau avec un grand soin les fenêtres que Finette avait fermées. Aucun pas ne retentissait vers
cet endroit de la case, et, comme pour la rassurer, arrivait à
travers les fraîches raies de persiennes la voix chevrotante
des vieux nègres réunis autour de Noëmi à l'office.

Tout d'un coup la marquise poussa un cri étouffé et recula
comme si la couleuvre pourpre se fût levée sous ses pieds...

Un homme, sortant sa tête de dessous les courtines en dentelles de sa toilette, se tenait debout et la regardait les bras
croisés.

XVI

Tio-Blas.

> — *Venga la muerte; ya soi listo!*
> — Vienne la mort; je suis prêt!

Il portait le costume d'un simple marchand de la partie espagnole de l'île...

C'est vous dire que son habillement consistait dans un méchant pantalon de basin blanc, une veste brune d'étoffe légère,
garnie de deux ou trois rangs de boutons d'or, un manteau de

(1) Le plus petit singe connu.

drap bleu avec un large galon au collet, un chapeau noir entouré d'une vieille ganse à brillants.

Mais tout cela usé, terni, misérable... Vous eussiez cru voir un Juif de Santo-Domingo au lieu d'un marchand.

Deux pistolets damasquinés au pommeau reposaient pourtant à sa ceinture à côté d'un couteau fermé, dont la seule lame eût coupé la branche d'un tamarin.

Il ôta son manteau, le ploya et le jeta assez arrogamment sur le lit.

A l'index de sa main droite scintillait en vives bluettes de lumière un diamant d'étrange grosseur.

Ce personnage était de taille exiguë; c'était moins un *hombre* qu'un *hombrecillo*, mot qui résume merveilleusement en espagnol un petit homme.

En revanche, sous cet ensemble inculte, sous ces vêtements secs et râpés, il conservait une expression de physionomie peu commune.

Son teint pâle n'avait rien de celui des habitants ordinaires de la partie espagnole; ses dents, ses mains et sa barbe, toutes choses dont il se montrait fort curieux, n'appartenaient pas davantage à cette caste bâtarde, sœur de l'Afrique. Sa lèvre inférieure exprimait un grand dédain; ses joues maigres couvaient la fièvre, mais cette fièvre continue à laquelle sont en proie, plus particulièrement sous les tropiques, les hommes sombres, haineux.

Rien qu'à le voir ainsi les bras croisés devant la marquise de Langey, vous eussiez deviné sa nature hautaine. L'arc de ses sourcils noirs se soulevait par moments au-dessus de son front plissé déjà de quelques rides bien qu'il eût à peine trente ans. Son regard limpide et froid dénotait l'opiniâtreté, mais une opiniâtreté terrible en sa voie, à laquelle rien ne coûte ni ne résiste. L'empreinte irrécusable de la fatalité marquait cet homme, tombant, pour ainsi dire, en ruines autour de lui-même, usé par les passions ou le climat, eau stagnante au premier aspect, mais qui fermentait continuellement au soleil. A travers sa dégradation et sa misère, il laissait percer des airs réels et imposants d'autorité.

Debout devant la marquise, il l'examinait avec une avidité singulière; il semblait qu'il y eût longtemps qu'il n'eût contemplé ses traits; il s'en repaissait comme l'alligator se repaît d'abord de sa victime, — par la vue.

En ce moment terrible la marquise regretta de ne plus avoir de mari, de défenseur; mais l'horreur de sa situation l'entraînait, elle connaissait cet homme, et il était écrit qu'elle lui devait répondre comme à un juge.

— Caroline, dit-il, depuis combien de temps me croyez-vous de retour ici? — Mais je ne sais... Qui me l'aurait dit... Vos propriétés ne sont-elles pas dans le continent espagnol? — Mes propriétés! vous riez. Je suis un marchand orpailleur qui commande, pour son commerce, à quinze nègres : voilà tout.

La marquise ne répondit pas à ces mots prononcés avec une ironie insouciante.

— Vous ne doutez pas de mes paroles, je l'espère! Me croyez-vous noble ou grand seigneur, par hasard? Fi donc! je suis Tio-Blas, un marchand. — Oh! reprit-elle en se cachant la figure de ses deux mains, je ne l'ai point oublié! Mais qu'avez-vous à me dire? — J'ai à vous dire, Caroline, que je vous hais. — Vous ne haïssez! reprit-elle en se levant toute pâle. — Comme on hait le noir qui incendie votre maison, celui qui empoisonne vos bestiaux, celui qui essaye de vous tuer. Vous êtes la couleuvre, Caroline, la couleuvre longtemps aimée, à laquelle j'offris le lait; maintenant vous ne pouvez ignorer le sort de la couleuvre, — le fusil d'un misérable noir l'a tuée; — mais vous, — vous, Caroline, qui vous tuera? — Vous me faites frémir... Vous êtes cruel, Tio-Blas; si j'eus des torts, je vous en demande pardon! — Vous humilier, vous! allons donc! vous devez porter la tête haute... Ah! vous ne savez pas d'où j'arrive, Caroline? de l'habitation des Palmiers, où vous étiez et d'où vous veniez de partir... — L'habitation serait-elle brûlée? dites... une révolte des noirs... peut-être?... Vous avez, je le vois, à m'annoncer de tristes nouvelles. — Tristes, Caroline, tristes comme la robe que vous portez. Vous portez le deuil de M. de Langey; c'est héroïque! — Ne le dois-je pas? — C'est juste... Mais dans les cafés on m'a appris là-bas d'étranges choses. — Dans les cafés! — Écoutez donc! c'est le seul endroit où l'on m'ait parlé de vous avec franchise!... Vous avez, madame, de vrais amis à la Guadeloupe! — Je ne comprends pas. Qu'alliez-vous faire aux Palmiers? Me chercher? Mais je n'avais répondu à aucune de vos lettres. Je devais agir ainsi, je l'ai fait; vous m'avez écrit que vous aviez été le témoin de M. de Langey, je vous en remerciai. Vous ne pouvez avoir recueilli sur moi aux Palmiers ou dans les cafés de la colonie des mots cruels, insultants, sans les

avoir punis de votre dédain ou de votre vengeance. Que venez-
vous donc m'apprendre? Depuis que je vous ai vu, monsieur,
continua la marquise en baissant la voix, j'ai subi le poids d'une
grande douleur, vous ne venez pas la réveiller; oh! cela serait
infâme! — Pas de phrases, madame; je suis l'un de ces voyageurs qui, grâce aux mille circuits de la route, n'a jamais pu
aborder le point de vue qu'il cherchait. Vous m'avez toujours
échappé, vous m'avez promené de détours en détours; Caroline,
il faut m'entendre! Je viens savoir aujourd'hui de vous-même
ce que c'est qu'une femme, ce qu'en doit faire ma colère ou
mon amour; car, encore une fois, je l'aime et je la hais tout
ensemble; mais elle m'a joué, elle m'a trahi, je ne veux plus
d'elle que comme ma femme, ou elle mourra! — Comme votre
femme! reprit-elle avec un mouvement de dédain. — Comme
ma femme! continua Tio-Blas, dont les lèvres bleuâtres tremblaient. — Tio-Blas, vous n'y songez-pas! — Je viens réclamer
une promesse... j'ai compté sur vos serments, Caroline; vous
devez être ma femme, vous la serez. — Tio-Blas, respectez mon
deuil, si vous ne me respectez pas moi-même. Tout doit finir
entre nous, je ne m'appartiens pas. Oui, je vous avais promis
ma main, cela est vrai, mais en d'autres temps... Aujourd'hui,
je dois rester veuve... — Veuve à vingt-cinq ans! veuve en aimant le luxe et les pierreries! dit-il avec un rire étouffé. Car
vous aimez les pierreries, marquise, je ne l'ai point oublié! —
Tio-Blas! — C'est pour cette raison que je veux vous emmener
avec moi — chez moi — à San-Yago; — vous y verrez des
mines, des bassins d'or. Vous auriez tort de me refuser; Caroline, mon habitation est moins splendide que la vôtre, mais on
s'y plaît. Nous repasserons de là en Espagne, si vous voulez.
Acceptez-vous? — La marquise de Langey épouser un simple
marchand! — Le nom de ce simple marchand, Caroline, vaut
peut-être bien celui d'un contrôleur général de France. Que
dites-vous de celui-ci, le comte de Cerda? — Vous, le comte de
Cerda? — Oh! cela vous étonne! Don Juan Alvarez d'Alhange
de Cerda, c'est mon nom. Vous semble-t-il sonore? Je suis de
Catalogne, et l'évêque de Santo-Domingo est tout bonnement
mon oncle... Encore une fois, cela ne vaut-il pas la noblesse de
robe de M. de Boullogne?...

L'espagnol avait enlacé de son regard la tremblante madame
de Langey. L'assurance amère de ses paroles confondait toutes
les idées de la marquise... Jusque-là elle n'avait vu dans Tio-

Blas qu'un marchand : était-ce un piège que cet homme lui tendait, ou bien avait-il le droit de traiter avec elle d'égal à égal ? Il la tira lui-même de ce chaos de pensées en lui disant :

— Eh bien ! maintenant le noble ne vous semble-t-il pas l'égal du financier ? Le noble est jeune, vert encore ; on l'appelle, je sais, Tio-Blas le marchand ; mais il a ses parchemins bien en règle. Marquise, ce noble en ruines vous déroulera son histoire ; la place que vous y tenez fut terrible. Entre nous il y a du sang ! — Du sang ! cria-t-elle épouvantée. — Du sang, dit l'Espagnol en marchant vers elle. — Et vous osez m'offrir votre nom ; qui que vous soyez, Tio-Blas ou comte de Cerda ? que m'importe ? Vous ai-je commandé jamais un crime, monsieur ?

Tio-Blas, dont les dents se froissèrent d'abord avec rage, répondit avec un air de raillerie calme à la marquise :

— Vous me rappelez le confesseur de la vieille duchesse de Capmani. Il était précieux à entendre sur le fameux axiome de : *Qui veut la fin, veut les moyens.* Pour mon compte, je regrette beaucoup de n'avoir pas suivi les conférences de ce fameux casuiste. Il m'aurait peut-être appris qui de ces deux natures est la damnée, de l'esclave qui tue ou du maître qui fait tuer. — Que voulez-vous dire ? — Qu'il n'y a pas que moi de coupable, Caroline, et qu'à la confession de ma vie que vous allez entendre, il me faudra répondre par la vôtre, marquise de Langey ! — Vous avez raison, Caroline ; j'aurais pu avoir pitié de la femme du marquis de Langey, mais je n'en aurai point de la maîtresse de M. de Boullogne ! Vous m'écouterez. Aussi bien ces moments pour moi sont solennels. Il reprit après une pause interrompue seulement par la respiration de la marquise :

— Il y a dix ans, j'habitais San-Lucar de Barrameda, jolie petite ville située à trois lieues de Cadix, sur la gauche du Guadalquivir. A vingt ans (c'était l'âge que j'avais alors), je ne connaissais pas, le croiriez-vous ? d'autre joie que de faire la sieste sous les oliviers, de boire du vin de Manzanilla et de fumer des cigares. Je n'avais jamais connu les embrassements d'une mère. Mon père, homme avare, me laissait à peine quelque argent. Élevé par ses ordres chez un chanoine, dans l'enceinte de San-Lucar, dont je n'étais jamais sorti, j'ignorais la vie des jeunes gens, leurs trois amours furieux, le vin, le jeu et les femmes. J'aurais fait peut-être un excellent bibliothécaire, mais il ne me serait pas venu en idée de songer qu'une femme pût être perfide et qu'on pût tromper un ami. Jamais je ne désirai seulement de voir la baie de Cadix, ses pavillons relevés ou pendants sur l'eau, ses femmes épanouies comme des fleurs à ses balcons, ses balcons, ses processions, ses fêtes. Mon humeur sauvage s'occommodait mieux de la lecture des auteurs les plus abstraits que de la conversation d'une jolie fille allant puiser de l'eau à la fontaine. Un jour cependant je fus accosté dans la principale rue de San-Lucar par un vendeur de cigales qui me remit un billet; il était d'une dame connue, à Cadix, pour son luxe, la marquise de la Higuerra. On m'y mandait de venir, et que je n'aurais pas sujet de le regretter. Comme je ne savais trop à quel rendez-vous j'allais, je ne suivis cet homme qu'après avoir pris mon épée; il avait loué passage pour moi sur une felouque qui nous mena à Cadix.

» La marquise me parut logée magnifiquement, mais dans le quartier de la ville le plus retiré. C'était une vieille femme dans toute l'acception du mot, et je ne m'étonnai plus, en l'examinant, du ton aimable de sa lettre. Elle avait un gros bouquet de fleurs au côté, la jupe courte et voltigeante, l'œil hardi et le jeu le plus fripon d'éventail qui se pût voir. Or, cette marquise-là, c'était ma mère, ma mère séparée de l'auteur de mes jours depuis ma naissance; ma mère, vivant à Cadix sous le nom d'une de ses parentes défunte; elle s'était souvenue fort à propos pour moi qu'elle avait un fils, et comme vous le pensez, notre joie de nous trouver tous deux fut extrême.

» Avant de me faire cette confidence, elle jouit d'abord de mon embarras; le mystère de cette entrevue lui sembla (elle me l'a souvent conté) une de ses plus douces jouissances. Bientôt elle m'entoura de soins, m'équipa selon mon rang et se fit un devoir de m'accorder au centuple tout ce que me refusait mon père.

» Vous imaginez-vous un jeune homme de vingt ans contenu jusque-là dans toutes les bornes et à qui l'on offre les moyens de vivre à sa guise? Je trouvais chez moi, chaque jour, des étoffes de toute espèce et de toute forme, des laquais nombreux, des bourses toujours remplies : je pouvais me mêler dans la nuit aux sérénades, respirer la fraîcheur des jets d'eau et des bosquets, avoir une vie tressée de fils d'or et obtenir bien vite gain de cause auprès des femmes! Une passion plus frénétique et moins insensée pourtant que l'amour me saisit : cette passion, ce fut le jeu!

» Je n'eus que trop d'occasions pour la satisfaire. J'étais attiré

vers cet incroyable amour uniquement parce que je le trouvais
au-dessus des amours vulgaires, qu'il était chez moi poétique,
idéal, et le prétexte de singulières profusions. Je jetais l'or aux
aguadores et aux premiers pauvres qui me demandaient l'aumône ; j'allais moi-même dans les hôtelleries payer aux matelots le vin de la Manche ; je dotais par orgueil de pauvres étu-
diants qui couraient pieds nus sans avoir de quoi s'acheter des
livres ; enfin la chance me servit tellement que je fus cité dans
tout Cadix comme un nabad de l'Inde pour ses trésors.

» Sur ces entrefaites, ma mère mourut, et avec elle s'éteignit
le soleil de ma fortune. Au lieu d'obéir, comme autrefois, à
mes désirs, les cartes leur furent contraires ; je perdis des
sommes considérables et vendis bientôt deux palais. Mon père
avait résolu de ne point m'entendre ; il se tenait scellé dans
un couvent, après avoir légué à ma sœur toute sa fortune ;
celle de ma mère s'était vue engloutir dans l'horrible gouffre !
Il fallait me résoudre à traîner dans quelque ville d'Espagne la
vie misérable d'un hidalgo, me voir saisi par des gens de justice pour mes dettes ou m'exiler. Les colonies m'offrirent non-
seulement un refuge, mais encore une fortune. Entre toutes
les autres, Santo-Domingo me plut : le patron de cette ville
était le mien. Je trouvai moyen de m'y rendre sans payer
même mon passage, je suivis ici l'évêque don Fernando del
Portillo, mon parent, qui venait d'être nommé à cette haute
dignité.

» En abordant l'embouchure du fleuve l'Ozama, je ne pus
m'empêcher de remarquer sur la rive gauche la maison ou
plutôt le château que don Diegue Colomb, fils de Christophe,
fit bâtir pour s'y retirer. Revêtue d'une enceinte de murs épais,
elle semblait défier la main du temps. Ce château me fit penser
à celui de mon père, mon père qui mourrait sans me voir, mon
père qui m'avait maudit ! Mes châteaux, mes fiefs n'existaient
plus, j'étais un paria, un exilé !

» Les Espagnols avaient couvert la terre où je posais le pied
des vestiges de leur ancienne puissance ; leur grandeur se retrouvait partout sur ce sol inégal et gonflé de décombres, exposé aux tremblements de terre et aux exactions perpétuelles,
engraissé du sang et de la sueur des noirs, qui, sous le fouet
du maître, succombaient sans même servir. C'était un Chanaäm
ouvert à mon industrie ; je n'hésitai pas à mépriser ceux de ces
hommes qui préféraient la vie de citadins nonchalants à l'ex-

ploitation de ces landes incultes, de ces mines précieuses qui devaient enfanter de l'or! Je choisis pour demeure San-Yago; le Rio-Verde renfermait tant de parcelles de ce métal qu'il le charriait avec le sable. Un esprit actif comme le mien concentra bientôt son activité dans ce commerce; sous le nom de Tio-Blas, je devins un des plus riches marchands espagnols.

» Mes plongeurs faisaient merveille. Ils ne pouvaient d'abord extraire chacun de ce sable que pour une gourde environ de paillettes ou grains d'or; je les dirigeai si bien qu'ils doublèrent ce produit. Obligés souvent de plonger dans les endroits les plus profonds, ils m'en rapportaient de petits grenats rouges si fins et si transparents qu'avant de les soumettre au lavage et à l'action du feu, je me prenais à les regarder et à m'attendrir sur eux. Cet or natif me rappelait ma première vie, mon enfance passée près du chanoine de San-Lucar, ma pureté candide et tous ces tranquilles instincts que j'avais perdus!

» Moins ambitieux que moi, mais aussi plus heureux, mes paisibles voisins se contentaient d'un hamac, de canaris faits d'une poterie humble, de la vue de la plaine et d'un peu d'eau aiguisée de tafia.

» Moi, j'avais refait fortune; je ne suspendais pas mon hamac entre deux arbres, j'avais acheté de mes beaux deniers une tour moresque auprès du Rio-Verde. Le front de ma tour, quand venait le soleil couchant, se mirait dans ma rivière aux lingots d'or. Je puis vous assurer que l'ombre du comte de Cerda était bien effacée de ma mémoire; j'étais un négociant, un trafiqueur, — voilà tout.

» Des affaires pressantes m'appelèrent à la Guadeloupe. Jusque-là je n'avais pas quitté ces plaines tranquilles, ces marais devenus pour moi des trésors. J'arrivai à la Pointe-à-Pitre. Là, pour la première fois, je vous vis.

» A travers ma folle existence de joueur, j'avais du moins, Caroline, préservé jusqu'à ce jour mon cœur de tout amour sérieux; je vivais dans une ignorance heureuse de tout ce qui est passion. Le jeu m'avait traité trop cruellement pour que j'eusse envie de m'y reprendre; la fortune me souriait : il ne manquait donc à ma nature ardente qu'un seul incendie, l'amour!

» Cette source des inspirations héroïques et des crimes insensés, la fureur du jeu l'avait tarie chez moi, du moins je le croyais : j'étais un convive enivré de vin et d'opium, n'ayant jamais laissé épanouir cette fleur de joie ou de tristesse au

fond de mon cœur; je ne me défiais pas même des femmes, —
je ne les connaissais pas!

» Un de vos regards pénétra cet assoupissement; mais,
chose surprenante! il m'entra au cœur je ne sais quelle pointe
acérée, terrible, quand je me délectai la première fois de votre
beauté. C'était à un bal, il y a huit ans. Tous les jeunes gens
de la ville vous entouraient; les créoles, vos rivales, avaient
elles-mêmes pour vous des éloges et des sourires. Merveilleusement née pour mentir, vous ne désespériez aucun de ces sou-
pirants : à celui-ci, une fleur de votre bouquet; à cet autre,
une œillade; au plus favorisé, votre éventail. Vous veniez à
peine de sortir de la tutelle de vos parents et d'épouser M. le
marquis de Langey. C'était à qui vous débiterait ces galante-
ries de France pour lesquelles je ne me suis jamais senti
formé; tous les danseurs bourdonnaient autour de vous comme
autant de mouches luisantes. Je vous vois encore : vous étiez
l'étoile du bal, chacun se pressait, s'agitait autour de vous.
Vous aviez une belle robe blanche à bouffettes bleues, et vos
cheveux noirs sans aucune poudre. Je remarquai à votre cou
un magnifique collier de diamants; mais vous eussiez porté de
simples perles, que vous n'en eussiez pas moins effacé toutes
ces femmes. Retiré dans mon coin, auprès d'un jeune homme
dont l'œil ne vous quittait pas, je vous regardais sans lui parler, je suivais tous vos mouvements, quand il me dit :

» — N'est-il pas vrai que ma Caroline est belle?

» J'éprouvai à ce seul mot une aversion étrange pour ce
jeune homme; il était votre mari. Ce n'était pas à lui, mais
bien à un juif de la Pointe-à-Pitre que je devais mon invitation à ce bal; je ne lui répondis pas, je pris mon chapeau, et
je sortis.

» Ce qui motivait dans mon esprit cette brusque disparition,
c'était moins le déplaisir que j'avais éprouvé d'être arraché si
brusquement à mon rêve que l'humiliation réelle qui m'avait
saisi de n'avoir pu fixer seulement votre attention. A peine
en effet m'aviez-vous regardé; mes habits n'avaient rien que
de modeste; vous étiez d'ailleurs trop entourée pour songer
à moi.

» Avec votre image, que j'emportai et dont rien au monde
ne put me distraire pendant la nuit qui suivit ce bal, j'emportai aussi l'espérance de vous revoir. Déjà je ressentais tous les
aiguillons de cette soirée, je faisais mille projets, je voulais

6.

vous enlever, me venger de mes rivaux, que sais-je? je me tordais, je vous appelais, j'étais fou!

» Résolu de vous revoir, j'allai le lendemain chez ce juif qui m'avait valu l'honneur funeste de vous rencontrer à ce bal. Le bonhomme était alors occupé à défaire un écrin de son enveloppe; un grand laquais noir, qui venait de le lui remettre, tenait le bouton de sa porte comme s'il eût attendu une parole de lui avant de sortir.....

» — C'est bien, Jupiter; vous direz à la marquise de Langey que je lui renverrai l'écrin pour un prochain bal.

» En parlant ainsi, il faisait sonner joyeusement dans sa main plusieurs pièces d'or.

» Le nègre parti, je demandai au juif de voir l'écrin.

» — Il me fait honneur qu'en pensez-vous? reprit-il; mes diamants ont dansé hier sur le cou d'une marquise! — Vos diamants! Que voulez-vous dire? — Que je les loue, pardieu! à M. le marquis de Langey. Cet excellent jeune homme aime tant sa femme! il fait tant de dépense pour elle! — Le marquis de Langey! Quoi! ne serait-il donc pas riche? — Je n'en sais rien; toujours est-il qu'il me doit neuf cents piastres... A son arrivée dans la colonie, il a d'abord fait belle figure; mais depuis son mariage, il emprunte. C'est peut-être le jeu : ils sont tous acharnés ici après les cartes! — Mais la marquise, la femme de M. de Langey? — Mon jeune confrère ne m'interrogez pas sur elle; c'est une femme dont je tomberais peut-être amoureux si je n'avais pas de cheveux blancs... Figurez-vous qu'elle fait à elle seule aller le commerce de la Guadeloupe! Chaque jour de nouvelles parures, des caprices, des idées de l'autre monde! N'a-t-elle pas donné l'autre mois une collation où il y avait pour trois cents livres de fraises! Il est malheureux que cette femme-là n'ait point épousé quelque fermier général! — Je ne vous demande pas si vous la croyez coquette? — A l'extrême... Elle a rendu un jeune nègre si amoureux d'elle pour l'avoir seulement portée en chaise à la promenade, que le pauvre garçon s'est allé noyer dans le puits d'une *noria*. — Écoutez. Vous chargez-vous de me faire expédier de chez moi, à l'aide de ces deux mots que j'écris, un coffret laissé à San-Yago? Combien attendrai-je de jours? — Quinze au plus; le navire l'*Hercule* part ce soir même; je me charge de votre commission.

» Après ce dialogue, je quittai le juif. J'avais recueilli de sa

bouche plus de renseignements que je n'en aurais espéré de
votre mulâtresse. Cet amour absorbant dominait la veille toutes
mes pensées, je me débattais en vain sous son influence magnétique : il me tenait garrotté sous lui, je ne pouvais faire un
pas ! Aujourd'hui je me sentais plus à l'aise : je vous savais pauvre,
je pouvais vous aborder ! Quelle joie, quel orgueil j'éprouvais à
me contempler moi-même ! Possesseur d'un riche domaine,
je pouvais mettre à vos pieds une fortune, vous sauver de la
honte peut-être !... En cas de fuite, mon bras vous était acquis,
mon esquif préparé vous attendait, et alors vous viendriez avec
moi, vous quitteriez ces lieux où je ne faisais que passer
comme passe l'oiseau ; mon palais vous recevrait !

» Vous aimiez singulièrement la musique. Quelques jeunes
gens de la ville me proposèrent d'assister à un repas qu'ils
vous offraient ; je vous accompagnai sur le clavecin : j'entrevis
ainsi de plus près votre fatale beauté. La journée se passa en
conversations, en plaisirs. M. de Langey ne vous quittait plus ;
je sus si bien faire que je l'éloignai : il se mit au jeu et je pus
vous parler une première fois de mon amour !

» Quels aveux ! quel langage ! Chacune de mes phrases exprimait assez l'ardeur de ma passion ; j'aimais d'un amour
fougueux, irrité par les obstacles : jusque-là je n'avais jamais
aimé. Vous reçûtes mes confidences en riant ; vous paraissiez
n'y pas croire, et vous me demandâtes pour gage de ma parole
un reliquaire d'émail que je portais sur la poitrine. C'était,
disiez-vous, le seul moyen que vous eussiez de conjurer le démon : vous m'accusiez d'être le vôtre ; vous me donniez ainsi
de l'orgueil à mes propres yeux ! Je vous laissai ce reliquaire
au travail duquel je tenais beaucoup ; je l'avais rapporté d'Espagne, et le duc del Campo m'en avait offert un sac de portu-
gaises. J'avais aussi quelques chapelets en or dont je fus heureux de vous parer ; il me semblait qu'un Espagnol comme
moi ne pouvait mieux faire que de vous couvrir d'amulettes et
de vous consacrer comme une chose sainte.

» En prévenant ainsi vos moindres désirs, je croyais être le
seul, je ne tardai pas à me découvrir un rival dans M. de Langey lui-même. Jaloux de vous attacher à lui par tous les liens,
M. de Langey, ainsi que me l'avait déclaré le juif, ne se faisait
faute d'engager pour vous de rudes sommes au jeu ; il partait,
empruntait et perdait presque toujours avec une rare constance.
Je ne tardai pas à me trouver humilié de cette concurrence

intéressée, ce jouteur acharné que je trouvais sur mon chemin
pavé d'or me déplut au dernier point. Cependant, grâce à vos
recommandations, je ne laissai rien échapper de cette mauvaise
humeur; le sort traitait d'ailleurs impitoyablement M. de Langey, et dans cet étrange tournoi, entrepris pour vous et sous
vos yeux mêmes, je me flattais raisonnablement d'être le vainqueur !

» Une circonstance singulière m'en fournit bientôt l'occasion.
Le bal le plus magnifique se préparait à la colonie pour la réception du nouveau gouverneur; vous deviez y assister. La
toilette des femmes y serait, disait-on, éblouissante; toutes les
sultanes de l'île étudiaient déjà leurs costumes : car ce bal devait être un bal masqué. Vous aviez choisi l'habillement de
Jeanne de Naples. A votre grande surprise, le juif qui vous
fournissait vos pierreries avait disposé de cette parure; une rivale avait fait le coup. Vous alliez vous trouver, dès votre entrée à ce bal, embarrassée par les chuchotements et les regards
curieux; on ne manquerait pas de se demander comment la
femme du noble marquis de Langey n'avait pas de diamants?
Le bal réunissait tous les colons opulents de l'île; et vous, l'astre des fêtes, vous verriez pâlir votre éclat; vous, le bouquet
des bals, vous laissiez tomber vos fleurs à terre ! Ces réflexions
vous assiégeaient, et vous m'en faisiez tristement la confidence
quand un nègre domingois vint me demander à la porte de votre case; je le reconnus vite pour un des miens; il m'apportait
le coffret demandé par l'entremise du juif. Je ne me tins pas
de joie, je savais qu'il renfermait un collier du prix de vingt
mille piastres! Les diamants arrivaient fort à propos. Je vous
remis le coffret, votre éblouissement égala votre surprise...
Dans votre impatience, vous essayâtes le collier; c'était une
constellation magique, une pluie d'étoiles sur votre poitrine
émue... Il y avait dans votre empressement à vous en saisir je
ne sais quoi de doucereusement cruel; vous ne me demandiez
pas même comment ils m'étaient venus, ces diamants! au prix
de quels labeurs et de quelles fatigues! Peu vous importait,
vous étiez la reine; et ce diadème, qui avait tardé à venir,
vous mettiez enfin la main sur lui!

» Le lendemain, au bal offert au gouverneur, c'était à qui
vous ferait compliment; les femmes vous jalousaient, les hommes se penchaient pour vous regarder; vous étiez vraiment
Jeanne de Naples! Ma qualité de marchand n'inspira aucun

soupçon au marquis; il me tira seulement à l'écart pour me demander le prix du collier; le chiffre exorbitant de cette parure le fit reculer. M. de Langey projetait alors une absence de deux mois, sa santé l'exigeait impérieusement : ses préoccupations et ses travaux l'avaient maigri plus en un mois qu'en dix années. Je fus le premier à lui offrir ma bourse et mon crédit; mais il espérait des recouvrements à la Martinique, et il rejeta mes offres. Devenu plus libre par son départ, je n'imposai plus silence à mes sentiments, ils éclatèrent. Nos entretiens reprirent leurs cours. Il doit vous souvenir, Caroline, de quelles mystérieuses précautions vous entouriez mon bonheur; personne dans la colonie ne s'en doutait. Vous jugiez sans doute inutile de divulguer aux yeux de tous votre honte, car à la franchise et à l'amour vous n'opposiez, vous, que la soif des richesses et une insatiable cupidité. Il vous eût semblé cruel, n'est-ce pas, de mettre ainsi votre âme et votre tarif à nu? En me prescrivant comme loi première de me cacher, c'était moins la crainte de M. de Langey qui vous guidait que celle de voir tomber votre masque à terre, ce masque sous lequel vous rêviez l'or, non l'amour, masque de courtisane que je ne soulève qu'aujourd'hui! »

La marquise fit un mouvement, il reprit :

« Ma crédulité ne devait sonder aucune de ces précautions, je m'y soumis. Il m'arrivait parfois de vous attendre chez vous des heures entières; je m'asseyais à la place où j'avais causé avec vous la veille; puis je la quittais en sursaut dès que j'entendais le galop de votre cheval; je soulevais alors le store pour vous voir. Vous rentriez suivie de vingt cavaliers dans votre salon; vous ne me regardiez pas; mais aussi, quand venait le soir, je pouvais me glisser sans être vu dans votre boudoir..... Un soir j'y entrai pâle et défait, des lettres alarmantes m'arrivaient de San-Yago, des lettres qui m'annonçaient le malheur et la ruine. Je ne vous laissai rien voir de mes craintes, moi, votre amant : j'affectai un air délibéré en vous faisant mes adieux, ce départ, ces tristes lettres infiltraient pourtant l'agonie au fond de mon cœur.

» Vous m'aviez juré ce que jurent ordinairement les femmes : votre amour, disiez-vous, se trouvait assez fort pour survivre à tout obstacle; en remplissant votre cœur, mon image n'y laissait point de place pour d'autre image. Je ne doutai point de votre sincérité, je pensai verser des larmes quand vous m'of-

frites de reprendre ce collier que j'avais eu l'orgueil et la joie
de vous prêter le jour du bal. Je sentais mon courage s'affaiblir
en demeurant plus longtemps, je partis ; ce fut pour moi un
moment terrible. Il y a sept ans, et je m'en souviens encore !

» De retour chez moi, je trouvai mon habitation en grand
tumulte. Une portion de mes noirs avait déserté, m'enlevant le
fruit de ma récolte ; ils avaient gagné le Fondo-Negro, où ils
s'étaient retranchés. J'écrivis aux autorités; on me fournit des
hommes, des chevaux ; bientôt je me mis à la poursuite des
fuyards. Ils n'étaient allés heureusement qu'à petites journées,
traînant après eux le plus de parties métalliques possible, afin
de les réduire en lingots. Ils me supposaient encore absent, et
j'en rencontrai bon nombre sur la route qui revenaient impu-
demment la nuit pour me voler le reste des mines. Je fis feu
sur eux le premier, les soldats de la garnison m'imitèrent.
Dans leur grossière ignorance, plusieurs de ces malheureux
avaient avalé des parcelles d'or pur, d'autres les avaient cachées
soigneusement sous leur chevelure crépue. J'appris bientôt
que ces enlèvements et ces larcins n'avaient été dus qu'à l'influence de certains exemples contagieux dans le nord de la
partie française. Je fis mettre les fers aux pieds des plus dangereux, et je les contins par la crainte. Seulement, il me fallut
me remettre au travail comme si je n'eusse rien fait, rétablir
mes affaires et surveiller de près ma fortune menacée. Je ne
quittais plus mes orpailleurs d'un seul instant, le jour et la
nuit j'étais avec eux. Au milieu de cet esclavage réel, une seule
pensée me soutenait, celle de vous revoir, de vous rapporter le
fruit de mes veilles. Le peu de lettres que vous m'écriviez me
donnait la fièvre : je vous voyais triste, mourante, en proie au
besoin peut-être ! Notre intrigue pouvait se découvrir d'un moment à l'autre; qu'eussiez-vous fait, faible femme, devant le
courroux de M. de Langey? Toutes ces pensées échauffaient
mon sang, elles redoublaient mon anxiété. J'avais fui le jeu,
les cercles, les plaisirs, je ne voyais que vous qui pussiez me
rendre le travail léger! Dans quelques mois j'allais vous rejoindre, dans quelques mois votre amour allait me venger du sort!

» Rêves insensés, aveugles! mon étoile fatale ne devait-elle
pas m'avertir que je ne bâtissais que sur le sable? Il n'y avait
pas un mois que j'étais de retour à San-Yago, lorsque je reçus
avis que des six vaisseaux frétés par moi en compagnie des plus
riches marchands de la ville, un seul avait échappé, un seul

qui venait nous apporter lui-même la nouvelle de l'affreux désastre. Nos bâtiments de Tripoli, de Lisbonne, de l'Angleterre, de l'Inde, de la Barbarie, perdus, engloutis ou capturés par les corsaires! C'étaient la désolation et la misère qui allait planer sur nos têtes! Comme si rien devait manquer à mon malheur, ce fut moi que ma compagnie choisit pour aller trafiquer au Mexique de ses dernières ressources. Lorsque je m'étais établi dans le pays, ces mêmes hommes m'avaient fait les premières avances; à cette heure, ils remettaient entre mes mains leur avenir, leur crédit! Pouvais-je résister aux supplications qu'ils m'adressaient? Le souvenir de leurs adieux se retrace encore à mon imagination dans toute sa force... Je ne crus pas devoir hésiter, je quittai l'île!

» Arrivé au Mexique, il me sembla d'abord que la fortune se lassait de me poursuivre. Mes opérations ne tardèrent pas à se voir couronnées d'un plein succès; je rétablis même si bien, au bout de six mois, les affaires de ma compagnie qu'elle me rappela, et j'allais mettre à la voile quand je me vis arrêté par un ordre du gouverneur, jeté dans un cachot, sans qu'il me fût permis seulement sur ce sol d'invoquer la justice de mon pays! L'Envie seule avait ourdi cette trame, l'Envie, qui suit toujours la Fortune et se cramponne au manteau de ses favoris. On calomniait mes spéculations, on leur assignait une source impure... Ma vie mystérieuse, intérieure, ma vie, que votre seul amour emplissait, était devenu le texte de mille mensonges; les haines et les rivalités de toute sorte se liguèrent pour m'assiéger. Un misérable esclave mexicain s'était défait de son maître, un riche Espagnol, par le poison; on m'imputa ce crime, parce que j'avais eu quelques relations d'intérêts avec la victime. Les biens que j'avais amassés enflammaient une multitude d'esprits cupides, leur confiscation flatta mes juges, qui, s'armant de l'impunité que leur assurait l'inquisition, me condamnèrent à pourrir sept ans dans la tour Santa-Maria. Quand j'appris cet ordre, j'avais le pied sur le vaisseau qui devait me ramener à Saint-Domingue, d'où je serais parti pour vous retrouver, parti pour vous revoir, ne plus vous quitter peut-être!

» Sept ans dans les cachots, Caroline, sept ans dans cette tour qui, comme un rideau funeste, était venue me cacher le jour et la vie! Sept ans sans amis, sans espérance! moi, un noble, moi qui m'étais en vain réclamé de ma famille! La tête appuyée sur la misérable natte de paille qui recevait à peine, vers midi, une caresse du soleil lorsque ses feux brûlaient la plaine en dehors, je prenais Dieu à témoin de mon supplice; le front abattu, la bouche ardente de soif, je lui demandais les ailes de ces mille oiseaux voyageurs qui passaient sur ma tête et dont je n'entendais que les cris, pour franchir un instant, fût-ce au prix de mille morts, les flots de la mer immense et me retrouver auprès de celle vers qui je tendais les bras! Parfois le ciel semblait m'exaucer : mes liens tombaient, je me voyais libre... Songeant alors à la Guadeloupe, je la voyais se détacher et venir à moi comme un cygne flottant sur l'eau! Mollement illuminé aux vapeurs bleues de la lune, votre image enchanteresse planait sur moi; j'écartais de mes deux mains, pour vous recevoir, les moindres cailloux de la plage; je mouillais de mes larmes l'endroit qui allait recevoir vos pas! Le rêve effacé, je me retrouvais seul, seul devant le crucifix que l'insultante pitié de mes juges avait laissé à ces murs! Ils ne savaient que trop que j'étais innocent; mais ils vivaient de ma mort; cette richesse que je n'avais amassée que pour vous, ils se la partageaient comme une dépouille! Le temps était venu cependant où ces pierres, qui devaient se fendre sous mes sanglots, allaient s'ouvrir aux réclamations de mes amis désabusés sur mon trépas dont on avait fait courir la nouvelle. L'heure de ma délivrance approchait, et je l'attendais comme si elle eût dû me rendre la vie!

» Hélas! il ne vint que trop vite pour moi, ce jour qui me paraissait si lent à luire! Je ne pouvais prévoir quelle influence terrible il aurait sur ma destinée; à quels remords éternels et à quelle honte votre indigne amour me condamnerait! »

Ici l'Espagnol éleva les yeux au ciel avec une expression de douleur inespérée. La lampe de cette chambre éclairait seule sa figure, qui était devenue peu à peu d'un magnifique caractère en passant par les divers sentiments qu'elle traduisait. Madame de Langey, visiblement terrifiée, n'osait articuler devant lui la moindre parole.

C'était une confession qu'il lui avait annoncée; elle en attendait la fin avec angoisse.

Au dehors, le silence était profond; de gros scarabées, se heurtant aux vitres, cherchaient seuls à l'interrompre. L'Espagnol appuya sa tête entre ses mains, comme s'il eût voulu contenir lui-même la digue de ses souvenirs; puis, le regard machinalement cloué sur les nattes de la chambre, il continua :

XVII

Suite.

Tout cela par vous et pour vous, Rufine;
vous avez votre ouvrage devant les yeux.

(*Histoire de dona Rufine.*)

« Il y avait sept ans que j'avais quitté la Guadeloupe, sept ans que je ne vous avais revue; à peine m'aviez-vous écrit !!...

» Ma première visite fut pour vous. On me répondit que vous n'y étiez pas, que M. de Langey voyageait alors lui-même hors la colonie. Votre ancienne demeure me parut, en effet, inhabitée.

» Les souvenirs des lieux sont cruels, ils portent avec eux le découragement. En revoyant la case où je vous avais connue, la tristesse me prit au cœur. Je ne pus douter que le noir qui me parlait ne voulût me cacher un funeste événement. M. de Langey vous avait peut-être emmenée avec lui; cette idée me fit frémir.

» Ce noir vous avait servie; il me connaissait, il m'avait vu souvent m'introduire chez vous, à la tombée de la nuit. A mes questions réitérées, il avait jugé que je devais être un amoureux; il craignit peut-être ma colère et ne répondit que par ce seul mot: Partie!

» Ma mauvaise étoile me fit rencontrer quelques-uns de ces jeunes créoles qui m'avaient amené chez vous la première fois; ils venaient de vous donner une aubade à votre nouvelle habitation, située vis-à-vis de celle des Palmiers. Je crus pouvoir me mêler à eux. Je me représentai à vos regards, vous ne me reconnûtes pas. Hélas! j'étais si changé!

» Il est vrai qu'en ce moment vous étiez alors fort entourée: ces importuns élevaient presque une barrière entre nous deux. Cependant la facilité des mœurs créoles m'étaient connue; je tentai dès le lendemain une seconde épreuve, j'eus soin de choisir l'heure de votre déjeuner. J'étais plus enflammé que jamais, je vous avais revue si belle, si admirée!.. Il me sembla que je devais oublier ce premier accueil, et je m'empressai de me faire annoncer cette fois par votre mulâtresse, qui, moins oublieuse que vous, s'était rappelé mon nom.

7

» — Madame, c'est le marchand de San-Yago, vous dit-elle,
c'est Tio-Blas.

» Quelqu'un causait alors avec vous à ce déjeuner, car j'entendis les deux voix et une sorte de débat élevé sans doute à
mon sujet.

» — Faites entrer, répondîtes-vous peu après.

» J'avançai. Vous étiez assise devant un guéridon couvert de
fruits; un homme d'un certain âge, en habit de cour assez
riche, vous faisait une lecture; d'autres personnes jouaient paisiblement dans le salon. Je vous avoue que je ne fis pas grande
attention à cet homme, qui de son côté ne me regarda seulement pas. Je ne pouvais guère soupçonner alors que la comédie étrange qui allait se passer entre nous deux eût reçu l'honneur de son approbation, et qu'il vous l'eût même conseillée.
Je m'attendais à vous voir bientôt éloigner cet indiscret de votre
divan; je pris un siége, et je vous demandai de vos nouvelles.

» Après que nous eûmes chacun échangé quelques paroles
— » Voici le prix de votre collier, monsieur; vingt mille piastres en bons solvables sur la Compagnie des Indes. Je ne saurais
oublier le service que vous m'avez rendu il y a sept ans; ne
vous en prenez qu'à vous-même si je ne vous ai pas soldé
plus tôt.

» En disant ces mots, vous tiriez de votre secrétaire les bons
en questions; et du bout de votre doigt ganté vous agaciez cette
même perruche que je vois ici...

» Ma stupeur fut au comble. Je m'attendais à être reçu, après
sept ans, comme un homme aimé, on me traitait en marchand!
Je pensai faire un éclat, la crainte me retint; je sortis la rougeur au front et la pâleur sur les lèvres; une fois dehors, je ne
marchais pas, je courais. Mille projets de vengeance se présentaient en foule à mon esprit... Je relus vos lettres, qui ne firent
que m'irriter, je parcourus la ville et visitai mes amis pour me
distraire; mon pied me reportait comme malgré moi à votre
maison. Je ne fus pas longtemps à m'apercevoir qu'elle était
montée sur un nouveau pied : vos gens y faisaient beaucoup de
fracas; on y voyait des tapis, des meubles venus à grands frais,
des glaces, des tableaux, tout ce qui indique le luxe. J'appris
aussi que dans ce pays renouvelé sans cesse comme celui-ci
par les arrivants de France, c'était à qui se mettrait sous l'aile
de votre protection; que toutes les faveurs, les places étaient
presque distribuées par vous dans l'île. Jeunes et vieux, cré-

dules et sceptiques, tout le monde était à vos pieds. Ces récits faits en passant, heurtés, incomplets, m'inspiraient de justes craintes; je jurai de m'en affranchir en pénétrant chez vous la nuit même, en obtenant de votre propre bouche l'aveu de votre nouvelle existence. Aucun nom d'amant n'était parvenu encore dans cette journée à mon oreille, personne ne s'était chargé de m'apprendre la vérité, soit que l'on me regardât comme un étranger, soit que les mesures à l'égard de votre secret fussent bien prises. Résolu d'en finir, je vous fis remettre un billet tracé au crayon; je vous y demandais un dernier, un indispensable rendez-vous. L'affront que mon amour avait subi le matin me donnant le droit de l'exiger, je ne m'arrêtais point aux prières. A minuit votre porte devait s'ouvrir, vous deviez me recevoir sans témoins, comme autrefois!

» Votre lettre ne se fit pas longtemps attendre, et, je dois le dire, j'en fus surpris.

» En posant le pied sur le seuil de votre maison, je me rappelai que j'en avais été presque chassé le matin; j'étais encore sous le poids de cette douleur, j'allais enfin avoir la clef de cette bizarre énigme; dût-elle me frapper au cœur, la vérité me semblait préférable à l'ignorance de mon sort.

» J'entrai à la lune dans vos jardins; la fraîcheur du soir les embaumait; votre mulâtresse fut mon guide. Après avoir traversé plusieurs salles, elle s'arrêta dans la pièce où vous m'attendiez; c'était précisément celle où vous m'aviez reçu le matin; sa vue ralluma bientôt ma rage. Je tirai de ma poche le portefeuille où je m'étais vu contraint d'enfouir vos billets de banque; je vous le présentai ouvert, en vous demandant si vous aviez voulu vous jouer de moi, et par quel motif vous en étiez descendue à cette injure? Le front haut, les bras croisés sur ma poitrine, je vous interrogeai à coups si pressés que vous ne sûtes d'abord que répondre. Le bruit de ma botte, il m'en souvient, faisait alors gémir le parquet; vous gardiez un froid silence. Toutefois votre admirable génie de comédienne vous reprit dès que je me laissai, comme un enfant, aller aux sanglots à la suite de cette violente sortie. Je pleurai... ne fallait-il pas une issue à ma colère! Vous me répondîtes que la seule crainte du monde avait pu déterminer votre action du matin, que vous aviez tenu à me payer le prix de ce collier *pour votre mari*. Mais, vous répondis-je, autrefois vous ne me parliez pas de M. de Langey!

» — C'était chose naturelle, reprîtes-vous : alors il n'avait reçu aucun avis, il n'était pas jaloux, et surtout il n'avait pas comblé à mon égard la mesure des sacrifices. M. de Langey m'aime, monsieur, et dans ce moment encore il ne visite Saint-Domingue que pour des intérêts graves, un procès qui menace, dit-il, ma fortune. En s'éloignant de moi, vous pouvez croire qu'il prit tous les moyens nécessaires à son repos ; ses amis sont devenus ses espions, je suis gardée à vue ; et si je me dévoue une dernière fois à vous recevoir, comme vous le demandez, c'est que vous allez vous-même au-devant de mes désirs. J'avais, monsieur, à vous demander mes lettres. Voici les vôtres que je viens de jeter au feu... Désormais, rien de commun entre nous ; ainsi que vous le disiez, cette entrevue demandée est la dernière.

» Un pareil discours devait mettre le comble à mes étonnements de la journée ; il venait de bouleverser ma raison et de retourner dans mon cœur ce fer aigu que vous y aviez plongé.

» — Un tel aveu, m'écriai-je, et après sept ans d'absence ! me revoir ainsi ! Ah ! Caroline, vous raillez. Partir, parce qu'il vous a pris fantaisie d'aimer cet homme ! Partir, parce que vous l'aimez ! Renfermer en moi cet amour et l'entendre rugir perpétuellement dans mon âme comme le lion dans sa caverne ! oh ! jamais, jamais ! Je ne vous aime pas comme un autre, moi : je ne vous poursuis pas de madrigaux, je n'étends pas sur vous le parasol, je ne danse pas avec vous comme un créole qui imite le grasseyement d'un duc français ; mais je sais traverser pour vous les plaines et les mornes, illuminer la nuit ma rivière de flambeaux, pour que ses eaux vous charrient de l'or ; mes richesses et mon industrie sont à vous. Ce voyage, c'est pour vous que je l'ai fait. Sept ans entiers j'ai souffert, j'ai courbé mon front pour vous. Et vous me dites de partir, et vous me demandez vos lettres ! N'y comptez pas. Vous venez de brûler les miennes, c'est bien ; moi, je garde mes morts, je les relève après le combat ; je ne les brûle pas comme vous, mais j'en prends autant de soin qu'un médecin d'Égypte de sa momie. Oui, je tiens à vos lettres, madame la marquise, car des lettres parlent, ces cendres froides ont une voix. Il arrive un jour où les paroles qui couraient jadis douces et tendres sous la plume s'éveillent et bourdonnent contre l'ingrate comme autant de guêpes empoisonnées. Oh ! non, non, jamais je ne vous rendrai vos lettres !

» Disant ainsi, je froissais encore avec plus de fureur entre mes doigts votre odieux portefeuille ; si la flamme ne se fût pas éteinte depuis longtemps dans votre foyer, je l'eusse jeté au feu. J'y portai la main pour déchirer les billets, la vôtre m'en empêcha..... Je reparlai d'éclat, de vengeance ; j'étais hors de moi, ce mot de *départ* fouettait mon sang.

» — Non, je resterai, je ne vous quitterai pas, repris-je avec une sorte de frénésie ; qu'ai-je besoin de partir ? Ce n'était que pour vous que je voulais accroître ma fortune ; j'étais un chercheur de pierreries, un lingot d'or ; vous m'avez sous la main, gardez-moi, vous ai-je fait défaut après sept ans ? J'attendrai auprès de vous le retour de votre mari ; mais que Dieu vous sauve tous les deux de ma colère !

» J'avais prononcé ces paroles avec un accent de rage si impérieux, si hardi, que vous eûtes peur..... M'enlaçant de vos baisers, vous ne rougîtes point de jouer avec moi le rôle de courtisane ; mes artères battaient, ma poitrine était en feu, vous m'entraînâtes près de vous pour me calmer, en m'appelant des noms les plus tendres.

» — Oh ! si tu pouvais lire au fond de mon cœur, toi qui m'accuses ! disiez-vous au milieu de nos doux embrassements ; si tu pouvais connaître mon désir ardent de m'éloigner avec toi, de devenir libre ! Le suis-je, enchaînée à *lui* par une union qui me pèse ? N'est-ce pas *lui* qui m'a achetée ? Ne suis-je pas son esclave ! Hélas ! la pauvre fille de Dunkos que l'on vend au marché, un carcan de fer au cou, n'est pas plus à plaindre que moi ! Que ne m'est-il donné de te suivre dans ces déserts que l'industrie espagnole a transformés en villes florissantes ! Tio-Blas ! que ton peuple me semble grand ! Insatiable de richesses, il a frappé cette terre du pied, et sur cette terre a germé l'or. Raconte-moi, je te prie, les voyages de ce Cristophe que Ferdinand et Isabelle d'Espagne nommèrent *l'amiral de l'Océan*, l'histoire du grain merveilleux de la rivière d'Hayna [1], que

---

[1] « Un jour que les esclaves indiens déjeunaient sur le bord de la rivière Hayna, une femme s'étant avisée de frapper la terre du bâton qu'elle avait à la main, elle ressentit quelque chose de dur ; elle regarda et vit que c'était de l'or. Elle le découvrit entièrement, et surprise de la grosseur de ce grain, elle jeta un cri qui fit accourir François de Goray, lequel n'était pas fort loin.

» Il ne fut pas moins surpris que ne l'avait été l'Indienne, et dans le transport de sa joie, il fit tuer un porc et le fit servir à ses amis sur

Bodavilla acheta pour la reine trois mille six cents écus d'or; dis-moi la souveraineté castillane et son orgueil, les combats des flibustiers, les trésors enfouis et toujours renaissants de la contrée. Ton amour, Tio-Blas, c'est un rêve étoilé des *Mille et une Nuits*; tu m'aimes, dis-tu, mais pour me voir toujours splendide et belle, n'est-ce pas? tu m'aimes comme un brillant magicien aime sa statue animée? Tu voudrais me voir, Tio-Blas, couverte de perles, radieuse de ces belles étoffes qu'on ne fabrique qu'à Damas, escortée d'hommages et d'admirations jalouses? Encore une fois, Tio-Blas, que ne suis-je libre! tu serais le seul arbitre de mes destinées, tu ne verrais plus entre nous deux surgir un fantôme. S'il faut te l'avouer, je suis malheureuse... Écoute... oh! oui, je n'aime que toi! Mon mari est léger, présomptueux; il m'accable de reproches; il ne fait rien de ce qu'il devrait tenter, il se refuse à prendre du service; il est mal en cour. Je voudrais que tu fusses juge entre lui et moi: tu verrais quels emportements insensés, quelle folle jalousie! il a parlé de m'emmener en France, de me faire quitter la Guadeloupe; ses exigences sont plus fortes de jour en jour. Croirais-tu que je me suis souvent prise à rêver que j'étais devant un autel; tu m'y donnais la main, j'étais agitée de mouvements vifs et confus; *il* n'était plus là, j'étais libre!... A toi seul ma vie, mon amour, m'écriai-je en te couvrant de baisers. O douleur! ce songe devait crouler avec le réveil: loin de me retrouver, comme aujourd'hui, émue, délirante entre tes bras, je me surprenais contrainte, inanimée dans les siens! Alors seulement je pouvais sonder l'abîme qui nous séparait, entrevoir sa profondeur! toute prospérité m'était interdite avec toi, je n'avais

---

ce grain, *assez grand pour tenir la bête tout entière;* et il leur dit qu'il pouvait bien se vanter que les rois catholiques n'étaient pas servis en vaisselle plus riche que lui.

» Bodavilla acheta ce grain pour Leurs Altesses : il pesait 3,600 écus d'or, et les orfèvres, après l'avoir examiné, jugèrent qu'il n'y en aurait pas plus de 300 de déchet à la fonte. On n'y voyait bien encore quelques petites veines de pierres, mais ce n'était guère que des taches qui avaient peu de profondeur. Enfin il ne s'est jamais vu nulle part un pareil grain, et l'on peut juger combien cette découverte anima les espérances de ceux qui s'occupaient à la même recherche.

» Ce fameux grain fut englouti par les vagues, en 1502, au milieu d'une tempête qui fit périr vingt et un navires chargés d'or. »
(*Mémoires de dom Nicolas Ovando,* commandeur de l'ordre d'Alcantara.)

plus qu'à mourir! » — Mais il est à Saint-Domingue? interrompis-je. » — A Saint-Domingue, je te l'ai dit, et dans huit jours je l'attends. » — Ainsi notre bonheur sera troublé, nous n'aurons plus un seul instant de repos!... il va s'abattre ici sur notre nid comme le vautour! A quoi bon mes veilles, mes privations, mes souffrances? Caroline, vous me dites tard la vérité. M. de Langey, quand je suis venu ici il y a sept ans, était moins jaloux, moins soupçonneux. N'importe, votre bonheur avant tout... Oui, je m'éloignerai, je partirai ; dans quelques heures, je vous aurai quittée encore une fois! Aussi bien ne suis-je qu'un misérable exilé de ma terre natale, mon sort est d'errer ainsi qu'un juif maudit!.. Au revoir, madame; le jour qui tombe à vos rideaux m'avertit lui-même de partir. Caroline, adieu! l'amour d'un Espagnol est moins flexible que la lame de son épée, mais il tue comme elle, sachez-le!

» Je venais de m'envelopper de mon manteau ; je m'élançai à travers votre jardin, où gazouillaient déjà les ramiers. La même mulâtresse m'accompagna. A travers la brume de l'aube j'arrivai jusqu'au navire sur lequel j'avais retenu passage; j'avais encore à mes lèvres le parfum de vos baisers. Vos promesses d'amour me rassuraient, votre tristesse menteuse m'avait touché; dans mon cœur fermentait déjà la vengeance. J'avais hâte d'arriver à Saint-Domingue, de provoquer M. de Langey ; je le voyais debout devant mon épée, je le tenais vaincu ; je l'avais à ma merci... Comme un homme encore étourdi des vapeurs du vin et dont les souvenirs se heurtent confus, je me rappelais à peine les détails de ma nuit, quand le capitaine me demanda mon passeport. Je l'avais serré la veille dans mon portefeuille, ce portefeuille laissé chez vous et que vous aviez refusé d'accepter malgré mes instances. Il m'eût semblé honteux de reprendre cet or à l'aide duquel vous eussiez effacé jusqu'au premier souvenir de notre amour! Le capitaine ne m'en reçut pas moins à son bord sur la recommandation de quelques marchands, et nous partîmes.

» Quel horrible coup le sort me tenait en réserve à mon arrivée ! nulle pensée humaine ne pouvait certes le prévoir! Moi-même, en entendant le tambour battre aux champs dans San-Yago, devais-je me douter qu'il allait s'agir du renversement entier de ma fortune? J'arrivais avec la soif de la vengeance, m'en remettant au hasard du soin de me faire trouver M. de Langey, et voilà qu'une semaine d'absence avait suffi pour me

dépouiller à mon insu ! Un ordre de la cour d'Espagne, dicté
par la plus indigne fiscalité, signifiait au président de San-
Domingo de faire sur-le-champ combler toutes les mines de
l'île ; il interdisait d'ouvrir des rameaux le long des rivières,
d'exploiter les veines du sol, d'en vendre les produits aux Anglais. Les milices de San-Yago et du fort Saint-Jérôme étaient
chargées de l'exécution de cette loi, qui mettait le sceau à ma
ruine ! Vainement les propriétaires avaient-ils réclamé contre
ces iniques prétentions ; vainement les juifs (et San-Domingo
en contient un grand nombre) avaient-ils offert eux-mêmes
des subsides au président ; l'état déplorable de la colonie espagnole, connu déjà du conseil de Madrid, sans qu'il y eût porté
remède, n'était même plus un argument à faire valoir. Comme
une caravelle que le canon ennemi coule au fond de l'eau, ma
cargaison d'or s'abîmait ; la baie de Samana, celle de Yaqui et
du Macabon, frappées elles-mêmes de cet interdit royal, m'apparurent bientôt protégées par le pavillon jaune de l'Espagne,
que je fus tenté d'arracher de mes deux mains...

» Ruiné, ruiné par ma propre patrie ! m'écriai-je. Car ce ne
sont pas des noirs qui m'ont cette fois volé, c'est une commission souveraine, un ordre du roi qui veut se réserver la Castille d'or ! Nos ministres ne trouvent plus indispensable de passer la mer pour profiter des richesses de la partie espagnole !
Ce n'était pas assez des départements que la cour d'Espagne
accorde ici à ses créatures, elle rêve tous les riches domaines
d'Ovando ! Malédiction et opprobre sur mon pays ! Moi, noble
d'Espagne, noble ruiné comme tant d'autres, je me suis fait
marchand au lieu de mendier des faveurs près de la cour ; j'ai
préféré le labeur à l'indolence, les voyages au repos ; et maintenant, parce que c'est le bon plaisir du roi, je me retrouve
plu nu et plus pauvre qu'un muletier de Monte-Plata ! Par
San-Domingo ! il n'en sera pas ainsi ! Grâce au ciel, je connais
les mines mieux que personne ; quelques-unes se sont enfon-
cées dans les terres, d'autres reposent sur des monts dont l'accès est presque impossible ; dans la cavité des mornes j'ai su
ramasser le diamant ; près du Bäo j'ai trouvé des émeraudes.
Toutes ces pailles souterraines n'attendent que ma voix pour
éclater ; avec quelques esclaves je puis me remettre au travail !
Le ciel m'est témoin que si je voulais bâtir ici un temple
comme Salomon, temple de pierreries et d'agates : c'était pour
cette femme, dont l'amour remplit ma vie ! Me recevra-t-elle

les mains vides ? Allons, Tio-Blas, va te jeter aux genoux de l'évêque ton parent ; demande-lui de te sauver, ou bien fais-toi tuer par le marquis de Langey, car il ne te reste que le souvenir de ta richesse et la honte de te voir tombé dans la misère, fier cacique, qui vendais 140 piastres un grain d'or de ta rivière à un Anglais.

» Fuyant les roulements précipités du tambour, j'étais arrivé près du Rio-Verde, mon ancienne source de richesses ; mes noirs s'y tenaient encore les jambes dans l'eau et y ramassaient le sable dans les rainures cannelées de leurs sébilles. Il n'y avait guère que dix-huit à vingt esclaves ; l'ordre n'était point encore venu jusqu'à eux. Mon habitation s'élevait à peu de distance ; le fleuve lui-même formait sa ceinture : on apercevait de loin San-Yago, bâti sur un escarpement sablonneux. Monté sur un excellent *bayahondros* [1], j'avais atteint les limites de mes domaines, escorté de trois mulâtres, quand un commandant militaire espagnol déboucha tout d'un coup d'un taillis d'acacias et vint me prescrire impérieusement de faire retirer de l'eau mes orpailleurs. En même temps il fit placarder l'ordonnance aux poteaux de ma maison par deux de ses cavaliers. Trouvant peut-être que mes noirs ne mettaient pas assez de promptitude à se retirer, il ordonna à quelques gens de sa suite de leur distribuer des coups de plats de sabre : les femmes et les enfants, employés principalement à ce travail riverain poussèrent d'horribles cris... La fureur me saisit ; je me voyais non-seulement dépouillé de ma récolte, mais on maltraitait mes pauvres esclaves devant moi... A la vue de mes négresses dispersées comme une troupe de grues craintives, et dont l'épaule de quelques-unes saignait, je ne me contins plus ; je piquai des deux vers le poteau, et je déchirai l'ordonnance... Il n'y eut qu'un cri d'étonnement : le commandant militaire courut vers moi ; mais à la faveur de ma monture, je fus bientôt hors de sa portée.., Le vent de la mer soufflait fortement ; je courais aussi rapide que lui, poussant mon cheval par les graviers et les herbes. Le capitaine n'avait pas osé faire feu sur moi ; il avait assez de peine à contenir l'exaspération de mes nègres. Peu de temps après ma fuite, il s'était vu cerné, lui et ses hommes, par un grand nombre de noirs armés de couteaux, qui arrivaient aux autres comme renfort. Le bonheur voulut

[1] Cheval.

qu'une escorte de trente à quarante dragons jaunes vint le rejoindre. La minute d'avant il suppliait; une fois délivré, il
donna le cours le plus violent à sa rage. Sans respect pour les
droits de la propriété, il entra dans ma demeure à la tête de
tout son monde, pilla mes coffres de la façon la plus insolente, brisa mes glaces, mes cristaux, et, me déclarant déchu
de mes droits au nom du conseil militaire, il se rua sur mes
vins, après avoir fait occuper par ses complices les avenues de
mon parc. Vainement mes gens opposèrent-ils de la résistance :
ce déploiement de forces dans une habitation assez lointaine de
la ville les intimida. Il se dispersèrent pour me chercher,
abandonnant mes meubles à l'ennemi.

» Quand je me déterminai à revenir, harassé de ma fuite et
de ma colère, le soleil avait tout à fait quitté l'horizon, et cependant une bande de couleur rouge encadrait le paysage. Ma tour
se dressait comme un géant sur ce fond ardent enflammé; j'ap-
prochai au pas, et je vis que le feu en avait calciné la pierre.
Une fumée compacte se répandait et se résolvait sur elle-même
dans ma cour : les misérables avaient tout brûlé indistinctement
dans leur ivresse, fauteuils, images de saints, nattes, coffrets.
Cinq noirs, plus morts que vifs, étaient garrottés aux piliers de
ma cour, il m'apprirent bientôt tous les détails de cette horrible
vengeance. Mon argent, ma vaisselle, mes bestiaux avaient péri.
Je fus me jeter aux pieds de l'évêque don Fernando del Portillo mon parent, qui me rit au nez en me demandant pourquoi
je m'étais rebellé contre la force publique. Mon exemple, continua-t-il, était devenu si vite contagieux que ces représailles
étaient toutes simples. Pour lui, dégagé de toute administration
terrestre, il me conseillait la patience et le mépris des biens qui
m'avaient valu ce rude assaut.

» La stupidité et l'indifférence de mon parent m'irritèrent au
dernier point. Don Fernando était loin d'avoir oublié les torts
de ma jeunesse, je le savais; il me considérait comme un aventurier, un homme qui était venu s'abattre dans l'île. Mais en
dépit de lui-même, je devais obtenir justice; n'avait-on pas
indignement outragé en moi les colons et les marchands? J'eus
recours aux autorités, qui firent traîner mes poursuites en longueur; à la fin, ne dominant plus mon ressentiment, abandonné de tous, ruiné, pensant que je ne vous verrais plus peut-
être, je me résolus à essayer d'une vie nouvelle, à mettre encore
plus bas sous mes pieds, par une sanglante ironie, cette noblesse

qui ne me servait à rien. L'évêque don Fernando, le ministre de Dieu invoqué par moi, ne m'écoutant pas, j'invoquai Satan, et sa voix me répondit... De toutes mes richesses, je n'avais conservé que les cinq nègres trouvés au milieu des décombres de mon incendie, les autres avaient profité du désastre pour reprendre leur liberté. Façonnés par moi, ces cinq hommes devinrent bientôt des démons..... Comme un hibou sinistre, je plaçai ma nouvelle demeure loin de toute case habitée, près des rocs, dont les plus élevés se perdent jusque dans les nues. Je rejoignais mes hommes à la tombée de la nuit dans la plaine du Morne-Noir; là, nous nous partagions la besogne. C'était une caravane de mulets chargés de café, d'autres fois des soldats espagnols armés que nous dépouillions sans coup férir, car je nourrissais si bien la haine générique de mes noirs qu'ils se seraient fait égorger. J'avais choisi la plaine du Morne-Noir, parce que les pierres y rendent la poursuite pénible; dans les monts voisins, sur la gauche, se trouvent des mines de cuivre, je laissais mes hommes y travailler de jour; le soir ils me revenaient avides de butin. Je me savais perdu, sans ressource, sans nul espoir d'être un jour à vous par les nœuds que je rêvais. D'un autre côté, je vous savais avide, luxueuse, insatiable; ma résolution fut bientôt prise : je me fis voleur, voleur de diamants, voleur d'or ! On avait comblé mes mines, je m'ouvris d'autres mines souterraines. Grâce à l'évêque de Santo-Domingo, il m'était permis de pénétrer à toute heure dans la cathédrale, j'affectai un recueillement si profond que souvent les porteclefs m'y oubliaient. La coquetterie et le luxe dont notre culte environne les statues me parut une chose utile, je ne reculai point devant un sacrilége presque journalier, le détournement des couronnes de diamants que portent nos madones. Les châsses d'argent, les images, rien ne fut à l'abri de mes atteintes impies. Nulle flamme cependant ne sortait du tabernacle, nul fantôme de saint ne se levait; et moi, misérable enfouisseur, après avoir chargé sur ma mule tous ces trésors, j'allais procéder à leur fonte avec mes noirs au sein des montagnes. La moitié de mon or payait ma troupe; l'autre partie, dont je savais seul la cachette, devait servir à me racheter de ma ruine à vos yeux. Je ne vous eusse jamais avoué que j'étais un mendiant!

» Cette vie infâme m'avait tellement absorbé que j'en avais presque oublié ma haine..... L'image de votre mari ne se présentait plus à moi, ou du moins la vôtre se plaçait si délicieu-

sement devant la sienne que je ne ressentais plus rien de ces
frémissements jaloux, de cette fièvre insensée qui me transpor-
tait à son nom seul..... Accoudé contre un rocher, je me surprenais, au milieu de veilles terribles, à suivre des yeux une
étoile sur la voie lactée du ciel, je lui donnais votre nom, je
maudissais les nuages envieux qui me la cachaient..... Mes
noirs, habitués à m'obéir, attendaient souvent mon signal et
demeuraient hébétés de me voir ainsi muet; quand je secouais
ma rêverie, mon regard leur faisait peur. Aucun n'eût songé à
me dénoncer, pas un ne me comprenait!

» — Viendrez-vous demain à la Concha? me dirent-ils un
soir: il y aura, maître, plusieurs Anglais débarqués de *l'Ariane*...
le navire en rade qui nous est venu de la Guadeloupe il y a deux
mois... C'est à la Concha, vous ne pouvez l'avoir oublié, que se
font tous nos marchés... Et puis on y danse, il y a des mulâtresses! Allons, maître, venez, *peque el nino, pague la familia*[1]
Vous trouverez là peut-être quelques officiers de justice à
secouer... Le grand saint Dominique d'Espagne a mal inspiré
son *fils* le conseil de Madrid, c'est à sa *famille* à nous en rendre
raison!

» Je leur promis machinalement de les suivre. Le lendemain
en effet j'abordais seul avec un mulâtre le trou de la Concha,
où ils dansaient...

» S'il faut vous le dire, j'éprouvai, en arrivant dans ce lieu,
je ne sais quel pressentiment sinistre; c'était un ramas digne de
l'enfer. Imaginez cinquante à soixante nègres espagnols réunis
dans une vieille case aux planches crevassées : il y a de la
fumée, des danses, d'horribles cris. Là, c'est un marchand qui
en pipe un autre en jurant sur des reliques; ici des enfants noirs
accroupis devant un grand feu de broussailles se trichent en
jouant aux dés. J'y vis aussi des juifs, mais si pauvres, si cassés
par la frayeur plus encore que par l'usure, qu'ils semblaient
venir sous le couteau échanger quelques marchandises avec les
colons assez hardis pour aborder pareil lieu... Des mulâtresses
et des femmes de la partie espagnole y chantaient auprès de
matelots ivres; l'uniforme de quelques officiers anglais tranchait seul sur ce tableau... Un étranger introduit dans cette
caverne pouvait se croire entouré d'ennemis; aussi les précautions des visiteurs étaient, je vous jure, bien prises. Presque

---

[1] Que le fils pèche, la famille doit le payer.

tous les arrivants étaient armés de pistolets ou de carabines. Pendant que le rhum et l'eau-de-vie circulaient sur les tables, les hommes de la colonie faisaient leurs marchés : on n'entendait parler que de balles de sucre, d'indigo, de mines de fer. Je regardais ce long ruban de damnés, plus horrible cent fois que celui de la fresque de Michel-Ange, quand j'entendis vibrer près de moi une voix douce, une voix qui me parut celle d'une femme, tant les notes m'en semblèrent grêles et abaissées..... Étonné qu'une femme osât aborder cet antre, je me retournai vers la table d'où la voix partait, et je ne tardai pas à reconnaître un jeune homme au visage livide, au teint fiévreux, qui causait avec sir Crafton, le capitaine de l'*Ariane*.

» — Vous êtes fou, marquis, reprenait le capitaine, puisque les mines d'or de la partie espagnole n'offrent plus la moindre chance et qu'il n'y a rien qui vous retienne, il est décidé que vous partez avec moi. Je lève l'ancre demain, et si je ne vous ramène à la Pointe-à-Pitre, je ne veux plus me nommer sir Crafton ! » — Capitaine, — répondit le jeune homme, interrompu de temps à autre par la toux sèche que donne le mal de poitrine parvenu à son extrême période, — capitaine, je ne vous suivrai pas... Songez que ce n'est que pour après demain que le juif Nathaniel m'a promis... Je sais qu'il se glisse dans la Concha des *petits blancs* qui font le commerce; mais, sir Crafton, il me faut deux cent mille livres... » — Deux cent mille livres! peste ! mais cela est gigantesque, mon cher marquis; cette femme-là mangerait donc la Jamaïque ! » — Ses dettes s'élevaient à deux cent mille livres, sir Crafton, lorsque je l'ai quittée; depuis ce temps, mon ami, pas une lettre, et Dieu m'est témoin !.....

» Ici un accès de toux plus violent, produit sans doute par le brouillard opaque des cigares et des pipes dans cette masure, l'empêcha de continuer. J'attendais avec avidité qu'il reprit ce dialogue.

» — Capitaine, dit-il, voici, je crois, le juif Nathaniel, appelez-le. » — Holà ! Nathaniel! s'écria sir Crafton en frappant la table de son poignard de capitaine. Ne viens-tu ici que pour voir danser la *tumba?*

» Le juif s'avança vers eux avec une expression de douleur hypocrite que rien ne peut rendre. Ils parlèrent tous trois à voix si basse que je ne pus rien saisir de ce qu'ils disaient... Tout ce que je compris, c'est que le jeune homme, malgré ses instances, ne pouvait déterminer Nathaniel, l'usurier le plus roué de Léo-

gane. La fureur brillait dans son regard, il aurait déchiré le juif
en morceaux si lui-même n'eût pas été si faible.

» Quand il se fut perdu dans la foule des noirs :

» — Parbleu! s'écria sir Crafton en regardant de mon côté
et en élevant sa main au-dessus de ses yeux, voilà un homme
qui fera votre affaire, c'est un marchand de la partie espagnole...
mon cher Langey !...

» A ce nom, qui réveillait en moi tant de souvenirs, je me
dressai droit et debout contre la muraille, comme si le dard de
quelque aspic m'eût touché, puis je tombai pesamment sur ma
chaise de paille... Si le capitaine ne l'eût pas prononcé, ce nom,
je n'eusse jamais reconnu peut-être l'infortuné qui le portait :
sa pâleur était devenue effrayante, c'était celle d'un alchimiste
fatigué d'user sa vie à un souffle stérile devant des creusets
menteurs. Il me regardait sans me reconnaître davantage sans
doute, car moi aussi j'étais changé !... Le capitaine, qui m'avait
souvent pris à son bord sous le nom de Tio-Blas, me le présenta
comme un de ses amis qui désirait emprunter pour une affaire.
J'écoutai sans répondre, je parus indifférent. Il entrait dans mon
plan que ce rival, dont vous m'aviez tant parlé, distillât goutte
à goutte devant moi toute sa vie; que sa jalousie, dont vous
m'aviez fait un tableau si noir et si chargé, se fît jour devant
moi par quelque issue; je me nommai, je lui promis de l'aider.
Mon nom lui revint à la mémoire, il me regarda, il prit ma
main; la sienne était inondée d'une sueur froide...

» — Vous m'avez vu à la Guadeloupe, me dit-il, je puis me
confier à vous, je suis ruiné! Comme autant de brins de paille
jetés au feu, j'ai consumé une à une les heures de ma vie,
tantôt à des projets de fortune formés pour *elle*, tantôt à des
emprunts que je ne pouvais soutenir. Elle, toujours elle ! oui,
je l'aime, mais d'un amour saint et profond, d'un amour que
j'ai ressenti s'accroître encore par l'absence! Oh! les témoignages de sa tendresse ne m'ont point manqué, elle m'aime; la
naissance d'un fils n'a-t-elle point scellé notre bonheur? Je voudrais racheter son existence compromise par tout ce qui me
reste de sang! Si vous me prêtez cette somme, monsieur, vous
m'ôtez le poids des souffrances : ma misère future me poursuit
comme une honte... Songez qu'à l'heure qu'il est des gens de
justice peuvent venir enlever ma femme au sein d'un bal; que
moi, son mari, son défenseur, je ne suis plus là; que peut-être
en ce moment on l'assiége d'hommages; qu'on rampe devant

elle avec de douces voix, et que demain ces mêmes hommes, la voyant pauvre, l'écraseront d'un regard ! Il y va de ma vie et de la sienne, songez-y. Ma famille ne veut rien faire pour moi; j'ai soutenu avec la cour une lutte inégale, je devais succomber, sir Crafton vous le dira. Mais les temps venus, mes droits à l'héritage de mon père vous seront cédés, je suis prêt à passer par ce que vous exigerez; ou si vous me refusez, comme le juif Nathaniel, je me tuerai avec le poignard de sir Crafton, monsieur; ce poignard d'un noble officier tranchera de nobles jours !

» Il avait baissé la tête, et il soupirait profondément. Il y avait dans ces soupirs étouffés, dans ce découragement amer, un motif de joie infernale pour moi, froide statue qu'il suppliait; je m'enivrais complaisamment de cette douleur, je croyais assister à la décomposition d'un cadavre...

» — Pouvez-vous me prêter cette somme, *oui* ou *non?* me demanda-t-il. Je ne répondis pas, j'étais attéré. Cet homme vous aimait, et il venait me le dire insolemment! Ce n'est pas là le langage d'un mari, c'était la passion d'un amant avec toutes les angoisses, les combats qui déchirent l'âme...

» Tout d'un coup, me voyant muet, il fit un effort sur lui-même et s'écria :

» — Eh bien, sir Crafton, j'y suis résolu, je pars demain pour la Guadeloupe! » — A la bonne heure, répondit le capitaine en buvant un verre de rhum.

» Il avait annoncé ce départ à sir Crafton d'un ton de voix si ferme, que je pâlis moi-même rien qu'à l'entendre... Je craignis qu'il n'échappât... L'infernale ronde qui s'agitait autour de nous durait encore; c'était une rotation à donner le vertige, un pêle-mêle nocturne et terrible, dans lequel j'apercevais çà et là les grands yeux blancs de mes nègres, le plumet des officiers anglais, la figure des marchands et les mouvements animés des mulâtresses... Toute cette vapeur me montait insensiblement au cerveau. L'atmosphère était imprégnée de vices, de meurtre, de guet-apens. Mon regard demeurait fixe, ma tête pesante, je ne pouvais croire encore à ce que je venais d'entendre; ce fut seulement alors que je m'aperçus qu'il m'avait tourné le dos...

» Il causait avec sir Crafton en lui montrant un portrait enrichi d'un cercle de perles...

» — *Senor capitan*, dit un nègre en s'avançant, voici un facteur noir qui veut vous entretenir. Vous savez, ajouta-t-il à voix basse et en se penchant à l'oreille du capitaine, que s'il vous offre en causant des bananes trempées dans l'huile, ou tout autre mets, vous n'avez pas le droit de les refuser. Nous sommes ici à la Concha ; c'est la règle, ce serait faire insulte à la société...

» — Excusez-moi, marquis, reprit le capitaine en se levant, je reviens dans la minute. Et il s'en fut causer dans un coin de cette cahutte enfumée avec le facteur. » — Malédiction ! m'écriai-je sourdement en regardant alors par-dessus l'épaule du marquis, c'est le portrait de Caroline !

» Ce portrait, il le baisait avec une sorte de frénésie. Alors, seulement alors, je caressai la *mancheta*[1] retenue à ma veste par une chaîne d'argent, et je m'agitai convulsivement derrière sa chaise.

» Pour vous donner idée de l'étrange police établie dans ce bas lieu, sachez que huit nègres attachés comme domestiques à ce trou de la Concha ont l'ordre de se tenir perpétuellement contre la muraille, à laquelle sont collées quelques chandelles. A la première dispute survenue entre les marchands ou les danseurs, ils soufflent sur les lumières, on tire les couteaux, et alors on se frappe souvent au hasard. Or, pendant que sir Crafton s'entretenait d'affaires avec le facteur au coin opposé de celui qu'occupait alors le marquis, plusieurs des noirs lui ayant offert des bananes préparées dans l'huile, ainsi que je vous ai dit, il les jeta violemment par la fenêtre... L'aube blanchissait, et un reflet blafard éclaira sa figure quand il referma le volet...

» *Aux chaises !* cria-t-on, *aux chaises !* il nous a fait une injure ! c'est un misérable, un Anglais !

» Les chaises tournoyaient déjà dans toutes les mains ; sir Crafton et ses officiers s'étaient vu désarmer, lorsqu'à l'aide de mes noirs, je trouvai moyen de protéger le marquis et de le soustraire à leur rage. Mais ce n'était que pour mieux m'assurer de sa parole ; je le tirai à l'écart sous un bouquet de pins et de gayacs, puis je lui dis :

» — Marquis de Langey, il faut que tu me donnes ce portrait que tu tiens-là !

» Sa pâleur devint effrayante. Il porta la main à son flanc gauche, mais il n'y trouva qu'une légère épée à la dragonne ; il la tira, je la lui arrachai, elle rompit comme une paille sur mon genou.

[1] Couteau.

» — Le portrait ! m'écriai-je en le lui saisissant avec furie. Et maintenant, marquis de Langey, jure-moi sur Dieu et sur le saint Évangile que tu ne reverras jamais ta femme ; sinon, vois-tu, par san Domingo, tu es mort ! » — Misérable ! hurlat-il en sautant sur moi avec un rugissement étouffé et en saisissant un de ces pistolets qui étaient alors comme aujourd'hui pendus à ma ceinture, tu vas mourir avant moi !

» En même temps il lâcha le chien... la balle alla couper la feuille dentelée d'un palmiste...

» — Marquis de Langey, à moi la femme et le portrait ! m'écriai-je, à Dieu ton âme ! Et je lui plongeai la lame de ma *mancheta* dans la gorge.

» Sir Crafton, sur un signe de moi, recevait alors le même traitement de mes noirs...

» Jusque-là je n'avais pas tué, mon Dieu ! . . . . »

Tio-Blas reprit après une pause glaciale de quelques secondes, et sans que la marquise, anéantie de frayeur, pâle, regardant avec un œil hébété, pût trouver seulement la force de l'interrompre :

« Nul habitué de la Concha ne s'était ému de pareille scène. Pour la plupart, ils ne se donnèrent même pas la peine de l'approfondir ; ils crurent que c'était une vengeance, de justes représailles à l'égard d'un capitaine anglais et de ses officiers. C'était au profit des Anglais, disait-on, qu'on avait fermé les mines. Le jour venait, et tous ces vautours avaient à cœur de regagner leurs repaires... Vis-à-vis de ce ciel d'un gris d'ardoise qui m'éclairait, les mains chaudes encore d'un meurtre, immobile devant le corps du marquis, dont les yeux ouverts me regardaient, je sentis s'opérer en moi une horrible révolution ; je compris ce que je venais de faire, une action lâche, infâme, que je ne me pardonnerais de ma vie. — En vérité, j'eus peur du ciel, peur de Dieu, peur de moi-même !

» — Du moins ! m'écriai-je, si je l'eusse tué en duel, si mon épée eût rencontré son épée ! Mais non, je me suis jeté sur lui avec la fureur du tigre ; j'ai versé le sang d'un homme qui n'avait d'autre tort que d'aimer celle qu'il avait choisie et de souffrir pour elle mille supplices ! Le voilà mort loin d'elle et de son pays, sous un ciel qui n'est pas le sien ! mort après une vie de misère comme la mienne ! Aujourd'hui, dans une heure, il comptait mettre à la voile, et maintenant le voilà gisant à terre, près de ce capitaine de navire qu'il accompagnait !

» Et je frappais ma tête, puis ma poitrine; je renvoyais aux mornes excavations de ces rochers de lugubres cris. Mes cinq noirs me regardaient stupidement en essayant leurs couteaux sur les feuilles du latanier.

» Jamais peut-être M. de Langey ne m'avait paru plus beau qu'à cette suprême entrevue... A l'admirable mélancolie de sa figure avait succédé la pâle blancheur de la mort; le sang inondait sa cravate blanche et les parements de son uniforme de marin : il aimait, vous le savez, à porter cet habit quand il voyageait sur mer. Son gant droit serrait encore avec force la chaîne du médaillon : c'était une chaîne formée de vos cheveux; cette vue ralluma toute ma haine. Je ne craignis point d'écarter les doigts du marquis et de leur ravir cette dernière relique... Il portait encore la croix de Saint-Louis sur la poitrine : cette croix, je la foulai sous mes pieds... Je le considérais comme l'auteur de tous mes maux; sans lui, je vous faisais la maîtresse absolue de ma vie : il était de trop entre nous deux, il devait mourir!

» J'ignorais qu'en ce moment même, heure de crime et de suprême agonie, vous le trompiez ainsi que moi!...

» La cloche de San-Yago, sonnant au loin, appelait les colons à l'église... Cette cloche matinale retentit comme un glas funèbre à mon oreille; elle me fit souvenir que j'étais chrétien; l'homme que j'avais tué était mort sans prêtre, sans sacrements, sans prières! Il s'agissait de faire disparaître le corps. — Je ne pensais plus, je vous jure, à celui de sir Crafton, qu'en sa qualité de protestant j'avais déjà fait jeter par mes nègres au fond d'une fondrière, en cette plaine isolée... — Mais Langey était mon frère, Langey était de la même religion que moi son assassin! Il serait impossible de le présenter à l'église espagnole, cela était vrai; mais je ne saurais non plus me faire à l'idée que la terre où je marchais pût recéler sa dépouille : chaque plaine, chaque pierre ne criait-elle pas contre moi? Quelle vie mènerais-je sur cette lande inculte? quels remords, quelles tortures, si je l'y savais près de moi, ombre implacable, terrible! Et quand je vous entraînais vous-même, — comme je l'espérais déjà, — dans ma nouvelle demeure pour y partager mon sort, ce mort, si voisin de nous, ne pourrait-il se lever?

» En proie à ces pensées, je donnai l'ordre à deux de mes hommes de charger le corps sur une mule et de m'accompagner vers la partie française de l'île, à la ville de Saint-Marc.

Je connaissais le curé de cette paroisse; je le savais bon, crédule : je l'abordai en lui disant que votre mari avait croisé le
fer contre sir Grafton; que l'Anglais l'avait tué et avait fui vers
les mines de Cibäo. De cette façon M. de Langey y serait enterré
en lieu saint; la voix de ma conscience ne me crierait plus :
« Impie! »

» Ce voyage dura cinq jours. Je montais un coursier de nos
hattes; mes deux noirs suivaient avec un mulet en laisse, caparaçonné de noir. Je ne saurais vous dire par quels épouvantables remords je me sentis le cœur labouré durant cette route :
il me semblait que tout le monde dût lire mon crime sur mon
front. Ce crime odieux, je ne l'avais commis que pour vous :
aussi, par les brûlantes savanes que je parcourais, vous retrou-
vais-je incessamment à mes côtés comme un mauvais ange...
Vous me paraissiez, dans de sinistres visions, heureuse de cette
délivrance; vous me tendiez les bras, et je m'y précipitais comme
dans une anse où le vent du remords ne soufflerait pas!

» Le curé de Saint-Marc me crut; il reçut mon offrande pour
le service funèbre, où j'assistai seul avec mes deux compagnons.
Le terrain payé, je partis; l'air que je fendais sur les monts,
l'horrible fardeau dont je me sentais affranchi, ramenèrent chez
moi des moments de calme dont je profitai pour vous écrire.
Vous savez ma lettre, je vous y racontais le duel de M. de
Langey; — ce duel était un mensonge!... La seule vérité con-
tenue dans cette lettre, c'était l'invariable amour dont je pro-
testais, un amour, Caroline, dont vous ne pouviez soupçonner
le désespoir!... En effet, même en vous parlant de retourner
bientôt près de vous, je savais que je ne le pouvais pas; qu'outre
les soupçons que ce prompt départ ferait naître, après ma déclaration du duel de M. de Langey au curé de Saint-Marc, je n'aurais jamais le courage de vous aborder pauvre, ruiné! Il me
fallait attendre un mois pour présenter aux orfévres de l'île mes
diamants de Bannique et de Saint-Jean; larcins dangereux à
monnayer, d'après les nouveaux édits du gouverneur, qui pré-
venait les colons de ces déprédations successives opérées par
des hommes assez habiles pour demeurer inconnus. Faut-il vous
le dire d'ailleurs? je ne voulais pas me mettre en route avant
d'avoir reçu une première lettre; il me tardait de subir le
contre-coup de ma nouvelle : l'impression de cette mort sur
votre esprit m'inquiétait. Le silence que je vous vis garder me
parut inexplicable; je m'épuisai en conjectures pour l'excuser,

je me fis une loi sévère d'attendre encore : pendant ce temps les remords obsédaient mon cœur et le rongeaient. N'allez pas croire que je pusse dormir une heure seulement dans mon hamac, sous mon toit : je passais des nuits entières couché dans mon manteau, au pied des mornes... Souvent les oiseaux lançaient des cris lugubres autour de moi ; le sifflement des serpents ou des chauves-souris m'arrachait à un demi-sommeil ; et alors, le front baigné de sueur, le visage en feu, je me dressais debout ; puis je courais chez moi me laver les mains à la fontaine : je croyais toujours trouver du sang à ces mains !

» La fièvre, cette hyène qui rôdait autour de moi, m'étreignit si bien qu'à la fin je succombai. Je restai deux mois sous sa serre brûlante, à peine soigné par un mulâtre qui était mon domestique, rêvant de ce dont les damnés doivent rêver, vous appelant ainsi que *lui*, dans mes nuits de douleur et de rage. Une fois je vous vis guidant vers moi les soldats du gouverneur ; il y avait un homme à qui vous donniez le bras, et cet homme, je crus le reconnaître... Il me regardait en souriant de pitié et en me montrant du doigt un spectacle terrible de mon enfance, dont j'avais gardé souvenir, c'était le bras desséché d'un chef de brigands supplicié près des rochers d'Anduxar par ordre du roi d'Espagne. Il arrachait en ricanant, de ma poitrine, l'ordre de Saint-Jacques, ainsi que j'avais fait de la croix de Saint-Louis trouvée sur Langey ; me déclarait noble, comme sur la sainte Trinité je le suis, coupable d'un crime, et me rejetait au bourreau !... Vous, Caroline, vous riiez avec lui, vous aviez une robe de cour, vous partagiez la joie que lui causait mon supplice ! ce fantôme, ce n'était pas le marquis, c'était un homme de cinquante années... Je le croyais votre père dans mon délire !... Ces deux mois passés, ma convalescence commença : ne recevant de vous aucune lettre, je partis. Débarqué à la Pointe-à-Pitre, l'accès de fièvre qui me reprit fut si fort qu'il me fit tomber devant la porte d'un café. Là, presque évanoui de fatigue, j'entendis prononcer le nom de votre mari ; ce nom me tira de ma léthargie... de ma douleur... je levai la tête, comme s'il m'eût fallu répondre devant un juge. Parmi les jeunes créoles attablés dans ce café, nul ne m'interrogeait cependant, mais tous s'entretenaient de votre absence.

» — Elle a quitté la Guadeloupe, disait l'un, pour complaire à M. le contrôleur général ; maintenant qu'elle est veuve, n'a-t-il pas sur elle les droits d'un mari ? — C'est une vraie perte

pour la colonie, reprenait un autre, la seule femme de la Pointe-
à-Pitre, qui sût convenablement le menuet! — Quel luxe! quelle
opulence! continuait un troisième, quand je pense que M. de
Boullogne a payé un matin, devant moi, à cette femme, une parure de vingt mille piastres, qu'elle devait rembourser à je ne
sais quel marchand de San-Yago!...— Nous avons fait une faute,
messieurs. Laisser partir la marquise de Langey, et surtout
quand elle a le bonheur de devenir veuve!... Moi, j'allais me
présenter! — Partie perdue, mon cher, elle épousera M. de
Boullogne. Il y a d'ailleurs pour cela de bonnes raisons... Mandé
par le cabinet de France, M. de Boullogne s'est vu forcé de
repartir. Mais la Rose, à Saint-Domingue, est sa propriété de
prédilection, et puisqu'il y a caché sa colombe, Saint-Domingue
le reverra... — Pour mon compte, messieurs, je déclare M. de
Boullogne un homme de bel air, légèrement voûté peut-être,
cacochyme, mais né pour être grand seigneur... Il fait les choses
comme un ambassadeur de Louis XIV... — Une noblesse de
robe! — Oui, mais il a l'oreille du roi, et madame de Langey a
besoin d'un bras pour l'appuyer à la cour. Madame de Langey
a beau être marquise, elle est ruinée, messieurs. Or, une marquise ruinée, qui a vingt-cinq ans et qui est belle, réfléchit...
moi qui vous parle, j'ai connu particulièrement M. de Langey.
Eh bien! le digne mari se tuait, à la lettre, pour subvenir au
train de sa femme. Comprenez-vous ce bel héroïsme, cette abnégation de soi-même pendant qu'un autre mettait tant de
conscience à l'aider? — Et aller se faire tuer en duel par un
Anglais, après cela!

» Jusqu'ici j'avais écouté machinalement; mais à ces dernières paroles, qui entraient comme un fer brûlant dans ma plaie,
je faillis me trahir et venger moi-même cette belle âme si injustement raillée par cet amas de discoureurs indifférents. Ils
m'avaient à peine regardé, j'étais mal vêtu, j'avais le teint
hâve, miné par la fièvre; un garçon de café me mit quelques
limons devant moi, j'y imprimai mes dents avec une sorte de
rage.

» Eux continuèrent :

» — Ce pauvre Langey! il n'y a que les rois et les maris, on
a raison de le dire, pour ne rien savoir de ce qui se passe! Je
vois toujours la bienheureuse expression de sa figure quand il
apprit, à son retour d'un voyage de six mois à la Martinique,
l'accouchement de madame de Langey! Il paraît, du reste, que

la délivrance de la marquise n'avait pas eu lieu sans peine;
elle fut, dit-on, en danger de perdre la vie... Oui, sans une
négresse que M. de Boullogne envoya chercher à une lieue des
Palmiers... et qui sauva les jours de madame de Langey... —
M. le marquis Maurice de Langey ne venait point au monde,
tu as raison, Martial. En vérité, c'eût été là grand dommage!
— Il vous eût fallu voir, vous autres, avec quel air de souveraine tranquillité M. de Boullogne présenta lui-même à Langey
cet enfant, quand le marquis fut de retour, quelle joie orgueilleuse le pauvre Langey ressentit à l'embrasser; et cependant, vous le savez tous, l'enfant était né débile, délicat; on
hésita longtemps à le baptiser, il fut élevé dans le duvet, quittant à peine son berceau... soumis à la baguette des médecins...
Que voulez-vous? l'enfant d'une jeune femme et d'un vieillard
pouvait-il être robuste? Je lui souhaite, Martial, de boire un
jour le rhum comme moi!

» Celui qui parlait de la sorte vida son verre en effet, ses camarades l'imitèrent... Pour moi, percé d'aiguillons aussi froids,
aussi glacés que l'est celui du scorpion de nos îles, je sentais
alors arriver à mes oreilles je ne sais quel bourdonnement, à
mes lèvres je ne sais quelle écume... Je portai la main à mon
front : il était baigné de sueur... une lumière nouvelle m'en-
vironnait, me montrait le fond d'un abîme; je m'échappai du
café en jetant une piastre sur le comptoir, ce n'était pas trop
payer cette effroyable hospitalité d'un quart d'heure et les
odieuses révélations que je venais d'acquérir!...

» Je savais tout, Caroline : vous m'aviez trompé comme Langey; votre conduite m'apparaissait à cette heure sans aucun
voile! Vous m'aviez joué, dupé pendant sept ans! vous aviez
trafiqué de mon amour comme la plus vile des courtisanes!
Habituée à vivre au milieu de vos esclaves, blanche créole,
vous m'aviez traité comme un de ces noirs qui meurent à la
peine et que l'on regarde comme un produit! J'avais enfin la
clef de vos mystérieuses terreurs à mon approche, de votre
amour intéressé à m'éloigner, de votre vie entière abîmée dans
la muette contemplation de son égoïsme! Ah! vous ne m'aviez
pris que comme un fruit que l'on jette à terre après en avoir
pressé le jus! Pendant ces mortelles années où vous me saviez
luttant pour vous contre le souffle des vents contraires, vous
m'aviez entretenu dans des idées de bonheur, en concluant le
marché de votre honte avec un autre! Mais vous ne saviez pas,

Caroline, que pour vous j'étais devenu voleur, pour vous j'avais tué... pour vous !!! »

Tio-Blas, épuisé, appuya sa main contre le rebord du lit de la marquise, il sembla respirer après avoir déroulé de la sorte en quelques haltes pressées l'infernale chaîne de ses malheurs... La lumière de l'appartement imprimait à ses joues une pâleur singulière ; ses cheveux, grisonnants par mèches rares et dispersés dans le désordre de son récit, lui retombaient sur son front comme une crinière luisante. La marquise attendait la fin de cette nocturne entrevue comme un combattant déjà blessé attend la fin d'un duel... Si la fureur de l'Espagnol, au lieu d'être refroidie, bouillonnait encore, égalant sur elle-même les tournoiements de la lave, la stupeur de madame de Langey, sa crainte, son attention, formaient en elle un conflit de pensées aussi actif, aussi absorbant, aussi lourd...

— Donc, poursuivit-il d'une voix sourde, vous êtes à moi, je vous ai achetée à double titre, par de l'or et par un crime !... Caroline, vous allez me suivre !... — Vous suivre, Tio-Blas ! vous n'y songez pas ! vous suivre, vous l'assassin de mon mari ! — Je vous le répète, madame, j'ignore la différence de l'esclave qui tue ou du maître qui fait tuer... Encore une fois, comme il y a du sang à mes mains, il y a du sang aux vôtres. Caroline, regardez-vous !

Il la conduisit, muette et pâle, devant la glace de sa toilette... Par un instinct d'épouvante que le remords seul peut expliquer, la créole n'osa s'y voir... elle détourna le front.

— Bien ! reprit son maître (car Tio-Blas dans cet instant de solennelle terreur lui commandait), bien, tu as compris que pas plus que moi tu n'avais le droit d'interroger devant Dieu cette nature créée dans l'origine à son image, et que le crime seul peut ternir. Ah ! tu en conviens donc à présent, froide vipère ! si tu m'enlaçais de tes baisers menteurs, il y a quatre ans, c'était pour me faire partir ! si tu me parlais de la jalousie de cet époux, c'était pour armer mon bras ! Eh bien ! rassure-toi, Caroline, je l'ai tué, bien tué !... Il ne reviendra pas, il dort sous la pierre près de l'église de Saint-Marc ! Tu es encore trop près de lui, Caroline, j'ai pitié de toi, tu vas me suivre... Ces mêmes noirs qui ont vu le meurtre de ton mari, son meurtre... notre œuvre à nous deux... ils sont là, là sous les mangles que tu pourrais distinguer de cette fenêtre si ton regard n'était pas si morne, si troublé... A un coup de ce sifflet d'ivoire suspendu à ma ceinture, vois-tu, ils paraîtront, mon cheval t'emportera. Viens, j'ai pitié de toi : tu ne peux rester sur le même sol où Langey repose; dans la partie espagnole de cette île tu dormiras en paix. Tu ne déroges pas d'ailleurs, tu ne seras pas la femme d'un marchand, tu seras la femme du comte de Cerda! le comte de Cerda! ah! ah! poursuivit-il avec un rire étouffé...

— Misérable! laisse-moi; tiens, reprends, si tu le veux, tes diamants, ils sont là... là, dans cette cassette! je ne te dirai plus rien; voici la clef... Prends...

Et parlant ainsi, elle se roulait sur la natte, et elle étendait ses doigts crispés vers la cassette... La repoussant avec une ironie froide, il lui dit :

— J'attends! comtesse de Cerda... Oublies-tu donc que ce n'est plus ici le marchand qui te parle, c'est un noble espagnol, plus noble, je te l'ai dit, que ton financier... Quitte cet homme, et viens avec moi... J'ai des richesses, peu t'importe d'où elles me viennent. Ne sommes-nous pas maudits? — Mais moi! moi, Tio-Blas, moi je ne suis pas libre... J'ai un fils! — Je l'enverrai en Espagne, ou tu le renverras à son père si tu le veux. Ce n'est point le fils de Langey! murmura l'Espagnol avec une rage dédaigneuse. L'enfant d'un mort eût été sacré pour moi, poursuivit Tio-Blas en essuyant la seule larme qui eût débordé de son œil sec. — Tio-Blas! dit-elle alors avec un accent d'inexprimable douceur que l'angoisse désespérée peut donner... Tio-Blas! je t'aime!...

L'oreille de l'Espagnol découvrit un tressaillement si aigu de peur dans la fin de cette phrase hypocrite, que, malgré la pantomime de la marquise, il s'écria :

— Comédie! — Ah! tu ne m'accuseras pas d'aimer cet homme, reprit-elle en joignant les mains : cet homme, c'est un vieillard; toi, du moins, tu es jeune, tu es beau!

Tio-Blas hocha la tête avec un sourire triste... En ce moment l'horloge de la chambre sonnait deux heures du matin,

— Allons, senora, votre main dans la mienne et le pied à l'étrier! s'écria-t-il comme s'il fût sorti d'un rêve. — Jamais! oh! jamais! reprit-elle; tu me fais horreur! — Deux heures viennent de sonner. Vous emporterez vos diamants : cela sera bientôt fait. — Je suis maîtresse ici, Tio-Blas! Songez que je n'ai qu'à jeter un cri, l'on viendra. — Vos gens sont à la veillée...

— Vous voulez donc me voir briser le front contre ce mur? — Vous n'en ferez rien : cette main vous tient sans colère, vous le voyez... — Encore un coup, lâchez-moi. Je vous dis que vous êtes un assassin! — Et moi, je te dis, femme, que nos deux destinées doivent être unies à jamais comme le sont nos deux mains. Tu dois marcher avec moi, car tu es une femme perdue... Entre nous s'élève quelque chose, marquise de Langey ou comtesse de Cerda, c'est une colonne de sang! Allons, marche, marche!

Il tira en même temps son sifflet d'ivoire et le porta à ses lèvres... La marquise comprit qu'elle était perdue...

— Infâme! cria-t-elle en dégageant son bras de celui de l'Espagnol par un effort surhumain, ne fais pas un mouvement, ou je mets le feu à ma moustiquaire...

Armée d'un flambeau qu'elle avait saisi sur sa table, la marquise de Langey s'était réfugiée sous la gaze du lit... Tio-Blas la considérait avec stupeur...

— Dussions-nous brûler ainsi tous deux avant l'enfer, je t'y suivrai! cria-t-il résolûment.

En prononçant ces mots, il écartait le voile de la moustiquaire, à laquelle le flambeau de la marquise mit le feu...

En voyant la flamme se propager rapidement d'un bout de la gaze à l'autre, lécher de sa langue flamboyante les stores et les corniches, la marquise fut elle-même effrayée de son courage... Deux secondes encore et la chambre était en feu... Tio-Blas tira de son sifflet un cri aigu, lugubre comme celui du serpent. Un cri pareil lui eut bientôt répondu.

— A l'assassin! au meurtre! cria la créole hors d'elle-même, se penchant à la fenêtre.

Elle sentit bientôt sa voix se sécher dans sa gorge, et elle tomba...

Poussant du pied la porte de la chambre, Tio-Blas allait entraîner madame de Langey, quand il s'aperçut qu'elle était évanouie... Des pas retentissaient, la flamme continuait avec violence... Tio-Blas jeta de l'eau au visage de la marquise, et d'une voix entrecoupée à la fois par la fumée et la colère, il lui dit :

— Marquise de Langey, retenez ceci. J'ai deux choses à vous : votre médaillon trouvé sur votre mari et vos lettres adressées à moi. Votre nouvel amant comparera un jour les lettres de la marquise de Langey à Tio-Blas avec celles de la marquise de Langey à M. de Boullogne. Quant à ma proposition d'hymen, puisqu'elle vous déplaît, n'en parlons plus... J'avais cru que l'opiniâtreté de mon amour vous ébranlerait, vous me complice. Vous venez de crier à l'*assassin!* Je pourrais vous plonger à cette heure dans la poitrine la lame de ce couteau qui a tranché les jours de Langey; mais cette lame est sacrée, elle est trop sainte pour vous!...

Il ajouta en se pendant à la soie de sa longue ceinture, qu'il attacha aux barreaux de la fenêtre :

— Adieu!... Vous n'êtes pas la seule de votre famille, marquise; j'attendrai... Je puis me venger peut-être sur *quelqu'un* qui vous est cher!

La pâle créature avait assez recouvré ses sens pour entendre bruire ces paroles à son oreille comme un son de cloche funèbre. Le galop d'un cheval retentissait déjà sous la fenêtre quand les noirs accourus aux cris de madame de Langey pointèrent leurs fusils du haut de sa fenêtre enflammée. Mais Tio-Blas avait disparu; les ombres de la nuit gardaient seules le secret de sa route.

XVIII

Le numéro 143.

« Tel est le sort qui t'attend, » me dit la reine en me montrant l'homme qu'on battait.

(HÉLÈNE DE TOURNON.)

Huit mois s'étaient passés depuis cette scène, assez terrible pour laisser dans l'âme de madame de Langey une trace ineffaçable.

L'habitation de la Rose regrettait toujours le même maître, absent et retenu en France par d'indispensables devoirs; mais elle avait l'honneur de posséder le même gérant, M. Joseph Platon, le plus vertueux et le plus borné des mortels.

Comme tout bon économe doit le faire, M. Joseph Platon tenait un registre exact de ses nègres; ce registre lui eût fait honneur assurément près de M. de Boullogne, car il dénotait un esprit d'ordre peu commun.

Imaginez en effet un vrai livre d'histoire dans toute l'acception du mot, une sorte d'Encyclopédie biographique où la naissance et la mort de chaque noir se trouvaient cotées scrupuleusement à côté de celles des animaux domestiques, des clous, de l'huile, du suif, des houes, serpes, haches, harnois,

voitures, denrées et autres objets. La régularité candide de
M. Joseph Platon allait jusqu'à écrire ses pertes comme ses pro-
fits, les dégâts des noirs et leurs bons services, leurs friponne-
ries et leurs beaux traits.

De la sorte, le registre de M. Joseph Platon eût pu fournir
une ample moisson d'observations morales au philosophe, les
bons et mauvais points du digne archiviste étant toujours ac-
compagnés de réflexions en marge et d'annotations caracté-
ristiques :

« Pompée (nº 104). — Excellent sujet. — Il n'a passé aux verges que dix-huit fois. — Aimant le tafia et ses devoirs, il eût
fait un excellent douanier.....

» Adonis (nº 5). — Gaillard né pour la cuisine. M. Printemps
l'honore de son estime. Il *étique* deux mulets en un quart
d'heure.....

» Benjamin (nº 122). — Fort mauvais sujet. Il s'est fait marron
parce que son commandeur lui avait refusé du suif ; pour
échapper aux recherches, il s'est plongé dans la rivière de
l'Arbonite, où il a échappé aux recherches en se cachant la
tête sous une grande feuille d'arbre.

» Un, deux, trois, quatre, cinq..... reprenait Platon en addi-
tionnant sur ses doigts. Ci-contre, ce mois-ci, vingt-six noirs
morts à l'hôpital, six d'enfuis et quatre.....

— Voilà un joli compte à présenter, s'écria-t-il en s'interrompant lui-même tout à coup et en écrasant de fureur sa plume
contre son papier. Que va dire monsieur de Lassis l'intendant ?
Depuis que cette damnée marquise nous est tombée des nues à
la Rose, tout me va de mal en pis. Je le lui disais bien l'autre
jour, — comme je vous le dis là, mon cher monsieur Printemps : — « Madame la marquise, vous les tuez, vous les ex-
terminez, ces malheureux ! » Que diable ! on a beau être nègre,
on n'est pas de fer, n'est-ce pas monsieur Printemps ? — Qu'a-
t-elle donc fait ? — C'est du joli ce qu'elle m'a fait ! Écoutez cela,
vous qui êtes disciple de Comus, comme disent MM. Vadé et
Piron, deux agréables chansonniers... Vous serez d'abord disposé à l'excuser en faveur du motif ; mais vous ne tarderez pas
à voir sa perversité... Il faut qu'elle soit grande, puisque vous
m'en voyez malade et gardant le lit... Vous savez, mon cher,
que depuis la mort (mort bien heureuse !) de Poppo, son singe,
elle l'a fait empailler ; mais ce que vous ignorez sans doute, ce
que je vous ai toujours caché, c'est que c'est moi qu'elle avait

chargé de cet office!..... Me choisir! moi, son ennemi *personnel*!
Mon titre de naturaliste m'a valu cela, mon cher! Donc, après
avoir empaillé Poppo de mon mieux, il y a huit mois, je le lui
portai..... Je ne saurais vous peindre toute mon émotion, Printemps : je voyais encore mon infortuné perroquet jonchant le
parquet du salon de ses plumes jaunes et rouges, ce même perroquet, vous le savez, qui disait si bien le nom de *Rosette*, ma
femme!.....

Ici Platon s'essuya l'œil gauche du coin de sa couverture.

— N'importe..... c'était mon devoir, je présentai le hideux
magot à la marquise. Jamais, mon ami, je ne l'avais trouvé si
laid : deux yeux verts d'émail, posés par moi dans ses orbites,
donnaient une expression de Caligula à sa figure; ses pattes
osseuses et velues, clouées solidement par moi à la planchette,
avaient l'air de vouloir se lever encore sur mon innocent vola-
tile !.... La marquise le reçut cependant comme on recevrait un
oncle d'Amérique ; Saint-Georges et monsieur Maurice le placèrent
dans sa berline inoccupée jusque-là..... — Il n'y a rien encore
de tragique en tout ceci, dit monsieur Printemps aspirant une
prise de Virginie..... — Attendez. Vous n'avez pas oublié que,
durant sa vie, le monstre était friand au dernier degré de tortues fraîches..... Il les pourchassait sans s'inquiéter seulement
des caïmans de l'Ester. La preuve de ceci, c'est que sa gourmandise a causé sa mort et que le ciel, ou plutôt je ne sais quel
aspic intelligent, nous en a délivrés. Eh bien! mon digne ami,
croiriez-vous que toutes les semaines, depuis ce jour, mes négrillons battent l'eau de l'Ester pour le bon plaisir de la marquise, chez laquelle ce goût s'est déclaré? Oui, mon cher monsieur Printemps, son plus grand bonheur est de voir mes nègres
pêcheurs descendre pour chercher dans l'eau ces quadrupèdes
ovipares dont vous faites de si excellents bouillons, et que,
vous le savez, on surprend rarement à terre..... Le seigneur
Poppo, ou plutôt son horrible squelette empaillé, est habillé le
matin de dentelles, comme s'il vivait encore, et du fond de
sa berline il regarde cette belle pêche d'un air de roi..... Or
vous n'ignorez pas, Printemps, que si la marquise a hérité de
cet amour singulier de son singe pour la chasse de la tortue, le
caïman, personnage assez vorace de son fait, n'y renonce pas
pour cela. Donc, pas plus tard qu'avant-hier, en se livrant à ce
dangereux plaisir par ordre de madame la marquise, quatre de
mes négrillons effarouchèrent la femelle d'un caïman, surprise

au milieu de ses œufs, et la firent crier... A l'instant les malheureux en virent une véritable armée accourir de tous les
points et fendre l'onde en silence, si bien que monsieur le marquis Maurice s'est blotti d'effroi contre son ami le mulâtre. Mes
noirs voulaient fuir, mais le plaisir de la marquise aurait été
incomplet; elle était alors dans sa calèche avec monsieur de
Rohan, notre nouveau gouverneur, qui cria aux nègres de
continuer et lança lui-même le harpon au milieu du groupe...
Ce harpon rebroussa, et ce fut alors une épouvantable bouche-
rie..... Les caïmans avaient glissé adroitement sous l'eau, monsieur Printemps, ni plus ni moins que je glisse ma main sous
cet oreiller; mais rassemblés en embuscade au milieu de ces
laîches très-fourrés, ils se jetèrent bientôt un à un sur leurs victimes. Vainement les hommes de notre suite leur lâchèrent-ils
une bordée de coups de fusil; le jour baissait, et nous n'enten-
dîmes plus bientôt que le bruit aigu de leurs dents..... Puis la
berge reprit son silence.....

Quatre négrillons de perdus, monsieur Printemps, et le tout
pour un dîner!

— Il est vrai que la marquise ferait mieux de ne pas s'occuper elle-même de sa table, monsieur Platon, cela regarde son
maître d'hôtel..... — Aussi, rassurez-vous, vais-je les porter à
son compte sur mon registre..... Car enfin il n'est pas juste,
s'écria le gérant portant la main à son magnifique bonnet de
coton avec un geste désespéré, il n'est pas juste que ces quatre
noirs me retombent sur le dos.

Et il écrivit :

« *Item*, ci-contre, pour le compte de madame la marquise,
bouillon de tortue. . . . . quatre nègres. »

— Vous avez là une page blanche, reprit le maître d'hôtel,
c'est le n° 143. — Si fait, il y a le nom; lisez plutôt : « *Saint-
Georges*, venant de l'habitation des Palmiers, à la Guadeloupe....» Je n'ai rien à faire avec celui-là, vous le savez bien....
C'est le protégé de la marquise, mon disciple! un gaillard qui,
si l'on n'y prend pas garde, sera bientôt élevé sur un pied parfait d'égalité avec le jeune marquis. Il était jadis sous ma domination exclusive. Mon Dieu, oui! je pouvais le faire passer
aux verges quand bon me semblait, sans la permission de cette
madame la marquise; mais bast! à présent il ne faut pas un
geste que madame d'Esparbac ne s'extasie et que monsieur
Maurice ne se roule par terre, en lui criant : « Bravo! Jean!

mon jaune! » Tenez, vous ne le voyez plus venir dans vos cuisines, j'en suis sûr..... — Vous avez raison, le voilà un vrai *monsieur*..... Il partage les jeux de monsieur Maurice, il a même l'audace de réussir comme si c'était un vrai créole! Le maître d'escrime de monsieur le marquis me disait l'autre jour qu'il n'avait jamais vu un poignet si vigoureux; il l'a jeté par terre deux ou trois fois. — Sans compter, monsieur Printemps, que je lui ai inculqué, voyez-vous, de ces airs distingués auxquels on reconnaît le professeur, dit Platon en s'apercevant que le maître d'hôtel ne lui faisait pas assez d'honneur de Saint-Georges; c'est le produit naturel de ma conversation, je le sais, mais je suis certain que cela a mis en tête au mulâtre une foule de billevesées. Je vous déclare toutefois, mon ami, que ce serait à mon corps défendant que je le ferais punir si la marquise me l'ordonnait..... Je n'ai point voulu annoter ses beaux faits sur mon registre, parce que cet enfant est vraiment un être à part et que je le considère comme un ami de cœur qui a longtemps battu mes pantalons et mes casquettes... Du reste, pendant que vous me tournez mon infusion d'orangers, secourable monsieur Printemps, vous allez sans doute le voir venir, car je l'attends pour me faire la lecture..... c'est le seul office qu'il ait conservé près de moi, son *ancien* maître!..... Justement j'ai là un nouvel ouvrage qui m'arrive de France, l'*Émile* de Jean-Jacques Rousseau, que monsieur Lassis m'envoie avec ce magnifique habit *prune-de-monsieur*. — L'habit est magnifique en effet, murmura le maître d'hôtel avec un regard de convoitise, les manchettes sont du meilleur goût. Mais le roman? — Ne voyez-vous pas que ce doit être un traité complet d'instruction élémentaire? Lisez le second titre : *De l'Education!* Il paraît que c'est un livre fort agréable... pour les professeurs. L'auteur a entrepris de démontrer à son élève l'astronomie sans sphère, la géographie sans cartes et la musique sans notes..... Quand j'étais aux gabelles, j'ai dévoré *la Nouvelle Héloïse*, du même auteur! Hélas! Rosette m'a cependant coûté plus de larmes que cette Héloïse! — Quant à moi, dit monsieur Printemps, en ma qualité d'ancien chef d'office du maréchal de Saxe, je dois vous dire qu'il y avait dans ma jeunesse un poëte du maréchal que j'affectionnais par-dessus tout, c'était monsieur Dorat, un capitaine de dragons..... — Je me le rappelle fort bien, un petit sec, poudré, avec lequel j'ai eu un jour une discussion à la barrière..... Il s'étonnait, le petit monsieur, que j'osasse le fouiller, et menaçait de porter plainte à monsieur d'Argenson. — Il lui est arrivé un bien bon tour à ce monsieur Dorat chez le maréchal, et je suis sûr que vous ne le connaissez pas, Platon ! Malheureusement, continua le maître d'hôtel en tirant sa montre hors de son gousset, il est trois heures, et il faut que j'aille visiter les cuisines..... — Et moi donc, si vous saviez quelle récréation m'attend ! il faut que dans une demi-heure je regarde administrer des coups de fouet, du haut de cette fenêtre, à deux imbéciles d'esclaves, un mulâtre et une mulâtresse, ma foi, qui ont manqué de respect à monsieur Gachard ! — Comme si ce gros financier n'avait pas assez de commandeurs chez lui pour exécuter ses ordres ! — Dites ceux de madame la marquise, Printemps ! ce mulâtre et sa femme, le 141 et le 142, sont de l'habitation de la Rose. Je ne sais quelle brèche l'énorme lovelace du nom de Gachard a voulu faire à leur ménage, mais le mari s'est fâché, et il a osé dire qu'il empoisonnerait monsieur Gachard... Pour ce crime, si vous ne le savez pas, je vous l'apprends, l'exposition au soleil et la *quarantaine* entre eux deux. Vingt coups pour chacun... fit-il en montrant le fouet pendu au mur. Ils se disent mariés, ils partageront. — Respect à la loi ! monsieur Platon, c'est trop juste ; mais je ne veux pas voir l'exécution à cause de la mulâtresse... mademoiselle Finette, que j'adore comme une reine, est de cette couleur..... — Bon ! vous voilà devenu sensible parce qu'elle vous a donné dans l'œil ! Si mon ex-épouse, madame Platon, dite Rosette, avait eu le fouet d'un nègre commandeur en perspective, elle n'eût point trahi ses devoirs et fût restée blanche comme le linge qu'elle repassait !

La conversation de ces deux sublimes personnages fut interrompue bientôt par les notes d'un air lent et mélancolique qui s'approchait de leur oreille en franchissant chaque pas de l'escalier. Cet air à deux voix gardait l'empreinte naïve de toutes les chansons créoles ; il eut le pouvoir d'arracher M. Joseph Platon à certains calculs d'agronomie que, malgré sa fièvre, il se croyait forcé d'entamer. La porte s'ouvrit, et la jolie Finette bondit joyeusement jusqu'au milieu de la chambre avec Saint-Georges.

Ils étaient tous deux aussi rayonnants, aussi élancés que deux jeunes palmiers saluant le premier soleil ; leur poitrine haletait ; ils venaient d'arpenter à la course une longue avenue de tamarins bordant les hattes de la case.

Si bien qu'à son madras coquettement chiffonné, à son air d'autorité féminine sur le jeune mulâtre, à certains embrassements espiègles donnés et rendus en entrant dans cette chambre, M. Printemps, le vertueux prétendu de mademoiselle Finette, ne put s'empêcher de froncer le sourcil d'un air jaloux.

— D'où venez-vous ainsi, mes jeunes ramiers? murmura M. Platon d'un air moitié sévère, moitié curieux. Mademoiselle Finette a sa jupe blanche déchirée par les broussailles ; et vous, mon élève, vous avez encore votre fusil armé, et vous ne me rapportez pas même un *bidibidi*[1] ce matin! — Mon cher maître, répondit Saint-Georges, vous êtes à la diète, il faut vous le rappeler. Ma mère Noëmi, qui s'est faite votre docteur, ne vous a-t-elle pas recommandé les boissons chaudes? Je vous lirai un chapitre de ce livre, si vous voulez? — Au diable la lecture! Que votre mère se connaisse en tisanes, mon cher Saint-Georges, je ne dis pas le contraire, je me résigne aux siennes pour guérir ma toux et ma fièvre (diable de fièvre que j'ai attrapée l'autre jour à cette expédition des tortues aux bords de l'Ester!). Mais que la marquise n'envoie pas demander seulement de mes nouvelles!... — C'est ce qui vous trompe, monsieur Platon, nous venons tous deux en son nom vous assurer de toute la peine que lui cause votre maladie... Elle m'a chargé aussi de vous annoncer une nouvelle!... Monsieur de Lassis s'en vient passer trois mois à Rose; il arrive à la fin de cette semaine... — Monsieur de Lassis arrive sans m'avoir prévenu, s'écria Platon d'un air étonné et en laissant retomber sa tête sur l'oreiller d'un air de profond abattement... On veut donc ma destitution! — Voudrait-on la mienne aussi? continua M. Printemps en se rapprochant du lit du gérant, qui se regardait d'un air alarmé dans un petit miroir de poche.

Tout d'un coup il écarta violemment sa couverture et s'élança du lit, couvert d'un simple culotte de nankin.

— Ah! ils veulent ma mort! grommela Platon. Eh bien, je m'en vais les satisfaire, je me jetterai par la fenêtre, Printemps, je serai le Decius des économes!

Et de sa main furieuse M. Platon poussa les verroux de sa fenêtre. Il ressemblait à Don Quichotte plus qu'à Decius.

— Qu'allez-vous faire, monsieur Platon? s'écria douloureusement le maître d'hôtel en le retenant par sa culotte. Vous n'a-

[1] Râle.

vez pas de reproches à vous faire, vous êtes comme moi un homme intègre! Monsieur de Lassis verra nos livres. — Ne venez-vous pas d'entendre, Printemps, qu'il arrive dans le mois le plus désastreux, un mois de malheur, un mois de pertes? Monsieur de Lassis ne m'aime pas, je le sais, il a ses créatures, Printemps. — Calmez-vous; monsieur Gachard a beaucoup d'empire sur lui, et vous allez faire dans quelques secondes une chose agréable à monsieur Gachard. Il est bientôt la demie, continua le maître d'hôtel à voix basse en tirant sa montre... — Je vous comprends, il faut me montrer au peuple, on n'arrive au crédit que comme cela... Veuillez prévenir de ma part le nègre commandeur qu'il se rende à son office. Il est en bas sous la cloche de la cotonnerie... — C'est cela, et malgré la fièvre, faites bonne contenance, monsieur Platon, dussiez-vous mettre du rouge... Les coupables vont se voir amenés dans cinq minutes, et monsieur Gachard sera prévenu. — Quel état que celui de gérant de la Rose! continua Platon en s'enveloppant d'une robe de chambre à fleurs et en chaussant ses pieds de superbes pantoufles rouges, quel état! je regrette le port de Bercy! Et toi, que fais-tu là, messager de malheur? dit-il à Saint-Georges, qui montrait à Finette un cadre de papillons. — Je montrais à Finette ces beaux scarabées que nous avons pris ensemble; vous savez, monsieur Platon, répondit le mulâtre avec un accent ému, quand, au lieu de me punir comme les autres, vous me faisiez chasser pour votre table du matin au soir... — J'espère que te voilà satisfait à cette heure, Saint-Georges, reprit Platon d'un air de brusquerie inaccoutumée, rien ne te manque. Tu feras bien, mon garçon, de ne pas faire de bêtises dorénavant, tu serais soumis au joli traitement que tu vas voir! — Qu'est-ce donc, monsieur? dit Finette en voyant Platon saisir à la muraille son long fouet. La voix de la mulâtresse était suppliante. — Rien, reprit le gérant; seulement, comme j'ai la fièvre, avance-moi ce fauteuil, Saint-Georges.

Le mulâtre obéit; M. Printemps, qui était sorti l'intervalle d'une seconde, remontait l'escalier tout essoufflé.

— Entendez-vous la cloche? dit-il à Platon, le Gachard et madame de Langey sont là sous votre fenêtre. Le Gachard en beau gilet mordoré et en grand habit pluie de paillettes, la Langey avec son parasol, sous lequel monsieur de Rohan lui conte sans doute quelque ravissante histoire... — Cela est vrai! s'écrièrent simultanément les deux enfants. Et quel flot de monde, bon Dieu! c'est un spectacle! Tous les bourgs sont accourus!

De l'appui de cette fenêtre, d'où la tête grotesque de Platon ressortait alors armée de son casque à mèche comme celle d'un proconsul, il put voir bientôt le terrain fauve qui s'étendait devant lui rempli d'une foule de noirs et de créoles. Le mulâtre et la mulâtresse apparurent bientôt, conduits par un commandeur; c'étaient le 141 et le 142 qui allaient subir la quarantaine de coups exigée. M. Gachard, la main appuyée sur sa canne à bec de corbin, lorgnait la femme d'un air satisfait et avec cette sorte de joie lascive que les peintres donnent aux satyres. Cette créature, presque aussi belle que Finette, avait tout au plus seize ans, le mulâtre était du même âge. On le tourna bientôt vers le soleil le plus ardent, une pierre fort lourde posée en travers sur sa tête. Là, durant l'espace de quatre minutes, le bras du commandeur le força de se baisser et de se relever successivement. Ses genoux fléchissant de lassitude sous ce fardeau, on l'attacha au poteau, la tête peu à peu inclinée sous la grande pierre, si bien que la sueur ruisselant de ses membres baignait le sable autour de lui. Vingt coups mesurés retentirent bientôt sur cette peau brune et luisante, que le sang ne tarda pas à marbrer de ses sillons rouges. Le col renfoncé dans les épaules sous l'impitoyable chapiteau qu'il soutenait, le mulâtre ne poussa pas un seul cri... Pour sa femme, elle ne put supporter aussi courageusement un pareil supplice... Aux cris horribles de cette malheureuse, Saint-Georges se sentit ému; par un mouvement instinctif, Finette et lui se jetèrent dans les bras l'un de l'autre avec des larmes... Les lèvres de Finette tremblaient, celles de Saint-Georges étaient mouillées d'écume; c'étaient deux esclaves de leur couleur qui venaient d'être frappés... Ce terrible retour sur lui-même semblait avoir éteint toute force au cœur du jeune homme... Finette et Saint-Georges se regardaient enfin comme deux naufragés suspendus à la même planche, une même condition de mort pesait sur eux. Cette exécution sinistre, si commune cependant aux colonies, ils venaient de la voir avec des sens plus sûrs, plus subtils, plus éclairés! Sous la soie et la dentelle qui le couvraient, Saint-Georges retrouvait ce même corps sur lequel le fouet du commandeur s'était levé; le matin encore sa jeune imagination rêvait la liberté, le bonheur; cet affreux spectacle le rejetait violemment dans l'esclavage.

Heureusement pour lui et pour ses enfantines illusions, il ne vit point madame de Langey riant du bout de ses lèvres roses à M. le gouverneur et lui montrant à la fenêtre la figure de son gérant immuable comme la loi.

Lorsque M. Platon referma la fenêtre et baissa les stores, une main passait délicatement sur les épaules de Saint-Georges; c'était celle de Noëmi.

Les yeux de cette mère étaient sans larmes, elle avait bu déjà bien d'autres douleurs et d'autres supplices. Elle pressa le mulâtre contre sa poitrine quand il partit et recoucha elle-même l'honnête M. Platon, dont la fermeté romaine avait, on le pense bien, rallumé la fièvre. Il se renfonça dans le lit après s'être mis sur la conscience un chapitre de *Jean-Jacques* sur le maître et le disciple, et d'une main affaiblie comme celle de Sylla mourant il écrivit le supplice de ses deux numéros 141 et 142 sur son registre.

Le nom de Saint-Georges était inscrit, on le sait, sous celui qui suivait, — le 143!...

XIX

Un fils de bonne maison.

> — Je veux un œuf.
> — Mon fils, il n'y en a pas.
> — A cause de cela, j'en veux deux!
> (*Un enfant créole.*)

Cependant la vie que Saint-Georges partageait depuis quelque temps avec Maurice eût convenu à un véritable enfant de cacique.

Cette vie datait de la nuit fatale où le jeune mulâtre avait tué la couleuvre; les impressions de la marquise, si fugitives d'ordinaire, avaient, il faut le croire, plaidé cette fois pour Saint-Georges; ce qu'il y a de certain, c'est que peu à peu sa condition s'était améliorée au point de n'établir entre Maurice et lui que la seule différence de la couleur. Ils s'aimaient donc tous deux comme peuvent s'aimer, sous le ciel des Antilles, deux jeunes et belles plantes, comme on s'aime quand l'amour ou l'ambition ne sépare pas, que tout est jeu, plaisir, découverte naïve autour de vous.

Les jouissances du luxe rassemblées autour de Maurice furent la première chose qui étonna le mulâtre. L'ajoupa qu'il habitait avant ce jour était sombre et triste, il y dormait sur le so-

ou sur des nattes pourries ; retenu près de sa mère, il y regrettait souvent le jour et l'espace. Là, une misérable
ruelle pour horizon, quelques fleurs rongées du soleil sur le
bord de la fenêtre, le fouet du commandeur incessamment levé,
la laideur physique de ses frères et leur laideur morale souvent
plus affreuse encore, tel était le journalier spectacle offert aux
yeux de Saint-Georges. Ici, au contraire, toutes les émanations
du bien-être, de la richesse, du raffinement en fait de vie. Il
partageait tout avec le jeune marquis, la crème parfumée de
l'attier offerte à ses lèvres, les sucs de l'orange, les mets exquis, la chambre spacieuse, les études et les plaisirs. C'était un
bouleversement complet dans son existence, il se croyait transporté dans un monde tout nouveau, peu s'en fallut qu'il ne
ployât le genou devant madame de Langey ; qui lui adressait,
toutefois fort rarement, la parole. Madame de Langey ne lui
avait-elle pas ouvert le paradis ?

Maurice s'éprit bien vite de son cher *jaune*, comme il l'appelait ; c'était nous l'avons dit, l'amitié innée du faible pour le
fort, comme celle de Saint-Georges résidait dans le sentiment
secret de la protection. A le manier, en effet, entre ses bras
rudes et forts, à le porter sur son lit ou sur la selle de son
cheval, le mulâtre avait senti qu'il fallait à ce pauvre enfant
un tuteur actif, une sorte de garde du corps, tant le jeune marquis avait la fibre molle et débile, tant la faiblesse de l'enfance
menaçait de se prolonger chez lui, ne fût-ce que par la mollesse, au delà des temps voulus. Dès le matin, Saint-Georges se
trouvait levé avant Maurice, écartant déjà de son réveil les
contrariétés pénibles et se soumettant à ses moindres fantaisies.
Ses premières idées avaient été celles d'un serviteur, peu à peu
il entrevit qu'il pourrait devenir maître avec cet être pâle qui
avait passé six ans par les mains des femmes. Les maîtres du
jeune marquis lui déplaisaient comme tout maître déplaît à cet
âge : ce fut donc à Saint-Georges qu'ils profitèrent. Plus avancé
que Maurice dans la vie corporelle, façonné de longue main
aux exercices gymnastiques, le mulâtre eut peu à faire, en vérité, pour réussir. Le fruit de la science arrivait trop tôt pour
l'appétit de Maurice, appétit indolent et que l'âge n'avait pas
d'ailleurs développé ; au rebours du fils de madame de Langey,
Saint-Georges se trouva merveilleusement apte à en pomper
tout le suc. Le maître à chanter, le maître de danse, le maître
d'escrime, tout cela était alors donné à un jeune homme bien

né presque au sortir du berceau; Saint-Georges ne tarda pas à
délivrer Maurice de l'ennui et de la fatigue de ces études, fatigue réelle pour un aussi faible élève que le jeune marquis, il
les accepta pour lui de façon à y faire de véritables progrès.
Maurice était enchanté, car il se trouvait ainsi exempté de ce
qu'il ne devait guère entrevoir que comme une tâche; Maurice.
c'était l'enfant créole dans toute l'acception du mot, servi, prévenu, gâté avant même qu'il pût connaître l'empire de la couleur blanche. Maurice allait avoir sept ans, Saint-Georges en
comptait treize; cela eût établi une grande différence entre
eux s'il ne fût pas entré dans la destinée du créole de demeurer
toujours frêle et maladif, comme dans celle du mulâtre de rester jeune, vigoureux. D'ailleurs aucun d'eux ne pouvait encore
réfléchir à cette légère distinction physique. M. le marquis
Maurice, ne s'occupait, en vérité, que d'une chose, de mettre
ses mutineries et ses révoltes contre ses maîtres à couvert sous
la bonne conduite de Saint-Georges. Le mulâtre ne le quittait
ni jour ni nuit, soit qu'il voulût se promener par les jardins
quand le vent tombait de la crête parfumée des mornes, monter à cheval, se baigner; soit qu'il lui fallût prendre ses leçons
devant sa mère. Ce jour-là seulement les maîtres de Maurice se
croyaient obligés de se *soigner*, de perler leurs phrases et d'insinuer avec adresse au marquis les demandes et les réponses.
Madame de Langey écoutait ces exercices d'un air insouciant,
l'éducation d'un enfant de qualité consistant plutôt, pour la
marquise, dans un certain ordre d'idées toutes faites que dans
la véritable route du progrès. Toute autre femme que la marquise eût été blessée au cœur en voyant le mulâtre répondre
alors mieux que le marquis, son orgueil maternel s'en fût
alarmée; mais il y a des servitudes si établies que les rayons
d'intelligence qui s'en échappent vous rendent à peine jaloux;
il fallait être mademoiselle de Breil [1] pour lever les yeux sur
Rousseau le laquais, et puis Rousseau le laquais n'était pas
mulâtre!

Madame de Langey n'exigeait qu'une chose des précepteurs
de Maurice, c'était que l'étude, et particulièrement les exercices
du corps, n'altérassent point sa santé. Cette santé madame de
Langey avait dans son esprit le droit de la faire passer avant
toutes choses; n'était-ce pas en effet sur l'existence de ce fils que

[1] *Confessions*, livre III.

tout l'échafaudage de sa fortune reposait? Ce fils tant choyé,
n'en devait-elle pas compte à M. de Boullogne, et cette pensée
ne devait-elle pas dominer son système d'éducation?

L'indolence maternelle des créoles est chose connue, celle de
la marquise s'expliquait, du reste, naturellement par la multitude indigeste de professeurs donnés à Maurice. L'emploi de ce
honorables commensaux de madame de Langey avait été sim-
plifié par eux au point de n'imposer à Maurice qu'une heure de
leçons par jour; ils passaient le reste du temps à la pêche ou à
la chasse, plusieurs s'oubliaient même dans la compagnie des
mulâtresses. Ils ne se faisaient faute de donner du *marquis*
tout le temps à travers le nez de Maurice, qui en revanche les
traitait comme de véritables nègres. C'était pour l'enfant des
machines animées sur lesquelles il piétinait, il en tirait des
sons distincts appropriés à ses caprices. Ses colères impérieuses
plaisaient à madame de Langey, parce qu'elles lui semblaient
annoncer de l'énergie; mais comme il n'avait qu'à vouloir pour
obtenir, il ne tardait pas à retomber dans son insouciance et
son état de langueur habituelle. En réalité, Saint-Georges était
devenu à peu près son maître véritable, il l'excitait ou il l'a-
paisait à son gré.

Rarement entre eux un dissentiment, une querelle... Le mulâtre, emporté dans le cercle des moindres fantaisies de Maurice, s'y laissait aller avec une ardeur qui en relevait le but et
en faisait pour lui de salutaires études. Son merveilleux instinct
devinait tout les joies, les volontés, les ennuis de son compagnon; il y avait surtout chez Maurice une passion naissante
que Saint-Georges cultivait : cette passion, c'était l'orgueil. Lui-
même il trouvait d'abord un plaisir secret à la partager, elle
rejaillissait sur sa condition, elle le mettait à couvert de toute
insulte future. Il avait aussi pour cet enfant, confié à sa vigueur comme à une tutelle, des tendresses inexprimables. Souvent, en le berçant dans les soies de son hamac, il le regardait
avec une larme comme le chien regarde son maître... N'était-ce
pas à lui qu'il devait tout son bonheur?

C'en était un réel pour le mulâtre, je vous jure, que de se
trouver ainsi jeune, libre, accueilli sous les lambris dorés de
cette case! Il voyait ses pareils tournoyer autour de lui, mais ils
étaient tous marqués de ce sceau qui assimile en cette contrée
les esclaves aux bêtes de somme. Jamais la main d'un blanc
n'avait touché leur col nu, tandis que celle de Maurice lui éta.

douce aux sens comme à l'âme. Il serait un jour l'ami avoué de
cet enfant, s'il ne devenait son mentor; sa mère serait riche,
heureuse, exemptée du fouet, de la misère ! Déjà aussi d'autres
excitations inconnues faisaient battre le sang à ses artères,
déjà peut-être son imagination fougueuse rêvait-elle un bonheur
plus orgueilleux... Ses forces, que le climat avait développées
d'une façon si précoce, lui donnant la conscience de sa valeur,
il allait peut-être au-devant de certaines idées qui, pour tout
autre individu de sa nature, eussent paru hérissées d'insurmontables obstacles. A l'âge de treize ans, les rêves d'un créole ne
sont plus chastes, il porte dans son cœur tous les germes de
cette passion dévorante que le soleil détache bien vite de ses
limbes et de ses ombres! Or, puisqu'il faut le dire, Saint-Georges aimait, ou plutôt il adorait quelqu'un, l'amour chez les
natures rabaissées étant un culte jusqu'à ce qu'il s'élève à la
hauteur d'une puissance.

Affranchi dès l'abord, par sa condition actuelle chez madame
de Langey, de toutes les humiliations qui entourent aux colonies l'homme de couleur, il avait concentré son âme en un
seul rayon, en une seule pensée...

Deux femmes, deux images se mouvaient perpétuellement
autour de lui, passant et repassant sous ses yeux comme deux
sirènes. Sur laquelle des deux avait-il levé le premier regard
de son cœur ?

XX

Amour.

> Aimer, c'est oser!
> (*Devise.*)

Finette, on le sait, avait un certain tendre pour le mulâtre.

Comme lui, dorée par les reflets du soleil ardent des îles,
comme lui, jeune et joyeuse malgré sa chaîne, Finette, beauté
africaine, pétrie de grâce et de volupté, vengeait assez la classe
des esclaves par l'animation piquante de sa nature.

Tout chez cette fille était souplesse, relief et séduction. De
belles dents blanches encadrées de lèvres aussi pourpres que
la grenade, lèvres fortes et bombées comme celles des mulâtresses, des contours fermes, nerveux, un regard abattu délicieusement, ou ranimé tout d'un coup par je ne sais quel éclair

illuminant sa prunelle, une taille d'Espagnole obtenue par elle seule et sans le secours de la basquine, une agacerie merveilleuse dans le tour de la coiffure, une jambe modelée comme celle d'une Vénus brune, et par-dessus tout un air de séve et de jeunesse imprimé à sa beauté, tout cela c'était Finette!

Finette! c'est-à-dire une créature formée pour désespérer une créole qui l'eût rencontré sur le chemin de son amour, pour soulever en elle tous les tourments que la jalousie et la rivalité font naître; Finette, fleur du désert pleine de vénusté sauvage, de gazouillements frais et infinis, s'ignorant elle-même, l'ingénue! et cependant amoureuse sans le savoir, car Finette aimait Saint-Georges!

Elle l'aimait comme Suzanne aime Chérubin, le page de la comédie. Chérubin le folâtre, Chérubin l'impétueux, Chérubin l'adolescent, qui cherche la place de son cœur, n'est-ce pas, dites-nous, l'inévitable creuset dans lequel tout amour naissant doit prendre forme? Mais qu'est-ce que Chérubin, cet enfant hardi, civilisé, conduit par la main jusqu'aux genoux des grandes dames, près de ce sauvage de treize ans qui raconte timidement son âme à Finette? La mulâtresse l'écouterait-elle longtemps avec la patience charmante de Suzanne, si elle pouvait croire que ce fût à sa maîtresse qu'il songeât? Cela est pourtant l'exacte vérité; Finette n'est que confidente, confidente à son insu, car il n'y a personne à qui Saint-Georges dirait ce fatal amour!

Amour fatal en effet, amour désespéré que celui du jeune mulâtre! Amour qui ne lui laisse pas même le temps de songer aux douces sympathies de Finette, à ses caresses, à son affection de sœur, qui se fait jour par mille côtés! Amour qui lui est venu enfin comme un incendie qu'allume le vent, et qui dans cette âme vierge, ouvrira la voie à tant de blessures nouvelles!

Reportez vos regards sur la vie du jeune mulâtre. Finette est de sa couleur, et madame de Langey est pour lui la femme d'un nouveau monde, une blanche, une adorable vision! Elle se l'est attaché comme la sultane s'attache l'enfant du sérail, le muet vendu dans un marché. Tout le jour elle pose devant lui, elle rit, badine, et se fait porter à son bain jusque sous ses yeux. Il assiste à sa toilette, la voit se déganter après le bal; en l'absence de Finette, il agite l'éventail sur son col nu. Quand elle monte à cheval, c'est lui qui place son pied dans l'étrier, c'est lui encore qui la couche dans son palanquin suivi de dix nègres.

Exempte devant lui de toute délicatesse de pudeur, — car il n'est qu'une chose, un marbre, — la créole agit comme s'il n'était pas là, elle ne s'entoure d'aucune précaution, d'aucun voile. Elle se livre à la fois, à la vivacité, à la mutinerie, à l'indolence. Pourquoi réprimerait-elle les mouvements divins de sa nature devant cet esclave? Elle s'est vouée, depuis que son deuil est fini, à tous les périls amoureux de cette société nouvelle; elle vit sans alarmes au cœur de la colonie, où règne une végétation de vices. M. de Boullogne doit l'y laisser encore un an. Les jeunes capitaines lui baisent la main, les vieillards murmurent des flatteries intéressées autour d'elle. Saint-Georges voit tout cela, ces regards, ses caresses, ces séductions. Il la voit avec sa candeur de jeune homme, avec ses sens de mulâtre. Son cœur bondit au-devant d'elle chaque fois qu'elle passe; ne lui suffit-il pas qu'elle soit libre et lui esclave, pour mesurer déjà la distance avec ce coup d'œil téméraire qui n'appartient qu'aux âmes jeunes? Elle même, vous l'avez vu, attise le feu. Elle ne s'inquiète ni de ce regard trop vif, ni de cet amour concentré comme la lave. La créole ne doit voir que ce qui est blanc; le jaune ou le noir, voilà pour elle une couleur négative!

Aussi, que lui importent les pas inquiets d'un pareil amour, ses folies ardentes, sa fièvre? Voit-elle le mulâtre prosterné le soir sur la natte que ses pantoufles ont touché, baisant cette place et la rebaisant vingt fois, s'enivrant des émanations d'un voile oublié, d'une robe ou d'une mante suspendue? il rit, il pleure, il prodigue aux meubles épars de sa chambre des caresses insensées. Le voit-elle, haletant des mille rêves de sa nuit, sortir le matin sous la première brise qui tombe des mornes pour aller rêver devant le bruissement des grandes eaux soulevées comme son âme? Les raffales distinctes du vent qui gémit ne sont-ce point ses soupirs? l'écume de cette mer, n'est-ce point le bouillonnement de sa pensée? L'image de cette femme le suit partout? sous cette enveloppe de beauté peut-il soupçonner sa froide nature? Hélas! comme la forêt de lianes qui pend sur sa tête, il la croit peuplée de tendres et doux murmures, il ne la sait pas insensible! Fasciné par son incroyable beauté, il la voit passer comme la reine de ses songes. La voilà à cheval, son voile vert flotte au vent, elle fend l'air balsamique de la plaine, elle cotoie la mer aux vagues phosphorescentes! Oh! si le pied du cheval pouvait glisser, si quelque reptile pouvait tout d'un coup surgir devant elle! Avec quelle joie, quel amour, Saint-Georges ne se lèverait-il pas pour la défendre?

Par un singulier hasard, le seul tableau qui ornât le salon de la marquise, c'était une toile de David Teniers, représentant *Saint-Georges le Martyr délivrant une princesse*. La scène avait lieu près de Silène en Afrique. Saint-Georges, tribun des soldats, était revêtu dans ce tableau d'une longue cotte de mailles; son pied droit posait sur la tête d'un dragon énorme dont les naseaux vomissaient la flamme. Un bois de lance brisé était fixé dans l'aile de l'animal, dont l'œil menaçant regardait encore la princesse destinée à lui servir de pâture. La couleur toute flamande de ce tableau, son nerf, son éclat, avaient fait la plus grande impression sur le mulâtre. Dans son esprit, cette belle souveraine, les cheveux nattés de perles, que son patron délivrait d'un si grand péril, c'était sa maîtresse, la noble marquise de Langey! Souvent le jeune homme considérait ce tableau et lui envoyait des baisers en l'absence de celle dont il lui retraçait l'image! Dorénavant toutes ses facultés ne tendaient qu'à un seul but, celui de vaincre la froideur de la marquise, d'enchaîner son attention. Cette fois, c'était un ravin qu'il faisait franchir à son cheval au risque de se tuer sur les bayaondes aiguës, un autre jour quelque buse effarée qu'il tirait en l'air, à côté de la berline, et qui venait s'abattre avec fracas dans ses roues. L'indifférence de madame de Langey pour tous ces tours d'adresse, entrepris dans la seule idée de lui plaire, était visible; elle regardait à peine, entourée comme elle l'était de discoureurs tendres et passionnés, de conteurs aimables, séduisants. La créole se penchait à peine hors de sa voiture pour donner un ordre, encore était-ce rarement à Saint-Georges que ce bonheur venait à échoir; en réalité il était nul, elle ne s'apercevait même pas qu'il l'accompagnât au milieu de ce cortége. Ce dédain résolu causait au mulâtre des tourments inexprimables. Il eût donné sa vie pour obtenir un regard, un mot, un éloge!... Alors s'élevaient dans son âme de sombres et d'orageuses pensées; une voix qu'il n'avait pas ouï jusque-là, lui disant qu'il valait mieux que tous ces hommes assidus près de la marquise, il relevait la tête avec fierté et se promettait son jour de vengeance.....

Chaque soir, il ne craignait pas d'escalader les pitons les plus escarpés pour aller chercher ces petites plantes épanouies tendrement sous l'œil de Dieu et rafraîchies par les abondantes rosées. Il les mariait aux pervenches rouges, aux fleurs du caprier à longues siliques, de l'amélie, du jasmin du Cap, au milieu desquels leurs aigrettes diaprées scintillaient délicatement.

Chaque soir aussi, depuis un certain temps, il déposait ces fleurs sous la moustiquaire de madame de Langey.....

La marquise, préoccupée du faste et des dépenses de M. le prince de Rohan, ne manquait pas de lui faire honneur de cette intention, en disant à sa mulâtresse :

— Monsieur de Rohan est vraiment un homme unique ! La cour de Versailles a eu raison de nous l'envoyer, car c'est un grand diplomate ! Il ne me dit rien de son amour... conçois-tu ?...

Puis après avoir respiré les fleurs, elle reprenait avec un demi-bâillement délicieux :

— Il faudra que je le fasse parler !

XXI

Le poisson sous l'ongle.

> « Mon gentilhomme, me dit-il, votre souper est prêt ; venez, s'il vous plait, vous mettre à table. »
>
> (GIL-BLAS.)

D'après ce qui précède, il devient nécessaire de dire ici quelques mots de M. le prince de Rohan [1].

M. le prince de Rohan, qui devait recevoir plus tard les ordres définitifs du roi, concernant le rétablissement des milices à Saint-Domingue, opération militaire dont le mauvais effet détermina son rappel ainsi que celui de M. de Fauveau, commandait alors au Port-au-Prince la partie de l'ouest, comme M. de la Ferronnais la partie du nord.

C'était un homme admirablement doué quant au visage et à l'extérieur, mais faible et violent à la fois comme le cabinet de France qu'il représentait. Le conseil de Versailles, qui espérait déjà se racheter par l'avarice et les prohibitions des pertes pro-

[1] Le prince Camille de Rohan (Rochefort), grand bailli de l'ordre de Malte. Il était frère du prince de Rochefort, le cousin germain du cardinal et l'oncle de la duchesse d'Enghien.

chaines que causerait au commerce et à l'administration publique l'indolence coloniale, semblait prendre plaisir à charger
alors ses préposés de multiplier dans l'île les fautes et les abus.
Si l'on considère que la colonie la plus importante à la fortune
et à la navigation françaises, la seule ressource peut-être de
l'une et de l'autre, Saint-Domingue, l'objet unique de l'ambition des Anglais, pouvait devenir à la première guerre le point
de mire sur lequel l'attention hostile de nos voisins se dirige-
rait, et qu'on ne faisait rien directement ou indirectement pour
sa conservation et sa défense, on concevra qu'un état de choses
semblable dût frapper le gouvernement français. Aussi parut-il
s'en alarmer à plusieurs reprises, mais la mission de ses principaux agents, hérissée de difficultés, amena la fermentation
par un mouvement trop vif, une ignorance absolue des localités, une présomption d'autorité qui devint funeste. Les exé-
cutions militaires des Cayes et du Port-au-Prince, commandées
par M. de Rohan, prouvèrent assez dans la suite que le ver ron-
geur qui attaquait Saint-Domingue existait plutôt dans l'anar-
chie imminente de sa législation que dans sa turbulence coloniale elle-même. La perfectibilité du gouvernement intérieur
était le plus essentiel des moyens à employer, ce fut le seul
qu'on omit.

La mollesse et l'incurie des délégués qui avaient précédé
M. de Rohan l'engagèrent, il faut le croire, dans cette inflexi-
bilité de caractère qu'il déploya. M. de Rohan, loin d'être un
esprit nul, avait déjà voyagé avec fruit avant sa mission à Saint-
Domingue. Rien ne lui paraissait mieux prouver l'influence
d'un gouvernement sur une population que les établissements
des Anglais dans l'Amérique. N'avaient-ils pas fixé depuis le
Canada jusqu'au Mississipi des peuples agriculteurs, naviga-
teurs, commerçants? Au lieu de s'affaiblir pour former ces colonies, la métropole n'était-elle pas devenue chez eux plus hardie et plus puissante, tandis que sur la côte méridionale l'Espagne épuisait sans fruit les générations de l'Europe et de
l'Inde? Les colonies anglaises étaient riches, celles de l'Espagne
se mouraient. Les hommes, le blé, l'industrie, croissaient abon-
damment dans les premières; l'ignorance, l'or et les soldats ne
servaient qu'à augmenter la misère des autres. Les Anglais
avaient fondé des villes, formé des provinces, établi des manu-
factures, des cours de justice, des écoles publiques, des courses
de chevaux, des concerts, des jeux; les Espagnols, après avoir

créé des tribunaux de conscience, des églises, des garnisons et
des forts, en étaient encore à demander aux entrailles du sol
un métal dont l'abondance détruisait chez eux la valeur. En
homme à qui le roi avait confié une partie de ses pouvoirs,
M. de Rohan avait étudié ces points de comparaison. La Cayenne
n'était certes pas une terre infertile; mais l'iniquité s'y étant
propagée une fois, la colonie n'avait pas réussi. La richesse ou
la pauvreté de Saint-Domingue dépendait-elle de la fertilité de
son sol ou de la nature de son gouvernement? Cette question
avait trouvé M. de Rohan très-fixé. Les mesures de ses prédé-
cesseurs lui parurent mauvaises; ce qu'elles avaient de pis à ses
yeux, c'était l'arbitraire; plusieurs avaient dépassé leurs instructions. Il veilla à ce que les siennes fussent précises, afin
que son attitude dans la colonie fût claire. Il ignorait que contre
l'incertitude des lois, le règne des gens oisifs et des gens mal-
honnêtes, il n'y a pas de remède possible.

M. le prince de Rohan arrivait donc dans la colonie avec les
intentions les plus fermes, il y fut obéi mais détesté. C'était une
chose trop extraordinaire à coup sûre que cette sévérité résolue
pour qu'elle n'excitât pas des murmures. M. de Rohan recevait
depuis quelque temps des lettres sous le voile de l'anonyme,
lettres qui n'étaient que des menaces. Il y était parlé à mots
couverts de ligues sourdes, de pièges, d'empoisonnements. Le
prince méprisa ces lettres, déterminé qu'il était à faire son devoir et à ne pas donner prise contre lui aux courtisans. Il résidait, nous l'avons dit, dans la partie de l'ouest, composée de
Léogane, de Saint-Marc et du Port-au-Prince. La plaine l'Artibonite était de sa dépendance, et à ce titre la châtelaine par *in-
terim* de la Rose, la belle marquise de Langey, le recevait souvent comme son maître et seigneur.

La physionomie de M. de Rohan conservait le caractère distinctif des portraits de sa maison, de belles lignes nobles, un
air impératif, une couleur pâle sillonnée de grandes veines
bleues; il avait de l'éclat dans le regard, les dents belles, les
façons hautes. On le disait présomptueux et magnifique, deux
choses qui, dit-on, plaisent aux femmes. Comme il fallait qu'il
y eût une ombre au tableau, on l'accusait seulement de leur
parler avec cette sorte de rudesse altière que les Rohan, qui ont
toujours prétendu au rang des maisons souveraines, se croyaient
peut-être en droit d'apporter dans leurs moindres faveurs.

A l'exemple de celle du prince Louis, le grand aumônier de

France[1], la demeure de M. de Rohan était devenue bien vite une demeure princière : il ne s'était pas endetté de plus d'un million comme le cardinal à son ambassade de Vienne, mais ses dépenses faisaient déjà du bruit dans la colonie. Les femmes le recherchaient parce qu'il avait au suprême degré le talent de ne pas les compromettre, il était réservé à l'égal d'un confesseur.

Entre toutes les autres, madame de Langey espéra beaucoup de M. de Rohan ; n'avait-elle pas au cœur certaines craintes trop fondées pour qu'elle pût les assoupir! ne savait-elle pas qu'elle courait elle-même de sombres dangers? Cette nuit terrible, nuit implacable, menaçante, où elle avait entendu Tio-Blas, se dressait incessamment devant elle comme un fantôme. En se mettant sous la sauvegarde de M. de Rohan, elle éloignait d'elle toute alarme : en l'attirant chez elle, c'était son propre asile, sa propre fortune qu'elle entourait d'un bastion inattaquable. M. de Rohan aimait le faste, la marquise était loin de le haïr, on le sait; il avait la réputation d'un homme discret et n'avait jamais *dit* hautement aucune femme. Ce manége artificieux convenait de tout point à madame de Langey. Comme elle avait passé sa vie à tâcher de ne pas aimer en dupe, elle alla au-devant des désirs secrets de M. de Rohan, trop décemment épris pour ne pas se taire, trop homme de cour pour ne pas l'attendre et la ménager. Ce furent, un mois durant, des airs de pruderie et de veuvage blessé qu'elle affecta; elle évitait les parties de cheval que pouvait lui proposer M. de Rohan, près de l'Ester, la rivière aux plis d'argent, bords charmants, dont les fleurs liées de joncs verts se retrouvaient depuis quelque temps dans le bouquet jeté sur son lit par une main inconnue!.... Quand on annonçait M. de Rohan, la marquise le recevait avec une froideur respectueuse; elle avait l'air de se mettre au clavecin seulement à sa prière, il fallait qu'on lui comptât toutes ses mesures de sévérité. La conversation prenait alors un tour de rigueur féodale qui semblait flatter la châtelaine au dernier point.

— Vous êtes sévère, marquise, disait ce soir là M. de Rohan; eh quoi! vous ne trouvez pas la punition de ce nègre espagnol suffisante! On m'a assuré cependant que ça avait été toute la nuit un rugissement de panthères autour de sa fosse!.... Tous

---

[1] Le cardinal, d'abord évêque de Strasbourg.

les noirs y venaient gémir et se rouler. — Ce n'était pas assez pour un misérable Espagnol! — Qu'est-ce, ma toute belle? interrompit madame d'Esparbac, survenue à pas de chouette au milieu de ce tête-à-tête galant; vous voilà le teint bien allumé de colère? M. de Rohan ne parlait-il pas d'un nègre domingois enterré vif [1] pour avoir baisé à la promenade le mouchoir d'une créole? Ce gouverneur de Santo-Domingo a du bon, n'est-ce pas, monsieur d'Esparbac? — C'est à la marquise de Vierra que le mouchoir appartenait, reprit M. d'Esparbac avec une oscillation de tête qui envoyait sa poudre dans les yeux des gens à qui il parlait. Ce nègre était de Porto-Plata : on croit que le drôle était amoureux de la marquise!.... A la promenade des Ormes, la marquise de Vierra ayant laissé tomber son mouchoir, il l'a porté à ses lèvres avec une ardeur!.... et en levant sur elle des yeux! comme il en eût levé vers la vierge de sa cathédrale!.... Pour cela, enterré vif. Nos voisins, vous le voyez, monsieur le prince, sont plus sévères que nous! J'approuve l'exemple; c'était une femme de qualité! une grandesse de Madrid! — Pour moi, reprit madame de Langey, je trouve que messieurs les Espagnols, nos voisins, ne devraient jamais avoir accès dans la partie française de Saint-Domingue. N'est-ce pas, monsieur le prince? Vous savez qu'ils ne se font guère faute de nous apporter ici le produit de leurs pillages? — Comment donc! marquise, vous dites vrai! Je viens, tenez, de recevoir de l'évêque don Fernando l'ordre d'arrêter un certain bandit du nom de Tio-Blas, qui a fait à plusieurs reprises des excursions de nos côtés..... J'ai là son signalement dans ma poche, pour peu qu'il vous soit agréable de le parcourir......

Madame de Langey, dont la pâleur serait devenue visible — si elle n'eût été alors, en raison de sa toilette et du souper qui se préparait, couverte d'un pied de rouge, — garda encore assez de force pour repousser le papier et dire gaiement à ses convives :

— Voulez-vous descendre à ma volière, messieurs?

Cette cage délicieuse venait à peine d'être achevée le matin

---

[1] « Des traits de barbarie passés en usage frappèrent souvent la vue du voyageur, partagé entre l'admiration que lui causait le spectacle d'une magnificence inouïe et l'horreur des traitements dont il était quelquefois le témoin.

(*Réflexions sur la colonie de Saint-Dominique*, par M. Barbé de Marbois, page 63.)

et méritait l'attention des hôtes de la marquise. Placée dans
une des galeries de la Rose, elle était entourée de quatre jets
d'eau lançant une gerbe d'étoiles ; au dôme de ce plafond, une
famille d'oiseaux de toutes couleurs y gazouillait sous une dentelle de fleurs et de verdure. Accoudés contre le treillis doré de
la volière, Maurice et Saint-Georges admiraient ces plumages
diversifiés, plus radieux et plus riches encore au feu des bougies, pendant que Joseph Platon leur expliquait les mœurs de
chacun de ces oiseaux avec une gravité magistrale de naturaliste. Un troisième personnage, en habit de velours, l'épée au
côté et le chapeau sous le bras, s'embarrassait fort peu des
phrases de M. Platon et parlait à Maurice en termes fort animés. Il parut déconcerté comme un renard pris au piège, lorsque madame de Langey souleva rapidement la tapisserie : —
Vous, ici ! monsieur Printemps, lui dit la marquise en le tirant
à l'écart avec un air d'étonnement sévère. Vous, ici, et M. le
prince attend ! — Je vous rends mon épée comme feu Vatel,
madame la marquise, si M. le prince attend plus de cinq minutes. C'est une fantaisie de M. le marquis Maurice..... il tient
à manger ce soir du mulle-rouget [1] ; et comme il ne m'a fait
prévenir que tout à l'heure..... Mes gens n'en avaient pas dans
leurs caziers, j'ai envoyé vers Saint-Marc ; mais rassurez-vous,
nous tenons le mulle-rouget ; nous le tenons, on l'apprête à la
sauce noisette en cet instant même..... Je vais aux cuisines, excusez-moi, madame la marquise..... j'étais venu apprendre à
M. le marquis qu'il était obéi.....

Les belles manières de M. Printemps, son air d'assurance et
de politesse à la fois ; plus encore que tout cela, sa soumission
aveugle aux volontés du petit marquis, chassèrent le courroux
du front de madame de Langey. Elle le vit partir sans se douter seulement, d'après son calme affecté, qu'il pût attendre encore ce plat si désiré de Maurice... Cela était vrai cependant, et
M. Printemps, nouveau Vatel, se trouvait sur les épines. Son
noir était, depuis le matin, en campagne pour chercher ce poisson, fort rare dans la rade du Cap, et dont celles de Saint-Marc
et du Port-au-Prince sont plus approvisionnées...

Pendant ce court dialogue de M. Printemps avec la marquise,
la volière, et surtout Maurice qui la regardait d'un air curieux,

---

[1] On sait que ce poisson de grande marée est fort recherché aux
Antilles.

occupaient l'attention de M. de Rohan. L'anniversaire de la naissance de Maurice devait être célébré à ce souper, c'était le moins que M. Printemps crevât deux noirs ou deux chevaux pour satisfaire l'une des plus chères fantaisies de l'enfant gâté. Revêtu d'une charmante étoffe de Perse à fleurs d'or, dont madame de Langey lui avait fait présent à l'occasion de ce beau jour où le marquis son fils comptait sept années révolues, Saint-Georges regardait encore la marquise dans un recueillement respectueux, quand tout d'un coup la porte de la volière fut poussée avec violence, et M. Gachard, que l'on n'attendait pas, entra d'un air effaré.

Tous les oiseaux de la volière, épouvantés à leur tour de sa brusque apparition, battirent des ailes; la perruque et les manchettes de M. Gachard se trouvant alors dans un si incroyable désordre qu'elles le faisaient ressembler à un épouvantail placé dans un champ de cerisiers...

— Asile! s'écria le financier, asile, madame la marquise! Écoutez plutôt ce qui vient de m'arriver, et dites si l'on peut vivre dans un pays comme celui-là! — Que vous a-t-on fait, monsieur Gachard? il vous manque, je crois, vos boutons de strass, observa avec anxiété madame l'intendante. — Il me manque, pardieu, bien autre chose! reprit-il d'un ton de voix lugubrement confidentiel, il me manque ma bourse et ma crapaudine de cinq cents louis, que vous admiriez tant, madame la marquise... J'ai rencontré un voleur... — Un voleur! s'écria madame de Langey. — Un voleur! affirma M. Gachard en roulant des yeux inquiets autour de lui. — Allons, dit M. de Rohan en riant d'un air superbe sur le sopha, vous allez sans doute, monsieur Gachard, nous raconter une histoire à la façon de M. de Voltaire... En fait de contes de voleurs, vous ne pouvez avoir oublié le sien, monsieur le financier : « *Il était une fois un fermier général*, etc. — Oui, je sais, je sais, répondit M. Gachard, très-piqué de la citation... mais mon voleur, monsieur le prince, n'est point un conte... je l'ai vu en chair et en os... là... comme je vous vois... — Merci! — Et puisque vous êtes chargé de veiller ici à la tranquillité de l'Ouest, poursuivit M. Gachard, je dois vous dire que ce gaillard-là, au rebours des brigands ordinaires, est peu grand de taille, le visage pâle, la chevelure et la barbe fort abondantes... Je le crois de la partie espagnole... — C'est le signalement de mon homme, dit en se penchant vers la marquise M. de Rohan.

Voyez plutôt... — Madame la marquise est servie! interrompit
d'un air triomphant le maître d'hôtel, son chapeau bordé de
plumes à la main.

Madame de Langey, après avoir jeté un coup d'œil rapide sur
le papier que lui présentait de nouveau M. de Rohan, le lui remit... Elle avait reconnu le nom de l'Espagnol, et la certitude
des poursuites dirigées contre cet homme lui rendait quelque
assurance.

La nuit était venue tout à fait, une de ces nuits sans lune
comme on en remarque aux Antilles. M. de Rohan avait offert
la main, sous la basque de son habit, à madame de Langey;
des noirs les escortaient avec des candélabres à triples branches. La salle à manger de la Rose se trouvait assez distante de
la volière; en passant près de raisiniers épais, la marquise crut
voir, à l'aide d'une rafale de lumière produite par les torches,
deux hommes causer entre eux... L'un d'eux jeta à l'autre un
poids sonore dans son tablier, puis il s'éloigna à pas pressés...
Le signalement qu'elle venait de lire avait si fort troublé madame de Langey qu'elle ne tira aucune conséquence de ce fait
matériel, assez bizarre toutefois à pareille heure pour éveiller
l'attention.

Rêveuse encore et prêtant à peine l'oreille aux paroles empressées de M. de Rohan, la marquise entra dans la salle à
manger, ornée dès le seuil de guirlandes odoriferes. Les fenêtres en étaient ouvertes, une brise divine apportait à ce lieu le
parfum des citronniers. La table était circulaire, décorée de la
plus belle vaisselle armoriée qui se pût voir; six glaces à tru-
meau l'encadraient répétant à l'envi l'étage enflammé des
lustres en cristal de roche. Recouverts de cloches d'or magnifiquement ciselées, tous les mets, sans excepter les poissons et
les crustacées, se trouvaient cachés à l'œil et à l'avidité des
moustiques. A une petite table apportée près de la grande figuraient deux chaises, l'une élevée et l'autre plus basse, c'était
la table du petit marquis et de Saint-Georges. On s'assit, et l'on
vit bientôt sortir du tour de la salle à manger près duquel se
tenait M. Printemps les huîtres de mangles, servies sur de
longs plateaux d'émail.

C'était l'instant solennel de silence qui précède tout premier
service; MM. d'Esparbac, de Vannes, Gachard et quelques autres
enviaient le bonheur du prince de Rohan, placé près de la belle
marquise.

De charmantes femmes de la colonie assistaient à ce banquet, mais la marquise les avait choisies de façon à ne pas être vaincue par elles. Debout près du tour, comme un empereur romain, M. Printemps, après avoir fait fermer les fenêtres, venait d'ordonner à ses laquais noirs de lever les cloches...

Cet ordre exécuté, une odeur infecte se répandit tout d'un coup dans cette salle, odorante et fraîche la minute d'avant; le maître d'hôtel sentit un frisson mortel courir à ses veines...

— Qu'est ceci? s'écria-t-il en se hâtant vers la table de Maurice.

L'odeur était devenue si intense, en effet, que tous les convives, par un mouvement naturel, s'étaient levés... Le poisson servi devant Maurice était primitivement d'une chair blanche et feuilletée; à cette heure, ses raies d'un jaune d'or, comme celles du *vivano*, étaient devenues noirâtres, une fétide évaporation s'en exhalait... La truelle à la main, Saint-Georges se disposait à le dépecer pour Maurice, quand madame de Langey, lui serrant le bras avec force, fit tomber la truelle à terre. Transportée de fureur, la marquise demanda à M. Printemps si ce poisson était empoisonné.

Le maître d'hôtel examina le mulle-rouget : sur les bords du plat, orné de moulures d'argent, suintait alors un jus roussâtre, c'était le jus du *manioc*, auquel on ne connaît comme contre-poison dans les îles que le suc de *raucou*.

M. Printemps déclara avoir visité le poisson à son arrivée, il affirma que le manioc devait avoir été distillé sur le plat à l'instant même...

— Parleras-tu, misérable? s'écria madame de Langey hors d'elle-même, en secouant Saint-Georges stupéfait... M. de Rohan avait pâli, ainsi que les autres convives : ce poison lui rappelait les menaces anonymes qu'on lui avait adressées. Maurice semblait hébété, il avait encore la serviette nouée sous le menton, et ne comprenait guère tout ce tumulte... En voyant ces gentilshommes porter la main, par un mouvement machinal, à leur épée, le petit marquis avait voulu tirer la sienne pour se défendre, mais elle était rivée au fourreau par un clou, comme toutes les épées d'enfant. — Par pitié, madame, répondit le mulâtre en se jetant aux pieds de la marquise, qui le terrifiait de son regard enflammé, par pitié, ne me punissez pas! oh! je ne suis point coupable! Ce n'est pas moi qui ai passé le plat par le tour, j'étais ici... Ce n'est pas moi non plus que l'on a chargé de l'acheter, vous le savez bien! — Qu'on le fouille, dit M. de Vannes, il a peut-être encore sur lui le poison.

Un valet fouilla Saint-Georges, et fit tomber de sa poche de derrière deux pièces d'or.

— D'où te vient cet or? continua la marquise avec le regard froid d'un procureur général. — Par ma mère, je n'en sais rien, balbutia-t-il, étonné de plus en plus. Je ne porte jamais d'or sur moi!... Je n'en ai jamais touché!...

Et le pauvre jeune homme interrogeait d'un air terrifié ces fatales pièces qu'on lui montrait. L'air courroucé de cette femme qu'il aimait tant l'avait étourdi, il ne savait que répondre.

— C'est bien, surveillez-le, et qu'on appelle le noir qui a servi le plat, dit M. Printemps. Ce doit être Ali.

Une tête crépue, horrible à voir, se fit jour à travers la foule, c'était celle d'Ali; le malheureux était ivre de tafia, on le poussa plutôt qu'on ne l'amena dans la salle. M. de Rohan examinait Saint-Georges avec un sentiment de compassion, dont malgré son dédain habituel il ne pouvait se défendre.

— C'est vous, Ali; je vous ai chargé, moi votre chef, moi le maître d'hôtel de la Rose, d'aller chercher ce poisson à Saint-Marc. — Oui, monsieur Printemps, répondit le nègre avec un grognement sourd. Mais ce n'est pas moi qui l'ai servi... reprit-il tout à coup en se voyant entouré de tous ces visages blancs de seigneurs émus et pâles, dont l'aspect dissipa chez lui les fumées de l'eau-de-vie. — A qui donc l'as-tu remis, caïman? s'écria M. Printemps furieux... quarante mille coups de fouet, réponds, ou, si tu le préfères, l'on te jette pieds et poings liés dans l'Ester! — Je l'ai remis au mulâtre Raphaël, murmura-t-il, il m'avait demandé de me remplacer... Il m'a payé à boire pour cela... faites-le venir, vous verrez.

A l'arrivée de Raphaël, que deux grands valets amenaient, M. Gachard poussa un cri de surprise, il reconnaissait le n° 142, l'homme qu'il avait fait battre de verges vingt jours avant!

Ce nouvel accusé promena en entrant un regard indifférent sur toute la salle. Il déclara qu'il ne savait rien, qu'il avait passé le plat afin d'avoir l'honneur d'entrevoir, disait-il, la compagnie. Du reste, on pouvait le fouiller, on ne trouverait point d'or dans ses poches comme dans celles du jeune mulâtre.

— Tu mens, vipère, tu mens! s'écria tout d'un coup en bondissant près de Saint-Georges une femme cachée jusque-là par un flot de nègres et de domestiques accourus. Tu mens, car voici la bourse que M. Platon vient de trouver sous la natte de ta case. Comparez les pièces d'or, madame la marquise, et vous verrez si elles ne sont pas les mêmes. Le misérable les aura glissées dans la veste de mon fils... — Qu'est-ce que cela prouve, reprit madame de Langey, si ce n'est qu'ils sont complices? — J'atteste votre Dieu, madame, que Saint-Georges est innocent! dit la négresse en couvrant son fils de ses deux mains... En même temps elle l'embrassait, elle cherchait à le rassurer par sa propre confiance. Le mulâtre ne disait rien, son œil nageait indécis sur ce monde qui l'entourait. Il se sentait foudroyé, anéanti! — Attendez donc! s'écria M. Gachard, c'est ma bourse, madame la marquise. D'où vient que ce misérable Raphaël possède ma bourse? L'homme qui m'a attaqué près de votre maison ce n'était pas Raphaël!

Raphaël poussa un éclat de rire guttural et regarda insolemment le financier.

—Contemple-moi bien avec tes yeux blancs, monstre d'ébène ; te voilà pris au lacet pour deux crimes..... deux crimes que tu vas avouer, toi et ton complice Saint-Georges, dit M. Gachard en se soulevant sur ses gros poings. Monsieur Platon, n'allez-vous pas faire étriller ces drôles-là?

— Puisqu'ils font les délicats, dit monsieur de Vannes, nous aussi nous les traiterons délicatement. Je pense, monsieur le gérant de la Rose, que vous feriez bien de leur faire goûter de ce poisson!

A cette proposition de M. de Vannes, prononcée avec le plus atroce sang-froid, Noëmi, sentant ses genoux fléchir, rassembla tout son courage. Adressant avec ardeur sa prière à ce Dieu qui avait sauvé déjà une fois son cher Saint-Georges, elle le supplia de lui donner à elle, pauvre mère, la force de convaincre ces hommes assez obstinés pour supposer un tel crime dans son enfant. Par une de ces illuminations soudaines que le ciel accorde aux mères comme une récompense et un bienfait, elle comprit qu'elle seule pouvait le sauver, et s'adressant à M. le prince de Rohan :

—Monseigneur, continua-t-elle comme étouffée par la joie et en se jetant à ses genoux, ordonnez au mulâtre Raphaël de tremper son ongle dans ce verre !

Et sa main tremblante d'émotion, plus encore que de colère

contre cet homme, versait l'eau cristalline d'une carafe dans un verre pris sur la table...

Deux laquais forcèrent Raphaël à y tenir l'ongle de son index plongé..... Cette eau pure, à l'égal d'un miroir, se ternit soudain ; décomposée dans l'intervalle d'une seconde, elle ne tarde pas à produire l'exhalaison infecte du poison...

— Que cet homme boive ce verre! s'écria madame de Langey. Le misérable voulait empoisonner mon fils!...

On porta le verre aux lèvres de Raphaël..... Malgré sa résistance, il le but, tourna sur lui-même et tomba pesamment sur le parquet.

Le cercle d'un blanc mat où roulait son œil s'était déjà couvert de fibrilles vertes et livides...

— Merci, vieille *zombès*[1], merci!..... tu avais deviné juste..... hurlait-il en se roulant, le poison venait de moi..... l'or, de cet homme..... Noëmi, nous mettons le poison sous l'ongle, nous autres, tu le sais, on ne va pas nous le chercher là.....

Puis en se tordant et en faisant craquer ses membres contre la table :

— Ton fils est innocent... reprit-il, cet homme seul et moi...
— De quel homme parlez-vous? dit monsieur de Vannes en lui faisant soulever la tête... — D'un homme qui avait vu mon supplice... qui hait cet enfant, continua-t-il en montrant Maurice, cet homme... m'avait dit de me venger... c'est...

La marquise se leva comme pour lui imposer silence, mais elle n'avait rien à craindre, car Raphaël était mort.

XXII

La livrée.

Nessun maggior dolore
Che ricordarsi dell' tempio felice
Nella miseria!

À Saint-Domingue, *quiconque* est blanc maltraite impunément les mulâtres et les noirs. Leur situation est telle qu'ils sont esclaves de leurs *maîtres* et du *public*.
(*Considérations sur la colonie de Saint-Domingue*, par H. D., t. Ier, p. 145.)

La conclusion de cette scène devait être fatale à Saint-Georges..... Émue du péril que venait de courir son fils, voulant le

[1] Sorcière.

mettre à l'abri de toute attaque nouvelle, la marquise ordonna à Saint-Georges de le quitter et d'aller revêtir à l'office la livrée des laquais de sa maison...

En cela Mme de Langey pensait comme doit penser toute créole. Le caractère inné de fourberie hypocrite que l'on prêtait aux nègres et aux mulâtres conseillait cette mesure. Tôt ou ou tard Saint-Georges pouvait se mettre de connivence avec *son* ennemi ; rien ne devait lui paraître moins sûr que ce cœur d'esclave pétri de malice et de bassesse.

Accusé d'un crime qu'il n'avait pas même soupçonné, Saint-Georges s'en était vu décharger devant tous par l'aveu même de son auteur ; Noëmi, sa mère, avait démontré son innocence ; mais il était mulâtre, sa couleur parlait contre lui, il devait se regarder comme heureux d'en être quitte à ce prix !

En s'éloignant de Maurice, qui le regardait partir de l'air contrarié d'un enfant auquel on arrache son jouet, Saint-Georges sentit une larme déborder de sa paupière... Maurice, n'était-ce pas l'unique lien qui l'attachait à ce monde nouveau pour lui, monde d'espérances et d'illusions aimées qui lui échappait ! Qu'allait-il devenir ? et sous quelle glèbe lui faudrait-il se courber ?

Oh! si les convives de la Rose avaient pu démêler les secrètes agitations de cette âme, sa fierté blessée, sa rage ! N'avait-il pas atteint cet âge de la vie où l'invincible curiosité de tout connaître donne des ailes à l'intelligence? Ne pouvait-il donc entrevoir déjà l'amertume de la domesticité, cette humiliation plus lourde aux cœurs altiers que l'esclavage? Après avoir mangé le pain blanc de cette maison, supporterait-il le pain de rebut donné aux nègres, les froids sarcasmes de la valetaille, les rivalités basses et l'exil dans la mansarde? Il avait vu de près ces splendeurs asiatiques de Saint-Domingue, ces fêtes, ces pachas au milieu de leurs harems et de leurs esclaves; il avait partagé les heures dorées de Maurice, il s'était enivré de la contemplation muette de Mme de Langey! Et c'était de sa bouche qu'il recevait cet ordre fatal! C'était cette femme, pour laquelle il aurait donné sa vie, qui prenait plaisir à le rabaisser cruellement!

Il hésita en vérité s'il ne se jetterait pas aux genoux du prince de Rohan, comme sa mère avait fait; mais il éprouvait une honte secrète d'implorer la merci de ce seigneur, lui qui avait déjà l'orgueil d'un blanc! lui à qui sa mère avait dit souvent qu'il devait commander au lieu d'obéir!

« Pauvre jeune homme! » murmura près de lui une douce voix, une voix qui eût mis du baume dans sa plaie, si le délire n'eût point alors secoué sa raison.

En prononçant ces mots, la figure de Finette avait pris l'expression de la plus angélique douceur; elle tendit la main au mulâtre et le conduisit sous les cotonniers épais que le vent faisait alors plier sous leurs flocons.

C'était un asile de fraîcheur et de silence. Le voile de la nuit fuyait déjà replié sous le vent de cette mer des Antilles qu'argentaient les blancheurs matinales de l'aube. Saint-Georges pleurait, son courage s'était brisé.

— Laquais! s'écria-t-il, laquais! Lorsque je l'aimais, Finette, lorsque je me serais fait broyer, pour la voir, sous les pieds de son cheval; laquais! C'est elle qui le veut, qui l'ordonne, ne viens-tu pas de l'entendre? Finette, Finette, tu ne peux savoir ce que je souffre!

En entendant cet aveu, la mulâtresse resta quelques secondes sans parole.

— Comment! reprit-elle avec douleur en le fixant, c'est madame la marquise que vous aimez! C'est elle! c'est elle! je ne vous suis donc rien, moi!

— Accuse-moi, Finette, accuse-moi; un mulâtre, je le sais, doit aimer une mulâtresse... c'est la règle... Mais, Finette, tu es vengée, cet amour est un amour sans espoir... Je ne l'aime pas comme ces blancs parfumés, vois-tu bien, je l'aime avec violence, avec délire! Cette livrée, Finette, je ne devrais pas la porter, mais je la verrai sous cette livrée, je l'entendrai, et pour moi, la voir ou l'entendre, c'est le soleil, c'est la vie! — Ma maîtresse n'aimera jamais quelqu'un, reprit Finette, elle se laisse aimer, voilà tout! Avez-vous de l'or, des diamants? Êtes-vous marquis ou prince? Mon pauvre Saint-Georges, on vous attend à l'office... Vous monterez derrière la voiture, ami, vous vous tiendrez droit comme un piquet à la portière... madame d'Esparbac vous donnait jadis des bonbons, Dieu veuille que vous ne receviez point des coups! Ah! vous voulez tâter de l'amour, et de l'amour des grandes dames! Pauvre enfant! voilà une belle ambition! Quoi qu'il vous arrive, n'importe, je veux être votre bon ange! Un jour vous direz: « Finette m'aimait, je ne l'aimais pas, je le lui ai dit, cela n'a rien fait, elle m'a toujours aimé!... » Et maintenant, Saint-Georges, séparons-nous, la cloche de la cotonnerie a sonné, allez à l'office, car, encore une fois, l'on vous attend !

Des larmes pareilles aux perles de cette rosée filtrant, à cette heure, de branche en branche, coulaient sur les joues de la mulâtresse. La confidence de ce triste amour avait été pour elle un aiguillon cruel, imprévu ; mais la désolation de Saint-Georges l'avait touchée. Il y eut d'abord dans l'âme de cette fille de sa couleur un sentiment d'orgueil froissé qui fit place bientôt à la compassion dès que Finette découvrit l'abîme des peines auquel il se condamnait.

— Soyez heureux, Saint-Georges, dit-elle en séchant les larmes du jeune homme sous le feu de ses baisers. Soyez heureux, moi je vous aurais bien aimé !

Hélas ! la pauvre fille ne se doutait pas plus que Saint-Georges à quel triste emploi il allait se voir réservé ; il ne l'apprit que trop tôt. Le cadre des gens de service de la marquise était rempli ; elle-même s'était abusée en le reléguant à l'office ; il ne restait qu'une place d'aide aux écuries ! La livrée du mulâtre devait consister en un sarrau d'étoffe grise ; son turban de perles, il le devait échanger contre un bonnet de ferme ; ses pantoufles pailletées, contre de lourds sabots. Par ordre de Joseph Platon, on tira d'une armoire huileuse la défroque d'un palefrenier mort, et l'on força le mulâtre à l'endosser.

Quel deuil et quel changement ! Jusque-là Saint-Georges ne s'était jamais pris à réfléchir sur sa profonde misère. Les humiliations d'un homme de couleur aux colonies lui apparaissaient presque douces et supportables à côté de ses insignes de honte, dont les railleries intéressées de ses anciens camarades ne manquèrent pas de lui faire sentir encore plus que le poids infamant.

— Du moins, s'écria-t-il en frappant de rage son front contre les nattes de l'écurie ! du moins si je la voyais, si je ne portais pas cet habit infâme, si je pouvais lui parler à elle ou à Maurice !

Mais Maurice et sa mère ne faisaient pas seulement attention à lui. Redoublant les précautions autour de son fils bien-aimé, la marquise ne le laissait plus se promener par les cours qu'avec le bataillon impénétrable de ses professeurs ; il n'y avait pas d'occasion de rencontre entre lui et Saint-Georges qu'elle n'écartât.

Banni du salon et ne pouvant pas même prétendre à l'office, le mulâtre passait ses journées dans l'abattement et les larmes... Il chercha d'abord tous les moyens de rentrer en grâce chez madame de Langey, il écrivit, il fit parler par Finette, Finette dont le bon cœur s'étendait comme une douce percée d'azur sur chacun de ses orages. Finette lui rapporta que madame de Langey avait pris sa lettre avec des pincettes et l'avait jetée au feu, lui demandant avec colère comment elle osait lui faire toucher la lettre d'un mulâtre..... Repoussé de ce côté, Saint-Georges se tourna vers M. Joseph Platon; mais le gérant était un homme faible, soumis d'ailleurs aux volontés de M. de Lassis, qui venait d'arriver à la Rose, il n'y avait aucun espoir de ce côté ! Tout ce que Platon put faire aboutit à quelques conseils et à quelques gourdes que le digne gérant promit à Saint-Georges; mais il fut moins prodigue de gourdes que de conseils.

Dès le premier jour de cette disgrâce, Noëmi avait bien songé à le retirer chez elle; mais outre que ses vivres et sa paye devenaient plus restreints de jour en jour, son fils *appartenait* à l'habitation de M. de Boullogne, il y était inscrit, sinon étampé, sous le n° 143. Noëmi ne put donc apporter aucun soulagement à cette douleur, elle dont le cœur maternel saignait à chaque blessure de son enfant ! Le soir, quand il se couchait enveloppé d'un pagne en lambeaux dans cette immense écurie, il trouvait seulement la Bible de sa mère ouverte à quelque chapitre sublime de résignation, celui de Job ou de Tobie, par exemple. A leurs pages humides encore de quelques larmes tombées, il reconnaissait que sa mère n'avait plus, hélas! d'autre ressource que de prier; mais aussi cette mère était devenue chrétienne, les exhortations du curé de Saint-Marc et encore plus sa reconnaissance pour lui avaient fait descendre la persuasion dans son cœur; elle n'avait pas hésité à adorer le Dieu de son fils !

Dans les colonies, à l'époque de cette histoire, les habitants des villes, tous ceux qui ont besoin du gouvernement, qui tiennent à l'administration de la justice, les marchands, facteurs et agents du commerce étaient couverts de bijoux, de broderies, de galons ; leur luxe de parure singeait celui des seigneurs. Saint-Georges les voyait passer devant ses yeux avec des équipages de grand prix, des habits de velours qu'ils ne craignaient pas de revêtir, malgré la chaleur, pour aller se renfermer à la Comédie. Dans les villes, c'étaient mille boutiques où ruisselait l'or; il entendait dire qu'il y en avait peut-être pour 40 millions à Saint-Domingue. Autour de lui les femmes et les jeunes gens de la colonie s'agitaient dans une perpétuelle ivresse, les chaises dans lesquelles les moindres pacotilleurs roulaient eussent fait honte aux honnêtes et vieilles charrettes couvertes de cuir mal tanné qui voituraient l'ancien gouverneur, M. le marquis de l'Armage. Près les belles haies de campêches et de citronniers qui bordaient la Rose c'étaient, le soir, de douces et tendres paroles, des robes blanches de mulâtresses, des chants, des airs du pays glissant sur le vert tendre des buissons. A l'intérieur de cette cour, où on l'avait parqué, tout était deuil et tristesse ; au dehors, tout était amour et joie !

Un jour, il apprit de Finette qu'il devait y avoir spectacle à Saint-Marc. Le théâtre était demeuré longtemps fermé ; la marquise et Maurice y assisteraient, Finette le lui avait dit. A force d'économie, sa mère s'était procuré un frac de velours, il le savait ; ce frac devait lui servir à la messe aux grands dimanches. Sans en prévenir le moins du monde Noëmi, il s'en para, et prenant un cheval à l'écurie, il le monta dans cet équipage jusqu'à Saint-Marc. En agissant de la sorte, il savait à merveille qu'il encourait le fouet, l'amende, la prison ; mais c'était une invincible joie qu'il contentait. Madame de Langey allait enfin le revoir, et le revoir sans sa livrée ! Le cœur lui battait ; en payant sa place à ce théâtre, il ne tarda pas à voir la loge de la marquise remplie des plus brillants uniformes, les commandants et les officiers militaires y formaient contraste avec le menu peuple et la négraille. Saint-Georges reconnut dans cette loge la chaise qu'il occupait près de Maurice trois mois avant ; elle se trouvait vide par un singulier hasard ; le bras nu et diaphane de madame de Langey reposait sur son velours..... Oh ! comme cette vue fit refluer le sang à son cœur, comme il se sentit ému à la vue de cette place solitaire ! Il s'était adossé à l'entrée même du parterre, espérant que là, son air, son attitude, ne pourraient échapper à madame de Langey... Un homme vint lui dire impertinemment qu'il n'y pouvait demeurer, et que les mulâtres devaient aller aux *secondes*.

— C'est la loi précise de la Comédie, ajouta l'homme, les blancs aux premières, les mulâtres aux secondes, les noirs aux troisièmes. Et il le prit par le bras.

Ce qui affecta le plus Saint-Georges, ce ne fut pas la brutalité de cet employé, ce fut la place qu'il lui désigna du doigt. Elle se trouvait juste du même côté que la loge de madame de

Langey, ce qui privait le mulâtre de la voir, lui qui n'était venu que pour elle. Durant tout ce mortel spectacle il eut le regard constamment attaché sur le bras de la marquise, qui de temps à autre effleurait les franges de la loge..... Maurice, en ces moments d'absorbante contemplation, avait disparu entièrement de sa pensée.....

— Ah! je vous y prends, monsieur le voleur, murmura la voix d'un commandeur demi-ivre, vous allez sortir d'ici, dans un entr'acte, mon faux marquis, non pour recevoir des coups de lanière, car cela serait trop peu, mais pour essuyer le supplice autrefois réservé à la rébellion, dans les îles où j'ai vécu, le *croc*[1], rien que cela, on vous en détachera demain matin!

Le jeune homme frémit et pâlit tour à tour à l'idée de cette infernale vengeance. Celui qui lui parlait était connu pour son horrible méchanceté, c'était une bête brute qui se roulait dans l'opium et le vin pour mieux rugir.

— Un habit et un cheval de volés! Ah! rien que cela, mon jeune drôle! Allons! monte ces gradins et suis-moi!

A la voix de cet homme, les spectateurs s'étaient attroupés, madame de Langey elle-même s'était penchée hors de sa loge.

— Viendras-tu, maraud? ou faut-il que je t'enlève par les oreilles!

Saint-Georges n'entendait plus, il était tout entier à madame de Langey. Il y avait plus de quinze jours qu'il ne l'avait vue, il s'abreuvait de son image, il était fou!...

Dans cette inclinaison rapide de toute sa personne sur le devant de sa loge, la marquise était superbe... Des épaules éblouissantes de blancheur, des cheveux d'une eau si pure! Jamais plus belle image ne se balança sous l'œil de Lawrence ou de Thompson!

Le mulâtre, abîmé dans cette vision inespérée, retenait jusqu'à son souffle... Vainement était-il devenu l'objet de l'attention inquiète de ses voisins, il ne vit pas même le commandeur étendre sur lui son bras athlétique et le saisir par les oreilles,

---

[1] Ce *croc*, ou poulie de fer, auquel on suspendait l'esclave, lui entrait dans les chairs sous les aisselles. On l'en détachait, pour certains cas, après peu de temps; mais souvent aussi on l'y laissait exposé au milieu des airs, au soleil et aux mouches, sans nourriture, sans boisson, et jusqu'à ce qu'il eût terminé sa vie après plusieurs jours de souffrances que rien ne peut rendre.

au point de le soulever en répandant une trace de sang sur les banquettes.....

Transporté de la sorte par cet homme féroce jusqu'au couloir obscur, Saint-Georges s'évanouit.....

En se réveillant le lendemain à la suite d'un épouvantable sommeil qui avait duré quinze heures, le mulâtre se trouva dans une petite chambre de la Rose où Finette et sa mère le veillaient.....

XXIII

Rencontre.

« Sauve-toi, s'écria celui-ci, sauve-toi, Antonio ! »
(HOFFMANN.)

— Que m'est-il arrivé? demanda-t-il en voyant ses bras meurtris et la charpie sanglante qui entourait ses oreilles... Il me semble que le galop d'un cheval bruit encore dans ma tête... C'est vous, ma mère, c'est toi, Finette, n'est-ce pas? — Donne-moi ta main, fils aimé, tu as la fièvre ! — La fièvre ! oh ! non ! je vais mieux... Laissez-moi vous dire la fable de monsieur Maurice, celle que je lui lisais souvent..... Comment donc?.... Attendez.....

« Deux pigeons s'aimaient d'amour tendre..... »

Ses yeux se mouillèrent de larmes; il ne put continuer; sa tête retomba sur l'oreiller. — Un peu de limon, et ferme les yeux. Tu as besoin de dormir.

Et pendant qu'il reposait la négresse ouvrit sa Bible et elle lut :

« Si je crie dans la violence que je souffre, on ne m'écoutera point; si j'élève la voix, on ne me rendra pas justice.

« Le Seigneur a fermé de toutes parts le sentier que je suivais, et je ne puis plus passer; il a répandu des ténèbres dans le chemin étroit par où je marchais.

« Mais celui-là seul est puissant et redoutable qui fait régner la paix dans ses hauts lieux.

« Peut-on compter le nombre de ses soldats, et sur qui sa lumière ne se lève-t-elle point[1] *?*

---

[1] Livre de Job.

Noëmi ferma le livre; un rayon d'espérance avait pénétré le cœur de cette mère...

— Pauvre enfant! comme ils l'ont battu! murmura Finette à voix basse, en baisant les bras du mulâtre pendant son sommeil. Ils étaient marbrés de coups. — Poussez la fenêtre, Finette, l'air qui vient des jardins le rafraîchira; voici une infusion de thym des savanes que je lui prépare. — Les feuilles longues et dentelées! Elles imitent celles du *chamœdris*. Ce thym des savanes, mère Noëmi, ne fleurit-il pas toute l'année? —C'est avec la *liane à cœur* un des meilleurs vulnéraires de l'île. Mais tu te connais donc en plantes, chère Finette?

— Du tout, mère Noëmi, je me souviens seulement de ce nom de *chamœdris*, parce qu'un de ces *caperlatas* ou charlatans qui courent les rues et les places à la Guadeloupe m'en prescrivit l'usage dans une longue maladie. Je n'étais pas alors au service de madame la marquise, je n'y suis entrée que deux mois avant la mort de son mari. Cet exécrable médecin fit tellement traîner en longueur la maladie, qu'à ma convalescence ma mère eut toutes les peines du monde à le payer... Si je vous avais connue, bonne Noëmi, j'aurais été sur pied plus vite. Mais nous n'habitions pas le même quartier... — Oh! reprit la négresse en secouant la tête d'un air rêveur, tu dis vrai, Finette, j'ai sauvé la vie à bien des gens! La nuit de Noël, par exemple... continua-t-elle, en fixant les charbons sur lesquels bouillonnait son vase de terre. — Et qu'avez-vous donc fait la nuit de Noël? demanda Finette avec un élan de vive curiosité. — Oh! rien... rien qui puisse intéresser une autre que moi...— Mais encore, mère Noëmi?—Eh bien, la nuit de Noël, j'ai sauvé la vie à une grande dame... et à son enfant, il y a de cela quelques années... Je ne puis te dire son nom par une raison toute simple, c'est que moi-même je ne le sais pas... Tout ce que je sais, c'est qu'elle était, ainsi que son enfant, en danger de perdre la vie... On est venu me chercher, je les ai sauvés..... c'est tout... — Et depuis, il ne vous a pas été possible de savoir qui elle était? — Je n'ai là-dessus aucun indice. Trois jours après cette scène on m'a ordonné de quitter l'habitation des Palmiers, pour venir à celle de la Rose. Pourtant je n'avais rien fait de mal, et j'aimais tant les Palmiers!—On ne vous avait pas même payé ce service! — Oh! pour cela, si fait; de l'or... cinq belles pièces d'or. Je les garde encore précieusement pour celui-là... dit-elle en montrant le jeune homme qui dormait. Il m'a vu cet or l'autre jour, il n'en pouvait revenir... Pauvre cher petit ! C'est pour lui surtout que je voudrais savoir, Finette, qui est cette grande dame, j'irais la trouver ou je lui ferais écrire, je réclamerais sa protection, car elle est puissante, Finette, elle connaît peut-être monsieur de Boullogne autant que madame de Langey... Oui, mon Dieu, je me jetterais à ses pieds, mon enfant ne serait pas battu, Finette, j'ai sauvé le sien ! — Quoi, sauvés tous deux ! quel péril couraient-ils donc ? — Je n'en puis dire davantage, Finette, on m'a fait promettre le secret... D'ailleurs il y a longtemps de cela, et cette dame est sans doute loin... — Que vous avez là sur vous de beau linge de Hollande, négresse, et que ce tour de chemise est coquet ! dit Finette, voyant que Noëmi voulait rompre la conversation... — C'est un reste de ma *rechange*, Finette, j'étais autrefois nippée à te faire envie, à toi la plus belle fille de l'Artibonite ! —Tiens, voilà que vous me louez comme monsieur Printemps ! il me disait hier, en me priant de lui tenir sa casserole pour des *pattes d'oies bottées à l'intendante*, que je ressemblais à ma maîtresse, et qu'il était temps pour moi de former un établissement. Comme il s'était mis à me lutiner avec ses aides de cuisine, savez-vous ce que je lui ai répondu ? Que je n'aimais qu'une personne au monde, un être qui ne me payait point de retour !... mais chut ! ajouta Finette, en posant mystérieusement son joli doigt sur ses lèvres, celui-là dort, et il ne faut pas le réveiller ! — Tu aimes mon fils ! soupira la négresse, tu l'aimes ! N'est-il pas vrai qu'il est beau ? Je tremble seulement, Finette, qu'il ne soit jamais heureux. — Vous dites vrai, Noëmi, car celle qu'il aime, reprit Finette avec amertume, celle qu'il aime, ce n'est point moi... — Et pour qui son cœur aurait-il déjà parlé ? — Pour une femme, Noëmi, qui n'aimera jamais son amant, cet amant fût-il aussi beau que le soleil sortant de la mer d'émeraude qui ceint nos plages, pour une femme qui ne le regardera seulement pas, pour madame de Langey ! — Madame de Langey ! s'écria Noëmi en se levant avec un tremblement convulsif, jamais, jamais, Finette ! Mais tu te trompes, oh ! cela ne se peut pas ; il n'aime pas madame de Langey !

L'exclamation de Noëmi venait de réveiller le jeune mulâtre... Il étendit ses bras, et il vit sa mère à son chevet, sa mère glacée, immobile...

— Qu'as-tu, mère ? lui demanda-t-il, ta main est trempée de sueur plus encore que la mienne... Rassure-toi je serai guéri

demain... Je faisais tout à l'heure un rêve qui m'inondait de
bonheur et de délices... J'étais beau, fêté, chacun me souriait, les femmes blanches elles-mêmes, oh! c'était un beau
rêve! Je ne rentrais plus dans une chétive hutte, mais dans un
palais. Je me suis réveillé quand j'allais parler à une reine, à
la reine de France, oui, bonne mère!... à la reine! — Enfant!
pauvre enfant! que Dieu exauce ton sommeil! — N'est-ce pas
de cette fenêtre, dis-moi, Finette, que l'on aperçoit la volière de
la marquise! Tu es debout contre cette fenêtre, tu peux voir
ce qui se passe sur la pelouse? —Monsieur le marquis Maurice
s'y promène tout seul avec monsieur Joseph Platon. — Tout
seul!... c'est vrai... l'on m'a chassé, je ne suis plus son Saint-
Georges! Te souviens-tu, Finette, de cette piqûre de moustique
qu'il attribuait un jour au dard venimeux du scorpion? On ne
savait ce que cela deviendrait, moi je me mis à sucer la plaie au
risque d'être empoisonné! Et c'est moi que l'on accuse d'avoir
voulu le tuer par le poison!

Il s'animait lui-même au feu de ces dernières paroles, il regardait le ciel, qu'il semblait prendre à témoin de cette injustice.

— Ne vous emportez pas, Saint-Georges, votre condition va
changer, monsieur Platon assurait hier que vous ne serviriez
plus que lui; il a obtenu cela de madame la marquise. Ignorez-
vous qu'il possède aussi trente nègres et qu'il a acheté la moitié
d'une caféyère à huit milles d'ici! — A huit milles! —Oui, près
de la route des Cayes. Elle est située sur le plus charmant plateau qui puisse se voir.—A huit milles! murmura le triste jeune
homme. —Qu'avez-vous donc? vos lèvres se heurtent comme si
elles poursuivaient quelques mots intérieurs.—Je n'ai rien, rien,
je t'assure... seulement j'ai un peu froid; ferme cette fenêtre, ma
bonne Finette.—A huit milles d'ici! se répétait le mulâtre à voix
basse et lente. Ne plus la voir! Mon Dieu! c'est un exil, j'eusse
préféré souffrir sous ses yeux!...—Bonne nouvelle! mon cher
Saint-Georges, vous me revenez, s'écria Joseph Platon qui entrait.
Le digne homme balançait à sa main une grande carte semée de
lignes jaunes et rouges. — C'est le plan de ma caféyère, mon
jeune ami. D'après l'avis de monsieur de Lassis, qui vous a
trouvé fort et découplé, vous avez besoin de ne pas vous amollir
dans les délices de Capoue, c'est-à-dire de la Rose. Or, ma nouvelle plantation est sur un plateau favorable à la culture, je vous
arrache à la Rose ainsi que Noémi, je vous installe là dans mes
domaines, car au lieu de me faire les gros yeux comme je l'avais

craint, cet excellent monsieur de Lassis m'a adjugé cette lande
de terre, au prix coûtant, il est vrai; mais enfin je suis seigneur! En cette qualité, je vous enjoins de vous tenir prêts,
nos fourgons partiront cette nuit même. — Cette nuit? — Oui,
cette nuit, vous serez parbleu bien soigné. Votre mère-nourrice
Noëmi ne vous quittera pas, elle vous chantera tout le long
du chemin des airs créoles; cela vaudra mieux pour vous que
le spectacle de Saint-Marc, où vous avez manqué de laisser vos
deux oreilles! Allons, préparez-vous, je cours veiller aux ap-
prêts de ma caravane!

Et Joseph Platon descendit l'escalier en fredonnant un refrain
de vieil opéra. Saint-Georges était demeuré sans voix devant
cette ivresse stupide du gérant de la Rose, ivresse qui renversait
tout le plan de son bonheur. Pour Noëmi, sa joie de quitter
cette demeure était réelle : Platon ne venait-il pas de lui dire
que le sort de son fils devait être amélioré? L'esprit borné des
négresses croit toujours aux félicités possibles, et celle-là son
fils la méritait, ce serait pour lui une terre de Chanaan toute
nouvelle! D'ailleurs cette émigration forcée l'arrachait au fatal
amour dont Finette lui avait fait confidence, et que la négresse
maudissait intérieurement. Elle s'éloigna, laissant Finette pensive et regardant Saint-Georges avec de grands yeux noirs tout
humides.

— Est-ce que vous irez là-bas, Saint-Georges? murmura la
triste enfant. Qui vous aimera aux Cayes après Noëmi? qui vous
dira de ne pas désespérer? — Rassure-toi, Finette, je n'irai pas.

Il y eut une vibration mélancolique dans cette phrase soudaine. Le mulâtre regardait Finette avec une lucidité de regard
qui donnait à ses yeux l'éclat d'un diamant noir. Tout d'un
coup il l'embrassa avec transport et comme il ne l'avait jamais
embrassée; l'étreinte d'un adieu que l'on pressent devoir être
suprême possède seul cette force amère et sombre.

— Vous n'irez pas aux Cayes, vous me le promettez? dit-elle.

Le carillon flamand de l'habitation sonna trois heures: c'était
le goûter de Maurice; la mulâtresse descendit.

— Mon bon ange est parti, pensa tristement Saint-Georges
en la regardant s'éloigner; pourquoi n'est-ce pas Finette que
j'aime? — Je n'irai point aux Cayes! reprit-il résolûment en se
levant après son départ.

Il fit un paquet de quelques hardes qu'il mit au bout d'un
bâton, sortit de cette chambre, qui était une chambre des com-

muns, et se réfugia sous des paletuviers assez distants de l'écurie. La nuit tardait au gré de son désir impatient; il observa tout de cette cachette, les fourgons attelés, les noirs réunis, les bêtes à cornes qui devaient les suivre. Il espérait sans doute n'être point vu, cette fois ce fut Noëmi qui le trahit. Devinant sa résolution, elle l'en gronda; ne seraient-ils pas tous les deux réunis dans ce voyage? La négresse, on le pressent, ne l'interrogea pas sur madame de Langey... Elle lui représenta seulement sa mauvaise fortune dans cette demeure funeste, les douleurs et les supplices qui l'y attendaient. Le sifflet des nègres commandeurs appelait en ce moment les esclaves de départ. Saint-Georges monta dans l'une de ces charrettes sans savoir ce qu'il faisait, on l'y entassa près de sa mère. Les chevaux partirent au grand trot, la nuit était noire, et l'on distinguait à peine la croupe luisante et polie de quelques mules indociles attachées par la bride à ces fourgons.

A la chaleur et à la poussière accablante de cette route il fallait joindre la fatigue corporelle résultant des travaux de la journée, une influence somnifère se répandit bientôt sur cette noire caravane.

Saint-Georges était parvenu à se placer sur le derrière de la charrette; Noëmi, assise à côté de lui, dormait déjà profondément.

La main droite de la négresse serrait étroitement une petite bourse de soie rouge, la bourse où elle avait serré ses pièces d'or... Il y eut un instant où le chariot pencha, cette bourse frôla les doigts de Saint-Georges...

— Que je vous garde cette bourse, mère, et maintenant sommeillez en paix!

Il la serra dans sa poitrine, recouverte d'une ancienne veste de chasse qui avait appartenu à Platon, et, les yeux tournés vers les dattiers et les palmistes de la Rose, qui fuyaient au loin derrière lui, il soupira...

Et tout son courage d'enfant ne put le défendre, il fut brisé de douleur à la vue de sa misère.

— Non! s'écria-t-il, non! je ne suivrai point ces hommes!

La caravane passait alors sous des lianes touffues, des plantes grimpantes formaient un berceau sur la route et redoublaient son obscurité. Profitant de ce voile épais si favorable à sa fuite, le mulâtre, avec une agilité merveilleuse, se glissa sous la charrette sans réveiller le moins du monde ses compagnons, puis avec son couteau il coupa le licol d'une mule non sellée qu'il enfourça.

Il était à vingt-cinq pas quand un coup de fusil retentit à son oreille.

— A mort le fuyard! à mort! criait en même temps Joseph Platon.

Mais la mule fougueuse, obéissant à son cavalier autant qu'à son humeur, avait emporté le jeune homme loin des regards irrités qui le cherchaient.

— Mon fils! mon fils! cria la négresse en se tordant les bras de désespoir.

Épuisé de fatigue et distinguant à peine la route qu'il avait prise à tout hasard, Saint-Georges se trouvait alors devant un enclos planté de croix et voisin d'une grande église. La mule s'arrêta, blanche d'écume, devant cet endroit que l'aube naissante éclairait. Saint-Georges reconnut le derrière de l'église de Saint-Marc. Un homme en manteau brun priait debout, le bras appuyé sur une tombe de marbre; son cheval broutait l'herbe auprès de lui. Il se détourna et considéra le mulâtre avec un certain air de défiance. Voyant sans doute qu'il n'en avait rien à craindre, — car Saint-Georges n'était pas armé, — il continua sa prière.

XXIV

Le portefeuille.

> A la guerra ! a la guerra ! Espanoles!
> (*Cantate espagnole.*)

La douleur de cet homme était électrique; elle avait le don de l'attendrissement... Elle pénétra Saint-Georges jusqu'au fond de l'âme; et lorsqu'il eut attaché lui-même sa mule à l'un des oliviers desséchés du cimetière, il s'agenouilla...

Le silence n'était troublé autour de lui que par le chant de quelques moqueurs et les versets pieux que l'homme poursuivait à voix basse... Un long abandon avait environné cette tombe de hautes absinthes, qui la cachaient presque à tous les yeux : celui qui priait demeura debout devant elle quelques minutes encore... Saint-Georges, épuisé de fatigue, avait reconnu l'église avec un vif sentiment de joie; c'est là qu'il avait été baptisé. Le curé de Saint-Marc l'avait sauvé une fois; il écouterait ses peines

et lui donnerait peut-être asile... Il était résolu à fuir la Rose;
l'air de la liberté frappait son visage; il s'exhalait pour lui à
chaque pas des émanations divines des rochers, des fleuves, de
la plaine. En se retrouvant près de cette église, le mulâtre se
sentit plus grand, plus résolu. Il n'y a pas d'esclave devant cette
croix de bois qui a sauvé l'univers !

A cette heure qui précède le jour, la douce nature s'éveillait,
les mamelons des mornes ruisselaient des perles de la rosée.
Saint-Georges admirait cette radieuse bordure qui encadrait la
savane; il aspirait ces parfums. On n'entendait pas encore le
tintement de la cloche à cette église nue et pauvre comme une
église de village...

L'inconnu priait toujours... la pensée de sa prière l'absorbait;
il ne se releva que lorsque la cloche eut sonné.

Prenant alors son cheval par la bride, il partit après avoir
baisé religieusement cette pierre.

Il fallait traverser le jardin du curé pour arriver à sa demeure
modeste. Saint-Georges suivit l'homme machinalement; tout
d'un coup il entrevit le curé à travers un massif d'arbres. L'idée
lui vint alors d'attendre et de se cacher; pendant ce temps de
recueillement il préparerait sa harangue. Le brave pasteur disait
son office. C'était un dominicain au teint fleuri, au visage ouvert; il ne ressemblait en rien aux capucins envoyés de France
à la colonie, qui ne tardent pas à ne plus être capucins dès qu'ils
se couvrent de linge et d'étoffes fines, qui se font servir par des
négresses et ont dans leur maison un équipage, un cocher et un
cuisinier. Expédié à Saint-Domingue par son provincial, le curé
de Saint-Marc ne s'était dépouillé ni de son esprit ni de son habit : c'était un bon et saint homme. D'abord curé à la Guadeloupe, il était venu à Saint-Domingue.

Saint-Georges le vit bientôt fermer son bréviaire; l'homme
au manteau brun lui parlait bas à l'oreille; il lui glissa dans la
main trois belles piastres d'Espagne...

— Vous n'oublierez point cette messe pour *lui*, mon père;
c'est un anniversaire ineffaçable pour *moi*. Quand vous direz
cette messe, il y en aura, par mes soins, une autre de célébrée
au couvent de la Merced..... Adieu !

Ces paroles dites, il se remit en selle après avoir bu quelques
gorgées d'une outre placée aux côtés de sa monture. Ce fut seulement alors qu'il aperçut le mulâtre derrière les feuilles. La
persistance de ce curieux si matinal l'inquiéta. Soit qu'il le prît

pour un espion ou un voleur, il s'en fut à lui et il l'interrogea avec rudesse. Saint-Georges répondit avec fierté.

— Si tu veux parler, comme tu le dis, au curé de Saint-Marc, pourquoi ne pas le faire? Il est là...

Le mulâtre garda le silence.

— As-tu une raison? Dis-la. — Parce que j'ai peur de le chagriner, monsieur, répondit-il avec amertume. Il me parlera de ma mère, je le sens bien, et je n'aurai pas le courage de lui dire : « Je l'ai quittée! » —Tu fuis d'une habitation? De la partie française, peut-être?... — Vous l'avez dit. C'est de la Rose que je fuis. — De la Rose?... dit l'homme en rejetant son corps en arrière comme pour mieux envisager le mulâtre... Dès lors, mon jeune gars, rassure-toi, tu n'as qu'à voyager côte à côte de moi; si tu as peur, prends mes pistolets... tu n'as pas d'armes!

Voyant que Saint-Georges hésitait :

— Crains-tu que je te livre? Alors quitte-moi. Mais je te promets asile et bonne tutelle chez moi, par Saint-Jacques de Compostelle!... Viens avec moi : voici des cigares et des vivres, nous partagerons. Chemin faisant, tu me conteras ton aventure...

Il offrit au mulâtre un coup de son outre, contenant du vin très-passable, et rompit avec lui la moitié de son chocolat. Rassuré par ces prévenances, Saint-Georges rangea sa mule près du cheval barbu de son compagnon; celui-ci l'interrogea bientôt sur les plus petits détails de l'habitation qu'il fuyait. L'air de secrète anxiété dont il écouta ce récit, dans lequel l'amour de la marquise de Langey tenait une place si grande, surprit beaucoup le mulâtre... Ce morne étranger ne disait rien, il ne l'interrompait pas; son histoire achevée, il se contenta de lui prendre la main et de lui dire :

— Merci!

Saint-Georges l'avait racontée, cette histoire, avec une grande naïveté; il n'avait rien omis, rien déguisé; son chagrin le plus sensible, c'était cette froide indifférence, ce mépris que la marquise faisait de lui et de son amour.

— Parce que je suis mulâtre, répétait-il, est-ce à dire que je ne vaille pas un blanc? — Dussé-je me coucher encore à ses pieds comme un chien, je le ferai, disait-il les yeux gonflés de larmes... J'ai bien souffert le jour qu'elle m'a chassé, mais je l'aime!

Le compagnon de Saint-Georges murmura tout bas:

— Moi, je la hais!

Tio-Blas, que nos lecteurs auront sans doute reconnu, était alors bien changé. Un an presque entier avait creusé de nouveau les rides de son visage, comme la pluie creuse les ravins ou la pierre. Respirant pour sa seule vengeance, il n'avait eu garde de laisser échapper une aussi belle occasion d'apprendre la vie de madame de Langey par un de ses propres esclaves; tous ces mille détails vinrent aviver sa rage, ils s'enfoncèrent comme autant de dards en sa plaie. L'amour de ce jeune homme, amour triste et réprouvé, n'émut pourtant pas son cœur, sa fierté de noble et d'Espagnol le mettant au-dessus d'un attendrissement puéril pour un mulâtre. Un seul péril de Saint-Georges éveilla sa compassion, ce fut sa punition pour un crime que lui-même avait conseillé et dont le mulâtre Raphaël n'avait été que l'instrument. Dans ce cœur habité par les anges du mal et de la haine, livré à toute la fougue du brigandage, il se trouva une admiration douloureuse pour cet instant de la vie de Saint-Georges; l'Espagnol résolut d'en faire un des siens, c'était dans son idée une marque de haute récompense. En lui parlant chaque jour de madame de Langey, le mulâtre remplirait l'office d'un homme qui souffle le feu sous les branches sèches, il entretiendrait la flamme de sa colère. Tio-Blas avait souri de dédain au nom de M. de Rohan, il regardait sa propre capture comme une chose impossible et de très-haut prix pour cet homme.

Leurs chevaux descendaient alors un chemin assez difficile... De grands mornes, bordés de précipices, rendaient la marche dangereuse par le nombre de sentiers étroits et profonds encaissés dans une sorte de tuf rouge. Quelques coups de fusil retentirent à cet instant.

— Bravo! tu n'as pas eu peur, dit l'Espagnol à Saint-Georges, qui en effet n'avait pas doublé le pas de sa mule.

Il se vit bientôt entouré, ainsi que son compagnon, de plusieurs noirs espagnols qui s'approchèrent respectueusement de Tio-Blas.

— Faisons halte, dit-il; vous avez bien fait de me rejoindre. Voici un *nouveau* que je vous présente; votre signal n'a pas eu l'air de l'effrayer, il va dîner avec nous.

Le gazon brûlé servit de nappe, de table et de siéges. Quelques viandes froides, l'eau d'un ruisseau voisin mêlée d'un peu de rhum, du biscuit et de la cassave complétèrent le repas. A travers les arbres on apercevait une jolie savane.

Assis sous un figuierblanc très-élevé, Saint-Georges examinait avec stupeur cette troupe armée, dont l'équipement seul indiquait assez la profession. Sa mule était épuisée de fatigue, Tio-Blas lui en fit seller une autre. Escorté de ses hommes, il devait rejoindre, à renfort de marche, son habitation dominant la vallée d'Oya et que les habitants nomment le *Tombeau du Diable*.

Pour cela il fallait plusieurs jours de route, franchir des mornes roides entrecoupés de ravins. Cette caravane formait un ensemble si curieux que Saint-Georges ne put se défendre d'un certain sentiment en l'étudiant...

C'étaient pour la plupart des noirs de la partie espagnole de Saint-Domingue ; cependant il y avait parmi eux quelques Castillans déguenillés comme l'homme qui les guidait. Le gentilhomme, l'officier réformé, le marchand, le pacotilleur déçu ou ruiné étaient venus grossir ce corps savamment discipliné. Les repas ne duraient ordinairement qu'un quart d'heure, on employait le reste du temps à sonder les forêts environnantes et à éviter les embûches des *plumets jaunes,* ainsi appelaient-ils les soldats des villes, envoyés à leur poursuite. Comme s'ils eussent encore habité Santo-Domingo, Porto-Plata ou toute autre résidence, ces hommes exécutaient un roulement sur un énorme tambour pour annoncer l'heure de l'Angelus ; alors ces pieux bandits s'agenouillaient sur l'herbe ou les pierres. Les pistaches à la bouche, ils faisaient gaiement la sieste dans leurs hamacs nomades, choisissant deux arbres de la forêt pour y suspendre eux-mêmes ce lit mobile, dans lequel ils se blottissaient enveloppés soigneusement de leurs manteaux, afin de se garantir de la piqûre des insectes. Leurs bras herculéens demeuraient nus, leurs culottes de guingamp bleu étaient retroussées jusqu'au milieu de la cuisse. Ils portaient le *trabucco* [1] et le poignard effilé. Véritable camp de bohèmes dans les savanes, ils avaient pour eux l'intrépidité et la ruse, d'excellentes armes, des chevaux sûrs. Au lieu d'une méchante case qu'ils eussent partagée dans les terres avec les bêtes à cornes, les gens de guerre hautains ou les citadins nonchalants, ils avaient la tente bleue du ciel, la verdure des plaines et la bouteille de grès où dormait le xérès à leur ceinture. Leur bagage se composait d'une vieille malle contenant quelques reliques et des cartouches, de morceaux de drap pour le manteau ou l'habit

[1] Tromblon.

futur, de câbles et de longs cornets de poivre connu sous le nom de *maniguette*. Au défrichement des terres, qui alarmait leur paresse, ils préféraient la chasse des troupeaux par les campagnes endormies, le vol nocturne, le pillage dans les églises. Quelques-uns, — les noués et les boiteux, — avaient mission de sonder le terrain en se traînant devant le passant. *Senor, una limosina! por Maria santissima, una limosina a este probecito!* Il y avait de tous les métiers chez eux, avons-nous dit, excepté celui d'honnête homme; mais par la misère qui régnait dans la colonie espagnole, ces flibustiers nouveaux n'étaient-ils pas tous absous?

Cette vie étrange convenait à Tio-Blas, à sa nature sombre, inquiète; elle profita bientôt singulièrement au mulâtre. Ces hommes furent étonnés de sa grâce, de sa tournure; ce fut à qui deviendrait son maître, à qui développerait son élégance et sa force; les meilleures leçons d'escrime et les plus belles dattes étaient pour lui. Ce complément d'éducation à la Gil-Blas ne pouvait manquer d'abord de lui plaire. Tio-Blas aimait à s'en faire accompagner; c'était le plus beau jouteur de sa troupe, où nul, à coup sûr, ne le valait et ne l'eût insulté en vain. Ce noble de Castille, qui s'était fait bandit si effrontément, se surprenait parfois encore à parler devant ses compagnons de la puissance de l'Espagne, la première puissance de l'Europe sous Charles V, lorsque Séville renfermait soixante mille métiers à soie, disait-il; lorsque les draps de Ségovie et de Catalogne étaient les plus recherchés comme les plus beaux de l'Europe, et qu'il se négociait quatre cent cinquante millions de valeurs en lettres de change dans une seule foire de Médine. Hélas! il ne fallut pas longtemps à Saint-Georges pour comprendre la différence essentielle de l'état des possessions des deux couronnes. La colonie française pouvait être regardée comme un chêne de belle et vigoureuse nature; la colonie espagnole présentait l'image d'un arbre caduc, desséché. Dès les premiers pas que le mulâtre fit dans ces landes, il les trouva remplies de fièvre, d'indolence et de misère. De rares cultures à côté d'une végétation luxuriante, un esprit d'insouciance que rien ne pouvait excuser, un état plus triste que celui où Christophe Colomb laissa les premiers maîtres de cette terre! Les troupeaux erraient dans les campagnes incultes, l'œil rencontrait à peine autour des habitations quelques jardins à légumes et à fruits. La mollesse de colons n'employait même pas les esclaves du sol au travail : ils passaient tout le temps à jouer ou à se faire bercer dans leurs branles. Quand ils étaient las de dormir, ils chantaient ; il fallait que la faim les pressât pour qu'ils sortissent du hamac. Des cases recouvertes des feuilles du palmiste avaient remplacé les somptueux palais d'Ovando ; la boisson des plus riches consistait en un peu d'eau aiguisée avec une pointe de tafia ; ils remplaçaient le pain par les patates, les vases d'émail par la poterie la plus humble. L'intérieur des maisons répondaient à cette pauvreté, les fenêtres étaient sans vitres. Les habitants se traînaient comme autant d'ombres pâles par les carrefours et les rues ; une odeur infecte s'échappait de chaque grenier, où l'on ne montait que par une échelle. Parlant peu le jour, babillant la nuit, ce peuple livide, avorté, n'en roulait pas moins le *papelito* entre ses doigts minces ; conservant la moustache et l'épée des anciens jours, et préférant se battre dans une ruelle derrière la cathédrale plutôt que de remettre le combat au lendemain.

La vue de ces hommes ranima l'orgueil de Saint-Georges. Comme eux, il se sentait déchu de je ne sais quel rang auquel il devait prétendre. Il mûrissait cette pensée au feu des haltes de nuit, par les bois, par les rochers, au milieu des attaques dont la troupe se voyait l'objet ; car durant tout le cours de ce singulier apprentissage de liberté, Saint-Georges vit plutôt les gens de Tio-Blas traqués par les plumets jaunes qu'ils ne furent eux-mêmes les agresseurs.

La vallée d'Oya et peu après le *Tombeau du Diable* apparurent enfin à ses yeux ; ce fut seulement de nuit qui Tio-Blas se glissa dans cette ancienne résidence. Quand il la revit, l'Espagnol ne put se rendre maître d'un tressaillement de joie, car ce n'était pas sans motifs qu'il rentrait sous ces planches habitées par un seul domestique noir... Attachée comme un nid d'aigle aux mornes dominant la vallée d'Oya, cette case assez vaste s'éclaira bientôt sous la torche de Tio-Blas... Escorté de Saint-Georges, il s'en fut droit à un grenier rempli de débris d'animaux, de cornes à bœufs et de rouillardes ébréchées, et là, dans une des crevasses du mur masquée par un grand cadre de la Vierge, il plongea son bras nu, et il y saisit un portefeuille...

Il fallait que ce fût quelque dépôt précieux, car il était ferme et scellé de trois cachets ; la couverture était en peau de lézard.

Tios-Blas le prit, s'assura que nul ne l'avait forcé et le mit

dans sa basque, après avoir bu avec le mulâtre la moitié d'un
flacon de Malaga respectable par sa vétusté.

— Tu vois, mon digne fils, que je t'ai tenu parole! La vie que
nous menons est contrariée parfois, j'en conviens, mais elle a
ses charmes. Ne vaut-il pas mieux que tu aies quitté la Rose et
ta mère, pour devenir quelque chose chez nous, au lieu de pourrir là-bas sous les coups de fouet?... Par le grand saint Dominique de mon parent l'évêque, je suis désolé de n'être plus un
seigneur ayant palais à Séville ou à Burgos, j'aurais fait de
toi mon maître à chanter... Tu pinces fort galamment de la
guitare!...

Une grêle de coups de fusil vint ébranler les planches de la
hutte pendant cette conversation.

— Ce n'est rien; les plumets jaunes qui causent avec les
nôtres. Il est écrit qu'ils ne nous laisseront pas tranquilles. Heureusement que nous connaissons mieux qu'eux les détours de
cette montagne, et sans le besoin que j'avais de reprendre ici
ce portefeuille...

On entendit très-distinctement dans l'enfoncement de la vallée d'Oya une seconde fusillade... Tio-Blas, quand elle fut passée,
ouvrit la lucarne de la hutte avec précaution; la solitude semblait avoir repris son silence.

Il serrait déjà sa ceinture de soie autour de ses reins pour
partir, quand le nègre gardien de cette aire abandonnée s'écria
hors d'haleine en arrivant vers lui :

— Maître, maître! vous partir cette fois sans vos chiens!
Beaucoup de notre meute sont morts!

Et de son doigt levé sur la vallée d'Oya, alors enveloppée des
ombres de la nuit, le Dominguois indiquait à Tio-Blas un amas
confus d'hommes et de chevaux laissé sur ce nouveau champ
de bataille. Une épaisse colonne de fumée montait pesamment
vers la hutte. Ce combat avait été l'affaire d'un quart d'heure.

— Carrajo! Il paraît que les plumets jaunes étaient en nombre! Je croyais mes gens plus avisés; voyons un peu.

En tournant le flanc de la montagne avec Saint-Georges, dont
la mule lançait l'éclair sous ses pieds au milieu des ténèbres,
l'Espagnol arriva bientôt au lieu du désastre; là, il put se convaincre qu'une partie de ses cavaliers avaient péri. Le Dominguois lui avait assuré que le conseil de San-Yago avait mis sa tête
à prix; il se hâta de rassembler ceux de sa troupe qui restaient
sur pied et de regagner le côté, plus sûr pour eux, de la partie

française. Son air d'assurance ne s'était point démenti à la vue de ces blessés et de ces morts. Jusqu'alors Saint-Georges n'avait reçu de lui aucune paye, ce jour-là il doubla celle de sa troupe et lui donna une portugaise[1].

— Ce sera le commencement de ta fortune, lui dit-il; avec cela tu pourras retourner quelque jour à l'Artibonite, quand je me verrai forcé de licencier mes hommes... Si tu veux t'y marier, je me charge de ta dot.

A ce mot de mariage, le mulâtre soupira. Il se rappelait la seule femme qui l'eût aimé malgré son indifférence, Finette, dont sa fuite devait faire le chagrin. L'argent que l'Espagnol lui avait donné fut serré par lui soigneusement près des pièces d'or de sa mère, qu'il gardait dans sa valise.

— Pauvre mère! pensa-t-il; que dirait-elle si elle me savait au milieu de ces contrebandiers, vivant de ce que je trouve, complice innocent de cet homme que je n'avais jamais vu! Oh! je la reverrai, Dieu le permettra, Dieu, qui me guérit insensiblement de cet amour, qu'un démon avait fait germer en moi! Grâce au ciel et à mon courage, me voilà fort maintenant contre les tempêtes du cœur; la vie de ces hommes m'a éclairé : je vois que je suis comme eux un réprouvé de la terre, un misérable, un maudit! Ma couleur est désormais pour moi une question tranchée : — un peu plus que le nègre, au-dessous du blanc, — rien pour cette femme! N'importe, j'aime mieux rester parmi ces aventuriers qui pillent que parmi ces insolents qui méprisent! Puis-je oublier que l'indignité de ma race me suivra jusqu'au tombeau?

Il reprenait bientôt, navré de douleur :

— Et cependant je l'aime; j'ai beau me le cacher, je l'aime! Je lui parle, je la vois! Ce corps, cette bouche, ont conservé pour moi leur parfum et leur haleine; j'entends le frôlement de sa robe au milieu même du silence de la forêt; le bleu du ciel me rappelle son regard, son voile blanc passe souvent dans mes rêves! Étrange égarement! il me semble parfois que l'empreinte de ma passion brûlante devra la marquer à des temps voulus! Dans nos veilles nocturnes, lorsque les étoiles distillent la rosée, il me semble   entendre son pas... Si je n'étais point marqué de cet ineffaçable sceau de la servitude! Ce qui me tue, c'est la conscience amère de cet abaissement, c'est le linceul

[1] La portugaise vaut 60 francs.

noir jeté à tout jamais sur mon visage! Ma mère! ma triste mère! vous m'avez pourtant parlé bien souvent de noblesse et de grandeur; vous m'avez dit souvent que, si le ciel était juste, je devais marcher l'égal d'un blanc; était-ce folie ou dérision, ma mère? Je suis dégradé, méprisé de tout, avili! Pourtant je suis robuste; les précepteurs de Maurice m'ont trouvé aussi apte qu'un blanc à retenir leurs doctrines. Les portes de l'espérance sont-elles donc fermées pour moi?

— Pauvre fou! lui dit un jour l'Espagnol, qui surprit le jeune homme au milieu de ces cruelles imprécations contre lui-même, ne sais-tu donc pas que la vengeance seule a ôté à la douleur son âcreté? Fi de la vie, si elle ne devait servir qu'à nous faire boire nos larmes! A quoi bon l'épée, si elle sommeille? la dague trempée dans le poison, si elle ne tue? Tu vois dans la vie que tu mènes à mes côtés des nuits ténébreuses, pleines des terreurs du ciel et de la terre; — à la voix de Dieu, la foudre en sort! Ne pleure plus sur toi-même, toutes les puissances de l'enfer fussent-elles liguées contre toi, je te jure que tu seras bien vengé!

Au ton morne et froid avec lequel Tio-Blas avait prononcé ces paroles, Saint-Georges le regarda... Plus pâle encore que de coutume, il repassait la lame de sa *mancheta* sur une roche calcaire, au-dessus de laquelle la cime des pins rendait alors des murmures. En le voyant bientôt rassembler les quelques hommes de sa petite troupe sous la lisière d'un bois fort épais, Saint-Georges conçut de vagues soupçons; on eût dit que le capitaine attendait un coup à faire. Refoulée par les plumets jaunes vers cette partie de l'île française, aux environs de la Montagne-Noire, cette poignée de monde devait y camper la nuit. Le soleil venait de s'éteindre alors derrière les pitons environnés de vapeurs, et cependant le paysage de cette prairie entrecoupée de bouquets de bois paraissait encore enchanté.

Sous les pieds de la Montagne-Noire serpentait la rivière du Cabeuil comme un vaste ruban d'argent; c'était le point d'intersection de la partie française et de la partie espagnole. Plusieurs sentiers divergents se croisaient dans la prairie; des lataniers, des acacias, des sapotilliers, renfermés dans une multitude d'enclos, envoyaient de toutes parts leurs odorantes senteurs à la route. Tio-Blas avait ordonné à ses gens de se tenir prêts; chaque œil était au chemin, chaque main à la gachette du fusil. Pour être avertis à temps de quelque bonne arrivée, un Espagnol de la troupe qui, par un singulier raffinement de coquetterie, avait laissé croître à volonté l'ongle du pouce de la main droite, afin de tirer de plus beaux sons de sa guitare, venait d'être envoyé près des cannes de la route, quand tout d'un coup il revint à toutes jambes en s'écriant : « Les dragons ! la cocarde blanche ! »

Le jour tombant permettait en effet de discerner au loin ces uniformes... Ils formaient un piquet de cavaliers assez fourni autour d'une berline découverte...

Cette voiture allait alors au trot le plus rapide ; elle était menée par de petits postillons nègres. Au fond de la berline, Tio-Blas entrevit auprès d'une dame dont le voile était rabattu, un homme décoré du plastron de l'ordre de Malte, espèce de cuirasse de satin noir qui lui couvrait le ventre et la poitrine : cette cuirasse était marquée d'une immense croix de Malte en toile d'argent. L'Espagnol n'avait jamais vu ce personnage ; mais il se retourna au cri que poussa Saint-Georges, qui avait reconnu madame de Langey.

— C'est bien elle, pensa Tio-Blas ; l'avis que j'avais reçu de cette promenade était sûr !

Arrivée près de la lisière de ce bois touffus, la berline se mit au pas.

— Ce sera pour Maurice une salutaire promenade, dit la marquise ; je vous remercie pour lui, cher prince, des ressorts de votre berline ; c'est un vrai hamac, n'est-ce pas, Finette ?

La mulâtresse avait les yeux fixés sur la rivière du Cabeuil, que les blocs de rochers noircissaient insensiblement de leurs grandes ombres.

— Voilà un paysage, reprit M. de Rohan, qu'il fait bon d'admirer avec un piquet de dragons du roi. On dit ces limites peu sûres ; ces gueux d'Espagnols se multiplient, je crois, comme des moustiques ; ils volent dans l'air ! — Le prévôt des maréchaussées de Saint-Marc vous a fait, cher prince, une galanterie toute royale... A la seule vue de cette escorte... — On doit songer au trésor qu'elle protége, n'est-ce pas ? Ce trésor, marquise, vaut tous les diamants de la couronne...

Comme de semblables phrases étaient chose peu commune dans la bouche altière de M. de Rohan, madame de Langey l'en récompensa par un regard brillant comme la flamme et qui semblait traduire tout son orgueil d'être admirée. Elle avait rabattu sa calèche de soie noire sur ses épaules et balançait à sa main un beau mimosa récemment cueilli...

— Vous tenez, cher prince, à me nier ces bouquets placés, il y a un mois, tous les soirs sous ma moustiquaire... savez-vous que c'est très-mal? Un grand bailli de l'ordre de Malte n'est admonesté par personne. — La nuit vient, ma mère, et ces vilains rochers ne me permettent plus de rien voir, dit Maurice en remettant à M. de Rohan sa lorgnette d'approche enrichie de pierreries. — Et le frais des bords du Cabeuil est dangereux pour vous, madame la marquise, ajouta sa mulâtresse. — Nos postillons n'ont-ils pas des torches? reprit M. de Rohan, à qui ce site et cette promenade plaisaient.

Il allait se lever pour donner des ordres quand une masse compacte parut se mouvoir sous la lisière du bois; elle était à peine reconnaissable, en raison de l'ombre étendue sur la savane comme un réseau noir.

— Respect à la berline, mort aux dragons! s'écria soudain la voix d'un homme lancé au triple galop de son cheval et suivi à quelque distance de vingt noirs...

Les dragons répondirent par une vive décharge.

— Attirez-les parmi les bayaondes de la Montagne-Noire, continua la voix planant sur cette troupe comme un drapeau.

Les dragons de M. de Rohan, surpris de la riposte nourrie de ces agresseurs, s'étaient déjà débandés à travers la plaine.

— Les lâches! les misérables! criait le prince, emporté lui-même à tour de roue par ses postillons. Il avait jeté son manteau sur madame de Langey et Maurice éperdus de crainte. — A moi cet enfant, s'écria l'Espagnol en étendant l'un des chevaux à terre d'un coup de fusil. Me reconnaissez-vous, marquise de Langey! c'est mon tour!

Elle fut terrifiée... Tio-Blas, l'œil enflammé de rage, la narine dilatée comme celle d'un tigre, flairait cette proie, qu'il était sûr de saisir...

— Et je n'ai pas d'armes! s'écria M. de Rohan, pas d'armes!

Tio-Blas allait arracher Maurice d'entre les bras étroitement serrés de la marquise quand il se sentit lui-même frappé d'un coup violent qui le fit tomber à la renverse. C'était Saint-Georges qui s'était élancé sur lui; dégagé des bras terribles de l'Espagnol, Maurice alla retomber sur les genoux de Finette... Le mulâtre n'eut que le temps de se tapir alors le ventre contre terre, car au lieu de se voir attirés dans les bayaondes, où ils eussent péri infailliblement, les dragons, qui avaient repris le dessus, s'annonçaient à trois pas de lui par une sanglante fusillade. Abrité

sous des flocons de quelques plantes touffues, Saint-Georges leur
échappa, plus heureux que Tio-Blas, qu'on relevait alors par
les ordres de M. de Rohan. Madame de Langey demeurait éva-
nouïe dans le fond de sa berline... Criblée par les balles, la
troupe de Tio-Blas avait fui dans les ravins; les liens dont il se
trouva garrotté réveillèrent alors l'Espagnol.

— *Demonio!* cria-t-il en grinçant des dents et en se voyant
attaché au derrière de la berline... — Qu'il soit conduit aux prisons de Saint-Marc et que le prévôt des maréchaussées royales
soit averti! dit M. de Rohan à ses dragons; son procès ne traînera
pas en longueur.

Après quelques heures d'une marche pénible par les marais,
l'escorte arriva aux portes de Saint-Marc, où la voiture se vit
bientôt entourée par le peuple. Les torches des postillons éclairaient seules ce retour lugubre, tout le monde avait soif de la
figure du captif. Gonflés par la pression des cordes, les bras de
l'Espagnol furent enfin détachés du train de derrière, mais il ne
les leva que pour se fouiller lui-même avec une anxiété visible,
et s'écrier ensuite d'un ton lamentablement abattu :

— *A-mi-Dios! Santa Madre!* j'ai perdu mon portefeuille!

XXV

Fête à la colonie.

> ARMADO. Console-moi, mon enfant; dis-moi
> quels sont les grands hommes qui furent amou-
> reux.
> MOTH. Hercule, mon maître.
> ARMADO. Et après?
> MOTH. Samson, mon maître. C'était un
> homme d'un port avantageux, car il porta les
> portes d'une ville sur son dos comme un por-
> tefaix. Et il était amoureux.
> (SHAKSPEARE, *Peines d'amour perdues,*
> acte I, scène II.)
> Souviens-toi! — *Remember!*
> (*Devise de Charles Ier.*)

C'était après une nuit belle et parfumée; les toits de Saint-
Marc apparaissaient lisérés de larges bandes de soleil; la ville
avait donné le branle à toutes ses cloches.

Chaque rue conduisant à la vaste plaine de l'Artibonite était,
contre l'usage, arrosée, balayée et tentée d'un bout à l'autre; le

soleil n'y calcinait plus le pied du passant; des jasmins, des roses et surtout de beaux géraniums à calice rouge y combattaient l'odeur des marécages.

Confondus avec les soldats de la garnison, les colons étaient çà et là échelonnés sous les armes, le canon tonnait par intervalles comme à l'arrivée du chef de la colonie...

Les officiers publics, les agents du commerce et les hauts propriétaires traversaient à pied ou à cheval le court espace qui sépare la ville de la plaine; quelques chaises en cuir roussi, à la portière desquelles passait l'éventail ou le bras d'une créole; des voitures richement ornées, suivies de nègres à cheval; des mules à guides rouges portant des Espagnols, le teint à couvert sous leur ombrelle; des archers de la maréchaussée, le sabre au poing, tel était le tableau mouvant que présentait ces quais, assez mal ombragés du reste par quelques arbres chétifs.

Le spectacle qu'offrait la plaine était aussi inaccoutumé...

Comme une vaste arène au sable d'or, elle se trouve alors entièrement vide à son milieu; elle a pour ceinture une délicieuse écharpe de femmes et de créoles. Sur ces échafaudages légers qui les entourent, le seul bruit de la fête a rassemblé les plus charmantes reines de la colonie, toutes accourues de Léogane, du Port-au-Prince et du Cap, leurs résidences ordinaires. Les orangers embaument l'air, les limons et les fruits glacés circulent. Ce cordon noir qui décrit de temps à autre des plis sinueux sous les bourrades des archers, c'est le peuple nègre; il ouvre ses grands yeux jaunes pour jouir de ce spectacle qu'il contemple avec envie, car les créoles seuls se disputeront la victoire dans cette lice, eux seuls ils soulèveront la poussière de cette carrière, eux seuls ils la tremperont de la sueur de leurs coursiers!

Pour les créoles seuls sont réunis dans ce vaste champ les différents jeux d'adresse auxquels ils s'adonnent, le tir au pistolet, la course de bague, l'escrime, le palet, la gymnastique.

Ce sont les dames qui doivent désigner le vainqueur. Comme dans les antiques tournois, tous les combattants seront masqués, afin que le prix décerné par elles ne soit donné qu'au plus digne.

La récompense est au choix du triomphant. Il peut choisir entre ces vases ciselés d'or, entre ces habits de velours, ces couronnes tressées, ces armes, ou bien il peut dicter en roi de cette fête telle condition qu'il voudra, il ne tiendra qu'à lui de commander et de se faire obéir.

Entre des bouquets de cocotiers et de palmistes que le soleil nuançait de teintes veloutées s'élevaient par myriades sur ce terrain des pavillons de toile blanche, tous ornés de flammes distinctes. Peu à peu les combattants masqués en sortirent... Au tam-tam aigu des cornets à bouquins que tenaient les noirs accroupis sur leurs talons devant ces tentes comme des Sphinx de pierre, succéda bientôt le son joyeux des trompettes et des cimbales de la garnison; la lice s'ouvrit, la poussière s'éleva à flots pressés.

Quel admirable silence! tout se tait alentour dans les champs de cannes, la brise de mer crépite seule par intervalles dans la feuille des tamarins.

Pour coupole, un ciel admirable, pommelé de légers flocons; pour horizon, le granit azuré des mornes. La tour noirâtre de la prison de Saint-Marc, où l'Espagnol est renfermé depuis un mois, tranchait sur ce tableau dans les vapeurs du lointain.

Au signal donné, les créoles se sont répandus par la plaine. C'est à qui luttera de force, d'agilité, de noblesse; il semble qu'ils aient résolu de faire valoir aux yeux du nègre hébété leur prééminence de caste. Ici, c'est la feuille du latanier que tranche la balle, plus loin le palet qui atteint le but aux applaudissements de la foule; là-bas, comme dans les jeux du cirque, un athlète aux membres bruns s'emboîte au corps d'un rival. De toutes parts ce ne sont qu'écharpes au vent, qu'applaudissements joyeux, murmures louangeurs tombés des lèvres aussi vermeilles que la rose. Les femmes agitent leurs bouquets, croyant reconnaître leur amant ou leur frère dans le créole masqué qui passe en ce merveilleux carrousel. Étagées comme autant de fleurs sur les gradins, elles se penchent, se sourient, se passionnent, appellent les combattants par leurs noms pour les exciter. Il faut les entendre avouer imprudemment un nom chéri; leurs éloges font relever le front aux plus modestes. Jusque-là il n'y a pourtant ni vainqueur ni vaincu, les forces sont égales, l'agilité est la même partout, c'est une famille de nobles frères qui combat; mais parmi ces lutteurs on cherche vainement le maître.

Les chevaux sont hors d'haleine, leurs jambes grêlent répandent une pluie de sueur sur le sable. Les combattants eux-mêmes rentrent sous la tente pour se débarrasser un instant du masque,

tant la chaleur est ardente; c'est alors seulement que leurs
figures douces et fières s'interrogent; ils se font frotter d'eaux
de senteur par leurs nègres et se disposent à rentrer dans la
lice dès que la trompette aura sonné.

Madame de Langey occupe le centre de ces loges odorantes;
elle dépasse chaque femme de la colonie par son faste. Couverte
de pierreries et de satin, lascivement penchée vers le prince de
Rohan, qui lui sourit, elle écarte le voile qui caresse ses épaules
nues et présente à Maurice une belle cerise du Cap, pendant
que derrière elle l'esclave préposé au mouchoir ramasse celui
qu'elle vient de laisser tomber. Aucun cri de joie, aucun vœu
n'est encore parti de sa poitrine; elle se contente de demander
à M. de Rohan le nom des plus beaux officiers du Cap et des
plus riches planteurs de la colonie... Repoussant avec une majestueuse indifférence les pastilles ambrées que lui présente
M. Gachard dans sa boîte de porcelaine, elle jouit en silence de
la jalousie de ses rivales, dont pas une n'égale sa beauté ni sa
toilette. Avec un éclair de ses yeux elle terrasse ce qui l'entoure,
sa fierté royale a l'air de porter un diadème.

Oh! qu'elle ne ressemble en rien à ces jeunes femmes vives
et tendres dont le cœur va se soulever quand leur amoureux
reconnu à quelque signe chéri reparaîtra dans la lice! Ces
créoles aux cheveux de jais, au doux regard, laissent tomber
alors de silencieuses pensées derrière leur éventail; elles se rappellent les causeries de la veille par une nuit étoilée, les aveux,
les folles caresses, toute cette vie d'amour qui se mire dans
l'azur des fleuves et dans la clarté du ciel! Celles-là ont déjà
peur, leur visage ému revêt tout d'un coup la blancheur du
marbre, car un nouveau concurrent vient d'apparaître; il s'est
posé sur le sable, immobile et fier comme un lutteur assuré de
vaincre.

Et je vous le jure, dès qu'il a paru ce masque, tous les regards se sont tournés vers lui par un mouvement unanime,
simultané...

Robuste et gracieux à la fois, il a l'air de jouer avec tous ceux
qui l'attaquent. Tantôt il se dresse comme un véritable épi de
blé, tantôt il se plie avec une rare souplesse et glisse sous le
bras de ses ennemis avec la rapidité du serpent. Lancés bientôt
sur l'arène par son bras nerveux, plusieurs de ces enfants y re-
bondissent comme la paume; la lutte est inégale avec ce nouveau venu, tout ploie, tout lui cède. La feuille du bananier que

courberait un enfant ne se redresserait pas plus agile, quand il s'incline de lui-même pour se relever. C'est à qui l'enviera parmi les créoles, comme parmi les noirs : une terreur superstitieuse fait croire à ces derniers que c'est un dieu. Il a passé par toutes les épreuves de la lutte, on dirait de l'un des Macchabées par la flamme. On ne l'entend pas respirer avec bruit, ainsi que ces adversaires; le voilà lui-même ouvrant le tir de la bague sur un cheval nu, tandis que les autres portent la selle.

Une tête de bois représentant un horrible nègre aux lèvres grosses, au nez épaté, aux cheveux crépus et roides comme un balai, forme le *faquin* d'usage contre lequel il doit pointer le bout de sa lance. Plantée sur un pivot mobile, cette figure, quand on ne l'atteint pas au milieu, tourne aisément et frappe le cavalier d'un sabre de bois peint en rouge. Or, non-seulement le nouveau cavalier n'encourt pas une seule fois cette vengeance, qui donne à rire à la foule, mais il manœuvre son cheval avec une habileté exquise, c'est la grâce du blanc et la force du nègre; il courbe le front sous les bravos et les bouquets... C'est à qui le proclamera le roi de la fête, il n'écoute rien et va toujours... La fureur étrange avec laquelle il s'attaque à cette tête de nègre semble une chose inexplicable aux spectateurs, on dirait que cette vue a rallumé dans lui quelque colère ou quelque vengeance. Faisant volter son cheval avec toute la grâce d'un écuyer consommé, il s'arrête enfin devant la loge de M. le prince de Rohan et s'élance vers les gradins où siége madame de Langey...

Alors, seulement alors, un frisson subit s'empara de la marquise; jusque-là elle s'était vue dominée par l'admiration.

— Quel prix choisissez-vous, monsieur? dit le prince de Rohan. — Je demande pour toute faveur qu'il me soit permis d'embrasser celle que je voudrai, dit le jeune homme.

Il avait balbutié ces mots avec l'accent créole, un accent plein d'ingénuité et de douceur. Les femmes s'entre-regardèrent confuses et charmées d'entendre le vainqueur parler ainsi.

A plus d'une prunelle il jaillit alors un rayon d'espoir; laquelle de ces femmes n'eût pas voulu partager un tel triomphe?

Elles s'émurent toutes à cette demande imprévue qui circula bientôt dans tous les rangs. Les douairières seules se cachèrent sous les plumes de leur éventail en disant qu'elles refuseraient ce baiser victorieux et qu'il était malséant que ce jeune homme n'eût pas pris la coupe d'or.

Il y en avait en effet une fort belle envoyée de chez l'Empereur, le meilleur joaillier du temps; cette coupe était incrustée d'agates.

— Vous verrez que ce sera le jeune marquis de Vivonne! dit madame d'Esparbac. — Pourquoi pas monsieur de Vannes! répondit madame de Langey. — A moins que ce ne soit mon neveu! s'écria M. Gachard. Il est pourtant moins haut de taille, et se lasse facilement... — Ce serait plaisant que ce fût un étranger, quelque Anglais du navire *l'Yorick*, qui fait voile cette nuit même pour Bordeaux... — Vous n'y êtes pas... C'est le neveu de notre gouverneur, monsieur de Bongars... dit un officier qui voulait de l'avancement.

Mais toutes ces conjectures furent dissipées par le geste du vainqueur, qui, s'avançant tout d'un coup vers madame de Langey, marqua ses blanches épaules d'un baiser de feu, en soulevant la barbe de son masque....

— Un mulâtre, c'est un mulâtre!

Ce cri poussé par madame de Langey roula comme la foudre par l'Artibonite.

Le mulâtre jeta son masque.

— Créoles de Saint-Domingue, s'écria-t-il, c'est moi! Hommes blancs, apprenez que vous avez été vaincus par un homme de couleur!... Voilà pour la *canaille*, reprit-il en lançant à travers la foule les pièces de monnaie qu'il puisa dans ses poches.

Quand il eut contemplé une seconde avec une orgueilleuse assurance la marquise de Langey :

— Adieu, maintenant, reprit-il, ma belle créole.

Transportée de fureur, elle détacha son fouet de sa ceinture, le leva sur lui et lui en coupa le visage...

Le jeune homme se contenta d'essuyer avec sa manche le sang qui coulait, et remontant sur son cheval, au milieu de la stupeur générale, il franchit cette haie de spectateurs dont nul ne songea à l'arrêter. . . . .

. . . .

La nuit de cette fête, le brick *l'Yorick*, faisant voile pour Bordeaux, reçut à son bord un passager du nom de Saint-Georges. Il paya son passage en monnaie d'Espagne, et quand le navire partit, les matelots purent le voir s'agenouiller du côté de l'ouest avec une larme...

En même temps, il sembla au contre-maître que le mulâtre

ainsi à genoux du côté de la proue, tournée vers l'ile, murmurait ce nom :

— Noëmi !

. . . .

Cette même nuit, une immense colonne de feu s'élevait du côté de Saint-Marc, avec un concert de gémissements horribles. Cet incendie menaçant la Rose avait commencé par la chambre de madame de Langey. Un homme au teint bronzé, vêtu d'une méchante culotte de guingamp bleu et portant à sa main gauche un reste de chaîne rompue, avait été vu se glissant dans les appartements de la grande case ; un noir l'avait même entendu prononcer ce cri sourdement articulé : *muerte !*

La flamme apaisée par les soins et le concours des propriétaires voisins de la Rose, on n'eut à déplorer au matin que la perte d'une aile du bâtiment, celle où reposait d'habitude la marquise de Langey.

Quand les pompes eurent joué et que l'on arriva parmi les décombres noircis, on trouva le corps de Finette à demi brûlé dans la chambre de sa maîtresse, où elle couchait quelquefois. Pour que sa victime ne pût échapper à la mort, le couteau du meurtrier l'avait frappée de plusieurs coups à la gorge... Le sang formait un ruban de corail sur le beau cou de la mulâtresse...

L'Espagnol s'était trompé !

XXVI

La toilette.

> Pour Bathylle, direz-vous, la presse y est trop grande, et il refuse plus de femmes qu'il n'en agrée. (LA BRUYÈRE, — *les Femmes*.)

— Jasmin ? — Monsieur le chevalier ? — Ouvre ces rideaux et pousse les volets ; il doit être midi sonné... — Avec votre permission, monsieur le chevalier, il est deux heures ; le carrosse de madame la marquise de Montesson doit vous prendre à trois, pour la course... Bruno, votre perruquier, est là. — C'est bien, qu'il attende !... Tu as parbleu raison : deux heures à ma montre ! Je serai rentré tard du souper de M. le duc de Chartres! Je crois, Dieu me pardonne, Jasmin, que j'y ai oublié ma raison et ma tabatière... c'est une de mes boîtes d'été, Jasmin, celle de madame Dugazon!... Tu n'oublieras pas de la faire demander à Dauphin, le premier laquais. — Quand on possède, comme monsieur le chevalier, trois cents boîtes et autant de bagues... — Ajoute autant de maîtresses, Jasmin, dit M. de Vannes qui entrait sur la pointe du pied dans ces demi-ténèbres pendant que le valet de chambre faisait claquer, en les ouvrant, les persiennes matelassées de l'appartement. Le bruit de la rue Saint-Honoré ne tarda pas à l'envahir, de sorte que le visiteur fut quelques secondes à considérer lui-même avec un recueillement contemplatif la pièce que le soleil venait d'éclairer si brusquement.

C'était une charmante chambre, ma foi, tendue en damas de trois couleurs, ce qui lui donnait dès l'abord un air d'arc-en-ciel des plus galants. Les trumeaux et les frises offraient partout à l'œil des guirlandes de roses pompons balancées par des génies aux torches renversées; ici des bergères, la bouche en cœur, sous des berceaux treillisés de barreaux verts, tenant de la main gauche le coin de leur jupe, garnie de falbalas et de quilles, comme si les violons de l'Opéra eussent attendu leurs ordres sous la feuillée de quelque bosquet voisin; là des sapajous, des hérons et des pélicans roses à l'infini. Il y avait des chiffres et des cœurs entrelacés, des carquois et des arcs d'or bruni; puis, sur le plafond, le char de Vénus mené par M. Cupidon, son fils, avec des moustaches, un manchon et des bottes fortes.

Les diverses allégories mignonnement éparses dans cette chambre à coucher, qui faisait partie d'un hôtel situé au milieu de la rue Saint-Honoré en deçà du Palais-Royal, ne paraissaient guère cependant le fait de son locataire actuel, car leur harmonie était visiblement contrariée par de bizarres dissonances.

Ainsi, — loin de chercher à faire valoir les grâces coquettes de cet appartement, concédé sans doute par quelque fermier général au caprice exigeant d'une danseuse, — celui qui l'occupait ne s'était guère embarrassé que d'une chose, d'y loger à l'aise ses fantaisies et ses goûts familiers. Près de la glace, et sur un panneau semé de déesses à la Vanloo, pendait une paire de fleurets; ici des patins, un violon entouré de serge; plus loin une savate agréablement croisée avec un bâton de maître bâtoniste; çà et là des trompes attachées à la tenture; puis, à côté du lit d'étoffe cerise, un grand fouet, mais un fouet royal, car le manche était incrusté de pierreries.

Sur la cheminée, dont les gorges de marbre et les pieds de biche se découpaient en saillie au grand soleil, reposait une liasse de papiers de musique à côté d'un bilboquet, et le buste en biscuit de l'acteur Jeannot placé en regard de celui de Voltaire...

En revanche, il y avait un grand soin et une régularité excessive dans chaque objet de la toilette, dont la plus petite pince était en or. Son fini, son précieux dépassaient une recherche féminine... Plusieurs coffrets élégants en velours bleu de ciel doublé d'émail, des pâtes contenues dans des flacons transparents, le doux esprit des fleurs s'échappant des cassolettes entr'ouvertes, des brosses diverses en vernis-Martin, merveilleusement montées, des sachets exquis sortant de l'atelier de Jollifret le parfumeur, tel était le principal aspect de la toilette.

Sur le sofa, une garniture rayonnante de boutons de strass, le jabot de point d'Angleterre, l'habit de velours ponceau, les manchettes et l'épée de Tonkin ciselée d'or.

Pour la veste, elle était de satin blanc, avec des nids d'oiseaux brodés sur les poches, la culotte de velours gris de perle, les bas de soie à coins d'or, les souliers à talons rouges.

Sur un petit guéridon en bois de rose, près du lit, on voyait des portraits entourés de diamants, dont un *agréable* se serait paré jusqu'au coude, des tabatières et plusieurs montres à chaînes guillochées.

Si bien qu'en pénétrant ce galant sanctuaire, on ne pouvait s'empêcher de s'écrier : « C'est un grand seigneur. »

M. de Vannes, dont l'uniforme assez mûr de lieutenant de dragons contrastait avec ce luxe, examinait la chambre avec un sentiment secret d'envie, quand le chevalier s'écria :

— Eh bien, mon cher, direz-vous que je suis long à me lever ?

Il avait sauté du lit avec une prestesse incroyable et se développait à l'œil ébloui du lieutenant dans tout le majestueux relief de sa stature...

Vêtu d'une longue robe de chambre, ou plutôt d'un peignoir de soie verte à fleurs d'argent dont Jasmin venait de le draper en un clin d'œil, le chevalier tendait la main à M. de Vannes. Cette main était noire et ornée de bagues prodigieusement

hautes, qui avaient l'air de vouloir en dissimuler les jointures...

— Qui me procure l'honneur de vous voir ce matin, mon cher
de Vannes? Auriez-vous une affaire? puis-je vous être bon à
quelque chose? — Je viens, mon cher Saint-Georges, prendre
de vous, non pas une leçon d'escrime, mais une leçon de bonheur pour ma journée... Oui, continua M. de Vannes d'un ton
qu'il voulait rendre frivole, mais qui n'était que gêné, il est de
l'état d'un homme à la mode de savoir parier à coup sûr; et
comme je vais de ce pas aux courses de Vincennes, je viens
apprendre de vous quelles sont les meilleures chances. — Voici
le programme, répondit négligemment le chevalier en s'as-
seyant devant son miroir de toilette, orné de rubans jonquille
et de billets doux placés au cadre d'or de sa glace, pendant que
Jasmin introduisait le perruquier....: Vous permettrez que
M. Bruno me coiffe!... Il a ses armes, et je ne voudrais pas me
faire avec lui une mauvaise querelle...

M. Bruno entra, saupoudré des pieds à la tête comme les
merlans du jour; il tenait d'une main le fer à toupet, de l'autre
un superbe couteau d'ivoire... Jasmin lui arracha avec un dédain profond ces armes vulgaires et tira du nécessaire de son
maître une magnifique spatule d'or, meuble habituel qui servait à ramasser la poudre sur le front du chevalier, pour l'é-
taler ensuite complaisamment vers le haut des tempes.

— J'ai cru, monsieur le chevalier, que je n'arriverais jamais!... dit Bruno en débouchant plusieurs flacons dont il se
versa voluptueusement l'essence dans les mains... Il n'est pas
facile de marcher par les boues en bas de soie et en souliers
plats! Les rues qui avoisinent la vôtre sont pleines de peuple;
les carrosses roulent en tous sens...—Et tu trouverais fort juste,
faquin, que les perruquiers eussent carrosse?.. — Je trouverais au moins fort juste que le coiffeur de M. de Saint-Georges
n'allât point à pied... — Le maraud a de l'esprit, siffla entre
ses dents M. de Vannes. Mais en effet, continua-t-il en s'approchant de la fenêtre, dont il écarta les rideaux, il n'y a que
voitures et coureurs par votre rue, mon cher Saint-Georges. Si
tout ce monde se porte à Vincennes... Vous allez me dire pour
qui je dois parier décidément... — Pour Bruno ou pour Jasmin, à votre choix, mon cher de Vannes; ce sont les plus in-
trépides Mecklembourgeois que je connaisse... Un peu lourds
au départ, mais ne se laissant pas dépasser... — C'est vrai, dit

Bruno avec un mouvement de satisfaction ineffable... — C'est vrai! dit Jasmin avec un soupir de douleur...

» Pour ce qui est d'un service actif, reprit alors Jasmin, M. le chevalier a raison de me poser comme un vrai cheval de race. Je ne conteste pas à Bruno le titre de Mecklembourgeois, mais je cours comme le fils de *Relaria*, la jument du duc de Chartres. — Tu feras croire au lieutenant que je veux t'exterminer! — Encore une année comme celle-ci, monsieur le chevalier, et je serai fourbu, je vous le dis! Je ne serai pas capable de boutonner vos poignets de chemise ou vos fleurets. Il n'y a pas de jour que vous n'alliez au tir ou au concert, de sorte que je prends cette fois vos pistolets pour votre boîte à violon, cette autre, la boîte à violon pour vos pistolets. Je porte vingt à trente billets amoureux par jour, et vous en rapporte le double... En voici quinze ou seize qui vous attendent encore là sur ce plateau... Tous les quartiers vous sont bons, et je vais d'ici jusqu'en dehors de la porte Saint-Honoré, et de la porte Saint-Honoré au Marais. Il faudrait être nègre, je veux dire coureur, reprit Jasmin, pour tenir à ce métier! Hier, pas plus tard qu'hier, j'ai cru que la veine de mes fatigues tarirait; bast! vous m'envoyez dans la plaine des Sablons pour un ancien piqueur du roi qui a la fièvre... J'ai gagné la sienne rien qu'à courir, et je vous préviens que si une autre fois vous me donnez encore une poularde de Rennes à lui porter, il risque fort de ne pas la tordre et l'avaler! Des poulardes de Rennes! des poulardes rôties au feu des cuisines du duc d'Orléans pour ces gens-là! fi, monsieur, fi donc! et un panier de vin de six bouteilles, encore! — Silence, monsieur Jasmin; ce piqueur vaut mieux que vous, qui n'êtes qu'un méchant ivrogne. Ce brave homme, continua-t-il en se tournant vers de Vannes, m'a appris la trompe pendant six mois. C'est Souré, celui qui sonnait si bien aux Saint-Hubert de Compiègne... — Monsieur le chevalier, dit Jasmin avec un air de solennelle affliction et comme oppressé de ce qu'il allait dire à Saint-Georges, monsieur le chevalier, j'ai un aveu à vous faire... — Un aveu! monsieur Jasmin; parlez... — Eh bien! il faut vous résoudre à me quitter, monsieur le chevalier... N'allez pas croire que ce soit par dégoût de ma condition, au moins! non; ce que j'en ait dit tout à l'heure, c'est par boutade; vous avez de bons moments... Mais, monsieur le chevalier, je me marie. — Et qui épouses-tu, monsieur Jasmin? dit Saint-Georges, quelque peu surpris de cette retraite inattendue. — Mademoiselle Rosette, monsieur le chevalier; une repasseuse adorable du quai de Bercy. — Rosette, qu'est-ce que cela? — Elle se dit la nièce d'un gentilhomme *colon*, qui est mort aux îles et dont elle espère du bien... — Vous êtes un imbécile, Jasmin; quelque petite fille qui se gausse de vous. — Je ne pense pas, monsieur le chevalier; d'ailleurs je ne déroge point, elle va devenir pomponnière de madame de Blot. — Peste! si elle copie sa maîtresse, elle sera bientôt réduite à rien! Vous savez, de Vannes, continua le chevalier, voilà un an que pour se faire maigrir la de Blot s'est mise au lait! Mais voyéz donc comme cela tombe, continua-t-il en ajustant une de ses boucles dans la glace, moi qui cherche partout un *heiduque*! Jamais, au grand jamais, ce Jasmin n'eût fait mon affaire! Nous avons pourtant passé deux années ensemble...

Le valet de chambre sortait pour préparer la toilette de son ex-maître; il entendit ces dernières paroles, et de son œil gauche déborda une larme de réserve comme tout parfait valet de chambre doit en avoir une. Mais l'amour de Rosette lui tenait au cœur, Rosette, fleur virginale qu'il voulait mettre en sûreté sous la serre chaude de l'hymen.

— C'est une chose fort à la mode qu'un heiduque, reprit M. de Vannes; ma tante, la comtesse de Godrécourt, vient d'en perdre un qu'elle n'eût pas cédé pour la rançon d'un roi. Mais n'avez-vous pas déjà une négresse, chevalier?

Saint-Georges parut troublé, il chiffonna plusieurs rubans avec précipitation et balbutia un :

— Je ne sais..... — Parbleu! je viens de la voir s'abîmer comme une ombre noire dans un des cabinets attenant à votre pièce d'entrée. Il faisait petit jour chez vous, je n'ai pu distinguer si elle était belle ou non; mais je vous sais homme de goût; vous me la ferez voir, n'est-ce pas, j'aime beaucoup les négresses.

La gêne de Saint-Georges, à ce dernier mot, devint si visible qu'il rompit les chiens subitement et dit à de Vannes, auquel il représenta le programme des courses :

— Lieutenant, pour qui voulez-vous parier? La première partie, vous le voyez, est entre miss *Musk*, au comte de Lauraguais; il revient de son exil exprès pour la faire courir.... Son concurrent est *Corner*, à M. le comte d'Artois. Pariez pour ce dernier..... — Si j'ose ouvrir un avis, insinua doucement M. Bruno en faisant ployer sous ses doigts un crochet rebelle et en présentant à Saint-Georges son miroir de toilette, — pariez, monsieur le lieutenant pour M. le chevalier; il a du bonheur..... je ne vous dis que cela.

Et M. Bruno, par un coup d'œil subtil qu'il échangeait subtilement avec M. de Vannes, lui indiquait une pile de louis sur un des coins de la cheminée. Cette somme n'avait pas encore tenté, il faut le croire, les nerfs olfactifs du lieutenant, car dès qu'il la vit, il courut les bras étendus vers elle et s'écria :

— Voilà, chevalier, une pyramide qui prouve en effet votre bonheur! Est-ce au jeu de son altesse sérénissime le duc d'Orléans que vous avez raflé pareil gain? — Pas le moins du monde; c'est un pari..... Mon Dieu, oui! le banquier Duhamel, ce vieil avare! il a, vous le savez, la fureur de postuler pour son neveu. J'ai parié que le duc d'Orléans lirait, avant-hier, à huit heures, un placet de ce jeune abbé, qui demande un bénéfice à Bar-sur-Aube, et que, ce qui est plus grave, il lui accorderait la place. Il devait y avoir séance de l'escamoteur Pinetti, le même qui a broyé l'autre soir dans un mortier la montre de M. le duc d'Orléans. Sans rien dire au prince de la pétition, j'ai prévenu Pinetti qu'il ne rendît point la montre à son altesse qu'elle n'eût signé *pour le diable* un acte annonçant sa soumission aveugle à ses arrêts. Vous pensez bien que cet acte, c'était la pétition de l'abbé. Aussi son altesse n'a-t-elle pu s'empêcher de rire quand elle a vu que le diable lui avait fait signer un bénéfice!... Duhamel a perdu et gagné tout à la fois. Il m'a envoyé cet or. Vous voyez que c'est un digne Turcaret! — Et vous êtes, Saint-Georges, un véritable Moncade! La petite maison de mademoiselle Dervieux n'a rien qui vaille votre luxe; vous faites de la musique avec des marquises, de l'esprit avec Laclos et des armes avec la chevalière d'Éon! On vous veut, on vous désire, on vous craint; les beaux de Trianon se meurent de vous..... A propos, au milieu de tous vos flacons d'essence, n'avez-vous pas, mon cher, un cordial quelconque? Je suis sur les dents, étant venu de Versailles sans débrider....· — Jasmin! des biscuits et du vin des Canaries! Il y a, mon cher de Vannes, un pâté de Périgueux à l'office.... — Je ne refuserai pas le Périgueux, dit le capitaine à Jasmin, qui apporta un guéridon tout dressé. — Servi à la baguette! reprit de Vannes avec cet air de flagornerie qui lui était habituel. Savez-vous, mon cher Saint-Georges, qu'indépendamment de votre supériorité dans tout ce qui est exercice, vous êtes l'*Américain*, le *créole* le plus heureux de Paris.

Ce titre de *créole*, auquel Saint-Georges tenait prodigieusement, répandit un rayon d'épanouissement sur sa figure.

— Vous devez avoir beaucoup d'amis!..... autant que de femmes, si le ciel est juste, continua de Vannes. — Pour les femmes, mon cher, vous pourriez ne pas vous tromper; j'ai fait mes preuves!... Le boudoir est cependant plus glissant parfois que la salle d'armes, témoin cette lettre que j'ouvre et qui est parbleu de Vestris, le dieu de la danse. Ne m'interdit-il pas d'aller sur ses brisées près de ses écolières, grandes dames ou danseuses! Ce sera depuis ma rencontre chez la Guimard, rencontre admirable en vérité, où M. Vestris m'a trouvé, sa propre pochette en main, lui montrant un pas créole!..... Comprenez-vous quelle a dû être sa fureur! Je supplantais le dieu avec son arc et ses javelots! — Il y avait de quoi l'irriter. — Je le crois! D'autant que je maltraitais fort sa pochette et que je prenais un malin plaisir à lui essouffler sa danseuse! Il répétait toujours : « Ménagez-la!» Je n'écoutais pas. Vous eussiez bien ri de le voir gesticuler avec ses bras de faune, me redemandant sa pochette et son élève par tous les dieux du Styx et de l'Opéra! Je crois, en vérité, que son titre de professeur méconnu lui avait monté la tête, car il m'a fallu presque me fâcher pour le mettre à la raison! — N'importe, chevalier, n'espérez pas qu'il vous pardonne, dit de Vannes la bouche pleine. Sa lettre doit être celle d'un danseur capable de tout. — Capable du moins d'estropier l'orthographe; il écrit *danse* par un *c*. Voyez, Bruno, reprit Saint-Georges, voici un autographe de Vestris pour en faire des papillotes. — Monsieur le chevalier n'y a pas pris garde assurément, dit Bruno, il y a une seconde page derrière la première. — Il a le coup d'œil fin, ce Bruno; c'est parbleu vrai..... Voyons..... une invitation amoureuse de la Guimard! et sur le papier de Vestris, son amant! quelle irrévérence! — Vous avez raison, ajouta de Vannes après avoir parcouru la lettre, elle vous demande de porter aux courses de Vincennes une fleur d'oranger à votre boutonnière..... Vous la lui remettrez ce soir dans les coulisses..... — D'abord je ne puis aller ce soir à l'Opéra, puis la fleur d'oranger n'a rien de commun avec les danseuses! J'ai promis d'ailleurs cette rose-mousse à quelqu'un.

Il porta la main sur une tasse de vieux Sèvres reposant sur

le petit guéridon, près de sa toilette. La rose-mousse couron-
nait la tasse que venait d'apporter le valet de chambre quelques
secondes avant.

— Bien, dit le chevalier; Jasmin, puisque tu es encore aujourd'hui à mon service, habille-moi, monsieur Bruno a fini.

M. Bruno avait terminé, en effet, son échafaudage plâtré; il
contemplait son œuvre avec l'orgueil d'un artiste, et il en avait
le droit. M. Bruno était un des meilleurs perruquiers de Paris;
il précédait Gardanne, Saint-Georges l'avait mis à la mode en
peu de temps. Le chevalier sortit de dessous la houppe de
M. Bruno avec un masque blanc sur le visage; il l'essuya avec
un linge fin et parfumé, répandit sur son cou un extrait particulier; cela fait, il passa plusieurs bagues à ses doigts et regarda avec complaisance ses dents, qu'il avait fort belles. Madame de Genlis disait de ses dents que c'étaient deux rangées
de perles sur du velours noir.

— Ah ça, monsieur Jasmin, c'est donc aujourd'hui la petite
poste? reprit-il en trouvant encore une lettre qui avait glissé
sous le plateau d'argent de sa toilette. Ce poulet-ci est parbleu
d'un nouveau genre! Voyez donc, de Vannes, vous qui êtes mon
lecteur; pour moi, je suis tenu par l'heure et par Jasmin, qui
me passe ma veste... — Voilà une curieuse lettre! fit le lieutenant en la retournant dans tous les sens; elle est cachetée avec
de la mie de pain. — Vous pouvez la déchiffrer? — Pas encore.
Ce sera, chevalier, quelque pauvre fille innocente... comme la
Rosette de monsieur Jasmin, votre valet... Elle implore sans
doute votre protection. — Comment oses-tu, maraud, recevoir
des lettres pareilles? dit Saint-Georges à Jasmin en jetant un
coup d'œil sur le papier torchon de l'épître. — La demande est
divine, adorable, chevalier! c'est un placet dans les règles.....
Un homme ruiné qui vous sollicite pour entrer chez vous à
titre d'intendant ou de domestique; tout lui va! Il prétend vous
avoir connu tout enfant aux colonies... Quelque intrigant! Cependant, à sa lettre, je suis tenté de le croire un imbécile.....
— C'est juste ce qu'il faut pour être *heiduque*, dit Saint-
Georges.

« *Nous autres créoles*, continua-t-il en jetant sur de Vannes
un regard d'assurance, *nous autres créoles*, nous étonnons les
femmes de Paris par je ne sais quoi de grand et de somptueux
qu'elles nous supposent. En voici une, — il donnait à de Vannes
une lettre ouverte, — qui me demande cent louis et me prie

ensuite de *l'oublier*. Le terme est joli!... La malheureuse ignore sans doute que je fais graver en ce moment des *concertos* qui me coûtent des frais!.....

— Et dont chacun parle, mon cher Saint-Georges, — de Vannes se versait alors une rasade de vin des Canaries, — ainsi que de l'Opéra que vous composez avec Laclos. Le colonel Despach, qui l'a entendu à Sainte-Assise, en a fait un éloge pompeux à Versailles; Desmaillot et Chabanon se ferait tuer plutôt que de douter d'un succès à la Comédie-Italienne... Pour moi, j'ai manqué de cravacher, il y a dix jours, au café des Arts, à Paris, le chevalier de la Morlière, ce bâilleur entêté, que l'on voit se détraquer par ton la mâchoire à tous les spectacles; imaginez-vous qu'il vous niait le mérite de sentir Haydn, à vous qui avez fait connaître le premier en France ses symphonies! — Le chevalier de la Morlière peut nier ma science musicale tant qu'il *me* plaira; mais il ne niera pas que je l'aie boutonné dix fois, il y a huit jours, devant monsieur le comte Dolcy, à la salle d'armes. Depuis mon aventure du *boisseau de fleurets* avec lui... — Ah! contez-moi cela, chevalier, s'écria M. de Vannes en se rapprochant cauteleusement de la cheminée, où était la pile de louis; je le hais à mort! n'ose-t-il pas insinuer que je triche au jeu? Je lui ai fait dire qu'un lieutenant de dragons, réintégré comme moi dans son corps depuis deux ans, ne trichait pas du moins à l'espadon, et je l'attends... Mais contez-moi le fait, j'en profiterai en temps et lieu... — Le carrosse de madame la marquise de Montesson est dans la cour, annonça Jasmin du pas de la porte, qu'il entr'ouvrit. Ces dames attendent monsieur le chevalier. — Allons! me voilà donc obligé de renoncer à l'histoire du boisseau des fleurets! dit M. de Vannes avec un air de regret affecté.

Il prit son casque, qu'il avait posé sur la cheminée; ce mouvement fit rouler à terre quelques pièces d'or. M. de Vannes se baissa officieusement...

— Ramasse ces pièces, Jasmin. Capitaine, ne vous courbez donc pas... Il y a cent louis... Encore une fois, mon cher De-vannes, vous m'excusez, mais je suis avec des dames. Puisque vous allez aux courses, et que vous êtes curieux de parier, pariez pour *Corner*, à monsieur le comte d'Artois.

Saint-Georges roulait déjà dans un carrosse aux armes de la maison d'Orléans, que M. de Vannes, la main serrée contre le gousset de sa soubreveste, répétait en frôlant le mur qui menait au tripot de l'hôtel d'Angleterre :

— C'est cela, mulâtre ! crois et fais croire que je vais parier aux courses de Vincennes ; tu ignores que de ce pas je me rends à mon enfer accoutumé..... Je vais faire suer sur le tapis tes pièces d'or, ce métal jaune comme toi !

Il s'écria en franchissant le seuil du tripot :

— Allons, mes éloges à l'idole du jour m'auront du moins rapporté... J'ai bien fait de me baisser... Jasmin n'en dira rien, il quitte son maître... L'or du mulâtre va sauter !

XXVII

Le Palais-Royal.

> C'est un jeune homme qui a les épaules larges et de la taille, un nègre d'ailleurs, un homme noir !   (LA BRUYÈRE.)

Les courses de Vincennes était finies ; la brillante voiture qui avait pris le chevalier à son hôtel rentrait le soir au Palais-Royal...

Sous le vestibule du grand escalier se tenaient six laquais à livrée rouge qui, dès que le roulement du carrosse se fit entendre, quittèrent bien vite les jeux de cartes et les dés qu'ils maniaient entre eux sur les banquettes de velours.....

Le suisse frappa de sa canne à pommeau d'argent les dalles luisantes du feu des lanternes, et l'équipage, précédé de deux piqueurs nègres à cheval, de la maison d'Orléans, entra sous la voûte.....

Le carrosse de madame de Montesson tourna comme un gant sous ces murailles, mené qu'il était par un cocher athlétique, poudré à frimas, et dont la tête eût dépassé l'impériale d'un carrosse du temps de Louis XIV. Il couvrait les glaces de ses deux larges basques galonnées et brodées ; c'était un gros buveur très-ami de M. Collé, il s'appelait Chamoran.

Madame de Montesson occupait le fond de la voiture avec madame de Blot ; sur le devant étaient MM. de Valence, de Brancas et de Saint-Georges, tous la tête nue.

Il ne faut pas oublier un carlin à grelots d'or, nommé *Tircis*, très-surveillé sur le strapontin de gauche par madame de Montesson, depuis un certain naufrage qu'il avait fait dans un des bassins de Saint-Assise.....

Sur le strapontin qui se lève à droite, il y a également une forme indécise, oblongue, qui se tient collée contre la glace du carrosse, c'est M. Nollot, le maître de harpe de madame la marquise.

Les candélabres à trois branches soulevés par les laquais éclairent tout ce monde doré à la descente du carrosse... Tircis pousse un cri, M. Nollot lui a marché sur la patte; c'est le troisième méfait du pauvre maître de harpe, qui, pendant les courses, a commis déjà deux erreurs, celle de parler beaucoup trop de madame de Genlis, et pas assez des peintures à l'huile de madame de Montesson.

On traverse la galerie, dans laquelle il n'y a rien d'inusité ce jour-là; elle est plus riche en tableaux que ne le sera jamais celle de M. de Calonne. Les femmes comme les hommes se ressentent des fatigues de la course; tout ce que cinq ou six heures de toilette peuvent laisser d'ennui sur le visage pèse sur cette compagnie. Les croisées donnant sur le jardin sont ouvertes; autant il y a de silence dans cette vaste galerie précédant tous les salons, autant le bruit des voix et des instruments emplit les feuillages verts et les cafés.

Entre toutes les autres, une voix pure et fraîche s'élève; elle est accompagnée d'une guitare dont les notes arrivent à l'oreille avec les frais bruissements des jets d'eau et les odorantes senteurs de la grande pelouse.

— C'est Alsevédo qui chante, dit Saint-Georges, écoutons-le !

Un clair de lune ravissant blanchissait alors les allées; il n'y avait qu'une masse noire au milieu du jardin, c'était le cirque du Palais-Royal.

De la fenêtre où la compagnie se trouvait placée le regard embrassait le cadre illuminé des bâtiments, dont les belles lignes rappellent celles des Procuraties de Venise. Un ciel bleu vif, troué çà et là de scintillantes étoiles, semblait sourire amoureusement au jardin, où couraient des lueurs mystérieuses, Vus de ce balcon, les quinconces régulièrement taillés semblaient une bande de soie verte sur laquelle sautaient quelques linotes et des pinsons assez hardis pour écouter les chanteurs du haut de ce trône aérien.

Il était difficile de se défendre contre le charme enivrant de pareille soirée..... Une brise tiède et fine dérangeait mollement

les écharpes de toutes ces femmes assistant à ces représentations improvisées, dont Saint-Georges et Garat prirent eux-
mêmes leur part à des temps moins éloignées. A juger des
objets par la sensation qu'ils soulèvent, ce jardin rempli de
filles d'Opéra et de Galatées peu curieuses de se cacher, devait
jeter dans l'âme d'un jeune homme naïf de singuliers étonnements. La foule s'y portait, les femmes y donnaient le ton ; ce
n'était partout que marchés clandestins, témérités permises, parfums, lasciveté folle. Mesdemoiselles Duthé, Guimard, Sophie
Arnould, que vous aviez vues involontairement la veille au
Wauxhall ou au Colisée, s'y promenaient en robes flottantes,
avec d'énormes bouquets et des poudres odorantes à leurs cheveux, répandant ainsi autour d'elles l'arome d'une cassolette.
Laissant au boulevard du Temple et aux bourgeois les parades
de saltimbanques et les fantoccini de Carlo Perico, elles allaient
entendre jouer de la harpe, du violon ou de la guitare dans cette
trop célèbre allée où la voix fougueuse de Camille Desmoulins,
succédant à tant de murmures amoureux, devait retentir plus
tard près les charmilles devenues le palladium des nouvellistes.

Le bruit des cuillères cessa bientôt sur les tables du jardin ;
les dégustateurs de sorbets écoutaient les sons purs d'Alsevédo
chantant une romance d'Albanèze.

La voix du chanteur manquait d'étendue, mais le sentiment
en était divin. L'intelligence et le goût suppléaient chez lui à la
faiblesse des moyens ; il n'annonçait pas avec affectation les
consonnes de la gorge ou des lèvres avant de les prononcer,
il avait ce goût du chant qui fit une merveille de Garat.

Madame de Montesson l'écoutait avidement..... Passionnée
pour la musique, se piquant de bien juger et rivale en fait de
harpe de madame de Genlis, elle s'écria :

— Quel dommage, Saint-Georges, que votre violon ne soutienne pas le chant d'Alsevédo !

Saint-Georges ne répondit que par une légère inclination de
tête, qui fit voler une partie de sa poudre dans les yeux de
M. Nollot. En sa qualité de professeur de harpe, M. Nollot abo-
minait le violon.

— Voyez donc, mesdames ! voilà monsieur de Lauraguais
avec monsieur de Guines ! dit M. Nollot en les montrant tous
deux sous la fenêtre à madame de Montesson, qui se pencha
vers madame de Blot avec un mouvement marqué de dépit;
nouvelle maladresse du pauvre Nollot : il oubliait que M. le

12

comte de Guînes avait été fort avant dans les bonnes grâces de
madame de Montesson et que depuis son mariage avec le duc
d'Orléans, on évitait de prononcer son nom devant elle.

M. de Valence, qui se trouvait dans le même cas, comprit
fort bien, et pour réparer la sottise de M. Nollot :

— Parbleu ! monsieur de Lauraguais, dit-il, passe bien fière-
ment, mesdames ! Ne dirait-on pas qu'il a gagné ce matin ; et
pourtant, vous le savez, il a perdu contre monsieur le comte
d'Artois ! — Et moi, j'ai gagné ! dit avec une impudence rayonnante M. de Vannes à Saint-Georges, en lui frappant sur l'é-
paule familièrement. Mon ami, mon cher ami, c'est à vous que
je dois cela !

M. de Vannes était aussi splendidement vêtu qu'il avait paru
râpé le matin même à Saint-Georges. La vie de certains joueurs
est faite ainsi, un composé de misère et d'éclat. En sa qualité de
lieutenant de dragons et de cadet noble de Saint-Malo, il était
toléré de mademoiselle Béraud de la Haye, fille elle-même d'un
capitaine négrier de Saint-Malo, veuve à cette heure du marquis de Montesson, et devenue *duchesse d'Orléans*, sans que
son mariage avec le duc fût avoué ostensiblement.

— Son altesse est-elle revenue de l'Opéra ? demanda étourdiment M. de Vannes à M. de Brancas.

Le vieux de Brancas, qui desserrait rarement les lèvres, se
les mordit pour lui répondre séchement :

— Elle y est. — Vous verrez que le *bon prince* m'empêchera
ce soir de prendre mon laitage et mes rôties, dit madame de
Blot d'un air d'hamadryade plaintive. Monsieur de Valence, j'en-
graisse à vue d'œil, au lieu de diminuer : c'est désolant ! Mademoiselle Bertin ose prétendre cependant que je maigris !

» Savez-vous, chevalier, continua-t-elle en se retournant
vers Saint-Georges, dont les regards ne quittaient pas le jardin,
savez-vous que vous avez là un habit étourdissant ? Je commence
à croire que si l'on ne peut avoir votre brodeur, c'est que vous
l'occupez exprès toute l'année, afin qu'il ne travaille pas pour
d'autres ! Mais qu'est-ce que c'est ? vous semblez avoir de l'ennui.

Elle s'était rapprochée insidieusement de cette fenêtre. Madame de Montesson ne l'avait pas entendue, par bonheur ; sans
cela, et sur ce seul mot d'*ennui*, madame de Blot courait grand
risque d'être en défaveur pour huit grands jours.

— Oserai-je vous demander ce que vous regardez là ? dit
madame de Blot au chevalier.

Saint-Georges ne répondit pas; mais, comme s'il eût ressenti une émotion violente, tous les muscles de son visage se contractèrent.

— C'est bien elle! c'est elle! murmura-t-il en refermant la fenêtre. — Monseigneur! annonça la voix claire d'un valet de chambre, en ouvrant avec fracas les portes de la galerie.

Le duc d'Orléans rentrait en effet de l'Opéra. Il parut peu surpris de trouver ses familiers ordinaires dans la galerie. La fraîcheur qui régnait en cet endroit était suave... Il se jeta pesamment sur un fauteuil que venait d'avancer M. Nollot. Le fauteuil poussa un cri.

— Malheureux Tircis! s'écria la marquise, monseigneur va l'écraser! — Rassurez-vous, madame de Montesson; il est vivant, il jappe et pourra faire encore sa partie dans les concerts de harpe de monsieur Nollot.

N'est-ce pas Tircis? reprit-il en cassant pour le carlin une dariole qu'il tira de sa poche et dont il lui donna la moitié. — Je suis exterminé de l'Opéra, bien qu'on ait repris *Daphnis et Eglé*[1]... continua-t-il en bâillant.

— Nous écoutions Alsevédo, monseigneur, dit en s'avançant doucereusement la marquise de Montesson, qui lui présenta sa boîte. — J'ai une triste nouvelle à donner à madame de Blot, marquise, le lait de son souper a été lampé par un insidieux matou, monsieur Chouzin, le chauffe-cire du garde des sceaux, qui était venu ce soir de Versailles à pied, faute de voitures, pour m'apporter une expédition. C'est Dauphin qui me l'a dit en montant... Ce pauvre monsieur Chouzin! il n'a trouvé que le lait de madame Blot, tous les domestiques étaient dehors.— Il est écrit que je ne pourrai maigrir! s'écria madame de Blot en affectant de serrer entre ses doigts sa taille de guêpe. Je veux avoir une chèvre avec des rubans roses, dès demain! oui, je l'élèverai, je la trairai! Il me faut du lait de chèvre! — Cher Saint-Georges, dit le duc, nous préparez-vous un assaut ou un concert? Il paraît que la chevalière d'Éon vous cherche partout : est-ce pour vous épouser? Que diraient alors les déesses de l'Opéra?

A propos, nous aurons une chasse à courre samedi, à Sainte-Assise. Nous boirons, oh! mais nous boirons, ventre-choux! Vous verrez comment je bois!

---

[1] Opéra de Collé.

Des dons de Bacchus et de Flore
A vos yeux je veux me parer....

comme dit M. Collé. Voici les nouvelles : La Urbain, la petite
Beze, la Chouchou et la Renard sont renvoyées de l'Opéra;
M. le duc de Chartres s'est ennuyé de rester six jours chez les
Penthièvre... il est à Choisy-le-Roi.

Le duc d'Orléans continua de parler tout seul de la sorte l'espace d'un grand quart d'heure, riant tout haut de ce qu'il nommait ses *nouvelles*. Son apparition causait évidemment à madame de Montesson une contrariété plus vive encore que ses
discours. Heureuse de faire valoir l'extérieur et les talents de
Saint-Georges, son protégé, devant quelques-unes de ses amies
qui avaient les grandes entrées au palais, mais que diverses
absences dans leurs terres avaient jusque-là privées d'en jouir,
elle avait préparé, à l'insu du duc d'Orléans, un ambigu dont elle
n'avait dit mot à personne. La marquise espérait que, retenu
dans les coulisses de l'Opéra par mademoiselle Allard, dont le
prince semblait depuis longtemps très-épris, il céderait à la
proposition adroite d'un souper, faite par M. Dufort, son premier gentilhomme de la chambre, et madame d'Osmond, qui
l'accompagnaient.

En historien consciencieux, nous devons dire que rien de
coupable ne devait avoir lieu à cette collation préméditée par
Mme de Montesson ; seulement la goinfrerie de son altesse royale
étant connue, ainsi que son goût pour certaines comédies licen-
cieuses renouvelées de son grand-père le régent, Mme de Montesson avait jugé convenable de l'éloigner. En s'affranchissant
de sa présence, elle se laissait d'ailleurs à elle-même plus de
liberté avec son amant.

Cet amant, c'était Saint-Georges.

Comment un mulâtre, un homme que la seule couleur de
son épiderme eût fait exclure avec violence de la société française sous les règnes précédents, se trouvait-il parvenu à ce
singulier favoritisme? C'est ce que le caprice de Mme de Montesson, la *maîtresse-épouse* d'un prince du sang, pour un homme
bien fait pouvait s'expliquer à elle-même, mais ce que la cote-
rie du Palais-Royal même, après la cour de Versailles, ne devait constater qu'avec répugnance.

Il importe ici de préciser en quelques lignes cette disposition
étrange du dix-huitième siècle à se décrier, de son propre aveu,
aux yeux de sa noblesse et de ses vrais partisans.

La société française, qui semblait prendre à tâche de se décomposer elle-même en admettant sans examen dans son sein tous les masques qui l'amusaient, ne comprenait guère l'écueil de ces acceptations frivoles. Ayant décidé qu'il lui fallait du plaisir et de la distraction à tout prix, elle allait au-devant de l'homme assez en fonds pour lui en donner; or, il faut le dire, ce n'était pas là le fait des philosophes. A part les jouissances intellectuelles que pouvaient donner leurs écrits, et l'intérêt que certains esprits devaient prendre à leurs escrimes réciproques, le sérieux n'obtenait guère le privilége de l'attention ; il importunait, on le tournait en ridicule. Le seul sérieux qui eut du succès, ce fut celui du docteur Franklin, arrivant plus tard à Paris avec ses prospectus contre la foudre, ses lunettes vertes et son chapeau de quaker. Comme un malade a soin de fuir les gens qui lui parlent de sa maladie, le dix-huitième siècle se fit un devoir de fuir les sophistes assez forts pour lui résister et l'éclairer, témoin Rousseau, contre lequel le monde se roidit, pendant qu'il accueillait frénétiquement, à certains intervalles, dans ses salons, Voltaire, dont le véritable salon fut celui du roi de Prusse. De ce grand mépris pour les idées, devait résulter nécessairement un amour indiscipliné pour la forme. Le dix-huitième siècle s'ennuya bientôt de ses éternels marquis, types prévus par la comédie aristophanique de Molière; ils ne pouvaient plus l'étonner, lui qui avait vu Richelieu! Sa condescendance coupable s'en fut chercher d'autres acteurs; il s'embarrassa peu du lieu où il les ramasserait; il remua tout, la bourgeoisie, le bas peuple; rassasié de plaisirs et, retenant toutefois sa coupe de ses doigts lassés, il la tendit à qui voulut la remplir, au comédien, paria de sa société; au villageois, qu'il fit dîner à sa table, comme le marquis de Brunoy; au mulâtre enfin, qui jusque-là montait derrière l'équipage sans se pavaner encore sur ses coussins !

Ce temps-là fut le temps des engouemens. Quelle activité, quelle fièvre ! Entraînées sur une pente inévitable, les femmes semblaient pressentir cet ère funeste qui vint tout d'un coup glacer le sourire à leurs lèvres roses ; les hommes luttaient entre eux de grâce et de somptuosité. Le règne de Louis XV venait de s'éteindre dans de ténébreuses tristesses de cour; il fallait revivre et saluer un avénement nouveau, celui de Louis XVI, qui délivrait le peuple de la tyrannie exclusive des courtisanes en titre ! Le mariage de ce prince était venu rassurer la conscience timorée des censeurs. Marie-Antoinette, plus belle encore que son marbre éclos sous les doigts de Pigal, apparaissait comme une fée secourable à tous les ennuis. Autour d'elle se pressait l'élite des plus beaux jeunes seigneurs, l'élite des femmes nobles et accomplies, étoiles adorables, satellites de cet astre qui rayonnait si doucement tous les soirs sur les gazons de Versailles ou de Saint-Cloud. C'était le temps où tout ce qui était fier et ingénieux parvenait, où les officiers de dragons étaient aussi charmants que Florian, Parni et Boufflers. En vouant elle-même son pinceau aux physionomistes de cette cour, Mme Lebrun la servait de toutes les inépuisables coquetteries d'un talent de femme; elle lui indiquait des agréments de parure qui relevaient encore sa grâce!

Cette cour nouvelle s'organisa vite en deux camps; ses cocardes furent tranchées. Aux jeunes hommes vraiment nobles et fidèles de cœur à la monarchie s'ouvrit le petit Trianon, temple chéri de la jeune reine; aux moins favorisés du côté de la naissance et aux mécontents, le Palais-Royal.

De là une lutte, une sorte de parti publiquement déclaré, même avant que le duc de Chartres, devenu depuis le duc d'Orléans-Égalité, ne s'avouât d'un parti et qu'il fût question pour lui de cet exil de Villers-Cotterets, équivalant à la punition d'une forfaiture.

Le plan de ce récit nous fera plus tard soulever le voile parfumé de Trianon, le brillant cortége de Marie-Antoinette et des *beaux* de sa cour se déroulera aux yeux du lecteur; mettons-le à cette heure en présence des *beaux* du Palais-Royal.

A leur tête il fallait bien placer M. de Valence.

M. de Valence, qui épousa (on sait pourquoi et dans quelle circonstance) Mlle de Genlis, petite nièce de la marquise de Montesson, était un grand brun, assez élégant de sa personne, avant que Napoléon l'eût admis au rang de sénateur à la sollicitation de Mme Montesson. Il était de toutes les chasses de Gennevilliers, du Raincy et de Villers-Cotterets. Mme de Montesson l'avait aimé, et la meilleure preuve des dangers qu'elle voulait bien encourir pour M. de Valence est le fameux tête-à-tête de Sainte-Assise, si brusquement interrompu et si astucieusement dénoué par l'*épouse* du duc d'Orléans. Cette comédie, où elle se montra meilleure actrice que sur son théâtre, n'avait point altéré l'amitié de M. de Valence; il est vrai de dire aussi que

Mlle de Genlis, qu'elle lui imposa, était de bonne famille, riche héritière, et plus riche certainement que M. de Valence.

Avant M. de Valence, et aussi avant le sérénissime hymen de monseigneur le duc d'Orléans, madame de Montesson avait distingué M. de Guines. M. de Guines était comte, il était beau parleur, il chantait au clavecin. Madame de Genlis ne cachait pas son faible pour lui; il n'avait qu'un tort, celui de parler toujours du roi de Prusse, ce qui donna à Philippe d'Orléans, dont il gênait déjà la flamme amoureuse, l'idée ingénieuse de l'écarter et de le nommer ambassadeur de ce pays.

Venait ensuite au rang des séides de madame la marquise un énorme capitaine au régiment de Royal-Cravate, M. Gabriel d'Osmond le malencontreux ou le *brise tout*, comme l'appelle quelque part la spirituelle marquise de Créquy; c'est lui qui cassait le mieux les porcelaines et les magots de la Chine, lui encore qui faisait lever ou baisser trop tôt la toile pour les spectacles de madame de Montesson, ce qui lui occasionna un jour une belle querelle avec le chevalier de Bonnard, alors précepteur du duc de Valois (à cette heure Louis-Philippe).

— La pièce fût-elle de vous, monsieur Bonnard, dit-il grossièrement au chevalier, dont la seule présence du duc d'Orléans sur *son* théâtre put contenir la fureur, elle ne perdra rien pour attendre, *la pièce.* — Je sors de l'artillerie, répondit Bonnard (qui avait en effet servi dans ce corps), et, je le déclare, je n'ai jamais vu de pièce aussi lourde que vous!

C'était le même M. d'Osmond qui disait des *tendrons* de veau et se croyait mystifié dans le personnage de *Cocatrix,* tragédie amphigouristique de Collé.

M. de Brancas était un de ces vieux seigneurs qui ont bien vécu, et malheureusement *vécu en poste,* comme dit Ravanne, le page du régent. C'était lui que le duc d'Orléans forçait de mettre un bonnet de coton pour le faire promener dans ses cuisines, où il discutait lui-même, on le sait, les plats en vrai cordon bleu. M. de Brancas n'osait trop le contredire, il se rejetait sur les axiomes de Rotisset, maître d'hôtel du maréchal de Saxe. Ce Rotisset avait publié un livre orné de cette épigraphe contre le corps antique et respecté des cuisinières :

« En fait de *cuisinières,* je n'ai jamais estimé que *celles de fer-blanc.* »

M. de Brancas avait de belles manières, on lui disait de l'esprit. il ne quittait guère la société de M. le chevalier de Tymbrune, oncle et curateur du vicomte de Valence. Ce qui le rendit un homme indispensable jusqu'à la fin de ses jours, c'est qu'il s'évertua par la suite à répandre, avec une complaisance exemplaire, dans tous les cercles, *le Théâtre des jeunes personnes*, de madame de Genlis.

Le premier gentilhomme de la chambre du duc d'Orléans, M. de Durfort avait la double manie des testaments et des tulipes. Il achetait des tulipes et faisait son testament trois fois par semaine. C'est lui qui joua du reste au marchand de chevaux Septenville, personnage ridiculement engoué de sa fortune, la plaisanterie du *neveu du roi de Maroc*.

Ce neveu était venu à Paris en qualité d'ambassadeur de M. son oncle. M. de Durfort, à qui il avait fait payer des chevaux le triple de leur valeur, profita de cette occasion pour persuader à Septenville qu'il devait inviter le prince marocain. Voilà Septenville en mouvement; il bouleverse sa maison de campagne, maison fort belle située à Ville-d'Avray, pour recevoir le neveu du roi de Maroc. Il commande un feu à Torré; il invite les violons de l'Opéra et surtout les jolies femmes. M. de Durfort, qui savait par cœur *les Précieuses*, n'en voulait plus. Un sien valet, du nom de La Trompe, fut déguisé en prince marocain; il arriva, accompagné de toute sa cour, à la grille de Septenville. Le marchand de chevaux ne se possédait pas de joie. Il n'osait point s'asseoir, et la serviette sous le bras, il se tenait derrière le fauteuil de l'ambassadeur. La comédie finit par le bâton, comme celle de Mascarille; La Trompe en fût quitte pour une volée de bois vert, et Septenville pour les frais. Cette imagination de M. de Durfort prouve du moins qu'il appréciait Molière.

Que dire du marquis de Valençay, sinon qu'il était poli; de M. de Segur, qu'on le reconnaissait pour un conteur spirituel; de M. de Périgny, qu'il était l'ami du prince? M. de Durford et M. de Périgny avaient figuré comme témoins de ce mariage clandestin du duc d'Orléans avec la marquise de Montesson, mariage qui ne fut véritablement reconnu qu'en juillet 1792, après une longue suite de contestations élevées à l'occasion de son douaire. La faveur de MM. de Durfort et de Périgny s'accrut en raison de leur participation à cet acte consommé un an avant la mort de Louis XV.

Nous ne parlerons pas des courtisans littéraires, tels que Collé et M. de Marmontel, tous deux lecteurs et louangeurs par état;

de l'abbé de Voisenon, de Laharpe, de Laclos et tant d'autres. Sous le duc de Chartres, devenu depuis Philippe-Égalité, il n'y eut guère que l'abbé de Talleyrand, le comte de Mirabeau et M. de Lafayette qui donnèrent au Palais-Royal une couleur politique. Du temps de Louis-Philippe d'Orléans, on ne songeait qu'à y tenir table. Les historiographes de cette camarilla nous représentent les familiers de M. le duc d'Orléans comme des roués de bon goût, continuateurs empressés de cette longue orgie du règne de Louis XV, l'un des plus longs de la monarchie pour son malheur. Si cela est vrai, il faut ajouter que leur patience à supporter les maussaderies du duc d'Orléans, son épaisseur d'esprit et ses bons mots d'officier de bouche doit leur être mise en ligne de compte. Ce prince, dont la constante occupation fut celle de la cuisine, n'était pas alors plus récréatif pour madame de Montesson que pour ses propres favoris. Sa gourmandise et ses habitudes populacières en avaient fait une sorte d'automate digérant et chantant même au besoin, comme le canard illustre de Vaucanson [1]. Si les comédies de Bagnolet l'avaient amusé avec mademoiselle Marquise et lorsqu'il était plus jeune, en revanche celles de madame de Montesson avaient le privilége de le rendre bourru, quinteux, insupportable.

Il s'endormait aisément au moindre propos et se réveillait avec moins de facilité. Le cercle habituel de familiers, dont nous avons crayonné quelques figures, s'ouvrait et se refermait chaque jour autour de lui sans qu'il y prît garde. On a calomnié les arts en disant qu'il les aima; il n'aima que la bonne chère. Les allégories satiriques des peintres du temps nous le représentent sous les traits du dieu de la vendange, écrasé de pampres et d'embonpoint, avec cette devise : *A Bacchus!* A l'ombre d'une tonnelle bordée de convives, qui tous ont l'air de le provoquer à ce combat des futailles, l'œil du spectateur le découvre, les bras retroussés jusqu'au coude, le pacifique bonnet de coton sur sa tête royale, au milieu d'impures de bas étage ou de courtisans avinés, et tirant un *sottisier* de ses poches, comme si la vie était pour lui une perpétuelle Courtille. Marié, en 1743, à Louise-Henriette de Bourbon-Conti, il vécut

---

[1] « Il expédia un jour vingt-sept ailes de perdrix, sans préjudice de quelques hors-d'œuvre, entremets et pièces de dessert.

(*Mémoires de Bezenval.*)

seize ans avec cette Messaline, dont la passion, d'abord véhé-
mente pour son mari, faisait dire à madame la duchesse de
Tollard « qu'elle avait trouvé le moyen de rendre le mariage
indécent. » La servilité hardie de Collé pourrait-elle empêcher
que l'on ne prenne ce triste prince en dégoût? Il ne pencha jamais pour aucun parti; mais, en revanche, il les encouragea
tous par sa faiblesse dans leurs rébellions croissantes. Nous ne
pouvons douter, d'après madame de Genlis, qu'il n'ait joué fort
rondement les rôles de paysans; mais, à coup sûr, il n'était
guère fait pour celui de prince. Plus bête que méchant, dupé
hautement par toutes ses maîtresses, il ne passera guère à la
postérité que par l'imbécillité de sa conduite ou le scandale de
ses mœurs. La seule origine de sa *grande passion* pour madame
de Montesson prouve assez qu'il était né pour être le plus épais
bourgeois de son royaume [1].

La jeunesse de M. le duc de Chartres, son fils, pour être recouverte d'un vernis plus élégant, annonçait un amour si effréné de tous les vices, qu'on ne crut mieux faire que de le marier à vingt-deux ans à la fille du religieux duc de Penthièvre [2].
Le spectacle indécent que donna le duc de Chartres en cette
cérémonie eût pu faire déjà présager sûrement de son avenir.

Au moment même de la bénédiction nuptiale, il trouva plai-

---

[1] « M. le duc d'Orléans voulut bien me conter un jour la manière
dont il devint amoureux de ma tante. Un jour, à la chasse du cerf, à
Villers-Cotterets , Mme de Montesson était à cheval ; M. le duc d'Orléans se trouva auprès d'elle dans un moment où la chasse allait tout
de travers. Un des chasseurs proposa à M. le duc d'Orléans d'attendre
dans une allée quelques minutes pendant qu'il irait en avant prendre
quelques informations sur le cerf, les chiens, etc. M. le duc d'Orléans
y consentit, et il descendit de cheval avec ma tante pour aller s'asseoir
à quelques pas à l'ombre dans un endroit qui lui parut joli. M. le duc
d'Orléans était fort gras; la chaleur était étouffante. Le prince, en nage
et très-fatigué, demanda la permission d'ôter son col. Il se met à l'aise,
déboutonne son habit, souffle, respire avec tant de bonhomie, d'une
manière et avec une figure qui paraissaient si plaisantes à ma tante,
qu'elle fait un éclat de rire immodéré en l'appelant *gros père*, et ce fut,
dit M. le duc d'Orléans, avec une telle gaieté et une telle gentillesse
qu'elle lui gagna le cœur, et il en devint amoureux. Ce trait-là n'est
pas du siècle de Louis XIV; *mais le goût n'avait déjà plus la même noblesse et la même élégance.*

(*Mémoires de Mme de Genlis*, t. 2, 60.)
2 Louise-Marie-Adélaïde de Bourbon.

sant, on le sait, de sauter par-dessus la queue de robe de la
mariée, pour se placer de l'autre côté de l'autel, ce qui indigna
jusques aux vieux courtisans, qui se souvenaient pourtant de la
régence. Le premier soin du duc d'Orléans, son vertueux père,
avait été de lui donner une maîtresse [1] qu'il avait tirée du dernier rang des filles vendues ; cette précaution toute paternelle
pouvait-elle manquer de porter ses fruits ?

A l'époque des plus brillants succès du chevalier de Saint-
Georges, le duc de Chartres avait trente ans. La débauche avait
déjà flétri la beauté régulière de ses traits ; son front, bour-
geonné comme ses joues, en faisait une sorte de pastel vineux
et gâté. Il n'avait guère d'éclat que le soir et aux bougies. Re-
buté et méprisé par les femmes vraiment nobles, il avait imaginé contre elles cette vengeance que chacun sait, et qui lui
valut le mot sanglant de madame de Fleury que nul n'ignore [2].
Si les gazetiers d'alors n'en étaient pas encore venus à écrire sa
terrible *apologie* [3], peu de gens du moins doutaient qu'il ne
volât pas son bijoutier. Embourbé dans les plus basses passions,
il avait eu soin de les relever, il est vrai, par son entourage ;

---

[1] Ce fut Mlle Duthé que le duc d'Orléans donna ainsi de sa propre
main au duc de Chartres. Comme on reprochera peut-être à l'auteur
de ce livre l'hostilité que respirent certains portraits de la famille d'Orléans, il ne croit pouvoir mieux faire que de citer les propres paroles
de la gouvernante du duc de Chartres, Mme de Genlis :

« Lorsque l'éducation du jeune prince fut terminée, le premier *soin
paternel* de M. le duc d'Orléans fut de lui donner une maîtresse qu'une
infâme créature, qui l'élevait pour en faire une courtisane, lui vendit
comme toute *neuve* encore ; elle avait quinze ans : c'était la fameuse
Mlle Duthé, qui depuis ruina mon beau-frère et beaucoup d'autres.
M. le duc d'Orléans *se vantait de cette action* comme d'une mesure fort
prudente et fort tendre pour la *santé* de son fils ! »

(*Mémoires de Mme de Genlis*, t. 2, p. 185.) ·

[2] « Le duc de Chartres écrivait sur des tablettes le nom de toutes
les femmes qui venaient au Palais-Royal, avec ces indications : *jolies,
agréables, abominables.* Mme de Fleury avait été rangée par lui dans
cette dernière série. C'était peu de temps après la malencontreuse
affaire d'Ouessant : « Ce qui me console, monsieur le duc, lui dit-elle,
c'est que vous vous connaissez aussi mal en *signalements* qu'en *signaux.*

[Mémoires secrets.)

Mme de Genlis s'évertue à réfuter l'anecdote ci-dessus citée et qui
se trouve partout.

[3] *Vie privée ou Apologie du duc de Chartres,* 1 volume.

les plus brillants et les plus lestes d'entre les gentilshommes
l'escortaient. A côté de cet amas de chair nommé le *gros duc,*
il se distinguait par toute la licence d'une jeunesse sans frein,
Nous nous garderons bien d'allonger ici le portrait de ce prince.
que nous n'allons retrouver que trop souvent comme une tache
dans le cours de ce récit. Il n'arborait pas encore à cette époque
le pavillon de la résistance ; mais il s'était rangé sous celui de
tous les vices. Accusé d'avoir tiré sur un de ses piqueurs en
chassant dans la plaine de Saint-Denis, il avait déjà à répondre
aux mille inculpations que lui jetait comme un défi la voix
publique. Voulait-il se soustraire à ces terribles murmures par
l'étourdissement de sa vie? Prévoyait-il les représailles de l'opinion? Il est difficile de le croire en le suivant pas à pas dans
cette carrière où la confiance en son infamie le soutint.

Le Palais-Royal, pour être déjà aussi ouvertement brouillé
avec la cour qu'il le fut depuis, n'en recevait pas moins un
grand éclat de ses propres illustrations. Dans cette cour, dont
madame de Montesson était le centre, Saint-Georges apparut
comme une véritable excentricité, sa couleur en faisait un être
à part.

En regard des *beaux* de Trianon, le Palais-Royal, qui avait
aussi ses archives galantes, inscrivit le nom du mulâtre.

Le mulâtre devint le protégé, l'amant de l'épouse d'un prince
du sang qui se rappelait avoir vu chasser de chez lui les nègres
de sa mère à coups d'étrivières. Le mulâtre devint l'ami, le
confident de son fils! Hélas! il était loin de prévoir alors les
écueils de cette perfide intimité!

Il n'éprouva pas plus de peine à triompher de ses rivaux
près de la marquise...

Soit que la force physique et l'étrangeté de ce champion nouveau lui parussent en effet un genre d'épreuve à tenter, soit
que tous les dons charmants que Saint-Georges possédait l'eussent réellement touchée, madame de Montesson, peu contente
de se l'attacher pour ses spectacles, le créa d'abord son écuyer
et ne se fit pas faute de l'avouer aux yeux de sa cour ordinaire.
Son enveloppe, robuste et galante tout à la fois, satisfaisait les
deux penchants les plus décidés chez la marquise : le plaisir et
l'amour-propre. A Versailles, elle eût caché cette passion; au
Palais-Royal, elle l'afficha. Pour le duc de Chartres, il se vit
naturellement attiré vers Saint-Georges par son goût pour la
chasse et les éloges que ne manquait pas de lui en faire ma-

dame de Montesson. Il comptait d'ailleurs le faire servir à ses fins et à son parti.

Recherché des belles, agacé par les coquettes, ayant l'esprit du monde et l'à-propos, qui vaut mieux que les grands talents, Saint-Georges ne pouvait manquer de réussir. On ne tarda pas à l'appeler le *Don Juan noir*. Les soupirs successifs d'amants, dont frémissait encore le clacevin ému de la marquise, furent étouffés sous le charme de sa voix, sous les séductions de sa parole. N'ayant de rival en aucun jeu, imprimant un cachet de maître aux plus vulgaires tentatives, il devint l'astre des soupers, des fêtes, des spectacles. Ses conversations étaient un mélange adroit d'anecdotes amusantes, propres à rassurer la vertu des femmes; au plaisir de se faire écouter il joignit bientôt l'art de se rendre rare... Quand les physionomies des douairières elles-mêmes (les plus difficiles d'entre les femmes!) lui garantissaient un succès pour sa soirée, il levait le siége, prétextait des affaires, et laissait le cercle partagé entre le regret de le perdre et le désir de le revoir.

Devant cette guirlande de femmes choisies, toutes empressées de le voir et de l'entendre, le mulâtre avait-il oublié madame de Langey? L'amour ou le désir de la vengeance bouillonnait-il dans son cœur? Était-ce cette femme qu'il avait entrevue dans le jardin, du haut de cette fenêtre que madame de Blot lui avait vu fermer avec précipitation?

Il n'y aurait eu qu'un analyste expert pour répondre à ces questions. Tout ce que nous pouvons assurer au lecteur, c'est que le dieu qui existe pour les amants envoya cette fois au duc d'Orléans, qui allait contrarier les plaisirs de ce cercle, une salutaire pensée : ce fut celle de s'endormir sur l'un des sophas de la galerie dès que M. Nollot eut entamé sur la harpe un air qu'il préjugeait devoir produire un tout autre effet. Les maîtres de harpe se trompent comme les princes.

Un valet de pied au service de madame de Montesson était venu la prévenir que tout son monde de bonnes amies venait d'arriver. Celles qui assistaient le plus souvent à ses petits soupers du Palais-Royal étaient mesdames de Beauveau, de Boufflers, de Ségur, de Luxembourg, toutes remarquables par leur beauté ou leur esprit, toutes dansant, peignant ou faisant de jolis vers. Madame de Montesson se garda bien d'éveiller le prince, qu'elle laissa sous la garde de M. de Brancas. Appuyée sur le bras de Saint-Georges, elle se rendit à cet ambigu préparé dans ses petits appartements. Le désespoir de madame de Blot, qui osait à peine toucher aux fruits, la grâce de M. de Valence et les anecdotes piquantes de madame de Fleury défrayèrent ce repas, dont la marquise fit les honneurs.

Madame de Montesson, le regard attaché sur Saint-Georges, ne lui permettait pas la moindre avance près des autres femmes; sa jalousie égalait seule son amour..... Elle avait oublié, à deux pas de ce prince endormi, qu'elle était sa maîtresse, même sa femme!..... Ce qui était d'abord fantaisie était devenu passion.

Comme on le voit, le mulâtre avait monté: il était devenu le chevalier de Saint-Georges.

Mais de son élévation même, élévation que cet homme ne devait qu'à lui, allait ressortir un drame terrible et qu'il ne prévoyait pas.

XXVIII

Un menuet.

> La voluptueuse se rend au plaisir des sens la délicate au charme de sentir son cœur occupé, la curieuse au désir de voir.
> (*Le Sylphe*, p. 23?.)

Au coup léger que la main d'un jeune homme, sortant de sa chaise, imprima à la porte d'un vieil hôtel situé sur le quai d'Anjou, le concierge se hâta d'ouvrir.

— Mademoiselle Agathe est-elle levée? dit une voix aussi douce que l'aurait pu être celle d'une femme. — Oui, monsieur le marquis, à telle enseigne qu'elle arrose déjà là-haut ses fleurs.

Et le vieux Glaiseau, le doigt levé vers la terrasse ombragée à ses appuis de rhododendron et de touffes d'Iris, montrait au jeune homme mademoiselle Agathe, un arrosoir à la main.

La cour de cet hôtel était resserrée entre quatre grandes murailles froides et grises; l'herbe y poussait; il n'y avait que du bois rangé en étage sous les remises. La maison formait l'angle du quai, elle regardait la Seine.

— N'est-elle pas malade, mademoiselle! murmura Glaiseau; déjà levée! Elle a eu pourtant de la lumière dans sa chambre toute la nuit.

Sans perdre de temps à considérer Agathe, le jeune homme monta l'escalier, dont la rampe de fer était semée à intervalles égaux de soleils et de lyres comme les escaliers du règne de Louis XIV.

Amortissant ensuite le bruit de ses pas et s'insinuant avec adresse par un corridor qui aboutissait à la terrasse, il surprit Agathe, dont la main blanche relevait la tige de quelques œillets courbés par la pluie.

Elle parut troublée, soit qu'elle n'eût pas entendu le coup de marteau, soit que la présence de ce visiteur inattendu l'arrachât en cet instant à quelque dialogue matinal avec ses fleurs.

— Vous! de retour, monsieur Maurice! je vous croyais à Brevannes pour tout le mois! — Et moi aussi, je le croyais, répondit-il en secouant la tête avec tristesse, cependant je suis ici! — Vous n'avez donc pas chassé? — Une fois, pour exercer seulement ma meute. Vous ne m'en voudrez pas d'être venu, continua-t-il en lui baisant la main avec une rougeur qui monta jusqu'à son front, je m'ennuyais! — Ah! vous vous êtes ennuyé! Tant mieux, reprit-elle en sautant de joie et en arrachant avec une étourderie charmante la feuille d'un petit rosier qu'elle brouta du bout de ses lèvres minces, il n'y a donc pas que moi qui m'ennuie! — Glaiseau m'a dit que vous aviez veillé toute la nuit. Vous avez lu? Je vois à travers vos carreaux des livres et une bougie sur votre table..... — Une récluse fait ce qu'elle peut. — Quel ouvrage lisiez-vous? — Si vous tenez à le savoir, j'ai lu *Peau d'âne.* — C'est un conte charmant pour ceux qui aiment les contes. — Il m'a fait pleurer celui-là, c'est mon histoire. — Voulez-vous que je sois le prince? — Du tout, monsieur, vous savez nos conventions. Écoutez, vous êtes le seul homme qui mettiez le pied ici, mais j'ai votre parole, je ne serai à vous que lorsque je vous aurai dit : « Maurice, je vous aime! »

Et cela n'est pas encore venu, reprit-elle en mettant la main sur son cœur, avec une sorte d'assurance qui fit tressaillir Maurice.

Il y eut quelques instants de silence entre eux.

Le soleil devenant trop vif, Glaiseau apporta un parasol; Agathe, poussa la porte de sa chambre.

Il y avait là un clavecin ouvert et des livres; plusieurs bougies éteintes entouraient la table, comme après une longue veillée. Agathe, bien qu'elle fût pâle, était divine de beauté.

— Je le vois, Maurice, vous allez m'accuser, mais il faut

bien que je me fasse un monde la nuit, je n'en vois aucun pendant le jour. Ma cousine de Montesson m'a cloîtrée dans cette triste solitude. Pourquoi cela ? En vérité, je ne sais. Par malheur, je dépends d'elle. En ce pays-ci, il n'y a pas à présumer que je rencontre autre chose que des siècles ambulants, des fantômes du temps passé; tenez, j'ai cru voir danser cette nuit sur mon balcon des ringraves, des collets montés, des vertugadins et des bourgeois de Louis XIII!... — La marquise vous a depuis peu, je crois, donné des maîtres? — Sûrement; mais ce sont encore des naturels de ce quartier, des gens de l'Isle que je déteste à la mort! Il n'y en a qu'un de supportable, M. Abeille, mon maître à danser, le plus drôle de corps! oh! il sait Paris sur le bout du doigt! L'heureux homme! lui, du moins, il va à la cour ! — Cette existence vous pèse, chère Agathe ; vous l'avouerai-je, moi, ajouta Maurice en la regardant avec tendresse, elle me rassure. — Que voulez-vous dire? ne suis-je donc pas à plaindre? — A plaindre, chère Agathe! parce que vous ne pouvez aller au Palais-Royal ! Vous ne savez pas, vous ne pouvez savoir de quels dangers vous y seriez entourée; vous si belle, si jeune; vous que je suis prêt à demander demain pour femme si vous le voulez! — Mais vous ne savez pas non plus, vous, monsieur, dit-elle en croisant ses bras d'un air sérieux devant Maurice, ce que c'est que d'être reléguée au quai d'Anjou, de se pencher vers la Seine tous les matins pour voir son éternel miroir! J'ai tout ce qu'il me faut dans cette maison, je le sais; mais enfin je ne suis pas venue de Saint-Malo pour ne voir ni Paris ni ma cousine ! Quand j'étais petite fille, ma cousine me souriait en m'appelant *son* Agathe ! Aujourd'hui, son carrosse s'arrête au bout de ce quai, elle vient causer quelques secondes avec Glaiseau ; et si elle monte ici, c'est pour me parler de me faire carmélite. Carmélite ! ne le suis-je pas depuis deux mois? — Vous avez raison de vous plaindre de votre parente, Agathe; mais pourquoi tant regretter ses fêtes? — On dit qu'il y a chez elle de si belles comédies ! — Il y a du moins chez elle, reprit Maurice avec un dédain marqué, le fonds d'une excellente comédienne. — Avez-vous une idée de semblable chose, je vous le demande? m'interdire sa maison! — Je vous avoue, Agathe, que je ne vous comprends pas.—Si vous ne me comprenez pas, monsieur, alors vous ne comprenez pas que le bruit de la musique flatte l'oreille, que la rose enivre, qu'une jeune fille ait plaisir à s'entendre dire qu'elle est belle! Vous ne comprenez donc pas le bal? dites-moi, le bal, que je n'ai jamais vu, le bal, que je n'ai lu que dans les livres! Je ne vois que vous, Maurice, et M. Abeille, mon maître à danser, et Glaiseau, qui, je ne veux pas savoir pourquoi, vous obéit. Maurice, vous êtes heureux, vous allez du moins à la cour. — A la cour de Versailles, une fois par an, c'est possible; au Palais-Royal, jamais! J'ai appris que dans mon absence, ma mère, qui revient elle-même d'Angleterre, avait fait par lettres des démarches près de madame de Montesson, son amie; Agathe, j'ai juré sur la mémoire de mon père de ne rien devoir à cette femme... Je hais l'intrigue comme vous haïssez la solitude! — C'est cela, toujours vos idées créoles! Vous croyez que le monde doit être à vos pieds, vous regrettez vos esclaves de Saint-Domingue? Savez-vous, Maurice, qu'il vous prend parfois des sauvageries étranges? Vous boudez le monde, vous le fuyez; moi, je ne désire qu'une chose, voir ce monde, dont vous ne voulez rien m'apprendre! — Quai-je à vous en dire, Agathe, sinon que son souffle empoisonné vous tuerait? Je suis jeune, je ne manque ni de plaisirs ni d'amis, eh bien! sans vous, tous ces plaisirs et ces amis ne me sont rien. Ce toit retiré, si triste pour vous, a pour moi un parfum de tutelle et de mystère ineffable: il vous garde, il vous défend! Si je vous disais que je ne l'ai quitté si brusquement l'autre fois que parce qu'il me fallait m'y débattre contre mon cœur! Vous rappelez-vous ce jour où nous avons feuilleté tous deux un cahier de Cimarosa à ce clavecin? vous étiez belle comme un lis, votre chant divin m'apportait des joies charmantes; Glaiseau écoutait; il avait allumé toutes les bougies du salon!... C'était une fête que nous nous donnions à tous deux; là je n'avais, Agathe, ni distraction ni jalousie, je ne voyais que vous; votre mitaine était, à cette soirée-là, de ruches roses.... Nulle autre main que la mienne ne l'effleura, nul autre souffle que le mien ne passa sur votre front. Oh! quand je vous contemplai le corps à demi renversé sur cette chaise où vous êtes, et tenant vos doigts posés encore sur les touches du clavecin, je fus prêt à rompre le serment sacré auquel je dois mon admission près de vous; ma tête brûlait, je n'avais plus ma raison! La seule présence de Glaiseau me rappela bientôt à moi-même; je sentis qu'il fallait élever entre nous deux une barrière, ce même soir je partis! Hélas! la solitude est mauvaise à ceux qui aiment; me voilà revenu, Agathe, vous savez pourquoi! — Vous êtes revenu, monsieur, pour me faire danser ce menuet, à défaut de mon pauvre maître à danser qui est malade. C'est un menuet nouveau, et M. Abeille le trouve charmant. Vous voyez que vous n'aurez pas quitté Brevannes et vos amis pour rien.

Voyant qu'il la regardait toujours avec des yeux suppliants et ne se mettait guère en devoir de satisfaire son caprice :

— Allons, reprit-elle en agitant la sonnette de la cheminée, Glaiseau me donnera la main pour danser; vous, monsieur, songez à l'air, voici le violon de M. Abeille.

Maurice avait un talent réel sur cet instrument, seulement une timidité innée chez lui l'empêchait de le faire valoir devant un cercle. Il prit le violon de M. Abeille et joua le menuet. La danse octogénaire de Glaiseau formait le contraste le plus étrange avec celle d'Agathe, dont le pied charmant frappait en cadence le parquet avec des frôlements de soie délicieux. Maurice ne pouvait se lasser de la contempler, tant la perfection de ses formes était admirable......

Mademoiselle Agathe de La Haye comptait dix-neuf ans. Ce qu'elle avait de plus divin dans sa personne, c'était certainement la bouche, qui décrivait à la lettre et en miniature l'arc de l'amour. La blancheur de son teint prêtait un charme réel à cette bouche ornée d'un sourire exquis et meublée de dents charmantes. Ses bras étaient délicieusement veinés, on y voyait circuler le sang; l'odeur de sa peau égalait celle d'un parfum. Sous les tresses de poudre qui se déroulaient à son cou et couraient à ses épaules, un peintre eût cru découvrir une tête de Mignard, tant la pureté des lignes dépassait les formes coquettes des autres têtes de l'époque. En un mot, elle était régulièrement belle, d'une beauté inattaquable même à l'œil d'une rivale.

Aussi en la voyant rien que sur son pastel, envoyé du fond de la Bretagne à madame de Montesson, le duc d'Orléans lui avait dit :

— Marquise! vous avez là un morceau de roi dans votre famille! — Madame de Montesson est la dame des *belles cousines*, avait ajouté prétentieusement M. de Carmentel en lui rendant le portrait.

A dater de ce jour, le parti de rigueur à prendre vis-à-vis mademoiselle Agathe de La Haye, qui venait, à la suite de la mort de sa mère, implorer la tutelle de sa cousine, avait été celui du bannissement.

Agathe gémit d'abord en se voyant renfermée si étroitement dans cette prison dont le vieux Glaiseau venait d'être institué le geôlier, à titre de serviteur de madame de Montesson. Elle regretta ses belles prairies de Bretagne, son port rempli de marins, ses amies, ses joies candides. La belle fille s'était fait de Paris une idée bien différente! Pour se consoler les premiers jours, elle eut soin de se dire que cet exil ne pouvait durer; la marquise, sa cousine, devait soutenir pour elle un procès. Agathe pensa qu'elle voulait sans doute ne l'installer au Palais-Royal qu'après le gain de sa cause. L'affaire était grave, mademoiselle de La Haye se trouvant, au préjudice d'autres parents, avantagée par le testament d'un de ses oncles, beau-frère de madame de Montesson [1], et l'un des premiers négociants de Saint-Malo, où la haute bourgeoisie date de très-loin. De ce procès dépendait la fortune de mademoiselle de La Haye; mais ce n'eût été qu'avec peine que la marquise de Montesson l'eût vu finir; il eût consolidé Agathe au cœur de Paris, peut-être même l'eût-il amenée au Palais-Royal. La seule crainte de se voir enlever le cœur du prince par cette belle cousine et de perdre ainsi le fruit de dix années de manège ne prescrivait-elle pas impérieusement cet exil?

L'imagination d'Agathe ne tarda pas à franchir cette solitude, une curiosité invincible la tourmentait. Son ingénuité ne pouvait prévoir le plan de madame de Montesson; elle demeura persuadée qu'elle lui avait déplu. En se comparant aux portraits de ce vieil appartement, elle se trouva pourtant fort digne de la cour et de sa cousine; elle lut des romans dans la bibliothèque de l'hôtel; il n'y en avait pas un qui ne lui donnât l'envie de se faire des ailes! Quelque peu spiritualistes que fussent les auteurs de ces livres, il s'en rencontra, on le sait, plusieurs enclins à admettre les êtres surnaturels, à la condition, il est vrai, qu'ils deviendraient, au dénoûment, réels et palpables. Le Sylphe de Crébillon fils fut composé dans ce but. En le parcourant comme un ouvrage qui lui tombait sous la main par aventure, mademoiselle de La Haye sentit qu'il lui fallait avant tout

1 Mme de Montesson avait nom Mlle Béraud de La Haye; elle était fille d'un capitaine négrier de Saint-Malo, lequel capitaine faisait la traite pour le compte de M. de Châteaubriand.

La marquise de Créquy disait d'elle : « Comme elle n'a pu réussir à être *duchesse d'Orléans*, elle a exigé que le duc d'Orléans se fît *M. de Montesson*. »

aimer un être plus fort qu'elle. Beaucoup de femmes évitent le
joug et abhorrent la domination. Agathe, au contraire, se promit de ne rechercher qu'un maître. A la belle captive, l'image
d'un amant n'apparut jamais que sous la forme d'un libérateur.
Dans les brises que lui apportait la Seine; elle croyait entendre
sa voix; dans les bruits de la ville mourant à ce quai, elle distinguait son pas. Pervenche solitaire, enfouie loin des regards,
elle avait échappé depuis deux mois à tout ce que Paris offrait
de périls, mais aussi elle n'en avait reçu aucune joie. Son clavecin, ses livres et les visites de Maurice étaient les seules dis-
tractions de son ennui. Elle n'osait proposer à ce jeune homme
un parti extrême, parce qu'il lui semblait n'en pas avoir lui-
même conçu la pensée, la simplicité et la droiture de Maurice
ne lui faisant pas envisager dans cette liaison un autre but que
celui du mariage.

Un soir qu'il passait en chaise dans ce quartier éloigné, le
jeune marquis Maurice de Langey avait poussé un grand cri en
voyant Mlle Agathe avec M. Glaiseau sur la terrasse. Glaiseau
avait servi M. de Boullogne, et nos lecteurs savent quels rapports existaient entre M. de Boullogne et Maurice. Après avoir
bataillé avec le concierge l'espace de quelques jours, le marquis avait eu le plaisir de le voir se rendre à discrétion et se
charger de remettre lui-même à Mlle Agathe une épître des plus
pressantes. La candeur de ce billet avait ému le cœur d'Agathe;
il lui sembla (et elle ne s'abusait point) que son auteur était de
ces hommes qui ne deviennent entreprenants que lorsqu'ils sont
aimés. Elle n'hésita point à le recevoir: il y a certaines con-
fiances qui honorent réciproquement ceux qui se les accordent.
Le marquis de Langey vit donc Glaiseau lui ouvrir les portes
de l'hôtel.

Maurice avait alors vingt-trois ans. Il était beau de la beauté
d'une femme; mais aussi, élevé par elles, il était loin d'avoir
gagné du côté de la force et du développement physique. La délicatesse du créole s'était accrue par toutes les habitudes et les
raffinements du luxe. Adulé par sa mère, encouragé par la
faiblesse aveugle de M. de Boullogne, héritier d'un beau nom
et pouvant prétendre à tout, il avait conservé l'orgueil tradi-
tionnel de son enfance. Son mépris pour les *parvenus* n'ayant
rencontré que trop d'occasions de se produire, il en était résulté
chez lui une sorte de misanthropie hautaine.

Pendant quelque temps, il avait pris la solitude et la campagne en une sorte d'amour ; il chassait à Brevannes avec une assez belle meute... Dans ce château, le créole se trouvait du moins à l'aise ; il y implanta l'orgueil féodal des colonies. Le spectacle de la débauche parisienne et de la licence aristocratique l'avait bien vite dégoûté de la capitale ; sa constitution autant que sa fantaisie le portait d'ailleurs aux plaisirs doux et paisibles.

Il avait des talents ; mais il les employait mal : il lui manquait la confiance dans ses forces. Loin d'être de son siècle, qui s'aventurait en toutes choses, Maurice redoutait l'éclat ; il n'eût été jaloux de réussir que pour une femme, une femme qu'il eût aimée comme il aimait en ce moment Agathe de La Haye.

L'excellence et l'élévation naturelle de son cœur ne lui avaient pas permis d'agiter encore en lui-même cette question :

— Mademoiselle Agathe de La Haye est-elle un parti ?

Il se demandait avec plus de trouble et de frayeur.

— M'aime-t-elle ?

En ce moment encore, il la contemplait rayant la poussière de ce vieux parquet de son joli pied. Le menuet fini, elle quitta la main du vieux Glaiseau, et remercia Maurice.

— Ce menuet, dit-elle, vous a-t-il paru joli ? — Assez... répondit Maurice. Quel en est l'auteur ? — Un mulâtre, à ce que m'a dit M. Abeille... — Un mulâtre !

Maurice tenait le cahier de musique en ses doigts, il le rejeta sur le parquet comme s'il eût été sali par son contact.

— Que faites-vous ? M. Abeille dit que c'est un homme charmant, M. le chevalier de Saint-Georges ! — Le chevalier, ditesvous ! un mulâtre chevalier ! Ah ! ah ! ah ! reprit Maurice en riant d'un air contraint, ceci est nouveau ; aux colonies, nous ne reconnaissons pas ces chevaliers-là ! Répétez-moi son nom.

— Saint-Georges. — Saint-Georges ! Mais en effet, poursuivit-il et comme se parlant à lui-même, je crois me souvenir d'un nom pareil !... quand j'étais enfant... oui... à Saint-Domingue...

— Je ne l'ai jamais vu ; mais M. Abeille m'en a parlé... On le dit bien beau, reprit Agathe.

Maurice allait répondre, la conversation fut interrompue par Glaiseau, qui venait prévenir le marquis du retour de ses porteurs. Comme l'on dînait très-régulièrement à trois heures à l'hôtel du contrôleur général, et que M. de Boullogne avait fait prévenir Maurice qu'il eût à s'y rendre pour affaire, il prit à regret congé d'Agathe.

— A demain! lui dit-il en soupirant.

Après lui avoir baisé la main comme de coutume, il sortit.

Penchée sur la terrasse, Agathe regarda la chaise du marquis tourner l'angle du quai d'Anjou. Rentrée dans sa chambre, elle trouva le menuet de Saint-Georges gisant à terre.

Elle le ramassa avec un soupir, l'essuya et le replaça sur le clavecin.

XXIX

L'heiduque.

> « Fort bien, Trim, me dit mon oncle *Tobie*,
> tout cela est à merveille.)
> (*Tristram Shandy.*)

— En croirais-je mes yeux! monsieur Platon! s'écria Saint-Georges; quoi, monsieur Platon, c'est vous qui m'avez écrit?

Et le chevalier montrait au gérant de la Rose la lettre sans signature qu'il avait reçue quelques jours auparavant à sa toilette, et qui était, on l'a vu, fermée par le plus économique de sous les cachets, une boule de mie de pain.

— Moi-même, mon jeune ami... c'est-à-dire, monsieur le chevalier!... J'ai voulu vous laisser le plaisir de la surprise... Et puis j'avais peur que vous ne gardiez rancune à Platon. Vierge sainte! que je vous retrouve grand et bien fait! Vous voilà logé comme un marquis! — Et toi, mon cher Platon, tu iras bientôt nu comme un nègre. Vois plutôt, ton habit de taffetas rayé tombe en loques, et ta culotte de velours chocolat montre la corde.... — Hélas! mon cher élève! reprit Platon, enhardi par la commisération que Saint-Georges lui accordait, nos rôles sont intervertis! Je vous vois encore nouant la serviette au menton de M. Poppo, nettoyant mes fusils de chasse et m'éventant au retour de mes inspections... — Moi je te vois, Platon, me condamnant à partir pour *ton* domaine, après tout ce qui m'était arrivé à la Rose, m'empilant, moi centième, dans ton horrible charrette! Je ne répondrais pas que la balle qui a sifflé aux oreilles de ma mule ne fût pas de toi, puisqu'elle m'a manqué... — Monsieur le chevalier, je n'ai jamais été cannibale, c'est la seule conversation que je pusse avoir avec vous à pareille distance... — Merci. — Le ciel m'est témoin, Saint-

Georges, c'est-à-dire... monsieur le chevalier... que je vous ai toujours distingué du peuple, j'ai favorisé vos talents ; comme dit M. Rousseau, je n'ai point arrêté la culture de cet arbre dont les...

Ici, Joseph Platon entama une phrase de l'*Émile* dans laquelle il se perdit.

— Comme te voilà fait, mon pauvre Platon ! il t'est donc arrivé bien des malheurs ? — Je le crois !... d'abord ma caféyère pour laquelle M. de Lassis m'avait fait de si rigoureuses conditions que j'en suis parti... — Après ? — Après ? comment ! l'incendie de la partie du sud à la Rose, vous savez bien, monsieur le chevalier, c'était là que couchait Mme la marquise... — Je n'ai appris cela qu'à Bordeaux, l'incendie, le meurtre de Finette... Le coupable est-il vraiment cet Espagnol qui s'est échappé de la prison de Saint-Marc ? — Mais on le dit du moins, monsieur le chevalier. Allez, si le scélérat nous a échappé, ç'a n'a pas été faute de recherches, nous avons assez couru le pays, moi et M. Printemps, que la marquise a licencié aussi. — Pourquoi ? — Parce que M. le prince de Rohan lui avait proposé un voyage en Angleterre !... La Rose l'ennuyait, monsieur le chevalier ; la Rose, un paradis terrestre, un lieu de délices ! Elle voulait voir les buveurs de bière et les boxeurs ! Quel goût dépravé chez une femme noble ! pouah ! C'était pitié que de voir notre départ, à ce bon M. Printemps et à moi. Nous nous tenions serrés l'un contre l'autre, accolés comme la fourchette et le couteau. M. Printemps avait bien souffert du coup de cette mort de Mlle Finette, Finette, qui vous aimait tant, monsieur le chevalier !

Les sanglots de Platon l'empêchèrent de continuer, il soupira quelques secondes et reprit :

— Vous vous souvenez sans doute que la mort violente de mon perroquet m'avait fait prendre en horreur cette marquise ; elle en a fait de belles depuis ce temps-là ! — Elle est remariée ? — Remariée, elle ! ah ! bien oui ! elle est trop heureuse de jouer son rôle de veuve ! — Ses amants l'ont affichée ? — Elle est trop habile pour mécontenter publiquement monsieur de Boullogne... Elle a des amants, mais elle les cache ; ils entrent par plusieurs portes, ça les regarde, voilà tout. Les marquises en cela sont plus favorisées que les blanchisseuses ; Rosette n'avait qu'une porte... — Qu'a-t-elle donc fait ? — Ce qu'elle a fait, monsieur le chevalier, un morne noir d'abominations ! D'abord

elle a fait couper la belle avenue des palmistes qui bordait la
Rose, sous le prétexte qu'elle attirait les insectes; elle a refusé
à monsieur de Lassis de retourner avec lui en France, et s'est fait
croire malade pendant qu'elle complotait l'horrible trame de
son voyage britannique; pour comble d'infamie, elle m'a dit un
jour qu'elle me trouvait trop âgé, qu'elle avait envie d'un gérant anglais... Un gérant anglais, monsieur! vous voyez si elle
a juré la perte de la Rose!... Transporté de fureur, je me suis
embarqué dans la compagnie de monsieur Printemps, qui lui
avait déjà rendu son épée de maître d'hôtel en lui disant : «Elle
vous a servie fidèlement, madame, ainsi que le maréchal de
Saxe! Dieu veuille que vous ne preniez pas celle d'un Anglais!»
— Tu n'as pas oublié, j'espère, ta collection de naturaliste? —
Ma collection, monsieur le chevalier, rôtie, abîmée, éteinte
dans ce diable d'incendie ! Moi qui comptais si bien m'établir
avec mes coquillages et mes oiseaux mouches! Arrivé ici, je
m'en suis allé droit à l'hôtel de monsieur le contrôleur. Le suisse
m'a refusé; madame de Langey avait déjà sans doute prévenu
monsieur de Boullogne contre son fidèle Platon! J'ai écrit, mes
lettres sont demeurées sans réponse. Faut-il vous le dire enfin? je
me suis fait, moi, domestique de louage; moi, nouveau débarqué, je me suis mis à la piste des arrivants. — Ce pauvre
Platon! — Monsieur Printemps était mort de douleur autant
que de regret dans la traversée... Il avait été volé, ainsi que
moi, de ses épargnes par les métis qui transportèrent nos baga-
ges; nous ne nous aperçûmes de ce vol qu'après avoir doublé la
pointe du Cap. Alors seulement, je me recommandai au ciel,
et je me dis : « Platon, Dieu te punit d'avoir tant usé du fouet
sur ces pauvres nègres ! » et je me fis domestique de louage ! —
Qui t'a appris mon adresse ?—Tout le monde. Dans les cafés, aux
spectacles, j'entendais parler de vous. C'était un bourdonnement.
Celui-ci vous avait vu tirer et percer en l'air une pièce de six livres,
cet autre nager tout vêtu, un troisième s'écriait : «J'ai fait des armes
avec lui ! » Aucun ne disait : « Je l'ai touché ! »—Eh bien ! repris-je
alors avec un orgueil qui me grandit de six pieds, je l'ai touché
à Saint-Domingue, moi qui vous parle ! il est vrai que ce n'était
pas avec un fleuret !... J'irai le voir, il m'accueillera ! je consens
de grand cœur à le servir, et pourvu que j'aie à moi mon petit
dimanche pour aller voir mes anciens amis de Bercy... qui me
donneront peut-être des nouvelles de Rosette.

Ici M. Platon retomba dans un de ses attendrissements conjugaux, il tira même son mouchoir. Ce mouchoir avait l'air d'un drapeau percé de balles, tant il était troué, rapiécé, noir de tabac.

— Monsieur le chevalier, s'écria Platon en embrassant les mains de Saint-Georges, décidez de mon sort, je suis à vous ! Un des amis de votre valet m'a dit qu'il était parti, que vous l'aviez même chassé à grands coups de pied, parce qu'il vous manquait de l'or ; prenez-moi à votre service, vous me connaissez, je suis honnête !... — Il est vrai que tu n'es plus intendant ! Mais, ajouta Saint-Georges, touché de l'air humilié de son ancien maître, je ne veux pas que tu endosses la livrée de monsieur Jasmin ! Ouvre cette armoire, tu y trouveras une robe d'heiduque... — Qu'est-ce que cela, une robe ? *heiduque* ou *eunuque ?* fit avec effroi Joseph Platon ; déguiser mon sexe sous une robe ! Allons, monsieur, c'est bon pour le chevalier d'Éon !

A cette réponse qui servait une des antipathies secrètes de Saint-Georges, il sourit ; on était toujours sûr de le prendre par l'amour-propre.

— La livrée d'*heiduque*, reprit-il en étalant lui-même sous les yeux de Joseph Platon ébloui une robe à la tartare, bordée d'or et de fourrures, dont son tailleur lui avait fait sans doute présent, la livrée d'heiduque t'ennoblit au lieu de te dégrader. Un heiduque monte à cheval, digne Platon, et j'ai à mes ordres tous les chevaux du Palas-Royal. Tu seras fort bien sous ce costume avec ta barbe grisonnante, que je t'engage à ne pas couper pour l'effet, et que monsieur Bruno, mon perruquier, te laissera croître en pointe tartaresque. Sais-tu la langue tartare ? cela ne ferait pas mal. — Vous plairait-il, monsieur le chevalier, de me dire ce que je dois faire sous cette tunique ? Vont-ils se moquer de moi à Bercy, mes anciens amis de gabelle ! — Un heiduque, Platon, est un être inviolable. Si l'on veut lui donner des coups, il a le droit de les recevoir, mais aussi celui de s'en plaindre à tous les ambassadeurs asiatiques... — C'est-à-dire que je ne fais plus partie du corps respectable des bourgeois parisiens ! Encore une fois quels sont mes devoirs ? — Ceux d'un heiduque fidèle, d'un homme posé, qui porte des bottes jaunes et un bonnet fourré, digne de celui du roi de Mogol. — Mais enfin ? — Tu m'accompagneras. — C'est tout ? — Tu porteras mon violon et mes fleurets. — La cuisine ? — Tu n'en feras pas ; j'ai quelqu'un. — Et... pour les dames ? — Tu leur porteras mes lettres en heiduque, c'est la mode. —

Monsieur le chevalier, je me déclare votre féal et respectueux heiduque, dit Platon en mettant un genou en terre... Ah ! j'oubliais. Ce sabre peut-il me servir en cas d'attaque ? — Je ne pense pas, car la lame en est de bois : c'est une ordonnance de monsieur Le Noir... Oui, depuis que l'heiduque du comte d'Argenteau a passé son sabre, à Longchamps, à travers le corps d'un arlequin... En cas d'attaque, tu peux t'en reposer sur mon épée. — Comme sur Dieu même, monsieur le chevalier. Il me tarde de vous accompagner à cheval ; vous y êtes si beau ! Allez, c'est bien vrai le proverbe qui dit : «Monté comme un Saint-Georges !»

L'effusion de Joseph Platon donna au chevalier un quart d'heure de gaieté bouffonne dont il augura bien pour l'avenir. Affublé de cette grande robe qui le faisait ressembler à feu Mahomet, l'heiduque de nouvelle date porta ses pas vers l'antichambre, où il ne trouva aucun domestique... Cette singularité l'ayant frappé, il se dirigeait vers la petite porte vitrée d'un des cabinets attenant à cette pièce et se disposait même à en tourner la clef, quand il vit Saint-Georges marcher doucement à lui en élevant son doigt à ses lèvres :

— *Elle* dort, dit-il à Joseph Platon.

. . . .

Il le ramena très-étonné dans la cuisine, près d'un énorme quartier de chevreuil, vis-à-vis duquel il le laissa.

XXX

Sainte-Assise.

Au plus écloppé des époux
A peine Vénus fut livrée,
Que de son outrage ulcérée,
Elle dit tout bas : « Vengeons-nous! »
Un dieu plaisait à l'immortelle,
C'était Mars, le dieu de sa cour
Qui, parlant le mieux bagatelle,
Badinait le moins en amour.
Voir et vaincre était sa coutume.
Il vainquit : ce dieu des guerriers
Offrit pour sopha des lauriers
Quand Vulcain n'offrait qu'une enclume.

(*Vers du temps.*)

Ce château royal dont les ailes blanches se déploient comme celles d'un cygne, c'est Sainte-Assise.

Le jour s'est levé serein, la feuille des bouleaux tremble au vent, la senteur des foins coupés embaume l'air.

Deux routes diverses mènent au château : la Seine d'abord, puis le chemin sablé, dont les cailloux irisés des feux du soleil ressemblent à de l'or.

Les fanfares sonnent au loin, quittées et reprises par les piqueurs, qui veulent seulement se tenir en haleine. On n'entrera en chasse qu'à une heure ; le duc d'Orléans est attendu pour déjeuner.

De joyeux petits garçons sont échelonnés sur la route ; ils agitent leurs chapeaux du plus loin qu'ils aperçoivent un carrosse. Greuze n'est pas de la chasse ; sans cela vous le verriez déjà, son fusil d'un côté et son chien Plutarque de l'autre, crayonnant du haut de ce tertre de gazon les roses figures des villageois.

Mme de Montesson se retrouve assise dans le même fauteuil sur le bras duquel, il y a quelques années, se penchait si amoureusement M. de Valence quand le duc d'Orléans entra, et crut bonnement que M. de Valence demandait à Mme de Montesson sa propre nièce !

Devant ce fauteuil est un beau jeune homme en habit de chasse des plus galants et des mieux coupés : c'est Saint-Georges.

Madame de Montesson a de la grâce ; c'est une physionomie de cour. Elle se lève, elle se rassied comme on ne se lève plus et l'on ne se rassied plus maintenant qu'il n'y a pas de cour. Elle est plâtrée, fardée et crêpée d'un *puff au sentiment* ; c'est la mode. Des yeux d'un bleu velouté, ombragés de longs cils, donneraient une étrange douceur à son visage si ses lèvres minces et pincées n'inspiraient pas certaine défiance de son caractère. Ce qui domine chez elle, c'est l'impérieux besoin d'être approuvée ; il lui faut l'admiration. Elle aime peu les femmes, ces nuages passagers jetés devant son soleil. La société des peintres, des musiciens et des poëtes lui plaît : elle ignore que ces gens ne louent que ceux qu'ils ne peuvent craindre. Sa voix a un charme particulier : elle n'est ni trop élevée ni trop douce ; seulement c'est une voix de comédienne, et malheur aux femmes qui jouent la comédie ! la voix et le plumage leur en restent. Elle est artiste comme madame de Maintenon a été dévote, avec un orgueil indicible de protection et pour parler au besoin une langue que son mari n'entend pas.

C'est une femme d'esprit, parfaitement née pour jouer de petits proverbes et aimer convenablement : au lieu de cette sphère tempérée, elle a choisi le goût des exagérations, elle s'est lancée dans la passion à grand éclat ; elle porte, à l'instar de la Clairon, son éventail en poignard à son côté. Cependant vous la voyez passer de l'amour le plus violent aux refroidissements de cœur les moins prévus ; le règne de ses amants a autant de durée que celui d'un chanteur à l'Opéra.

Une chose lui plaît surtout dans Saint-Georges, c'est qu'il l'occupe. Il n'a jamais deux jours de suite le même habit, le même nœud, la même boîte ; il a des aventures, il conte bien ; il fait des menuets, il les danse, il les oublie ! Il possède encore d'autres qualités qu'elle n'avoue pas, mais que les femmes devinent et que les hommes envient. Dans ce siècle d'amants blasés, ruinés, ridés à vingt ans, il a le singulier mérite d'arriver jeune, de n'avoir point le titre de *roué* dès son berceau. C'est un fruit jaune et doré par le soleil des tropiques : la marquise permet qu'on l'admire comme les pommes du jardin des Hespérides ; mais elle réserve son courroux à celle qui serait assez imprudente pour le vouloir dérober.

A trente ans, Saint-Georges est dans toute la vigueur de sa beauté ; la science des armes a presque doublé sa grâce ; il a des délicatesses inouïes de pose et regarde en parlant son pied, dont il est très-vain. Nous avons dit qu'il porte ses bagues hautes et grandes : c'est qu'à la jointure du doigt et à l'ongle, il sait bien que l'on reconnaît le sang mulâtre. Curieux d'étoffes de couleur tranchée, il affectionne surtout l'habit rouge, comme on voit encore le nègre de nos jours rechercher la cravate blanche. La laine de ses cheveux crépus a disparu sous la poudre, cette mode de nos pères qui les faisait jeunes si longtemps. C'est l'habit des chasses de la maison d'Orléans qui ce jour-là dessine ses plis sur ses hanches ; il a laissé dans un des coins du salon le fusil que lui a donné le prince de Conti, arme charmante, qui vaut bien deux cents louis.

Sur le bois capricieusement ciselé, la main du sculpteur a évidé deux hures de sanglier admirables : les narines gonflées soufflent la rage et la fatigue, les yeux sont en diamants.

— Asseyez-vous près de moi, chevalier ; vous aurez le temps d'être debout à cette chasse.

Elle ajouta :

— C'est bien à vous de les avoir précédés de si bon matin, et

je vous en remercie. — Vous savez, marquise, qu'en fait de rendez-vous, ma réputation est celle d'un homme exact. — C'est
donc pour cela, monsieur, que vous avez passé votre soirée à la
Société des Amateurs. Ne cherchez pas à nier, j'avais envoyé
Dauphin constater votre présence... — Nous fêtions tous Chabanon, qui est, vous le savez, un de nos coryphées les plus
illustres. Il lui fallait bien un peu de musique pour le remonter, ce pauvre garçon! Le voilà reçu de l'Académie! — Il aura
du mal à rétablir l'harmonie dans ce corps savant, pour peu
qu'il veuille s'en donner la peine. — Cela ne veut-il pas dire
que M. de La Harpe est en froid avec madame de Genlis? —
Nullement, à telle enseigne qu'il lui a baisé hier la main, devant moi, au Palais-Royal. — Baiser de Judas! — Un académi-
cien? — Pourquoi pas? tout comme un autre! Tenez, moi, je
l'ai vu au Vauxhall avec mademoiselle Cléophile. — Cléophile!
qu'est-ce que cela? — Une *impure*, comme ils disent, à laquelle
il fait des vers. C'est pour elle que le duc de Lauraguais a brûlé
sa berline bleue... — Comment cela? — Vous ignorez peut-être
que le comte de Lauraguais a une maison à cent pas du Bourg-
la-Reine? Il y invita la Cléophile et quelques autres femmes
dont j'ai oublié le nom.... A la nuit tombante, la vestale Cléophile, qui avait sans doute autre chose à faire dans son temple
de la rue Saint-Lazare, où elle demeure, insista pour se retirer. Le duc ne voulut pas. On était à table, et le vin échauffait
la tête des convives : « Non, vous ne partirez pas, Cléophile, dit-
il d'un air de Chactas; vous ne partirez pas. Voyez ma voiture,
elle est brûlée ! » Il avait fait, ma foi, comme il avait dit. —
J'imagine, Saint-Georges, que je n'aurai pas besoin de brûler
celle qui doit vous ramener à Paris... Vous me restez, n'est-ce
pas ? — Quand monseigneur lui-même l'ordonnerait, c'est impossible; il y a quelqu'un qui m'attend ce soir à Paris... — Une
femme ? — Un homme. — C'est un duel ? — Vous avez deviné;
mais celui-là ne sera pas dangereux. — Et c'est vous qui vous
battez? — Moi-même... — L'adversaire? — Un jeune homme
de vingt-deux ans. Il faut que je vous dise son histoire. Vous
saurez qu'hier je l'ai rencontré chez madame Bertholet, aimable
femme qui joue de la harpe à merveille : — « Vous êtes monsieur de Saint-Georges? me dit-il en me saisissant le bras sous
le réverbère de la rue. — Lui-même. — Eh bien, monsieur,
j'ai été insulté au spectacle par un bretteur fieffé, M. le chevalier de la Morlière... — Je le connais. — Le rendez-vous pris,

je ne m'aperçois que d'une chose, monsieur, c'est que je ne sais pas me battre... — Et vous avez tort; le chevalier de La Morlière vous tuera. — Vous croyez? — Il a des chances. — Moi, j'ai du courage. — Ce n'est pas assez; mais c'est ce qui lui manque. Quand vous battez-vous? — Demain, à sept heures. — Écoutez. Prenez-moi demain soir, à onze heures, au café des Arts: c'est là que se tient La Morlière... Je me charge du reste... — Je ne puis comprendre... — Faites ce que je vous dis, et surtout ne vous étonnez de rien. » Là-dessus nous nous quittons en nous donnant une poignée de main, et il m'attend... — Ainsi ce n'est pas vous que menace ce duel? tant mieux. Mais qu'allez-vous faire? — Je vous le dirai demain. — Vous me promettez de ne pas vous battre? — Je vous le promets; mais je ne laisserai pas tuer ce petit jeune homme par ce grand échalas de La Morlière. C'est le neveu de madame Bertholet, une femme presque aussi bonne musicienne que vous. — Et plus jolie que moi, je le crains. — Vous vous calomniez, chère marquise... — Vous avez là un couteau de chasse du meilleur goût. — Vous, marquise, une robe garnie de plumes et de marcassites que la reine vous envierait. A propos, avons-nous ce soir concert? Avec mon cheval, je serai à Paris en deux heures; je n'ai donc besoin de partir qu'à neuf heures... Qui doit chanter ce soir? — Madame Dugazon est malade. — Je le sais. — Vous savez toujours ce qu'elle fait! Entre nous, je vous soupçonne bien d'avoir ce soir autre chose qu'un duel à arranger. — Un mari à déranger peut-être? — Justement. — Ce ne serait pas la première fois! — Écoutez, Saint-Georges; j'ai des frayeurs que vous trouverez frivoles. Que faites-vous éloigné de moi? Je connais votre aversion pour les choses graves; les infidélités courent Paris, Dieu veuille vous en garantir! Je pense que je ne serai vraiment heureuse que lorsque je vous aurai près de moi. Ne m'en voulez pas: ma vie se passe à vous regretter? Beaucoup de gens sont déchaînés contre moi: j'ai du courage contre leurs propos; pourrai-je en avoir jamais contre votre oubli? Regardez autour de vous; que pouvez-vous souhaiter? Le duc d'Orléans vous a déjà prouvé à quel point il m'obéit. Voulez-vous ne plus me quitter? voulez-vous être l'égal de tous ces seigneurs dont la moitié vous redoute et vous envie? Saint-Georges, je suis la fée, je vous protége; parlez.

Il se contenta de la regarder avec des yeux où l'orgueil brillait comme une flamme; nouveau miroir d'Archimède, son regard avait déjà brûlé bien des flottes avec ce regard, il n'avait pas besoin de demander, il obtenait. Son pouvoir magnétique plongea bientôt la marquise dans une de ces extases recueillies où toute l'histoire de l'amant qu'elle adorait se déroula. Elle le vit à son tour, comme un magicien des contes arabes, disposant de son cœur et de sa puissance, l'entraînant à sa suite à travers un monde inconnu . géant radieux, il la présentait à l'Olympe des génies ; on y admirait ses talents, ses doigts mollement effilés pinçaient les cordes de la harpe.

Arrachée bientôt à ce voluptueux mensonge par la plus éclatante des fanfares, elle n'eut que le temps de se lever, d'apporter son épaule nue jusqu'aux lèvres de Saint-Georges, pour qu'il y posât ses lèvres, puis elle se mit à une petite table de laque où elle était censée peindre à l'eau des fleurs, d'après Van Spaendonck, son peintre, le peintre du cabinet du roi.

Le chevalier avait saisi son fusil de chasse et se disposait à sortir, quand il se trouva vis-à-vis de M. Nollot, qui était venu par le yatch du duc d'Orléans.

— Voilà monseigneur! cria Nollot. Oh! nous sommes venus vite; *allegro, allegramente!*

Le chevalier siffla l'un des piqueurs, il s'en fit suivre, et laissant M. Nollot remplir sans doute un message du duc près de la marquise de Montesson, il rejoignit les arrivants à la descente de leur yatch doré, jolie barque rivale de celle de Marie-Antoinette lorsque cette princesse faisait le trajet de Paris à Fontainebleau, dans sa grossesse.

Au même instant, plusieurs voitures, entre lesquelles on pouvait distinguer celle du contrôleur général des finances, M. de Boullogne, tournèrent le flanc de la grande allée...

Le duc d'Orléans, malgré son embonpoint, était revêtu de l'uniforme de ses chasses, dont les agrafes le gênaient beaucoup en raison de la chaleur; il donnait le bras à M. le comte de Vaudreuil, possesseur lui-même de Gennevilliers, propriété pittoresque renfermant de fort beaux cantons de chasse. Mesdames de Blot, de Coigny et de Genlis suivaient avec des ombrelles, qui envoyaient à leur visage de fraîches découpures.

— Te voilà, Saint-Georges, dit le duc; sais-tu où est Leleu (c'était le maître d'hôtel)? J'espère qu'il y a du vin à la glace et du Lunel empaillé. Dis aux piqueurs de boire un coup et de ne plus m'étourdir de leur fanfare... Tu nous as précédé

à cheval, je sais cela. Vaudreuil, vous l'avez vu avec son heiduque, n'est-ce pas?

Le salon était déjà rempli de monde lorsque Saint-Georges
y entra. Il y avait là de charmantes amazones, n'attendant que
le signal de la chasse et demandant à courir déjà les routes
boisées de Sénart. Leurs jokeis, attentifs et taciturnes, promenaient en dehors sur la pelouse leurs chevaux, envoyés de la
veille à Sainte-Assise. Parmi les hommes, le chevalier ne tarda
pas à reconnaître M. de Ségur, M. de Bonnard, M. de Durfort;
les uns se récriant déjà sur la vue de cette délicieuse habitation, d'autres admirant les divers albums, les dessins et les tapisseries de la marquise laissés sur les entre-deux en bois de
rose avec une certaine prétention d'oubli.

Dès que Saint-Georges parut, un murmure auquel tous les
cercles l'avaient depuis longtemps accoutumé circula dans le
salon; il le reconnut, et l'expression d'une joie indicible rayonna
sur sa brune physionomie. Les femmes, en le voyant, avaient
l'air de se réfugier sous l'éventail comme pour se communiquer mutuellement un secret ; les hommes les plus distingués en fait de noblesse ou d'esprit lui tendaient la main; il
était devenu en un clin d'œil le point de mire de cette assemblée.

Cependant, ainsi qu'il arrive toujours dans les premiers moments qui suivent une installation, il se fit bientôt le plus glacial silence. Chacun s'interrogeait du regard et avait l'air de
se rendre compte intérieurement de sa propre valeur ; les plus
philosophes avaient pris le parti d'admirer tout ce que ferait madame de Montesson; les moins résignés attendaient avec impatience que la cloche du déjeuner de chasse tintât.

Entre toutes ces femmes jalouses de se faire voir, il y en avait
une à laquelle M. de Vannes semblait servir d'écuyer d'honneur, bien que par son air et son maintien arrogant elle eût
pu se faire place. Appuyée au bras de M. de Vannes, on l'avait
vue considérer à peine la décoration des jardins avec son lorgnon, donner quelques ordres à ses valets pour le soir, toiser
un instant la compagnie, et se plonger, plutôt que s'asseoir,
dans une *duchesse* à côté de madame de Blot.

— Vous trouvez-vous mal, madame? lui avait demandé madame de Blot, qui se croyait toujours à deux doigts de la mort
et portait sans cesse un flacon d'eau de Luce à la campagne. —
Pas le moins du monde, *madame de Blot*, avait sèchement ré-

pondu madame de Langey, suffoquée de ce que son interlocu-
trice ne l'avait pas appelée *madame la marquise.*

Madame la comtesse de Blot aurait pu répondre pour sa justification qu'elle ne connaissait pas madame de Langey. En
revanche, madame de Montesson, sa *bonne amie,* s'en vint droit
à elle et la remercia d'être venue à Sainte-Assise.

— Pour une nouvelle débarquée d'Angleterre, vous êtes bien
courageuse, *bonne amie;* c'est une persécution, une destinée!
je n'ai pu répondre à aucune de vos lettres, monseigneur en
est témoin. — Oh! pour cela oui! madame la marquise, dit le
duc d'Orléans en insérant, sans respect aucun, dans la jolie petite tabatière du chevalier de Bonnard, de gros doigts rouges
qui parvinrent à en extraire une prise digne des naseaux d'un
Suisse... Nous sommes très-occupés au Palais. — Et vous êtes
venue avec M. le contrôleur général, *ma bonne amie?* — Oui,
bonne amie; il est là, dans cette embrasure... le voyez-vous? Il
cause avec messieurs de la Borde et Boutin. — Et votre fils?
— Je l'attends; il a dû partir à cheval ce matin même. Il m'a
promis d'être exact. — Savez-vous qu'il y a un siècle que je ne
l'ai vu? Que devient-il donc? Est-il amoureux? Ou bien nous
bouderait-il? — Si peu, *bonne amie,* que je viens vous solici-
ter pour lui... Oui, monsieur de Vannes vous le dira, on remarque qu'il est triste... préoccupé... enfin il m'inquiète! Un
travail, une habitude, un emploi lui conviendrait, et je ne doute
pas que vous, *bonne amie...* — Comment donc! mais j'en parlerai à monseigneur; je lui en parlerai, je vous le promets,
bonne amie. — C'est qu'alors il faudrait, *bonne amie,* lui en parler aujourd'hui. Songez que le moment est favorable, monsieur
de Saint-Didier vient de mourir, et l'on parle de donner sa place
de capitaine des chasses à monsieur de Périgny, que le prince,
vous ne l'ignorez pas, protége... — Mais que je n'aime pas,
moi, *bonne amie,* parce qu'il est ennuyeux... Ainsi, soyez sûre...
— J'ai le brevet en blanc, reprit-elle; les titres de mon fils s'y
trouvent énumérés; il est marquis de Langey, aussi noble, je
pense, que M. de Saint-Denis, capitaine des levrettes de la
chambre du comte d'Artois, et que M. de Courville, capitaine
des chasses de l'apanage.—M. de Courville n'est que baron, *bonne
amie!*   On nous observe; vous mettrez le placet sous ce vase
de vieux Sèvres. Monsieur de Vannes, je vous fais mon compliment, votre habit est merveilleux.

Et madame de Montesson, pressée de finir, passa bien

vite à un second colloque avec une *autre* de ses *bonnes amies*.

Il convient de dire ici par quel singulier enchaînement de circonstances la liaison de madame de Montesson et de madame de Langey s'était formée ou rompue.

La mort subite du premier mari de la marquise de Montesson ne lui avait pas laissé le temps d'expérimenter son caractère, l'union des époux n'avait duré que vingt-quatre heures. Le lit de l'hymen était devenu pour M. de Montesson le lit de la mort. Madame de Langey (alors mademoiselle de Fleury), l'amie ou plutôt la compagne favorite de madame de Montesson, à peine en âge d'être mariée, se vit brusquement entraînée, trois jours après la mort de M. de Montesson, par un de ses oncles, pour aller épouser en Bretagne M. le marquis de Langey, qui l'emmena un mois après dans les îles.

Madame de Montesson avait donc perdu à la fois son mari et son amie. Ce second coup lui fut plus sensible; elle aimait beaucoup mademoiselle de Fleury, qui le lui rendait. Quand elles se trouvèrent veuves toutes deux, toutes deux enchaînées par un lien plus ou moins puissant, mais toutes deux ayant le même intérêt à ne pas le voir se rompre, au lieu de se rapprocher et de s'entendre, elles se brouillèrent mutuellement. Madame de Langey, affermée par contrat à un contrôleur général, madame de Langey, belle encore et singulièrement suivie, se révolta de la prééminence altière des charmes de madame de Montesson; c'était une place qui, dans sa pensée, lui fût revenue de droit si, au lieu de se faire créole, elle fût demeurée Parisienne. Leur commerce devint plus froid; madame de Montesson ne se trouva pas assez confiante en l'amour du prince, ou plutôt en ses habitudes, pour ne point concevoir une alarme sérieuse des grâces nonchalantes de la créole. M. de Boullogne [1] ne

[1] Nous croyons devoir placer sous les yeux de nos lecteurs la titulature de M. de Boullogne, dont nous avons cru ne pas devoir écrire le nom dans le cours de ce récit avec son orthographe ordinaire, sa prononciation nous ayant paru disgracieuse :

» Messire Jean-Nicolas de *Boulongne*, d'abord conseiller du roi en son parlement de Metz et Intendant de ses finances, ensuite Contrôleur Général des finances de Sa Majesté et Grand Trésorier de l'Ordre du Saint-Esprit, Membre Honoraire de l'académie royale de Peinture et de Sculpture en 1759, etc., etc.

» Il avait épousé **Charlotte de Beaufort**, fille de Charles de Beaufort, l'un des plus riches fermiers généraux de S. M., et il en eut pour enfants légitimes :

venait que fort rarement au Palais-Royal, et seulement par
bienséance pour quelques-uns de ses habitués qu'il estimait
plus que le maître. Madame de Langey, depuis son retour de
Saint-Domingue, y avait paru quatre à cinq fois. Sans le désir
formel de M. de Boullogne, qui attachait un grand prix à la
signature de ce brevet, pour des raisons que nous expliquerons
plus tard, madame de Langey ne se serait point appuyée de ses
souvenirs vis-à-vis de la marquise, près laquelle elle avait plâtré, d'Angleterre, un raccommodement par lettres.

En ce moment, pour qu'on ne pût soupçonner la *solliciteuse*
dans la *bonne amie*, elle se rassit en promenant çà et là sur les
divers groupes qui s'étaient formés dans ce salon son regard
d'impératrice...

Tout d'un coup, elle saisit le bras de M. de Vannes, qui causait avec le comte de Vaudreuil. Elle venait de voir Saint-
Georges.

Et en vérité elle ne le reconnut pas, tant l'intervalle des
années avait éloigné de son esprit le souvenir de l'enfant mulâtre...

Étonné seulement de voir dans le salon d'un prince royal un
homme de cette couleur, la créole dit à M. de Vannes:

— Quel est ce valet? un piqueur de monseigneur le duc, sans
doute? — Silence! reprit à voix basse M. de Vannes, cet homme
est le chevalier de Saint-Georges, l'amant de madame de Montesson!

La marquise de Langey partit d'un sublime éclat de rire, que
ses voisins ne manquèrent pas d'attribuer à quelque saillie de

» 1° Jean de Boulongne, comte de Nogent, marié en 1753 à la fille
du garde des sceaux messire Esprit-Charles Feydeau, seigneur de Brou,
dans le Perche, etc., etc.

» 2° Marguerite de Boulongne, mariée en 1737 à messire Gaspard-
Henri Caze de la Bove, intendant de la généralité d'Auch, maître des
requêtes de l'Hôtel du roi, etc., etc.

» 3° Louise-Élisabeth de Boulogne, mariée en 1736 à Paul, marquis
de l'Hôpital et de Château-Neuf-sur-Cher, chevalier des Ordres du roi,
son ambassadeur en Russie, lieutenant général de ses armées, premier
écuyer de Madame, etc., etc.

» 4° Jeanne-Edmée de Boulongne, comtesse de Hallincourt et Dro-
mesnil, veuve en 1749.

» 5° Marie-Edméo de Boulongne, mariée en 1746 à Armand, marquis
de Béthune, chevalier des Ordres du roi, mestre de camp général de
la cavalerie de France, etc., etc.

M. de Vannes... La capitaine craignit sans doute que Saint-Georges s'en aperçût, bien qu'il fût assez loin de la marquise de Langey, car il s'empressa d'étaler devant elle plusieurs dessins qui la contraignirent à baisser les yeux pour les regarder.

Quant à Saint-Georges, adossé contre une des colonnes de ce salon circulaire, il semblait encore foudroyé de cette apparition imprévue...

Dix-huit ans complets s'étaient écoulés depuis la fuite du mulâtre; dix-huit ans qui l'avaient tous porté comme autant de flots complaisants à ce faîte d'orgueil. La blessure cruelle faite à son cœur par la créole était fermée, celle qu'avait subie sa dignité d'homme se rouvrait... A la vue de cette femme, pour laquelle il aurait rampé à Saint-Domingue et qu'il retrouvait à cette heure comme par une permission tacite de Dieu, l'audace de son triomphe le grandit : il sentit son cœur agité de mille sentiments divers, c'était de la haine, de la fureur, et, faut-il le dire? un amour dans lequel bouillonnait surtout la vengeance. Comme ces éclairs, serpents de feu qui sillonnent l'horizon, tous les ressentiments de son enfance se déroulèrent peu à peu et vinrent éclairer son âme. Oui, c'était bien là cette marquise de Langey qu'il avait connue si fière et si hautaine à la Rose, cette dure maîtresse pour laquelle son cœur avait battu, cette impitoyable reine qui l'avait marqué de son fouet au visage! En l'entendant nommer, il sentit battre le sang à sa joue..... Son cœur lui parut prêt à s'élancer hors de sa poitrine, tant la haine le soulevait! Par un mouvement machinal et que comprendront tous ceux qui ont souffert de toute la répression de leur colère, il tomba bientôt sous l'empire d'un abattement profond.

Car, en le voyant si beau, si heureux, si accueilli, madame de Langey n'avait pas même fait un pas; elle lui avait adressé ni parole ni sourire; c'était le marbre de cette femme, non son âme qu'il retrouvait!

Et elle avait ri de ce rire sardonique et insolent de certaines femmes, de ce rire qui est la plus lâche des insultes, parce qu'il s'abrite sous la faiblesse et la fausseté!

Encore une fois, c'est bien elle!...

Le temps, respect inouï! n'avait pas encore déformé sa taille et son visage : elle était belle, plus belle que madame de Montesson; son teint, sa bouche, ses yeux, n'avaient rien perdu de leur éclat. En la voyant, on ne pouvait s'empêcher de se dire :

« Le comte de Saint-Germain vend-il en effet le secret de ne point vieillir? »

Ses épaules, dégagées des plis d'une calèche rose, avaient conservé leurs belles lignes veloutées; son front, mollement bombé comme celui de la Diane antique, n'avait pas même une ride. Comme en ce temps-là l'usage des parfums était une véritable loi, il s'exhalait de tous ses atours je ne sais quelle fraîcheur asiatique; on la pressentait comme un bouquet. Le grand goût de sa toilette, l'esprit merveilleux de ses plus légers détails, la maintenaient au rang des belles créoles à la mode que les habitudes indolentes des îles ont garanties des outrages de la fatigue.

Madame de Langey, trop adroite pour ne pas prévoir la fin de son règne dans les salons, s'était fait une étude de combattre savamment chaque impression ennemie de sa beauté; l'amour lui avait paru surtout un dangereux hôte. L'amour extrême, l'amour vrai, cet amour qui emplit l'urne du cœur à lui en faire dépasser les bords, n'était jamais apparu à madame de Langey que comme une ombre fictive, mensonge d'insensé ou de poëte. Sous l'inaltérable sérénité de son bonheur on voyait percer cette négation de tout ce qui est sentiment, amour, vérité! C'est ce que dans le monde on nomme la femme heureuse...

Qu'était-elle devenue depuis ces tièdes soirées de la Rose? par quels arrangements, je ne dirai pas par quels amours, avait-elle promené sa vie? C'est ce qu'elle seule savait et ce qu'à coup sûr M. de Boullogne, son maître et seigneur par contrat, ignorait complétement...

Alors seulement Saint-Georges aussi se ressouvint, alors son front, un instant courbé sous l'orage intérieur de ses pensées, rayonna d'un vif éclair... En voyant M. de Boullogne s'avancer avec une galanterie de vieille cour et offrir le bras à la marquise, que suivait M. de Vannes, il se prit à penser que d'un coup d'œil, d'un mot, il pourrait faire crouler cet échafaudage d'orgueil et se venger de cette pâle coupable.....

Il fut tiré de ces idées par la cloche du déjeuner qui venait de retentir.

Ce déjeuner devait précéder la chasse.

XXXI

Le labyrinthe.

> DUMAINE. C'est aussi pour lui ressembler que les ramoneurs sont noirs.
>
> LONGUEVILLE. Et c'est depuis son temps que les charbonniers passent pour beaux.
>
> (*Shakspeare.*)

On allait se mettre à table et faire honneur au déjeuner avec cet appétit, exorde habituel de la chasse, lorsqu'un nouveau convive entra subitement dans la salle à manger; — c'était Maurice.

Son arrivée tardive causa quelque sensation; il s'assit entre M. de Vannes et sa mère, après avoir balbutié quelques mots d'excuses à l'oreille de la marquise de Montesson.

M. de Boullogne lui sourit du haut bout de la table, où il se trouvait placé près de MM. de la Borde et Boutin, financiers presque aussi opulents que MM. de Beaujon et de Sainte-James. Maurice répondit à ce sourire empreint de bonté par un salut froid et respectueux.

— Vous nous donniez de l'inquiétude, marquis, dit M. de Vannes au jeune homme. Vous avez cependant un bai de quatre ans dont l'amble est, dit-on, merveilleux... N'était-il pas à M. de Conflans? — C'est en effet de lui que je le tiens, répondit Maurice en s'inclinant devant M. le duc de Chartres, qui lui demandait de ses nouvelles. A la gauche du duc de Chartres était Saint-Georges. — Monsieur de Vannes, dit madame de Langey, empêchez donc Maurice de boire sitôt à la glace, il se fera mal. Voyez comme il a chaud!

Maurice porta son mouchoir brodé à son front, il en étancha la sueur et promena sur les conviés un petit lorgnon d'émail qu'il portait depuis que M. de Lauzun avait trouvé amusant d'en avoir un.

Maurice de Langey ne s'était décidé à obéir au vœu de sa mère et à celui de M. de Boullogne qu'avec une extrême répugnance; il se trouvait assis contre son gré à cette table.

La conversation sérieuse échangée la veille entre M. de Boullogne et lui avait laissé dans son âme une impression de découragement et d'amertume indicible..... Maurice avait atteint l'âge auquel il faut qu'un jeune homme bien né soutienne son nom. Le contrôleur général lui avait paternellement représenté qu'il ne pouvait demeurer oisif, que son désir était de le voir pourvu d'une charge : « Si vous n'étiez pas marquis, mon cher Maurice, avait ajouté M. de Boullogne, la finance vous eût offert de belles et vastes chances, surtout avec mes leçons, qui ne vous eussent pas manqué; mais il est décent que le fils d'un marquis représente à la cour : jeune et noble, vous ne sauriez y manquer d'emploi. Monsieur le marquis de Langey était malheureusement en défaveur sous le feu roi; il y a encore trop de créatures de la Dubarry pour que vous puissiez réussir dans une demande. Sa Majesté, qui m'a fait l'honneur de m'admettre dans ses conseils, a bien voulu elle-même me faire toucher du doigt ces obstacles; ils sont tels que je ne vois, malgré son désir royal pour vous, qu'un parti; ce parti est celui qu'ont pris messieurs de Durfort, de Valence, de Blot et autres, c'est de vous faire admettre dans la maison d'Orléans. Madame la marquise de Langey est amie de madame de Montesson, monseigneur le duc de Chartres est votre aîné, il ne pourra manquer de devenir votre protecteur; il ne vous refusera pas une place à laquelle il y a beaucoup d'utile et d'agrément attachés, et qui exige autant de noblesse que de tenue. Vous êtes bien fait, vous avez la terre de Brevannes, dont je vous ai assuré les rentes à titre d'ancien ami de monsieur de Langey ; vous aimez la chasse (du moins vous l'aimiez il y a deux mois), je ne vois qu'une charge dans les chasses du duc de Chartres qui puisse vous aller. Vos antipathies particulières et vos idées de repos doivent céder devant la nécessité d'un emploi qui vous mettra sur la voie d'un mariage convenable à votre titre. Votre fortune, il est nécessaire de vous l'apprendre, s'amoindrit de jour en jour... Consentez à nous suivre demain à Sainte-Assise, et mes efforts, réunis à ceux de madame de Langey, vous prouveront si nous avions à cœur de réussir. »

Pendant ce discours de M. de Boullogne, Maurice avait tenu les yeux constamment baissés. Il ne pensait, hélas! qu'à une seule chose, à Agathe. De sorte que ce mot de mariage jeté en l'air par M. de Boullogne fut un coup de foudre qui eut le pouvoir de le tirer de sa rêverie. Il crut l'instant propice pour risquer l'aveu de son amour; il parla au contrôleur général de mademoiselle Agathe de La Haye, il lui détailla l'histoire de la belle fille en peu de mots, lui raconta ce procès qu'il lui serait

peut-être facile d'appuyer de son crédit; il parla avec tant d'ingénuité de son amour, que M. de Boullogne se sentit touché.
Cet attendrissement dura peu, la raison lui représentant ce mariage comme une folie : une fille de Saint-Malo, une fille sans
fortune épouser M. le marquis de Langey!

L'opinion de M. de Boullogne était formée; il condamna cet
amour, malgré sa condescendance habituelle pour Maurice.

Le jeune homme fut écrasé. Il se repentit d'avoir épanché
son âme dans celle d'un confident qu'il n'accusa que trop tôt de
ne pas le comprendre. Cette fleur de poésie, ne devait-il pas la
mettre sous verre, la cacher à tous les yeux? Son parfum paisible pourrait-il être compris d'un autre que de lui? devait-il
traduire à d'autres les palpitations de son âme, ses désirs, ses
espérances? Il maudit les exigences de ce rang, auquel jusqu'a-
lors il n'avait jamais songé.

Cependant M. de Boullogne le pressa tant qu'il promit.....
Sous le poids de cette concession, le jeune marquis se résigna
donc à tout ce qui pourrait advenir de la double sollicitation
de M. de Boullogne et de sa mère. A la vue de ces convives
brillants, ses idées toutefois ne manquèrent pas de prendre un
autre cours en se comparant tacitement à quelques-uns d'eux.
Maurice s'avoua je ne sais quelle infériorité coupable. En effet,
n'avait-il pas tout ce qu'il lui fallait pour briller; et, comme
une lampe qui ne brûlerait que pour elle, ne concentrait-il pas
en lui-même sa lueur et son éclat? Qu'avait-il fait jusque-là
qui pût seulement provoquer le regard d'une femme, l'éblouir,
l'intéresser? Hormis son amour, qu'elle semblait n'accepter
qu'avec froideur, qu'apportait-il de séduisant à Agathe? Autour
de lui ce n'était que chuchotements amoureux à l'oreille de ces
belles Dianes, auxquelles il ne manquait que le croissant ar-
genté pour couronne à leurs cheveux; ce n'était que grâce,
esprit, tournois de phrases galantes. Les femmes écoutaient
plutôt la figure aimable de ces causeurs que leurs paroles; la
science de la fatuité était devenue en leurs mains une arme
perfectionnée, ils s'en servaient en victorieux accomplis. Comme
il arrivait souvent que l'on donnât alors un régiment pour un
bon mot, c'était à qui se ferait aventurier en fait de succès
tout ce monde était ivre d'airs et d'extravagances. Les plus in-
souciantes d'entre ces femmes leur souriaient complaisamment,
encourageant elles-mêmes des conversations semées de pièges
pour elles.

Devant ces esprits légers, si habiles en séductions, Maurice de
Langey introduisit en idée la blanche forme d'Agathe; il se demanda ce qu'elle deviendrait au milieu de ce bourdonnement
de voix, au sein de ces roués élégants rompus aux siéges
difficiles.

Tout d'un coup il vit Saint-Georges, et cette figure noire le
jeta dans une suite d'étranges perplexités... Il lui sembla qu'à
cette table tous les yeux étaient attachés sur cet homme, que la
voix des femmes tremblait en lui adressant la parole, que
celle des hommes perdait elle-même de sa rudesse. A deux pas
de Maurice, quelques jeunes seigneurs s'inquiétaient peu de raconter à demi-voix les prouesses galantes du mulâtre, ses
triomphes, sa veine inouïe de bonnes fortunes. D'autres se
récriaient sur son adresse, son agilité, ses moyens de réussir.
Maurice aima mieux se persuader qu'il possédait un talisman
que de croire à sa supériorité; un mulâtre pouvait-il l'emporter à ce point sur un créole? Abîmé dans cette incroyable contemplation, Maurice ne tarda pas à sentir glisser dans ses veines
un froid inconnu; il lui sembla que ce triomphe qui l'insul-
tait, raillait sa propre passion et la taxait à ses propres yeux
d'infirmité ou d'insuffisance... Il vit Agathe, Agathe, son plus
cher désir, son rêve bien-aimé, son tourment, debout devant
lui, la veille de ce même jour, tenant à la main le menuet du
mulâtre. Agathe avait retenu le nom de cet homme; peut-être
l'avait-elle vu, peut-être l'aimait-elle!... Cette idée fit refluer
tout son sang à son cerveau. Pour la première fois, Maurice
éprouva un supplice affreux, une indéfinissable torture, la
honte de la jalousie vis-à-vis d'un être dont il ne pensait pas
qu'il pût se déclarer même le rival. La veille, il avait demandé
à sa mère si elle se rappelait le nom de Saint-Georges, et la
marquise n'avait pas manqué de lui répondre : « *C'était un de
vos esclaves à la Rose.* » Nulle voix, nul souvenir ne s'était
élevé dans le cœur du créole pour lui rappeler que cet esclave
avait été son ami.

« Serait-il vrai, mon Dieu, se disait Maurice avec un singulier désespoir en voyant les prévenances féminines dont Saint-
Georges était l'objet, serait-il vrai qu'aux yeux d'Agathe je serais
moins que cet homme? Ne suis-je donc pas noble? et qu'est-ce
que ce chevalier des Antilles, sinon un comédien du théâtre
d'Orléans? »

De son côté, Saint-Georges, dès qu'il aperçut Maurice, ne

put réprimer en lui mille mouvements de joie et d'inquiétude. C'était leur première entrevue depuis leurs beaux jours passés à la Rose : qu'allait-il lui dire, ce faible enfant pour lequel il avait autrefois exposé sa vie? Sans doute, pensa-t-il, ce long cordeau de convives qui nous sépare le gêne et le glace, le monde seul impose silence à son cœur... Oh! dès que les fanfares vont sonner, je vais me précipiter dans ses bras, lui dire : « C'est moi! cher Maurice! moi Saint-Georges, moi, qui ne suis pas plus fier de mes succès que vous ne l'êtes de votre titre! me reconnaissez-vous? c'est moi! »

Mille images confuses apparurent alors à ses yeux comme de lointaines vapeurs : il revit la Rose, les joies ou les douleurs de leur double enfance, tout ce qui avait dû laisser au cœur de Maurice, comme au sien, des germes impérissables.

Il le vit partageant avec lui l'eau sainte et la robe blanche du baptême, le même jour, à la paroisse de Saint-Marc.

Il le vit récitant les mêmes leçons aux mêmes maîtres, et le chargeant de toutes ses iniquités.

Il le vit assis près de lui sous l'ombre des mêmes cocotiers, où chantait le bengali, où rampait le scarabée, où le moqueur sautillait de branche en branche.

Il le vit encore ému de son terrible renvoi, lorsque sa mère osa l'accuser, lui, d'avoir distillé le poison dans l'assiette du créole.

Il le vit enfin sauvé par lui, sauvé par *lui seul*, des atteintes de l'Espagnol, lorsqu'il attaqua à main armée la berline de la marquise, et que Saint-Georges l'étendit sur la savane!

Et il se dit : « Peut-être aura-t-il oublié mon noir visage, mais il ne peut avoir oublié ma voix; rien qu'à ce frisson de bonheur qui court à mes nerfs, sa main reconnaîtra la mienne...»

Le repas fini, la fanfare accoutumée sonna; les chasseurs se levèrent; Saint-Georges attendit qu'une partie de ce monde fût écoulée, et comme Maurice regardait par la fenêtre les cascades jaillissantes du carré vert, il s'avança et lui ayant tendu la main :

— Je suis Saint-Georges, me reconnaissez-vous, Maurice?

Maurice de Langey ne lui tendit pas la main; il le toisa, il prit son fusil et siffla deux chiens magnifiques de sa meute... Son piqueur parut, et il lui donna ses ordres...

Le mulâtre retira sa main avec colère, et sortit par la galerie opposée...

L'instant d'après il avait rejoint le duc de Chartres et s'élançait à ses côtés sur une délicieuse bête de chasse, nommée *Jonquille* ; le duc de Chartres montait *Ébrir.*

Pour le duc d'Orléans, il suivait la chasse avec la marquise de Montesson dans une coquille délicatement réchampie d'or et festonnée de guirlandes. La chaleur était devenue insupportable, madame de Montesson pria son altesse de choisir des chemins plus ombragés ; le duc de Chartres et le chevalier de Saint-Georges cavalcadaient aux portières de la coquille...

De temps à autre, une œillade furtive de madame de Montesson semblait remercier Saint-Georges des voltes gracieuses qu'il faisait décrire à *Jonquille,* et de la grâce exquise qu'il déployait. Le duc d'Orléans regardait les deux cavaliers avec envie, car il ne chassait plus depuis qu'il avait eu le malheur de blesser un de ses gens au Raincy.

— Quel est ce jeune homme? demanda-t-il à la marquise en lui indiquant du doigt un cavalier galopant par les taillis avec le comte de Vaudreuil.

— Le marquis Maurice de Langey, le fils de cette belle personne... dont les grâces commencent à mûrir, ajouta avec une malignité intéressée madame de Montesson...

Le cerf fut lancé sur les deux heures, et après lui, deux cents chevaux à sa poursuite à travers les vastes futaies et les carrefours verdoyants de Sénart. La couleur tranchée de leurs robes, la beauté de leurs mouvements, l'agilité des chasseurs en habit rouge qui les montaient, plongèrent les vieillards de Sainte-Assise dans un merveilleux étonnement; eux qui avaient vu pourtant les chasses du régent, entouré de son escadron volant de pages!

C'est qu'en effet l'équipage de M. le duc de Chartres était admirable, il pouvait lutter d'élégance avec celui de M. le comte d'Artois et du prince de Condé.

Saint-Georges, que le duc de Chartres se piquait d'affectionner, en raison de ses manières, qui relevaient la vulgarité des siennes, et de la conformité de leurs deux âges, avait donné de grands soins à cet équipage de chasse; il avait fait exprès plusieurs voyages en Angleterre pour l'améliorer et le rendre digne de lutter avec ceux des princes...

La suave limpidité du ciel, l'attrait des paysages qui se déroulaient de temps à autre par les belles percées de la forêt, le son des fanfares et les aboiements des chiens rassemblés au *Mai-Joly,* le point de départ de la chasse, les brillants uniformes des piqueurs et des jockeys entremêlés à ceux des heiduques et des coureurs ; la plume des amazones balayant doucement leurs blanches épaules ; le rire, le tumulte, les cris, les voitures de mille sortes accourant se grouper vers ce rond-point, tout ce spectacle gardait l'empreinte d'une toile animée par Oudry ou par Béga.

Le soleil semblait prendre plaisir à faire étinceler l'écharpe de la forêt de toutes les teintes rompues de l'arc-en-ciel ; les chênes se balançaient mollement sous un vent frais et léger ; le frissonnement des feuilles portait l'allégresse et l'espérance dans l'âme.

Maurice eut dépassé bientôt la voiture de sa mère. La marquise, mollement étendue sur les coussins, se faisait tenir son ombrelle par M. de Vannes, pendant que M. de Boullogne, dans la compagnie de M. de Thélusson, se promenait à pied par les jardins, dont quelques autres personnes graves, conseillers ou intendants de finance pour la plupart, admiraient la riche ordonnance.

La course rapide de Maurice rafraîchit sa tête brûlante ; il échappait aux inquiétudes de son âme par un exercice violent. Déterminé à conquérir sa place au milieu de tous ces gentilshommes, il s'excitait lui-même intérieurement à ne rien perdre de ses avantages ; il ne voulait plus revenir aux pieds d'Agathe sans une protection marquée à lui offrir : si elle entrait quelque jour dans ces dangereux salons du Palais-Royal, il serait du moins son introducteur, son soutien ! M. de Boullogne, qui l'aimait comme son fils, pourrait-il refuser la main de la cousine de madame de Montesson au capitaine des chasses de M. le duc de Chartres ? Ne s'empresserait-il pas de faire rendre justice à mademoiselle de La Haye, et quand il aurait vu cette enfant à la fois si belle et si triste, n'oublierait-il pas ses ambitieux projets ?

Une voix secrète encourageait Maurice dans cette subite réforme de lui-même... L'aiguillon de la jalousie le déchirait. Il venait de voir un mulâtre lui apprendre par son exemple le chemin de la fortune : son mérite se sentait blessé ; que serait-ce si la fatalité amenait cet homme sur le chemin de son amour ? La seule gloire capable de tenter Maurice était, nous l'avons dit, cette puissance d'attraction qui amène vers nous les femmes, comme l'aimant se soumet le fer ; l'ambition de la faveur y entrait pour peu. Maurice méprisait la cour, il s'avouait faible, inhabile à marcher sur son théâtre, et c'était sur ce théâtre que l'espérance et la fortune d'Agathe reposaient! Il lui semblait inouï, injurieux, qu'un visage d'esclave accoutumé à pâlir devant le visage du maître, des bras de mulâtre encore tatoués de coups, des cheveux crépus et tous les stigmates irrécusables de la servitude eussent mené si loin cet homme sans génie, bon à redire, suivant lui, les bruits communs et les historiettes de la ville, gagiste de ménage et prévôt d'une salle d'armes, honoré des faveurs de madame de Montesson! Qu'eût dit la cour du grand roi de cette absurde souillure! Et puisqu'il existait pour cet homme une porte secrète, ouverte et fermée sans bruit, pourquoi le produire, l'afficher, s'en parer aux yeux de tous?

La fureur s'empara de lui en jetant la sonde au fond de sa propre misère pour ramener ensuite sa vue sur la fortune de Saint-Georges. Par un curieux hasard, les goûts, les études que Maurice, en sa qualité de gentilhomme, avait le plus en amour, formaient le fond de la supériorité de Saint-Georges : il excellait aux armes, à la danse, au violon. Maurice se ressouvint avec amertume des triomphes audacieux de cet enfant qui avait osé lui prendre ses maîtres; il releva le front avec orgueil et se promit bien de l'en punir. Puisque dans le siècle où il vivait le désintéressement du cœur et l'élévation naturelle étaient folie, que l'étrangeté suffisait, et qu'après tout ce rival n'était arrivé que par surprise, il jura de faire mentir cette gloire effrontée, de la contrarier dans son essor et de la ployer sous lui. Dieu ne pourrait manquer d'être juste et de détruire lui-même cet édifice insolent, plutôt que d'exposer ses créatures les plus nobles à le maudire!

Suivant le cours arrogant de ses pensées, Maurice se perdit par les mille sinuosités de la forêt; il était déjà à une lieue de Sainte-Assise.

Au sein de ces bois touffus avoisinant le château et formant un véritable parc anglais, plusieurs bandes d'invités s'étaient égarées peut-être à dessein; mais de ce côté silencieux, à l'abri des mille clameurs de la chasse, le seul murmure de plusieurs sources d'eau vive et l'ombre des plus beaux arbres vous attiraient.

Sans compter les grappes roses de l'arbre de Judée égayant le vert assombri d'un cordeau d'acacias, le peuplier d'Italie élevant sa flèche vers le ciel, ou le platane, au corsage de chèvrefeuilles, des cèdres vigoureux balayaient le gazon de leurs belles palmes tombant sur lui comme autant de larges éventails. Les calices panachés du catalpa ouvraient amoureusement leurs grands pétales ; l'érable et le sapin y mariaient leurs senteurs à celle des rosiers. Par un dédale frais de riantes allées, où le râteau semblait n'avoir laissé aucun gramen parasite, on arrivait jusqu'à un petit temple appelé *Labyrinthe*.

Depuis Trianon et Choisy, la mode des *temples* était alors la grande mode ; ces ruines factices, dont l'abbé Delille s'indigna, plaisaient étrangement aux architectes. Il faut croire qu'ils y avaient trouvé leur compte.

L'opulent sybaritisme de Louis XV avait dépassé le but de ces temples agrestes dans la construction du pavillon de Luciennes ; sous le règne de son successeur, ils se multiplièrent à l'infini ; il n'y eut pas un maltôtier qui ne voulût un temple pour sa Dubarry bourgeoise.

Le devis du labyrinthe de Sainte-Assise montait à trente mille francs.

Sa forme octogone annonçait assez au dehors son style intérieur plein de coquetterie et de recherche.

Une foule de charmants petits vitraux de couleur, enchâssés de baguettes d'or, devait répandre, le jour, sur le parquet de citron une pluie d'agates, de rubis, et saphirs. Disposé en serre, le pourtour était bordé de mignonnes allées remplies de fleurs exotiques, le sable de ces allées était contenu dans de riches bandes d'acajou. La tenture du temple était en mousse naturelle encadrant six belles glaces. Une lampe d'albâtre, retenue par des cordes à puits en filigranes, descendait comme une étoile amoureuse sur un sopha circulaire formant le centre de la pièce. Le plafond était semé d'amours joufflus donnant la volée à leurs oiseaux ; le chiffre de Louis-Philippe d'Orléans et celui de la marquise reposaient comme cartouches aux encoignures.

Et en vérité, il fallait que la veille encore on se fût perdu dans le labyrinthe, car le sable conservait l'empreinte de plusieurs pieds délicats...

Évidemment aussi, et rien qu'à mesurer ces vestiges au compas, ce ne pouvait être le pied du duc d'Orléans ; il était reconnaissable !...

Madame de Montesson se dirigeait parfois d'un pas soucieux vers ce galant Élysée, soit pour y attendre le chevalier de

Saint-Georges, soit pour y réfléchir seule devant les doux souvenirs qui peuplaient le temple...

Tout d'un coup, il y eut un léger bruit vers le labyrinthe;
une oreille exercée eût pu même se convaincre qu'on avait
tourné avec précaution une clef dans sa serrure. Était-ce
la brune jardinière de Sainte-Assise, madame Lalain, dont
Collé fut amoureux? Venait-elle arroser ses fleurs?

Les vitrages restaient fermés... On entendait à peine en cette
partie du parc l'hallali mourant au loin; le soleil jetait une
bande pourpre aux collines mirant leurs fronts dans la Seine.

— Quel asile frais! dit une voix. Convenez, chevalier, que
j'ai eu là une de ces idées que n'aurait certainement pas eues
une bourgeoise! Me voilà perdue comme Phèdre dans le labyrinthe! — Perdue! pas encore! répondit une autre voix. Il
faut que vous le vouliez. Je ne ferai pas tourner à mon profit
cette peinture que voici. Elle représente un satyre, l'œil allumé,
portant sur Vénus sa main profane... — La Vénus, chevalier,
ne peut être qu'allégorique; elle est belle, elle est brune, et
ne ressemble en rien à la Montesson... mais pour ce satyre,
c'est bien le duc d'Orléans! — Il est vrai qu'elle n'a pas comme
vous, marquise, la peau douce et satinée... Dites-moi donc où
vous prenez ces épaules et ces mains-là? Vous avez aujour-
d'hui un petit air dragon qui vous convient à ravir! Si j'embrasse votre épaule, c'est votre faute; elle est plus belle qu'un
beau marbre! — Ne trouvez-vous pas, chevalier, que toutes ces
glaces devraient répéter autre chose que les agréments éternels
de madame de Montesson? J'ai bien ri, chevalier, de ses airs
de jeune vestale au déjeuner; elle n'y a pas mangé une fraise
sans jouer la distraction, comme si elle était la Zobéide d'*Angola!* Que dites-vous de son mulâtre, ma foi, et ne doit-elle
pas le blanchir quand elle l'embrasse? Fardée, ridée, décrépite,
quelle sirène! chevalier! Elle est *anéantie*, parole d'honneur!
— Vous m'avez fait tomber de mon haut, marquise, en m'as-
surant que ce chevalier de Saint-Georges n'était autre que ce
petit monstre de sauvage à qui nous donnions nos fusils de
chasse à porter chez vous à la Rose! Je l'ai toujours tenu pour
mulâtre, au fond, tout en lui prodiguant les épithètes *d'Américain* et de *créole;* mais, par la sambleu! je ne pouvais guère
me douter que le tatouage dût un jour devenir de mode! —
Qu'y a-t-il d'étonnant, chevalier? mademoiselle Béraud de la
Haye, autrement la Montesson, n'est-elle pas la fille d'un capi-

taine négrier de Saint-Malo? Reliquat de compte, chevalier, suite de la traite! — Vous devriez vraiment l'avertir, cette digne marquise de Montesson, que le chevalier de Saint-Georges est l'as de pique habillé!

— Un vrai pâté d'encre dans de la poudre! — Arlequin! — Un pain d'épice! — Ne rions pas si haut et ménageons la marquise, mon cher chevalier, elle tient ma demande entre ses mains... — Un placet écrit par d'aussi jolis doigts que ceux-ci doit réussir, marquise! — Vous êtes un trompeur, M. de Vannes. Vous m'aviez promis un collier de chatons de chez Richebois; où est-il? — Dieu le sait, et le reversi le sait aussi... Hier encore, marquise, j'ai perdu deux cents louis! — Ne vous semble-t-il pas, chevalier, avoir entendu du bruit? — Les boutons de ces rosiers que le vent agite contre les carreaux. — C'est extraordinaire... j'ai cru voir se refléter dans cette glace une figure... — Celle du mulâtre! dit de Vannes avec effroi. — Non, celle de la marquise... une imagination sans doute... — Laissons le mulâtre et la marquise pour nous occuper de nous. Que vous êtes belle ainsi, Caroline! Je donnerais tout un royaume pour ces yeux. — La chasse est finie... n'entendez-vous pas le cor, chevalier? — Que j'embrasse ce col encore une fois! Les cygnes de ces bassins n'en ont pas de plus souple et de plus blanc.

— Vous venez de m'érailler la chair avec votre bague! Tenez, dit-elle en se tournant vers la glace et en montrant au chevalier une ligne rougeâtre qui courait sur son épaule, voilà ce que c'est de porter ce saphir entouré de diamants. Donnez-le-moi.

De Vannes l'ôta de son doigt, pour le passer au doigt effilé de la créole.

. . . .

. . . .

Les fanfares s'éteignaient; chevaux et piqueurs, tous épuisés de fatigue, rentraient dans la cour d'honneur. Le duc d'Orléans et la marquise attendaient sur le perron; la grille s'ouvrit, le flot des chasseurs s'y précipita; le duc de Chartres arriva l'un des premiers, et présenta le pied du cerf à madame de Montesson...

Madame de Langey, appuyée languissamment au bras de M. de Vannes, se tenait à deux pas derrière la marquise de Montesson, cherchant à démêler la figure pâle de Maurice du milieu de cette foule... son inquiétude était visible; elle se repentait presque de l'avoir perdu de vue. Il parut bientôt, ses bottines poudreuses et déchirées par les ronces, l'œil-animé, le front haut. On eût dit qu'il présageait lui-même le degré de faveur auquel il allait monter, il n'avait guère quitté les côtés du duc de Chartres.

Madame de Montesson s'approcha du jeune duc, qui descendait de cheval; elle le prit agréablement par la main et l'amena elle-même à son père, qui se baissa pour lui glisser quelques paroles à l'oreille... Saint-Georges, pendant ce temps, surveillait la curée et les innombrables piqueurs emplissant la cour de leurs uniformes.

Un laquais de la marquise de Montesson apporta sur le perron même, au duc de Chartres, un encrier; il signa rapidement un papier; ce papier fut remis à madame de Montesson.

Le dîner fut splendide et dura autant que de coutume. Au dessert, M. le duc d'Orléans se leva et porta un toast à tous les chasseurs. Il les félicita sur l'excellence de leur tenue et leur déclara que son fils venait de nommer, à sa sollicitation, l'un des conviés pour capitaine de ses chasses.

Le cœur de madame de Langey battit avec violence, celui de Maurice fut ému pour la première fois peut-être. Il lui semblait que cette nouvelle épreuve de sa vie de noble était décisive; il échangea avec M. de Boullogne un regard où l'inquiétude le disputait à la joie.

Tous les convives s'entre-regardaient avidement; il est des instants de la vie où l'homme le plus inutile et le moins ambitieux se croit digne d'une récompense.

M. de Durfort, premier gentilhomme de la chambre du duc d'Orléans, ouvrit le brevet, et lut tout haut :

« Le duc de Chartres nomme en ce jour M. le chevalier de » Saint-Georges capitaine de ses chasses.

» Sainte-Assise, ce 11 septembre.

signé : Louis-Philippe-Joseph,
» duc de Chartres. »

— J'en suis désolée pour vous, *bonne amie*, dit négligemment à voix basse madame de Montesson à la marquise de Langey; mais monseigneur le duc de Chartres est le maître. La cour, *bonne amie*, est un véritable *labyrinthe!*

Madame de Langey, à ce dernier mot, fut prête à se trouver
mal.

— Partie perdue par notre seule faute, murmura à son
oreille M. de Vaunes, la marquise nous écoutait!...

XXXII

Le café des Arts.

> Ce fut un soir de mercredi,
> Dans le temps que dom Bavardi
> Racontait mainte fade histoire
> A tous ceux qui venaient de boire,
> Les uns plus ou moins de café,
> Les autres plus ou moins de thé.
> (*Le livre à la mode*, impr. en 1730.)

Quand Saint-Georges, précédé de son heiduque, partit au milieu même de l'ivresse de son triomphe et après avoir remercié
le duc de Chartres de cette nouvelle marque de protection, la
nuit était déjà venue envelopper de son réseau les contours de
Sainte-Assise.

A travers l'immense forêt le chevalier aperçut çà et là quelques lumières fuyardes : c'étaient les gardes de Sénart rega-
gnant leur toit, où le souper de leurs ménagères et les embrassements de leurs filles les attendaient.

— Braves gens! se dit-il; leur journée a été chaude! ce serait
eux qu'on devrait récompenser!

Comme il achevait ces mots, il vit une ombre noire dont son
cheval eut presque peur. C'était le curé de Sainte-Assise qui
cheminait paisiblement sur la grand'route; il venait de visiter
un malade.

Les vapeurs roussâtres qui obscurcissaient le disque de la
lune ne permirent guère à Saint-Georges d'interroger ses traits.
Il le reconnut seulement à son rabat; et tirant de sa veste une
bourse assez garnie :

— Prenez, lui dit-il, monsieur le curé, puisque aujourd'hui
je suis ce qu'ils appellent un heureux!

Le curé s'inclina et lui demanda son nom.

— Saint-Georges, répondit-il en ralentissant de lui-même le
pas de son cheval.

Une clarté aussi vive que celle d'un météore vint alors les

envelopper tous deux; c'était la torche agitée par l'heiduque, qui revenait sur ses pas.

— Nous aurons de l'orage, monsieur le chevalier, dit Platon d'un air inquiet; voyez donc ce gros nuage au-dessus de la Seine! ˉ

Saint-Georges ne répondit pas; il croyait avoir reconnu le curé de Saint-Marc dans l'homme auquel il parlait... Cette singulière rencontre éveillant chez le mulâtre son instinct de superstition, il dit au curé:

— C'est vous, n'est-ce pas, qui m'avez donné le baptême à Saint-Domingue? — A vous, en même temps qu'à Maurice de Langey, répondit le prêtre. Dieu vous protége tous les deux, ainsi que votre mère Noëmi!

Comme s'il eût craint lui-même d'en dire davantage, il se hâta de serrer la main à Saint-Georges et se perdit dans les profondeurs d'un taillis qui longeait la route...

L'étrangeté de cette vision frappa le mulâtre. Elle lui remettait sous les yeux l'image de Maurice de Langey; il se retourna involontairement pour voir si quelque fantôme ne le suivait pas.

Son bonheur le vengeait assez de l'ingratitude de Maurice, et cependant il sentait son cœur rebattre encore à ce nom; il y a des illusions d'enfance auxquelles il est difficile de renoncer. Cependant la haine s'était déjà glissée comme un serpent au fond de son cœur.

« Pourquoi donc m'a-t-il refusé sa main? se demanda-t-il. Ne suis-je pas à cette heure aussi élevé que lui, et croit-il descendre en m'avouant aux yeux de tous? Veut-il donc hériter des insolents mépris de sa mère et se liguer avec elle contre ma fortune? Ce serait un acte de lâcheté ou de folie. Ne me pardonneront-ils jamais tous deux de n'être plus leur esclave, et s'entendront-ils pour ruiner mon crédit? Dieu m'est témoin que je pourrais perdre cette femme et faire repentir cet enfant de son imprudent orgueil! Nous ne sommes plus à Saint-Domingue, grâce à Dieu, et les contradicteurs ne sauraient avoir gain de cause! »

Tout en faisant jaillir les étincelles du pavé sous les pieds de son cheval, il repassa alors en lui-même les divers événements de la journée; un ressentiment nouveau vint confirmer ses soupçons et le faire croire à une ligue véritable organisée contre lui par madame de Langey.

Pour la première fois peut-être Saint-Georges avait rencontré un homme assez hardi pour oser lui tenir tête un quart d'heure, et cet homme était un vieillard. Ce vieillard s'appelait M. de Boullogne...

Chaque phrase du chevalier avait servi de texte aux railleries détournées du contrôleur général, dans les rapides instants qui avaient suivi le dîner; chacune de ses anecdotes avait déchaîné sa verve caustique...

Ni la grâce nonchalante dont Saint-Georges assaisonnait ses moindres récits, ni l'humeur modeste dont il cherchait à se faire une arme contre l'envie, n'avaient pu adoucir l'impitoyable vieillard. C'était une pluie de traits acérés qui était venue l'assaillir. Il semblait que le contrôleur général eût juré de le pousser à quelque fâcheuse extrémité. La finance, à laquelle il est assez difficile de reconnaître de l'esprit, avait certes été vengée amplement ce soir-là par les cruelles épigrammes de M. de Boullogne; ce n'était plus vraiment un contrôleur général, c'était un marquis.

Personne mieux que lui ne savait manier l'insulte. Il n'y avait guère qu'un Cid de vingt ans qui pût se fâcher contre cet autre Don Diègue, tant son ironie était celle d'un homme de cour, usant d'une expérience consommée et mettant sa moquerie à couvert sous la bonhomie habituelle à son âge. Sa malicieuse politesse avait d'abord accablé le triomphateur d'éloges immodérés, elle l'avait rendu l'objet d'une attention forcée. Peu à peu la vie de Saint-Georges était devenue un roman entre ses mains, il la commentait, il l'épluchait, il en tirait l'horoscope... Le mulâtre l'avait à peine rencontré deux fois au Palais-Royal, et il le retrouvait à Sainte-Assise, aussi aigre, aussi frondeur. Sans le crédit honorable et l'âge de ce vieillard, il n'eût point hésité à le rendre l'objet d'un combat même inégal, il préféra ne point s'apercevoir de ses sarcasmes.

En réfléchissant, il parvint même à se les expliquer. M. de Boullogne ne devait-il pas regarder sa nomination de capitaine des chasses comme un injurieux passe-droit fait à son fils bien-aimé Maurice de Langey? Ce contradicteur étrange n'avait-il pas ses raisons et pouvait-il être autre chose que le pivot autour duquel s'agitaient ses ennemis?

Le succès amène doucement celui qui l'obtient au pardon et à l'oubli des injures; bientôt ces idées sombres firent place à l'enivrement du chevalier, qui ne pensa plus qu'à une chose, au bel uniforme qu'il allait se commander, au bruit que ferait cette nouvelle dans Versailles, aux jolies femmes qui ne manqueraient pas de l'en complimenter, aux amis et ennemis surgissant de toutes parts pour lui demander d'un commun accord des permis de chasse.

— Je me garderai bien, se dit-il à lui-même en souriant, d'imiter le capitaine des chasses du roi, le prince de Soubise... N'a-t-il pas délégué à sa maîtresse, mademoiselle Guimard, le pouvoir d'accorder des permis de chasse dans les forêts royales à qui bon lui semble? Il en est résulté dans les bois de Saint-Germain, de Versailles et de Marly, une foule de Vents, d'Amours, de Tritons et de Zéphyrs en guêtres de peau, tuant les faisans de Sa Majesté... au profit des dames de l'Opéra!

A quelques éclairs produits sans doute par l'extrême chaleur succédaient en ce moment de larges gouttes d'eau, le vent menaçait d'éteindre la torche de Platon. Saint-Georges pressa le pas de son coursier; il atteignait en ce moment la barrière.

— Tu ramèneras mon cheval aux écuries du duc d'Orléans, dit le chevalier à son heiduque; tu viendras ensuite me retrouver au café des Arts.

« J'ai là une affaire à régler, continua-t-il, et j'ai donné ma parole. »

Arrivé au coin de la rue du Coq, il descendit de cheval et s'achemina à pied vers le café. La pluie redoublait.

Il trouva en ce lieu beaucoup de gens réunis: d'abord M. de Laclos, officier d'artillerie connu, bien avant les *Liaisons dangereuses*, par une certaine *épitre à Margot* qui fit quelque bruit sous le règne de la comtesse Dubarry; puis les chevaliers Parny, de Château-Blond, Dorat, La Morlière et quelques autres habitués...

La plupart se levèrent dès que Saint-Georges parut, il n'y eut que La Morlière qui resta assis.

Saint-Georges ne lui tendit pas la main; il promena son regard sur le cercle d'originaux que le café renfermait... Il y avait là un certain abbé Domino, ainsi nommé parce qu'il excellait à ce jeu, un M. Blondin qui se disait professeur de grammaire, et ne pouvait demander un *petit pain* sans exciter un fou rire par la manière dont il faisait retentir les *p*. A l'une des tables de marbre les plus lointaines du café se tenait le maître d'armes La Boëssière, plongé dans la lecture du *Mercure de France*, auquel il envoyait souvent des vers, des chansons et des énigmes.

Le chevalier cherchait vainement de toutes parts le neveu de madame Bertholet, quand la porte s'ouvrit et donna passage à un petit jeune homme mouillé jusqu'aux os.

M. de La Morlière, en le voyant entrer, ne put contenir un éclat de rire bruyant qui appela l'attention sur l'infortuné jeune homme... Il faisait compassion, en vérité, à voir son habit de ratine ruisselant de pluie et ses manchettes devenues en un clin d'œil un arrosoir. Le chevalier de La Morlière, après avoir frotté son lorgnon contre le velours de son frac, l'examinait comme une bête curieuse.

— Parbleu! s'écria-t-il, c'est mon jeune homme d'avant-hier soir, celui qui m'a prié de bâiller plus bas au spectacle. Je l'ai attendu ce matin ici proche... au café de la barrière des Sergents... — Où l'on a dû vous remettre, monsieur le chevalier, une lettre de moi, répondit le neveu de madame Bertholet, enhardi par la présence de Saint-Georges, auquel (sans leurs conventions réciproques) il eût été si fier de donner la main. — C'est parbleu vrai! mon jeune fils, reprit La Morlière d'un air d'impertinence marquée, vous me priiez, je crois, de remettre la leçon à ce soir. Vous ignorez, mon cher, qu'on ne se bat point aux chandelles. Avec la pluie et le vent, cela serait beau! continua-t il en se versant un verre de kirsch. — Voilà qui est bien pour le terrain, chevalier, reprit Saint-Georges en s'adressant à M. de La Morlière, il fait un temps du diable, et je ne conçois pas plus que vous les duels en parapluie... Mais dans ce café, d'où les rentiers vont partir dans une demi-heure, nous pourrions donner leçon, comme vous le dites, à ce jeune provincial. Nous verrons sa force, et nous déclarerons s'il est digne de vous... — C'est cela! reprirent Laclos, de Château-Blond et Parny, quittant leur partie d'échecs, tandis que Dorat noircissait une feuille de papier de sa prose poétique; nous remplacerons ici le tribunal de messieurs les maréchaux de France! Nous n'aurons pas de peine à être aussi graves que son doyen, monsieur le maréchal de Richelieu! — A la condition que ce jeune cadet payera le punch au tribunal! dit le papa La Boëssière. Voyons, avec qui va-t-il tirer? Nous allons mettre les noms dans le chapeau de monsieur de Parny, et le sort décidera. — Bien dit! Les billets seront tirés par la blanche main de mademoiselle Isaure Delatour, l'Hébé charmante qui nous verse le moka, dit le gentil chevalier de Parny en regardant la belle limonadière, presque aussi renommée alors que mademoiselle Bourette.

— Et tu seras le sténographe de la séance, Dorat, avant que tu le sois de celles de l'Académie... — Mais, dit à son tour La Morlière, étonné de l'air tranquille du neveu de madame Bertholet, qui s'était assis sur un des tabourets de cuir du café, où il feuilletait la *Gazette des Gazettes*, pourquoi ne pas nous rendre plutôt à deux pas d'ici... à la salle d'armes de La Boëssière? — Y penses-tu, chevalier, gagner une fluxion de poitrine! s'écria Dorat. Il pleut à ne pas mettre l'abbé Domino dehors.

L'abbé n'entendit pas, il venait au même instant de faire son domino sur Blondin.

— Va donc pour les fleurets! s'écria La Boëssière. Je vais vous en rapporter de longs et de courts, à 32 ou à 33, vous choisirez.

La Boëssière fit craquer les ressorts d'un ample parapluie et posa son tricorne sur sa tête vénérable de maître d'armes. Jamais il n'y eut d'homme plus tranquille et plus aimé que La Boëssière. On aurait pu le prendre, rien que sur sa figure, pour le symbole de la Paix.

Dorat écrivit les noms, on les plaça dans le chapeau de Parny.

Mademoiselle Isaure Delatour y plongea la main, le premier nom qui sortit fut celui de Saint-Georges.

Le neveu de madame Bertholet pâlit, peu s'en fallut qu'il ne laissât tomber la *Gazette des Gazettes*.

Il se crut la dupe de quelque fatale machination; mais il était trop tard pour reculer : La Boëssière venait d'apporter les fleurets.

— Le sort vous sert mal, jeune homme, dit La Morlière au provincial. Nous allons voir comment l'on tire à Évreux...

La pluie ayant cessé, les consommateurs venaient de sortir; il ne demeura que Blondin et l'abbé Domino dans le café.

Son renfoncement en forme d'abside servit de théâtre, le provincial y monta plus mort que vif; mais il surprit un sourire bienveillant dans le regard de Saint-Georges; ce sourire lui remit du baume au cœur.

Après avoir fermé les portes en dehors, les garçons montèrent sur les tables de marbre pour voir l'assaut; en l'absence de M. Delatour, mademoiselle Isaure était seule maîtresse du café.

Le salut fini, les tireurs se mirent en garde. Le neveu de madame Bertholet en savait juste assez pour croiser le fer dans un vaudeville s'il eût été comédien. En revanche, il ne manquait pas de cet aplomb provincial qui passe à l'œil de certains niais pour de la force. Plusieurs coups attaqués imprudemment par lui et disputés se succédèrent comme une balle de pomme envoyée et renvoyée par la raquette. Saint-Georges fit semblant de suspendre un moment comme pour le laisser reprendre haleine ; dans le fait, il ne voulait que l'épargner.

A l'exemple de Saint-Georges, le neveu de madame Bertholet avait remis le talon à la cheville gauche ; son alignement était passable ; il y eut un garçon de café qui l'admira.

Par un incroyable bonheur de sa nature, le neveu de madame Bertholet était gaucher. Il n'avait jamais regardé cela que comme un défaut, il ignorait que c'était un avantage. Après s'être contenté de rompre son fer, Saint-Georges lui ménagea une riposte admirable, dont le provincial s'empara.

— Touché, monsieur, dit Saint-Georges en mettant la pointe en terre, vous m'avez touché ; je ne nie jamais un coup !

La stupéfaction fut générale. La Boëssière allait parler quand Saint-Georges lui serra le bras à lui faire craquer les os. Le maître d'armes comprit...

— Les gauchers sont dangereux, balbutia La Boëssière. — Ce jeune homme a des coups à lui, dit Saint-Georges. — Je vous engage, mon cher chevalier, à ne pas tirer avec le Normand, murmura tout bas M. de Château-Blond à l'oreille de La Morlière. — Vous êtes d'Évreux, jeune homme ? c'est un bien charmant pays, dit le maître d'armes. Prenez donc ce punch. — Ma foi, monsieur, je ne vous croyais pas si habile, reprit La Morlière. Je vous en fais mon sincère compliment. — Je me contente de vos excuses, chevalier, dit le neveu de madame Bertholet, qui se sentait élevé au troisième ciel.

Il ne voulut pas prendre du punch, saisit son chapeau et sortit.

— Donnez-moi donc la main, lui dit Saint-Georges en le retenant par le bouton de l'habit. Seulement que ce ne soit pas la main gauche ! — Bien volontiers, reprit-il d'un air de triomphateur modeste.

Il ajouta bien bas, en serrant la main de Saint-Georges :
— Merci !

L'heiduque du chevalier arrivait avec un magnifique parapluie de taffetas rose. Saint-Georges dit adieu à ses amis et reprit le chemin de son hôtel.

— La Morlière enrage, se dit-il; mais le neveu de madame Bertholet roulera à six heures demain matin pour Évreux!

XXXIII

Servante et mère.

> Ecce ancilla Domini:
> Fiat mihi secundum verbum tuum.
> (*L'Angelus.*)

Rentré chez lui (minuit sonnait alors à sa pendule de Baillon), il congédia son digne heiduque, qui tombait de fatigue et de sommeil. Ce que Saint-Georges avait à faire à cette heure-là ne devait être vu de personne...

Après avoir allumé lui-même un bougeoir en porcelaine, le chevalier se dirigea vers cette porte, dont, par un mouvement naturel de curiosité, Joseph Platon avait voulu tourner la serrure dès le premier jour de son installation.

Là une négresse, agenouillée, priait devant un petit tableau représentant Madeleine aux pieds de Jésus...

Au bruit que firent les pas de Saint-Georges, elle détourna la tête.

Ses cheveux, grisonnants par place, s'échappaient en mèches confuses du mouchoir créole qui les enveloppait; elle laissa voir dans ce demi-mouvement une larme suspendue à sa paupière.

— Enfin! s'écria-t-elle en se jetant à son cou, c'est lui!

Elle l'embrassa de nouveau, et, se livrant à des transports de joie insensés, elle courut baiser aussi le tableau de la Madeleine.

— Tu as tardé bien longtemps!

Elle le débarrassa de son ceinturon de chasse, de son couteau, de ses boucles; elle essuya la poussière de ses dentelles, passa la main sur son front et le contempla avec toute la tendresse de son amour!

— Que tu étais beau! comme ils ont dû t'envier! — Le duc de Chartres m'a fait capitaine de ses chasses : tu avais bien deviné en me faisant les cartes l'autre soir. Je crois à ta science, Noëmi! — Comme à mon amour, n'est-ce pas? Pendant tout le jour je suis restée là... vois-tu... seule devant la Madeleine. Je la conjurais de te préserver de tout mal!

Elle reprit :

— Capitaine des chasses! c'est donc une bien belle chose!

Saint-Georges sourit; il tendit sa main ornée de bagues à sa mère; elle approcha le bourgeoir pour mieux les examiner.

— Celle-là? dit-elle. — C'est un saphir. — Il a l'éclat de ces charmants petits colibris que tu m'apportais autrefois à Saint-Domingue. Autrefois! ajouta avec tristesse Noemi. — Et cette autre, continua la négresse, comment les nommes-tu? — Une opale. — Ah! je sais... Elle est un peu terne, elle me ressemble... L'autre jour elle brillait bien plus à ton doigt. — Tu trouves? — Certainement, reprit-elle, et c'est signe de malheur quand une opale se ternit. Vois mon livre noir. Mon Dieu! cela me fait peur!

— Et quel malheur, Noëmi, pourrait menacer un homme devant qui le sort lui-même s'humilie? Songes-tu, Noëmi, que je puis encore monter plus haut; que je puis retourner un jour libre et riche à Saint-Domingue?

L'œil cave de Noëmi s'illumina d'un rayonnement de bonheur.

— Oui, à Saint-Domingue, Noëmi; à Saint-Domingue, d'où tu partis esclave et où tu pourras rentrer maîtresse; à Saint-Domingue, où je deviendrai à mon tour roi et seigneur! — Et où je pourrai te nommer mon fils comme autrefois, dit-elle avec un soupir... — Bonne Noëmi! — Dis plutôt, Saint-Georges, malheureuse Noëmi! Là-bas du moins lorsque tu étais enfant, je te portais sur mes bras à travers les champs de maïs; là-bas j'avais pour moi le soleil et ton sourire; tu m'appelais *ma mère*, et j'accourais la joie dans les yeux! Lorsque le jour naissant colorait la cime de nos arbres, c'était moi qui écoutais le premier bégaiement de ta douce voix, moi qui le soir te berçais encore sur mes genoux pour t'endormir! Ne te souvient-il plus de ces belles branches chargées d'oranges ou de mangues que je t'apportais chaque dimanche lorsque tu côtoyais les belles eaux bleues de l'Ester! Alors pas d'étrangers ou d'importuns entre nous, tu ne me renvoyais pas, Saint-Georges; tu ne me disais pas de me cacher! Non, quand nous revenions tous deux, tu me laissais passer fière de toi devant les cabanes, l'horizon était alors embrasé de vapeurs rouges, et tu me le montrais du doigt en me disant : « Vois donc, mère, comme le bon Dieu est beau! »

« Ah! malheureux jour, continua-t-elle, que le jour où tu m'as quitté! malheureux jour que celui où je te retrouve sans pouvoir te dire : « Mon fils, viens dans mes bras! »

Elle ne pleurait plus; mais au lieu de larmes il y avait dans son regard une étonnante fixité; même après qu'elle eut parlé, ses lèvres murmurèrent des sons...

— Vous ne comptez donc pour rien, Noëmi, le bonheur d'avoir échappé à l'esclavage? Regretteriez-vous ces horribles jours où, le teint bronzé par le soleil, vous rentriez en silence pendant que la voix aigre du commandeur roulait d'échos en échos par la savane? Que désirez-vous? Parlez. — Rien que ton bonheur, répondit-elle, et de retourner un jour là-bas avec toi. — Je vous le promets, ma mère! — Tu as dit: « *Ma mère!* » Tu as consenti à m'appeler de ce nom! Ah! dis-moi donc aussi que tu me permettras quelquefois de voir les belles dames qui viennent te rendre visite et que je pourrai entrer à toute heure du jour dans ta chambre et m'enorgueillir de toi! Tu as dit: « *Ma mère!* » ah! ta pauvre servante est bien heureuse! — J'avais ordonné que l'on mit des fleurs à ces grillages, pourquoi ne l'a-t-on point fait? Les gens qui montent chez moi par cet escalier dérobé peuvent vous voir... — C'est moi qui n'ai pas voulu, Saint-Georges, parce que je vous vois, moi... à travers ce grillage... lorsque vous descendez. C'est un instant de plus de bonheur! Et j'en ai si peu!

Cette fois Noëmi ne put contenir ses sanglots. L'infortunée ployait sous le poids de ce sacrifice journalier. L'attente mortelle de cette longue journée l'avait terrassée; elle étouffait. La négresse poussa la fenêtre de sa petite chambre, et elle regarda le ciel.

L'orage de la soirée avait à peine rafraîchi l'atmosphère, encore chargée d'électricité. De gros nuages noirs traversaient pesamment le ciel comme autant de phoques au ventre allongé; les murs de l'hôtel et les jardins étaient drapés d'ombres.

— Ce ne sont pas là, dit-elle, nos belles nuits de Saint-Domingue!

Elle pencha sa tête sur sa main amaigrie et regarda ce ciel, où ne scintillait pas une étoile.

— Hier, dit-elle à Saint-Georges en lui indiquant du doigt le côté du sud, il y en avait une là-haut... Elle m'a souri pendant son sommeil et m'a dit de douces choses. Aujourd'hui je ne la vois plus!

Saint-Georges poussa la porte et prit un petit carton dans une des armoires de l'antichambre.

— Voici quelques objets de toilette qui vous feront plaisir, je

l'espère du moins, Noëmi. Lorsque vous irez le dimanche à
Saint-Roch, je veux que vous les mettiez. Je vous verrai ici vous
habiller devant ce miroir; ici..... entendez-vous? — Bien vrai?
Ces parures me deviendront donc précieuses? Dieu! les belles
dentelles! que j'en serai fière! — Platon, j'aime à le croire, a
grand soin de vous, ma mère. Il vous a laissé les clefs de l'office pendant mon absence? — C'est vrai; mais vous n'étiez pas
là, je n'ai rien mangé. Je ne suis heureuse que lorsque je vous
touche et que je vous vois. Nayez pas peur, allez, Platon ne
m'a pas encore reconnue, moi, je suis si changée! Votre fuite
cruelle m'a fait tant de mal! — Il me croit votre servante, continua Noëmi, ne la suis-je pas?

Saint-Georges baissa les yeux.

— Voilà deux ans, reprit-elle, que je loge sous le même toi
que mon fils. Répondez, Saint-Georges, ai-je trahi votre secret,
ai-je osé dire que j'étais de Saint-Domingue et que vous étiez
mon fils? Cependant, Saint-Georges, vous n'avez peut-être pas
tant à rougir de votre mère... Peut-être n'est-il pas loin ce jour
où vous me redirez ce nom sacré à genoux!

Il la regarda comme on regarde une femme dans le délire... Une fierté douce animait les yeux de la négresse; on eût
dit qu'elle recouvrait un peu de soleil.

— Après tout, reprit-elle, pourquoi me plaindre? N'est-ce
pas moi qui me suis dévouée à toi de plein gré? Le ciel me ré-
compensera. Ah! le ciel est juste, lui qui aux hivers cruels
fait succéder la tiède verdure, lui qui a dit à la mère du jeune
mort d'Éphraïm : « Espérez!» — Noëmi, répondit Saint-Georges
avec tristesse, n'accusez ici que les inflexibles lois des hommes.
C'est le monde qui veut que je vous cèle à tous les yeux, non
pas moi! Je vous aime, ma mère, comme ce que j'ai de plus
doux sous le ciel; je vous aime comme l'oiseau aime son nid.
Doutez-vous de mon amour, ma mère? alors vous douteriez
que Dieu me regarde en pitié; que chaque soir, lorsque je vous
retrouve, vous, mon hôtesse, mon cœur ne s'élance point au-
devant du vôtre. Je vous ai enfouie comme un avare enfouit son
or. Encore une fois, le temps viendra où devant ma voix,
comme devant la baguette d'un magicien, ces murs tomberont
pour vous laisser voir la mer et les rochers à pic où vous m'avez vu
courir! Par pitié seulement ne m'exposez pas à vous défendre,
car, je le sens, le premier qui oserait insulter ma mère, oh!
celui-là serait aussi le dernier. Noëmi, je le tuerais!

Il s'était levé avec une énergique rapidité; son poing fermé menaçait, l'écume couvrait ses lèvres... Noëmi crut voir cet ange qui lutta contre Jacob, elle courut à lui pour l'apaiser : les mères sont sublimes pour oublier; Noëmi fut touchée du mouvement de Saint-Georges, elle retrouva de douces paroles.

— Tu me reviendras, vois-tu. Tu me reviendras lorsqu'elles t'auront trompé, ces femmes qui t'aiment moins que moi ! Tu retrouveras mon cœur tout entier ; ma bouche et mes baisers fermeront les blessures qu'elles t'auront faites. Peut-être alors me vengeras-tu à leurs propres yeux, peut-être leur diras-tu : « C'est ma mère ! »

Elle parla de la sorte un quart d'heure encore, en interrompant ses phrases par des caresses.... Tout son corps tremblait dès qu'elle sentait le contact chéri de ce fils; on eût dit qu'elle appréhendait de l'irriter par les démonstrations de sa tendresse. Quand il s'éloigna après l'avoir embrassée, elle se tint l'oreille longtemps collée contre la porte, écoutant les derniers bruits de son coucher, les mains jointes, comme si elle eût adressé sa prière à Dieu...

Cela fait, elle se souvint qu'elle était servante et sortit elle-même à tâtons pour éteindre la lampe qui brûlait dans l'antichambre...

La vie de cette mère était devenue un sacrifice tel qu'il importe ici d'en relever les mérites.

Comme *mère,* la négresse habitait une petite chambre ornée d'un vieux meuble de Bergame et de quelques images de sainteté; Saint-Georges n'entrait dans cette chambre que le soir ; elle le voyait *une heure!*

Comme *servante,* elle se tenait une partie du jour dans la cuisine. Là, elle recevait les provisions, soit des cuisines du duc d'Orléans, soit du marché où elle avait dû aller le matin. Joseph Platon mangeait avec elle, mais Saint-Georges ne mettait jamais le pied dans la cuisine.

Comme *mère,* elle pouvait dire *mon fils* à Saint-Georges pendant cette seule heure; comme *servante* et devant le monde, elle ne l'appelait jamais que monsieur *le chevalier.*

Tous ses plaisirs consistaient dans quelques giroflées sur sa fenêtre et des ajustements de France, dont elle se bigarrait avec le mauvais goût qui préside le plus souvent à la toilette des négresses.

Si elle se promenait quelquefois au jardin du Palais-Royal,

c'était pour s'asseoir timidement sur un banc de pierre, d'où elle pût apercevoir Saint-Georges éclairé par les girandoles de la galerie du duc d'Orléans.

Elle n'avait pas au monde une amie à qui elle pût dire sa douleur et son secret.

La fièvre la tenait la moitié de l'année au lit, et elle se voyait dépérir avant le temps.

Lorsqu'il venait chez son fils un grand seigneur, — un homme à la mode, — une comédienne en titre, — Platon donnait à sa serrure un tour de clef, afin qu'elle ne pût voir ces bêtes infiniment curieuses.

Elle ne devait parler à qui que ce fût de la Rose et de Saint-Domingue : il lui était enjoint de ne jamais prononcer le mot *mulâtre*.

A tous les tourments présents de cette triste créature il fallait ajouter encore ceux du passé.

Après le départ de son fils, elle n'avait vécu que pour cette idée! le rejoindre!

Elle avait trouvé passage sur un vaisseau, mais comment payer ce passage? On l'avait chargée pendant la traversée des ouvrages les plus rudes et les plus abjects; elle n'avait pas hésité.

L'idée favorite ou plutôt l'incroyable faiblesse du mulâtre étant de se faire passer à Paris pour un *créole*, il avait cru devoir éloigner de lui cette preuve importune de sa couleur. Il avait persuadé à sa mère que sa présence lui nuirait. Noëmi courba la tête avec soumission, mais comme elle venait de le dire à son fils, elle savait qu'elle pourrait la relever!

XXXIV

Les endormeurs.

> « Le carrosse de M. le marquis! le carrosse de Mme la comtesse! le carrosse de M. le président!
>
> (*L'Aboyeur de l'Opéra.*)

Les bals de l'Opéra, qui sont bien morts de nos jours, brillaient alors de tout leur éclat.

Et d'abord les hommes s'y promenaient masqués comme les femmes, les princes du sang y coudoyaient les bourgeois.

Les gens sérieux n'y venaient point, et l'on n'y parlait pas politique.

Ce n'était que bruit et tumulte sous le vestibule illuminé, où retentissait par intervalles la voix enrouée de *l'aboyeur*.

Ce soir-là, le bal pouvait passer pour fort beau, car on y était écrasé...

Imaginez un flux et reflux de panaches, de robes, de dominos, d'habits de toutes couleurs, un colisée nocturne où s'étalent et se promènent plus de trois mille masques. Les seules gravures de Petrus Longhi, le Vénitien, pourraient en donner idée.

Ici des bacchantes échevelées, le thyrse en main, le front couronné de pampres verts, au bras de marquis fiers de leur toupet à *l'escalade*; là des abbés poudrés, enluminés, en compagnie de Turcs ornés de fourrures; plus loin, des villageoises en bonnet aux *navets* et des comtesses coiffées en *vergette*. Tout ce monde se cramponne pour six livres par tête à la rampe de l'escalier; on heurte, on est heurté; les duchesses portent leurs mains à leurs oreilles pour mettre à couvert leurs pendants, et il y a des commis qui veulent tirer l'épée. Les mascarades littéraires se font jour au milieu des autres; en voici une contre l'opéra d'*Ernelinde* : six masques bariolés de notes de musique et de vers tirés du poëme, qui tombent tous ensemble et tout à plat au beau milieu de la salle dès leur entrée... Cette chute, renouvelée de celle de l'opéra de Poinsinet, excite la belle humeur...

Tout ce monde s'aborde, se parle, se donne la main. Les plus célèbres d'entre les *impures* ont à la main des bouquets noués de diamants; d'autres femmes portent des croix et de petits saint-esprit sur leur gorge nue, dont la blancheur ressemble à la cire...

Tout d'un coup le bruit se répand que M. le duc de Chartres vient d'être vu en arlequin à paillettes dans un quadrille.

Dans cet arlequin sec et maigre, il me semble injurieux à quelques bourgeois de soupçonner le *héros* de la dernière campagne maritime, l'ami du duc de Lauzun, le jeune prince qui parie avec le comte de Lauraguais, celui qui s'élèvera plus tard en ballon se fera chansonner pour ses boutiques. La sotte admiration des badauds poursuit ce malencontreux arlequin, isolé un instant de son quadrille et qui ne trouve rien de mieux que de prendre à partie un gros ours sous la peau duquel les mauvais plaisants s'obstinent à découvrir M. de Durfort.

— Si je n'étais assuré qu'en ce moment-ci elle est dans ses terres, monseigneur, j'affirmerais à votre altesse que c'est bien la Dubarry... répond l'ours à l'arlequin.

C'est en effet madame Dubarry en personne qui vient de parler au duc de Chartres, mais madame Dubarry chagrine, envieuse, désespérée, sous le masque qui couvre ses traits flétris.....

Elle est venue là vêtue d'un domino de satin blanc, la favorite déchue! Louis XV est mort, son successeur est sur le trône, et cependant, le deuil de Louis XV fini, madame Dubarry revient au bal! Elle ne peut croire son règne éteint, cette femme qui n'est plus, hélas! de ce règne, qui vient à l'Opéra par tradition, par ennui! Elle n'a jeté dans l'oreille du duc de Chartres que des mots insignifiants..... Encore quelques années, et ces deux étranges masques se rencontreront sur un plus sanglant théâtre, celui de la révolution française. Madame Dubarry et le duc de Chartres peuvent déjà se donner la main!

Quelle merveilleuse cohue! quel flot de coiffures, de topazes, de nœuds d'épée! Ces gens qui dès l'abord prennent la voix du *fausset*, ce sont les marquis, les roués, les petits-maîtres; ces femmes impertinentes, que vous croiriez à leur seul ton des présidentes, ce sont des actrices : on nomme tout haut la Guimard, mademoiselle Arnoult, la Théodore, la Renard et la Bonneuil. Parmi les courtisanes, c'est la Duthé, la Souck, la Raucour, qui se le disputent en fait de luxe et d'arrogance. Comme des esclaves attachés au char de ces déesses, viennent le prince d'Hénin, le duc de Bouillon, le prince de Soubise, le comte de Lauraguais et une arrière-garde de financiers.

Depuis que la reine a mis les plumes à la mode, c'est à qui parmi les femmes portera des plumes, abandonnera au *parc anglais*, les *bergers* et les *chasseurs dans les taillis*. La provinciale seule entre ainsi parée au bal de l'Opéra; on la reconnaît, on lui demande des nouvelles de la dernière récolte.

Ces jeunes seigneurs qui parlent de courses à la plaine des Sablons, à Vincennes, à Fontainebleau, ce sont les beaux de la cour, la fine fleur de Trianon et de Versailles; à leurs souliers aussi mignons que ceux des femmes, on hésiterait presque à les appeler de leur nom sous le domino s'ils ne vous jetaient eux-mêmes très-étourdiment ce nom au visage.

La seule épaisseur de certains masques trahit la forme et le contrôle, bien que pour déguiser plusieurs de ces traitants aient soin de porter des tabatières nommées *turgotines*, du nom d'un ministre qui n'est pas en odeur de sainteté.

Il y a des masques qui changent de costume cinq fois la nuit; M. le duc de Chartres (soit dit sans épigramme) est cité pour être du nombre.

Sous le vestibule, il se passe une scène grotesque : un heiduque irrité qui veut à toute force qu'une vestale quitte le bras d'un marquis fluet montant l'escalier. Le masque de la vestale s'est dénoué, et le farouche heiduque, qui n'est autre que Joseph Platon, a reconnu Rosette dans la Vestale.

— Attends, misérable fourbe, marquis de potence, s'écrie Platon en voulant tirer son sabre d'heiduque contre Jasmin, habillé d'un beau frac *merde d'oie* et d'une culotte *ventre de puce*; attends! je vais te faire payer cher ta perfidie!

Le malheureux Platon oublie que son sabre est de bois; ses efforts sont tels que la poignée lui demeure dans la main.

— Si mon maître, monsieur le chevalier, était ici, reprend-il, je te passerais, c'est-à-dire... il te passerait son épée à travers le corps!

Mademoiselle Rosette, qui a l'air assez dragon pour une vestale, se récrie de toute sa force contre sa réintégration au domicile conjugal; elle persiste à ne pas reconnaître son mari dans cet heiduque furieux.

— Mon mari heiduque! s'écrie-t-elle, c'est une imposture! Il est mort, bien mort; monsieur le marquis, défendez-moi contre ce vilain masque!

Platon, qui n'est là sous le vestibule qu'en sa qualité de domestique et qui n'a pas même songé à se donner l'agrément du masque, demeure ébahi. M. le marquis Jasmin et la vestale Rosette profitent de l'arrivée d'une troupe de masques pour lui échapper et s'élancer dans le bal...

Le bal est dans sa plus belle gerbe d'épanouissement, les intrigues se croisent, les femmes s'aventurent, et les maris tremblent.

— Avez-vous retrouvé votre domino lilas, mon cher? dit un gros homme court dont les boucles de souliers ressemblent à celle d'un harnois, qui porte une coiffure à l'*hérisson* sur un masque de satire. — Parbleu non ! je suis furieux! je cours après elle depuis une heure au moins avec le comte... Dites-lui donc qu'elle est jolie à cet incrédule de comte, il ne veut pas me croire sur parole... — Pour cela, monsieur le comte de

Genlis, je puis vous en répondre, je m'y connais... Elle a un pied! monsieur le comte de Genlis!... — Ah çà, Dieu me pardonne, vous m'appelez par mon nom, monsieur Gachard! Qu'est-ce ceci? — Pardon, monsieur le comte de Gen..., pardon, mais aussi c'est que j'aime à me trouver avec un grand seigneur... Je disais donc que c'est une charmante fille... Ouf! qu'il fait chaud! n'est-ce pas monsieur de Vannes? — Encore! monsieur Gachard? vous voulez donc crier au bal masqué nos noms à tue-tête?... Ne savez-vous pas que nous avons ici *quelqu'un* avec nous? — Je sais, je sais... vous avez monseigneur le duc de Ch... — Chut! monsieur Gachard, il est peut-être là derrière vous... Je cours à la poursuite de mon domino lilas... Je vous retrouverai dans un quart d'heure.

M. Gachard se rassied; il se trouve bientôt entouré de six dominos qui tous lui adressent simultanément la même question :

— Avez-vous vu le chevalier? — Quel chevalier? reprend avec une importance financière M. Gachard; il y en a ici trente quarante de ma connaissance. Est-ce le chevalier de Sainte-Amaranthe, le chevalier de La Morlière, le chevalier de Parny, le chevalier de Montlaur? — C'est le chevalier de Saint-Georges. — Peste, rien que cela, mes colombes! Et que lui voulez-vous toutes les six au chevalier de Saint-Georges ? — Nous sommes ses victimes... Nous voulons qu'il nous rende nos lettres. — Les miennes sont sur papier vert. — Moi sur papier rose. — Moi sur papier bordé de noir : je suis veuve! — Je veux le connaître, dit timidement une provinciale; je n'ai vu que ses portraits. — Un mulâtre, ma chère, cela doit être drôle! surtout s'il n'est point masqué. — Nos lettres, nos lettres! répètent les dominos. Nous l'enlèverons plutôt; nous sommes en force! — Un peu de patience, répond le bonhomme Gachard en se dégageant du bataillon féminin; il ne peut manquer de venir... J'ai aperçu son heiduque. — Qu'est-ce que cela prouve? Vous verrez qu'il est de quelque souper fin... — Il m'a promis hier de porter un ruban bleu à la manche de son domino. — Et à moi un vert! Il paraît que nous sommes rivales. — Dieu soit loué! voici l'ours, dit Gachard en étendant des bras suppliants vers M. de Durfort. Arrachez-moi, monsieur le duc, à ces Euménides, ou livrez-leur le chevalier de Saint-Georges! — Je ne l'ai point vu, répond l'ours; mais ce que je sais, c'est que j'étouffe dans ma peau! Si ce n'était mon service auprès de monseigneur, j'aimerais cent fois mieux dormir... ou souper chez vous. — Monsieur le duc, c'est-à-dire monsieur l'ours me fait là beaucoup d'honneur... — Victoire! victoire! interrompt M. de Vannes, arrivant sur la pointe du pied et avec qui le duc de Chartres vient de causer à voix basse quelques minutes dans le petit salon de sa loge; victoire! monseigneur consent à souper ce soir chez vous, monsieur Gachard! — Comment!... son altesse veut... reprend M. Gachard, ému et troublé. — J'imagine que vous ne lui refuserez pas? — Certainement non; mais le respect... J'aurais honte d'un souper qui... — Vous vous moquez. La maison de monsieur, Gachard, mon cher duc, vaut celle de Bouret... parole d'honneur! — Vous me flattez; mais peut-être vaut-elle mieux que celle de la *Croix des Bouquets*, à Saint-Domingue. — Où nous avons fait avec vous de si belles parties! Allez tout préparer; nous nous chargerons du reste. — Il y aura donc des nymphes? balbutie M. Gachard. — Comptez sur nous et partez. Silence et discrétion!

L'énorme M. Gachard n'a rien de M. de la Popelinière pour l'esprit; il se lève cependant, il a compris. Cette obséquiosité aux désirs du duc de Chartres est de rigueur; il doit à ce prince sa place dans les fermes.

De Vannes et l'ours ont rencontré M. de Genlis; ce dernier est vraiment désespéré.

— Te voilà, prudent Genlis! Pourquoi cet air sombre? Ramènerais-tu par hasard ta femme? — Trêve de plaisanterie, messieurs; vous me voyez dans le plus cruel des embarras. M. le duc de Chartres fait au domino lilas l'honneur d'en être très-épris. — C'est un morceau de prince; cela ne me surprend pas! — Quant à moi, reprend l'ours, je ne veux pas faire un pas de plus. Je m'asseois sous ce buste de Rameau et vous laisse les honneurs de la campagne... Enlevez la petite, si vous voulez!— Enlever! dit Genlis; comme il en parle! On voit bien qu'il ignore que la petite est accompagnée. — D'un oncle ou d'un père sans doute. C'est ce patriarche que je vois! Il a des bas chinés sous son domino. Quelque Cassandre jaloux! — Monseigneur est absolu dans ses volontés comme le régent. Que ne nous laisse-t-il une heure? Ah! voici, de Vannes, le domino en question...

Le domino lilas passait alors en effet au bras d'un personnage assez comique pour attirer l'attention, même sans la rechercher. C'était un vieillard long, maigre comme une baguette d'alcade; il avait jugé sans doute convenable de s'affubler d'un domino beaucoup trop court, sous lequel passait une paire de molletscomparables à deux flûtes grecques. Un nez de carton avec des abat-joues d'un rouge pourpre formait le masque sous lequel il se croyait peut-être méconnaissable, mais qui ne cachait ni son menton avançant en cheval de frise, ni le bas de son visage fendillé de rides. Il serrait le bras du domino lilas comme un avare serrerait un sac d'écus.

— Melchisédec en personne ! murmura de Vannes à l'oreille de Genlis.

Le domino lilas s'assit près d'eux sur une banquette. De Vannes entamma la conversation par tous les lieux communs de la terre. Le domino lilas l'écoutait mal.

— C'est peut-être un absent qui vous tient au cœur, mademoiselle ? Dites-moi son nom, et, dussé-je, comme don Quichotte, guerroyer à chaque pas, je vous le ramènerai.

Elle ne répondit pas.

— Vous venez au bal pour la première fois peut-être ? — Pour la première fois, vous l'avez dit, et je crois pour la dernière, monsieur... Quelle fatigue ! quelle poussière ! — Mademoiselle, reprit le domino à bas chinés en tirant une montre du temps de Louis XIV, il est temps de nous retirer .. il est deux heures. — Deux heures ! Comme le temps passe vite à l'Opéra ! repritelle avec un accent chagrin. — Il ne tient qu'à vous, mademoiselle, de le faire durer. La chaleur semble vous incommoder... — Oui, j'ai un grand mal de tête. — Je vais chercher des rafraîchissements à mademoiselle, s'écria le domino à bas chinés. Mais nous ferions mieux de partir ; le grand air vous remettrait. — C'est surprenant, j'éprouve unserrementà la tête... Sans doute ce masque... Je vais en délacer les cordons. — Ne vous donnez pas cette peine, bel ange lilas. Voilà qui est fait, dit M. de Vannes après avoir desserré les fils du masque. — Ah ! je suis bien mieux... Je vous remercie, monsieur... Dieu que ce visage de carton est incommode ! — Surtout quand il nous cache un astre aussi beau que vous !... Mais en effet, reprit de Vannes, la chaleur est extrême, et je me sens moi-même altéré. Je vais vous chercher un verre de limonade.

Il revint peu de temps après avec un valet chargé d'un plateau de cristal doré où se trouvaient deux verres qu'il venait de remplir.

Il but le sien d'un seul trait ; le domino lilas vida la moitié de l'autre.

De Vannes affecta de se lever avec regret et laissa Genlis auprès de la charmante fille...

Soit que la fatigue inaccoutumée du bal ou son atmosphère imprégnée d'odeurs eussent produit sur elle quelque impression somnolente, mademoiselle Agathe appuya sa main sur une des glaces adossées à sa banquette et ne tarda pas à dire à Glaiseau qu'elle voulait s'endormir.

— Comment! dormir ici! mademoiselle, s'écria Glaiseau; vous n'y pensez pas!

Le vieillard voulut tirer Agathe par la manche de son domino; mais la jeune fille en avait déjà ramené le coqueluchon sur sa figure, et elle commençait à s'endormir.

— Malheureuse enfant! s'écria Glaiseau, voudriez-vous donc me faire mourir? Allons, mademoiselle Agathe, un peu de courage; réveillez-vous.

Le bras de celle qui dormait était retombé lourdement sur l'un des côtés de la banquette. Le sein d'Agathe battait doucement et soulevait la soie du domino.

— Monsieur le masque, s'écria Glaiseau en s'adressant à M. de Genlis, vous êtes peut-être un bourgeois, un père de famille... Aidez-moi, monsieur, car mes genoux tremblent sous moi : j'ai peur de perdre mon enfant!

Et l'infortuné Glaiseau se sentait le cœur brisé; il se lamentait comme si le sommeil d'Agathe eût été pour elle le coup de la mort.

— Endormie! dit M. de Vannes en s'approchant de Glaiseau. Par ma foi! voilà la condamnation en règle du bal de l'Opéra! Mais il faut des soins à cette enfant, reprit-il en tirant de sa poche un flacon de porcelaine. — Mademoiselle ne peut rester là, reprit M. de Genlis. Chevalier, as-tu ta voiture? — Certainement, et si vous voulez tous deux lui donner le bras... — Impossible; il faut la porter. — Faites donc ainsi, et suivez-moi.

Aidé par M. de Genlis, le vieillard souleva la jeune fille et la transporta jusque sous le péristyle de l'Opéra, au milieu d'une foule de masques et de dominos qui s'empressèrent de lui faire un passage.

Un des carrosses de la livrée d'Orléans attendait à l'angle de la rue; M. de Vannes lui fit signe d'avancer.

La porte de la voiture fut ouverte et refermée par les valets de pied en un clin d'œil. M. de Genlis et Glaiseau avaient déposé mollement le domino lilas sur les coussins, en criant au cocher :

— A l'hôtel!

En voyant le carrosse rouler précipitamment, Glaiseau se retourna pour chercher le masque officieux qui avait environné de tant de précautions le transport de la jeune fille; mais M. de Vannes et M. de Genlis s'étaient déjà perdus dans la foule.

XXXV

La petite maison d'un financier.

> Enfin le libertinage sous la protection
> de ce prince ne pouvait malheureusement
> être mieux pour prospérer.
> (*Mémoires du chevalier de Ravanne.*)

— Vous nommez cela du *stramonium*, chevalier? — C'est une plante commode, vous le voyez, cher Genlis. Les imbéciles disent que c'est du poison. Mélangé avec un liquide ou du tabac, elle a la vertu de produire presque subitement un sommeil profond, pendant lequel aucune agitation, aucun murmure ne peuvent faire craindre le réveil. J'en ai toujours une tabatière sur moi, comme échantillon; en usez-vous? — Bien des grâces... — Nous serons dans peu, cher comte, dans le palais du Guchard, où nous devons retrouver notre *belle au bois dormant!* Je me fie trop aux jambes du Cassandre qui l'escortait pour croire qu'il aura pu suivre le carrosse. Pardieu! nous aurons soin de lui renvoyer sa fille, à ce rustre, si tant est qu'il est son père! — Nous n'avons derrière notre voiture que celle du duc de Chartres, dans laquelle doivent se trouver Durfort, Lauzun, Lauraguais et quelques autres démons familiers de son enfer. Pour l'Olympe féminin, c'est l'abbé Beaudan (1) qui s'en est chargé... Il arrive en fiacre! c'est humble pour des déesses... — Nous jouons gros jeu, chevalier, reprit M. de Genlis. — On voit, mon cher comte, que vous êtes bien en cour : vous n'avez plus la moindre imagination... Moi qui, grâce à mes ennemis, ne suis que lieutenant de dragons... et qui brûle d'avancer! —Plaignez-vous ! M. le duc de Chartres vous a pris en affection depuis peu...

—————

¹ Le même qui obtint ensuite du duc de Chartres l'entreprise des boutiques du palais-Royal.

On vous accorde aussi une maîtresse superbe... la marquise de Langey! — Elle a quelques bontés pour moi, fit de Vannes en jouant la modestie; mais je vous jure par Dieu que je n'en suis pas jaloux. Cela est bourgeois, cher comte, du dernier bourgeois. Voyez plutôt vous avec votre femme! — Je crois, chevalier, que nous ne sommes pas loin de l'arche Marion. Voyez donc de quel train va le cocher! — En effet, cher comte, voici la petite maison du Gachard, rue Béthisy.

Ils arrivaient alors devant une porte assez haute dont le renfoncement produisait dans la rue une ombre épaisse. Deux vieux murs décrépits, bordés de piquants en fer, isolaient cet hôtel des autres maisons, pour la plupart misérables et renfrognées: vous eussiez dit qu'elles en avaient peur.

Tout d'un coup la vieille porte s'illumina comme par enchantement, et six beaux laquais armés de torches inondèrent les deux carrosses de leurs clartés.

— Bravo! s'écria de Vannes en montrant à Genlis cette radieuse livrée. Nous soupons ce soir chez Plutus! — Holà! chevalier, reprit le duc de Chartres en mettant la tête à la portière, venez donc nous dire le nom de ce beau masque qui seul d'entre nous tous garde le silence. A ses manchettes de point et à l'aisance de sa tournure ce ne peut être un espion de M. Lenoir!

M. de Vannes s'approcha du carrosse du duc de Chartres avec une frayeur dont il ne pouvait se rendre compte. Le masque inconnu était revêtu d'un long domino de satin noir; il regarda le lieutenant et porta sa main à une petite rosette.

— Il a la rosette rouge, monseigneur, reprit de Vannes, c'est un des nôtres. — C'est parbleu vrai, de Vannes; mais pourquoi ne dit-il rien? — C'est son secret, et vous seul, monseigneur, avez le droit de le lui demander. — Le vin de Gachard le fera parler. Ah! ça, reprit-il, vous voulez donc tous rester masqués? c'est faire injure à notre hôte! — Il faut être prudent, monseigneur, reprit M. de Genlis; cette fille est peut-être de condition... Votre digne père, qui s'y entend, vous a recommandé d'être circonspect avec la noblesse. — Tu prêches fort bien, Genlis. — Monseigneur, renverrons-nous les carrosses? — Oui, oui, l'abbé Beaudan ne peut tarder avec sa sainte cargaison, et nous garderons son fiacre... — Entrons, messieurs, dit le prince à ses acolytes.

On renvoya les voitures et l'on entra.

C'était une admirable maison que la petite maison ou plutôt

l'hôtel de M. Gachard, et pourtant elle n'avait garde de montrer aux profanes ses magnificences dès le seuil.

Sa cour, véritable cour de province du troisième ordre, offrait un aspect assez triste; elle était entourée de vieilles charmilles, ceinture fanée d'un jardin qu'éclairait alors la lune. Il n'était que trop facile de voir que son propriétaire avait le goût peu agreste, les herbes parasites croissaient partout. Cette cour eût rassuré une dévote, elle avait un parfum de componction et de pénitence.

En revanche, l'ameublement de l'hôtel était divin. C'était un palais de fée; on n'y voyait que glaces, tapisseries, girandoles. Des portes de boudoir peintes en camaïeu, des tableaux de chasse, des Vénus de marbre, un lit superbe, qui avait plutôt l'air d'un trône, et sur lequel deux colombes se béquetaient près du Silence, le doigt levé sur ses lèvres. C'était la chambre de M. Gachard, neveu d'un maître paveur d'Amiens et fermier général à la suite de plusieurs faillites heureuses.

La salle à manger était à elle seule un poëme.

Son ordonnance avait occupé trois fois plus que la construction de l'hôtel; elle était en glaces depuis le parquet jusqu'au plafond. L'argenterie ciselée de M. Gachard n'en était pas non plus l'ornement le plus futile. Assouplie aux caprices voluptueux du maître, elle ne présentait partout à l'œil que nymphes dévoilées ou accroupies entre des roseaux d'argent, des salières à cannelures dignes de celles du roi d'Angleterre, formes variées, multiples, scintillantes de mille feux aux bougies. L'hôtel de M. Gachard rivalisait enfin avec celui du successeur de Laurent David et de Jean Alaterre, de ce Nicolas Salzard qui prit possession du bail des fermes générales, et qui en avait signé le contrat avec le roi de France à la face de l'Europe.

Le duc de Chartres pouvait se croire encore au Palais-Royal!

Six autres domestiques, en belle livrée se trouvaient déjà sur pied dans cette salle, éclairée par huit lustres de cristal de roche et par vingt-cinq miroirs à facettes, formant autant d'astres éblouissants. Les fauteuils, à crépines dorées, étaient d'étoffes perse, bleu de ciel rayé d'argent; les rideaux, à fleurs et à paysages, venaient de la Chine.

Sur la table, si rapidement dressée, figuraient des poulardes de Rennes, des perdrix du Mans, des pâtés de Périgueux, du mouton de Ganges et des olives d'Espagne. Les poissons les plus beaux s'y montrèrent bientôt comme par miracle; on eût dit qu'un vivier complaisant les fournissait au magicien du lieu.

Le vin de Champagne reposait dans de larges seaux d'acajou, la mode n'ayant point encore inventé pour lui cette glace saline qui condense ses esprits et double son pétillement actif.

On se mit à table... Afin que l'oreille fût charmée comme l'odorat, la petite tribune de la salle à manger se remplit bientôt de musiciens prêtés au financier par les directeurs de l'Opéra, Rebel et Francœur. L'abbé Beaudan venait d'arriver avec sa bruyante phalange, qui fit alors irruption dans la pièce.

— Silence! dit Gachard, nous avons ici quelqu'un qui dort!

— Vous dites vrai, monsieur le financier, et vous avez oublié au milieu de toutes vos magnificences de nous montrer la belle endormie...

L'amphitryon poussa le bouton ciselé d'un large panneau qui céda bien vite à cette pression accoutumée.

— La voici, monseigneur, dit-il au duc ébloui.

Tous les regards des convives se portèrent de ce côté; ils aperçurent une jeune fille sommeillant sur le plus gracieux sopha du monde, un sopha en forme de conque marine, qui lui donnait l'air d'une Vénus.

Sa jolie tête, rejetée en arrière, posait sur un oreiller de velours noir; ses bras et son sein conservaient la blancheur et l'immobilité du marbre. Les plis de son domino lilas s'étaient dérangés complaisamment pour découvrir les belles lignes de son cou. On aurait pu compter pendant son divin sommeil les trente-deux perles dont sa bouche était ornée, car cette bouche était entr'ouverte d'une façon merveilleuse; elle eût fait récrier d'admiration Chardin et Boucher. Son masque lui avait été enlevé sans qu'elle le sût...

En ce moment la pendule rocaille de la salle à manger sonna trois heures.

— Je commence à croire, chevalier, dit tout bas M. de Genlis à de Vannes, que cette poudre pourrait bien être perfide. — Nullement, cher comte; voyez plutôt ces joues auxquelles le pourpre revient, ces lèvres que le rose vient colorer, est-ce là un fantôme? et toutes les courtisanes qui nous entourent n'envient-elles pas ce doux visage? — Pour moi, dit M. de Durfort, je consens à reprendre ma peau d'ours si ce n'est point une fille de qualité. — Moi, messieurs, je gage que c'est une comédienne de province, dit le comte de Lauraguais. — Tu es partial pour les comédiennes, Lauraguais, dit le duc; tu aimes

Sophie Arnoult! — Ce qu'il y a de sûr, c'est qu'elle n'est point de l'Opéra, dit une des *impures* du souper. Nous ne la connaissons pas! — Que le premier flacon de vin de Tokai soit vidé à sa santé! s'écria le duc de Chartres; elle s'éveillera doucement au choc des vérres!

Ma foi, monsieur Gachard, reprit-il, vous avez là du vin qui doit vous faire des amis!

Le Gachard sourit et fit signe aux laquais de redoubler les rasades.

— Au nom de l'Opéra, moi, Sophie-Clémence Vernier, en ma qualité de Colombine, je porte ce toast au plus charmant Arlequin que l'on ait vu ce soir à l'Opéra! — Et moi, comme Pallas, s'écria mademoiselle Guimard, je conjure le prince et ses amis de se démasquer; ils sont ici sous le bouclier de la déesse de la guerre!

Mesdemoiselles Guimard et Vernier portaient en effet ces deux costumes. Elles étaient suivies de mesdemoiselles Fel et Chevalier.

— Obéissons, messieurs, dit le duc. Les masques bas!

Chacun se démasqua et laissa voir un visage plus ou moins abattu par la débauche ou la fatigue.

Il n'y eut que le domino de satin noir qui garda son masque...

Il ne s'était point déganté; il avait même rabattu son capuchon.

— Vous êtes silencieux, l'ami, murmura le duc de Chartres étonné.

Le masque ne répondit pas; il était absorbé sans doute dans la contemplation de la jeune fille qui venait d'apparaître comme une vision magique à ce souper... A travers les trous du masque l'œil de ce convive jetait des flammes.

— N'as-tu pas entendu? lui cria de Vannes; ou bien es-tu muet et sourd à la fois? Tu ressemblerais alors à l'un de mes oncles qui fut grand bailli d'épée de Douai... je t'en avertis, et un fier buveur encore!

Le masque ne répondit pas; il se contenta de lever les épaules et de tourner le dos à de Vannes, ce qui déplut fort au lieutenant.

— Si mes paroles vous offusquent, mon silencieux ami, je suis lieutenant de dragons, et comme tel en mesure d'avoir avec vous une conversation intime... J'ai là, dans mon manteau, deux charmants petits pistolets, et si le cœur vous en dit... —

Es-tu fou, de Vannes, s'écria le duc de Chartres, et notre partner ne peut-il rester masqué si bon lui semble? C'est peut-être l'amant de notre jolie dormeuse... Borne-toi à lui en faire la question. — Si vous l'ordonnez! mon prince... répondit le lieutenant... Mais c'est un obstiné, vous verrez qu'il ne voudra pas répondre... — Eh bien! je vais le lui demander, moi, dit le duc après s'être versé un verre de xérès qu'il but d'un trait comme pour se donner courage, et je suis sûr qu'il me répondra. Êtes-vous, mon cher, l'amant de cette belle? Comme la statue du commandeur, le masque inclina la tête par un mouvement grave et prolongé. — Voilà qui est divin! s'écria le comte de Lauraguais, cherchant à conjurer la frayeur que ce *oui* muet avait répandue sur le visage des convives. C'est un homme de composition exquise, monseigneur, et vous avez bien fait de nous l'amener vous-même dans votre carrosse. — Comment, parbleu! mais j'ai cru, moi, que c'était Belle-Isle, Lauzun ou tout autre. Il avait bon air sous le domino, et, voyez! il porte encore la rosette rouge comme nous. — C'est un traître! interrompit de Vannes; vous n'êtes pas ici en sûreté, monseigneur... Nous ne souffrirons pas... — Monsieur de Vannes a raison, ajouta le précautionneux Genlis, de l'avis duquel se rangea bien vite l'abbé Beaudan. — Messieurs, reprit le duc, nous avons juré... prenez garde! Dans notre dernier souper du Palais-Royal, nous avons déclaré que les initiés de la rosette rouge seraient inviolables tout le temps des bals de l'Opéra... Nul de vous, je pense, n'a perdu sa rosette?

Chacun visita son domino, tout le monde avait la sienne à son bras.

— Vous le voyez bien, ce-sera, messieurs, un roué de notre bord... Allons, de Vannes, faites l'appel, vous avez la liste. — Il manque, dit de Vannes, le duc de Lauzun, monsieur de Belle-Isle, monsieur de Saint-Mars, monsieur de Guerchy et monsieur de Saint-Georges. — Encore une fois, ne nous ont-ils pas tous prévenus par lettres qu'ils ne pourraient pas faire partie de notre bande? Ils ont chacun leurs raisons, reprit M. de Genlis. — D'abord, quant à Lauzun, dit M. de Lauraguais, il est parti ce soir même chargé de dépêches pour Londres. — Et monsieur de Belle-Isle est malade, dit M. de Durfort. — Monsieur de Saint-Mars est en grand deuil, messieurs, affirma le comte de Genlis. — Et pour monsieur de Guerchy, ajouta de Vannes, il est d'un souper chez monsieur le comte

d'Artois. — En ce qui regarde Saint-Georges, s'écria le duc de
Chartres, je sais où il est, messieurs; mais c'est un secret que
vous trahiriez, et je ne veux pas me faire un ennemi de mon
capitaine des chasses... — Où donc soupe-t-il? s'écrièrent à la
fois MM. de Genlis, de Durfort et de Vannes. — Parbleu! il ne
soupe pas, il jeûne... La marquise de Montesson le tient cette
nuit même sous clef à Sainte-Assise... Oui... pour qu'il ne batte
pas loin d'elle les broussailles de l'Opéra! Je le sais de bonne
source, j'ai dîné à Sainte-Assise avec eux... — Voilà qui est indigne! s'écria mademoiselle Guimard. — Épouvantable! reprit
en fausset mademoiselle Vernier. — Inique! murmura la Fel;
monsieur de Saint-Georges est si aimable! — Vous vous pas-
serez de tous ces zéphyrs, mes déesses; ce masque qui a pris
leurs couleurs ne peut être l'un d'eux, je vous le promets. Il
m'a d'ailleurs répondu avec trop de franchise et d'assurance
pour que nous ne respections pas son incognito... Quoi qu'il en
puisse être, messieurs, ne songeons qu'à nous divertir. Nous
saurons demain le nom de notre mystérieux convive. Pour
l'instant, il nous permet de jouir des traits de sa belle... C'est
magnanime... N'est-ce pas, Genlis? — Monseigneur, interrompit Gachard, ne goûte peut-être pas ce vin de Chypre? Il est de
la commanderie... monsieur le duc d'Orléans l'estime assez. —
Si monseigneur veut me faire l'honneur de venir souper à ma petite maison de Pantin, reprit la Guimard roulant des yeux en
coulisse, il pourra voir une statue en cire de madame Dubarry
qui vaut la belle demoiselle de ce sopha. — Vous permettez,
mon cher, que l'on baise du moins le bout du doigt à votre
maîtresse, ne fût-ce que pour la réveiller? Nous y gagnerons
tous, et vous peut-être le premier!

Le masque n'ayant fait aucun mouvement, le duc de Chartres enjamba lestement la table; il se trouva en un clin d'œil
aux pieds d'Agathe. Après lui avoir baisé la main à plusieurs
reprises avec transport, le prince s'étonna de ne pas la voir
s'éveiller; il la contempla quelques secondes dans le recueillement de l'extase.

L'incomparable beauté de cette personne contrastait si fort
avec celle des créatures attablées chez le financier, que le prince
malgré sa soif de débauche, la respecta d'abord comme un
prince des contes de fées. Ce sommeil d'un ange l'éblouit par
tant de rayons qu'ils pénétrèrent un moment la boue de son âme..
Peut-être aussi que la vue de ce masque l'intimida... Agenouillé

devant la jeune fille, il ne prenait plus part aux conversations du souper, dont la gaieté languissante s'était peu à peu ranimée. La chère et les vins avaient remis en effet les convives en belle humeur; il n'y avait que de Vannes à qui l'on ne pût faire entendre raison au sujet du masque inconnu.

— Il m'a offensé, répliquait-il à Genlis; il a levé les épaules! — Il ne pouvait guère vous répondre autrement, puisqu'il a fait vœu de ne pas parler... — Mais non pas de boire! reprit le comte de Lauraguais, il s'en acquitte comme un gendarme Dauphin. — Divine Pallas, monseigneur tombe dans l'amour platonique avec sa Vénus, dit M. de Genlis à la Guimard. — Au lieu de te faire du mauvais sang contre ce masque, de Vannes, tu devrais plutôt réveiller ton endormie, dit Lauraguais. — Cela n'est pas si facile, répondit le capitaine, qui se prit à réfléchir.

Tout d'un coup il s'écria :

— C'est un moyen comme un autre, et celui-là du moins ouvrira la bouche à ce damné masque!

Et, courant à son manteau, qu'il avait jeté sur un fauteuil, il en sortit une paire de pistolets. Il présenta l'un au masque et garda l'autre.

— Sortons, monsieur, lui dit-il.

Le masque avait saisi un pistolet; mais il demeura assis, et ne suivit point de Vannes.

— Il a raison, morbleu! s'écria le duc de Chartres. Si tu veux, nous lui permettrons seulement de mesurer sa force avec la tienne. Voilà une statue de Jupiter au fond du jardin, qu'il tire sur elle de cette fenêtre.

La fenêtre ouverte, — il faisait alors demi-jour, — le masque s'en approcha. Le buste du dieu des dieux se trouvait à trente pas.

— A l'œil gauche! s'écria le lieutenant.

Le masque ajusta; sa balle alla frapper l'œil gauche de Jupiter.

— Peste! dit de Vannes, restez muet tant qu'il vous plaira, mon cher; je renonce à vous rendre la parole.

Au bruit éclatant que produisit la détonation, Agathe s'était réveillée... Elle ouvrit d'abord ses beaux yeux dans une muette stupeur, puis jeta un cri en se voyant dans cette étrange caverne... Sa première pensée fut d'y chercher Glaiseau; elle ne le trouva pas... Elle ne vit que des figures enluminées par l'orgie, des femmes incompréhensibles pour elle... Ces gentils-

hommes si étrangement débraillés, alourdis par le vin et la
vapeur de la table, roulaient autour d'eux ce regard terne où
pétille encore le feu de l'ivresse et de la luxure; ces femmes,
qui s'étaient levées hardiment, commençaient à chanter entre
elles des airs d'opéra que l'orchestre accompagnait. Ces sirènes
inconnues à la jeune fille, unies entre elles pour la perdre et
la séduire, l'examinaient avec des yeux dont elle eut peur. Par
un mouvement instinctif, elle choisit alors la seule figure qui
ne la fît point rougir et baisser les yeux; ce fut le masque.

— Défendez-moi! cria t-elle en se plaçant derrière l'inconnu.

Il lui tendit la main; elle lui donna la sienne, et sentit qu'il
la pressait avec émotion.

— Mademoiselle, on ne vous veut aucun mal, reprit le duc,
que le choix de ce protecteur blessait au vif; nous savons quels
liens vous unissent à monsieur. Croyez que s'il était venu plus
tôt...,— Mon Dieu! s'écria-t-elle en passant sa main glacée sur
son front, où suis-je? où m'a-t-on conduite? Je ne me souviens
que d'une chose.. d'une vaste salle dorée... celle de l'Opéra,
je crois... où ils se promenaient tous... Deux hommes m'y ont
parlé; l'un d'eux m'a fait boire un breuvage qui a jeté je ne sais
quel froid dans mes veines... Je ne connais pas ces femmes...
dit-elle en les toisant avec fierté; mais, vous êtes nobles, messieurs, je le vois à vos habits; oh! alors, vous allez me dire
lequel de vous a voulu me ravir l'honneur! —Nul d'entre nous,
mademoiselle, dit effrontément le duc de Chartres, écrasé par
le ton noble et les manières de mademoiselle de La Haye; encore une fois nous ignorons comme vous par quel funeste hasard vous vous trouvez en ce lieu. Mais que pouvez-vous craindre? vous avez un défenseur !

Les convives, troublés, venaient de se rasseoir en tumulte.
Agathe examina silencieusement le domino. Il s'était placé près
d'elle, la barbe satinée de son masque s'agitait comme sous le
vent de sa colère; il semblait contenir en son âme des mouvements impétueux...

« C'est Maurice! pensa-t-elle; il n'ose parler et m'afficher
devant eux... Mais il est ici, je serai sauvée, je n'ai plus
peur!»

Ce qui la confirma dans cette idée, ce fut un pied fort mince
qui pressa doucement le sien sous la table, un regard qui rencontra ses beaux yeux palpitants encore de frayeur. La main du
domino, bien qu'elle fût gantée, ressèmblait aussi à celle de

Maurice; pour la taille, l'ampleur du satin en cachait sans doute l'élégance.

« Quel autre que Maurice m'eût suivie à ce souper, se disait Agathe? quel autre m'eût prise sous sa garde et sa défense? Ah! c'est lui sans doute que j'ai vu glisser à mes côtés dans le bal et que j'ai esquivé avec tant de soin pour ne pas encourir ses reproches; c'est lui qui va m'arracher de ce lieu et m'ouvrir passage à travers tous ces infâmes! »

Le jour déjà bleu répandait alors sa teinte blafarde sur la table. Les musiciens de la tribune s'étaient doucement retirés. Prêt à s'assoupir profondément, le maître du lieu promenait un regard hébété sur ses convives, dont quelques-uns entouraient de leurs bras les nymphes pâles du souper. Le vent faisait claquer les volets au dehors et sifflait violemment par la cour.

— Monseigneur, dit un des valets de Gachard, qui survint d'un air effaré, il n'y a plus un seul carrosse dans la rue, et nous ne savons, en vérité, comment nous en procurer dans le quartier... Le cocher de monsieur l'abbé est parti. — Le triple maraud! murmura l'abbé. Mais n'est-ce que cela, monseigneur? ajouta M. Baudan, qui prétendait sans doute à la survivance de Dubois, la maison de monsieur Gachard est à nous depuis la cave jusqu'au grenier. — Assurément, balbutia M. Gachard d'un air endormi...

Il n'était rien moins qu'à son aise et contemplait sa propre table avec effroi. Le vice et l'orgie les avaient rendues si hideuses, que toutes ces figures, aux premières clartés du jour, s'étaient hâtées de revenir à leurs masques. C'était un sénat muet de démons noirs.

— Valet de malheur! s'écria le duc, qui ne s'était fait faute de recourir au vin de Chypre pour donner le change à son ennui, passe-moi plutôt ce verre gravé d'Allemagne qui attend piteusement sur ce buffet!

Je boirai du moins à votre santé, la belle enfant, continua-t-il en se levant de sa place pour présenter lui-même le verre à Agathe; mais ce ne sera qu'après vous, je vous en préviens!

Il eût fallu le voir, le regard ivre, chancelant à demi, porter lui-même ce verre aux lèvres de la belle fille... Vous eussiez reculé à l'aspect de cette audace; ce n'était-plus un prince, mais un cocher.

— Allons! poursuivit-il, animé de plus en plus, ne me fais pas tendre ainsi le bras, mon Agnès! — Je ne boirai pas, dit mademoiselle de La Haye. Partons, continua-t-elle en faisant signe à son défenseur.

Le masque se leva, il se contenta d'écarter avec rapidité le bras du prince; le duc de Chartres s'en fut rouler tristement sur un sopha.

— Il ne sera pas dit que monseigneur aura demandé en vain une grâce! s'écria à son tour le comte de Lauraguais; allons, ma charmante, videz son verre!

Cette fois le masque saisit le verre et le rejeta sur le parquet. Le comte de Lauraguais tira son épée, le masque en fit autant, et du premier coup le désarma.

En cet instant sept heures sonnaient, et le duc de Chartres était passé des bras de l'ivresse dans ceux du sommeil.

—Passage, messieurs! cria alors le masque d'une voix sonore.

Tout le monde lui fit passage. Il prit Agathe par la main et l'entraîna...

Quand il fut parti :

— Par ma foi, messieurs, reprit Gachard, voilà un terrible convive!

M. de Lauraguais avait voulu suivre l'inconnu, ses amis l'en empêchèrent. . . . .

Le masque atteignit bientôt la place du Châtelet; Agathe s'appuyait à son bras demi-morte de frayeur. Son visage, protégé contre le froid par son coqueluchon lilas, ne laissait voir à son guide que deux lèvres roses donnant passage à quelques paroles tremblantes.

— Oh! merci, merci, Maurice? vous êtes mon sauveur, mon Dieu! Vous seul, entre ces deux hommes, méritez de porter votre nom de gentilhomme, Maurice de Langey!

Le masque tressaillit violemment.

Voyant qu'il ne lui répondait pas :

— Vous avez raison de m'en vouloir... mon ami... j'ai séduit Glaiseau, je l'ai forcé de m'accompagner à ce bal.... C'est une grande faute.... Maurice...

Il la serra convulsivement et doubla le pas.

— Fatale curiosité!... Mais aussi je suis si triste.... si à plaindre! quand je songe que mon indigne cousine de Montesson me laissera à l'île Saint-Louis pour le reste de mes jours!

Elle reparla à Maurice de son abandon, de sa solitude, de ses chagrins. Évidemment elle voulait se faire pardonner sa faute par Maurice; elle s'étonnait de le voir si longtemps muet....

« Il est fâché , pensa-t-elle , il va me haïr, me mépriser... »

Agathe et le masque étaient arrivés à l'angle du quai d'Anjou; la ligne crayeuse et grise des bâtiments confus qui bordent la Seine s'éclairait alors des rayons pâles d'un soleil d'hiver.

— Maurice, dit Agathe, oppressée par sa douleur, je n'y tiens plus; dites-moi que vous me pardonnez, avant que je soulève le marteau de cette porte, que vous-même vous ne souleviez qu'en tremblant...

Elle n'obtint aucune réponse.

— Maurice, poursuivit-elle, vous m'avez sauvé la vie et l'honneur, je ne l'oublierai jamais! Encore une fois, ne doutez pas de moi; je n'ai que cette bague, qui vient de ma mère, gardez-la.

Le masque repoussa la bague; mais elle s'approcha de lui, lui prit la main et parvint à la passer à son doigt.

— Et maintenant, Maurice, reprit Agathe, dont la voix devint encore plus émue et plus tremblante, je ne vous interdis plus d'espérer.... Aimez-moi sans crainte, car je vous aime! — Je ne suis point Maurice de Langey, mademoiselle, répondit alors à ces derniers mots l'étrange guide d'Agathe. En même temps, il dénoua son masque, et le fit voler au loin sur le quai désert...

— Et qui êtes-vous donc, reprit la jeune fille, terrassée par la surprise.... — Le chevalier de Saint-Georges !

Agathe le considéra une seconde avec un singulier mélange d'admiration, d'amour et de crainte... Il était aussi pâle qu'elle, aussi étonné, aussi ému.

— Gardez cette bague, monsieur, lui dit Agathe en frappant précipitamment à la porte, que s'empressa de lui ouvrir le vieux Glaiseau, qui ne s'était point couché.

Le battant retomba, et Saint-Georges se trouva seul.

XXXVI

Réflexions.

> Car je savais tout cela, étant entré plus
> avant que jamais dans l'orageuse société
> de la vie humaine.
> (Saint-Augustin, livre 1, chap. VIII.)

Les événements de cette nuit avaient laissé dans l'âme du chevalier de trop profondes impressions pour qu'à son retour chez lui il pût se décider à prendre un peu de repos.

Après s'être jeté dans la première chaise qu'il rencontra sur le quai, il s'était fait reconduire à son hôtel, où Noëmi et Platon ne savaient que penser de son absence.

Il lui revint alors à l'idée un certain fantôme qui l'avait suivi à distance depuis le coin de la rue Béthisy jusqu'à sa porte.

Cet homme lui avait paru enveloppé d'un manteau de couleur sombre, sous lequel Saint-Georges crut entrevoir une broderie de livrée.

« Le valet de l'un de ces misérables! pensa-t-il... un espion qu'ils auront mis à mes trousses! »

Il se laissa tomber dans un fauteuil et repassa en lui-même toutes les actions de sa soirée...

Son emprisonnement amoureux à Saint-Assise n'était que trop vrai; la marquise, alarmée de ce bal de l'Opéra, lui avait imposé les arrêts forcés.

Madame de Montesson habitait le château par intérim; ses soirées prochaines exigeant une disposition nouvelle d'appartements au Palais-Royal, elle était venue y étudier ses rôles. Saint-Georges, son répétiteur habituel, l'y avait suivie, la marquise ayant jugé convenable de le ramener avec elle à Sainte-Assise quelques jours après la chasse.

Il y a des femmes qui passent avec leur amant un contrat si absolu que pour leurs sujets la chaîne du mariage semble une chaîne douce à côté de cet esclavage rigoureux.

On rencontre dans le monde de ces amours violents et despotiques, qui ne font souvent que des ingrats, surtout quand ils se fondent sur un souvenir humiliant de protection.

La tyrannie jalouse de madame de Montesson excitait parfois chez Saint-Georges le désir de s'y soustraire. Il saisit donc la veille, à Sainte-Assise, l'occasion du duc d'Orléans et de son fils pour se retirer dans sa chambre, en prétextant de la fièvre.

A huit heures du soir, le duc de Chartres lui demanda s'il ne le suivrait pas à ce bal de l'Opéra. Sa voiture l'attendait. Saint-Georges pouvait entendre le piaffement des chevaux dans la cour d'honneur... Comme la marquise était montée dans sa chambre avec le duc, il répondit au prince qu'il regrettait de ne pas l'accompagner.

Le duc demeura seul dans le salon avec la marquise... lui faisant répéter, à défaut de son capitaine des chasses, un proverbe de Carmontel. Ce même soir, vers les dix heures, le chevalier s'était levé et avait rejoint sans bruit un de ses piqueurs qui lui tenait un cheval sellé à la petite porte du parc...

A minuit, il entrait au bal de l'Opéra.

Il avait résolu de ne parler, cette nuit, à qui que ce fût du Palais-Royal, et cela pour deux raisons : la première, c'est qu'on ne manquerait pas de rapporter sa présence à la marquise ; la seconde, c'est qu'il ne voulait prêter en rien son aide aux entreprises accoutumées et aux parties clandestines du duc de Chartres...

Ce prince, qui corrompit toujours ses confidents plutôt qu'il ne fut corrompu par eux, n'avait jusqu'alors rencontré dans le chevalier qu'une âme haute, ennemie des lâches complaisances. La grâce extérieure, l'esprit de Saint-Georges lui donnant sur le duc une réelle supériorité, le mulâtre aurait pu se faire aisément le ministre de ses vices ; la probité de sa nature lui interdit ce chemin honteux. Du jour où il mit le pied dans ce palais qui eut toujours le triste privilège de l'orgie et de la licence, Saint-Georges se roidit contre l'acceptation résolue du déshonneur ; lui qui n'avait pas de nom, il voulut s'en faire un glorieux et vraiment noble. Il n'ignorait pas que par ces mêmes corridors où le régent à moitié ivre traînait ses pages fourbus de débauche, le duc de Chartres usait déjà d'autres favoris à le suivre ; que son entourage le plus cher, celui qui lui agréait le plus, se composait de la lie même du bas peuple... Saint-Georges se rappelait le dernier carnaval, dans lequel on accusait ce prince d'avoir osé chanter lui-même des couplets contre la reine, couplets infâmes attribués faussement à M. de Louvois... Il le voyait toujours parcourant les halles et les mauvais lieux sous le manteau, ou fouillant les *sottisiers* du temps pour y apprendre les termes les plus populaciers et les plus ignobles ; tristes chants, mornes couplets qui devaient retomber sur lui de tout le poids sanglant de leur mémoire lorsqu'il s'achemina plus tard vers l'échafaud !

—Jamais ! non jamais ! s'était écrié le chevalier, je ne me rendrai complice de la honte de ce prince ! Placé sur cette pente, j'aurai bien la force de ne pas glisser ! Assez d'autres sans moi se chargeront d'aplanir la route à ses vices ! Dieu m'a formé sans doute d'un autre limon que le sien, car il s'est complu à mettre en moi l'horreur de l'avilissement, en moi qu'il fit naître esclave !

Si le chevalier devait avoir lieu de s'affermir bientôt dans une pareille idée, n'était-ce point à ce bal de l'Opéra où le caprice seul et l'empire de la mode l'avaient cependant conduit? Il y venait pour intriguer sous le masque certaines femmes dont il connaissait la vie : c'étaient pour la plupart des natures folles, coquettes, façonnées depuis longtemps à l'intrigue; le chevalier ne les poursuivait guère que par vanité. Dans cet heureux siècle, il y avait autre chose à l'Opéra qu'un ennui imposant et taciturne, des rencontres prévues et des dénoûments certains. C'était le théâtre de la galanterie dégénérée de Louis XIV, il est vrai, mais à travers ce jargon conventionnel on reconnaissait encore l'esprit délicat de la noblesse et l'empire réel de certaines femmes accomplies.

Cependant cette gaieté grimacière avait lassé bien vite le chevalier... En rencontrant à ce bal mademoiselle de la Haye, dont jusque-là Saint-Georges ignorait même l'existence et dont le masque cachait la figure, il ressentit une commotion soudaine; il lui sembla qu'il touchait à l'un des moments suprêmes de sa vie...

Avec cette jeune fille, il entra dans le bal je ne se sais quel parfum de grâce céleste, une musique douce, harmonieuse, qui plongea le mulâtre dans une rêverie indéfinissable... Il crut voir passer sous ce domino une belle et jeune fée; il quitta le bras d'une comédienne qui l'ennuyait pour voir marcher devant lui ce divin fantôme. Il suivit d'abord le domino lilas à travers les mille pieds du bal, aspirant sans doute au moment où la foule lui permettrait de lui parler, attiré vers lui comme par un rendez-vous tacite et mystérieux. Tout d'un coup il le perdit de vue, il le chercha, et il entendit des voix. Il n'eut pas de peine à reconnaître un complot; rien n'y manquait, le lieu, le signalement du domino... Ce fut là pour Saint-Georges une torture inouïe, moins cruelle cependant que celle qu'il devait subir au souper, que de ne pouvoir déjouer d'un coup les manœuvres de ces infâmes, de perdre et de retrouver tour à tour le fil de leur perfidie, de se contenir vis-à-vis d'eux et d'accepter ce rôle silencieux de gardien que le ciel lui prescrivait.

Oh! que, pendant l'orgie à laquelle il fut s'asseoir, il eût voulu en finir avec ces hardis coupables! Comme la rougeur lui montait au front en voyant cet oubli de tout rang et de toute noblesse! Il n'avait mis le nœud de leur ralliement à son

bras que parce qu'il lui fallait justifier sa présence à ce souper;
il était entré comme un homme ivre qui marche sans voir sa
route... Il savait que dans cette maison il allait sans doute
s'accomplir un crime, cela lui avait suffi. Le rôle qu'il avait
joué se présenta à ses regards entouré de mille périls. Lorsqu'il avait touché le pistolet que lui présenta de Vannes, la
main lui avait tremblé; il avait frémi en pensant que son
adresse pourrait le trahir... Pour sauver cette enfant qu'il
trouvait si belle, mais dont il ignorait le nom, il allait peut-
être livrer imprudemment le sien à la colère de son maître! car il
était son maître, ce silencieux jeune homme, ce prince du sang
dont Saint-Georges avait écarté le bras, il était son maître, son
protecteur! Que dirait-il en apprenant le nom de l'audacieux?

Saint-Georges avait osé s'opposer à ses désirs, Saint-Georges
avait tiré l'épée contre le meilleur ami du duc, le comte de
Lauraguais!

— Dieu veuille, s'écria-t-il, qu'ils ne m'aient point reconnu;
que je ne sois pas déjà puni d'avoir arraché la colombe aux
griffes du tigre!

Ses idées se reportèrent alors sur Agathe, Agathe la triste
fille pour laquelle il allait peut-être tout perdre... Il la revit
pâle, mourante, le suppliant de la protéger, s'attachant à lui
comme au mât du vaisseau dans le naufrage! Saint-Georges
s'applaudit de ce qu'il venait de faire; il trouva la récompense
de son action dans son amour! Ne l'aimait-il pas déjà de toutes
les forces de son âme, cette belle Agathe qui avait rallumé
chez lui tout un foyer de passion et de vie? Ne rapportait-il
pas dans cette chambre solitaire la douce odeur de ses cheveux, le contact de sa taille et de son bras? N'était-ce donc
pas lui qui l'avait sauvée de ces impures ténèbres? n'était-ce
pas lui seul qu'elle aimerait; et qui oserait lutter contre un
pareil vainqueur?

Comme il se parlait ainsi à lui même, il jeta les yeux sur la
bague de la jeune fille... Une idée cruelle l'assiéga; c'était à
Maurice qu'Agathe avait cru remettre cette bague; c'était à Maurice, non à Saint-Georges, que ces remercîments s'adressaient.

— Serait-elle sa maîtresse? se demanda-t-il avec rage.

Il chassa bientôt cette idée en évoquant le souvenir des propres paroles d'Agathe. Rien dans cette confidence, qu'elle
croyait faire à Maurice, n'attestait que la jeune fille l'aimât
avant qu'il ne l'eût sauvée...

— Maurice de Langey peut l'aimer, mais aimerait-elle cet enfant? Où se cachait-il donc dans l'orage, ce faible roseau? Sous quel vent, sous quelle crainte ployait-il? Sans doute il m'était réservé de prendre partout sa place... Oh! je me vengerai de ses dédains, je saurai bien l'écarter! Puisqu'il ne m'a plus tendu la main comme autrefois; que dis-je? puisqu'il a repoussé la mienne, quel lien désormais existerait entre nous, si ce n'est celui de la haine? Il sera sans doute assez humilié, ce pâle marquis, en apprenant que c'est moi qui l'ai sauvée!

Longtemps encore Saint-Georges s'entretint de ces pensées; elles le dominèrent au point qu'il examinait sous tous les aspects la situation d'Agathe.

— Elle m'a entretenu de la marquise, se dit-il; la marquise est sa cousine! madame de Montesson lui ferme tout accès au Palais-Royal... pourquoi? Voilà ce que je n'ai pu apprendre d'elle, mais voilà ce que je saurai!

L'image de cette femme apparut alors à Saint-Georges sous un jour presque odieux; il se demanda pourquoi son nom intervenait dans ce chaste amour; il trouva que c'était assez de sa vie et de sa liberté pour holocauste, sans que la marquise dût gêner la vie et la liberté d'Agathe...

— Elle est sa parente, reprit-il; Agathe lui obéit... Et moi aussi je suis son morne serviteur; moi aussi j'obéis depuis tantôt cinq ans à ses caprices! Oh! ce joug me pèse; il faut le rompre; il faut que je m'arrache à l'opprobre de ces bienfaits, de ces largesses qui ne font que river ma chaîne! Quand je quitterais cette cour infâme pour m'enfouir loin d'elle avec Agathe dans quelque humble solitude, serais-je donc si à plaindre? Le spectacle de ces corrupteurs m'effraye... Il y a des instants où le vertige me saisit rien qu'à côtoyer l'abîme. Fuyons loin de cette ville avec cette enfant; partons avec elle et Noëmi, Noëmi que je ne puis ici nommer ma mère!

Il essuya une larme douce, la première qui fût peut-être tombée de son œil depuis longtemps; il ouvrit son âme aux tièdes brises de l'amour.

La vie du chevalier s'était consumée jusqu'alors en liens faciles, en plaisirs vains et frivoles. Il vit l'instant où cette passion naïve allait faire de lui un poëte et un rêveur.

— Je m'enfermerai avec cet ange, reprit-il; je ne retournerai point à Sainte-Assise. J'écrirai ce soir à madame de Montesson de m'excuser.

Il baisait la bague mille fois.

— Si je l'épousais? se demandait-il...

Il s'endormit peu à peu, bercé par ces idées, qui le suivirent en rêve.

Tout d'un coup il entendit un léger bruit qui le réveilla. Il se leva, parcourant la chambre à grands pas et se retourna au bruit que fit en entrant le maître d'armes La Boëssière.

XXXVII

Deux lettres.

> Ne coûrez point la bague
> Si vous n'êtes botté ;
> Ayez toujours la dague
> Et l'épée au côté.
>
> (*Vers du temps de Henri IV.*)

— Tenez, mon cher Saint-Georges, dit La Boëssière au chevalier en lui remettant deux lettres qu'il sortit de la poche de son gilet, voici pour vous!

Le maître d'armes arrivait tout essoufflé ; il s'assit pesamment et dans le meilleur fauteuil, comme un homme accoutumé à prendre ses aises chez ses élèves. Saint-Georges était du reste mieux qu'un élève pour La Boëssière, c'était un ami.

Le professeur avait eu la gloire de développer les dispositions merveilleuses du mulâtre à son arrivée de Saint-Domingue, c'était lui qui l'avait vu croître et se conquérir tout d'un coup la première place dans son académie, la plus recherchée avec celles de MM. Vaucours, Delasalle et Donadieu.

La réception de M. La Boëssière, comme *maître en fait d'armes des académies du roi*, avait été fort brillante. On connaissait sa force et la finesse de son jeu, on lui opposa les trois professeurs dont nous venons de citer les noms et qui étaient les plus forts, principalement Donadieu. La Boëssière tira avec lui et fut reçu à la seconde botte touchée, en exécution de l'article 10 des statuts de la compagnie.

Sa salle d'armes, située rue Saint-Honoré, vis-à-vis de l'Oratoire, réunissait alors les plus célèbres tireurs, MM. Pomard, Cauvin, gendarme de la garde ; de la Madeleine, gentilhomme polonais, et, beaucoup plus tard, MM. Morel, Bayard, Charlemagne, Contencin, Casimir Périer, etc., tous élèves distingués de La Boëssière.

Au rebours de quelques maîtres, qui s'obstinent à se faire des traits farouches, La Boëssière, nous l'avons dit, n'avait rien que de prévenant et d'agréable dans l'ensemble : c'était un homme jovial et spirituel, qui se plaisait, suivant l'expression consacrée alors, *à sacrifier aux Muses*.

Il y a peu de maîtres d'armes à cette heure qui se piquent d'écrire des vers de société ; l'honorable professeur excellait dans cette partie ; il composait des odes, des épîtres familières et des chansons. En 1786, il publia un poëme sur la mort du prince de Brunswick, élégie qui lui fit beaucoup d'honneur.

La Boëssière apparaissait cette fois aux regards du chevalier dans tout l'accoutrement d'un tireur de bécassines, car il aimait passionnément la chasse...

— Je ne me suis pas donné seulement le temps de déboucler mes guêtres, chevalier. Vous le voyez, j'arrive aussi leste qu'Actéon... avant sa métamorphose !... Comme il y avait non-seulement *pressé* sur les deux lettres, mais encore *recommandé à M. La Boëssière, maître en fait d'armes*, je n'ai fait qu'un saut...

> « Lorsque l'amitié nous réclame,
> » Oublions Diane et Vénus ! »

continua-t-il avec sa voix énergique de basse-taillle. Il paraît que nous nous levons...

— Comme vous voyez, mon cher professeur. La suite du premier bal d'Opéra, reprit-il après avoir lu. Je ferai honneur à ces deux lettres. — Est-ce que par hasard ce seraient des lettres de change ? je m'en voudrais mortellement d'avoir rempli près de vous, sans le savoir, l'office d'huissier. — Pas le moins du monde ; ce sont deux lettres de tireurs... cela est de votre compétence. Ils me prient de vouloir bien faire assaut ce soir avec eux à votre salle d'armes... — Et leurs noms ? — Ah ! pour le premier... cela est un peu difficile... il a signé tout simplement un *inconnu*... Cependant sa lettre annonce quelques prétentions dont je ne serais pas fâché de le faire rabattre... il pourrait se faire, ma foi, que ce fût le chevalier de la Morlière... — Vous riez ! il est en ce moment-ci écroué à la Bastille... — Pour un duel ? — Non, mais pour trente escroqueries. — Je sais qu'on l'accuse d'avoir volé *Angola*... — Il

s'agit bien de littérature, vraiment! ce sont des couverts...
qu'il a volés. Il n'oserait d'ailleurs s'attaquer à *l'inimitable !* —
Dame! depuis mon aventure avec le neveu de madame Bertholet!... — Il est vrai que le La Morlière n'en revient pas! Il
ne tenait qu'à moi de lui apprendre le secret des cartes, moi
qui sais que vous avez ménagé ce pauvre jeune homme. —
S'il est à la Bastille... il est clair que ce n'est pas lui... Cependant la lettre a certain cachet d'impertinence... Lisez plutôt...
    La Boëssière lut :
    « *Ce soir à huit heures, je rencontrerai M. le chevalier de*
Saint-Georges avec grand plaisir dans la salle d'armes de
M. La Boëssière. Il me tarde de voir si sa renommée est un
mensonge.
                                » Signé un Inconnu. »
    — Le billet est assez fier! Ce ne peut être en tout cas qu'un
homme prudent, car il demande par son *post-scriptum* qu'il
n'y ait que vous et lui dans la salle d'armes... Il a peur qu'on
ne le voie boutonner. — Vous avouerez, mon cher professeur,
que si je vais à ce rendez-vous, ce sera y mettre de la complaisance. Je ne suis point maître d'armes, et sans la tournure
ridicule de ce billet, j'aurais renvoyé le tireur anonyme à votre
prévôt... Enfin, quel que soit mon inconnu, j'irai; moins pour
lui, vraiment, que pour cette seconde léttre... à laquelle vous me
permettrez de donner la préférence. — De qui est-elle? Voyons,
je suis impatient de connaître... — Un moment, vous saurez que
celle-là est du moins signée tout au long. C'est, du reste, mot
pour mot la même proposition. Décidément je vais devenir
prévôt de salle! — Ce me ferait grand honneur, mon cher chevalier... Mais qui peut? qui ose !... — Vous ne devinez pas? —
Attendez. Ce sera peut-être cet imbécile qui a eu l'audace
de vous appeler, il y a un mois, *mal blanchi,* quand vous
passiez un matin avec moi dans la rue du Bac... — Et que j'ai
trempé deux secondes dans le ruisseau de la rue, n'est-ce pas ?
en lui disant : « *Va, tu es, à cette heure, aussi mal blanchi que*
moi[1] ! » — C'est ma foi vrai, le malheureux en avait jusqu'aux
oreilles. — Mon cher La Boëssière, ce n'est pas lui... — Alors
j'en reviens à La Morlière... Indépendamment de ce tour que
vous lui avez joué, vous eûtes avec lui, je crois, une singulière
histoire, celle du boisseau de fleurets... — Oui, quand il m'en-

---

[1] Historique.

voya dire impertinemment de venir faire des armes chez lui, n'est-ce pas? Il m'écrivait comme si j'eusse été un prévôt de salle! — Et il vous envoya son domestique avec trois fleurets montés? — Moi je ripostai par un boisseau... un boisseau de vingt fleurets que j'ai toujours rompus, par parenthèse, sur le ventre de ce digne La Morlière!... Je me flatte que cette leçon lui suffit. — C'est donc M. de Bonnac, ce mousquetaire noir, l'amoureux de la Duthé?... — Nullement... — Saint-Brice? — Allez. — Donadieu? — Allez encore... mais j'ai pitié de vous, et ne veux pas vous voir jeter votre langue aux chiens... C'est... — Pour le coup j'y suis... Ce grand chevalier de Sainte... — Ce n'est point un chevalier, mais bien une chevalière... Voyez plutôt ; c'est le chevalier d'Éon!

Le maître d'armes manqua de tomber à la renverse...

—C'est, ma foi, vrai!... la *Gazette* annonce en effet son arrivée à Paris. — Et c'est moi qu'il choisit à son débarquement de Calais, vous le voyez. —En ce cas, pourquoi éviter l'assaut public? mademoiselle d'Éon ou M. d'Éon tire assez bien pour n'avoir point la modestie ou la prudence de votre inconnu. — Mon cher professeur, les chevalières ont des caprices!... C'est, à ce qu'il paraît, une conversation intime... une manière de reconnaissance comme dans la franc-maçonnerie... — Vivat! j'ai bien envie de prévenir Pomard et M. de la Madeleine... Vous savez qu'il y a moyen à ma salle de tout voir sans être vu. — Oui, je sais, votre judas... mais gardez-vous-en bien, mon cher professeur, ou plutôt réservez ce spectacle-là pour vous seul... la d'Éon ferait de beaux cris! — On n'a pas idée de pareille chose! j'aurais gagné deux mille livres au moins à vous afficher tous les deux en belles lettres moulées! deux mille livres! juste ce que ces infâmes comédiens des Français me demandent pour jouer ma comédie de *Crispin valet d'Auteur !* — A propos de valet, je vous remercie de me rappeler mon heiduque; je vais lui dire de porter à votre salle mon gilet, mes gants et mes fleurets... je veux recevoir le chevalier avec ce que j'ai de plus beau!... — Êtes-vous en haleine, mon cher Saint-Georges? avez-vous ce qu'il vous faut? dit La Boëssière d'un air affairé. La d'Éon, la d'Éon dans ma salle d'armes!

Et le professeur se promenait d'un air de César; il examinait avec une scrupuleuse attention les moindres détails de la toilette militaire du chevalier.

Platon avait extrait déjà d'une malle ces divers objets, il les disposait avec un soin minutieux sur un fauteuil.

—Bien, je vois des sandales comme il n'y a que vous qui en ayez, mon cher Saint-Georges : le chapeau qui les garnit est bien cousu... le poreux du cuir en dehors... à la bonne heure...

» Voilà, continua-t-il, un gant parfait... long et étroit... vous allez tirer comme un ange.

» A la bonne heure, cette lame est forte du talon et diminue depuis cet endroit jusqu'à la pointe... Vous avez toujours Lemire pour fourbisseur? Et votre mouchoir... n'allez pas faire la faute de l'oublier... on ne peut répondre d'une érafflure...

— Me voici à vos ordres, dit le chevalier; je n'emmène que mon heiduque.

Platon bondit de joie, il n'avait pas encore vu la salle d'armes.

XXXVIII

La chevalière.

> « Vous êtes triste.... et j'en sais la cause. Est-ce donc là l'empire que j'ai sur votre cœur? Il a fallu que je devinasse. Je verrai si je dois vous permettre de vous affliger, et en attendant je vous le défends. »
>
> (*Lettre d'une femme jalouse.*)

Sept heures venait de sonner à l'église de l'Oratoire quand Saint-Georges, précédé de La Boëssière, entra par l'allée profonde au bout de laquelle se trouvait la cour du maître d'armes.

En face de l'allée brillait à la lueur d'un faible quinquet une petite porte vitrée, c'était celle de la salle d'armes.

Dans cette pièce, entièrement boisée de panneaux gris et assez mal éclairée, figuraient quelques trophées d'armes, des fleurets, des plastrons de maître suspendus; l'on y voyait aussi un cheval de bois sur lequel les élèves s'exerçaient à la voltige.

A l'un des panneaux, le maître d'armes avait eu soin de se ménager un petit judas, par lequel il pût au besoin passer sa tête vénérable et surveiller son académie du fond de sa propre salle à manger.

Dans un angle de la salle se tenait alors une longue femme sèche; ce n'était pourtant pas la chevalière d'Éon, c'était la vieille mère Dick.

Elle était chargée par le maître d'armes de la direction des fourneaux, de la garde des masques, de celle du vestiaire, et le plus souvent du punch à faire pour les tireurs.

— Allume les quinquets, dit en entrant La Boëssière, et surtout, mère Dick, dis au portier de ne recevoir que deux personnes qui se présenteront pour monsieur le chevalier, l'une à sept heures vingt minutes, l'autre à huit heures. — Suffit, monsieur La Boëssière, suffit. Il y a ce soir une joute à La Rapée, et tous ces messieurs ont fait la partie de s'y rendre... Vous ne serez pas dérangés, je vous le promets. — Y a-t-il du feu dans le vestiaire, et peux-tu nous faire à l'avance un peu de punch? Nous devons trinquer dans l'entr'acte, mon cher Saint-Georges!

La mère Dick s'en fut et revint bientôt, plus morte que vive, dire à La Boëssière qu'une dame voilée le demandait.

— Son nom? dit le maître d'armes. — La chevalière d'Éon, a-t-elle répondu. — Fais entrer. — Il s'en fut prendre deux fleurets très-soigneusement montés, et les plaça en croix sur une table de chêne.

— Madame la chevalière, reprit-il en se reculant de trois pas dès qu'elle parut, je me retire et respecte vos conventions, mais je vous crois trop juste et trop généreuse à la fois pour ne point me dédommager par un assaut d'armes public...

La chevalière inclina la tête et fit signe au maître d'armes de sortir. Elle s'en fut à la table examiner les fleurets à travers son voile noir, qu'elle tenait rabattu sur son visage.

— Courage! dit le professeur à Saint-Georges, que la vue de la chevalière semblait n'émouvoir en rien, courage, vaillant Achille!

Il sortit de la salle en jetant un regard triomphant au chevalier; puis ne voulant rien perdre de ce combat singulier, il fut se blottir avec une anxiété extrême près de son judas.

— D'ici, se dit-il, je vais voir un spectacle que les Parisiens eussent payé cher.

Le digne professeur fut déçu de son espoir, la chevalière ne se mit pas même en garde... Elle partit bientôt d'un éclat de rire, inexplicable pour La Boëssière, dès qu'elle eut vu Saint-Georges debout et la lame du fleuret reposant dans la main gauche.

— Combat inégal, chevalier de Saint-Georges, reprit-elle, je ne suis point la chevalière d'Éon.

Cette voix fit tomber l'arme des mains de Saint-Georges... C'était madame de Montesson qu'il avait devant les yeux.

Sous le manteau plissé qui recouvrait sa toilette cavalière et dont elle eut soin de se dégager, ainsi que du voile, elle était vêtue d'un fort élégant justaucorps de satin noir à petites dentelures pareil à celui que la chevalière d'Éon portait d'habitude lorsqu'elle faisait des armes. Elle s'était assujettie au bonnet rond et à la collerette de la chevalière; ses bras étaient nus jusqu'à la saignée, et elle portait la croix de Saint-Louis sur le côté gauche. La métamorphose, ou plutôt la mascarade était complète.

— Eh bien! cher Saint-Gorges, me trouvez-vous bien sous cet habit, et me refuserez-vous une explication? — Parlez, madame, parlez; j'imagine que c'est une gageure, et que vous jouerez bientôt les *Folies Amoureuses* sous ce costume.

— Ce que j'ai à vous dire est sérieux. Vous avez fui, malgré nos conventions, de Sainte-Assise... Vous n'aviez point la fièvre et la meilleure preuve, c'est que pour l'attraper, vous avez couru le bal de l'Opéra...

— Je puis vous protester, marquise... — Ne protestez pas, ce serait en pure perte. Quelqu'un vous a vu sortir de la maison du financier Gachard et ramener un domino lilas jusqu'au quai d'Anjou... — Je ne m'étais pas trompé... On m'espionnait! se dit Saint-Georges.

Comment, reprit-il en pâlissant, cet homme en manteau dont j'ai cru voir la livrée, c'était un valet de monseigneur le duc de Chartres?

— Non, chevalier; fort heureusement pour vous... C'était Mondorge, le fils de l'un de mes valets de pied, et mon alguazil pour ce jour-là... — Mais cet homme aura parlé peut-être; il me perdra, marquise, auprès du duc!... — Rassurez-vous, chevalier... Quelqu'un encore a pris soin de veiller sur vous et de conjurer l'orage... Il pouvait devenir terrible! Ce quelqu'un c'est moi; j'ai assuré de nouveau à M. le duc de Chartres que vous étiez resté, cette nuit du bal, à Sainte-Assise... Vous lui aviez dit à son départ que vous n'iriez pas à l'Opéra, en sorte qu'il était déjà persuadé!... — Comment, marquise, c'est à vous!... — C'est à moi seule que vous devez d'avoir évité une disgrâce au sujet de mademoiselle Agathe...:. — Vous ne pou-

17.

vez m'en vouloir, marquise, d'avoir protégé votre belle cousine..... Car elle est votre cousine; du moins elle me l'a dit. —
Elle a dit vrai, reprit madame de Montesson avec une nuance
légère de dépit..... Elle a dû se plaindre de moi.... m'accuser...
Je lui interdis le Palais-Royal... Je suis une dure parente.... Je
ne vous accuse pas d'avoir entendu ces touchantes lamentations,
chevalier : vous faites vous-même des pièces de théâtre, les hé-
roïnes malheureuses doivent vous aller..... — J'avouerai, marquise, que dans les discours de cette belle personne j'ai trouvé
un véritable intérêt; elle m'a ému, elle paraissait si triste!.....
Après l'avoir arrachée à un véritable péril, il m'eût plu de la
savoir heureuse.... heureuse par vous.... qui pouvez l'arracher
à son ennui... Je n'ai pas besoin, marquise de la défendre près
de vous : sa jeunesse et sa grâce la recommandent..... De tout
ce qui s'est passé depuis que je vous ai vue, il ne reste en moi
que le souvenir d'une action irréprochable. Si je n'en ai point
envisagé l'imprudence, c'est que je suis honnête homme avant
d'être courtisan! — La chaleur que vous apportez dans vos
excuses, chevalier, prouve assez que l'Agnès du quai d'Anjou
vous tient au cœur.... malgré la distance de la rue Saint-Honoré à l'île Saint-Louis !.... Mais rassurez-vous, reprit madame
de Montesson avec un sourire dont Saint-Georges ne put pénétrer l'artifice, rassurez-vous; j'aurai soin moi-même de vous
épargner le voyage.... — Que voulez-vous dire?.... — Qu'il ne
tient qu'à vous, puisque vous aimez tant mademoiselle Agathe..... ma cousine.... de la voir le jeudi de cette semaine au
Palais-Royal.... — Quoi! vous auriez consenti?... — A la recevoir? mais ce nous sera, à M. le duc d'Orléans et à moi, une
véritable satisfaction.... Nous ouvrons jeudi nos soirées théâ-
trales par un opéra et un concert. Jarnovilz[1] y fera de la musique, et vous à côté de lui, je l'espère bien..... Là, mon cher
chevalier, vous pourrez jouir en paix du bonheur de la belle
Agathe.... Il sera complet, je vous l'assure, ce bonheur! elle ne
m'accusera plus!

En prononçant ces dernières paroles, le visage de la marquise
parut si rayonnant à Saint-Georges qu'il ne sut plus que penser.
Avait-elle trouvé moyen de le ruiner déjà dans l'esprit d'Agathe?
La tranquillité qu'elle affectait semblait le prouver. Saint-
Georges crut voir percer dans le sourire de madame de Montes-

___

[1] Le célèbre violon (mort en 1804).

son une satisfaction ironique, un contentement d'elle-même qui le glaça de frayeur..... Il n'ignorait pas la jalousie de la marquise, ses artifices, sa perpétuelle défiance. Par quel hasard fatal ou bienfaisant mademoiselle Agathe de La Haye se voyait-elle donc introduite chez sa cousine? Le chevalier ne pouvait croire encore à l'aplanissement de ces obstacles; cet acte de générosité tardive envers la belle fille lui semblait encore un rêve.

— A jeudi, Saint-Georges, je vous laisse réfléchir à la magnanimité de ma vengeance; n'oubliez pas de venir..... bien que vous ayez ce même soir le dîner de madame la duchesse de Chartres.... Vous verrez Agathe plus belle que jamais! — Vous ne me trompez pas?.... belle et heureuse?.... — Foi de chevalière, répondit-elle.... Je consens à être appelée en combat singulier si je vous mens! — Vous êtes charmante! — Adieu, je remonte en fiacre et gagne incognito le Palais-Royal.... Mademoiselle Bertin nous essaye ce soir nos robes... J'espère vous voir demain à l'Opéra.... Vous viendrez?

Saint-Georges lui baisa la main; la marquise remonta dans sa voiture. Elle venait de se convaincre par elle-même que Saint-Georges aimait mademoiselle de La Haye.

— Jeudi, je serai vengée!.... se dit-elle. — Elle sera jeudi au Palais-Royal!... répétait Saint-Georges en se promenant à grands pas dans la salle d'armes.

Comme il demeurait ainsi absorbé dans ses pensées, la porte vitrée de cette pièce fit entendre un claquement, et il vit entrer un nouveau personnage précédé de La Boëssière.

XXXIX

Un ancien ami.

Je l'ai vu cette nuit, ce malheureux Sévère!.....
(*Polyeucte*, acte I, scène III.)

Cet inconnu sortait sans doute du vestiaire; car il portait le costume complet de tireur; les fils serrés du masque cachaient presque entièrement son visage [1].

---

[1] C'est à La Boëssière que l'on doit l'usage du masque. Avant lui on se servait de masques de fer-blanc, d'où l'on tirait le jour par une fente de fil de fer : mais la dureté et la pesanteur du fer étant fort incommodes sur la figure, par cette raison l'on s'en servait peu, et les

C'était un homme de petite taille, mais singulièrement bien fait; il salua Saint-Georges et se mit à examiner tranquillement les diverses panoplies de la salle d'armes.

— Je veux être pendu ou touché le reste de mes jours si je le connais, dit à voix basse La Boëssière au chevalier. Il n'est pas venu dans une voiture de place, celui-là, comme la chevalière d'Éon, mais sur ses jambes. Si la conversation ne vous coûte pas plus avec lui qu'avec le charmant adversaire que vous quittez.... — Vous aurait-il parlé? reprit vivement Saint-Georges. — Non, mais on a des yeux, et je dois vous dire, chevalier, qu'à dater de ce jour me voilà convaincu que la d'Éon est une femme.... Suffit, je ne divulguerai point votre bonne fortune.... Je vous laisse avec ce démon, et vous souhaite avec lui beaucoup de plaisir. Voici l'heure de me rendre chez le comte Dolcy, qui part demain, et, comme il doit régler mon compte...
— C'est bien, je vous dirai demain les détails de l'entrevue. Dites seulement à la mère Dick de nous apporter du punch.

Le professeur sortit, non sans jeter un regard au taciturne tireur que le ciel ou l'enfer envoyait au chevalier.

— C'est peut-être un piége, pensa-t-il, je vais dire à la mère Dick d'avoir l'œil sur eux tout en préparant le punch.

Cependant le nouveau venu, après les préliminaires du *salut*, ne tarda pas à se mettre sur la défensive. Au grand étonnement de Saint-Georges, il prit une garde acculée et se tint d'abord comme un chat, entièrement ployé sur lui-même. Sa pose pétillait de coup d'œil et de malice; vous eussiez dit qu'il guettait l'instant où le chevalier allait partir...

— C'est peut-être un Italien, pensa Saint-Georges; mais je le tiens pour malin s'il me fait tomber dans quelque piége!

Le petit homme fit un menacé en quarte sur les armes pour tirer seconde; ce coup, malgré sa prestesse, fut paré au même instant. C'était le coup favori de Saint-Georges, et l'adversaire du chevalier s'en repentit vite, car il vit son fer dérangé par des croisés et des battements si vigoureux que ses bras en furent brisés.

Les développements les plus hardis s'ensuivirent bientôt; les

tireurs alors couraient risque de s'estropier. Les nombreux accidents résultant de cet usage déterminèrent M. de La Boëssière le père à donner l'idée des masques actuels.

(*Traité de l'Art des Armes*, par La Boëssière le fils, page 12.)

coups de temps et d'arrêt se succédaient comme des coups de foudre.

Le chevalier s'était aperçu qu'on lui opposait un mauvais jeu; il s'en vengeait par toute l'admirable pureté du sien...

Représentez-vous le moule du plus admirable cavalier qui se puisse voir : une forme de corps herculéenne, une main légère et soutenue à une si belle hauteur que, même dans le temps où les masques n'étaient point encore en usage, Saint-Georges ne blessa personne. Vif, souple, élancé, il étonnait par une agilité qui tenait de celle du cerf. A son pied gauche solidement établi et ne variant jamais, à sa jambe droite constamment perpendiculaire, vous auriez cru voir le lutteur des temps antiques; il se relevait et repartait comme l'éclair. Ceux qui l'ont vu tirer s'accordent à dire qu'il passait le coup de quarte sur les armes si promptement, touchait, puis repassait son fleuret dans sa main gauche avec tant de vivacité, que le pareur n'avait pas même eu le temps de rencontrer le fer pour la parade.... Tirant à botte nommée, d'une portée folle, et tenant toujours hors de mesure avec sa garde imposante, il ménageait si bien sa vitesse qu'il ne l'employait qu'à coup sûr. Il était impossible de s'emporter avec lui; on était pris d'un coup d'arrêt avant que le pied eût touché le sol.

L'inconnu, déjà fatigué, mit alors la pointe en terre. Saint-Georges dégagea son col de son mouchoir et respira quelques secondes avec ce sifflement qui lui était habituel.

— Voici votre bol, monsieur le chevalier, dit la vieille mère Dick en apportant un large plateau sur lequel le punch dansait dans sa coupe comme un follet.

— Un instant, mère Dick, nous n'avons pas encore commencé, dit Saint-Georges, piqué de voir son adversaire garder le silence.

La vue de cette étrange figure soulevait en lui mille idées.... Il ne pouvait guère l'entrevoir qu'à travers le treillis du masque, mais elle lui semblait presque illuminée, sous ce masque même, par autant d'éclairs.

L'homme n'avait pas même soulevé sa mentonnière de fil d'archal; il se remit en garde avec un rire ironique qui ressemblait à un doute.

— Serait-ce un de mes convives de l'autre nuit? pensa le chevalier. Je vais en finir avec cette énigme!

L'adversaire de Saint-Georges avait les doigts d'une qualité rare, et cependant il n'avait pu enlever encore un seul coup.

Comme une bête fauve qui ferait entendre un rugissement étouffé, il lança alors de sa poitrine quelques sons rauques par lesquels il semblait vouloir s'exciter lui-même. Les fleurets, croisés de nouveau, décrivirent bientôt autour d'eux une gerbe d'étincelles; ces étoiles phosphorescentes glissaient du fer avec la rapidité d'un fluide. Déjà le plastron du malencontreux rival était moucheté des coups de bouton de Saint-Georges, lorsque le petit homme s'avisa de nier un coup par un geste qui ralluma la rage du chevalier. Se fendant sur lui de toute la puissance de ses moyens devant la vieille Dick, l'unique spectateur de cette scène, il jeta l'inconnu sur le cheval de bois qui se trouva là fort à propos pour l'empêcher d'être tout à fait renversé...

La Boëssière arrivait en ce moment; il vit Saint-Georges tenant le fleuret fortement appuyé sur la poitrine de son adversaire, de façon à lui en faire baiser la monture. Le chevalui criait d'une voix de Stentor:

— Cette fois, êtes-vous touché? — Tudieu! je le crois, reprit La Boëssière en prêtant sa main à l'infortuné petit homme, qui se releva difficilement. Vous avez bien fait de tirer *incognito...* Ma servante et moi nous n'en dirons rien. — Au contraire, cher maître, reprit le chevalier, vous pourriez dire que monsieur est même un tireur habile; seulement c'est un tireur entêté.

La joue du petit homme avait porté contre un des aiguillons de la selle du cheval de bois; le sang en sortit, mais ce n'était qu'une égratignure.

— Souffrez-vous? dit Saint-Georges en s'empressant de débarrasser complaisamment de son masque l'inconnu, qui le laissa faire. — *Amigo! senor, amigo!*

Le chevalier tressaillit à cette voix; elle lui rappelait un souvenir vague de son enfance. Il attendit que La Boëssière eût bassiné d'eau fraîche la joue du tireur pour le considérer ensuite quelques secondes, et il s'écria:

— Tio-Blas! — Laissez-nous seuls, dit Saint-Georges à La Boëssière.

Le maître d'armes obéit. C'était pour lui le véritable jour des étonnements. Il jeta au punch un regard d'adieu et de regret.

— Vous ne vous trompiez pas, chevalier, je suis Tio-Blas!

. . . .

Il s'était assis, voulant se remettre sans doute de la fatigue accablante de cet assaut. Saint-Georges ne pouvait se lasser de l'examiner, et véritablement c'était une curieuse étude que le seul visage de l'Espagnol... Il avait vieilli si vite que son front n'avait déjà plus un cheveu; sur ce front se croisaient mille rides inégales. Le cercle de ses yeux, creusé par la maladie ou la débauche, agrandissait tellement l'expression de son regard fixe que l'on ne pouvait se soustraire à son électricité. Il avait coupé sa barbe, ce qui laissait à nu l'effrayante maigreur de son cou et de sa figure; les pommettes de ses joues étaient marquées de taches vineuses et violacées comme celles d'un fiévreux; son front ressemblait à un vieil ivoire jauni; le rictus sardonique décrit par sa bouche avait encore reculé sa ligne habituelle, il donnait à son sourire une empreinte d'astuce et de finesse inouïe.

Ses épaules s'étaient voûtées insensiblement, bien qu'il affectât de se tenir droit et la tête haute; sa jambe était encore belle, mais ses mollets menaçaient de devenir aussi effilés que ses bras.

Il était difficile alors de juger de son costume, il portait celui de la salle d'armes, et il avait laissé le sien dans le vestiaire.....

— Chevalier, dit-il, j'ai voulu voir si vous étiez aussi habile qu'on vous disait. Je crois à votre force maintenant; vous m'avez prouvé votre supériorité de façon à me convaincre, poursuivit-il en montrant le sang qu'il étanchait de sa joue.—Ma foi! Tio-Blas, que ne vous nommiez-vous? je vous aurais traité en ami... vous étiez pourtant un tireur à Saint-Domingue! — Oui, autrefois... Il y a longtemps de cela. — Il me souvient d'avoir pris des leçons de vous, dans votre troupe... — Vous voulez-dire dans mon *académie?*... on y apprenait des choses *utiles* ? — Fort utiles, bien qu'elles ne m'aient servi de rien. — C'est que vous fûtes heureux! reprit-il avec un sourire amer. — Et quand le malheur eut posé son ongle sur moi, Tio-Blas, pensez-vous que j'eusse suivi votre exécrable chemin? dit le chevalier, qui se rappela les crimes dont on accusait cet homme. — Vous avez raison de l'appeler *exécrable*, car il ne vaut pas le diable... cela vient peut-être de la concurrence de métier entre nous et les fermiers-généraux... — Continueriez-vous ici votre vie de Saint-Domingue? dit Saint-Georges en se

levant de la table où il causait avec l'Espagnol. — A Dieu ne
plaise, chevalier! nous avons ici trop d'émules dans le beau
monde pour que j'y pense... et puis la maréchaussée du
royaume de France est plus aguerrie, plus dangereuse que
celle de Saint-Marc... On n'échappe pas aux prisons de Paris
comme à celles de Saint-Domingue... — Vous ne vous êtes
sauvé de celles-là, Tio-Blas, que pour porter le meurtre et
l'incendie à la Rose, pour immoler une jeune fille... On vous
accuse de ce meurtre, répondez!...

La figure de l'Espagnol devint blanche comme un linge...
ses lèvres tremblèrent, il leva les yeux au ciel.

— Vous avez tué! s'écria Saint-Georges, malheur à vous!
J'aurais cru qu'un noble, un Espagnol, ne tuait qu'avec une
épée!... Que vous avait fait cette innocente enfant, Tio-Blas, et
pourquoi vous êtes-vous souillé de cette lâche vengeance? —
Les ombres de la nuit m'ont abusé, chevalier, je venais pour
égorger la créole, j'ai percé le sein de la mulâtresse... — Vous
vouliez frapper madame de Langey!!! s'écria Saint-Georges
avec stupeur. — Je voulais me venger, dit l'Espagnol, voilà
tout. — Vous avez été l'amant de la marquise de Langey?... dit
le chevalier en cherchant à donner à cette demande le ton du
doute. — D'où savez-vous cela, chevalier? reprit l'Espagnol
d'un air défiant, qui aurait pu vous l'apprendre?. . je ne vous
ai, je pense, jamais parlé de la marquise de Langey; aurait-
elle osé vous entretenir de moi? — C'est le seul projet de votre
horrible action, Tio-Blas, qui a pu me faire soupçonner que
vous étiez l'amant de madame de Langey... ne venez-vous pas
vous-même de me parler de vengeance?... — Oui, reprit Tio-
Blas, la vengeance était alors ma conseillère, elle l'est encore
aujourd'hui... — Après vingt ans! — Qu'est-ce que vingt ans,
Saint-Georges, quand on a joué sa vie pour atteindre un but
terrible, pour triompher d'une insolente coupable? Qu'est-ce
que vingt ans de haine quand cette haine vous soutient? Vous
ignorez, Saint-Georges, que lorsque vous gémissiez pour cette
femme à Saint-Domingue, elle avait déjà arraché depuis longtemps de mon âme tout bonheur et toute joie? Vous parlez de
vingt ans... mais ajoutez encore le poids de six années précé-
dentes à mon supplice, de six années pendant lesquelles le secret de mes actions est entre moi seul et Dieu!... Vous êtes
jeune, Saint-Georges, vous avez la joie et la santé, vous êtes
heureux... dès lors vous avez pu oublier! Moi, je me souviens,

mon cœur est peuplé de terribles voix qui ne me laissent pas de trêve! Ce n'est pas moi, ce sont elles qui demandent une vengeance! Cette vengeance, Saint-Georges, je l'ai tenue longtemps comme le glaive à mon côté, je l'ai mise sous mon chevet, elle a reposé auprès de moi sous la tente, je l'emportais là-bas à travers les sables, la serrant contre ma poitrine! La blessure qu'eût faite cette arme eût été aussi rapide que la blessure produite par la flèche de l'Indien, aussi mortelle que la piqûre de l'aspic. Dans mes nuits pesantes, mes nuits sans sommeil, je courais souvent à ce trésor enfoui par ma colère, je m'assurais de sa possession, je le couvais des yeux, attendant pour m'en servir que les temps fussent venus. Hélas! qui m'aurait dit que j'en serais dépouillé, que cette arme fatale passerait aux mains d'un autre? A qui est-elle maintenant? qui la possède? je ne sais. Si je le savais!!! je me précipiterais sur cet homme pour lui arracher mon bien! Il doit vous en souvenir... un jour que vous couriez sur les rochers avec moi, pour gagner la vallée d'Oya, vous me vîtes porter soudainement la main à mon cœur, vous me demandâtes si je me trouvais mal... j'étais devenu pâle, en effet, bien pâle... je tremblais d'avoir perdu mon portefeuille... je m'assurai bientôt qu'il n'en était rien, il avait glissé jusqu'à ma ceinture... Ce portefeuille contenait les lettres de la marquise de Langey!... il n'y a que Satan et moi qui puissions savoir les lignes secrètes de ces lettres, mais dans chacune d'elles la perte inévitable de cette femme était écrite, dans chacune d'elles il y avait son arrêt de mort! — Et ce portefeuille, vous l'avez perdu sans doute! Il a dû tomber dans votre veste en vous défendant contre les dragons jaunes près la rivière du Cabeuil? — J'admire, chevalier, la bonté de votre mémoire... D'où savez-vous que j'ai perdu ce portefeuille? reprit Tio-Blas lentement en plongeant son regard clair et terrible dans celui du chevalier. La force de cette muette interrogation fut telle que Saint-Georges, malgré le geste indifférent qu'il affecta de donner pour toute réponse, baissa involontairement les yeux.

Tio-Blas continua :

— Vous avez *deviné*... c'est à l'attaque de la berline du prince de Rohan que je l'ai *perdu*... Un homme, je ne pus distinguer lequel, me frappa alors d'un coup violent qui me fit glisser à la renverse... Je me retournai, il avait fui. — Ce portefeuille est tombé peut-être au pouvoir de la marquise ou du prince de Rohan, dit Saint-Georges, pressé de donner le change aux idées de l'Espagnol. — Je ne le crois pas, répndit-il froidement. — Qu'en voudriez-vous faire? M. de Boullogne est toujours épris de la marquise de Langey... On dit qu'il lui abandonne la moitié de ses revenus... L'état de ce vieillard est devenu tel qu'il s'est ressenti hier même, au jeu du roi, de l'une de ses attaques d'épilepsie, auxquelles on prétend qu'il était déjà sujet aux îles... Sa santé est délabrée... Ce n'est pas à son âge qu'il s'inquiétera des amours passés de madame de Langey... — Oui... mais dans ces lettres il y a autre chose que de frivoles pages d'amour... encore une fois, il y a du sang!... Et qui vous dit, Saint-Georges, que le misérable état de cet homme, ses infirmités, ses douleurs, ne soient point le fruit de sa triste chaîne avec madame de Langey? Qui vous dit qu'il n'ait point été robuste comme moi, beau comme moi, comme moi encore jaloux et emporté jusqu'à la haine? Il a dû souffrir..... il a souffert par cette femme... Peut-être en ce moment ne cherche-t-il qu'un moyen de s'affranchir de ce joug honteux pour lui, car on lui nomme partout ses rivaux. Des rivaux peuvent se nier, mais on ne nie pas des lettres!... Oh! quand je songe que je pourrais à cette heure la ruiner dans l'esprit de ce vieillard, cette femme infâme qui m'a ruiné; quand je songe que je pourrais la perdre par une seule de ces lettres, cette femme qui m'a perdu! — Vous ne l'auriez point fait, Tio-Blas, et vous ne le feriez pas si vous retrouviez ce portefeuille..... ce serait là une insigne lâcheté! Pensez-vous que j'ai oublié plus que vous le scandaleux orgueil de la créole? pensez-vous que même à Paris, où je me suis fait un nom, son mépris tortueux ne cherche pas à me nuire? Mais je suis heureux, mais j'ai l'avenir devant moi... j'oublie cette femme. Faites comme moi, Tio-Blas, ne vous vengez pas; le mépris des hommes vous vengera! —Ce n'est pas dans ces dispositions magnanimes que j'espérais vous retrouver, chevalier de Saint-Georges... Mais vous n'aimez plus madame de Langey, vous avez quitté dès lors le chemin de la colère... Elle apparaît sans doute à vos yeux comme une morne fleur sans délices et sans parfums... C'est ainsi, mon Dieu, que moi, qui ne cherchais qu'à l'oublier, j'eusse voulu la revoir à mon retour!... mais il était écrit que je n'aurais pas même la gloire de vaincre mon cœur : oui, cette femme, cette que je méprise, que je hais, que j'ai voulu tuer, eh bien! Saint-Georges, je l'aime!!! Et savez-vous de qui elle est la maîtresse? D'un misérable joueur, d'un escroc nommé de Vannes. — De

Vannes, avez-vous dit? — Lui-même. A son départ de Saint-Domingue, il l'avait suivie en Angleterre... C'est là aussi que monsieur de Boullogne devait la rejoindre; les travaux du cabinet l'en empêchèrent. Le prince de Rohan, à peine arrivé, fut mandé pour affaire à Malte, il ne resta à la marquise que de Vannes pour cavalier... Trouvant sans doute que les largesses de monsieur de Boullogne ne suffisaient pas à son luxe, la créole voulut tenter les chances du jeu. Elle se rendait chaque soir, le visage couvert de son loup, dans un enfer obscur de Lambeth-Street; de Vannes l'y escortait sous un faux nom... Depuis mon arrestation, et surtout le crime qui la suivit, la fièvre ne me quittait plus. Les jours où elle me permettait de marcher, je les suivais de loin tous deux à distance, me traînant sur leurs pas comme un spectre... Un soir, la marquise crut me reconnaître et poussa un cri... Elle considéra sans doute cette vision comme une folie, car elle entra au jeu résolûment, elle excitait elle-même de Vannes à jouer ce qui lui restait. Les mains de cet homme ne firent que ramasser l'or cette nuit... Le lendemain, quand je le cherchai de nouveau, il était parti : j'appris alors qu'il volait au jeu!... Voilà sous quelle main d'amant se débat à cette heure cette fière marquise, et voilà le misérable qui ose se dire votre ami! — Je n'accorderai jamais mon amitié qu'à de nobles cœurs. Vous, Tio-Blas, vous en aviez un; vous étiez plus noble que ce de Vannes, que la calomnie attaque peut-être injustement, mais dont la naissance est loin de valoir la vôtre... Pourquoi dégrader à plaisir votre nature? pourquoi ne jamais vous souvenir, Tio-Blas, que vous êtes le comte de Cerda? — Qui a prononcé ce nom? s'écria l'Espagnol en frappant la table avec rage... Vous parlez, Saint-Georges, à Tio-Blas le marchand, à Tio-Blas qui vous a tendu la main lorsque vous vouliez fuir le joug pesant de la servitude... Encore une fois, reprit-il en se levant avec fureur, qui vous a dit le nom du comte de Cerda? — Vous-même, pâle coupable! Souvenez-vous de ces nuits où vous me faisiez coucher près de vous dans votre tente? Ces nuits-là sont gravées dans ma mémoire, Tio-Blas; votre sommeil me fit peur. Vous parliez tout haut comme dans la fièvre ou le délire, vous me réveilliez en sursaut par des cris que j'aurais crus, sans cela sortis du creux des rochers : « Je suis le comte de Cerda, disiez-vous; on peut me croire : une Éthiopienne m'a gravé mon nom sur le bras; je ne suis pas un marchand, je suis un noble espagnol! » Un soir il me

vint à l'idée de me convaincre de cette noblesse que vous n'a-
vouiez qu'en rêve... Je penchai ma lampe sur vous pendant
que vous sommeilliez ce soir-là ; nous avions fait une marche
forcée pendant six jours. Je vis distinctement ce nom de Cerfa
écrit avec des lettres qui me semblèrent du sang... Dieu voulut
qu'alors vous ne vous réveillâtes point, Tio-Blas ; peut-être
m'auriez-vous tué ! — Eh bien, oui, reprit-il avec une amertume de sourire qui trahissait assez le désespoir de son âme,
eh bien, oui, je suis un noble... je suis le comte de Cerda !

Et il se mit à pleurer, à pleurer comme une femme... Il avait
senti l'abîme profond qui le séparait de Saint-Georges... Depuis
qu'ils ne s'étaient vus, la nature de l'esclave s'était relevée,
celle du noble, avilie...

— Me permettrez-vous de vous voir comme autrefois ? dit-il
à Saint-Georges ; vous n'auriez point reçu Tio-Blas, recevrez-
vous le comte de Cerda ? — Je ne refuserai jamais ma pitié à
l'un ou à l'autre. C'est à Dieu seul à vous juger, Tio-Blas !
Abjurez seulement une haine qui va mal au front d'un vieillard.
A dater d'aujourd'hui, si vous avez besoin de quelque secours,
ma maison vous est ouverte... Laissez la vengeance, elle ramène
à sa suite l'insomnie et les remords. Vous m'avez attristé en
me rappelant Saint-Domingue, je ne rêvais qu'à de jeunes et
frais horizons... Oui... l'image d'une jeune fille m'occupait,
douce et tendre image, entrevue seulement une heure !... Allons, continua-t-il en agitant la flamme bleuâtre du punch,
buvez, Tio-Blas, et vous me reconduirez après jusqu'à ma
porte... Je donnerai les ordres nécessaires pour qu'on vous re-
çoive avec mystère chez moi ; je ne veux pas que votre misère
ait à rougir devant des orgueilleux qui valent moins que vous...
Mais vous ne buvez pas, vous regardez la flamme de ce punch
avec une indifférence qui lui fait honte... Je vous en réponds
cependant... tenez ! je bois à votre santé, senor ! — Cette li-
queur, Saint-Georges, ne saurai valoir ceci...

C'était de l'opium qu'il porta avidement à ses lèvres et qu'il
mâcha...

— Du moins, reprit-il, je dormirai un peu cette nuit !

Il s'habilla et reconduisit le chevalier.

XL

Le fouet.

Au jour désigné pour l'ouverture des représentations de Mᵐᵉ de Montesson, tout n'est que mouvement au Palais-Royal; les décors, arrivés la veille de Villers-Cotterets, sont déjà placés dans la grande galerie; on voit circuler des valets, des accordeurs de harpe, des machinistes.

Les actrices s'habillent dans les appartements de M. le Régent (ceux que le prince avait en effet habités); ils conservent encore les mêmes décorations et les mêmes appliques; rien n'y manque, depuis les panneaux et l'alcôve de la chambre à coucher, qui sont en glaces, jusqu'à l'escalier dérobé de la petite porte donnant sur la rue Richelieu...

C'est là que Mᵐᵉˢ de Montesson, de Genlis et de Blot mettent leur rouge.

La cour est remplie d'équipages. On remarque principalement ceux du duc de Bourbon, du maréchal duc de Richelieu, du duc de Lauzun, de la duchesse de Valentinois, de la princesse d'Hénin, de la duchesse de Grammont et de la comtesse de Brionne.....

Dans les salons du palais qui précèdent la galerie, l'éclat des girandoles le dispute à la magnificence des tapis et des dorures; tout annonce une fête où l'on vient *in fiocchi*, une fête qui fera parler d'elle tout un grand mois.

C'est la douce princesse de Poix causant avec M. de Vaudreuil, c'est l'idolâtrée comtesse de Châlons traînant à sa suite son amant, le duc de Coigny; un peu plus loin l'on admire la svelte comtesse de Simiane, aussi fraîche qu'une miniature de Halle; la princesse de Beauveau, à l'esprit coquet, et la comtesse de Blot, au jargon sentimental.

Voici les bonnes amies de Mᵐᵉ de Montesson qui cherchent à disposer déjà de ce noble public en sa faveur, pendant que le duc d'Orléans félicite ironiquement Mᵐᵉ de Barbantane sur sa toilette. Mᵐᵉ de Barbantane, qui a le nez d'un rouge éclatant, a choisi une robe cerise, comme pour faire encore ressortir ce malheureux nez.

Les paniers de la vieille comtesse de Montauban prennent tant de place que M. le duc de Chartres, M. de Lauraguais et le prince d'Hénin se récrient; ces paniers leur cacheront la jolie Mme Potocka pendant la représentation, Mme de Montauban ne la quittant pas plus que son ombre. La littérature est représentée par Laharpe, Marmontel, Collé, d'Alembert, M. de Sauvigny, monsieur de Foncemagne, etc. Monsigny, Janovitz et Carmontel causent dans un coin du salon; Carmontel regarde en dessous, non par hypocrisie, mais parce qu'il médite plus à l'aise, et que demain il mettra tout ce monde en gouache, en transparent ou en proverbe.

Le programme annonce *Vertumne et Pomone*, opéra joué par Mmes de Montesson, de Genlis et le marquis de Clermont. Tous les danseurs de l'Opéra paraîtront dans le ballet. Jarnovitz et Saint-Georges joueront des concertos de violon.

Cependant on vient de passer dans la galerie, dont les portes ouvertes laissent voir le miraculeux décor dû à M. Pierre, peintre du duc d'Orléans.

Tout dans ce décor n'est qu'amarante, jasmin et jonquille; on se croirait dans un véritable jardin. Entre chaque fenêtre voltigent des Amours, avec des bottines couleur de paille et d'argent, des ailes d'un bleu dur et de fort belles guirlandes. Ils effeuillent des fleurs sur les divers domaines de M. le duc d'Orléans, tels que Villers-Cotterets, Saint-Cloud, Sainte-Assise, le Raincy, etc. Le faux plafond de la galerie représente un dôme de fleurs sur lequel sont venus percher les plus éclatants d'entre les oiseaux d'Afrique. Le rideau du théâtre porte cette devise : Aux Muses.

Tout le monde a fait irruption dans la galerie...On se cherche, on se place; les banquettes n'y suffisent pas. Il y a une harpe magnifique sur l'un des côtés de la scène, c'est la harpe de Mme de Montesson, rivale de sa nièce, Mme de Genlis.

Dans les coulisses, Mme de Montesson et Mme de Genlis se querellent déjà; le duc d'Orléans s'impatiente. Pour les spectateurs, ils attendront; c'est l'emploi des spectateurs de société !

Le retard du chevalier augmente la colère de Mme de Montesson; il n'est pas là pour admirer son habit garni de pommes d'api et d'autres fruits, car la marquise joue *Pomone*... Il paraît enfin, il est monté dans sa loge par la petite porte qui servait jadis au Régent; il éprouve une invincible envie de rire en voyant la marquise sous ce déguisement champêtre. Mme de Blot, qui se trouve sur le théâtre, prend Saint-Georges à part pour lui dire que Mme de Montesson ressemblera à une serre chaude.

L'impatience de Saint-Georges perce dans ses moindres gestes, il sourit à Mme de Blot, se hâte de balbutier quelques compliments dont la marquise est la dupe, et sachant qu'Agathe sera dans la salle , il passe à travers une armée d'habilleurs et de laquais pour gagner la galerie.

— Madame de Genlis se déguise en femme et joue ce soir *Vertumne*, n'est-ce pas, monsieur de Genlis?—Certainement, comte, et madame de Montesson fait *Pomone*. — Puisque nous voilà placés à côté l'un de l'autre, aidez-moi donc, Genlis, poursuivit le comte de Lauraguais : je ne sais si j'extravague, mais il me semble voir ici la jolie fille pour laquelle j'ai tiré l'épée à ce souper... vous savez!.... — Allons donc! cette jeune personne là-bas ? C'est la propre cousine de madame de Montesson. Demandez à Durfort, il vous dira que c'est mademoiselle Agathe de La Haye... qui doit épouser sous peu de jours monsieur le marquis de Langey...—Vous direz ce que vous voudrez, Genlis, moi je suis certain que c'est notre *endormie* du souper. — Et vous avez raison, Lauraguais; il n'y a rien là que de très-ordinaire : tout est expliqué, dit monsieur Durfort, et vous allez voir madame de Montesson la présenter à tout le monde comme sa parente après le spectacle. — Comment, serait-ce avec le jeune marquis de Langey que j'aurais croisé l'épée? s'écria le comte de Lauraguais. Tubleu! il est solide du poignet! — Erreur, mon cher comte, madame de Montesson s'est enquise du fait. Le fameux domino est un voisin de terre de la belle demoiselle, un compatriote amoureux, un rustre de province, qui n'était venu à Paris que pour le bal de l'Opéra. Quel dommage qu'il n'ait pas voulu se démasquer! Nous aurions vu là une figure d'Amilcar! — Il a défendu fort vaillamment cette jolie fille. — Il l'aimait... comme l'on peut aimer à Saint-Malo, patrie de mademoiselle de La Haye... Il fallait entendre madame de Montesson nous conter l'autre jour cet amour exaspéré! Il paraît que le malheureux en était fou!—Et, reprit Lauraguais, il est reparti?—Dès le lendemain, ajouta monsieur de Durfort, il a craint de s'être fait une mauvaise affaire... Quelle sera sa fureur en apprenant le mariage de mademoiselle de la Haye! — De qui donc parles-tu, Durfort? interrompit étourdiment le duc de Chartres, qui vient se jeter à travers la conversation. Est-ce de la Fleury, celle que j'ai mise sur ma liste à la page des *abominables* ? — Pas le moins du monde, monseigneur; je parle de la cousine de madame de Montesson; vous la voyez, elle

cause indolemment là-bas avec ce jeune homme... — Et par la
sambleu! c'est le jeune marquis de Langey... il a obtenu aujour-
d'hui même un régiment de cavalerie... oui, le roi a signé :
c'est une grande faveur!... — Aussi, monseigneur, n'est-ce qu'à
madame de Montesson qu'il la doit. Il faut croire qu'elle avait
à cœur de marier mademoiselle de La Haye... car elle a fait
elle-même les démarches pour enlever d'assaut cette compagnie... — N'importe, reprit le duc, et je crois que tu vas être
de mon avis, Lauraguais ; ce provincial m'alarmerait beaucoup
si j'étais monsieur de Langey... — C'est-à-dire, continua Lauraguais renchérissant sur l'idée du duc, que nous ferions bien
de l'avertir, ce brave jeune homme ; entre gens mariés, on se
doit ces égards-là. .. — C'est une belle chose qu'un régiment,
dit Genlis, et je pense toujours à monsieur de Puisieux, mon
tuteur, qui m'a fait faire colonel à l'âge de six ans ; mais ce qui
en plaît surtout aux femmes, c'est que leurs maris voyagent.
— Croiras-tu d'aventure le provincial assez hardi pour profiter
d'une absence? dit le duc. Voilà Saint-Georges, il est fort expert
en ces matières. Interrogeons-le...

Ils n'en eurent pas le temps ; la toile se leva et madame de
Montesson parut. Son costume excita quelques rires sous l'é-
ventail ; sa voix, qui était trop faible pour un rôle d'opéra, devait évidemment échouer. L'excessive politesse de l'assemblée
l'accueillit ; mais elle ne put se dissimuler que madame de
Genlis et monsieur de Clermont (depuis ambassadeur de Naples)
avaient tous les honneurs de l'opéra.

Le chevalier venait de se placer à côté du duc de Chartres et
de M. de Genlis ; il avait un rôle d'auditeur enthousiaste à jouer
dans cette soirée, et, il faut le dire, la nouvelle du prochain
mariage de mademoiselle de La Haye l'avait tellement stupéfié
qu'il le remplit fort mal.

Son attention ne fut pas même partagée entre le spectacle et
la vue d'Agathe ; elle se concentra entièrement sur la jeune
fille.....

Placé à l'un des angles de l'orchestre, qui permettait de voir
à la fois le théâtre et les spectateurs, Saint-George, encore
atterré du coup fatal qu'il venait de recevoir, la regardait dans
une agitation de pensées difficile à décrire.....

Introduite dans cette société brillante qu'elle avait longtemps
rêvée, la délicieuse enfant la contemplait alors dans un étonnement naïf, elle avait l'air de toucher elle-même timidement

les ombres flottantes de quelque féerie splendide. Sa beauté rayonnante n'avait pas eu besoin de recourir à des artifices coquets de toilette ; elle ne portait pas, comme madame de Langey, des girandoles magnifiques de diamants, des rubis aux doigts et des rivières de pierreries sur la gorge. A la brillante fraîcheur de son visage, à la grâce de ses manières, à son doux maintien et surtout à un air de mélancolie véritable empreint ce soir-là sur ses traits, il était facile de voir qu'elle n'était point de cette cour..... Les vieux seigneurs l'avaient remarquée dès son apparition dans la salle, les plus jeunes lui avaient offert galamment leur place.

A côté d'elle, Maurice de Langey recueillait avidement les doux murmures s'élevant de toutes parts sur sa beauté. Il s'applaudissait d'avoir avoué cet amour à sa mère. Depuis cette aventure funeste du bal de l'Opéra, aventure qu'Agathe ne lui avait confiée qu'en lui taisant le nom du masque son libérateur, Maurice de Langey s'était résolu à tout risquer..... Ce fut donc à sa mère qu'il s'adressa ; il s'attendait d'abord à la voir se récrier comme M. de Boullogne ; il lui fit le plus vif portrait de la tyrannie de madame de Montesson, de l'esclavage injuste de mademoiselle de La Haye et des espérances de fortune qu'on voulait lui enlever..... Depuis la scène du labyrinthe à Sainte-Assise, madame de Langey nourrissait contre la marquise l'espoir d'une revanche ; l'occasion était trop belle pour la perdre. Elle s'en fut la trouver et lui déclara l'amour du jeune marquis pour sa cousine. Le marquis de Langey avait désiré la place de capitaine des chasses, et il ne l'avait pas obtenue : il s'en vengerait noblement, au dire de madame Langey, en épousant une fille sans fortune..... Cette confidence fit récrier la marquise de Montesson ; elle se hâta de dire que lors même que le procès ne serait pas jugé, le marquis, son fils, pouvait épouser mademoiselle Agathe. Elle s'offrit elle-même à faire les démarches nécessaires pour lui obtenir un régiment. On ne saurait trop presser ce mariage, ajouta madame de Montesson ; il faut donner un éclatant démenti à ces bruits de captivité répandus sur mademoiselle de La Haye. Moi-même, *bonne amie*, je prétends la présenter à M. le duc d'Orléans comme ma cousine et la femme de M. Maurice de Langey.....

La marquise de Langey n'attribua la chaleur de ces promesses inattendues qu'au plaisir que devait éprouver madame de Montesson de voir marier sa cousine. Mademoiselle de La

Haye n'était-elle point l'objet de ses alarmes jalouses? Son apparition au Palais-Royal ne serait plus un danger; dût-elle attirer les regards du duc d'Orléans, elle aurait son mari pour protecteur. Ainsi pensa madame de Langey; mais elle fut dupe: elle ignorait que ce n'était plus le duc d'Orléans qui inquiétait la marquise de Montesson, mais Saint-Georges!

Le caractère connu du chevalier, plus encore que la scène du souper, avait éclairé la jalousie de la marquise; elle avait compris que cette étincelle pouvait devenir un volcan.

Agathe de La Haye était jeune et belle; madame de Montesson commençait à s'apercevoir des ravages terribles qu'imprime le temps aux plus charmantes natures.

Cependant tout l'ensemble de sa personne offrait encore en ce moment même une charmante illusion d'optique sur ce théâtre, où elle s'avançait en souveraine. Elle jeta un coup d'œil furtif vers le coin du duc de Chartres et parut piquée de ce que Saint-Georges ne la regardait pas.

Elle entama son grand air avec un éclat qui devait au moins le faire retourner; Saint-Georges contemplait toujours Agathe...

Le front du chevalier rayonnait; il venait de découvrir que les yeux d'Agathe ne cherchaient pas la scène plus que les siens.....

Pour que rien ne manquât en cette circonstance à la douleur qui venait l'atteindre, il remarqua que la jeune fille était placée près de la superbe marquise de Langey et de M. de Boullogne... La joie du triomphe animait le front du vieillard; on eût dit qu'il avait à cœur de se parer devant tous de ce fils auquel on venait enfin de rendre justice. Il parlait déjà de l'issue future du procès de mademoiselle de La Haye; il racontait à qui voulait l'ouïr les charmantes qualités du jeune marquis, pendant que la sensuelle madame de Langey roulait autour d'elle des œillades vives et quêteuses, et se donnait beaucoup de mal pour tourmenter les belles lignes de son buste.

— Tu n'écoutes pas, Saint-Georges, dit le duc de Chartres, tu n'écoutes pas Clermont, qui est adorable dans le rôle du dieu Pan!... Il me donne envie d'aller en Arcadie, parole d'honneur!

Le chevalier ne répondit pas, mais ces yeux étincelèrent..... Il avait surpris dans l'attitude de mademoiselle de La Haye l'expression d'une invincible curiosité..... Évidemment ce n'était point la scène que l'inquiétude de son regard poursuivait, c'était un personnage inconnu qu'elle semblait chercher dans tous ces spectateurs empressés.....

Parmi ces seigneurs étalant autour d'elle l'éclat de leur insolence, Agathe n'avait que trop reconnu les principaux acteurs de ce terrible souper; elle les avait entendu nommer par leur nom; elle avait glissé auprès d'eux comme un fantôme. Ce n'était pas à eux que son beau regard, doux comme une prière, s'adressait, c'était à son libérateur adoré, au chevalier de Saint-Georges!

Sa froideur pour Maurice n'était que trop invincible; la tristesse du jeune marquis l'avait émue, et l'intervention de sa mère l'avait décidée; mais elle ne lui donnait elle-même sa main que pour s'arracher du cœur un amour qu'elle ne pouvait y voir germer sans pâlir : Agathe de La Haye aimait Saint-Georges!

Ce rôle de libérateur que le chevalier avait joué était, nous l'avons dit, le rôle le plus merveilleusement adapté au caractère de cette jeune personne; il avait fait sur elle une impression décisive.

Que de fois, depuis ce jour, n'avait-elle pas dans ses rêves tendu les mains vers ce noir visage; que de fois n'avait-elle pas cru le voir se pencher vers elle comme un bienfaisant génie! On avait parlé si souvent devant Agathe des talents du chevalier qu'elle brûlait de le voir, de le juger, de l'entendre! Heureuse de l'avoir enfin aperçu, elle ne craignit pas d'échanger avec lui en cet instant de longs et tristes regards; leur suavité mélancolique toucha Saint-Georges, et bientôt, à l'aide de ce colloque muet, il s'établit entre eux un échange hardi, passionné, une sorte de combat..... Le chevalier redevint ce qu'il était, c'est-à-dire un aventureux génie, un *dangereux*, un vainqueur; Agathe, une faible femme résiliant sa force et son amour entre ses mains.

Elle le regardait comme une belle vierge dans l'extase.... Par quel charme singulier l'avait-il dominée à cette distance. par quel admirable éclat l'avait-il éblouie? c'est ce qu'Agathe pouvait à peine s'expliquer. Bientôt elle ne vit plus que lui seul dans cette salle, lui seul dont l'habit et les dentelles lui parurent admirables, même à côté de celles du duc de Chartres, qu'il dépassait de la tête.....

L'opéra fini, elle le perdit de vue un instant; il venait de quitter sa place. Le cœur d'Agathe battit; il lui sembla qu'on lui avait enlevé tout son bonheur.

Il reparut bientôt tenant son violon entre ses mains ; Agathe ne remarqua même pas que Jarnowitz lui cédait l'honneur d'être entendu le premier...

Il préluda..... Agathe crut voir s'ouvrir pour elle les portes du ciel. Sensible au delà de tout aux charmes de la musique, elle avait souvent apprécié le vrai talent de Maurice ; mais qu'était ce talent modeste, défiant de lui-même, près de celui de Saint-Georges ? Jarnowitz n'obtint pas les mêmes applaudissements que le chevalier ; on eût dit qu'il le craignait.

Pendant que Saint-Georges disposait ainsi de toutes les facultés de cette enfant, la plongeant dans une foule de sensations inconnues, Maurice de son côté observa avec stupeur que la bague d'Agathe ornait son doigt...Il la reconnut cette bague scintillante au feu des lustres ; il la vit courir comme une folle étoile sur les cordes de l'instrument ; il sembla à Maurice qu'elle jetait un reflet de sang sur l'archet...

Depuis un quart d'heure il épiait Agathe sourdement, il la voyait pâle, émue, aspirant les parfums sonores qu'exhalait cette symphonie d'Haydn...

Elle regardait le chevalier avec une expression céleste de félicité...

Alors seulement Maurice de Langey se prit à penser qu'Agathe ne l'aimait peut-être pas ; que, puisqu'elle s'était caché de lui pour se rendre au bal de l'Opéra, c'était un autre que lui qu'elle avait eu dessein d'y chercher. La vue de ce mulâtre ralluma toute sa rage... N'osait-il pas lui rendre tout chemin maussade ? ne montait-il pas sur le théâtre où Maurice allait monter ? Maurice avait joué récemment devant Agathe un air de Corelli ; ce morceau était difficile ; il l'avait étudié. Admis à faire de la musique avec la reine, il l'avait exécutée à Versailles aux applaudissements de Marie-Antoinette qui était fort difficile.

Le chevalier venait de descendre de son piédestal ; la place était vide. Agathe demeurait encore éblouie...

Soudain Maurice la quitta, et il s'élança sur le théâtre... il prit le violon de Saint-Georges, un magnifique Amati.

Il se fit un grand silence. C'était un défi tacite que Maurice portait à Saint-Georges ; tout le monde frémit pour l'imprudent.

Maurice de Langey exécuta la sonate ; il regarda fixement Agathe tout le temps de ce morceau... Ce regard ne put échapper au chevalier, qui, avant la fin de l'air, demanda à l'un des laquais de service de lui apporter son fouet.....

— Et qu'en veux-tu faire? lui demanda le duc de Chartres, pendant que les plus flatteurs escortaient Maurice qui descendai du théâtre. — Jouer cet air avec mon fouet, monseigneur, si toutefois le duc d'Orléans me le permet.

Une acclamation unanime d'étonnement courut sur chaque banc de la galerie.

Le fouet de Saint-Georges, qui venait de lui être apporté par Joseph Platon, était vraiment curieux. Le manche se composait d'une infinité de pierres précieuses; le chevalier prétendait que chaque étoile de cette radieuse constellation représentait une femme qui l'avait aimé...

Cela était peut-être un peu trop avantageux; mais ce qui le parut davantage aux spectateurs, c'est que Saint-Georges osât s'avancer au point de dire qu'il jouerait l'air de Corelli avec ce fouet...

Les dernières notes de Maurice vibraient encore quand il déploya ce fouet et exécuta l'air avec une singulière précision.

— Bravo! Saint-Georges, bravo! s'écrièrent les spectateurs.

Et la galerie entière se leva comme un seul homme, chacun battit des mains à cette incroyable adresse... Maurice s'était penché à l'oreille de Mme de Langey ; il échangeait avec elle de rapides paroles.

En ce moment, et par contenance, le mulâtre avait baissé les yeux ; il regardait attentivement le rubis d'Agathe, qui jetait un vif éclat. Alors aussi, les lois de l'étiquette étant violées par cette admiration universelle dont Saint-Georges était l'objet, tout le monde l'entoura, ce dernier trait ayant paru la fusée la plus éblouissante de la fête.

— Jouer cet air avec votre fouet, monsieur! s'écriait la belle comtesse de Châlons. — Monsieur de Saint-Georges, s'écria Maurice avec une indicible expression de mépris, en s'approchant pâle et tremblant du chevalier, vous devez être fort sur le fouet, car ma mère m'a dit qu'à Saint-Domingue elle vous avait donné du sien par le visage!. . . . .

. . . .

. . . .

Saint-Georges demeura muet un instant comme un homme frappé du tonnerre, puis il s'élança avec la fureur du lion vers le jeune homme.

La foule qui les entourait les sépara.

XLI

Les bâtonnistes.

<blockquote>
« Ha! chevalier, répondit-elle, si le
monde en estoit peuplé de telz, l'outre-
cuidance des méchans n'auroit telle
vigueur qu'elle a!»

(NICOLAS DE HERBERAY, *Combat
d'Amadis contre Balan*.)
</blockquote>

Un quart d'heure avait suffi pour faire de ces salons, si peuplés auparavant, un véritable désert.

Le bruit des voitures ne retentissait déjà plus qu'à de faibles
intervalles; les bougies se mouraient aux branches des candélabres; quelques pas de valets ébranlaient à peine les cours...

Bientôt tout devint silence, et il ne demeura que deux personnes éveillées dans les petits appartements du Palais-Royal.
C'était Saint-Georges et madame de Montesson.

A peine Maurice venait-il de jeter au chevalier ces insultan-
tes paroles, que le bras de la marquise était venu s'interposer
entre le sien et celui de Saint-Georges; elle-même avait entraîné ce dernier vers un cabinet dont elle referma la porte sur
lui...

Parmi les nombreux spectateurs de cette scène, il ne s'en
trouva pas un qui n'applaudît à ce mouvement de madame de
Montesson. C'était chez elle que cet éclat venait d'avoir lieu;
la force physique de Saint-Georges était encore doublée par son
irritation; il ne tenait qu'à lui d'écraser ce faible jeune homme.
La marquise usait de ses droits de maîtresse de maison en le
séparant de son agresseur.

Moins que tout autre, le duc d'Orléans eût songé à désapprou-
ver cette généreuse précaution; il n'entrait pas dans l'esprit de
Son Altesse d'en pénétrer le motif; d'ailleurs, le spectacle joint
au concert avait déjà endormi réellement le prince, qui se contenta de recommander à la marquise les plus grands égards
pour son prisonnier. Il regagna sa chambre appuyé sur le bras
de M. de Durfort.

La marquise et Saint-Georges demeuraient donc seuls, Saint-
Georges les lèvres encore agitées par la colère, la marquise
fixant sur lui un regard pénétrant et inquiet.

Le chevalier ne se sentait guère disposé à rompre le premier ce froid silence; il s'était assis devant la cheminée et se contentait de battre de temps à autre le parquet de son talon. Comme le bronze reluit à la flamme, son visage, dont chaque muscle était en jeu, réfléchissait les lueurs qui sortaient de l'âtre; ses dents blanches claquaient violemment, son front ruisselait de sueur; sa main, par un mouvement machinal, demeurait encore sur la garde de son épée.

La marquise venait elle-même de dégrafer sa robe de *Pomone*, elle se jeta sur un sopha.

— Vous avez-là, dit-elle au chevalier, une charmante bague... laissez-la-moi voir.

Il lui présenta sa main.

Aucun de ses gestes n'avait échappé à la marquise dans cette fatale soirée. La contrainte que son rôle d'opéra imposait à madame de Montesson ne l'avait pas tellement liée qu'elle n'eût pu voir distinctement le manége amoureux du chevalier; elle en avait suivi chaque progrès avec une incroyable avidité. Elle-même n'avait choisi cette soirée que comme une pierre de touche, bien résolue d'y épier l'impression que la nouvelle inattendue de ce mariage ferait sur l'esprit de Saint-Georges. Dans les entr'actes, elle avait collé son œil au trou de la toile comme une actrice ordinaire; elle avait pu le voir échangeant avec Agathe une sorte de conversation muette, chaque soupir sorti du cœur de Saint-Georges était venu retentir à son oreille... L'humiliation et le dépit l'avaient brisée.

Au milieu de ce monde préoccupé du seul intérêt de la comédie, cette intelligence et cette sympathie de deux êtres ne s'entretenant que de leur amour lui avait paru une injure.

La vue de cette bague passée au doigt du mulâtre lui avait fait presque autant de mal qu'à Maurice : un secret instinct lui disait que c'était celle d'Agathe. Elle n'eut pas de peine à s'en convaincre en voyant le chiffre qui s'y trouvait gravé.

— C'est une fort belle bague, ajouta-t-elle avec ironie, pour une bague de Saint-Malo !

Saint-Georges ne répondit pas. Il était agité de mille pensées; la rage, l'indignation, le désir de la vengeance doublaient alors la vivacité de son regard. Il demanda brusquement à la marquise de quel droit elle l'avait empêché de châtier un insolent, un homme qui venait de l'injurier dans son salon même, sans qu'il eût donné le moindre motif à ses invectives.

— Je ne veux point justifier le marquis de Langey, répondit-
elle froidement; peut-être cependant trouverait-il de bonnes
raisons pour appuyer cette insulte... — Lesquelles? reprit impérieusement Saint-Georges... — Mais quand ce ne serait, chevalier, que la façon étrange avec laquelle vous regardiez sa
femme pendant la soirée. Vous ne l'ignorez pas, mademoiselle Agathe de La Haye épouse le marquis!

Saint-Georges se contenta de se promener à pas pressés par
la chambre... madame de Montesson fut trompée dans son attente, elle espérait que le chevalier se justifierait.

—Vous gardez le silence, Saint-Georges, vous ne voulez pas
même me rassurer; vous avez raison, vous n'y réussiriez pas.
Croyez-vous donc, continua-t-elle, que je n'aie pas tout vu? Me
prenez-vous pour une de ces femmes que l'on abuse? Si j'ai
invité cette enfant à mes spectacles, pensez-vous que ce fût pour
supporter votre inconvenance audacieuse, votre silence concerté, vos regards enflammés allant au-devant de cette singulière héroïne? Grâce à elle, vous ne m'avez pas seulement vue,
vous m'avez à peine applaudie, moi, la reine de cette fête!
De cette heure aussi j'ai acquis la preuve de votre inconstance.
Vous êtes lassé de moi, sans doute; il vous faut un jouet, une
figure de roman. L'intéressante beauté, que cette petite fille qui
va devenir dans trois jours l'épouse de monsieur de Langey!
— Vous oubliez, madame, qu'elle peut devenir sa veuve! — Il
est impossible de m'avouer plus naïvement que vous détestez
le mari. Réfléchissez, cependant. Qu'allez-vous faire? Vous
emporter contre le fils de monsieur de Boullogne, le fils d'un
homme grave, puissant!... car vous n'ignorez pas que c'est son
fils? — Je le sais, on me l'a dit; mais que m'importe à moi
monsieur de Boullogne? que me fait le crédit d'un contrôleur
général? Peut-il empêcher que je n'aie été insulté par son fils
et qu'il me faille une réparation! — Ce jeune homme, Saint-
Georges, vous fera sans doute des excuses; la vivacité d'un premier mouvement... Je vous ai bien vu, il y a trois ans, reprit-
elle avec une malicieuse tranquillité, chercher querelle à un
officier du Royal-Allemand qui me regardait à l'Opéra! Pourquoi voulez-vous que la susceptibilité de monsieur de Langey
ne se soit point émue de votre persévérance d'admiration vis-à-
vis d'Agathe? — Pourquoi? pourquoi? répondit-il avec rage et
en continuant de se promener par l'appartement; c'est parce
que j'ai été l'ami de cet infâme, que j'ai exposé ma vie pour

lui... Mais, interrompit-il, vous ne savez pas tout cela! — Je sais, Saint-Georges, que vous me trompez, que mon amour n'est plus qu'un fardeau qui vous pèse. Vous parlez de l'ingratitude de ce jeune homme, oubliez-vous donc la vôtre? Ah! de ce soir, hélas! je sais ce que vous valez. Vous ne craignez pas de fouler aux pieds le souvenir de mes bienfaits. Je ne le vois que trop, je ne suis plus rien dans vos souvenirs; et cependant, continua-t-elle avec hauteur, c'est moi, Saint-Georges, moi seule qui vous ai fait ce que vous êtes. Le titre que vous avez vient de moi, votre place, votre nom... — Assez, madame, assez; épargnez-moi l'humiliation des reproches. Si vous voulez m'insulter, même après monsieur le marquis de Langey, je ne pourrais combattre avec vous à armes égales, je préfère me retirer. — Pour la rejoindre, n'est-ce pas? s'écria-t-elle en se dirigeant vers la porte. Vous avez quelque intelligence secrète dans la maison, chevalier; il vaudrait mieux me le dire. Oh! si vous me trompez, je me vengerai. Dieu veuille qu'après avoir éprouvé ce qu'était mon amour, vous ne ressentiez pas les effets de ma colère! — J'ai un rendez-vous, madame, un rendez-vous d'honneur que je dois assigner à ce jeune homme, permettez que je me retire chez moi. — Vous pouvez lui écrire à cette table, un de mes gens portera la lettre. — Je n'ai pas à cœur d'éveiller les soupçons du duc en demeurant chez vous à cette heure tardive; de grâce, souffrez que je parte! — Vous n'y songez pas, à deux heures du matin!... vous pourriez courir quelque danger... La nuit est noire, n'entendez-vous pas ces gouttes de pluie? — Il faut que je sorte! reprit vivement Saint-Georges en saisissant son manteau. J'ai quelqu'un à voir cette nuit; demain je vous promets de revenir. — Quelqu'un! avez-vous dit? oh! par pitié, ajoutez que ce n'est point elle... Jurez-le-moi, continua la marquise en joignant les mains. — Je vous le jure! — Saint-Georges, vous oubliez que demain vous avez cette triste affaire... Je ne vous verrai pas de la journée... Restez près de moi, je vous en supplie... Autrefois, il ne fallait pas vous supplier!

Elle avait penché doucement sa tête sur l'épaule de Saint-Georges... Madame de Montesson était encore belle; en ce moment, son visage avait pris une telle expression de terreur que, si le chevalier n'eût pas été en proie à tout un orage de pensées, il eût reporté sur cette femme un regard de compassion et d'intérêt. Mais le souvenir récent de son injure l'agitait comme la fièvre. Il avait hâte de quitter ce lieu dont chaque mur, chaque écho semblait lui répéter encore l'outrage de son imprudent ennemi. L'amour intéressé de cette femme aurait-il la force de l'arrêter en ce moment? Ne venait-il pas se placer devant une image chérie, celle d'Agathe, la seule qui eût pu enchaîner peut-être sa vengeance? Le ton avec lequel la marquise lui avait rappelé ses bienfaits, entretenait dans son âme un dégoût hautain auquel il lui fallait se soustraire. Il voulait regagner son hôtel; la femme dans le sein de laquelle il voulait épancher son désespoir et sa honte, c'était sa mère! Il la réveillerait, il lui dirait sa douleur. Après tout, on ne l'avait insulté que parce qu'il était son fils! Ce n'était que devant elle et Dieu qu'il devait agiter la question de sa vengeance!

De son côté, madame de Montesson tremblait, évidemment moins pour l'issue de ce duel (si toutefois ce combat devait avoir lieu) que pour le renversement de ses espérances. Elle n'entrevoyait qu'avec une secrète angoisse le triomphe assuré du chevalier. La main de la marquise se mouillait d'une sueur froide en pressant la main de cet homme, qui peut-être reviendrait l'époux d'Agathe. Il faut être femme, et femme déjà vieille, pour comprendre tout ce qu'il y a d'alarmes et de désespoir dans l'examen du lien fragile qui vous attache un amant plein de force et de beauté. Le caractère entreprenant du chevalier autorisait les frayeurs de madame de Montesson; qu'allait-il faire cette nuit? tenter peut-être l'enlèvement de la jeune fille! La marquise maudit alors les entraves qui la retenaient : elle eût voulu le suivre, ne plus le quitter, assister sous le voile à chacune de ses démarches. Mais il était trop tard, Saint-Georges avait fui; elle se retrouva bientôt en habits de fête devant sa glace, si pâle, si abattue, qu'elle eut presque peur de s'y regarder.

Cependant Saint-Georges, ramenant sur lui les plis d'un ample manteau, tournait le coin de la rue Saint-Honoré. La pluie et le vent contrariaient sa marche. Malgré le peu de distance qui le séparait de son hôtel, il songeait à doubler le pas quand il se vit assailli par six hommes armés de bâtons qui sortaient d'un cabaret borgne de la rue Pierre-l'Escot. Le peu de lueur que jetaient les réverbères, autant que la promptitude de cette attaque imprévue, ne lui permit pas de distinguer d'abord les traits de ces inconnus; mais à la manière dont ils jouèrent du bâton, le chevalier ne put douter un instant que ce ne fussent des maîtres bâtonnistes... Qui pouvait avoir payé ces hommes

pour cette attaque nocturne ? c'est ce dont Saint-Georges n'eut
guère le temps de s'embarrasser, car il les vit bientôt se précipiter
sur lui avec une telle vitesse et des croisés si impétueux qu'un
autre que lui s'en fût trouvé étourdi. Heureusement le chevalier
connaissait cette arme; il parvint à saisir celle de l'un des
agresseurs. Se défendant alors de son mieux, il gagna du pied
jusqu'au corps de garde où se tenait le guet dans la rue Saint-
Honoré. Les bâtonnistes avaient choisi le moment d'une pa-
trouille : il ne restait qu'un factionnaire dans la guérite. Aux
cris du chevalier, cet homme fit feu; mais, soit que le coup
fût mal dirigé, soit qu'il n'eût atteint que légèrement un des
malfaiteurs, quatre d'entre eux n'en poursuivirent pas moins
Saint-Georges avec une étrange promptitude... Ils cernèrent
bientôt la porte du chevalier de manière à lui en interdire l'entrée ou à ne lui céder qu'après une vive résistance... La fureur
saisit Saint-Georges au point qu'il en étendit un sur le carreau
d'un seul revers de *manchette*. L'ombre devenue plus épaisse
et la pluie tombant à flots avaient presque fini par l'aveugler.
Déjà même il avait dépassé sa porte, poussé et repoussé qu'il
était par ce flot de combattants dont l'acharnement semblait
s'accroître. Les efforts multipliés qu'il venait de faire avaient
engourdi son bras; le sang coulait de l'une de ses manches :
une minute encore, et il allait se trouver sans force...

La lueur inespérée qu'il entrevit en ce moment critique au
premier étage d'une maison de la rue de l'Oratoire vint ranimer son courage. Rassemblant toute sa vigueur, il parvint, en
rouellant toujours du bâton avec une grande adresse, à s'accu-
ler dans l'allée sombre et profonde de cette maison, qui lui
était inconnue....

La porte de l'allée avait un verrou, le chevalier le tira
sur lui....

XLII

La rue de l'Oratoire.

> Oh ! mon âme est déjà remplie de ce
> malheur, et l'excès de sa douleur m'ac-
> cablera.
>
> (*Les Deux gentilshommes de Vérone*
> acte III, scène I.)

De son côté, Maurice s'était vu enlevé de ce même cercle
dans lequel sa présence avait jeté un trouble si inattendu...

Abandonnant Agathe aux. soins de madame de Langey qui l'avait emmenée dans sa voiture, M. de Boullogne avait reconduit Maurice dans la sienne jusqu'à son hôtel, situé près des Feuillants. Là, il l'avait renfermé lui-même dans sa chambre, les dispositions du jeune marquis ne lui ayant semblé que trop fougueuses, malgré tout le soin qu'il avait pris de les combattre.

M. de Boullogne ne se trompait pas; en dépit de la supériorité du chevalier, Maurice de Langey appelait de tous ses vœux le moment de cette rencontre....

Comme il arrive toujours après une violente émotion, la soirée de la marquise n'avait pas tardé à produire sur lui l'effet d'une hallucination confuse. Il ne lui en demeurait qu'une sorte de perception lourde; il entrevoyait comme à travers un brouillard les principaux traits de cette soirée: le mulâtre, son regard pétrifié, l'habit rouge qu'il portait, la bague d'Agathe qu'il avait au doigt...

Il s'était jeté quelques secondes sur son lit, mais sans pouvoir trouver le sommeil, l'image de Saint-Georges et celle d'Agathe passant et repassant comme deux ombres sardoniques devant ses yeux.

Résolu de voir mademoiselle de La Haye, il se leva; la chambre où l'avait enfermé M. de Boullogne donnait sur la cour. Il avait vu le suisse la traverser précipitamment à cause de la pluie, mais il avait eu le temps de l'appeler. Le brave homme s'était approché du mur comme Blondel de la tour du roi Richard.

— Trois louis pour toi si tu m'ouvres! lui avait crié Maurice, en ayant soin d'assourdir le plus possible l'éclat de sa voix.

Il n'y a pas de suisse, fût-ce celui d'un contrôleur général, qui résiste à l'appât de trois louis. Le jeune homme eut bientôt franchi la grille de l'hôtel Boullogne.

Depuis l'aventure du bal de l'Opéra, il avait jugé prudent de placer Agathe dans une maison qui pût dépayser les recherches... La vieille gouvernante de sa mère en possédait une dans la rue de l'Oratoire. En attendant que son mariage eût lieu, le marquis pensa que cet asile conviendrait à mademoiselle de La Haye. La jeune fille se trouvait de la sorte à peu de distance du Palais-Royal, dont le gain de son procès allait lui ouvrir les portes. Bien qu'elle éprouvât peu de déplaisir à quitter le quai d'Anjou, Agathe avait tressailli en s'éveillant un matin sous la protection d'une gouvernante dans ce nouvel appartement. Les murailles de l'église de l'Oratoire y jetaient durant le jour une ombre froide et sévère ; il passait à peine quelques carrosses par la rue... La sollicitude que Maurice avait apportée dans toutes les démarches qui concernaient la poursuite du procès d'Agathe, la demande récente de sa main qu'il venait d'adresser à son oncle, armateur à Saint-Malo, lui firent une loi d'accepter l'offre du jeune homme. Nous avons dit déjà que la pureté de ses intentions était écrite sur le front de Maurice en caractères si visibles que l'assiduité de sa cour ne pouvait en compromettre l'objet. Au rebours des jeunes roués dont Paris fourmillait en ce temps plus qu'en tout autre, Maurice possédait une grande loyauté de principes vis-à-vis des femmes ; la passion prenait racine chez lui comme dans une âme vierge. Tyrannique dans ses moindres volontés, parce que son enfance n'avait jamais été contrariée en quoi que ce fût, le créole en était venu à souffrir silencieusement les lenteurs et les tristesses de cet amour, comme un esclave qui s'humilie devant l'immuable loi du maître. Mademoiselle de La Haye exerçait sur son esprit un tel pouvoir que lui-même avait résilié tout pouvoir entre ses mains.

Ce sacrifice de sa nature fait par le jeune homme à la sincérité de son amour, l'avait-il avancé dans l'esprit d'Agathe ? avait-il développé chez elle un germe de tendresse ou d'admiration ? C'est ce dont il était cependant permis à Maurice lui-même de douter.

Jamais ce mot si doux *je vous aime !* ne s'était fait jour en effet à travers les lèvres émues d'Agathe ; jamais une larme n'avait débordé de sa noire paupière en le regardant partir.... Maurice ne pouvait se dissimuler qu'il était plutôt un frère qu'un amant aux yeux de mademoiselle de La Haye ; elle lui répondait avec trop de sangfroid pour qu'il pût se croire l'âme de ses rêves. Les difficultés journalières que sa passion surmontait lui rendirent bientôt sa première impatience ; il lui sembla que l'indifférence d'Agathe ne saurait tenir contre la demande formelle de sa main. Il ne hasarda cette démarche que sur l'assurance d'un régiment que M. de Boullogne et sa mère ne tardèrent pas, comme on l'a vu, à lui obtenir.

L'ineffable dignité empreinte aux moindres mouvements d'Agathe avait percé jusque dans le sourire avec lequel elle accueillit la proposition de mariage faite par Maurice... En cet

instant elle fut belle comme le jeune homme ne l'avait peut-
être jamais vue ; vous eussiez dit un ange résolu à ne point
troubler le bonheur d'une autre âme... Pourtant si Maurice eût
mis sa main sur son cœur, il aurait vu que ce cœur ne battait
pas ; c'était la résignation, et non l'amour, qui dominait dans
l'acceptation muette d'Agathe... L'orgueil ne soupçonne jamais
les secrets ravages du cœur... Maurice se crut aimé à dater de
ce jour ; son visage n'était-il pas la seule ombre que l'âme d'A-
gathe eût réfléchie ?

Nul autre que lui n'avait approché mademoiselle de La Haye...
C'était une incomparable image bien propre à lui faire oublier
le monde. Quand il la perdait de vue, il lui semblait qu'un
nuage pesait sur ses yeux ; il ne retrouvait la joie qu'en causant avec elle de mille projets et de mille choses. Dédaigneux
à l'excès, comme on a pu s'en convaincre, il l'aimait avec la
sollicitude d'une âme exclusive ; il ne lui semblait pas que le
regard d'un homme pût se lever sur elle sans la flétrir...

Ces quelques mots sur l'adoration aveugle du créole aideront
peut-être le lecteur à se faire une idée de sa colère lorsqu'il
découvrit, à la soirée de la marquise, les audacieuses intelli-
gences de Saint-Georges... Le moment était venu pour Maurice
d'interroger Agathe. Après cette découverte, dans une organisation comme la sienne, le doute ne pouvait durer ; il fallait
qu'il en sortît violemment... D'ailleurs il devait se battre le lendemain ; cette seule pensée lui fit prendre le chemin de la rue
de l'Oratoire....

Il y trouva la jeune fille triste et inquiète ; elle ne s'était pas
couchée. Madame de Langey venait de la reconduire, elle lisait
un livre à son prie-Dieu.... Il était entré, l'avait saluée d'un air
sombre et froid, et n'avait pas tardé à l'accabler de paroles
dures, jalouses. N'était-ce pas pour elle qu'il avait insulté ce
fier mulâtre, ce spadassin redouté ? Pourquoi lui avoir donné sa
bague ? En quel lieu ? en quelle rencontre ? A chaque parole
sortie de la bouche d'Agathe pour sa justification, Maurice, qui
l'écoutait avidement, avait peine à contenir sa haine. Agathe,
en avouant Saint-Georges pour son libérateur et en se plaisant à
l'excuser, attisait imprudemment l'incendie....

— Lui votre libérateur ! lui, ce mulâtre ! s'était écrié Maurice... Voilà donc le secret de votre admiration pour cet
homme ; voilà pourquoi vous me taisiez les suites de votre
aventure ! il était écrit que ce démon, vomi par l'enfer, se

dresserait partout devant moi. Oh! malheur à lui, je le tuerai, fût-ce par fraude; dussé-je en garder un éternel remords! — Tuez-moi donc, marquis, murmura à son oreille une voix sourde qui glaça le sang au cœur de Maurice; achevez ce que des misérables ont commencé!

Agathe s'évanouit, elle venait de voir Saint-Georges pousser la porte de sa chambre comme l'eût fait un fantôme... ses mains serraient encore le bâton avec lequel il venait de lutter contre ses lâches agresseurs... le sang tachait ses habits...

— Que venez-vous faire ici, monsieur? lui cria Maurice en reculant sous l'empire du même vertige qui avait saisi la jeune fille... parlez, que vous a-t-on fait? Il y a du sang à votre dentelle, aurait-on voulu vous assassiner dans la rue?

Et comme Saint-Georges ne répondit pas:

— Vous ne pensez point, j'espère, reprit le jeune homme en le fixant, que ce fussent des gens apostés par moi? Soyez tranquille, quoique vous soyez mulâtre, tout marquis que je suis, je vous promets de vous rendre raison....

Mais encore un coup, continua-t-il en s'apercevant de l'évanouissement d'Agathe, quel hasard infernal vous ramène ici, et qu'avez-vous à me dire?

— J'ai à vous dire, marquis de Langey, que vous vous êtes conduit ce soir avec moi comme le dernier de vos domestiques; j'ai à vous dire que je vous donne deux jours pour vous préparer à paraître devant moi et devant Dieu!...

L'accent lugubre de Saint-Georges, sa chevelure en désordre, l'air égaré avec lequel il entrait à cette heure de nuit dans la chambre d'Agathe, comme si la main de quelque magicien damné l'y eût introduit, tout imprimait à cette scène un caractère inouï de solennité... Maurice sentit son cœur tellement oppressé par le poids de ces paroles, qu'il n'y répondit que par un cri intraduisible de rage... L'état d'Agathe avivait encore sa colère: pâle, inanimée, la jeune fille avait laissé tomber sa tête sur le coussin d'un large sopha...

Saint-Georges venait alors de s'en approcher, il avait débouché un flacon de sels et lui présentait, quand Maurice écarta son bras violemment.

— Hors d'ici, mulâtre! ne sais-tu pas que ton seul contact est un outrage?

Que viens-tu faire ici? reprit-il; tu n'as sur cet ange aucun droit... C'est une fable que cette attaque nocturne dont tu parles..... Qui t'a révélé cette demeure? Qu'as-tu besoin de m'y venir insulter, puisque le premier je t'ai craché l'insulte au visage?

— Dieu m'est témoin, marquis, répondit Saint-Georges avec lenteur, que ce n'est pas moi qui ait provoqué ce combat, vous étiez dans le délire..... Pourtant, si vous voulez me faire des excuses devant quelques officiers du prince, je m'en contenterai, dit-il en abaissant la voix avec émotion. — Des excuses à un valet! des excuses! Veux-tu, chevalier, que j'éveille un des hommes d'écurie de cette maison? il t'adressera les siennes..... Encore une fois... hors d'ici! et songe que je puis appeler... Ne te souviens-tu donc plus que tu m'obéissais à Saint-Domingue?

— Il est heureux pour vous que cette jeune fille évanouie n'entende pas vos paroles, elle vous croirait, Maurice, le dernier et le plus lâche de tous les hommes. Vous êtes né bon et généreux cependant, c'est votre mère qui vous a perdu; votre mère, qui vous a soufflé la méchanceté et l'orgueil! — Misérable! il ne te suffit pas de m'insulter, il faut que tu insultes ma mère! Voici mon épée; tire la tienne à ton tour! En garde, spadassin! défends-toi!

Maurice avait fondu l'épée haute sur le mulâtre...

Saint-Georges esquiva le coup et fit observer froidement à Maurice qu'on lui avait pris son épée dans cette attaque dont il avait failli être victime... Ses yeux noirs avaient grandi de moitié; ils lançaient l'éclair du fond de leur orbite ardente et cave; deux larmes de rage et de honte coulaient parallèlement de ses joues. La contrainte qu'il s'imposait devait être horrible; on eût dit un lion contenant sa force... Devant la faiblesse de cet adversaire, il eût rougi de tenter même un effort.

— Enfant, reprit-il, cesse de vaines menaces. Tu eusses mieux fait de te souvenir, ingrat. Un coup d'œil jeté en arrière sur ta vie t'aurait empêché de te perdre; car maintenant te voilà perdu... A ton tour, Maurice, ne te souvient-il plus de Saint-Domingue? Rappelle-toi notre amitié, nos jeux. Jamais ton regard vint-il alors insulter à ma misère? Jamais une parole dure tombée de tes lèvres vint-elle attrister ma joie? Est-il besoin de te redire nos courses par les allées de la Rose, nos promenades sur les flots du Cap, d'où nous voyions la lune répandre ses teintes veloutées sur les grands mornes? Seul alors auprès de toi, je ramais paisiblement sous la tente étoilée de ce beau ciel; en voyant cette riche nature, je ne croyais pas qu'il pût exister un autre monde... Hélas! cependant, Maurice, il en existe un où les souvenirs ne sont qu'un mot, où l'amitié n'est qu'un rêve! Dès que ce monde a posé sur votre poitrine son pied orgueilleux, il faut lui obéir; et c'est ce que tu as fait... Un mot, un regard de toi m'eût fait tressaillir d'ivresse, tu as préféré ne pas me tendre la main; que dis-je, Maurice, tu m'as insulté, honni! A l'heure où je parle, ce monde implacable veut que je lave dans ton sang la honte de cette injure. Quel est donc ce vent cruel qui a déraciné de ton cœur toute mémoire? quelle est cette douleureuse fatalité qui vient armer nos deux bras? Il y a pourtant des nuits où je te voyais apparaître à moi doux et serein comme l'espérance... Dis par quelle incroyable magie je te retrouve le front haut et menaçant? — Puisque tu oses, mulâtre, évoquer devant moi les ombres des premiers jours, je veux bien t'apprendre le secret de ma haine. Tu as reporté tes regards en arrière, je ferai comme toi, je te rappellerai le passé. Qu'étais-tu, réponds, dans cette colonie où s'écoula mon enfance? Un produit du sol, un esclave condamné à la loi d'une éternelle humiliation. Prends cette glace et compare nos deux visages. La blancheur de ma peau te dit assez que je suis ton maître; la couleur de la tienne, que tu n'es que mon sujet. Je suis noble, moi qui te parle; toi tu n'es qu'une marchandise que les capitaines des navires français s'en vont chercher en Guinée. A Saint-Domingue, il doit t'en souvenir, il y avait pourtant entre nous quelque distance. Tu étais debout, Saint-Georges, pendant que j'étais assis; tu étais le mulâtre nº 143, soumis au fouet du nègre commandeur; à Saint-Domingue, chevalier, tu pouvais valoir quinze cents livres!... Ma mère ne m'a pas dit qu'elle t'ait jamais rencontré dans la maison du gouverneur; ici je t'ai rencontré, moi, dans le palais d'une reine de France, à son royal clavecin! Incroyable honte! Quand je me suis abaissé, pour complaire à madame de Langey ma mère, jusqu'au rôle de solliciteur chez les d'Orléans, qui ai-je trouvé de nouveau sur mon chemin? Toi! son ancien valet, toi qui l'as emporté sur moi pour cette place de capitaine des chasses... Chaque lieu où je pose le pied conserve l'empreinte du tien; ce que je rêve, tu le rêves aussi; l'édifice que je construis, tu l'abats. Dis maintenant qui est le maître et qui est l'esclave! A mon tour, mulâtre, n'ai-je pas le droit de sentir en moi l'aiguillon de la révolte? — Vous oubliez, Maurice, que nous avons reçu le même baptême. Un

prêtre m'a dit alors que la religion chrétienne était un symbole d'égalité. Vous avez un blason, je n'en ai pas; mais est-ce ma faute à moi si, par ce temps de lassitude, où la nouveauté occupe seule, où le merveilleux et l'inusité triomphent, ces hommes ont couru vers moi les bras ouverts? Ils ne se sont point appuyés comme vous, pour m'écarter, sur un inflexible orgueil; plus généreux que vous, ils m'ont suivi dans la lutte où je marchais pareil à l'un de ces gladiateurs antiques qu'encourageait le regard des empereurs. Après tout, marquis, pensez-vous que cette main qui joue avec une épée ne puisse au besoin devenir celle d'un serviteur du pays? pensez-vous que cet homme que vous avez rencontré au clavecin de la reine à Trianon ne puisse la défendre si on l'attaquait un jour?
— Pour défendre la reine de France, il faut être noble, monsieur; et qui êtes-vous, vous qui osez en parler, sinon l'ami et le confident du duc de Chartres?

Saint-Georges baissa les yeux; de toutes les injures qui avaient pu labourer son cœur durant ce morne dialogue, celle-ci était la plus vive et la plus saignante.

Il se hâta de reprendre :

— Mais qu'est-ce que ma vie futile près de celle que vous prescrit votre naissance? Je ne suis rien, Maurice, je ne puis vous faire ombrage. Vous avez un régiment, et je n'en ai point; vous allez épouser mademoiselle Agathe de La Haye, pour laquelle j'eusse donné ma vie avec bonheur! Moi je n'ai pas de nom, moi je ne suis point aimé; vous voyez, Maurice, que vous êtes le plus heureux! — Tant que je ne vous ai trouvé que sur le chemin de mon ambition, monsieur, j'ai pu supporter l'injustice d'une pareille rencontre. Que la noblesse de France en soit venue à méconnaître aujourd'hui tout ce qu'il y a de pur et de loyal dans son sang, cela se conçoit. La cour sort à peine des intrigues ténébreuses d'un règne qui encombrait les places de ses créatures. La vérité pas plus que le mérite ne franchit les grilles de Versailles. On veut des courtisans, ce sont des Bretons, des Vendéens qu'il faudrait. D'autre part on tient à s'étourdir, on joue auprès de l'abîme. Vous êtes né pour ce siècle-ci, monsieur; vous dansez, vous faites des armes à ravir! Peu m'importe la place que vous choisirez désormais à la cour, je l'abandonne, je me jette dans l'armée. Mais je vous rencontre sur le passage de mon amour, et nul ne doit toucher à cet amour, si ce n'est celui qui toucherait à mon

visage! Auriez-vous pensé d'aventure que cette jeune fille
vous aimât? Pour ceci, monsieur, ce serait trop de témérité.
Permis à vous d'étonner et de séduire des vertus vulgaires;
mais par ces jours de bouleversement et de mélange inouï,
c'est aux femmes à ne pas prostituer leurs caresses et à
redresser les torts de cette époque perdue! — Je n'ai point dit,
marquis, que cette jeune fille m'aimât. Je me trouve heureux
de lui avoir rendu un service; tout ce que je regrette c'est de
n'être point mort après cela! — L'aimeriez-vous? murmura
Maurice en se rapprochant de lui avec une incroyable expression de menace et d'ironie... — Eh bien, oui, je l'aime! répondit-il en levant au ciel un regard humide où se peignait
une tristesse désespérée; je l'aime, parce qu'elle ne m'a point
repoussé comme vous, cette femme, que, comme vous, j'avais
sauvée! Elle n'a point detourné de moi son regard, ainsi que
vous faites en ce moment; elle ne m'a point rappelé avec d'a-
mères paroles que je n'étais pas de sa couleur! Cette bague,
Maurice, elle me l'a présentée avec la joie sur le front, comme
une messagère céleste qui descendrait d'un nuage... Oh! je
l'aime, je l'aime, mais d'un amour respectueux et saint que je
n'ai jamais ressenti que devant des anges! Je l'aime, et vous
allez l'épouser! je l'aime, et il n'y aura pas de jour où vous ne
m'insultiez désormais en sa présence!

Saint-Georges avait laissé retomber sa tête sur sa main...
Agathe entr'ouvrit alors ses yeux, qui brillaient d'un éclat
extraordinaire... La molle blancheur de son front et de ses
épaules lui donnait l'air d'un beau cygne qui se réveille...
Elle avait entendu ces paroles de Saint-Georges remplies d'une
héroïque abnégation: l'esclave lui faisait mépriser le maître,
Il lui prit une irrésistible fantaisie de contempler les traits de
Saint-Georges: ils étaient empreints de je ne sais quel rayonnement céleste et doux, comme si dans cet entretien sublime avec
Maurice, il eût épanché goutte à goutte toutes les larmes de
son âme.... C'est aux femmes seules, aux femmes jeunes et
vraies, dans toute la rigueur de ce mot, qu'il appartient de
comprendre la supériorité de certaines natures... Chaque mot
de Saint-Georges résonnait encore à l'oreille d'Agathe comme
le gémissement métallique que rendrait la harpe... Elle rencontra et elle évita tour à tour la puissance connue de son regard; et tendant la main à Maurice, elle se dirigea sur son
bras vers l'appartement voisin, au seuil duquel apparut la

vieille gouvernante... Dans le mélancolique coup d'œil qu'elle
laissa tomber sur le chevalier, il y avait tout l'enchantement
d'un adieu, mais d'un adieu céleste comme dut l'être celui de
Madeleine d'Égypte s'acheminant vers les grands sables du
désert...

Lorsqu'elle fut rentrée chez elle :

— Monsieur, reprit Maurice, qui avait épié impatiemment
ce long regard, l'insulte a été grave, nous ne pouvons éviter
une rencontre... Je ne vous ferai point d'excuses, quoique j'aie
peut-être dépassé avec vous toute mesure... Ce matin même je
m'en vais écrire à mes témoins. Seulement vous savez que
c'est aujourd'hui la Saint-Louis; je dois aller à Versailles pour
remercier le roi et passer en revue mon régiment. Si vous
voulez le permettre, la rencontre n'aura lieu que demain soir?
— A demain soir, répondit le chevalier.

Ils descendirent tous deux l'escalier sans se parler, puis ils
se séparèrent en se saluant froidement.

Il faisait petit jour, et chaque maison de la rue Saint-Honoré
était déjà pavoisée de drapeaux semés de larges fleurs de lis.

XLIII

La vie d'un fils.

> Tu vois par la fenêtre de la sacristie
> cette lampe éternelle dont la flamme
> vacille et pâlit de moment en moment?
> Tu vois ensuite l'obscurité qui règne à
> l'entour? Eh bien ! dans mon âme il
> fait nuit de-même.   (FAUST.)

A peine madame de Langey eut-elle reconduit Agathe dans
sa voiture, que la scène violente dont elle avait été témoin chez
madame de Montesson se présenta à son esprit sous les couleurs
les plus sombres...

Maurice de Langey venait de sortir pour la première fois
peut-être de ce caractère indolent et froid qu'on lui attribuait
dans le monde, il venait de se compromettre ou de s'élever aux
yeux de la galerie par un éclat sérieux.

La fierté originaire de la créole applaudit d'abord à la révolte
de cette nature pacifique. Madame de Langey, le lecteur l'a
pressenti, devait encourager plus que tout autre ce mépris inné
pour un mulâtre, un aventurier dont le triomphe l'obsédait.

Depuis quelque temps d'ailleurs l'indifférence de Saint-Georges était devenue pour elle une insulte impardonnable.

Le chevalier affectait de ne jamais lui adresser la parole dans aucun salon; jeune et beau, recherché partout, il n'avait pas l'air de se douter qu'elle existât...

Aussi, lorsque Maurice s'approcha de Saint-Georges avec une témérité si folle, la résolution subite du jeune homme fit battre d'abord le cœur de madame de Langey; il lui sembla naturel que le marquis se vengeât; elle sourit à Maurice comme une de ces mères romaines qui armaient elles-mêmes leurs enfants pour le combat. L'insolence de cette supériorité humiliante l'avait toujours irritée; mais cette fois elle dépassait les bornes. Saint-Georges ne venait-il pas de la railler jusque dans son fils?

Elle-même, la superbe! elle ne craignait point de forger pour Maurice cette arme terrible, elle en effila l'acier... Ce fut elle qui lui jeta dans l'oreille ce cruel ressouvenir du coup de fouet de Saint-Domingue, elle qui formula pour le jeune homme jusqu'à l'expression de cette injure!

Quand il la balbutia, les lèvres émues, le visage pâle, la créole manqua de s'évanouir d'orgueil... La vue de cet homme noir était pour la marquise de Langey un perpétuel outrage : elle eût désiré manier le fer comme la chevalière d'Éon, pour l'écarter à tout jamais de son chemin; c'était un objet de honte et de dégoût pour ses yeux. Nous avons dit que Saint-Georges ne lui faisait pas la cour.

Ce premier enivrement de vengeance une fois passé, dans quel terrible abîme ne retombait pas madame de Langey!

Maurice venait de se faire l'agresseur d'un homme dont le nom seul aurait glacé le sang au cœur du plus téméraire..... Il allait se mesurer avec le plus redoutable tireur que l'Europe connût; il allait se trouver à sa merci! Madame de Langey ne pouvait se dissimuler la cruelle portée de cette insulte vis-à-vis cet affranchi de nouvelle date, que le Palais-Royal et tous les cercles de Paris avaient adopté. L'ancien esclave de la Rose allait se relever avec tout l'orgueil de la force et de la haine, le chevalier allait venger le mulâtre!

Dans la perplexité cruelle où la jetèrent ces pensées, la créole avait cru voir se dresser devant elle une ombre sortie sans doute de ses marécages peuplés de crabes, couverts de mangliers et de joncs marins, qui bordent les eaux infectes de Saint-Domin-

gue..... Cette ombre étendait vers elle un bras aussi menaçant
que celui de l'Espagnol; elle avait à la fois les yeux de Saint-
Georges et le rire de Tio-Blas.

— Pitié! avait crié madame de Langey devant cette apparition sinistre.... Elle tremblait alors comme à cette nuit d'épouvante où l'Espagnol entra dans sa chambre...

L'édifice de ses espérances croulait d'un coup. Ce riche mariage assurait la fortune de Maurice sans que M. de Boullogne
eût besoin d'intervenir, il n'altérait donc en rien la part que le
contrôleur général réservait sans doute à madame de Langey.
Maurice adorait Agathe; il irait vivre, selon les apparences, avec
sa femme dans quelque château isolé de la Bretagne, après qu'il
aurait quitté le service, laissant à madame de Langey toute in-
dépendance et toute liberté en fait d'allures. Son fils éloigné,
elle rentrait plus que jamais en possession du cœur de M. de
Boullogne, chez lequel elle avait remarqué quelque froideur.
Toutes ses batteries, on le voit, étaient merveilleusement dis-
posées. La seule querelle de Maurice avec Saint-Georges les ruinait.

Nul doute en effet que le mulâtre ne lui fît bientôt porter le
deuil de ce fils qui avait eu l'audace de le provoquer devant
tous. Nul doute que la seule pensée de sa mère, au lieu d'arrêter son bras, ne vînt exciter sa rage. Madame de Langey ne prévoyait que trop l'inexorable vengeance de Saint-Georges; elle le
jugeait impatient de laver dans le sang du fils la vieille injure
de la mère. La mort de cet enfant changerait les dispositions du
vieillard en sa faveur; M. de Boullogne l'en accuserait, il ne la
verrait plus qu'avec horreur. A tout prix, il lui fallait empêcher
le duel entre Maurice et Saint-Georges.

La froideur de ces calculs chez une femme qui ne mériterait
pas le nom de mère n'étonnera aucun de ceux qui savent que
la vie d'un fils, pour certaines créatures dégradées, n'est qu'un
chiffre représentant telle ou telle rente. A examiner de près madame de Langey, on eût pu cependant cette nuit-là lui croire
un cœur, tant il y avait d'anxiété dans son regard et d'agitation
dans sa personne. Elle se promenait de long en large, cherchant
à quelle idée elle s'accrocherait elle-même pour empêcher ce
combat inévitable; elle s'arrêtait à mille plans plus inadmissi-
bles les uns que les autres, apaisant sa propre terreur par une
foule de raisons mauvaises, jusqu'à ce qu'elle prît le dessus et
la rejetât sur le carreau.

La nuit était sombre et pluvieuse, la pendule marquait deux heures.....

— Saint-Georges est encore chez la Montesson, pensa-t-elle, elle l'a retenu sans doute ; mais il rentrera, selon sa coutume, avant le jour.....

Une idée propice avait traversé l'esprit de madame de Langey, car un sourire étrange vint alors errer sur sa lèvre mince et pâle.....

— C'est cela, s'est-elle dit en écrivant à la hâte au crayon un billet rose et en sonnant l'un de ses valets de pied qui venait de descendre de la voiture. — Porte ceci à M. de Vannes, ajouta-t-elle.

Le messager une fois parti, la marquise de Langey avait respiré comme si la foudre n'eût plus menacé le front de Maurice. Elle avait relevé la tête avec l'orgueil d'une reine, s'applaudissant sans doute de ce qu'elle appelait une *inspiration*.

Cette *inspiration* était le comble de la lâcheté et de l'infamie, elle consistait dans le guet-apens nocturne dont Saint-Georges, suivant toutes les probabilités, devait devenir victime.

M. de Vannes, l'âme damnée de la marquise, s'était vu chargé par elle dans ce billet des préparatifs immédiats de l'attaque. Il n'avait pas tardé à réunir quatre maîtres bâtonnistes non loin de l'hôtel d'Angleterre. Ces hommes, moitié par jalousie contre Saint-Georges, qui tirait fort bien le bâton, moitié pour l'argent que de Vannes leur avait donné, se firent les instruments odieux de sa vengeance. Un nommé Desbrugnières, si renommé dans l'affaire du comte de Morangiès, et de Vannes lui-même, drapé dans un large manteau brun, les escortaient. Voilà par quel piége odieux la marquise avait cru détourner le péril qui menaçait les jours de son fils ! Jugeant avec raison M. de Vannes un homme assez lâche pour reculer devant le fer de Saint-Georges, elle l'avait chargé de sa tuerie.

— Maurice ne doit pas se compromettre avec un mulâtre, avait-elle pensé ; un mulâtre doit périr sous le bâton !

Elle avait passé la nuit debout, attendant avec des perplexités incroyables le retour de M. de Vannes. Le pas du capitaine produisit enfin un frôlement léger sur le tapis d'hermine qui couvrait le parquet de la chambre à coucher de la marquise. La figure de M. de Vannes était aussi pâle que la mort ; il n'eut que le temps d'apprendre à madame de Langey le mauvais succès de cette attaque et de l'assurer que Saint-Georges ne leur avait échappé que par miracle.....

— Je suis perdue ! s'écria madame de Langey.

Elle retomba à moitié morte sur son fauteuil, en se tordant les mains dans un indicible désespoir.....

XLIV

La Saint-Louis.

> Le jour des miséricordes s'est enfin levé sur moi ; Dieu a répandu la lumière sur sa servante.
>
> (Tobie, *Psaumes*, livre IV.)

Ce soir-là Paris offrait un spectacle digne du pinceau turbulent de Téniers : ce n'était que foule et bacchanal dans chaque rue comme aux kermesses flamandes.

A cette époque, le grand seigneur se croyait obligé d'illuminer la façade de son hôtel, il ne partait pas comme aujourd'hui pour sa terre, afin d'esquiver les lampions et l'enthousiasme.

Un clair de lune magnifique découpait les mille silhouettes de ce peuple endimanché.

Le bourgeois, revêtu de son plus magnifique habit d'été, se dirigeait d'un pas fier vers la grille des Tuileries, où le concert et la musique des régiments suisses l'attendaient. Ce concert, composé des plus vieux airs de Rameau, n'attirait pas moins de deux cent mille âmes.

Les fusées volantes décrivaient par intervalles leur courbe embrasée sur le ciel, pour saupoudrer ensuite de leurs paillettes d'or les arbres touffus des Champs-Élysées.

Le feu d'artifice devait se tirer sur la place Louis XV.

A voir cette foule amoncelée devant les charpentes, on eût dit vraiment qu'elle ne se souvenait plus de l'épouvantable bagarre arrivée sur cette même place en 1770. Ce sinistre coûta la vie à plus de douze cents infortunés : il précédait de quatre années seulement l'avénement de Louis XVI à la couronne.

C'est une triste chose qu'une fête populaire où l'on porte des idées tristes. Il y règne une odeur vineuse et nauséabonde..... Saint-Georges n'était sorti de chez lui que pour échapper à l'amertume de sa solitude; il comptait sur le tourbillon pour s'étourdir.

Tout ce que les Tuileries possédaient de femmes galantes, de provinciaux, de jeunes gens à la mode, attacha les yeux sur lui, quand il traversa le jardin; on se le montrait comme le type de l'élégance et de l'adresse, le modèle de la plus exquise perfection; son nom courait de bouche en bouche comme avait couru le nom de tant de héros oubliés depuis, héros d'un jour, à commencer par le duc de Richelieu.

La petite bourgeoise éprouvait en le voyant la même admiration que la duchesse. Sa physionomie tranchait sur toutes les autres d'une façon si marquée qu'il devenait en un clin d'œil le point de mire de toutes les lorgnettes.

Le grand Vendôme portait, on le sait, un ruban couleur de feu noué sous la gorge, et cela paraissait magnifique et triomphant; Saint-Georges, lui, avait imaginé chaque jour une fleur pour insigne à sa boutonnière : ce soir-là, il fallait qu'il fût distrait, car il n'en portait aucune....

En revanche, il donnait le bras à un véritable parterre ambulant, représenté par La Boëssière. Le maître d'armes était semé de lis et de roses blanches comme un drapeau; il sortait d'un dîner où il avait chanté vingt-cinq couplets sur l'air de *Vive le Roi !*

A l'exemple des prélats romains, il portait un chapeau noué d'un bourdaloue d'or. Il l'ôta bientôt pour s'éventer, car en ce moment la chaleur était extrême. Le crépitement des ifs enflammés se mêlait aux pas tumultueux de la foule, aux cris des hommes et des femmes se perdant et se cherchant dans la mêlée.

Un personnage vêtu d'un mauvais habit de ratine bleue, captiva en ce moment l'attention de Saint-Georges....

Outre un feutre gris rabattu sur son visage et qui lui cachait presque entièrement le front, cet homme portait sur l'œil un bandeau de taffetas; il allait et venait par les groupes les plus populeux, abordant de préférence les gens mal vêtus. Ce mystérieux promeneur leur adressait à la hâte quelques paroles qu'il accompagnait d'une aumône....: Même avant cet hiver fatal qui désola Paris, et dans lequel la seule duchesse de l'Infantado dépensa plus de trois cent mille livres, sans compter l'archevêque de Paris, qui s'endetta après avoir employé pour les pauvres tout son revenu, les largesses de la cour n'avaient pas empêché les murmures du peuple….. Il ne passait guère devant l'hôtel des Fermes sans jeter un cri de rage étouffé, songeant sans doute que là s'engouffrait l'argent arraché de toutes les parties de la France, pour qu'après ce long et pénible travail il rentrât altéré dans les coffres du roi. La ferme lui semblait d'autant plus coupable qu'elle affectait alors un luxe inouï de table et de domestiques. Le prix du sel montait à treize sous la livre, et la cherté du pain faisait soupçonner un projet d'accaparement.

Dans ces circonstances, on concevra qu'il devint facile d'ameuter les esprits en les entretenant de déprédations et d'abus. La finance absorbait les principaux sucs de la vie publique; elle était l'humble vassale de la cour. La cour tolérait ses vols journaliers, ses abus, son faste, parce qu'elle en profitait. Soulever le peuple contre la finance, c'était hâter la révolte contre la cour.

A la tête de ceux qui soufflaient au peuple de pareilles colères, le duc de Chartres, à la veille de devenir duc d'Orléans, devait se trouver en première ligne. Le véritable, le seul accaparement des grains fut fait par lui. On connaît la mission en Angleterre du marquis de Ducrest, son chancelier : elle restera dans l'histoire comme un monument de honte. Ce soir-là pourtant ce n'était pas le frère de la marquise de Sillery qui, sous cet ignoble déguisement, se glissait dans cette foule comme un émeutier vulgaire; il n'était pas encore question d'approvisionner les magasins de Jersey, de Guernesey et de Philadelphie avec les blés de la France. Il s'agissait seulement d'étouffer le cri de *Vive le roi!* lorsque les voitures qu'on attendait de Versailles ramèneraient la famille royale aux Tuileries.

L'acteur choisi par le duc d'Orléans pour ce misérable rôle, l'homme chargé de faire ce soir-là des ennemis à la cour et des prosélytes au premier prince du sang, c'était Laclos !

Oui, Laclos, l'auteur des *Liaisons dangereuses!* Saint-Georges ne tarda pas à le reconnaître à sa voix; car Laclos ne pouvait si bien la déguiser que le chevalier ne se ressouvint d'avoir entendu quelque part cet organe rauque, usé par le vin et la débauche. Le génie de Laclos choisissait le mal par système; la fange dont son âme était pétrie lui faisait voir une simple mascarade dans ce vil complot. La vue de cet homme, soudoyant ainsi le peuple comme un laquais après l'avoir perverti comme écrivain, souleva le cœur de Saint-Georges; il se hâta de fuir ce **Judas rampant**, à qui d'Orléans serait redevable ce soir-là d'une

Infamie..... Saint-Georges avait échangé au théâtre quelques travaux littéraires avec Laclos [1]; il songea avec épouvante que sa lâcheté subalterne serait un jour de l'histoire.....

— Qu'est-ce donc que le talent, pensa-t-il, quand il n'y a chez lui ni pudeur ni probité?

En cet instant même le bruit de quelques pétards annonçait le feu..... Les spectateurs formèrent un cercle plus serré; il se fit un grand silence..... Un panache de gerbes radieuses ondoya de toutes parts; quatre mille têtes resplendirent. Parmi toutes ces femmes montées sur des chaises, Saint-Georges tremblait à tout moment d'entrevoir Agathe éclairée par ces météores d'une seconde, le bras appuyé sur l'épaule de Maurice..... Les événements de la nuit n'avaient laissé que des ombres confuses dans son esprit; il avait dédaigné d'adresser même une plainte en règle à M. Lenoir, au sujet de l'attaque dont il était l'objet. Ce n'était qu'à grand'peine qu'il s'était décidé à confier son combat du lendemain à La Boëssière..... Le digne maître d'armes se rengorgeait en songeant que Saint-Georges allait avoir une affaire à l'occasion de laquelle le public reparlerait de sa méthode oubliée.

— C'est qu'elle est divine, ma méthode! Fabien [2] est un fou quand il soutient que je vieillis!....

Ventre de biche! ajoutait le brave homme en descendant de son banc de pierre avec toutes les précautions qu'exigeait son obésité, j'espère que ce sera près des Sablons que la partie aura lieu.... Il y a là une petite allée faite exprès, et un rôtisseur qui cuit à point.....

[1] Voici le titre des opéras de Saint-Georges, opéras dont la faiblesse des paroles empêcha presque constamment le succès :

Ernestine, paroles de Laclos, représentée au mois de juin 1777. On trouva dans cette musique de la grâce, de la finesse, mais peu de caractère et de variété. Elle ne survécut pas à la première représentation. Il en fut de même de *la Chasse*, dont Saint-Georges avait composé la partition. Il donna encore avec Desmaillot, auteur des paroles, *la Fille garçon*, comédie mêlée d'ariettes. Cette pièce obtint plus de vogue : la musique était mieux écrite qu'aucune autre des compositions de Saint-Georges, mais la critique lui reprocha d'être dépourvue d'invention. Les *concertos* composés par Saint-Georges eurent plus de succès que ses œuvres dramatiques; pendant très-longtemps ils firent fureur. Plusieurs de ces concertos furent gravés sous le nom du fameux Jarnowitz; aucun d'eux ne fut désavoué par ce grand maître.

[2] Célèbre maître d'armes.

Plus je pense à votre attaque de cette nuit, mon cher Saint-Georges, reprenait-il en distribuant çà et là des coups de coude robustes à la multitude, qui ouvrait ses rangs devant lui, plus je demeure convaincu que la police est mal faite.... J'aurais voulu les voir ces maîtres bâtonnistes qui vous ont attaqué dans les règles de l'académie!

Des clameurs tumultueuses qui partaient de l'angle des Champs-Élysées interrompirent en ce moment le maître d'armes..... Parmi plusieurs voitures venant de Versailles et qui défilaient au grand trot vers les Tuileries, il y en avait une dont le cocher venait de faire sans doute un malheur, car il se trouvait alors entouré par les flots de la multitude....

De toutes parts ce n'étaient que vociférations et injures autour de lui..... Il venait de renverser une pauvre femme sur le pavé; elle était là gisante encore, et il avait voulu passer outre..... Le courroux de la populace s'accrut quand on vit que la voiture renfermait un vieillard en riche habit de velours marron semé de boutons de topaze qui jetaient un éclat encore plus vif au feu de ces illuminations... Il était décoré du cordon bleu et occupait avec une dame couverte de rubis et d'émeraudes les coussins d'un vis-à-vis magnifique.....

Tout d'un coup le bruit se répandit dans la foule que ce n'était point un seigneur, mais un financier, grand trésorier de l'ordre du Saint-Esprit.

Puis, comme il n'est guère possible d'échapper aux investigations du peuple une fois qu'il est en émeute, il ne s'écoula pas trois minutes que le contrôleur général des finances de Sa Majesté, messire Jean-Nicolas de Boullogne, n'eût été reconnu et insulté par cette plèbe furieuse.

— C'est un conseiller du roi, un ami de la reine! s'écriait un homme ressemblant assez de loin à M. de Sauvigny, l'un des affidés du duc d'Orléans.

— C'est un suppôt de la ferme, un falsificateur de denrées, hurlait un commis nouvellement chassé de l'octroi. — Il a écrasé une femme du peuple! Il faut qu'il descende et nous fasse amende honorable..... — Sinon nous allons dételer ses chevaux et le cadenasser avec sa duchesse à falbalas dans sa voiture! — Il paraît que, non contents d'affamer le peuple, ces traitants veulent l'écraser! — Mort à l'assassin, au contrôleur général! criaient des voix d'ivrognes sortant par légions des cabarets. — Ne lâchez pas les chevaux surtout, et tenez bien le cocher du *gabelou* par sa catacoua !....

Les menées du parti d'Orléans avaient, comme on le voit, porté leurs fruits.... Sur le passage de la cour, il n'y avait eu que quelques cris rares et clair-semés de *Vive le roi!* L'honorable vieillard que ces invectives poursuivaient ne pouvait même les entendre, car dès la première irruption du peuple autour de sa voiture, il avait éprouvé le retour de l'une de ces crises épileptiques auxquelles depuis longues années il se trouvait exposé.

Vis-à-vis d'un tel péril, madame de Langey elle-même crut un instant qu'elle deviendrait folle..... M. de Boullogne ressentait pour la première fois devant elle une de ces commotions dangereuses. Elle abaissa l'une des glaces du vis-à-vis et demanda vivement un médecin.

— Merci du peu, un médecin! s'écria une marchande de coco qui arrivait moitié ivre; voudriez-vous accoucher d'aventure, *madame l'enflée!* — Dites donc un peu, *madame l'empanachée!* donnez-vous la peine de descendre et de voir votre chef-d'œuvre!.... Vous venez d'écraser une bonne femme, une digne négresse du bon Dieu qui n'a pas même poussé un cri!

C'était en effet une négresse que les roues du vis-à-vis de M. de Boullogne, emporté alors à la suite de celui du prince de Montbarey, avaient atteinte au coin du carrefour des Champs-Élysées. Suivant l'usage, le peuple avait exagéré le mal, car la négresse s'était relevée presque aussitôt et demeurait appuyée contre un des ifs de la place.

— Noëmi! s'écria Saint-Georges du plus loin qu'il l'entrevit, Noëmi! ma mère!

Et profitant de la force herculéenne dont le ciel l'avait doué, le mulâtre, quittant le bras du maître d'armes, s'était ouvert à l'instant même une brèche au milieu de la multitude. Haletant, l'œil oppressé par le brouillard et la poussière, il était parvenu jusqu'à la malheureuse femme, qui avait perdu Joseph Platon dans cette mêlée.

Tout le monde lui avait fait place, comme par instinct, en le voyant accourir et presser la négresse entre ses bras; la foule avait presque oublié la voiture du contrôleur général.

Voici que tout d'un coup un cri sinistre, déchirant, un cri qui portait avec lui une empreinte affreuse, partit du fond de cet équipage.

— M. de Boullogne se meurt! un médecin! par pitié, un médecin!

Nul en vérité ne bougeait parmi ces hommes; nul ne songeait à secourir le vieillard mourant. Le peuple de Paris est ainsi fait : il se raidit contre son propre cœur, il devient barbare vis-à-vis de ceux qu'il croit coupables. Le cri poussé par madame de Langey émut cependant quelqu'un, ce fut la pauvre négresse que la voiture du contrôleur général venait de renverser sur le pavé.

A ce cri : « M. de Boullogne se meurt! » vous l'eussiez vue se lever, la misérable créature, comme si elle eût oublié la scène qui venait de se passer, comme si l'ancienne esclave des Palmiers eût entendu la voix de son maître :

— Me voici! dit-elle en se traînant avec une incroyable promptitude jusqu'à la portière du carrosse, me voici, je viens vous sauver!

Parlant de la sorte, elle se dégageait des étreintes de Saint-Georges et développait elle-même rapidement le marchepied du vis-à-vis; puis, avec l'agilité d'une couleuvre, elle se blottit au milieu de l'équipage....

— Une négresse! s'écria madame de Langey, pouah! quelle horreur!

M. de Boullogne promenait en cet instant un œil hébété autour de lui.

— Une négresse? reprit le contrôleur général d'une voix éteinte, une négresse, avez-vous dit? Laissez-la!... lais...sez-... la!...

Il retomba pesamment sur les coussins, pendant que Noëmi, se confiant sans doute au pouvoir de sa science, lui appuyait la main sur le front.

La langue de Saint-Georges s'était collée à son palais en voyant sa mère dérouler le marchepied.

Profitant de l'ivresse que l'introduction de Noëmi dans cette splendide voiture venait de répandre parmi le peuple, madame de Langey jeta par la fenêtre quelques monnaies aux plus proches.

— Vive monsieur le contrôleur général! s'écria la foule.

Le cocher toucha : le chemin était devenu libre. L'étonnement de madame de Langey était aussi profond que celui de la multitude. Peu à peu les attentions empressées de Noëmi avaient apaisé le mal de M. de Boullogne; il contemplait cette libératrice singulière avec un prodigieux intérêt. La présence de

Noëmi dans cette voiture semblait un outrage véritable fait à la créole; elle affectait de respirer devant elle son flacon d'essences. Noëmi la toisait à son tour avec un inexprimable orgueil.

Arrivé devant la porte de son hôtel, voisin de celui de M. de Breteuil, M. de Boullogne descendit le premier, appuyé sur le bras de Noëmi : il avait refusé celui de la marquise de Langey en disant au cocher de la reconduire chez elle.

Le trouble dans lequel ces paroles inattendues jetèrent madame de Langey ne lui fit pas même songer à donner contre-ordre aux gens de M. de Boullogne.

Le contrôleur général poussa bientôt la porte d'un cabinet retiré auquel sa seule tenture en tapisserie assurait l'inviolabilité des discussions, et refermant sur lui la serrure, il y passa quatre heures avec Noëmi...

Ce qui s'était dit là, Dieu seul le savait; mais lorsque M. de Boullogne en sortit, son visage avait la pâleur d'un suaire : il ressemblait au coupable qui vient de se confesser.

Il ordonna que l'on préparât une chambre à Noëmi et la fit coucher à l'hôtel, dont la façade s'étoilait encore de quelques lampions mourants.

XLV

Revanche.

> Ne soyez point surpris, don Juan,
> de me voir à cette heure et dans cet
> équipage. C'est un motif pressant qui
> m'oblige à cette visite.
>
> (DON JUAN. — *Dona Elvire*, scène IX.)

Le lendemain, dans l'après-midi, deux mousquetaires noirs, M. le baron de la Monteil et M. le marquis de Guintrand, que Saint-Georges avait choisis pour ses témoins, occupaient chacun, dans l'appartement du chevalier, un fauteuil respectif dans lequel ils s'humectaient par intervalles d'une délicieuse bouteille de Romanée en attendant son retour.

Contraint de se rendre le matin même à un rendez-vous imprévu que le duc de Chartres lui avait donné au château du Raincy, Saint-Georges avait enfourché le premier trotteur des écuries du Palais-Royal pour être sûr de revenir à temps chez lui....

Un autre homme que le chevalier n'eût pas manqué de s'excuser près du prince; mais dans la tourmente d'idées où l'entretenait cet inévitable combat, le déplacement lui sembla presque un bienfait.

Après une pointe de près de deux lieues, il avait arrêté son cheval pour donner à Platon le temps de le joindre... Le pauvre heiduque faisait alors sur sa monture une mine assez piteuse.

Habitué sans doute à de moins rapides caravanes, Joseph Platon arrivait exhalant de sa poitrine le bruit d'un mirliton déchiré. Ses cadenettes dépoudrées par le vent avaient l'air de deux ganses de fiacre usées; son grand sabre lui battait agréablement les jambes, et ses bottines entraient jusqu'au cou-de-pied dans ses étriers.

Dès qu'il vit Saint-Georges le prendre en pitié, il lui demanda, comme Sancho à don Quichotte, la permission de déjeuner près d'une fontaine qui bordait la route.

C'était une véritable fontaine d'églogue; elle avait l'air d'un filet d'argent sur de la mousse, bien qu'elle portât le millésime du grand chemin. La chaleur était intense. Saint-Georges abrita lui-même son cheval sous les ormes de la fontaine, ormes touffus, plantés sans doute par Louis XIV.

Il venait de la plaine un vent doux et frais qui disposait merveilleusement à l'appétit.

Le vénérable heiduque sortit de sa poche un magnifique saucisson qu'il avait irrévérencieusement enveloppé de la *Gazette des Gazettes.*

— Barbare! s'écria Saint-Georges, tu ne sais donc pas que la *Gazette des Gazettes* renferme des énigmes et des charades du savant abbé Domino! Tiens, passe-la-moi, car en vérité je n'ai pas faim.

Se conformant au désir de son maître, Joseph Platon tendit au chevalier la *Gazette des Gazettes.*

C'était un insipide bulletin, farci la plupart du temps de logogriphes et de petits vers à Chloé. Le chevalier de La Morlière trouvait moyen d'y glisser de temps à autre certains contes littéraires de la force d'*Angola,* et des anecdotes du jour qui amusaient les oisifs des cafés et des ruelles.

Saint-Georges le parcourait d'un air distrait, lorsque tout d'un coup les arcs de ses sourcils se touchèrent; il secoua la feuille et la rejeta loin de lui avec mépris.

Pour comprendre ce mouvement du chevalier, il faut savoir

que la *Gazette des Gazettes* s'arrogeait le droit de raconter à sa manière la soirée de madame de Montesson.

L'étrange incident qui en avait dispersé tous les acteurs formait, on le pense, la partie la plus saillante du récit. Les interprétations injurieuses ne manquaient pas. Cet article, sans signature, était du chevalier de La Morlière...

L'auteur anonyme semblait avoir pris à tâche d'y faire ressortir le courage du jeune marquis de Langey..... Attaquer un homme que chacun ne songeait qu'à éviter lui paraissait une action digne des plus beaux temps de la république romaine.

Il y avait dans chaque ligne de cette anecdote la malice d'un pamphlet. On y exaltait perfidement la fortune personnelle et la noblesse de Saint-Georges; on l'y engageait à écrire l'histoire de ses premiers jours aux colonies et à publier un mémoire justificatif tendant à établir qu'il était *créole*.

L'ignoble méchanceté de La Morlière allait jusqu'à insinuer que l'Hélène de ce débat avait pu avoir quelques complaisances pour le chevalier, comme mesdames telles et telles, que l'auteur nommait effrontément.

Ces mensonges, écrits sous le manteau, rallumèrent dans le cœur du chevalier le feu de la vengeance qu'il croyait assoupi. Si son nom passait pour la première fois par tant de bouches ennemies, si la malignité devait à l'avenir épier ses démarches et lui contester jusqu'à son nom, n'était-ce point Maurice qui déchaînait sur sa tête ces périls et ces orages? La jalousie injuste de ce jeune homme avait osé ébranler son piédestal pour le remettre en doute vis-à-vis de sa société; les seules conséquences de ce fait inouï étaient immenses pour Saint-Georges! L'opiniâtreté de Maurice lui revint à la mémoire. Maurice avait refusé de lui faire des excuses sans doute parce qu'il le croyait un de ces hommes que l'on ne peut plus outrager; il semblait même impatient de se mesurer avec lui. Peut-être en ce moment répétait-il devant Agathe ses hautaines imprécations contre le mulâtre! Parce qu'il avait joué jusque-là un jeu de dupe vis-à-vis de ce créole, qu'il était né son esclave, s'ensuivait-il qu'il dût le laisser porter le trouble et la honte dans sa vie? N'était-ce point assez qu'il fût le fils de la marquise de Langey pour que leurs épées se rencontrassent, et la publicité de cette injure n'exigeait-elle pas du sang?

Le seul amour désespéré dont le chevalier écoutait les plaintes amères au fond de son cœur lui conseillait d'user de ce droit de l'offensé, la vengeance! Quelques jours encore, et Agathe aurait uni sa destinée à celle de Maurice!..... Ce lien, que son rival heureux croyait éternel, il ne tenait qu'à lui de le trancher; il était le maître de cet amour, dont l'enivrement doublait sa haine!

Les cours instants qu'il crut devoir passer au Raincy, où il était attendu par le duc de Chartres, ne firent que confirmer chez lui toute impossibilité d'accommodement avec le marquis de Langey. En arrivant chez le prince, il s'était dit qu'on ne l'avait peut-être mandé que pour empêcher l'affaire, la volonté du roi à l'encontre des duels étant absolue. Il trouva, au contraire, le duc de Chartres ravi de voir battre un des officiers de sa maison.

— Si je n'avais pas ce soir ici réunion de la loge maçonnique, je t'assure que j'irais! Tu vas le tuer comme une mouche..... avait ajouté ce lâche prince, ravi d'exploiter partout le courage dont il manquait. C'est un tourtereau de Trianon; il roucoule chez la reine!... Je ne l'aime pas... il est de noblesse bretonne... Tout ce que je puis faire, c'est de commander pour lui une messe à l'abbé Beaudan, qui la dira comme il pourra, mais de manière à ce qu'elle ait le sens commun!

Après ce sarcasme impie, le duc s'était entretenu avec Saint-Georges de deux jockeys d'Angleterre, Parkner et Adamson, qu'il voulait faire courir dans huit jours. Il l'avait mené voir sa meute et lui avait demandé son avis sur la nouvelle livrée qu'il voulait donner à ses gens.

— Tue-nous le Breton! lui avait-il crié de la grille, tu feras une jolie petite veuve; car il écrit à mon père qu'il épouse ce soir mademoiselle de La Haye, à l'église de l'Oratoire... — L'enfer est contre moi! murmura Saint-Georges en s'élançant au galop par l'avenue.....

Dans la rapidité de cette course, il sentait à peine les rayons obliques du soleil qui venaient brûler ses joues..... Tout son courroux venait de se rallumer; il ne pouvait croire encore à cette ironique intrépidité de Maurice, à cette assurance d'un mariage devant son épée.

— Je suis prêt, dit-il à ses témoins en entrant, le front baigné de sueur, les lèvres pâles et crispées... monsieur de Langey a-t-il envoyé ses seconds? — Pas encore, reprirent messieurs de la Monteil et de Guintrand; mais quand on se bat avec vous, mon cher Saint-Georges, on a des dispositions à faire...

Le chevalier ne crut pas devoir leur répondre, et passa dans un petit cabinet où se trouvaient quelques armes de chasse.....

La fraîcheur et la solitude de cette pièce lui rendirent un peu de calme; il se jeta sur une duchesse de damas rose, où il étendit ses bottines poudreuses, après avoir posé sur une table en marqueterie le fouet de poste qu'il tenait près de ses deux épées de combat.

Ses yeux tombèrent alors sur un large secrétaire dont la clef se trouvait absente, sans doute parce que le chevalier avait coutume de l'en retirer à chaque fois qu'il sortait. La vue de ce meuble sembla ranimer chez lui des idées d'orgueil...

— Il ignore, le dédaigneux jeune homme, se dit-il en appuyant contre le marbre du secrétaire son front brûlant, il ignore que j'ai là de quoi ruiner d'un coup sa fortune et le crédit de sa mère!... Et il m'a parlé dans cette nuit de grandeur et de noblesse! Oh! ma mère, ma mère, une pauvre esclave, est plus noble que la sienne!

A cette pensée sa robuste poitrine se brisa, sa voix se perdit en sanglots étouffés; il songeait sans doute que cette mère ne lui avait jamais donné ni tristesse ni amertume; son image se reflétait alors sur l'onde émue de son cœur comme celle d'une noble et douce femme.

— Si je l'embrassais! pensa-t-il; si avant de me battre contre cet infâme, j'allais lui demander moi-même mon pardon! car, je le confesse, mon Dieu, j'ai osé rougir de ma mère, de ma mère, le refuge assuré de mes douleurs! Sa vie près de moi a été triste, misérable!... Ce matin même j'ai eu à peine le temps de lui demander ce qu'elle était devenue quand hier encore j'ai failli la voir périr. Quand ce mariage sera consommé, il ne me restera plus que son amour!

Cachant sa tête dans ses mains, Saint-Georges s'était pris à pleurer... Platon entra en ce moment; il précédait une dame dont le voile était abaissé; Saint-Georges se leva rapidement, il crut que c'était madame de Montesson.

— Vous ici, madame, vous ici! reprit-il avec une incroyable expression d'étonnement dès que Platon fut sorti et que la dame eut levé son voile. Vous! la marquise de Langey!!! — Moi-même, répondit-elle en reculant de quelques pas, comme si le regard du mulâtre l'eût terrassée... — Que voulez-vous de moi, madame, et qui vous amène en ce lieu? — La vie de mon fils, monsieur, balbutia-t-elle en tremblant; sa vie est en péril, il doit se battre avec vous! — Il ne pouvait, madame, m'insulter plus gravement qu'en me faisant souvenir que vous m'aviez insulté vous-même...

La créole garda le silence.

— Vous étiez alors un enfant, monsieur, reprit-elle après une pause; aujourd'hui vous ne pouvez faire porter à mon fils la peine de mes torts... Il n'est pas besoin de vous dire qu'il ignore ma démarche... Votre seule réputation dans les armes est faite pour augmenter les inquiétudes d'une mère; par pitié, monsieur, dites-moi que vous ne vous battrez point avec mon fils!

— Les jours de cet enfant répondit Saint-Georges avec une lente ironie, sont liés, je le vois, madame, très-intimement à vos jours. Croyez-le, j'admire l'abnégation de votre courage maternel. Quoi! vous daignez aujourd'hui vous souvenir d'un esclave que vous aviez autrefois à Saint-Domingue? Vous, la marquise de Langey, vous vous rappelez ce mulâtre qui, dans la vallée de l'Oya, a sauvé la vie à votre fils? En plein jour, devant tous, vous franchissez le seuil de sa maison, pour venir le supplier! Voilà qui est noble, voilà qui est grand, voilà qui est généreux! Par malheur, madame, vous aurez fait là une démarche inutile... Cet homme a juré de verser le sang de Maurice, cet homme se souvient aussi bien que vous, sachez-le. — Encore une fois, s'il vous faut une vengeance, monsieur, accomplissez-la plutôt sur moi, qui suis la coupable... Inventez contre moi telle insulte, telle calomnie que vous voudrez, je vous jure de les supporter sans me plaindre. — Vous consentiriez vous-même à votre propre infamie, marquise de Langey; vous me permettriez de tourner contre vous l'arme de la vengeance et de la haine? Eh bien! soit, il me faut une réparation; je choisirai celle-là. Oh! je n'aurai pas besoin d'avoir recours à la calomnie et au mensonge. J'ouvrirai ce secrétaire que voici.... — Ce secrétaire? — Oui, il renferme des lettres. — Quelles lettres?... que voulez-vous dire? — Ce sont des lettres écrites à un Espagnol nommé Tio-Blas, des lettres où il est question de M. de Langey, votre mari; une seule de ces lettres peut vous perdre, je le sais, et Tio-Blas le sait aussi.... — Et comment ces lettres sont-elles tombées en vos mains, monsieur? Cet homme est-il mort? l'auriez-vous tué pour vous saisir de ces lettres? — J'ai ramassé le portefeuille de cet homme quand il attaqua votre berline à Saint-Domingue; depuis ce temps elles dorment là dans ce secrétaire... vous les reconnaîtrez... il y a du sang...

— Rendez-moi ces lettres, reprit-elle avec hauteur, rendez-les-moi! vous vous êtes assez vengé de moi en les ayant lues.... — Non, madame, non, je ne me suis pas vengé. C'est quelque chose, je le sais, que d'avoir à moi cette noble correspondance; c'est quelque chose que de pouvoir se dire dans le silence de la colère : « Voilà une femme dont je sais la honte, une femme qui s'est vendue, une femme qui a tué! » C'est quelque chose, mais ce n'est pas tout. — Que vous faut-il donc? — Il me faut, madame, remplir le devoir d'un fidèle mandataire; il me faut à cette heure, envoyer ces lettres à monsieur de Boullogne.... elles peuvent l'éclairer.— Pitié, monsieur, pitié; ne voyez-vous pas que vous me perdrez aux yeux de monsieur le contrôleur général? Encore une fois, vous ne commettrez pas cette lâche vengeance. Tuez-moi plutôt, tuez-moi!

La créole s'était jetée aux genoux du chevalier, elle le regardait avec une expression de terreur que rien ne peut rendre. Elle avait tout oublié; devant sa menace, sa fierté implacable s'humiliait; elle eût baisé ses pieds, elle qui jadis avait levé le fouet sur le mulâtre!

C'est qu'aussi la misérable se voyait perdue, elle voyait clair dans sa conscience; elle était soumise à la volonté de cet homme et attendait de lui son arrêt de mort.

Saint-Georges parut jouir un moment de sa victoire; il était le maître absolu de cette coupable, il pouvait laver dans sa honte la flétrissure de sa joue...

— Je croyais, se contenta-t-il de répondre en la voyant sans parole, que vous étiez venue me demander la vie de Maurice. — J'oublie mon fils, monsieur, j'oublie sa vie; j'y consens, il se battra contre vous; mais, par pitié, rendez-moi mes lettres...

Les tresses de sa chevelure s'étaient dénouées et retombaient alors sur son cou... Elle parut à Saint-Georges plus belle et plus désirable que jamais, le désordre de ses mouvements imprimant aux formes de la créole une volupté perfide... La marquise, par une distraction calculée, avait laissé tomber de ses épaules le mantelet noir qui les couvrait; on eût dit qu'elle comptait triompher de Saint-Georges par l'artificieux abandon de sa beauté.

— Vous en convenez donc, marquise de Langey? Vous renoncez plutôt à la vie de votre fils qu'à ces lettres!... Généreuse mère! vous sacrifieriez cet enfant pour vous mettre vous-même à l'abri d'une vengeance des hommes!... Relevez-vous à piésent, marquise de Langey, je vous ai vue à mes pieds, cette vengeance me suffit. Dans quelques secondes vous aurez la clef de ce secrétaire, vous pourrez vous-même y prendre vos lettres... La flamme va sans doute les anéantir, mais éteindra-t-elle les voix sanglantes qui doivent crier au fond de votre âme? Ah! vous avez passé des bras du noble dans les bras du financier! Ah! votre fils a cru que le hasard seul vous avait faite veuve! Encore une fois, je n'apprendrai pas au marquis Maurice de Langey les infamies de sa mère; vous n'avez rien à craindre, marquise, le mépris vous sauve de ma vengeance!

En prononçant ces paroles, il avait couru vers l'une des portes vitrées de l'appartement, afin d'y prendre la clef du secrétaire dans un vaste couloir qu'elles masquaient. Le bruit d'une voiture venait de se faire entendre dans la cour, des pas graves et lents retentissaient sur le palier.

— Voici votre clef, dit-il à la marquise de Langey. — Monsieur le contrôleur général! annonça presque en même temps la voix de Joseph Platon. — Je suis perdue, monsieur! s'écria madame de Langey en prenant la clef des mains de Saint-Georges...

La marquise n'eut que le temps de se blottir dans le couloir, dont le chevalier referma la porte sur elle.

XLVI

Le chirurgien noir.

> A présent, ô mon âme! tu peux partir
> en paix quand il plaira au ciel de t'appeler!
>
> (*Henri VI*, acte III, scène II.)

M. de Boullogne venait d'entrer.

A l'air profondément altéré de son visage, à la pâleur morne qui couvrait ses joues, on eût pu croire le contrôleur général vieilli de dix ans.

Après avoir jeté autour de lui un regard défiant comme s'il eût craint d'être aperçu, il se laissa tomber dans le fauteuil que Saint-Georges lui offrit...

M. de Boullogne sortait sans doute du conseil de Sa Majesté, car il n'avait oublié aucun des soins de sa toilette habituelle.

Le large cordon bleu qu'il portait la veille et qui l'avait fait invectiver par la populace se dessinait à l'œil sur un habit de couleur sévère ; sa coiffure, symétriquement élevée, lui élargissait encore le front ; les dents de ses manchettes, éblouissantes de blancheur, cachaient de magnifiques bagues ; et la boîte en or entourée de perles qui roulaient entre ses doigts le cédait encore, en fait de guillochages, à la canne sur laquelle il s'appuyait.

Était-ce le danger couru par lui dans ce rassemblement formidable qui avait imprimé à sa figure un abattement si visible ?

La surprise de Saint-Georges ne lui permit guère de débattre en lui-même cette question.

En effet, si la présence de madame de Langey chez lui avait eu lieu de surprendre le chevalier, la subite apparition de M. de Boullogne était de nature à redoubler sa stupeur.

On se rappellera peut-être que Saint-Georges s'était imposé la loi d'éviter toute occasion de se rencontrer avec ce vieillard dont l'humeur sarcastique lui déplaisait ; ce n'était guère qu'à des intervalles éloignés qu'il l'entrevoyait au Palais-Royal.

De son côté, le contrôleur général semblait prendre plaisir à afficher pour le mulâtre un mépris singulier.

L'orgueil prépondérant de la finance perçait dans les moindres manières de M. de Boullogne ; il portait le front haut comme un ministre d'État, adressait rarement la parole aux subalternes et se retranchait dans une probité exacte pour faire sentir le poids de sa supériorité. D'une famille de robe, il avait épousé, fort jeune, une Charlotte de Beaufort, fille de Charles de Beaufort, l'un des plus riches fermiers généraux du royaume : ce mariage avait déchaîné l'envie. Devenu veuf, il ne s'était point remarié, vivait triste et affichait une morgue d'aristocratie qui le faisait passer pour un homme dur. On a vu de quel amour et de quelle sollicitude il couvrait Maurice, ce fils si faussement attribué au marquis de Langey, mais à qui, par un raffinement d'orgueil, M. de Boullogne s'applaudissait d'avoir conservé un nom de noble. Nul doute que le motif impérieux qui avait conduit madame de Langey aux genoux du chevalier n'eût arraché M. de Boullogne aux conseils du roi...

Saint-Georges se tint debout devant le vieillard, qui s'était assis.

Malgré lui peut-être il éprouvait pour cet homme une sorte de respect, mais ce respect n'étouffait pas chez lui une aversion qu'il ne pouvait s'expliquer...

M. de Boullogne prit le premier la parole.

— Vous devez vous battre, monsieur, dans une heure, avec le marquis de Langey, dit-il à Saint-Georges après avoir fixé sur lui son œil pénétrant. Je viens vous dire que vous ne vous battrez pas. — Et pourquoi cela, monsieur? m'apporteriez-vous par hasard une lettre de cachet? êtes-vous chargé de me conduire à la Bastille? — Je pouvais, monsieur, obtenir un ordre du roi... Votre adresse connue, votre supériorité à toutes les armes m'en donnaient le droit... Rassurez-vous... je n'ai voulu avoir recours à aucun des moyens que je pouvais invoquer; j'en possède un plus sûr, qui fera tomber, je l'espère, votre épée et votre haine... — M'apportez-vous des excuses, monsieur? — Monsieur de Langey est mon fils, reprit M. de Boullogne. Encore une fois, vous ne pouvez vous battre avec monsieur de Langey! — Il a bien pu, lui, me jeter impunément devant tous des paroles de honte; il faut qu'il les efface, et il ne peut les effacer qu'avec du sang!... — Ainsi, monsieur, vous voulez commettre un assassinat? — Le marquis de Langey porte une épée, il doit savoir s'en servir, monsieur! — Je la briserais entre ses mains, plutôt que de voir sa pointe se lever sur votre poitrine!... — Vous prenez de moi un trop grand souci, monsieur le contrôleur général; je vous croyais mon ennemi, et non mon allié; me permettrez-vous de m'étonner de ce tardif intérêt? — J'avoue mes torts, monsieur, jusqu'à ce jour j'ai pu méconnaître la noblesse de vos sentiments; je vous ai poursuivi de mon ironie publique dans les cercles : votre mérite m'était importun. Vous paraissez surpris de me voir chez vous, monsieur de Saint-Georges; votre étonnement cessera quand vous m'aurez entendu. Ma vie se rattache à votre histoire, monsieur. — Que peut-il y avoir de commun entre nous deux, monsieur le contrôleur gégénéral? — Vous allez le savoir, continua le vieillard, c'est devant vous seul que la voix de ma conscience m'ordonne de m'humilier. Dieu est juste, monsieur, et ce que j'ai à vous dire fera plus d'une fois rougir mon front... Je suis arrivé à un âge où le ciel nous garde souvent ses plus terribles épreuves. Celle qui m'accable à cette heure sera peut-être agréée par lui comme une expiation de mes fautes. — Je vous écoute, monsieur, répondit Saint-Georges d'une voix profonde et grave.

M. de Boullogne reprit :

— Bien des années ont passé sur ces souvenirs, et cependant ils sont tous présents à mon esprit. En les évoquant aujourd'hui

devant vous, je ne crains pas, monsieur, que ma mémoire me
fasse défaut; il est de ces images que le remords se charge d'in-
cruster en traits d'acier dans notre âme!

Le vieillard soupira, et levant alors sur Saint-Georges son regard, qu'il avait tenu jusque-là baissé vers la terre :

— Vous êtes né à la Guadeloupe, n'est-ce pas? — A la Guadeloupe... balbutia le chevalier, qui comprit à la seule assurance de cette interrogation solennelle que la négation devant
cet homme lui devenait impossible. — Et vous n'avez quitté
ce pays que pour venir habiter Saint-Domingue?

Saint-Georges garda le silence.

— C'est à Saint-Domingue... à la Rose... que vous avez connu
madame de Langey? — Ce n'est que de vous qu'il doit s'agir
ici, monsieur, interrompit Saint-Georges, vous me l'avez dit;
pourquoi me parler de madame de Langey? — Pourquoi? dit
le vieillard, c'est parce que le souvenir de cette femme se lie
intimement au récit que je dois vous faire, c'est parce que la
marquise de Langey, qui vous a chassé, la marquise de Langey,
qui a levé son fouet sur vous, la marquise de Langey m'a fait
commettre, à moi... un crime bien plus odieux, un crime que
Dieu seul peut pardonner! — Remettez-vous, monsieur, dit
Saint-Georges; je vous ai promis de vous écouter... toutefois je
ne sais si je le dois. C'est une confession que vous m'annoncez;
cette confession ne regarde que Dieu. — Encore une fois, monsieur, vous tenez vous-même une large place dans cette histoire,
permettez-moi de continuer.

J'ai prononcé devant vous le nom de Saint-Domingue... et
du domaine de la Rose, reprit le vieillard. Au temps dont je
veux vous entretenir, madame de Langey ne l'habitait point encore... Elle venait alors d'arriver à la Guadeloupe avec son
mari. Le domaine choisi par eux à la Pointe-à-Pître était voisin
du mien, celui des Palmiers, dont votre mémoire doit garder
le souvenir... Je m'étais résolu à fixer ma résidence aux Palmiers depuis mon veuvage, il y avait à peine trois ans, quand
madame de Langey parut dans la colonie... J'étais jeune alors,
madame de Langey était belle, elle avait tout ce qu'il faut pour
entraîner. Par quelle fatalité me trouvai-je bientôt subjugué à
la seule vue de cette femme, qu'un mariage récent semblait devoir protéger contre tout coupable désir? C'est ce que le manége
de coquetterie si habilement essayé sur moi par la marquise de
Langey pourrait peut-être expliquer. Quoi qu'il en soit. elle ne

tarda pas à occuper entièrement mes pensées, je sacrifiai tout
au soin de lui plaire. Les fréquentes absences de son mari ne
servaient que trop mes projets... Elle-même semblait jalouse
d'aplanir devant moi tous les obstacles. J'avais une foi sans
bornes dans cette créole, elle eut bien vite en moi un esclave
plus soumis que tous ceux qui l'entouraient. A son arrivée dans
la colonie, j'étais déjà pourtant sous le charme d'un autre
amour, d'un amour qui n'était peut-être, il est vrai, qu'un tri-
but payé à ce ciel où le soleil communique ses ardeurs à nos
désirs; j'aimais une négresse... une esclave de ma propre habitation, où je ne comptais pas moins de trois cents esclaves.

— Une négresse! murmura Saint-Georges étonné. — Une
négresse, reprit M. de Boullogne. C'était la plus jeune et la
plus belle.... Je l'eus bien vite distinguée de ses compagnes;
elle joignait à un irrésistible attrait de grâce un dévouement
absolu pour moi. Pendant une maladie longue et périlleuse,
elle était restée constamment à mon chevet. Le climat de Saint-
Domingue me laissait exposé à des attaques fréquentes dont la
violence ne pouvait céder qu'à l'influence magique exercée sur
moi par cette esclave. A sa vue seule, ma fièvre s'abattait, le
mal semblait fuir, car elle connaissait l'usage des simples les
plus utiles à ma crise; elle était versée dans cette science et renommée dans la colonie... L'habitude de ces soins établit bientôt entre la négresse et moi un entraînement si vif qu'insensiblement l'amour me fit revenir à la santé. Je l'avais tirée de sa
misérable condition, je lui avais offert un asile chez moi : chaque jour je bénissais cet ange qui m'avait sauvé! Comment
ne l'aurais-je point aimée, cette femme dont la moindre parole avait eu pour moi le pouvoir d'endormir une douleur? Je
l'aimai... Malheureusement ce commerce qui devait se baser
sur la reconnaissance n'intéressa que mes sens... J'aimai la
négresse comme le maître aime l'esclave. Mon libertinage orgueilleux crut l'honorer. Cette perle de grâce et de beauté fut
jetée au gouffre de la débauche! La vie des seigneurs qui
m'entouraient n'était guère propre à me faire considérer sous
un autre aspect cette chaîne passagère. Ses soins ne me quittaient pas, moi je m'étais attiédi. Elle ne savait que m'aimer et
ramper à mes genoux, elle se gardait de m'irriter et craignait
mes violences; le dévouement de cette créature ne m'était-il
pas d'ailleurs prouvé par l'asservissement dans lequel je la
tenais? Je ne tardai pas à mettre ce dévouement à la plus

cruelle des épreuves. Je négligeais la négresse, et ma passion pour la marquise m'en éloignait. Je crus à la jalousie affectée de madame de Langey et résolus d'éloigner une femme qu'elle pouvait rencontrer chez moi... Je bannis de ma présence celle qui m'avait sauvé !

La douleur de la malheureuse fut sans bornes, peu s'en fallut que la violence de ce renvoi n'altérât même sa raison. Depuis quelque temps, et sans en pouvoir sonder la cause, elle ne s'était que trop aperçue de mon refroidissement : je n'avais plus pour elle que des paroles sévères. Cependant le jour même où je lui fis signifier ce renvoi, je la vis accourir dans mon appartement ; son regard brillait d'espoir, il semblait qu'elle eût trouvé un moyen de m'arracher moi-même au remords et à la honte.

— Vous ne me bannirez pas, s'écria-t-elle, non ; je resterai ! vous ne serez pas assez inhumain pour prononcer mon renvoi !.. Lisez, monsieur, lisez je n'ai pas besoin d'attester le ciel, car je n'ai jamais menti ! »

Et la négresse tirait de son sein un papier jauni, presque morcelé, un papier qu'elle avait dû souvent mouiller de ses larmes. Elle s'était roulée à mes pieds avec des sanglots ; elle joignait les mains, et elle invoquait le ciel... Ma surprise fut extrême... Ce n'était plus une simple maîtresse qui me parlait, c'était une mère !... La mère de mon enfant !... Elle venait me déclarer sa grossesse....

Saint-Georges fit un mouvement ; le vieillard reprit :

C'est ici, monsieur, que je devrais remercier Dieu de ne pas m'avoir foudroyé dans sa colère ! A peine eus-je entendu cette nouvelle que j'osai m'écrier que c'était une imposture.

« — Oh ! je ne vous trompe pas, reprit-elle, je ne vous mens pas : vous ne pouvez renier ce témoignage, monsieur ; c'est celui d'un homme que vous vénérez et que vous accueillez chaque jour dans votre maison, c'est le curé de la Pointre-à-Pître qui a écrit lui-même ma déposition, lisez ! »

En parlant ainsi, elle me pressait, elle me conjurait de croire à l'évidence de ces preuves. Mon orgueil n'eut pas de peine à trouver un prétexte pour les nier : je saisis le papier, je le déchirai avec rage.... Pendant ce temps, agenouillée devant moi, elle pleurait à chaudes larmes... Outré de fureur, je donnai l'ordre à mes laquais de la chasser ignominieusement ; peu s'en fallut que je ne requisse la prison contre elle ! L'amour de sa rivale s'était déjà glissé comme un serpent au fond de mon âme, celui de la négresse m'était devenu importun. Je la chassai, monsieur, comme madame de Langey vous a chassé; en vain espérait-elle m'attendrir par ce seul mot : *mon enfant!* J'oubliai le passé, j'oubliai que j'étais père!

M. de Boullogne fit une pause. Il semblait courbé en ce moment sous le poids de si impitoyables souvenirs, que Saint-Georges le contempla sans pouvoir lui-même proférer une parole.... Le vieillard poursuivit après avoir levé les yeux au ciel :

La négresse désespérée... s'éloigna... Madame de Langey prit bientôt sur moi l'empire le plus grand. J'étais sous l'obsession de son amour : il me laissait à peine l'aiguillon des souvenirs. A de rares intervalles, l'image de la négresse, si injurieusement bannie par moi, venait pourtant se présenter à mon esprit, mais je l'écartais. Je rencontrais auprès d'elle une autre image, celle de ce fils qui devait garder à tout jamais sur son front la couleur ineffaçable de l'esclavage! Je m'applaudissais d'avoir repoussé ce fils, qui m'eût appelé son père! La négresse m'avait écrit; mais depuis que la pauvre femme avait su que chacune de ses lettres resterait près de moi sans réponse, elle ne m'importunait plus, la noble créature, elle souffrait! Retirée dans une misérable hutte, distante d'une lieue des Palmiers, il semblait qu'elle prît à tâche d'élever cet enfant loin du courroux de son père; elle le faisait subsister par son seul travail. Ainsi s'écoulèrent les premiers jours de ce fils, monsieur, ainsi dut s'amasser dans son cœur, même à l'insu de sa mère, la haine qu'il devait vouer à l'auteur de tous ses maux!

Ma liaison avec la marquise fut d'abord entourée de tels ménagements que l'œil de la négresse n'eût pu guère la découvrir... La maison de madame de Langey était le rendez-vous de la jeunesse la plus folle de l'île; j'y étais reçu comme tous les riches propriétaires; les adorateurs affluaient autour de la créole... J'ai su depuis quels sanglants adorateurs!... »

Le vieillard contint un mouvement de hautaine indignation; puis il reprit, la lèvre encore émue et tremblante :

La négresse devait pourtant revenir bientôt aux Palmiers, monsieur : c'était un arrêt de Dieu. J'allais la retrouver sur mon passage, cette créature qui me devait son malheur; le ciel ne consentait sans doute à me la montrer encore une fois et dans une circonstance si ineffaçable de ma mémoire que pour me ramener moi-même aux sentiments que je n'avais pas eu honte d'abjurer. Hélas! pourquoi n'ai-je pas tenu compte de ce formidable avertissement ?

C'était une nuit, nuit pesante comme aux Antilles. J'étais descendu pour respirer dans la plaine. Là, quelques nègres sur le visage desquels se reflétait la clarté des flammes faisaient cuire des quartiers de chèvres et des ignames. M. de Langey venait d'entreprendre un voyage; j'avais laissé la marquise dans son hamac. Tout d'un coup un noir vint me chercher, disant qu'elle se mourait... Je montai en hâte dans l'appartement de madame de Langey. Sa mulâtresse venait de la placer sur un lit; elle éprouvait les douleurs qui précèdent l'accouchement... Ces douleurs mettaient sa vie en danger... En quelques secondes les deux médecins de la ville mandés par moi accoururent près de la marquise; ils ne tardèrent pas à la déclarer en péril. Malgré mes prières, ils ne voulurent pas se charger de tenter l'accouchement. J'employais les menaces; je n'obtins pas davantage. Désespéré, furieux, je m'en fus trouver ces noirs de la plaine, qui fêtaient là, à leur manière, la nuit de Noël. Ces gens me dirent qu'il y avait à une lieue des Palmiers une négresse plus savante que tous les médecins ensemble, renommée depuis peu dans le pays pour ces sortes d'opérations.

On fut la chercher : elle vint. Je m'étais caché derrière un rideau pour que nul ne pût me voir et me reconnaître : j'aurais craint d'affaiblir par ma propre contenance le courage de la marquise. J'avais fait mettre un masque à madame de Langey, dans la crainte que cet accouchement, que je voulais d'abord tenir secret, ne fût divulgué... Les cris de la marquise étaient devenus déchirants; le danger augmentait, et les médecins parlaient de se retirer, lorsque la négresse approcha bientôt de cette femme, dont elle ne parut pas même curieuse de voir le visage. A ma grande surprise, elle l'accoucha heureusement... Et moi je ne m'élançai pas de ma cachette pour tomber à ses genoux, pour lui demander pardon ! Car je venais de la reconnaître, monsieur, c'était bien elle; la malheureuse venait de sauver sa rivale !

M. de Boullogne se leva : un bruit venait de se faire entendre vers l'une des portes vitrées de l'appartement; ce bruit avait la vibration d'un soupir.....

— Y a-t-il ici quelqu'un? s'écria le vieillard, alarmé. — Personne, je vous jure, répondit paisiblement Saint-Georges, tout en ayant soin de se placer devant la porte vitrée..... — lendemain de cette nuit, la négresse reçut l'ordre de s'éloign à jamais de l'habitation des Palmiere; quelques pièces d'or tombées dans sa main me parurent une récompense. Bien qu'on lui eût fait jurer de se taire. je craignais ses indiscrétions, ou peut-être mieux le remords attaché à sa présence..... On la dirigea vers l'habitation de la Rose, qui m'appartenait à Saint-Domingue.

Dans ce pèlerinage, elle emmenait son enfant, voué comme elle à l'abandon et à l'oubli!

Madame de Langey avait donné le jour à un fils sur lequel ne tardèrent pas à se concentrer ma joie et mes espérances. L'enfant de l'esclave ne m'eût semblé qu'un obstacle, celui-ci fut pour moi comme un bienfait. Tout ce qu'un créole peut désirer, ce fils bien-aimé l'obtint; tout l'amour que je refusais à son frère, il s'en empara dès le berceau. Il eut une maison, des serviteurs, une jeunesse de prince! Rien ne s'opposa plus bientôt à ce que je l'adoptasse moi-même et le pressasse sur mon cœur comme mon fils, car monsieur de Langey venait de mourir, — j'ignorais de quelle mort terrible, mon Dieu!!!

Ici M. de Boullogne se couvrit le front de ses deux mains; on eût dit que cette mort, dont il était innocent, n'en fit pas moins planer devant son œil une ombre terrible!

Vingt ans après, reprit le vieillard, — il y avait ce jour-là spectacle à Versailles, — j'occupais une place à côté du duc de Bourbon, lorsqu'en me retournant j'entrevis dans le fond de la loge voisine une figure que l'ombre semblait rendre encore plus noire,..... Au premier coup d'archet, la figure se leva, je reconnus un mulâtre..... Je demandai son nom. Tous parurent surpris de me le voir ignorer; on ne parlait que de lui; les plus orgueilleux gentilshommes le copiaient! Les femmes adoptaient la couleur de son habit; il était la joie et l'orgueil de toutes les fêtes! Cependant sa vue causa en moi une inexprimable révolte : je venais de reconnaître en lui ce fils que je m'étais imposé la loi de repousser! La négresse avait fait baptiser son enfant sous le nom que cet homme portait; ses lettres ne me le laissaient point ignorer. Si parfois, je le confesse, mes regards s'étaient tournés vers ce fils, c'était pour me le montrer comme un être condamné à partager l'humiliation des esclaves, à demi barbare par sa seule éducation! Il ne me venait pas à la pensée qu'il pût jamais secouer la honte de ses entraves. Je frémis en le retrouvant; il allait peut-être divulguer ma honte par ses empressements et par ses caresses. Je me rassurai en voyant qu'il n'éprouvait pas même un seul mouvement à ma vue..... La négresse, me dis-je, m'aura gardé le secret; l'angélique créature se sera tue, Noëmi n'aura pas dit à cet homme qu'il était mon fils!

— Noëmi! s'écria Saint-Georges en se levant avec une horrible pâleur.

Les traits du chevalier étaient bouleversés, son cœur battait à coups pressés dans sa poitrine. Il fit un pas vers le contrôleur général, puis il recula comme à l'aspect d'un fantôme.

— Noëmi! reprit le vieillard en penchant la tête sur sa poitrine. Vous savez mon secret, il m'est échappé..... dès lors vous devez savoir aussi tout le secret de ma haine. En vous revoyant, Saint-Georges, placé sur le même rang que Maurice de Langey, noble, envié, accueilli, fier à juste droit d'une renommée qui n'avait pas eu de peine à laisser derrière elle celle de mon fils, je vous choisis dès lors pour l'objet de mon ironie : au lieu de vous ouvrir les bras je vous repoussai... Voilà ce qui fait, Saint-Georges, qu'hier encore vous étiez le but de mes sarcasmes : voilà ce qui vous explique mon impitoyable dédain. Aujourd'hui le frère en s'armant contre le frère m'oblige à déchirer, pour vous seul, ce voile que vos regards n'auraient pu jamais percer..... Encore une fois vous ne pouvez vous battre avec Maurice : tous deux vous êtes mon sang! Je ne serai pas venu inutilement m'accuser ici devant vous. Parlez, j'attends de vous le sort d'un frère !

La voix du vieillard s'éteignit. Il reprit un calme apparent, et interrogea le chevalier avec un regard affectueux par lequel il semblait vouloir l'étreindre. Saint-Georges gardait l'attitude d'un homme frappé de la foudre : on eût dit que la vie l'avait quitté ! Les ombres confuses évoquées devant lui par cet étrange magicien l'avaient plongé dans une sorte de torpeur; ses yeux e quittaient plus ceux du contrôleur général. Les paroles de et homme bourdonnaient encore comme l'eau dans ses reilles..... Il s'arracha bientôt à cet immobile étonnement, et plongeant à son tour dans l'âme du vieillard :

— Monsieur, lui dit-il, après ce que j'ai entendu, je ne vous ferai pas l'injure de croire que vous ayez voulu me tromper. Un vieillard qui ment, un pied dans la tombe, cela se voit rarement. Dans l'histoire que vous venez de dérouler devant moi, vous vous êtes accusé vous-même de mon abandon, je ne veux pas mettre en doute la sincérité de vos remords. **Oui, vous m'a-vez banni, repoussé, laissé dans l'ombre! Vous avez appelé l'instant de ma mort, parce que ma vie avait le fatal pouvoir de vous offusquer, parce que je vous semblais devoir mettre en péril votre propre honneur..... Péril étrange en effet que de voir venir à soi un homme qui ne peut vous faire baisser les yeux, alarme inouïe que celle de presser contre son sein un fils dont le bras peut vous défendre! N'importe, vous m'avez rayé de votre mémoire, monsieur. Lorsque tout le monde m'avait accepté, vous m'avez nié à la face de tout le monde. Il a fallu un péril sur la tête de ce fils que vous proclamez votre seul enfant, pour que vous vinssiez. D'aujourd'hui seulement vous vous apercevez que vous avez un autre fils! A mon tour, monsieur, j'ai le droit de vous parler comme je vous parle..... Puisque c'est un coupable que vous amenez à mes pieds, j'ai le droit de lui indiquer le seul moyen d'apaiser cet autre fils indignement méconnu, vers lequel le ramène en ce moment la voix longtemps étouffée de son propre cœur. A ce prix seul, je consens à jeter loin de moi cette épée, à me prosterner à vos genoux, à courir dans ces bras que d'aujourd'hui seulement vous me tendez... Appelez monsieur le marquis de Langey, placez sa main dans la mienne, et reconnaissez-moi pour votre fils devant ses témoins..... cette déclaration me suffira.** — Qu'osez-vous demander? — **La réparation d'une injustice.... l'oubli de tous les maux que vous avez fait souffrir à ma mère!** — Saint-Georges! — **Vous hésitez? J'hésiterai, moi, à reconnaître un frère dans Maurice!** — Vous oubliez, Saint-Georges, que vous avez conquis de ce jour ma confiance..... Vous êtes, vous serez toujours mon fils! — **Oui! vous me verrez, n'est-ce pas, monsieur le contrôleur général, comme on vient voir, de nuit, l'ami que l'on craindrait d'aborder pendant le jour, comme un courtisan tombé en disgrâce, comme un lépreux qu'on n'ose toucher? Arrivé à ma porte, vous ramènerez sur vous les plis de votre manteau, n'est-ce pas? Voulez-vous, monsieur, que j'avoue à mon tour un pareil père? C'est la première fois que vous posez le pied dans ma maison, monsieur de Boullogne; prenez garde, le marteau a peut-être sali vos doigts! Je ne vous connais pas, monsieur le contrôleur général, que venez-vous faire ici? vous vous êtes trompé, je suis un mulâtre, un pauvre mulâtre qui ne connaît que sa mère! Elle seule m'a élevé; elle m'a seule donné de l'ombre et du pain. Encore une fois, qui êtes-vous,**

vous qui me parlez? continua-t-il dans un sombre égarement et en se promenant à grands pas, — sinon un pacificateur inconnu qui venez m'arrêter la main quand je la pose sur un glaive? Laissez-moi partir, monsieur, laissez-moi..... l'heure s'avance, votre fils monsieur le marquis s'impatiente, il attend !

Il avait saisi précipitamment son épée; il poussa de son pied la porte de la chambre..... Noëmi en touchait alors le seuil..... Elle se précipita vers lui les bras ouverts; la négresse accourait ivre de joie..... Le jour de son triomphe était enfin assuré; son regard exprimait à la fois l'amour, le bonheur et le pardon.

— Inclinez-vous, Noëmi, devant monsieur le contrôleur général, s'écria le chevalier, il m'a tout dit, il consent à me reconnaître pour son fils..... Vous êtes vengée, ma mère !....

L'ironie étrange avec laquelle Saint-Georges articulait ces paroles ne fut point comprise de Noëmi, car elle se jeta, la pauvre femme, aux pieds de M. de Boullogne et les tint longtemps embrassés comme dans un muet remercîment...

La continuité de cette scène laissait le vieillard en proie aux réflexions les plus poignantes, elles faisaient passer alternativement sur sa figure la pâleur de la crainte et la rougeur de la fièvre. Le regard attaché sur la pendule, il voyait déjà l'aiguille marquer l'heure de cette sanglante rencontre..... Son embarras devenait extrême devant les paroles précises du chevalier; il cherchait en vain quelque artifice pour en sortir. Il avait trouvé chez Saint-Georges un accent de noblesse et de fierté qui le terrassait.

Le chevalier examinait froidement la pointe de ses épées..... Il avait l'air d'attendre le signal pour s'élancer; il allait de temps à autre soulever le rideau de la fenêtre... Son silence lugubre ouvrit les yeux à Noëmi.

— Tu vas te battre, te battre contre ton frère? reprit-elle en se pendant au cou du mulâtre. — Je n'ai point de frère... je n'ai que vous, ma mère, reprit Saint-Georges; j'ai été insulté par le marquis de Langey... je le tuerai !

Le seul timbre de cette voix eût jeté l'âme la moins faible dans une mortelle épouvante... Anéanti, écrasé, M. de Boullogne trouva pourtant la force de se relever, et saisissant Saint-Georges par le bras :

— Songez-y bien, monsieur, je puis encore empêcher ce duel ou plutôt ce meurtre... Je puis écrire à monsieur Lenoir... s'écria-t-il... je le puis ! — Il est trop tard, monsieur le contrôleur général ; regardez, il est cinq heures... — Par pitié, Saint-Georges, poursuivit le vieillard en joignant les mains, par pitié, renoncez à ce combat... ce que vous exigez de moi ferait le malheur et le deuil de ma vieillesse... Je me dois au maître que je sers, je me dois au roi, à la cour! Mes ennemis triompheraient les premiers de cet aveu qui ferait votre triomphe! Parlez, qu'exigez-vous pour le bonheur de Noëmi? je l'accomplirai. Ah! elle sera bien vengée de son abandon, je le jure, par celui de cette femme qui n'a pas rougi de me tromper!... Je tiens de ce matin entre mes mains la preuve de ses perfidies... C'était votre ennemie, Saint-Georges, l'ennemie de votre mère... Eh bien! je romps avec elle toute union projetée, c'est à l'avenir Noëmi seule que mes bienfaits iront chercher! Dites, n'est-ce point là réparer mes torts, n'est-ce point mériter la grâce de Maurice? — Vous plaidez, vieillard, pour un enfant dont vous répudiez la mère! — Cela est vrai, Saint-Georges, mais c'est mon sang, c'est ma vie... Tu ne sais pas, toi, ce que c'est qu'un fils! — Vous auriez dû me l'apprendre, monsieur! reprit-il en serrant sa mère contre son sein.

Sous le poids de ce reproche, M. de Boullogne resta muet, ses genoux menacèrent de lui manquer... Un coup de marteau violemment frappé venait de retentir sous la porte de l'hôtel et prolongeait son écho sonore dans l'appartement...

— Ce sont eux! s'écria le contrôleur général dans une ineffable angoisse; ce sont eux, ils viennent vous dire que Maurice est prêt, prêt à se faire égorger! ne les entendez-vous pas? Avant qu'ils n'entrent, monsieur, voyez-moi, moi qui vous parlais debout tout à l'heure, embrasser vos mains... vos genoux... j'y resterai, Saint-Georges, jusqu'à ce que vous m'ayez écouté!... Saint-Georges, serez-vous donc envers-moi plus rigide que Dieu? Oui, vous êtes mon fils, oui, je vais leur dire que vous l'êtes!... mon fils, mon...

Ici les efforts que faisait M. de Boullogne étouffèrent sa voix, sa gorge se serra, un sourire nerveux et convulsif courut sur sa lèvre... Il semblait que le vent fatal du Seigneur allât balayer ce faible vieillard et que les gens qui entraient ne dussent rencontrer que son cadavre...

Un pareil spectacle brisa le cœur de Saint-Georges. Cet homme à genoux, palpitant comme une victime et que les témoins de Maurice pouvaient surprendre humiliant sa fierté et son cordon bleu aux pieds d'un mulâtre, lui parut assez puni...

Les larmes lui vinrent aux yeux devant cette image sacrée à laquelle il ne manquait qu'un rayon de Dieu pour se transformer en tabernacle d'élite... Il le contempla quelques secondes dans un douloureux et saint recueillement, puis le relevant lui-même avec une généreuse pitié, il s'écria :

— Debout, oh! debout... mon père!...

En lui parlant ainsi, la douleur le suffoquait... Il eût pleuré si M. de Boullogne n'eût point été là... La porte s'ouvrit, les témoins de Maurice entrèrent.

—Approchez, messieurs, s'écria le chevalier...

Saint-Georges reconnut alors avec surprise MM. de Vannes et de La Morlière...

— Mes témoins vous attendaient, messieurs, dit-il, après avoir appelé dans la pièce voisine MM. de la Monteil et de Guintrand...

— Qu'allez-vous faire? murmura à son oreille M. de Boullogne.

— Rassurez-vous, monsieur, vous serez satisfait... Votre amour-propre sera épargné! — Chevalier, dit M. de Vannes, nous venons prendre vos ordres... Vous êtes l'offensé, le choix des armes et des conditions vous appartient.

Il se fit un silence glacé d'une minute, pendant lequel on n'entendait qu'un seul bruit, celui de la respiration comprimée de M. de Boullogne.

— Messieurs, répondit alors le chevalier en en se levant avec une lenteur calme et majestueuse, je suis désolé de vous voir tous rassemblés en ce lieu inutilement... Je ne me battrai point avec le marquis de Langey. . . . .

Les quatre personnages qui avaient entendu ces paroles demeurèrent pétrifiés... Ils s'écoulèrent lentement par les escaliers, dans une incroyable stupeur, pendant que M. de Boullogne, soutenu sur le bras de Noëmi et succombant presque à sa joie, regagnait sa voiture après avoir remercié du regard le chevalier.

XLVII

Enlèvement.

> Hé bien! ma belle, c'est maintenant que nous allons être heureux l'un et l'autre.
>
> (MOLIÈRE, *le Mariage forcé*, scène IV.)

Tout le monde était à peine sorti que la porte vitrée du couloir fut poussée violemment...

— Mes lettres! s'écria madame de Langey, mes lettres!...

Écrasé de ce qu'il venait d'entendre, Saint-Georges était retombé dans un fauteuil. Au bruit que fit madame de Langey, il se retourna subitement... Il crut voir un spectre, tant la marquise était pâle... Elle avait écouté dans le cabinet les paroles du contrôleur général avec une horrible anxiété... Elle se précipita la clef à la main sur le secrétaire.

— Vide! s'écria-t-elle tout d'un coup en poussant un cri de désespoir... — Vide! reprit avec étonnement le chevalier. — M'auriez-vous trompée, monsieur, lui dit-elle, ou bien aurait-on volé ce dépôt? Qui a pu s'emparer de ces lettres, dont nul ne savait le prix? — Moi! qui les ai portées ce matin même à monsieur de Boullogne, répondit d'une voix tonnante un homme basané, couvert d'orgueilleux haillons... Son regard effronté traduisait assez le mépris qu'il faisait de la marquise. Il entrait d'un air résolu et sardonique. — Tio-Blas!... s'écria Saint-Georges, foudroyé lui-même par cette subite apparition... — Tio-Blas!... murmura après le chevalier la tremblante marquise de Langey. — Moi-même, continua-t-il en se drapant des plis d'un manteau percé de trous, pendant que cette femme, immobile de surprise, le contemplait de la tête aux pieds comme pour s'assurer que ce n'était pas son ombre... C'est dans le malheur et l'abandon, reprit-il, qu'on retrouve les vrais amis! Monsieur de Boullogne vous quitte, marquise, moi je vous prends... Vive Dieu!... J'ai plus de pitié de vous que ce monsieur de Vannes que l'on dit être votre amant! Je ne laisserai pas la colombe tomber au filet de l'oiseleur! Ma maison sera la vôtre, marquise de Langey; *ma* maison, entendez-vous? car j'ai une maison... J'ai le droit de vous l'offrir : ne m'avez-vous pas reçu autrefois?...

A cette voix terrible qui lui rappelait tous ses dangers, la marquise sentit un frisson de glace courir par ses membres, elle n'osa pourtant pas se placer derrière Saint-Georges.

— Vous êtes étonnée de me voir ici, madame? Je n'ai fait qu'y reprendre mon bien, l'autre soir; ah! je m'en confesse au chevalier. En tout il faut de l'ordre, voyez-vous, et depuis un grand siècle j'étais à la piste de vos lettres... Je ne savais pas que le ciel donnerait avant-hier au chevalier l'admirable distraction de laisser sa clef sur la table que voici... Je venais lui rendre visite, parce qu'il n'est pas fier et veut bien recevoir parfois les anciens amis; quand j'ai vu ce joli bijou de clef qui se

promenait innocemment: *Santa madre di Dios!* me suis-je dit
en faisant à la Vierge une fervente invocation, faites, ma sainte
mère, que je retrouve en ce lieu ce que je soupçonne y dormir!
Car, mon cher Saint-Georges, vous m'aviez trop prêché le pardon des injures, il y a une semaine, pour que je ne vous soup-
çonnasse pas un peu de vouloir vous venger en temps oppor-
tun... Je me défie toujours des belles actions, moi; c'est ma
nature... Il y avait mille livres à parier que monsieur le contrôleur général me recevrait muni de ces pièces de comptabi-
lité. Oh! il m'a donné audience avant toute la plèbe des solli-
citeurs, peu s'en est fallu qu'il ne me proposât un emploi!...
— Puis-je en croire mes yeux, Tio-Blas, s'écria madame de Langey, quoi! c'est vous, vous souillé déjà de tant de crimes, que je
retrouve acharné à ma ruine! — J'ai le malheur, moi, d'être
constant... que voulez-vous? — Ainsi vous avouez que c'est vous
qui m'avez perdue? Prenez-y garde, Tio-Blas! ces lettres vous
accusent autant que moi... — C'est ce qui m'importe peu... Il
y aurait d'ailleurs prescription; madame la marquise, notre
crime à tous deux ne date-t-il pas de... — Assez, assez! reprit-
elle en étendant son bras vers la bouche de l'Espagnol pour lui
imposer silence. — Ne me tuez pas devant monsieur de Saint-
Georges! épargnez-moi! — Pourquoi nous gêner devant le chevalier, madame? ces lettres ne lui ont-elles pas appris nos
affaires? Il est au courant de notre commerce amoureux! Chevalier, continua-t-il en saluant Saint-Georges avec un impitoyable sang-froid, permettez qu'à cette heure je m'occupe seul du
sort de madame de Langey... — Que voulez-vous dire, monsieur? demanda la créole avec angoisse, est-ce une raillerie?...
Prétendez-vous employer avec moi la violence? — Pas le moins
du monde, madame, nous sommes dans la maison du chevalier. Je vais vous donner le bras pour en sortir; j'ai ma voiture
qui vous conduira chez moi. — Chez vous! s'écria-t-elle d'une
voix altérée par la frayeur, chez vous! oh! jamais; j'aime mieux
que l'on me tue? — On ne tue pas les femmes, marquise de
Langey! mais ce sont les femmes qui font tuer... vous le savez!
Votre main! reprit-il avec une douceur affreusement ironique,
votre main! Partons.

Et Tio-Blas saisit la main de madame de Langey. La malheureuse n'avait que trop compris l'impossibilité d'une résistance...
elle se voyait à la merci de son bourreau.

— Mais c'est un abominable forfait! dit-elle en jetant un

coup d'œil de supplication au chevalier, qui regardait sans
doute cette nouvelle scène comme trop au-dessous des pensées
qui l'agitaient pour y intervenir comme acteur. Que ne prenez-vous l'une de ces épées, Tio-Blas! que ne prenez-vous mon
sang! — Ce n'est pas votre sang que je veux, Caroline; c'est
votre vie, votre vie pour moi seul... votre vie comme je l'entends! — Pitié! s'écria madame de Langey, qui croyait entendre son arrêt de mort. — Assez de prières... partons! — Je ne
partirai pas, infâme! répondit-elle en s'attachant à l'habit de
Saint-Georges, je ne partirai pas. Chevalier, défendez-moi! —
L'air est vif ce soir, reprit tranquillement Tio-Blas; voici un
mouchoir que je vous prie de vous laisser mettre.

Et avec la promptitude du pêcheur qui jette un filet, il
étouffa les cris de la marquise sous ce bâillon, la prit dans ses
bras et l'emporta jusqu'à un fiacre, aux yeux du chevalier stupéfait.

XLVIII

Agathe.

> Ainsi dans ta première et jeune nouveauté,
> Quand la terre et le ciel honoraient ta beauté,
> La Parque t'a tuée, et cendre tu reposes!
> (Ronsard, *Épitaphe de Marie*.)

M. de Boullogne rejoignit Maurice la joie sur le front; il se
jeta dans ses bras et l'inonda de larmes abondantes.

Il semblait que ce fils si cher vînt de lui être rendu par un
céleste bienfait.

— Dans quelques secondes, lui dit-il, tu vas recevoir de tes
témoins l'assurance de cet accommodement. J'avais méconnu la
générosité du chevalier; c'est un noble cœur, Maurice; toute
haine doit cesser entre vous deux. — Toute haine, mon père?
J'y consens de bon cœur si cet esclave ne vient plus désormais
me prendre ma part de soleil, si je ne dois plus subir le spectacle de sa fierté. Vous l'avez donc vu? reprit-il; le hasard vous
l'a fait sans doute rencontrer? — Je sors de chez lui, Maurice;
ce n'est point au hasard que j'ai confié le soin de ce que j'avais
de plus cher. — Vous êtes allé chez lui? reprit le jeune homme
avec un mouvement de dépit. Vous ne l'avez pas supplié, du

moins? vous n'avez pas eu recours à sa pitié?— Je lui ai fait comprendre qu'un duel ne pouvait rien réparer entre vous deux. Il a déclaré d'abord qu'il voulait se battre avec toi... mes raisons l'ont convaincu... — Et moi, mon père, pour que ce duel eût lieu, j'eusse donné de bon cœur ma vie et mon sang! il aurait du moins effacé entre Agathe et moi l'image de cet homme, que je ne ne vois s'y dresser qu'avec épouvante ! Oui, je dois vous le dire, mon père, je crains que cet esclave, malgré la noblesse de sentiments que vous voulez bien lui supposer, ne trame encore dans l'ombre quelque perfidie contre mon bonheur... je crains que, ne s'étant pas mesuré avec moi... — Que peux-tu craindre? N'est-ce pas ce soir que des liens éternels vont t'unir à mademoiselle de La Haye? Elle va donc enfin se voir accomplie, Maurice, cette union, qui tout à l'heure encore éveillait en moi des pensées d'alarme et de péril ! Nous autres vieillards, nous appréhendons plus que vous autres l'issue d'un combat..... — Celui-ci, mon père, eût été du moins glorieux pour votre fils, il l'eût placé haut dans le cœur d'Agathe!... Moi, d'ailleurs, qui suis jeune et qui n'ai un régiment que d'hier... — Pour servir le roi, Maurice, il faut réserver son sang. Tu es jeune, cela est vrai, mais la bravoure tient lieu de science militaire. Cette épée, tu ne l'emploieras jamais mieux que contre les ennemis de l'État. — Je vous remercie de votre sollicitude, mon père. Ce n'est pas d'aujourd'hui que j'apprécie la bonté de votre cœur; vous qui m'avez adopté, oh! vous étiez digne d'être mon père !

Le jeune homme serra les mains du vieillard, et leurs embrassements se confondirent. L'accablement douloureux de M. de Boullogne reprit toutefois bientôt le dessus à cette question de Maurice :

— Où est ma mère?

Le contrôleur général avait découvert les intrigues de madame de Langey. Il ne pouvait plus douter des manœuvres odieuses de cette femme, mais il ignorait par quel imprévu retour de vengeance elle venait de lui être à tout jamais enlevée. Il répondit :

— Madame de Langey ne tardera pas à te venir chercher, Maurice. Elle s'habille sans doute pour la cérémonie, car c'est à sept heures que le digne archevêque de Narbonne, l'ami de notre famille, a promis de vous marier dans la chapelle de la Vierge, à l'Oratoire... Une chaise de poste est préparée; tu conduis de là ta femme en Dauphiné. Je vais, moi, prévenir mademoiselle de La Haye de l'heureuse issue de cette affaire... son anxiété doit être vive; car, je n'en doute plus, elle t'aime! — Puissiez-vous dire vrai! reprit Maurice; moi aussi je l'aime, et elle ne peut l'ignorer! C'est à vous, mon père, que je vais donc devoir mon bonheur!... à vous, que je voudrais voir toujours heureux!... — Le bonheur, dit lentement le vieillard, est une récompense, Maurice... A ceux qui ont une fois démérité de la Providence, le ciel est impitoyable et demeure fermé. Viens, que je t'embrasse encore une fois, mon enfant!

La seule conscience des torts de madame de Langey et la nécessité de son abandon rendirent cette dernière étreinte du vieillard encore plus vive. M. de Boullogne se disposait à sortir, quand la porte donna passage à MM. de Vannes et La Morlière, les deux témoins du marquis.

— Monsieur le contrôleur général nous a précédés, dit La Morlière; il vous a sans doute appris, monsieur le marquis, l'étrange dénoûment de ce duel? — *Étrange* est le mot, murmura M. de Vannes.

Ils lui rapportèrent alors les propres paroles de Saint-Georges... L'étonnement profond dans lequel la réponse du chevalier jeta le marquis se vit à peine dissipé par les protestations généreuses de M. de Boullogne, à qui l'injustice eût paru un crime en cet instant...

— Il est certain, reprit La Morlière, que monsieur de Saint-Georges a fait preuve en tout ceci d'une exquise générosité...— *Générosité* est le mot, murmura encore monsieur de Vannes.

— Il me reste, messieurs, à vous remercier tous deux, reprit Maurice, de la manière empressée avec laquelle vous avez bien voulu m'offrir vous-mêmes votre intervention en tout ceci... Vous ne quitterez pas, je l'espère, vos rôles de témoins, car vous m'avez bien promis d'assister à mon mariage...L'heure avance, permettez que je vous quitte...—Nous nous retirons, dirent-ils: aussi bien voici une voiture qui entre ici dans la cour... Nous vous attendrons à l'Oratoire, près de l'autel de la Vierge...

Le marquis prit congé d'eux et de M. de Boullogne, qui les reconduisit lui-même dans son carrosse jusqu'à la façade de l'Oratoire, rue Saint-Honoré.

Pendant ce temps, un valet de pied de la marquise de Langey était monté chez Maurice; il lui annonça que la voiture de madame sa mère l'attendait.

Le marquis de Langey venait de revêtir son uniforme tout neuf de colonel de chevau-légers, et il avait fort bon air sous cet habit. En se regardant aux glaces ds l'hôtel Boullogne, il songea qu'Agathe ferait un charmant effet en arrivant avec lui inspecter son régiment de Dauphiné. Maurice de Langey ne pouvait se dissimuler qu'il était l'un des privilégiés de M. le comte de Brienne, ministre de la guerre ; maître présomptueux de l'avenir, il se promettait bien de devenir un jour lieutenant général et grand'croix de l'ordre de Saint-Louis. Le seul nom de son père, le noble marquis de Langey, ne pouvait manquer de lui donner du relief et de l'ancrer dans l'armée. Il se voyait retiré, sur la fin de ses jours, dans quelque manoir de la Bretagne dont Agathe de La Haye deviendrait la châtelaine. Ces idées lui avaient fait oublier insensiblement son rival ; il se sentait renaître à la vie, à l'espérance !... En approchant de la voiture, il parut surpris de la trouver vide et de n'y point voir sa mère, la marquise de Langey.

— Elle a sans doute précédé monsieur le marquis à l'église, lui dit le valet de pied, car elle est sortie seule sur les trois heures, en nous disant de ne pas être inquiets, et qu'elle s'habillerait chez mademoiselle Agathe...

Quelque singulière que dût paraître cette explication au marquis, il s'en contenta et atteignit bien vite la porte de sa fiancée...

— Êtes-vous prête, Agathe? s'écria l'heureux jeune homme en s'élançant dans la chambre... Vous le voyez, je vis !... je ne veux vivre que pour vous !...

Mais au lieu d'Agathe, il ne rencontra qu'un homme debout, le front appuyé dans ses deux mains sur le marbre même de la cheminée...

— Mon père! s'écria-t-il, c'est vous !... seul ici !.. Qu'est-il arrivé, mon Dieu?... — M. de Boullogne lui présenta une lettre fermée d'un ample cachet noir. — Morte! poursuivit-il... oh ! cela n'est pas possible !...... — Morte! pour vous du moins! répondit le vieillard, oppressé par sa douleur.

Maurice lut la lettre, puis il retomba anéanti dans un fauteuil... Elle était ainsi conçue :

« Je vous fuis, Maurice, je vous fuis pour Dieu, le refuge des » âmes faibles. Ne cherchez point à connaître le lieu de ma re-» traite, mes précautions pour vous la cacher sont bien prises. » Adieu, soyez heureux comme vous le méritez ; c'est le vœu

» d'une femme qui se repentirait toute sa vie d'avoir pu un seul
» instant compromettre la félicité de la vôtre.

» Votre amie :

» AGATHE DE LA HAYE. »

Cette lettre avait plongé quelque temps le jeune homme dans
une morne immobilité. Il se leva bientôt comme un furieux,
parcourut l'appartement et appela vainement la gouvernante
qu'il avait choisie lui-même pour Agathe; elle avait fui. En se
penchant à la fenêtre, il put voir l'église de l'Oratoire illuminée
çà et là de quelques maigres clartés qui se faisaient jour à travers sa longue vitrine. La chaise de poste qui devait l'emmener
avec Agathe était remisée sous les murs élevés servant de rem-
part à l'église. Maurice de Langey se jeta alors dans les bras de
M. de Boullogne, qui le regardait avec angoisse...

— Je ne les rendrai pas témoins de ma honte et de ma rage,
reprit-il... je partirai seul, mon père... seul pour mon régiment, vous l'entendez?. Je vous charge de consoler ma mère !

Et malgré les cris déchirants du vieillard, il s'élança de la
chambre et se précipita dans la chaise, qui l'emporta.

XLIX

La maison pâle.

Le temps de vouloir est passé pour vous!
(*Le Comte de Carmagnole*, acte V.)

Au temps où se passe cette histoire, il existait encore, près de
la barrière d'Enfer, une singulière maison de laquelle il reste à
peine aujourd'hui vestige, depuis que son emplacement s'est vu
occupé par une brasserie considérable.....

Isolée des autres habitations de ce boulevard désert par trois
grandes cours qui remplissaient l'office de chantiers, elle offrait
d'abord à l'œil, dans son enfoncement obscur, une façade lézar-
dée en vingt endroits et dont les persiennes à demi brisées
n'avaient jamais été vues ouvertes par qui que ce fût.

Sur les murs extérieurs, les herbes parasites, le gramen et
les coquelicots, se faisaient jour glorieusement pendant l'été;
mais l'hiver venu, les plantes, moins serrées, laissaient voir
d'énormes piquants de fer sur lesquels les plus hardi voleur eût
frémi de s'appuyer.

Une allée droite et raide conduisait à la maison, que l'on pouvait apercevoir à travers sa grille... Cette grille conservait encore deux chiffres d'honneur entrelacés, comme il s'en rencontre à beaucoup de ces clôtures à jour façonnées au siècle de Louis XIV. Celle-ci était en outre flanquée de deux pavillons, fermés comme deux donjons féodaux et qui ne laissaient apercevoir que des fenêtres étroitement oblongues en guise de meurtrières. Vous eussiez cru voir l'entrée d'un vrai château fort.

Les murs de la maison étonnaient surtout par une sorte de pâleur mate qui, lorsque la lune tombait d'aplomb sur eux, leur donnait l'air d'une tombe......

Les pavillons, la façade, tout, jusqu'au pavé crayeux de cette cour, conservait cette teinte étrange; ce qui faisait que dans le quartier on nommait cette maison la *maison pâle.*

Le propriétaire actuel de ce lieu avait jugé convenable d'établir au pied même de son perron un chenil de pierres massives, d'où quatre grands chiens loups, tels que les peint si admirablement Fielding, pouvaient s'élancer au premier bruit qui aurait interrompu le silence de la maison.

Car pour l'ordinaire elle était plongée dans un effrayant silence, cette maison, vis-à-vis de laquelle le cœur se serrait comme par instinct..... Il semblait en vérité que ses murs recélassent quelque mystère impénétrable, quelque drame intime, soigneux d'amasser l'ombre autour de lui. Il n'y avait aucun portier près la grille, pas même seulement une misérable cloche que la main du passant pût agiter en cas de besoin. L'œil du maître y devait être aussi attentif, aussi éveillé que celui des quatre dogues, car, en cas de visite, indépendamment de la barre qu'avait la grille, il fallait détacher une énorme chaine de fer pendant à deux bornes intérieures de la cour. Quant à la cuisine, comme elle était souterraine, il était difficile qu'on y entendît le moindre bruit; et pourtant, à certaines heures, les sons d'une voix tristement cadencée s'y frayaient passage par le soupirail, sans que pour les voisins il pût en résulter un sens précis.

A d'autres instants, et principalement lorsque la nuit étendait son crêpe sur ces murailles, la flamme extravagante qui se faisait jour à travers les persiennes ébréchées d'une chambre du milieu semblait vomir aussi quelques paroles inintelligibles.....
On eût dit que ces échelons de bois, dont le loquet demeurait

toujours fermé, abritaient à l'intérieur quelque conjuration ca-
balistique..... Tantôt la flamme y paraissait bleue comme celle
du punch, tantôt elle dardait au dehors des jets rougeâtres.....
Rien n'était distinct ni reconnaissable dans cette espèce d'incendie, mais on y voyait sautiller pourtant une forme noire
empressée à l'exciter ou à l'abattre, ombre travailleuse qui
tenait souvent un pan de rideau entr'ouvert et le rabaissait ensuite sur elle pour tout faire rentrer dans la nuit. De fortes
odeurs, émanées enfin de cette chambre, donnaient lieu de
croire à quelques expériences chimiques tentées sans doute par
son curieux propriétaire.....

Une fois par semaine, deux ou trois personnes ébranlaient de
leurs pas le vaste péristyle, dont presque tout le carrelage était
déchaussé..... Insensiblement d'autres arrivaient, et le nombre
exigé pour la réunion une fois atteint, ils se rassemblaient tous
dans la plus sourde pièce de cette bastille..... Par tout le quartier d'Enfer, il n'était venu encore à l'idée de personne de les
croire faux-monnayeurs, et pourtant ils en avaient bien l'allure.

Le personnage retranché dans cette maison ne se trouvait
pas lui-même exempt de toute ressemblance avec la couleur de
sa façade, car il n'était pas besoin des rayons de la lune pour
que la seule pâleur de ses traits en fît un fantôme. Maigre,
bilieux, plein d'empire et de lenteur souveraine dans ses moindres mouvements, il se promenait la plupart du temps dans sa
cour, les bras croisés, interrogeant de l'œil quelques plantes
étiolées des tropiques, qu'il s'obstinait à y vouloir faire fleurir.
A son air rêveur et profondément absorbé, vous l'eussiez pris
d'abord pour un savant ou pour un chercheur de la pierre phi-
losophale..... Sa tête était nouvellement rasée, et la lueur du
moindre flambeau s'y mirait comme sur l'onde d'un lac..... Il
aimait peu à parler, et répondait à peine aux questions qu'on
lui adressait. Souvent encore, c'était moins son pas, dont le
bruit était imperceptible, que la fumée légère de son cigare en
papier qui trahissait sa présence dans les allées du maigre jardin où il avait coutume de se promener... Quand on l'apercevait, on éprouvait devant lui une sorte d'effroi, commandé par
son sourire dur et méprisant. Il tenait habituellement à la main
un chapelet à grains d'argent et d'ivoire; sur ces grains, il marmottait à voix basse des *oremus*.

La seule personne qui le servit avait pour nom Josépha. C'était une vieille Espagnole, revêche, assez semblable à la dame Léonarde de Gil-Blas ; elle était énorme d'embonpoint et taillée en boule comme un oranger des Tuileries ; elle raclait de la guitare et chantait des ballades dans sa cuisine ; mais, ce qui n'était pas moins curieux, c'est qu'elle persistait à croire qu'elle était née pour être grande dame et qu'elle ne parlait jamais aux gens de la rue.....

Nous croyons avoir suffisamment expliqué, par le seul aspect de cette maison, l'invincible répugnance avec laquelle une femme y serait entrée..... Ce fut pourtant là que Tio-Blas conduisit Mᵐᵉ de Langey, car cet homme c'était lui, et cette maison la sienne.

Seulement Tio-Blas n'y était pas connu sous ce nom, mais sous celui du *comte de Cerda.*

L'*hidalgo,* on le voit, avait repris enfin le dessus, Tio-Blas ne se souciant plus d'être bandit.

Aussi ces quelques hommes qui venaient le visiter à des heures nocturnes recherchaient-ils sa maison pour un autre but.

A cette époque, les intrigues révolutionnaires ourdies par les hommes de couleur contre Saint-Domingue avaient pour objet de combattre le parti des colons résidant en France ; parti jaloux à bon droit de ses prérogatives et dont l'hôtel Massiac devint plus tard le centre de ralliement. Dans ces premiers éléments de destruction imminente venaient se fondre les intrigues contre-révolutionnaires de l'Espagne et les intérêts mercantiles de l'Angleterre. L'une et l'autre de ces puissances avaient promis de fournir des armes, des munitions et des approvisionnements. Les Espagnols, ainsi que le gouvernement de France, désiraient la contre-révolution ; l'Angleterre voulait y ajouter la ruine du gouvernement français. Les agitations de la colonie de Saint-Domingue fermentaient déjà, et les négrophilos ne pouvaient voir avec indifférence ces hardis symptômes.

Le comte de Cerda, que la misère arrachait à son apathie habituelle, comprit tout de suite le rôle qu'il pouvait jouer dans ce drame qui devait ruiner la plus admirable possession française. Irrité contre son pays, il jura de s'en venger et de ne rentrer qu'en maître sur ce sol, dont pour ainsi dire on avait tari devant lui les veines d'or. La fermeture des mines de la colonie, les mépris de l'évêque son parent, son emprisonnement et plus que tout cela les maux inouïs que son amour lui avait fait souffrir sur ce sol maudit, concouraient à affermir chez lui une épouvantable résolution, celle de se mêler ténébreusement aux conspirateurs de France, aux hommes de couleur, pour fomenter la ruine de son pays. Il avait toujours rêvé la supériorité féodale dans un château ceint de tours, les richesses d'Ovando et la future soumission de Mme de Langey, en ces lieux mêmes où elle l'avait vu ramper!

Ces illusions d'un cœur ulcéré avaient la chance à ses yeux de devenir enfin une réalité triomphante. Le comte de Cerda pourrait donc remettre le pied en vainqueur sur cette terre qui l'avait traité en vaincu! Les gens de couleur, auxquels il ne rougit pas d'ouvrir sa porte, ne tardèrent pas à se rassembler chez lui comme dans un club dont sa haute prudence devait diriger les moindres délibérations. Au sourire haineux, qui effleurait habituellement le coin de sa bouche, à l'âpre fierté de ses moindres mouvements, aux paroles brèves et saccadées qu'il laissait tomber sur ces interlocuteurs, pas un qui n'eût cru voir parler et se mouvoir devant lui un portrait de Carreno ou de Velasquez..... Les instructions qu'il leur donnait sur la position coloniale de l'Espagne eussent honoré la sagacité d'un ministre !

Il affichait au dehors la livrée de la misère; et cependant depuis quelque semaines il commençait à en sortir... Ce n'était pas lui d'abord qui payait le loyer de cette maison où il logeait depuis peu; c'était son propriétaire lui-même, le joaillier Bœhmer.

Cet homme, qui devait figurer plus tard si malheureusement dans l'éclatante affaire du collier, était devenu à la lettre l'*adepte* du comte. En quittant Saint-Domingue pour le pavé glissant de Paris, l'Espagnol avait compris que dans cette ville de charlatans un nom de noble sonnerait merveilleusement; cependant, il faut le dire à sa gloire, il avait d'abord généreusement lutté contre cette profanation de toute noblesse. Peu à peu la misère avait pris le dessus, et il se résolut à se servir de son titre... Les comtes de Cagliostro et de Saint-Germain étaient à coup sûr de moins bonne famille que lui, mais ils savaient engluer leur monde par de belles paroles. A défaut de leur habit, Tio-Blas possédait leur éloquence : il se servit de la sienne près du joaillier.

Un hasard singulier avait fait garder à l'Espagnol le cachet de ses armes, preuve unique de la noblesse héréditaire de sa maison, héroïque débris sauvé des pourchasses des officiers et des dragons jaunes de Saint-Domingue !... Pressé par le besoin, il le porta un jour chez Bœhmer. Bœhmer le confronta avec un plat magnifiquement ciselé qui provenait de la vente d'un ambassadeur d'Espagne, allié au sixième degré à la maison de Cerda. Cette découverte le mit bientôt en rapport avec l'Espagnol. Bœhmer était un artiste d'imagination, et nul mieux que le comte de Cerda ne s'entendait à éveiller l'imagination des autres... La connaissance qu'il semblait avoir des pierreries et surtout des localités de Saint-Domingue éblouit Bœhmer, qui ne tarda pas à se repaître avec délices des fables merveilleuses que l'Espagnol lui débita sur le Morne-Rouge. Là devaient dormir des trésors sans nombre, enfouis depuis les persécutions du gouvernement espagnol et le comblement des mines. L'Espagnol paraissait connaître la voie la plus sûre pour ces découvertes ; il s'occupait lui-même de chimie, et il en causa avec Bœhmer. Bœhmer l'écouta avidement et comme un homme qui, malgré sa richesse, rêve toujours la fortune. Peu à peu le comte le persuada, au point qu'il le fit entrer jusque dans ses idées de haine contre son pays ; le bouleversement étant, disait-il, le plus sûr moyen pour couvrir le projet de fortune qu'ils méditaient et qui devait leur profiter à tous deux.

Le joaillier n'avait pas encore été dupe ; il donna dans le piége avec une merveilleuse facilité. Pour assurer les desseins du comte de Cerda, il lui abandonna cette maison, il l'aida lui-même à y placer quelques fourneaux de chimie... Ces murs discrets ne devaient rien révéler de leurs mutuelles expériences. Bœhmer habitait lui-même à l'autre extrémité de Paris ; lorsqu'il venait voir celui qu'il nommait *son maître*, c'était dans la nuit et pour lui apporter quelques subsides. L'Espagnol, on le pense bien, les mettait à part, résolu à profiter de l'argent de Bœhmer pour partir au premier jour...

Mais, comme l'amour, la haine ne s'amuse-t-elle pas de mille projets et de mille détours ? Le mobile secret de tous les complots de l'Espagnol était l'asservissement résolu de madame de Langey. Nous l'avons dit, chez cet homme la vengeance ne vieillissait pas ; elle était devenue indispensable à sa vie. Malgré l'opium auquel il avait recours, il ne pouvait oublier !... le remords était son hôte.

C'est ce qui faisait sans doute qu'à l'heure ordinaire de l'Angélus, il s'en allait chercher la Josépha et la faisait prier à ses côtés devant une croix de bois plantée par lui dans l'endroit le plus reculé de son jardin...

. . . .

La marquise entra dans cette maison comme on entre dans un sépulcre... Il y aurait eu folie pour elle à crier durant le trajet qu'elle fit en fiacre avec son singulier guide; il l'avait dégagée pourtant de son mouchoir, mais il ne quittait jamais sa *mancheta*. Il fit ouvrir bientôt par Josépha un vaste et silencieux appartement, dont un lit à lourds rideaux de serge verte formait le principal meuble. Un crucifix ornait le dessus de la cheminée.

— Vous ne retrouverez point ici, madame, vos vases du Japon et vos paravents de laque; mais quand le vaisseau a sombré, on est encore heureux de se rattacher à quelques planches. Voici d'ailleurs Josépha, qui vous fera oublier, je l'espère, le maître d'hôtel de M. de Boullogne!

Josépha parut éblouie à la vue des dentelles et des pierreries de la créole; mais son dédain ordinaire reprit le dessus dès qu'elle vit que la malheureuse pleurait.

— Quelque comédienne... pensa la servante.

L'Espagnol, reprit, sans faire attention à ses sanglots :

— Vous ne vous étonnerez pas non plus de certains bruits qui peuvent ébranler les solives de cette maison : vous voilà de ce jour sous ma garde... Vous voyez qu'on est armé... voici des pistolets dont j'examine l'amorce tous les soirs...

Madame de Langey ne répondit pas; elle se leva et considéra machinalement une carte qui était fichée avec quelques mauvais clous sur la porte même...

— C'est une carte de Saint-Domingue... reprit-il; voulez-vous, marquise, que je vous montre l'endroit où se trouve la Rose?

Elle voulut s'éloigner, il la retint; et lui faisant suivre impitoyablement sur la carte les linéaments décrits par son doigt :

— Ceci, lui dit-il en montrant un petit point noir presque insaisissable à l'œil, c'est la Concha!... — Grâce!... murmura-t-elle... je suis en votre pouvoir, grâce!... — *Il* n'a pas demandé de grâce, *lui! Il* est mort noblement... sans me prier... sans me conjurer... Oh! ce n'était point un lâche!

Il la quitta brusquement pour s'enfuir dans le jardin... La créole demeura seule dans la demi-obscurité produite par la nuit tombante. Son regard inquiet eut bientôt fait l'examen de cette chambre ; elle frémit en revoyant cette carte où le doigt de l'Espagnol s'était promené un instant, comme eût fait le doigt de Dieu ! Dans une semblable situation, il lui devenait difficile de ne pas songer au seul être qui eût pu l'arracher à ce cercueil anticipé, à ce fils que peut-être elle ne devait plus revoir... Pour la première fois des larmes de mère vinrent baigner sa pâle joue ; sa consternation fut horrible en songeant que nul ne pourrait même soupçonner sa misère... Il n'y avait pas d'apparence que le chevalier lui-même se fût arraché à son accablement pour suivre cette voiture ; et d'ailleurs, une fois dans la tanière du tigre, quel vengeur serait assez hardi pour l'arracher à son ongle ? La perspective de la vie affreuse qu'elle allait mener donna pourtant à la créole un affreux courage, un courage qu'elle n'eût pas cru trouver elle-même au fond de son cœur : pressentant que tout moyen d'écrire lui serait refusé dans cette maison, elle prit une épingle et se piqua le bras gauche... Cela fait, elle détacha sa *respectueuse* [1], et sur ce ruban, presque aussi blanc que sa gorge, elle écrivit l'adresse de M. de Vannes et celle de la maison où elle se trouvait enfermée...

— Le ciel m'exaucera, pensa-t-elle, il me permettra de rencontrer un homme à qui je puisse remettre cette indication !

Confiante en cette pensée, la malheureuse femme prit en patience le joug terrible sous lequel cette main de fer la courbait. L'instinct que le comte avait prétendu surtout rabaisser en elle, c'était la fierté ; elle eut à endurer, dès ce jour, la compagnie humiliante de Josépha. Cette fille surveillait ses moindres mouvements avec une rigueur scrupuleuse ; elle se plaisait à lui répéter continuellement qu'elle serait fort heureuse avec le comte de Cerda.

— Monsieur le comte ne veut pas faire de vous une maîtresse..... mais sa femme, reprenait-elle lorsqu'elle la voyait triste.

Josépha n'appartenait elle-même à l'Espagnol que depuis une quinzaine de jours ; elle ignorait entièrement son ancienne vie... Sous le prétexte de faire l'assidue près de la créole, elle augmentait pour elle les tortures de cette captivité. Ce fut alors

---

[1] Large nœud qui ornait la poitrine des femmes du temps de Louis XVI.

que la marquise se ressouvint de Finette; Finette, pauvre fille qui avait payé de sa vie la méprise sanglante de Tio-Blas.

— Si je refuse de l'épouser, j'aurai le même sort, se dit-elle.

La marquise n'avait pas tardé à devenir l'humble servante de Josépha. C'était à elle que la malicieuse duègne abandonnait le soin de sa chambre; elle se vit obligée à balayer elle-même: il est vrai que quelques années plus tard, une femme, plus belle que la créole, une reine de France, devait recoudre elle-même ses bas au Temple!

Depuis son séjour dans cette maison, la haine irréconciliable de Cerda ne s'était portée envers elle à aucune extrémité violente, mais elle la sentait planer autour de sa tête comme les ailes du vautour. Cette haine se faisait jour par une infinité de précautions. Ainsi, la marquise ne pouvait se promener dans le jardin sans que les quatre dogues ne fussent lâchés; elle n'ouvrait pas un livre sans que Josépha n'ôtât le couteau qui servait à couper les pages. Quand le comte lui adressait la parole, il avait l'air de poursuivre en lui-même le sens d'une vengeance logique; il affectait de faire intervenir Saint-Domingue dans ses moindres récits. Osait-elle lui redemander son fils, il lui parlait du marquis de Langey son père; entretenant ainsi dans l'âme de cette infortunée femme des souvenirs plus terribles encore que ceux de ce monde qu'elle avait perdu. Le froid noir qui tombe des voûtes d'un cachot, le mugissement d'une bête fauve ou le pas sonore d'un meurtrier eussent moins effrayé la créole que cette tranquillité sinistre de tous les quarts d'heure. Les fumées de l'opium faisaient de Cerda une sorte d'être énigmatique, mais toujours marqué de ce fatal pouvoir qui fait flamboyer le glaive aux mains de l'ange exterminateur.

Huit jours s'étaient à peine écoulés depuis cette odieuse hospitalité, et la marquise n'avait pas même pu entrevoir une seule des figures qu'il recevait dans la partie basse de sa maison, lorsqu'un soir elle crut distinguer un homme à travers les persiennes éclairées de la chambre du milieu, qui servait de laboratoire. Ce n'était pas l'Espagnol, car il se tenait alors dans la cour, roulant entre ses doigts un *papelito*, dont la fumée onduleuse montait jusqu'à sa fenêtre... Madame de Langey avait soufflé sa lumière et se tenait collée contre une vitre, les yeux attachés sur son gardien...

Il grimpa bientôt dans le laboratoire, où la flamme était intense, et parut discourir vivement avec l'homme qui s'y trouvait. Par une illusion qui ne pouvait trouver sa source que dans une folle espérance, la marquise se persuada que cet homme était peut-être M. de Vannes ou son fils ; cependant la silhouette noire paraissait plus longue de taille. Les deux ombres se séparèrent bientôt : madame de Langey remarqua qu'en partant elles ne se saluaient point... Curieuse de voir si elle ne se trompait pas, elle attendit que l'inconnu passât au-dessous de sa fenêtre pour l'appeler... les rayons de la lune lui firent alors reconnaître le joaillier Bœhmer. Il avait travaillé pour la marquise, et parut surpris au delà de toute expression de la trouver en ce lieu.

— Tout entretien nous perdrait, lui dit-elle, prenez ceci et remettez-le à son adresse.

C'était le ruban ; le joaillier tendit son tricorne et le reçut... Il venait à peine de franchir la grille que le comte entra chez madame de Langey, tenant à la main plusieurs papiers.

— Vous voilà riche, lui dit-il, comtesse de Cerda, car un honnête homme vient de me remettre une partie de sa fortune... Demain nous partirons pour Bordeaux, et de là nous cinglons vers Saint-Domingue...

Il dicta alors à la marquise de Langey les conditions de sa nouvelle vie..... Elle devait le suivre, l'épouser, et le voir bientôt assis en maître avec elle à San-Yago, dont la révolte ne pouvait tarder. Son antique puissance allait renaître ; il jurait par la Vierge qu'il n'avait jamais haï que la marquise de Langey, mais qu'il protégerait la comtesse de Cerda.

La créole était demeurée muette de surprise..... Elle ne s'attendait pas sitôt à cet extrême parti, elle espérait toujours que l'Espagnol y renoncerait ou que le hasard viendrait la délivrer de sa tyrannie!.... Quand elle le vit lui tendre cette main rougie de sang, elle fit un pas en arrière, tout en s'efforçant de paraître calme. Elle attendait cet ordre comme la sentence de l'exécuteur ; une fois prononcé, elle ne dit rien au bourreau...

Les rapports qui paraissaient exister entre Bœhmer et Cerda lui firent croire aisément à la connivence du joaillier ; évidemment il ne remettrait pas le ruban, il craindrait que l'Espagnol ne fit retomber sur lui tout le poids de sa vengeance..... Les préparatifs de ce départ si subit ne témoignaient que trop l'horrible impatience de Cerda. La marquise se sentit glacée de terreur en voyant une vaste berline remplie de ses objets les plus précieux, qu'il disposait lui-même tranquillement dans sa cour.

L'Espagnol y avait placé plusieurs paquets d'armes; il semblait qu'il se tînt prêt à soutenir un siége partout où il en serait besoin. La créole avait rallumé sa lampe et s'était jetée à genoux devant le crucifix de sa chambre, dans un trouble que rien ne peut rendre. Madame de Langey était encore magnifique de beauté..... Qui l'eût vue en ce moment à genoux, pâle et résignée, levant vers le ciel ses yeux baignés de pleurs et cependant remplis de souveraine volonté, eût pensé à l'une de ces martyres admirables du Proccacio..... Madame de Langey venait de se souvenir qu'elle était une fille noble; c'était en fille noble qu'elle devait mourir..... En parcourant les sinueux détours de cette caverne, elle était arrivée un jour jusqu'à la porte du laboratoire de l'Espagnol, qu'elle avait trouvée fermée..... Appliquant son œil à cette serrure, elle ne tarda pas à reconnaître, cette fois, dans la chambre, divers alambics, des récipients, des fourneaux.... Plusieurs flacons étaient épars sur la table; l'un d'eux, un très-petit, frappa son attention par la forme et par le soin avec lequel il se trouvait seul enchâssé dans un fourreau de galuchat noir..... A force de tâtonnements, elle parvint à l'extrémité du corridor qui menait au laboratoire. Par un singulier bonheur, elle crut entrevoir qu'on avait oublié d'en fermer la porte..... Toute flamme y sommeillait, on y sentait seulement une forte odeur de charbon.....

.   .   .   .

Cette nuit-là même et pendant que l'Espagnol, aidé de Josépha, veillait dans la cour aux préparatifs de son voyage, il aperçut, au bout de la ruelle qui longeait les murs de son jardin, sept hommes en manteaux bleus, brodés d'un galon d'or, qui semblaient vouloir se diriger vers sa porte. Ils marchaient à tâtons et en s'appelant à voix basse, car la nuit était fort sombre..... Arrivés devant la grille, ils firent une halte, et l'un d'eux, celui qui paraissait le guide, tourna bientôt les yeux du côté de l'Observatoire..... La colonne de poussière qui ne tarda pas à s'élever de cette direction fit présumer à Cerda que c'étaient sans doute des cavaliers qui accouraient; c'était, en effet, une compagnie du guet à cheval qui venait prêter main-forte aux sept hommes. Peu soucieux de lutter contre de telles forces, l'Espagnol n'eut que le temps de se souvenir d'une issue secrète, par laquelle, après s'y être caché, il pouvait gagner les champs. Il courut à l'appartement de la marquise, mais il le trouva désert. Les agresseurs approchaient; encore une minute, et il allait se trouver pris par ces hommes..... En traversant le corridor, il vit son laboratoire ouvert, et dans les demi-ténèbres de ce lieu une forme blanche qui semblait reposer sur un fauteuil.....

Il s'approcha..... mais il recula en même temps. Le visage de la marquise était d'un bleu violet..... on eût dit qu'elle venait d'être frappée de la foudre..... ses doigs crispés tenaient la fiole au fourreau de galuchat noir.

— Empoisonnée! s'écria-t-il en fuyant.....

Au même instant, et presque sur les pas de Cerda, un homme se précipita dans le laboratoire..... C'était à coup sûr le guide. car il avait devancé les autres, qui arrivaient à pas de loup et après avoir gravi les murs à l'aide d'une échelle. Il élevait dans sa main un ruban blanc.

Cet homme, c'était M. de Vannes, qu'avait prévenu Bœhmer. Il se jeta sur ce corps en poussant un cri, mais la marquise de Langey avait abordé ces terribles portes que l'on nomme l'Éternité!

L

Le couvent:

> Si en quelque séjour,
> Soit en bois, soit en prée,
> Ou soit sur la vesprée,
> Sans cesse mon cœur sent
> Le regret d'un absent.
> (*Marie Stuart.*)

> Votre écusson, vos gens, votre livrée,
> Tout retraçait une image adorée.
> (VOLTAIRE, *l'Enfant prodigue.*)

Deux personnes causaient sous un berceau écarté formant un des angles du jardin de l'Assomption.

L'une était une belle jeune fille en robe blanche, dont les cheveux dépoudrés recevaient alors un nouvel éclat des pâles rayons du soleil couchant qui se projetaient à travers les feuilles ; elle tenait en main un long cahier de musique, ce qui lui donnait l'air d'un de ces beaux anges qu'on voit figurer dans la sainte Cécile de Raphaël.

L'autre, entièrement vêtue de deuil, suivant les lois les plus rigoureuses de l'étiquette, était une femme déjà sur le retour

de l'âge, mais dont la figure conservait encore des traces irrécusables de noblesse et de beauté.

La plus jeune gardait un silence pensif, comme si elle eût
craint que les regards pénétrants de sa compagne ne surpris-
sent les plus secrètes pensées de son âme. On lisait la douleur
jusque dans sa seule attitude et dans la façon distraite dont elle
tournait les pages de son cahier.....

— Vous souffrez, Agathe, lui dit son amie, et peut-être ma
conversation d'hier... — Je vous avouerai, ma tante, que les
souvenirs qu'elle m'a rappelés m'empêchent de goûter le charme
de cette retraite..... Malgré moi, l'image du chevalier m'y poursuit ; ce que vous m'en avez dit redouble encore ma tristesse...
Oui, vous avez raison, il doit ignorer ce sacrifice ; cet amour
était un crime, je le sens ; je ne dois plus songer qu'à l'oublier,
et vos bons conseils m'affermiront sans doute dans cette résolution..... — J'aime à vous voir raisonner ainsi , petite...
Cet asile est du moins un port assuré contre les écueils. Ma
situation présente vous apprend elle-même la fragilité des choses humaines..... Que je me félicite de me voir près de vous,
ma nièce ! ouvrez-moi votre cœur, vous ne vous repentirez pas
d'y avoir versé vos chagrins. J'ai vécu plus que vous, Agathe, et
je sais à quels retours cruels nous expose l'irréflexion. — Le
portrait que vous m'avez fait du chevalier, ma chère tante, ne
m'a que trop fait comprendre les périls dans lesquels m'eût en-
gagée cet amour. Un homme vain, léger, qui se fait un jeu de
séduire, et qui n'eût pas tardé, m'avez-vous dit, à se glorifier
de ma faiblesse..... Ah ! ce n'est pas sous ces traits que je me
représentais le chevalier ! — N'en doutez pas, Agathe, ce zèle
qu'il a mis à vous protéger, ce respect affecté dont il a fait parade devant vous, tout cela n'était qu'un calcul adroit, sous lequel le chevalier masquait ses desseins ; il avait d'ailleurs des
engagements..... — J'ignore le monde, ma tante, et ce que
c'est que tromper..... Je ne puis encore me persuader pourtant
que ce fût un mensonge que cette voix m'adressant de douces
paroles, au sortir de ce gouffre, dans lequel je pouvais demeurer
à tout jamais engloutie ! Au milieu même de ce silence religieux qui m'entoure, je me retrouve crédule à mes moindres
souvenirs. Je le vois encore m'arrachant à cette compagnie hi-
deuse ; je crois sentir la pression de son bras. A peine mes lèvres ont-elles échangé quelques mots avec celles du chevalier,
et cependant, faut-il vous le dire, je sens que je l'aime..... Si

vous l'aviez vu comme moi accourir la nuit, pâle et meurtri, dans ma maison, cet homme qui m'avait sauvée! Si vous l'aviez vu essuyer les arrogances de Maurice, rester noble et calme devant ce jeune homme, sans même brandir son épée! Comme il y avait de tristesse dans ce regard qu'il m'a adressé, quelle générosité touchante et douce dans ce silence qu'il s'est imposé vis-à-vis de moi! Quant à ce que vous appelez sa fausseté, il est sans doute du petit nombre de ces hommes si séduisants au dehors que l'on méconnaît leur cœur..... A son tour peut-être il a été pris comme un de ces héros de frivolité envers lesquels les femmes elles-mêmes ne se piquent pas de constance. Soyez-en certaine, ma tante, si le chevalier eût rencontré dans sa vie un amour profond, dévoué, inaltérable, cet amour l'eût dominé, il eût rougi de ne pas s'en montrer digne! Tel était le mien, mon Dieu! Mais je ne dois plus m'occuper de lui, peut-être d'ailleurs m'a-t-il déjà oubliée! — La vie du chevalier, reprit madame de Montesson en essayant de déguiser elle-même l'altération de sa voix, est une vie romanesque dont il n'y a que les jeunes filles qui puissent s'éprendre. Vous n'avez vu que sa fortune présente, Agathe, vous ignorez encore si cet homme brillant aujourd'hui ne sera pas délaissé demain. La faveur, enfant, tient à peu de chose; il est, croyez-le bien, des moments d'amertume où l'on s'aperçoit que tout vous fuit, où le souvenir des jours passés vous brise et vous tue... Alors on se réveille dans une solitude comme celle-ci, par exemple; on s'y réveille seule, sans amis et sans flatteurs. C'est là une douleur contre laquelle on doit demander aide et protection à Dieu. — Et ce sont ces inévitables tristesses, ma tante, que j'eusse voulu du moins adoucir au chevalier! Quant il m'aurait vue penchée sur son front, écoutant ses peines, ses confidences intimes, il eût reconnu du moins ce qu'était une femme qui se donne à vous tout entière, une amie généreuse qui vient aux jours où manquent les amis! — On ne cicatrise point, Agathe, les blessures que nous font les envieux. Toute autre vie devient languissante pour qui a vécu dans les enivrements de la cour. Mais tu ne sais pas cela, toi qui renonces jeune à ce monde ingrat; tu ne peux comprendre ce qu'il y a de terrible dans une semblable séparation!

En parlant ainsi, le visage de madame de Montesson témoi-

¹ *Mémoires*, tome 3.

gnait assez de ses orgueilleux regrets. Il eût été facile à toute autre qu'à sa nièce de lire sur son front la contrariété mortelle qu'elle éprouvait de sa seule renonciation aux honneurs et à ces formules de déférence employées vis-à-vis des seules princesses du sang. Le vieux duc d'Orléans venait de mourir, et le roi avait fait formelle défense à la marquise de draper et de mettre ses gens en deuil. C'était pourtant là l'unique motif qui la déterminait à passer l'année de son veuvage au couvent de l'Assomption.

La cloche venait de sonner... La marquise, qui voulait sans doute distraire Agathe, la conduisit à un parloir dont elle avait fait dorer les grilles. Elle lui montra l'ameublement, les écussons peints, les portières de velours. La seule grille était un grand ridicule, car une grille noire, observe judicieusement madame de Genlis[1], convenait mieux à sa situation de veuve qu'une grille dorée. Tous ses gens avaient l'ordre de lui donner de l'altesse; les sœurs ne la nommaient que *madame veuve d'Orléans*. Retirée dans ce lieu, elle y recevait tous les respects dus à une princesse. Madame de Montesson croyait ainsi se venger des résistances de la cour, qui multipliait les contestations au sujet de son douaire et de son titre *d'épouse*. Elle ne recevait guère que M. de Valence, son neveu, et M. Poupard, curé de Saint-Eustache, celui qui lui avait donné autrefois la bénédiction nuptiale. En revanche, elle se faisait voir aux petits bourgeois en grand deuil de cour les jours de fêtes et dimanches.

Le hasard qui avait rapproché la tante et la nièce avait, on le voit, peuplé leurs deux cœurs de chagrins bien différents. Chez la marquise, c'était le regret d'une position à laquelle, il faut le dire, elle s'était élevée par une habileté soutenue; chez Agathe, c'était l'effroi de la vie mondaine, dans laquelle la pauvre enfant avait débuté par une tempête.

Au milieu de ces vaniteuses protestations de cour, madame de Montesson pensait-elle encore au chevalier; c'est ce qu'il était difficile de croire... Une chose plus certaine, c'est que, sachant Agathe si près d'elle, la marquise s'était bien gardée d'écrire à Saint-Georges le lieu de sa retraite et de l'inviter à la visiter. La fin subite du duc d'Orléans avait fait crouler d'ailleurs l'édifice de sa fortune, et sous les débris de cet édifice elle eût à peine trouvé quelques cendres d'un feu mal éteint.

LI

Calomnie.

> Deux mousquetaires de ma province
> qui cachaient une âme des plus basses
> et des plus noires sous un air noble et
> joli.
> (L'abbé PREVOST, *Histoire du marquis
> de Rosambert.*)
>
> Qu'on m'en nomme un dans Rome et dans Paris,
> Depuis César jusqu'au jeune Louis,
> De Richelieu jusqu'à l'ami d'Auguste,
> Dont un Pasquin n'ait barbouillé le buste!
> (VOLTAIRE, *épître à M*me *Duchâtelet.*)

C'était dans ce même café des Arts dont le lecteur se rappellera peut-être quelques figures, ce café des Arts où s'était passée l'affaire du neveu de madame Bertholet...

Mademoiselle Isaure trônait au comptoir ce matin-là comme d'habitude, l'abbé Domino faisait sa partie, et La Boëssière cherchait à deviner le logogriphe du *Mercure de France*.

Tout d'un coup un jeune homme portant l'uniforme d'enseigne aux chevau-légers entra bruyamment dans le café en s'annonçant avec les façons cavalières d'un *enfant de Mars*. Il se mit dans un coin et demanda un verre de rhum...

Il n'y eut guère que le professeur de grammaire, M. Blondin, qui donna quelque attention au nouveau venu, parce qu'il lui arracha, sans sommation préalable, le journal qu'il commençait à épeler.

— *Après vous*, lui avait dit ironiquement le jeune homme en prenant la feuille.

M. Blondin, en sa qualité de professeur de grammaire, crut prudent de ne pas se risquer; il se contenta de demander à mademoiselle Isaure une autre gazette.

L'enfant de Mars prit un cure-dents, tira un lorgnon de sa poche et le braqua sur la dédaigneuse mademoiselle Isaure... Il y eut dans ce mouvement à brûle-pourpoint une impudence de garnison des plus prononcées; mais l'enseigne de chevau-légers se piquait peu sans doute de réserve avec le beau sexe. Ses moindres manières annonçaient un jeune homme enchanté de faire son apprentissage de César auprès des femmes; il avait

22

le parler rude, le front matamore et une coiffure à l'oiseau
royal, sous laquelle il se balançait mince et droit comme une
asperge....

Ce jeune homme, ce César, c'était le neveu de madame Bertholet.

Le neveu de madame Bertholet avait grandi; il revenait gonflé de la fumée qui fait les héros, quoique en ce temps-là on fût
réellement en pleine paix : il servait dans le régiment de M. le
marquis de Langey, à cette heure en Dauphiné.

En congé à Paris pour quelques affaires relatives à sa famille,
il avait cru de son devoir de chercher partout son protecteur;
il n'avait pas oublié que Saint-Georges lui avait mis le premier
les armes à la main.

Et soit en vérité que cela lui eût porté bonheur, soit qu'il eût
vraiment quelques dispositions naturelles, il était devenu un tireur assez passable.

— Eh bien! mademoiselle, qu'y a-t-il de nouveau dans votre
Paris? dit-il en s'approchant de la déesse de ce lieu. Monsieur de
Saint-Georges vient-il vous voir, mademoiselle? prend-il toujours son moka versé par la main des Grâces? Ainsi que l'a dit
monsieur Bertin :

> La jeune Hébé vaut mieux que Ganymède.

— Il y a longtemps, monsieur, que nous n'avons vu monsieur
de Saint-Georges... Vous êtes un de ses amis? reprit mademoiselle Isaure en affectant une soudaine considération pour l'enseigne. Vous avez peut-être tiré avec lui? — Justement... Vous
ne vous rappelez pas? ici même... dans ce café? J'étais alors un
provincial. — Quoi! c'est vous! vous qui... Oh! sûrement je ne
vous ai point oublié, reprit mademoiselle Isaure; vous étiez
digne d'entrer au service!

L'enfant de Mars se rengorgea; il dit quelques douceurs à la
maîtresse du comptoir en relevant sa moustache. Il venait à
peine de quitter le comptoir qu'un essaim d'habitués se précipita dans le café; le neveu de madame Bertholet reconnut parmi
eux MM. de Vannes et de La Morlière.

De Vannes prit brusquement un tabouret et s'assit rêveur à
l'une des tables du café, où La Morlière se hâta de le rejoindre.
La conversation ne tarda pas à s'établir mystérieusement entre
eux.

— Eh bien, chevalier? — Eh bien? — Voilà une rafle qui nous

met à sec : l'hôtel d'Angleterre nous porte malheur! — Si tu avais suivi mes conseils, tu aurais plumé cet honnête Suédois que le sort t'a envoyé! Le digne homme ignorait que l'hôtel d'Angleterre est un tripot, il aurait donné tête baissée dans nos lacs. — Tu as raison : heureusement que tout cela va finir, car dans six jours je rejoins mon corps. — Je sais cela, et même le pourquoi. — Je t'en défie bien. — Trompe donc un pamphlétaire comme ton ami!... Tu rejoins ton corps parce que le duc t'y a chargé d'une petite mission anodine. Mon Dieu! oui, ne va pas faire le fin... tu iras prêcher l'insubordination et la discorde aux soldats, moyennant trois mille livres... — Silence! — Il n'y a pas de mal, puisque le prince le veut... Je suis orléaniste comme toi, mon cher; mais entre nous, vois-tu, la poire n'est pas encore mûre... — Je sais que c'est toi que le duc charge d'écrire et de rédiger les pamphlets. Tu en as déjà fait un contre le comte d'Artois dont on est fort content au Palais-Royal. Voilà ce qu'il me faut à l'heure qu'il est, de bonnes et solides exhortations pour les soldats de mon régiment, pour ceux des régiments du roi et pour ceux de Château-Vieux. Laclos et les deux Lameth répandront de leur côté à Metz plus de trois cent mille livres. Davigneau se charge des garnisons de Nancy et du régiment de Flandre. Tout ira bien, mais il faut du temps! — Connais-tu cet enseigne qui a l'air de nous regarder en dessous? Il me semble avoir vu quelque part cette figure-là. — Au diable l'enseigne! reprit de Vannes; j'ai bien d'autres choses en tête. Tu sauras d'abord que je ne dors plus depuis que je crains les indiscrétions de ces maîtres bâtonnistes qui ont si maladroitement attaqué le chevalier; un de ces drôles ne m'a-t-il pas menacé par écrit de lui révéler notre équipée?... — Et quand cela serait, quelles preuves? Le chevalier ne te croit-il pas son ami? ne t'a-t-il pas prêté de l'argent dans l'occasion? — Prêté?... c'est une figure... mais je lui ai *emprunté*, cela revient au même. — Pour moi, c'est différent, il m'a cru toujours son ennemi, et, je dois l'avouer, le mulâtre ne se trompe pas. Mais nous sommes forts vis-à-vis de lui maintenant, nous tenons son secret entre nos mains. — Quel secret? — Celui de sa dernière affaire avec le marquis de Langey! Je me flatte que tu as répandu la *Gazette des Gazettes*?... — A telle enseigne que j'en ai encore un exemplaire sur moi. Il est malheureux que l'article ne soit pas signé; cela ressemble trop à un pamphlet. — J'avais mes raisons... tu les comprends... Y a-t-il longtemps que tu ne l'as vu, le mulâtre?

— Pas depuis notre visite à tous deux et la catastrophe de la marquise... — Pauvre femme! c'est vrai... cela m'a fendu le cœur... D'après tout ce que tu m'en as conté, tu as fait là une irréparable perte! On dit qu'elle s'est empoisonnée par amour...
— Ce qu'il y a de sûr en ce cas, c'est qu'on n'a pu mettre encore la main sur son amant. Il aura trouvé passage sur quelque navire... La créole ne m'avait jamais parlé de cet homme. Croyez donc aux femmes après cela! — Ne trouves-tu pas, de Vannes, que cet enseigne nous considère de bien près? Je vais lui demander sa gazette. — Es-tu fou? — Je n'ai rien à faire.
— Jolie raison! — Tu vas voir...

La Morlière se leva et s'en fut demander la gazette au neveu de madame Bertholet.

— *Après vous!* monsieur de La Morlière, reprit le jeune homme du même ton qu'il avait déjà pris avec Blondin, *après vous*... et il garda le journal.

La Morlière voulut le lui arracher... De Vannes et Blondin accoururent afin de lui prêter main-forte...

— Vous n'avez donc pas de mémoire, monsieur de La Morlière? reprit arrogamment l'enseigne. Vous ne vous rappelez pas de m'avoir vu tirer ici avec monsieur de Saint-Georges?

Il se fit un grand silence dans le café; on n'entendit que le bruit d'un double six que l'infatigable abbé Domino poussait à la queue de son échelle d'ivoire... Les gobe-mouches et les étrangers qui se trouvaient là dressèrent les oreilles; La Boëssière lui-même, à ce nom de Saint-Georges, suspendit la lecture de son logogriphe.

— Quoi! c'est vous, jeune homme? reprit La Morlière en changeant tout d'un coup prudemment de batterie et en tendant à l'enseigne une main que celui-ci hésitait à accepter... Vous portez donc maintenant l'uniforme? Vous venez à Paris pour en apprendre de belles sur notre héros! — Que lui est-il arrivé? — Ce que personne à coup sûr n'aurait prévu... ce dont nul au monde n'aurait pu même se douter... en un mot, ce que nous deux, dit-il en montrant de Vannes, nous ne pouvons croire encore. — Mais qu'est-ce? et ne pouvez-vous m'apprendre... — Non, vous direz que cela est faux. — Enfin? — Eh bien, monsieur de Saint-Georges, *le beau, l'incomparable,* comme on l'appelle, a refusé de se battre, il n'y a pas trois semaines...
— Refusé de se battre! lui! vous voulez rire... — Pas le moins du monde, il a refusé de se battre avec le marquis de Langey.

— Le marquis de Langey? mais c'est mon colonel; il ne nous a rien dit de cela au régiment! — Modestie calculée, monsieur l'enseigne, mais le fait n'en est pas moins certain; nous devons le savoir, nous, nous étions les témoins de monsieur Maurice de Langey. — Et monsieur de Saint-Georges a refusé? — Refusé, affirma M. de Vannes. — Alors il y a là-dessous quelque mystère... pour cela j'en suis sûr!... Je me pendrais plutôt, mordieu! avec la cravate de mon drapeau, que de croire monsieur de Saint-Georges capable d'une lâcheté! — Écoutez donc, objecta de Vannes, le terrain et la salle d'armes ce sont deux choses... Il est assez curieux que monsieur de Saint-Georges n'ait pas encore eu un duel... — La remarque est fort juste, dit La Morlière... — Je pense, messieurs, reprit sèchement l'enseigne, qu'il n'a pas besoin de cela pour établir sa réputation... — Enfin voilà le fait, vous en tirerez les conséquences... monsieur de Langey, votre colonel, pourra vous dire lui-même ce qui s'est passé... — Mon colonel, messieurs, ne me dira rien, j'en suis sûr, qui puisse effleurer la réputation de monsieur de Saint-Georges. — Vous faites de la générosité... — Monsieur de Saint-Georges sait-il vos propos, messieurs, et trouvez-vous bon que je l'en instruise? — Je ne pense pas que cela soit utile... reprit de Vannes; j'interprète ici d'ailleurs les regrets de tous ses amis... Si je ne m'intéressais pas aussi vivement à tout ce qui touche la réputation du chevalier... — Monsieur de Saint-Georges n'a pas besoin d'être défendu, monsieur de Vannes, entendez-vous? interrompit alors brusquement La Boëssière, qui durant le cours de cette odieuse conversation éprouvait un inexprimable supplice. Il se défendra bien lui-même quand il sera venu, car il est absent; il voyage pour le quart d'heure... J'aime à croire que monsieur de Vannes l'ignorait. — Cela est parbleu de toute vérité, répondit de Vannes au professeur, qu'il toisa d'un air courroucé.

Mais le vieux La Boëssière, indigné de ce que cet homme eût osé seulement effleurer l'honneur de son élève, croisa à son tour les bras avec dédain et lui dit:

— Si pourtant, monsieur, et dans l'absence de monsieur de Saint-Georges, vous trouviez mauvais que je prisse sa défense, je vous prierais de vouloir bien me le dire... Je vous prouverais peut-être que je suis aussi solide sur mes jambes de maître d'armes que vous êtes facile à démonter sur les vôtres, monsieur le lieutenant!!! — Monsieur La Boëssière, mesurez, je vous prie, vos termes... — Je n'ai pas besoin de faire de la politesse vis-à-vis de vous... Je suis vieux, et vous m'insultez le premier en attaquant l'honneur du chevalier de Saint-Georges, mon élève!... — Vous seriez enchanté, convenez-en, de me faire avoir un duel avec le chevalier ! repartit M. de Vannes. — Je suis trop prudent pour vous exposer seulement avec lui à un simple assaut, répondit le professeur; demandez à monsieur de La Morlière le nombre de fleurets qu'il lui a cassés sur le corps... — Monsieur La Boëssière!!! balbutia La Morlière surpris et confus. — Écoutez donc, messieurs, reprit le professeur, chacun son tour... Vous attaquez les absents; moi, je me borne à dire aux présents la vérité! Il est étrange que la calomnie ose s'attaquer à un homme dont le courage n'est certes pas un vain mot... — Je me suis borné à raconter, ainsi que La Morlière, poursuivit de Vannes... — Et nous verrons, messieurs, si vous osez soutenir ces paroles devant monsieur de Saint-Georges... Votre main, dit-il alors à l'enseigne; touchez là, jeune homme, il n'y a que vous qui ayez fait ce que vous deviez !

Le neveu de madame Bertholet serra la main du professeur et sortit avec lui en jetant à M. de Vannes un long regard de vengeance.

Quant il eut reconduit le maître d'armes tremblant encore de colère à sa porte de la rue Saint-Honoré :

— Il faut avouer, monsieur, dit La Boëssière, qu'il y a des gens qui déshonorent l'uniforme... N'importe, ajouta-t-il, ce que vous avez fait est bien... Il n'y a que moi à qui Saint-Georges ait confié le trait de générosité qui vous a mis à couvert autrefois au café des Arts... Vous voyez que je vous ai gardé le secret! — Moi, vous voyez, monsieur, que je ne l'ai point oublié! Et ce que je puis vous promettre, poursuivit-il, c'est que mon colonel me dira la vérité!...

LII

Wapping.

« Vous savez bien, Mirabeau, reprit
le prince sans qu'il semblât écouter la
réponse, que ces titres de prince et
d'altesse ne me conviennent pas, que
je les ai reniés depuis longtemps, et
que depuis longtemps je ne rougis
plus de mon père..... Monfort le cocher ! »

(BARNAVE, tome III.)

Le maître d'armes était exactement renseigné; le chevalier
ne pouvait entendre ces misérables calomnies, il était parti de
la veille pour l'Angleterre...

Ce voyage, il ne l'avait entrepris ou plutôt accepté (on verra
tout à l'heure avec quel étrange compagnon) que pour échapper à la tourmente de pensées soulevées en lui par toutes les
péripéties de ce drame.

Il avait parcouru en quelques jours un cercle d'émotions qui
eût pu suffire à la vie entière d'un autre...

Il s'était vu insulté par un jeune homme, et au moment de
lever son glaive contre lui, une voix qu'il n'avait pas entendue
jusque-là lui avait crié de ne pas tuer *son frère!*

La même voix, jetant bientôt dans son âme un trouble inconnu, lui avait appris un secret que suivent d'ordinaire le
bonheur et les caresses, elle lui avait crié : *Je suis ton père!* » et
cependant après ce cri, le chevalier s'était trouvé seul et délaissé comme auparavant...

Ce glaive une fois tombé de ses mains, sa porte ne s'était
point ouverte à ces deux nouveaux visiteurs, son *père* et son
frère; nul n'était venu; il semblait en vérité que tout cela fût
un rêve ou tout au moins une combinaison adroite par laquelle
on eût voulu arracher Maurice de Langey, son agresseur, à un
péril trop certain. La pièce jouée, Saint-Georges redevenait un
mystérieux anneau entre ces trois destinées, un rouage utile,
une sorte de bouclier en cas d'attaque; mais qu'y gagnait-il en
vérité, sinon d'avoir obligé des ingrats?

Le sang du chevalier bouillonnait dans ses veines à cette dernière pensée. Transporté violemment dans un nouvel ordre de

perceptions morales, son cerveau éprouvait les mêmes secousses que celles qui produisent l'étonnement du sauvage aux premières notions du vrai ou du faux, du juste ou de l'injuste. Quel passage, en effet, que celui de la situation décidée où il se trouvait avant la visite de M. de Boullogne aux mouvements tumultueux qui lui avaient succédé! Il reconnaissait un père dans un homme pour lequel il n'avait éprouvé jusque-là aucune sympathie. Il voyait ce vieillard retranché dans un misérable orgueil, hésitant à le nommer son fils, inexorable envers ses remords et son cœur. Serait-ce désormais un vague souvenir que ce père, un écho lointain, une ombre presque effacée, ou bien se repentirait-il d'avoir été dur, oublieux, injuste à l'égard du chevalier? Ce thème douloureux, Saint-Georges l'interrogeait sous toutes ses faces; il en résultait tour à tour pour lui d'enivrantes illusions, auxquelles il ne se livrait que pour retomber ensuite dans un cercle d'idées pénibles.

Il rêvait tantôt que M. de Boullogne l'allait lui-même chercher en carrosse pour le ramener chez lui et l'installer publiquement dans son hôtel; tantôt cette figure lui apparaissait railleuse et hautaine, lui montrant du doigt les colonies et le fouet du nègre commandeur. Il éprouvait ainsi les enchantements d'un fol espoir et les tortures de la rage.

Et Maurice, ce frère dont il eût accueilli avec une si vive joie les embrassements tardifs, comment n'était-il pas accouru le remercier de l'acte généreux qu'il avait fait? Sa fierté devait-elle être plus inflexible que celle de son père, et son prompt départ à la suite de ce mariage manqué ne lui laissait-il pas au moins la ressource d'écrire à son frère?

Tous ces retours sur des événements encore récents entretenaient l'aigreur et l'affliction dans le cœur du chevalier.

Vainement eût-il alors cherché dans le souvenir d'une femme une douce consolation : Agathe ne venait-elle pas d'entrer au couvent, et l'unique souci de puériles dignités ne remplissait-il pas entièrement le cœur de la marquise?

Il ne restait donc au chevalier aucune passion dans le cœur, aucune étoile que son œil chagrin pût suivre... Il se trouvait plongé dans cet état de torpeur où l'on éprouve je ne sais quel vague instinct de déplacement comme si l'on devait en quittant les lieux y laisser aussi sa misère... Noëmi, brisée elle-même à la suite de tant d'émotions cruelles, gémissait sous le poids d'une lente maladie... La négresse voyait bien qu'elle n'avait triomphé qu'à demi et que l'amour-propre irritable du chevalier était loin de se voir satisfait par les stériles aveux de M. de Boullogne. Vainement les bienfaits du contrôleur général étaient-ils venus la chercher comme pour réparer tout le mal qu'il lui avait fait souffrir; la pauvre mère ne se croyait pas vengée tant que le sourire du bonheur fuyait les lèvres de Saint-Georges; elle sentait elle-même confusément sa mort prochaine et se repentait de quitter ce sol de tristesse en laissant au cœur de ce fils des sentiments de haine contre un vieillard.

Saint-Georges par ce voyage lui épargnait la vue de ses secrètes blessures... Il craignait lui-même la curiosité des désœuvrés après ce funeste éclat du Palais-Royal; ils ne manqueraient pas de l'interroger sur les motifs qui l'avaient rendu si clément envers Maurice... Il embrassa Noëmi en la recommandant aux soins de Joseph Platon.

Quand il fut parti, entraîné avec la vitesse du vent loin de cette ville dont chaque cercle allait commenter son absence, il éprouva un indicible bien-être... C'était un soir de printemps, les champs embaumaient, l'air vif, les oiseaux becquetaient sur la route les fleurs du pommier; les marguerites blanches étoilaient partout le gazon, les pensées fleurissaient jusque dans les jointures des murs. Du fond de la berline, le chevalier pouvait apercevoir çà et là sur les feuillages des arbres les touches empourprées d'un superbe soleil couchant, les lilas semblaient alors secouer des grappes de corail... Il y avait de la vie, de la séve et du bonheur dans cette chaude nature, au milieu de laquelle on aurait eu honte de se trouver triste... Il eût été doux d'en admirer le charme avec un ami.

Ce fut alors que Saint-Georges reporta ses yeux distraits sur son compagnon de route; mais ce compagnon ou plutôt ce guide du chevalier, tout en ayant l'air de ne songer qu'au plaisir, roulait alors dans son esprit de sombres pensées... Malgré ses postillons chargés de rubans à sa livrée et les cris d'allégresse qu'il avait sans doute payés aux gens des premiers villages échelonnés sur sa route, cet homme était triste, car cet homme était un traître, — c'était le duc d'Orléans.

Ce voyage, recouvert comme tant d'autres du spécieux prétexte de l'anglomanie, n'avait pas cependant pour but les modes anglaises. Le temps des petits soupers de Mousseaux et des nuits de l'hôtel Bullion était passé; le duc d'Orléans avait remplacé le duc de Chartres. Ce n'était pas un simple marché de

chevaux qu'il allait conclure à Londres, c'était le marché de
la couronne de France, qu'il avait toujours rêvée. A diverses
époques, ce banquier de jeux de hasard, ce vil flatteur de la
populace, avait songé au peuple de Londres comme à un allié
naturel; il semblait qu'il voulût, comme dit énergiquement
Mercier, *tâter le pouls à l'esprit anglais*. Hélas! cet esprit
d'une nation rivale n'était que trop disposé à soutenir ses
criminelles tentatives, et l'auteur de la feuille intitulée *Daily
Advertiser* feignait seulement d'ignorer le but de son voyage.
Après avoir perdu chaque jour de l'estime des Parisiens, d'a-
bord engoués de lui, ce misérable prince ne semblait plus vouloir conquérir que le mépris. Son jardin, son palais même
étaient devenus le rendez-vous des sectaires. Necker, sur qui
les opinions des gens de bien avaient reposé longtemps, devait
donner à sa faction la force d'une véritable puissance. On sait
aujourd'hui les motifs de cette haine enracinée dans le cœur de
ce lourd Vitellius, qui voulut devenir à tout prix un Catilina...
Frustré de l'espoir de succéder au duc de Penthièvre dans la
charge de grand amiral de France, il avait voué au monarque
et surtout à la reine Marie-Antoinette toute sa haine. Ce qui
frappe, ce qui étonne dans les menées d'un pareil conspirateur,
c'est le peu de souci que la cour semblait en prendre; elle af
fectait de ne voir dans le *premier conjuré du royaume* qu'un
homme borné, trop abruti par le vin et la débauche pour pouvoir lui nuire. Un reproche grave que nous semblent mériter,
entre autres ministres [1], MM. de Brienne et de Monmorin, un
reproche que l'esprit de vertige peut seul excuser, c'est de n'a-
voir pas fait surveiller avec assez d'attention les courses fréquentes du duc d'Orléans en Angleterre. Après son exil tardif
à Villers-Cotterets, la cour devait-elle ignorer les connivences
du cabinet de Saint-James dans tous les marchés et les accapa-
rements de grains par Pinet, la créature de ce prince? Et puisque le palais du premier prince du sang était devenu à Paris
un assemblage de tavernes et de maisons de débauche, fallait-il
qu'il n'en sortît que pour retrouver à Londres les clubs politiques, les foyers de tumulte, les comptoirs d'emprunts et
l'agiotage [2]?

---

[1] *Mémoires de M. le prince de Montbarey*, p. 170, t. 3.

[2] Nous avons sous les yeux un *projet présenté au roi pour punir et
dégrader* le duc d'Orléans, par M. Berg....., député de l'assemblée na-

Par une inconcevable fatalité, c'était à ce même prince que Saint-Georges devait sa fortune. Modèle accompli de toutes les grâces, il n'avait pas manqué de faire une grande impression sur son esprit; il faut ajouter que sa retenue avait plus d'une fois piqué le duc. Lorsque le baron de Breteuil lui obéissait, que MM. de Durfort et de Genlis se vouaient à ses caprices, il lui semblait étrange qu'un homme qui lui devait tout fît souvent la satire de ses mœurs par son silence. La conversation de Saint-Georges ressemblait à son visage, elle n'avait rien de trivial ni de plat : dans toute sa conduite habituelle, sa manière prompte de décider les bonnes ou méchantes actions prouvait assez sa franchise. Le charme de ses mœurs devait le rendre étranger à toute intrigue politique. Préoccupé de la seule manière de disposer un nœud de cravate ou de placer un bouquet à sa boutonnière, il ne pouvait faire un conspirateur dangereux. Le duc d'Orléans conçut toutefois la pensée de se servir de Saint-Georges à son insu; il mit la bassesse de ses projets à l'abri de son élégance. Depuis que ce prince ne paraissait plus à la cour et qu'il avait rompu avec les plaisirs de Versailles, ses démarches étaient à nu; il fallait, pour pallier son voyage d'Angleterre, un homme qui pût détourner les yeux de lui et accaparer à lui seul l'attention publique. Ce fut Saint-Georges que le duc d'Orléans choisit pour jouer ce rôle, Saint-Georges enthousiasmé lui-même depuis longtemps des mœurs anglaises, car ce n'était pas la première fois que le chevalier allait à Londres. Tout le temps de cette route, le duc entretint Saint-Georges, comme pour lui donner le change, de toutes les frivolités de la mode, des courses, des paris, des habits de quaker, d'un assaut à Carlton-House, l'Opéra anglais et des jolies marchandes de Sipafields. Le voyant rêveur, il lui rappela ses succès, ses bonnes fortunes, ses traits d'adresse; il l'assura qu'il effacerait Franklin, bien que ce docteur, avec son chapeau blanc et ses lunettes vertes, eût juré au peuple qu'il avait le secret de mettre la foudre en bouteilles. Le duc lui promit de le présenter au prince de Galles[1], à la reine et aux seigneurs; il s'agissait, disait-il, de réformes à introduire dans notre costume français : une extrême

tionale. Ce projet, qui fait suite aux *Prophéties françaises*, est un monument que nous ne saurions trop engager nos lecteurs à consulter. Il porte la date de 89.

[1] Depuis Georges IV.

simplicité devait être substituée tout d'un coup à l'or et aux broderies. C'était à Saint-Georges qu'appartenait de droit une telle révolution.

En écoutant cet homme, le chevalier se fût persuadé difficilement qu'il mentait. Doué lui-même longtemps d'un extérieur agréable, rompu de bonne heure aux belles manières de la cour, le duc formait un être d'autant plus étrange que les traces d'une éducation généreuse se confondaient par instants avec les vices qu'il avait acquis. Il était prodigue et mesquin, haut et familier, facile et dangereux ; passant ainsi par tous les contrastes pour arriver en définitive au mépris. Son intimité pesait d'autant plus au chevalier qu'il prenait sa force dans je ne sais quelle bizarre conformité de goûts et de toilette. Le duc avait une ferveur de novice pour la moindre mode que donnait Saint-Georges : c'était son oracle, son Dieu ! Les rouages ténébreux de sa politique, il les lui cachait avec autant de soin qu'un horloger en met à cacher ceux d'une montre. Ce n'était avec lui qu'un camarade de gaieté, si toutefois on peut appeler gaieté la froide ironie d'un homme qui se joue des choses les plus saintes. Il affectait ainsi de traiter Saint-Georges avec une légèreté excessive : désespérant d'en faire un anarchiste, il voulait le compromettre à tout hasard.

L'arrivée du prince à Londres n'émut guère que les clubistes ; celle de Saint-Georges fit courir tout le beau monde... C'était ce que le duc d'Orléans avait prévu. A la faveur de cet engouement, il put bientôt reprendre avec le bas peuple et quelques gentilshommes du parti de l'opposition les négociations commencées. Ce n'était pas encore le jour de sa mission si contestée auprès de la cour d'Angleterre, mission qui équivalait à un exil. A peine débarqué, il ne parut occupé que de jeu, de courses de chevaux et de bonne chère. Sa première visite fut pour le prince de Galles, qui le reçut froidement à Carlton-House. L'accueil de Georges III et de la reine d'Angleterre ne fut guère plus flatteur. Les hommes des meilleures maisons d'Angleterre se firent une règle d'adopter le jugement d'un roi et d'une reine qui, sur un des premiers trônes de l'Europe, travaillaient de concert à assurer l'empire des bonnes mœurs et la félicité de leurs sujets. Ils ne voyaient qu'avec défiance le duc d'Orléans s'éloigner de Paris dans un temps où ses services politiques leur semblaient indispensables à la cause de la couronne. Les journalistes de Londres et les négociants anglais mieux informés savaient seuls vers l'exécution de quel projet il marchait à grands pas.

Cependant, comme il se résolut, malgré son avarice, à donner bientôt quelques fêtes, et qu'il ne manqua pas de proférer le cri de *God save the king !* chaque fois que le roi vint à passer, ce ne furent bientôt plus qu'amusements publics à l'occasion de sa venue. Quelques Anglais séduits affectaient de ne voir en lui qu'un homme engoué de leurs usages : le prince de Galles lui-même revint de sa froideur envers sa personne. Son carrosse était matin et soir à la porte du duc ; ils couraient tous deux les bals, les concerts, les lieux publics... A la nuit tombante, souvent ce carrosse royal ne ramenait que Saint-Georges : le duc d'Orléans, comme un alderman pressé, s'était fait descendre au coin d'une rue avoisinant les comptoirs de Temple-Bar... Il ne venait pas à Saint-Georges l'idée de soupçonner le prince d'un autre crime que celui d'une bonne fortune ; il ne pouvait pas non plus le croire en péril, car Lameth et Laclos le rejoignaient à quelques pas... La vie que le chevalier menait à Londres était, du reste, une vie de lord : on se le disputait dans les plus élégants salons ; quand il dansait, la presse était aussi grande qu'au *rout* le plus magnifique. Le peuple propre et triste des rues de Londres, qui n'a jamais su parler ni marcher, mais qui en revanche se complaît à penser profondément, l'admira pourtant à l'égal du peuple de Paris ; il le nomma le plus séduisant des *couloured gentlemen*. On ne lui laissa pas plus le temps de réfléchir que de s'ennuyer ; c'étaient chaque jour pour lui nouveaux paris et nouvelles victoires. Le prince de Galles lui-même, ravi des talents de Saint-Georges, voulut le décorer de l'ordre du Bain : le chevalier eut la modestie de refuser.

Pendant les succès du chevalier, devenu en un clin d'œil le héros de tous les cercles, que faisait le duc d'Orléans, venu seulement, avait-il dit, pour mener à Londres une vie joyeuse et folle ? Vêtu, presque chaque soir d'un habit de palefrenier, il abordait avec quelques complices obscurs l'entrée des tavernes silencieuses servant de repaires aux spéculateurs qui devaient l'aider de leurs fonds et de leur crédit. Laissant ses fauteurs se mettre en avant, il entrait et sortait sans dire mot ; le plus souvent dans la compagnie de filles ressemblant par leur vermillon et leurs mouches aux pâles courtisanes d'Hogarth. Ce n'était plus là ce parfum asiatique des appartements secrets du Raincy ou

23

de Saint-Cloud, mais une odeur fumeuse comme celle des tavernes de la Hollande; et cependant le duc ne craignait pas de
la braver dans cette impure compagnie. Achetant quelques bijoux de menu joaillerie, il les attachait lui-même au cou des
marins de Philadelphie, de Jersey, de Guernesey, qui venaient
rendre compte mystérieusement à Ducrest du transport des
grains.... Aviné, chancelant, il n'était bientôt plus en état d'é-
couter ce qui se passait autour de lui; les femmes des matelots,
les cheveux épars, se ruaient sur lui comme des bacchantes.
Pendant ce temps il faisait écrire en France que c'était la cour
qui voulait affamer le peuple et envoyait elle-même à l'Angleterre ces redoutables approvisionnements.

C'était surtout dans le quartier de Wapping, le rendez-vous
de tous les marins, que le duc ne rougissait pas de s'attabler,
non pas comme Henri V, qui était venu dans ce même lieu pour
s'y amuser de la compagnie de son hôtesse et boire le vin de
maître Pistol, mais comme un conspirateur de bas étage, le
front soucieux et tourné vers la muraille... Une nuit que le chevalier s'était attardé dans les rues de Londres, il aperçut dans
ce même quartier de Wapping, devant la taverne du Vieux-Com-
modore, alors fermée, un homme en manteau qui semblait embarrassé du chemin qu'il devait tenir... Deux constables à cocardes allaient le saisir, car il demeurait seul dans la rue, malgré la nuit et l'heure avancée. Saint-Georges s'approcha : il reconnut le prince. Il le reconduisit à son hôtel, où il passa près
de lui une grande partie de la nuit... A moitié brisé par le vin
et la fatigue, le duc n'avait pas tardé à s'endormir... Quel sommeil, bon Dieu! et de quelle terreur ne dut pas être saisi le chevalier en lui entendant prononcer des noms sans ordre, des
noms qui, dans ce sommeil épais, passaient sur ses lèvres
comme un remords! Il recueillit ceux de la reine, du comte
d'Artois, du prince de Lamballe.... L'imprudent coupable s'accusait tout haut de l'assassinat de ce jeune homme; il ne cachait
pas davantage ses projets contre la cour, il s'avouait tout haut
le fils du cocher Montfort! En vérité, ce sommeil n'était pas
un vain sommeil, c'était une redoutable prophétie... Saint-
Georges se ressouvint alors d'avoir vu ce prince insouciant et
léger, courant après le plaisir avant de courir ainsi après le trône
par un chemin taché de gouttes de sang!

Le lendemain matin, la porte du duc s'ouvrit : c'était le prince
de Galles, pâle, ému de colère, qui venait l'accuser de l'avoir

triché au jeu[1]. Vainement encore le duc voulut alors s'emporter, le prince en lui proposant un duel le mit bientôt dans la triste nécessité de s'avouer lui-même coupable d'une *étourderie*. Une étourderie! l'excuse était pire que le délit! Le prince de Galles n'avait pas pris, lui, des leçons du prestidigitateur Comus; il ne voulut pas comprendre l'escamotage dans les mains du prince du sang[2]. Insensible à cette honte, le duc, au lieu de repartir, préféra surveiller encore ses meneurs : enfoncé dans les insidieux labyrinthes de ses projets, il n'allait plus à la cour...

Le rideau qui recouvrait ce monstre était enfin déchiré; le jour brillait, et Saint-Georges ouvrit les yeux.

Bientôt le duc le chercha vainement autour de lui : le mulâtre était parti.

LIII

L'idole abattue.

Te semel ac vidit, credidit esse senem.
(MARTIAL.)

Il était parti chargé de portraits, de couronnes et de vers à sa louange; les maîtres d'armes ses rivaux avaient essayé vainement de le faire périr d'indigestion; les Anglais lui avaient su gré de ses trois mois de séjour, pendant lesquels il n'avait pas manqué un seul bal.

La seule nomenclature des bonnes fortunes du chevalier remplirait autant de volumes que celle de Casanova; seulement Saint-Georges ne spéculait pas sur elles comme l'Italien; bien au contraire, il était prodigue et fastueux avec les dames, et ce qui le prouve, c'est qu'après avoir obtenu les faveurs de plu-

---

[1] On accusait le duc d'Orléans d'avoir mis à la mode un certain habit auquel on adaptait des boutons d'acier de grandeur démesurée et tellement polis que les cartes de ses adversaires s'y reflétaient comme dans un miroir.

[2] « Ce fut ce même prince de Galles qui, en apprenant plus tard le vote de Philippe-Égalité, *son ancien ami*, détacha le portrait qu'il avait de lui à Carlton, le déchira de ses propres mains et en jeta les lambeaux dans la cour. »

(*Vie politique de Louis-Philippe-Joseph-Égalité, premier prince du sang et membre de la convention. —* Paris, chez Hivert, etc.)

sieurs ladies, *right hounourable,* il revenait en France avec le
seul argent d'un pari gagné au prince de Galles.

Ce pari de deux cents guinées consistait dans le fossé de Ri-
chemond à franchir. Saint-Georges, qui avait sauté déjà celui de
la Muette, n'eut pas de peine à battre l'héritier présomptif de la
couronne.

Il laissait donc à Londres une réputation aussi enviée que
celle obtenue plus tard par le merveilleux Brummel. Les gentlemen, les *lords* et les *squires,* s'étaient empressés de copier son
habit et ses gilets; l'anglomanie, en revanche, lui avait imposé
le chapeau rond et les bottes.

Le marquis de Stafford, en se promenant à Green-Park avec
lui, un certain soir, s'était pris à lui demander pourquoi il
n'écrivait pas ses mémoires ?

— Parce que je n'ai rien fait d'utile, répondit tristement le
chevalier.

Et il devint sombre et morose tout le temps de la conversation.

Cette pudeur de Saint-Georges vis-à-vis du public était-elle
une vanité? Nous ne le croyons pas, nous qui tenons à cette
heure en main quelques-unes de ses lettres. L'ambition de Saint-
Georges, son ambition réelle, ce fut la cour; malheureusement
le patron qu'il avait pris et les singulières amitiés que le duc
d'Orléans lui imposa devaient l'écarter de ce chemin.

En arrivant à Paris après cette courte absence, Saint-Georges
le trouva incroyablement changé. Les préoccupations de la politique et les idées révolutionnaires avaient altéré déjà la gaieté
parisienne et glacé le rire aux lèvres de ce monde nourri de
chansons et de folies. Quelques mois avaient suffi pour faire de
ce même peuple, ami du plaisir et futile comme le peuple d'A-
thènes, un peuple de sophistes et de lourds raisonneurs, disposé
d'avance à accueillir l'établissement de toutes les théories lé-
gislatives. En voyant ces hommes qu'il avait quittés lestes et
beaux, partagés entre l'Opéra et la cour, courant tout le jour
après des vices brillants et ne s'inquiétant guère du lendemain,
le chevalier s'étonna de les retrouver presque enfouis sous une
masse de feuilles périodiques, dépôt obscur et volumineux de
discours contradictoires où le nom de Pitt heurtait celui de Voltaire, où l'abbé Siéyès osait coudoyer Mirabeau. Les vents, déchaînés sous le sceptre mythologique d'Éole, ne lui semblèrent
alors qu'une image imparfaite en regard de ces agioteurs de
maximes et de systèmes, charlatans nouveaux qui invoquaient

tantôt les rêves creux des économistes et de l'*Encyclopédie*. En
examinant de nouveau ces pâles figures, Saint-Georges crut
rêver; il pensa que c'étaient des personnes mortes. Les construc-
teurs de la Babel révolutionnaire lui parurent funestes, parce
que tout d'abord ils avaient proscrit le plaisir, les réunions folles,
les habits de fête, le tout pour se cadenasser chez eux et faire ce
qu'ils appelaient le *grand compte de la nation!* La joie publique,
ce beau fruit que les souverains n'écartent jamais de la bouche
du peuple, s'était pourri de bonne heure entre les mains de ces
réformateurs impurs, déjà plus forts que cette cour sans force,
sans amis et sans puissance. Le chevalier put se croire encore
à Londres en voyant ces mille clubs dont le dégoût suivait de
si près la connaissance, repaires assurés de tous les intrigants
et aventuriers de la province, dans le sein desquels se fabri-
quaient les poisons dont les habiles enivrèrent les dupes de toutes
les classes. Annoncés d'abord comme une importation d'Angleterre, ces clubs n'avaient pas tardé à devenir le foyer de la
désorganisation. Quand ils n'auraient eu que le tort de caserner
la société au lieu de l'étendre, de la parquer par coteries et
de la miner peu à peu, ce tort eût suffi pour qu'on dût les fuir,
car la société elle aussi est une puissance... Par l'acceptation des
clubs elle perdait tous ses droits.

Un contraste qui ne put échapper au chevalier vis-à-vis de
ces modifications anglaises et sérieuses qu'avaient subies l'attitude et le costume des hommes, ce fut la tenue de presque toutes
les femmes qui composaient alors la société parisienne. Leurs
seuls habillements parurent à Saint-Georges un oubli et un scandale. Ces femmes, qui avaient assisté, la gorge nue, aux plus
étranges comédies, à commencer par celle du *Mariage de Fi-
garo*, cette prophétique trompette de la ruine du dix-huitième
siècle, jusqu'à celles du diacre Pâris, n'affichaient plus alors la
moindre nuance d'hypocrisie et de dissimulation; elles se promenaient à Longchamps et au Colisée sous les gazes les moins
pudiques. Elles trouvaient qu'il était de bon air de se moquer
en tout de la cour et d'adopter le contre-pied de ses éloges. C'é-
taient elles qui sifflaient de leurs jolies bouches rebelles les
pièces applaudies par de royales mains à Fontainebleau, elles
encore qui se précipitaient avec fureur sur les derniers romans
licencieux dus à l'agonisante lubricité de Voltaire. Les livres de
Crébillon fils ne suffisaient même plus à cette génération fiévreuse qui s'était hâtée de vivre; il lui fallait les épileptiques

fureurs, les inventions obscènes et déhontées de M. de Sade. A
voir ces femmes aviliés, souillées, déjà avant qu'elles ne vous
eussent cédé, l'imagination elle-même reculait et se hâtait d'imposer silence à ses caprices.

Le doyen de ce siècle, l'homme qui en avait, pour ainsi dire,
dirigé l'essor et pompé les vices, l'élégant et spirituel Richelieu
venait de mourir, assez heureux pour mourir à temps et pour
ne point voir de ses yeux les tressaillements précurseurs de sa
ruine. Le dernier soupir de Richelieu avait été celui de la galanterie française elle-même, cette galanterie qui remontait à
Louis XIV. Il semblait présager les brutalités sanglantes et le
règne de la populace qui devait suivre.....

Où fuir, où se cacher pour éviter ces symptômes? Saint-
Georges, tout mulâtre qu'il était, ne pouvait souffrir le peuple;
il y avait chez lui, nous l'avons dit, une aristocratie presque
innée, une aversion intime de tout ce qui pouvait *sentir mauvais*. Le peu de fois qu'il rencontra deux ou trois membres de
la *Société des Amis des Noirs*, il leur demanda comment ils
comptaient procéder à l'égard des colonies? — Par le fer et par
le feu, répondirent ces stupides niveleurs, qui ne se croyaient
pas alors eux-mêmes les victimes de l'insidieux Pitt. — Ce mot
avait, dès ce jour, consolidé les répugnances de Saint-Georges.

Le Palais-Royal n'était même plus un refuge vers lequel la
reconnaissance pût faire tourner les yeux. Abandonnée à l'intérieur par son propre maître, pour ne point appeler la surveillance sur ses visiteurs, la maison du prince avait l'air d'une de
ces maisons souterraines d'Herculanum; les jeux et les fêtes
l'avaient quittée. Le duc était à Londres, où ses affiliés l'attendaient. Parfois cependant, la nuit et lorsque les grilles de l'im-
pur jardin étaient fermées, un fantôme pâle osait se dessiner à
ce balcon, encombré autrefois de princes, de jeunes seigneurs
et d'artistes; c'était la malheureuse duchesse d'Orléans, la seule
plante noble et respectée de cette famille, pure et religieuse;
martyre dont la vie, après avoir été un holocauste, devint un
exemple.

Considéré comme centre de société, le palais du duc était
donc devenu un vain mot; il n'y avait plus que son jardin. En
parcourant ces arcades empestées elles-mêmes de tant de
miasmes révolutionnaires, Saint-Georges put se convaincre
d'une chose bien plus triste encore, c'est qu'il n'y avait plus en
France aucun respect pour la royauté! A chaque pas ce n'é-

taient qu'écrits contre le chef de l'État ou complots furtifs contre la reine; la calomnie distillait partout son venin. La représentation extérieure était elle-même devenue à charge aux grands; l'égoïsme et l'avarice, qui semblaient gouverner les âmes, avaient porté la confusion des états à un point extrême. Les personnes d'un âge mûr, celles qui avaient travaillé toute leur vie pour obtenir les ordres du roi, témoignages de la plus haute faveur, s'étaient habituées à en cacher en public les marques distinctives sous le frac plus uni. Ce travestissement, résultat de la mode anglaise, était un moyen commode d'échapper à la gêne de la représentation; le mépris du peuple en résultait; un tel oubli validait les insinuations perfides contre une noblesse se déconsidérant ainsi elle-même.

Les hommes que le chevalier rencontrait ne parlaient plus de maîtresses et de soupers, mais bien de tiers-état, d'émeutes, de disette et de tribune. Les publicistes avaient remplacé les marquis de l'Œil-de-Bœuf; les poëtes eux-mêmes cédaient le pas aux aligneurs de phrases et de doléances politiques. Le chevalier avait laissé Paris barbouillé de tabac d'Espagne, il le retrouvait taché d'encre.

Toutefois, un tel spectacle l'eût affligé médiocrement s'il n'eût participé lui-même à l'incroyable déclin de ce règne. Devant ce ciel gros d'orages et ces préoccupations sévères, que vouliez-vous que devînt un homme curieux seulement de charmer, un *beau*, glorieux d'avoir traversé son siècle en lui faisant subir son bon vouloir en fait de modes? Quel comédien aimé du public eût pu lutter contre Mirabeau, le grand acteur, Mirabeau, dont la voix remuait cette pâle société? Il y avait un personnage que le chevalier rencontrait partout, c'était le comte de Mirabeau, c'est-à-dire la passion et la fièvre du jour en personne, renommée terrible qui ne laissait personne l'approcher ou vivre autour d'elle; sorte de génie fatal qui, comme l'antique Minotaure, dévorait tout! Ce fut devant ce colosse que Saint-Georges sentit surtout je ne sais quelle crainte et quelle angoisse; il lui sembla que du jour où Mirabeau avait secoué sa torche à la tribune et déchaîné les plus monstrueux démons contre la société, il n'y avait plus en France de règne possible pour l'élégance et la grâce. A cet imposant athlète avaient déjà succédé en effet de misérables démagogues, sinistres corbeaux de nuit qui venaient croasser après le vautour. Il était facile d'expliquer le succès de ces épouvantables orateurs; ils s'adressaient chaque

jour à la dépravation humaine au nom de la liberté! Hormis
eux, rien ne leur paraissait devoir occuper l'attention; sous les
sons discordants de leur orchestre il devenait impossible de
rien distinguer.

— Encore une fois, se disait Saint-Georges, n'a-t-on pas
changé ce peuple? Voilà des gens qui ont violemment déchiré
l'affiche de leur spectacle d'hier; qu'y ont-ils gagné? Des jon-
gleurs moroses, des auteurs misérables, ennuyés d'eux-mêmes
et qui ne peuvent égayer la galerie..... L'Anglais est triste, mais
il ne vient pas ainsi se mettre sous la roue du char qui doit le
broyer; il ne se livre pas pieds et poings liés au servile troupeau
du peuple! Laquelle est la plus forte, en vérité, de ces deux na-
tions, ou de celle-ci qui vient d'ouvrir les portes du Panthéon
au plus grand corrupteur qui ait flatté les vices de son siècle,
ou de l'autre qui bannit de Westminster tout homme qui a pu
la déshonorer?

Ainsi l'analyse de ce Paris métamorphosé devenait pour Saint-
Georges un roman cruel et sombre. Lui-même ne tarda pas à
se trouver déplacé dans ce monde si nouveau pour ses regards :
mille choses l'avertirent qu'il avait vieilli et qu'il ne tarderait
pas à se voir dans peu remplacé. Quand il se montra pour la
première fois dans les cercles, ce fut un étonnement concerté
sur ce que les envieux nommaient sa *frivolité*. On ne manqua
pas de trouver qu'il voulait demeurer jeune trop longtemps,
qu'il avait grossi, et que le frac anglais lui allait moins bien
que l'habit à larges basques. Les femmes ne rougissaient plus
et ne pâlissaient plus tour à tour à son aspect; elles n'avaient plus
vis-à-vis du *Don Juan Noir*, comme on l'avait appelé longtemps,
cette timidité suppliante que l'on ne saurait comparer qu'au regard humide et voilé de la gazelle. Il ne jetait plus dans les
promenades l'éclat d'un vif météore; il lui sembla même qu'on
ne le regardait que pour l'étrangeté de sa couleur. Le terrain
sur lequel il marchait était devenu du sable. .... Ce n'était plus
le *beau*, l'*inimitable* Saint-Georges! D'autres plus heureux et
plus jeunes, il est vrai, occupaient déjà les mille bouches des
oisifs : c'étaient Garat, l'homme aux roulades et aux cravates;
le duc de Lauzun, devenu depuis le citoyen Biron, dont toutes
les femmes s'engouaient et qui les trahissait avant de trahir la
cour; M. de Choiseul, surnommé le *beau danseur*. Depuis le
jour où Saint-Georges s'était cassé le tendon d'Achille dans une
partie de chasse, il ne devait plus prétendre à se faire admirer

pour le bon goût de sa danse; et pour le chant il était loin de valoir Garat. Saint-Georges ne put voir ces rivaux et d'autres encore sans le dépit jaloux d'un premier sujet auquel un acteur d'hier vient prendre son rôle. A ces blessures secrètes se joignirent bientôt d'autres chagrins d'amour-propre. Le talent particulier dont Saint-Georges avait fait preuve plus d'une fois au théâtre pour la composition trouvait bon nombre de contradicteurs. On sait que Saint-Georges avait travaillé à la partition de plusieurs opéras comiques; or, à son retour, il ne manqua pas de gens pour écrire que sa musique était dépourvue d'invention. Il venait d'être question de confier à une régie l'Académie royale de Musique, qui était sous la surveillance de la ville de Paris; le chevalier, quelque temps avant ce voyage de Londres, fut mis à la tête d'une compagnie de capitalistes qui se présentèrent. Ce fut alors que mesdemoiselles Arnoult, Guimard, Rosalie Levasseur et autres actrices de l'Opéra adressèrent un placet à la reine pour représenter à Sa Majesté que leur *honneur* et leurs priviléges ne leur permettaient pas d'être soumises à la direction d'un mulâtre. Les propositions de Saint-Georges avaient donc été repoussées [1].

Pendant son absence, la calomnie ne l'avait pas épargné; il en glana bientôt les fruits amers à chaque pas qu'il fit dans les cercles qui l'avaient tant admiré. Jaloux à l'excès de ses triomphes, désirant se venger de lui et ne plus avoir sous les yeux le spectacle de ses succès, plusieurs de ses rivaux s'étaient réunis, résolus de faire payer au chevalier les maîtresses qu'il leur avait enlevées ou les paris que son adresse leur avait fait perdre..... A la tête de ces ligueurs de salons était venu se placer naturellement M. de Vannes, plus acharné, en sa qualité d'homme à bonnes fortunes, à ruiner la réputation de Saint-Georges que

---

[1] L'auteur de l'article sur Saint-Georges, tome 39ᵉ de la *Biographie universelle*, remarque qu'il ne serait pas impossible qu'une pareille disgrâce eût rendu celui qui en était l'objet plus accessible aux opinions révolutionnaires, qui, au reste, devinrent celles de tous les hommes de couleur. Nous pouvons affirmer, nous qui avons lu plusieurs lettres de Saint-Georges, que son seul instigateur vers les idées révolutionnaires fut le duc d'Orléans Philippe-Égalité; il suffira de lire le chapitre intitulé le *Chiffre de la reine* pour s'en convaincre; il n'est que la traduction affaiblie d'une curieuse lettre de Saint-Georges adressée à madame D***, lettre que nous avons lue, mais qu'on ne nous a pas permis de livrer à la publicité pour des motifs de famille. (*Note de la 2ᵉ édition.*)

le chevalier de La Morlière, son ami, qui ne faisait après tout
que le métier de Morande [1]. M. de Vannes était du petit nombre
de ces hommes qui médisent parce qu'ils ne se croient jamais
à leur place. L'ambiguïté honteuse de sa vie et ses lâchetés,
mises à couvert sous un uniforme, lui faisaient poursuivre avec
acharnement le jeu des âmes médiocres et envieuses, le déni-
grement. Beaumarchais, qui avait cru devoir personnifier la
calomnie dans Bazile sous un costume de moine, aurait sans
doute regretté de n'avoir pas connu cette classe intermédiaire
d'officiers sans valeur comme sans emploi, dont l'épée demeurait une arme inutile à leur côté, pendant que leur langue distillait partout la calomnie à Paris ou à Bruxelles. Cette race
métive entre les pamphlétaires et les diffamateurs patentés méritait de se voir peinte en traits sérieux, au lieu de se sentir
seulement effleurée à l'épiderme par quelques poésies fugitives
de Voltaire. Une chose à laquelle on ne fait pas assez d'attention, c'est que la loyauté militaire en France n'avait pas cédé,
jusqu'à cette terrible époque, à la vile influence de l'argent et
des caresses. Ce système, mis en œuvre par le duc d'Orléans,
par ses émissaires et ses courriers, ne rencontra par bonheur
dans l'armée de France qu'un petit nombre d'hommes assez
vils pour se vendre à sa faction et avec eux les soldats dont la
fidélité leur était confiée. M. de Vannes fut un de ces hommes.
Joueur effréné, imbu des plus méprisables principes, il désho-
norait sa lieutenance de dragons en affichant tous les vices qui
peuvent égarer et pervertir. Digne à tous égards de devenir l'un
de ces officiers jacobins, traîtres à leur devoir, à l'honneur et à
leur roi, il s'était jeté, avec plus de fureur que jamais dans le
parti du duc d'Orléans, se flattant sans doute d'obtenir par sa
criminelle soumission, les premières places de l'armée. La froideur que Saint-Georges avait cru devoir lui témoigner depuis
quelque temps lui avait paru une insulte suffisante pour qu'il
s'appliquât de toutes ses forces à lui nuire. L'empoisonnement
de madame de Langey l'avait jeté d'ailleurs dans une sorte de
haine contre Saint-Georges; il le croyait ravi de la mort de cette
femme, que le chevalier, en homme généreux, ne cherchait
qu'à oublier.

Saint-Georges ne tarda pas à se voir instruit par La Boëssière

[1] Morande, diffamé à Londres comme à Paris, était un pamphlétaire
qui a eu beaucoup d'imitateurs ; il fut surtout célèbre par ses discussions avec le comte de Cagliostro.

des odieuses menées de M. de Vannes. Non-seulement cet homme avait abjuré son caractère de témoin, véritable sacerdoce de discrétion que l'on ne doit accepter qu'avec la ferme volonté de le remplir, mais il avait encore déposé en parlant de lui tout honneur et toute dignité militaire. Il avait insinué à diverses reprises qu'il préférait tenir l'épée à la salle d'armes qu'en champ clos, qu'il fuyait toute rencontre, que son voyage en Angleterre n'avait pas d'autre but que d'éviter M. de Langey. La fureur du chevalier ne connut plus de bornes en apprenant ces nouvelles; il serra la main de La Boëssière dans une rage convulsive..... Il passa trois jours à chercher M. de Vannes par tout Paris; il éprouvait un plaisir âpre et violent à manier le fleuret à la salle d'armes en pensant qu'à la fin ce fleuret allait devenir une épée! L'espèce d'oubli dans lequel il était tombé n'était guère de nature à lui faire quitter une idée de misanthropie et de vengeance. Dans ses nuits agitées, il voyait ce lâche dont la bouche n'avait pas craint de déverser sur lui le fiel et l'injure; il le voyait à genoux, humble et suppliant devant son épée..... Il aurait enfin raison de ces tortueux mensonges, de ces insinuations qui flétrissent plus qu'une injure! Par malheur, M. de Vannes était parti, et le secret de son voyage était assez bien recommandé pour que Saint-Georges n'obtînt que de vagues renseignements.

A peine revenu à Paris, une douleur plus accablante mille fois que toutes ces douleurs, une douleur à laquelle le chevalier attachait un sens prophétique, était venue l'assaillir; en arrivant il avait trouvé la porte tendue de noir.... Noëmi était morte! morte sans un seul des baisers de ce fils pour lequel l'infortunée mère avait sacrifié sa vie! Saint-Georges frémit à ce nouveau coup; il baisa religieusement la main de ce froid cadavre, que nul, excepté Platon et lui, ne suivit au cimetière..... La négresse fut enterrée à la nuit; on plaça sur sa tombe une petite croix de pierre; mais la tombe reçut le nom de Noëmi : le chevalier, comme pour racheter sa faute, n'y fit graver que ces deux mots : *Mater mea!*

Avec cette mère, étoile de sérénité et de bonheur, se mourait toute force au cœur de Saint-Georges..... Le mulâtre superstitieux se rappela que la veille de son départ elle lui avait fait les cartes, qu'au milieu de sa prédiction les larmes l'avaient suffoquée......

— Sans doute, se dit-il, elle n'a pas voulu me montrer les

nuages de l'horizon; elle aura craint de voir faiblir mon courage devant ce qui se prépare! Ainsi me voilà vieux à l'œil de ces hommes qui se sont eux-mêmes vieillis à plaisir pour prendre la livrée d'une fausse philosophie! me voilà à nu, dépouillé de tout prestige, confondu dans la foule, moi qui autrefois la dominais! Voilà où devait aboutir mon existence inutile; je n'aurai rien fait, sinon de servir de hochet à ce siècle dissipé; je n'aurai pas même eu les passions d'un noble cœur! Ah! puisque l'absence de ce misérable m'interdit jusqu'à la haine, puisque de Vannes me fuit, il me faut choisir une route par laquelle je rentre dans le paradis ou dans l'enfer! Il y a ici deux partis en présence, le parti de la cour et celui de ce triste prince avec lequel j'ai rompu tout lien et toute entrave. Je n'hésiterai pas, mon sort est fixé. Dans mes plus brillants succès, c'est toujours une femme qui m'a souri; une femme est l'ange qui peuple nos solitudes! Celle de mon âme a besoin d'être habitée. Tu n'as fait que me précéder, ma mère; je sens que je ne tarderai pas à t'aller rejoindre! Mais, rassure-toi, je ne veux point mourir, noble et généreux fantôme, sans avoir sauvé cette femme qui ne se doute pas des manœuvres d'un lâche, et ce lâche, oh! ma mère! ce n'est pas le malheureux, l'homme obscur qui me calomnie; c'est un prince du sang dont je sais tous les secrets, un tigre altéré de sang que j'ai fui; cet homme est le cousin de cette femme, c'est le duc d'Orléans; et cette femme, c'est la reine!

Parlant à cette ombre chère d'une voix lente et triste, il s'agenouilla. Il semblait qu'à ce souvenir de la reine il eût retrempé sa vie..... Sa poitrine et sa tête étaient en feu, il regardait un portrait de cette noble femme avec laquelle il avait chanté, et dont la douce voix, soutenue au clavecin par Sacchini, avait charmé son oreille comme une prière.

LIV

Le chiffre de la reine.

Tentanda via est!
(*Hor.*)
Pour ce que je suis à présent
Avec la gent votre esnemie,
Il faut que je fasse semblant
Feignant que ne vous aisme mie!
(*Poésies de Charles d'Orléans, père de
Louis XII et de François Ier.*)
O ma reine calomniée!
O ma princesse reniée
Par bien des miens aux mauvais jours!
(*La Cape et l'Epée.*)

Dans les premiers jours du mois de janvier 1789, le grand canal à Versailles offrait un tableau aussi curieux qu'animé.

L'hiver rigoureux de cette année venait de mettre à la mode l'amusement des patins ; la cour et la société parisienne avaient l'air de s'être donné rendez-vous ce matin-là au grand canal.

Qu'on se représente cette magnifique pièce d'eau qui n'a pas moins de trente-deux toises de large sur huit cents toises de long, et dans laquelle Louis XIV, dans ses beaux jours, se promenait en barque avec mesdames de Montespan et de la Vallière, transformée tout d'un coup en un immense parquet de cristal. La neige couvre de sa blanche broderie les plates-bandes et les gazons du jardin ; le tapis vert est poudré à frimas comme un conseiller de la cour des comptes. Les statues, les sphinx, les groupes du Puget, les marbres de toute espèce épars sur les pelouses, sont couverts d'une couche d'émail et d'albâtre. On se rappelle involontairement les peintures d'Ostade et les beaux lacs glacés de la Hollande en voyant ce monde en manchons, en chars, en traîneaux, qui égaye de ses mille couleurs bariolées cette nappe éblouissante. Çà et là quelques plumes éparses d'oiseaux et des gouttes de sang rougissent la neige; ce sont de pauvres mésanges ou des moineaux francs que les chats alertes et cruels du suisse de l'orangerie ont déchirés la nuit, pendant qu'ils bravaient en chantant sur la neige la rigueur de la saison.

Placé en face de l'allée principale, le grand canal reçoit en ce moment quelques rayons fugitifs de soleil ; il s'est vu envahir en un clin d'œil par une foule de patineurs, de dames traînées par des chevaux marins et des cygnes dorés que poussent leurs laquais. Vous diriez presque une représentation de l'Opéra. Les hommes sont pour la plupart en habits à insectes, en culottes vert-céladon ou en redingotes à brandebourgs. Les femmes portent des polonaises et des circassiennes; il y a des bourgeoises qui, pour plaire à la reine, ont fait revivre sur leurs têtes les fleurs et les plumes qu'elle a quittées. Il est impossible de rien imaginer de plus fou, de plus mouvementé que ce canal hollandais. Des abbés en manchon font crier la glace sous leurs patins à côtés de jeunes officiers du Royal-Allemand ou d'élégants vêtus à l'anglaise; des nègres, des jockeys, des heiduques, attirent le regard par leurs différents costumes. Les grelots et les sonnettes des coquilles qui sillonnent le canal résonnent partout.

Après avoir visité avec Mesdames les porcelaines qu'on étale toujours vers ce temps dans les cabinets de Versailles, la reine, qui s'est arrachée au petit Trianon, est venue assister elle-même, dans la compagnie de mesdames Jules de Polignac et de Lamballe, à ce spectacle d'hiver. Elle est entourée de son escadron habituel, les *beaux de la cour*; ce sont MM. de Coigny, de Vaudreuil, d'Adhémar, de Guiche, de de Narbonne et le prince d'Esterhazy.

Parmi ces cavaliers, beaux par leur tournure et leur visage, on distingue surtout les Dillon, dont l'un porte le bras en écharpe; ils causent avec M. de Bezenval, dont chaque parole est une saillie et qui suit M. de Crussol, capitaine des gardes de M. le comte d'Artois.

Cette année, que M. de Lafayette (qui avait bien ses raisons) nomme l'*immortelle année*, s'est ouverte pour le peuple sous les plus funestes auspices. Le froid excessif est devenu un véritable fléau; il a fallu que la charité et l'aumône allumassent continuellement pour les pauvres des feux sur les places publiques. Les artisans, les malades ont trouvé partout des tables et des lits dressés: la reine a été la première au-devant de cette publique infortune. Cependant sur le passage de la souveraine s'élèvent à peine quelques cris; c'est que les bienfaits intéressés du duc d'Orléans, ses aumônes fastueuses et ses largesses calculées ont trompé le petit peuple. Il a grand soin de faire insérer dans toutes les feuilles publiques une lettre qu'il a dictée, pour le curé de Saint-Eustache, à son intendant des finances,

Geoffroi de Limon. Cette lettre promettait des secours si considérables en argent pour les besoins de tous les malheureux, qu'un souverain eût été à peine capable d'une telle munificence. Mais, suivant son usage, le duc a promis et n'a pas donné.

Les libéralités de la reine, plus secrètes et non moins grandes, n'ont pas empêché la camarilla du duc d'en rapporter tous les honneurs à leur maître. On commence à croire qu'il est naturellement généreux, lui le chef du monopole! La popularité récompense souvent les traîtres.

Encore quelques mois, et il ne s'agira plus de prévenir la révolution, mais de la diriger. Hélas! dans cette cour travaillée de tant de symptômes mortels, il est écrit qu'on ne réfléchira pas. Aussi voyez avec quels battements de mains, avec quelle insouciante frivolité tout ce monde s'agite et se promène! L'épigramme accueille les patineurs du grand canal; ceux qui tombent, on les compare à Brienne; ceux qui se relèvent, à Necker. Ce royal jardin, qui ressemble à un linceul blanc, ces arbres dépouillés de feuilles, ces allées couvertes de neige, tout cela pourtant ferait presque songer au deuil de la monarchie. Ce n'est plus là le Versailles si sagement ordonné de Louis XIV, le Versailles dont les allées ne s'étoilaient jamais aux flambeaux que de ducs et de princesses; la confusion des classes qui a envahi la société l'a dénaturée, perdue! Sous le manteau de la philanthropie, il s'est glissé à la cour d'obscurs charlatans qui n'ont pas tardé à surprendre la religion même du roi de France; on y a rencontré des histrions, des faiseurs de paradoxes. Un procès inouï et dont l'issue, après le plus sévère et le plus long examen, n'a pas même offert l'apparence d'un tort, n'en a pas moins déchaîné contre la reine le mensonge et la diffamation. Versailles n'est plus même le séjour de la reine de France, elle l'a délaissé pour son petit temple de Trianon, cet asile ouvert à Sacchini, à Cimarosa et à Gluck.

Cependant Versailles semble enchanter ce jour-là Marie-Antoinette. Chaque acteur de ce spectacle mouvant la salue quand il passe devant le banc de pierre sur lequel elle est assise; ce banc est devenu vite un trône. Sa charmante présence n'a pas tardé à répandre sur tous les visages des curieux un air de contentement; c'est à qui enviera un coup d'œil de cette femme dont la taille et le port font souvenir des plus belles statues antiques. Sa figure, légèrement violacée par le froid, a l'air d'un marbre; son bras, d'un contour admirable, s'appuie sur le bras de madame de Lamballe. Autour d'elle l'air semble imprégné de fraîcheur et de parfums.

— Monsieur de Vaudreuil, dit-elle en se penchant d'un air enjoué vers le comte, quoi! vous ne patinez pas ! Voyez donc là-bas cet heiduque... tout le monde le suit des yeux... Il vient de se laisser choir, le pauvre homme! — Aussi de quoi s'avise-t-il ? pousser un traîneau à son âge! il est aussi vieux qu'un triton de la pièce d'eau de Neptune! — Dieu me pardonne, il pousse un traîneau vide! dit M. de Narbonne; le maître n'est pas encore arrivé, sans doute, car il semble le chercher partout avec des yeux inquiets... Vous verrez que ce sera ce fou de Jaucour ou bien Noailles... Ils auront déterré le traîneau et l'homme dans le magasin des Menus-Plaisirs de Versailles.... Vous allez les voir entrer dans la lice, armés de toutes pièces et prêts à disputer le prix, même à Saint-Georges!... — Bon ! le traîneau glisse vers l'angle du grand canal, les patineurs qui se croisent devant nous vont nous le faire perdre de vue... N'importe, nous reconnaîtrons toujours l'heiduque; il n'y en a pas deux comme celui-là!

Le traîneau venait de disparaître en effet avec l'heiduque... Une seconde après, il repassa devant les beaux de la cour, dans les rangs desquels il n'y eut qu'un cri :

— Saint-Georges !

C'était bien en effet le chevalier qui occupait le traîneau; l'heiduque, c'était bien Joseph Platon...

Saint-George avait loué pour ce jour-là un habit des plus magnifiques; il avait soif de se retrouver devant la reine. En examinant de près la minutieuse toilette du chevalier, il était facile de se convaincre du soin qu'il y avait apporté.

Il avait mis un frac velours ponceau, sur lequel se pavanait par derrière une large bourse noire; l'habit était semé de douze boutons qui représentaient, suivant la mode, les douze Césars. Ses deux mains reposaient sur ses genoux, cachées par un manchon à rubans verts; sa culotte était brune; des bottines à glands chaussaient son pied. Le nœud de sa cravate blanche avait la largeur d'un nœud d'écharpe, il avait posé sur le coussin du traîneau son épée et ses patins.

Le traîneau figurait un cygne flanqué de pendeloques de rubis; ses ailes ouvertes semblaient frémir sous la brise. Le rasoir aigu du traîneau lui fraya vite un chemin, et Joseph

Platon, remis de sa chute, le poussa avec toute la vigueur d'un Lapon.

Après avoir fait une ou deux fois le tour du canal, comme pour s'assurer du rang et du nombre des spectateurs, le chevalier chaussa lestement ses patins et courut se mêler aux acteurs de ce passe-temps, dans lequel il n'avait point de rival.

C'était un plaisir pour la haute société que d'aller voir patiner Saint-Georges, tant le chevalier avait su perfectionner cet art frivole. La guirlande de spectateurs qui entouraient la pièce d'eau s'agita tout d'un coup et se pencha comme les épis au souffle du vent : elle le suivit avec une anxiété croissante. Non-seulement il décrivait les plus merveilleuses losanges, mais encore il sculptait sur la glace des fleurs, des portraits et même quelquefois un vers entier de Racine. Arrivé devant la reine, il s'arrêta tout d'un coup, tournoya sur lui-même, et, d'un coup de patin aussi rapide que l'éclair, traça le chiffre de Marie-Antoinette....

La reine fit alors une légère inclination de tête et montra du doigt le chiffre à madame de Polignac.

Au-dessous du chiffre, il y avait un autre mot que l'acier du patin avait incrusté dans la glace, mais ce mot presque imperceptible venait d'être ajouté brusquement par le chevalier; c'était un mot allemand que la reine seule pouvait lire....

— Retirons-nous, j'ai froid, dit-elle en saisissant tout d'un coup le bras de la princesse de Lamballe....

Elle jeta un regard d'inquiétude et d'angoisse sur ces quelques lettres tracées par le mulâtre au-dessous du chiffre royal, et se retira précipitamment....

Saint-Georges glissait encore comme une flèche rapide sur le canal lorsque la reine se leva; ce ne fut qu'aux limites du bassin qu'il s'aperçut de ce brusque départ...

Ennuyé de se faire admirer seulement par les bourgeois, le chevalier avait regagné son traîneau.... Le vent soufflait avec violence et menaçait d'enlever à toute minute le shako à plumes de Platon, qui commença à demander grâce au chevalier. Le départ de la reine avait éclairci les groupes.... Plusieurs officiers des Gardes-Françaises donnèrent la main à Saint-Georges à la sortie, et le prièrent de venir dîner avec eux à l'hôtel d'Elbœuf; le chevalier refusa.

Depuis quelque temps, l'humeur de Saint-Georges était changée. Sa rupture avec le Palais-Royal et le duc d'Orléans ne lui laissait que peu de ressources ; la noblesse de son caractère l'encourageait seule dans cette lutte contre sa propre fortune. Les menées du duc l'avaient indigné, lui qui ne comprenait rien à ce tragique pantin soumis aux fils du cabinet de Saint-James, à ce prince du sang conspirant contre les princes. Devant cette incurable dégradation, il avait jugé convenable de fuir, malgré toutes les belles paroles de son Mécène tendant à lui persuader que la révolution française assurerait bientôt, dans la moindre presqu'île, aux hommes de couleur tous les droits du citoyen. Confiné chez lui et souffrant déjà des atteintes d'une maladie cruelle qui le minait insensiblement, il préférait la compagnie de quelques artistes à cette pesante intimité.

On ne le voyait plus guère dans les cercles, il se promenait au bras d'un domestique dans les plus sombres allées des Tuileries... Ce n'est pourtant pas que le chevalier ne fût plus beau, seulement il était triste. Ses regards désenchantés ne se reposaient plus avec amour sur aucune image. Les femmes faciles l'ennuyaient, les hommes lui étaient devenus insupportables. Il n'avait qu'un culte, nous l'avons dit, une passion aussi profonde qu'insensée, passion dont il s'avouait à lui-même la folie; cette passion, c'était la reine !

Il savait à n'en pouvoir plus douter que le duc d'Orléans avait formé autrefois le projet coupable d'élever jusqu'à la femme qu'il aurait dû le plus respecter des vœux rejetés avec dédain; il le savait, et cela suffisait pour lui expliquer le ressentiment de cet homme contre la reine. Aux prises avec le besoin, Saint-Georges eût rougi de devoir à la pitié de ce prince quelques secours nécessaires; c'était assez pour lui d'avoir voyagé avec le duc, il se souvenait de Wapping.

Ce n'était point pour la foule, mais pour la reine qu'il était venu. L'habit qu'il portait, il l'avait loué; le faste en lambeaux de son heiduque, c'était sa réponse aux calomnies journalières, qui l'accusaient d'être subventionné par d'Orléans. Avec quelle tristesse ne revit-il point Versailles ! Versailles, où la reine elle-même l'avait fait entrer autrefois par la main, par la même porte que Gluck ; Versailles où, par un singulier hasard, le premier morceau de musique qu'il avait chanté au clavecin de la reine avait été celui-ci, noté par le divin Cimarosa :

> Se mai senti spirarti sul volto
> Lieve fiato che lento s'aggiri

Di, son questi gl'estremi sospiri
Del tuo fido che muore per te[1] !

Quelle opinion devait avoir de lui cette royale hôtesse, cette femme qu'il n'avait fait qu'entrevoir dans ses jardins aussi belle que l'Armide de son maître Gluck? Pouvait-elle ignorer que le duc d'Orléans lui avait ouvert aussi son palais? devait-elle le voir sous un autre aspect que sous celui d'un ennemi et d'un traître? Tourmenté de ces pensées, Saint-Georges allait au-devant de quelque incident étrange ; il aurait voulu revêtir le corps de l'un de ces anges aimés de Dieu, pour épancher son âme quelques instants devant la reine.

Assis avec Platon dans une misérable chambre d'auberge devant un feu dont la seule lueur l'éclairait, il tenait alors sa tête tristement dans ses deux mains.

Tout d'un coup l'on frappa légèrement à la porte; un homme entra. C'était M. de Crussol, capitaine des gardes du comte d'Artois... A sa vue, Saint-Georges se leva; un éclair de bonheur avait traversé sa prunelle...

— Veuillez me suivre, monsieur, dit avec précaution le capitaine des gardes à Saint-Georges; je vous expliquerai chemin faisant le sujet de ma visite.

Joseph Platon pensa un moment qu'on lui enlevait son maître. Il se hâta de fondre sous son souffle les miroiteries de la glace aux carreaux de la fenêtre, et se rassura en voyant le chevalier monter dans une des voitures du château, dans la compagnie de M. de Crussol.

Le trajet fut court, les chevaux allaient avec la vitesse du vent. La neige tombait à flots; la nuit était venue. La voiture s'arrêta devant l'une des petites portes de Trianon.

— Le roi est parti, Bazin? dit M. de Crussol à l'intendant de Marie-Antoinette. — Parti! répondit Bazin en considérant Saint-Georges avec défiance.

M. de Crussol congédia Bazin, traversa la galerie, et tournant le bouton en cristal d'une autre porte cintrée, il introduisit Saint-Georges dans un salon orné de glaces.

Cet appartement, de moyenne grandeur, était embaumé de cette senteur douce que répandent les plantes aromatiques. Plusieurs vases de porphyre contenaient des fleurs rares sorties de la serre de Trianon. Une harpe et quelques ouvrages de

---

[1] Stances de Métastase.

femme semés sur une petite table incrustée de marqueteries interrompaient seuls l'harmonie de l'ameublement, qui était bleu.

La reine entra presque en même temps que M. de Crussol; elle était pâle et tenait une rose blanche entre ses doigts. La princesse de Lamballe suivait la reine.

Marie-Antoinette fit signe à M. le capitaine des gardes de s'éloigner; M. de Crussol obéit.

—Monsieur de Saint-Georges, balbutia la reine quand ils furent seuls, je vous ai fait venir, j'en avais le droit. J'ai lu ce matin le mot que vous avez tracé vous-même sur le canal : ce mot signifie PÉRIL. Je pense que vous voudrez bien m'expliquer ce mot. Quel est ce péril qui nous menace, monsieur? Ce n'est pas la première fois que je vous adresse la parole; remettez-vous et répondez-moi.

Tandis qu'elle parlait ainsi au chevalier, son émotion était visible, elle se peignait jusque dans le son de sa voix tremblante.

La reine était debout; ses cheveux à demi roulés pendaient le long de ses joues blanches comme celles de Léda. Saint-Georges palpitait de trouble et de crainte...

— Encore une fois, poursuivit-elle, ne sauriez-vous me dire, vous qui êtes du parti de monsieur le duc d'Orléans, ce qu'il peut tramer de nouveau contre le roi? Vous êtes de nos ennemis, monsieur, vous devez savoir où est le péril...

— Il y a péril, madame, répondit-il en regardant la reine avec une respectueuse assurance, du jour où un homme qui n'a pas le droit d'entrer ici à cette heure est mandé par vous, la nuit, dans votre palais; il y a péril du jour où vous-même tremblez devant cet homme. On m'a calomnié, madame, en me disant l'ami du duc. Le duc d'Orléans me fait pitié!

Il y eut une pause glaciale de quelques secondes entre la reine et le chevalier. Après l'avoir envisagé avec attention, elle lui fit signe de s'asseoir. Madame de Lamballe, retirée dans un coin du salon, avait pris par contenance un canevas de broderie.

La reine se hâta de reprendre :

— Vous avez accompagné, je crois, le duc d'Orléans en Angleterre?

Saint-Georges resta muet; il se flattait que la reine ignorait encore ce voyage... Il était venu pour la sauver, et voici qu'elle l'accusait.

—Madame, répondit-il, car il se voyait bien forcé de répondre

à cette souveraine interrogation, j'ai suivi le duc à Londres.....
Puisque le nom de cet homme est inséparable du mien dans
votre pensée, il faut bien que je dénoue moi-même le nœud
fatal qui nous lie. Je n'appartiens plus au duc d'Orléans, madame; j'appartiens aux convictions de ma conscience. Un prince
du sang m'avait tendu la main à mon entrée dans le monde :
c'était alors un homme de plaisirs et d'étourderies; j'étais loin
de penser qu'il pût chercher en moi un partisan. Je lui devais
ma fortune, il pouvait se dire mon maître... Ses saturnales privées me faisaient frémir; sa maison de filles perdues et de complaisants me répugnait. Spectateur résigné de ses vices, je
portais le poids de cette reconnaissance funeste, devenue pour
moi un devoir. Madame, j'ai bien souffert! La moitié de ma vie
s'est passée à excuser cet homme à mes propres yeux; je le
croyais frivole, curieux seulement de renommée et d'éclat. Son
palais était le mien; son père m'y avait lui-même accueilli...
Mais un jour, supplice affreux! moi qui vous parle, madame,
je l'ai vu dormir sous la main impérieuse de l'orgie; sous cette
main il palpitait et parlait... Sa voix, qui avait l'air de la voix
d'un homme mourant, révélait alors d'étranges pensées qui
toutes se levaient et formaient autour de moi une ronde impitoyable... Ces pensées bruissent encore comme le flot des grèves
à mon oreille... Révolté déjà en secret contre cet homme, je me
suis révolté ouvertement; je lui ai écrit sous l'empire de ce
frissonnement d'horreur excité en moi par sa confession invo-
lontaire. J'ai refusé d'être son agent. Tous mes doutes tombaient
devant sa conduite. Je me suis interdit sa faveur et sa maison.
Depuis ce temps, hélas! je n'ai plus songé qu'à une chose, à me
faire aimer et pardonner de la seule femme qui pouvait me
croire coupable. Présomptueux que j'étais! cette femme se sou-
vient-elle seulement de moi? sait-elle seulement l'histoire de
ma passion insensée, de ma lutte, de mes tortures? Hélas! elle
me juge incapable de secouer ce terrible joug, elle me croit
rivé à tout jamais à ce lâche bourreau!... Mais alors pourquoi
m'avoir appelé, pourquoi me regarder encore ici-même avec
ces yeux qui décident de la destinée d'un homme? Madame, je
tombe suppliant à vos genoux..... Si vous me croyez l'ami et le
confident du duc, faites-moi reconduire où l'on m'a pris; si vous
doutez de moi, ne me forcez point à demeurer devant vous...
Hélas! il n'est que trop vrai, je n'appartiens à vous que d'aujour-
d'hui... Mais ne me repoussez pas, car je sais tous vos destins!

— Je veux croire à vos paroles, monsieur, dit la reine en lui commandant avec une affectueuse dignité de se relever ; je me souviens d'ailleurs qu'il y a six ans vous avez fait ici de la musique avec moi... Ici... reprit-elle, dans mes temps joyeux... Et elle cachait mal une larme qui coulait de sa paupière gonflée...

— Oh ! je m'en souviens, continua-t-il à son tour avec une lente tristesse ; je ne touche pas une seule fois à un clavecin sans me rappeler aussi ce temps... Temps heureux où je n'étais qu'un artiste admis dans un concert de la reine ! Il n'y avait alors autour de nous ni souffle empesté ni volcan : la haine et le mensonge n'avaient pas besoin d'être combattus. Moi, pauvre, venant du fond d'un désert, je ne croyais pas alors qu'un jour une reine de France me ferait chercher comme un pâle magicien ! Aujourd'hui un nuage cache l'étoile ; aujourd'hui, reine, plus de musique et de calme, il faut vous résoudre à écouter des terreurs que votre insouciance traitera peut-être de chimères..... Merci ! oh ! merci ! mon adorable souveraine ! vous qui m'avez fait venir, vous éveillez dans mon âme tout un monde de bonheur ! Pourquoi faut-il que cette entrevue soit sinistre ! Pourquoi m'avoir choisi pour votre prophète, madame ? Encore quelques mois, ô reine ! et tous vos amis parleront autour de vous d'exil et de fuite ; encore quelques mois, et votre tige royale sera brisée comme cette frêle fleur que vous balancez entre vos doigts ! Votre palais, le savez-vous, madame, est plein d'ennemis ; les pamphlets qui vous déchirent se font chez vous ; lisez cette lettre, elle vous fera pâlir ; cette lettre est de monsieur de Lauzun ! Par quelle fatalité, pendant que les défenseurs naturels de votre couronne vous trahissent, un homme obscur comme moi, rêveur ignoré, misérable, vient-il vous prier de réfléchir ? Est-il donc écrit que tous vos serviteurs devront se disperser un jour et fuir loin de vous au moindre péril ; que la reine boira sans eux cette coupe empoisonnée ? Derrière ce prince qui ose se dire encore votre parent malgré ses crimes, et qui vous reniera sans doute un jour, se cache une redoutable puissance ; quand vous n'aurez plus de cour, il en aura une ; c'est le peuple ! Effroyable cour, madame, et dont le lâche se défie lui-même ! N'importe, il la craint, il la nourrit, il la pousse comme autant de flots irrités contre le trône. Vous tenez la lettre de monsieur de Lauzun, voici d'autres papiers..... car moi aussi je pourrais écrire un jour l'histoire de ces défections honteuses, de ces traîtrises qui avilissent les plus braves. Encore une fois, madame, vous êtes menacée, ces lettres sont le trop fidèle récit de mes craintes. Je vous les adressais comme à une fée invisible; elles n'ont point d'autre but que celui de vous arracher au danger. Reine de France, ce n'est point un placet que je vous présente, c'est une liste véritable de conjurés, sur laquelle un prince eût voulu écrire mon nom. Pesez-la dans votre prudence et votre sagesse. La calomnie, madame, ne m'a pas épargné plus que vous; la calomnie, qui énerve jusqu'au courage! Le temps est venu enfin où je ne dois plus refouler en mon cœur tout ce que je sais; lisez, madame, lisez; ceci me donne le droit de mourir pour vous, si je n'ai pu vous sauver!

Il s'arrêta, éprouvant lui-même une indéfinissable fierté, car en tenant ces lettres et en les parcourant avec d'avides regards, le visage de Marie-Antoinette avait réfléchi toute son âme. Elle pâlissait et rougissait en même temps devant ces lâchetés inattendues.

— Monsieur, reprit-elle en donnant les lettres à madame de Lamballe, je n'oublierai pas un si éminent service. Que puis-je faire pour vous? parlez. Puisque le Palais-Royal n'est plus qu'un foyer de crimes et que vous l'avez quitté, je puis vous ouvrir une autre retraite. Mes bienfaits ne sont point de ceux qui font rougir. Parlez; que désirez-vous? Je verrai demain le roi; il saura ce que vous avez fait pour lui... — Pour vous, madame... murmura-t-il d'une voix entrecoupée par les sanglots. Je n'ai point de roi, point de patrie, moi qui suis né loin de votre ciel, moi qui fus bercé dans les maigres bras de la servitude. Je ne suis rien dans la cour, dans l'État! Mais j'ai vu souffrir une femme de cœur, j'ai vu pleurer une reine! Ce n'est que pour elle que je suis venu, pilote effrayé, lui dire les abîmes et les écueils. Maintenant, ô madame! oubliez-moi. — Vous oublier, Saint-Georges! non, vous n'êtes point de ceux qu'on oublie. Votre voix en ce moment a pour moi la douceur de celle d'un ami; pourquoi faut-il que je ne vous aie pas tendu la main avant le duc d'Orléans! Vous resteriez près de moi, Saint-Georges, et maintenant vous partez! — Oui, je pars, répondit-il en faisant sur lui-même un prodigieux effort, je pars comblé de douleurs et de regrets. Adieu, noble femme, dont j'aurais pu être le serviteur; adieu, maîtresse souveraine, dont j'ai tant de fois baisé la main dans mes rêves. Un démon jaloux m'a séparé longtemps de votre présence, et vous-même avez pu me croire votre ennemi. Adieu, reine; je ne demande rien et je pars. Qui sait, madame, où nous nous reverrons un jour? Qu'importe l'avenir? j'aurai réchauffé mon âme aux rayons purs de votre soleil. Qu'importent les jours sereins ou mauvais? je vous aurai toujours contemplé, ange céleste! Vous voulez savoir ce que je désire de vous? Hélas! c'est bien peu, c'est la rose que vous tenez là. Elle est aussi pâle en ce moment-ci que vos lèvres. Oh! donnez-la-moi; je saurai bien, reine, la protéger sur ma poitrine, cette douce et chaste fleur! A elle seule, madame, j'oserai dire ce que je ne pourrais dire sans vous offenser! Encore une fois, je suis un insensé qui ne mérite que l'oubli!

En prononçant cet adieu, sa tête était retombée sur sa poitrine... Il pleurait alors, et il sanglotait comme un enfant.

La reine en eut pitié; elle lui tendit la rose blanche... Il prit la fleur et baisa la main royale que Marie-Antoinette lui présentait.

Hélas! c'était cette même femme qui devait, quatre ans plus tard, demander pardon au bourreau de lui avoir marché involontairement sur le pied, elle, une reine de France!

Quand le chevalier se fut éloigné et qu'il eut marché longtemps à travers les allées du parc, il se retrouva, comme par un bizarre enchantement, vis-à-vis du grand canal... La lune avait percé les nuages; le chiffre de la reine et le mot tracé par le patin de Saint-Georges étaient déjà effacés sous le souffle d'un vent tiède. Les glaçons avaient fondu leur croûte cristallisée. Versailles s'endormait dans un pacifique sommeil; vous eussiez dit que le grand roi lui-même y reposait dans sa gloire.

Saint-Georges tira la rose de la reine de sa poitrine; il en respira avidement le parfum et la mouilla d'une larme.

Un homme l'arracha à sa rêverie : c'était Platon. Tous deux franchirent les grilles du château royal, où dans quelques mois allait se ruer le peuple...

LV

La rue Boucherat.

> Nous sommes entrés dans le monde
> comme deux frères ; entrons au ciel
> de front et les mains entrelacées, et
> non pas l'un devant l'autre.
>
> (SHAKSPEARE, *les Méprises*, acte V,
> scène dernière.)

Au quatrième étage d'une maison située dans la rue Boucherat, au Marais, sur un obscur palier qui reçoit le jour d'une lucarne, un homme gros et court tient le pied de biche d'une sonnette ; on dirait qu'il hésite avant d'entrer.

Sur la porte de ce chétif local est clouée une carte jadis blanche, à demi pourrie par l'humidité ; on y lit ce nom : « *Le Chevalier de Saint-Georges.* »

La Boëssière (c'était lui) agita timidement la sonnette. Platon vint ouvrir et l'introduisit.

C'était un misérable appartement.

Un papier à fleurs dont la bordure tombait du plafond en plusieurs endroits, un meuble de Bergame usé et sali, une glace sans dorures à la cheminée, un carreau glacial pour tout parquet.

Sur un lit de sangle beaucoup trop court et dont les pieds de celui qui l'occupait dépassaient le bois, un homme reposait, si toutefois on peut nommer repos les spasmes douloureux qui agitent les moindres fibres d'un malade. Sa tête, d'un brun foncé, se détachait avec vigueur sur un large oreiller blanc ; sa bouche restait ouverte, et des gouttes de sueur découlaient de son front pâle. Sous ses lèvres violettes il était facile d'entendre le choc nerveux de ses dents, qui claquaient la fièvre ; il passait à plusieurs reprises sa main sur sa tête et sur ses yeux...

Dans l'espèce d'alcôve sans rideaux où était placé le lit, l'œil distinguait plusieurs lettres attachées avec des épingles au papier de la muraille... des lettres de femmes sans doute, car l'écriture en était fine et déliée, le papier choisi, et aucune n'avait de signature. Elles commençaient toutes par ces mots : « *Cher Saint-Georges, Saint-Georges adoré, cher ange, cher amour,* » formules variées et reproduites dans le cours de chaque lettre à l'infini.

Deux fleurets entrecroisés, retenus par un vieux nœud de soie blanche, avaient l'air de protéger contre toute attaque cette tapisserie improvisée. Auprès de la cheminée il y avait un cadre fort simple en bois de sapin : c'était le portrait au bistre du chevalier[1]; il était signé *Carle Vernet*.

Plusieurs de ces esquisses au crayon que les peintres nomment *pochades*, avec trop de modestie, étaient aussi accrochées à la tenture; elles représentaient divers traits d'adresse de Saint-Georges : ici on le voyait sauter à travers les portières entr'ouvertes d'un carrosse lancé au trot; plus loin il tuait de chaque main plusieurs hirondelles au vol.

Mais la plus inouïe, la plus drôlatique de toutes ces illustrations était évidemment son *duel à l'écumoire*.

Dans ce croquis historique, attribué à Carmontel, le chevalier, en petite veste du matin, croisait le fer contre un farouche maître d'hôtel du prince de Conti, qui, fatigué de ses reproches culinaires sur un plat présenté à la table de l'Ile-Adam, l'avait appelé *Mauricaud* et s'était jeté sur lui dans les cuisines en tirant l'épée contre un si terrible adversaire. Réduit à se défendre, Saint-Georges n'avait rencontré pour toute arme qu'une écumoire. Avec cette épée d'un nouveau genre, il n'en avait pas moins paré tous les coups et désarmé son adversaire.

Le héros de tant de miraculeuses aventures était alors bien changé!

---

[1] Plusieurs maîtres d'armes, entre autres MM. Grisier et Coulon, possèdent encore à cette heure le portrait de Saint-Georges. Celui de M. Grisier, que nous avons vu dans la salle, le représente en habit rouge et en poudre, il tient un gros gant et un fleuret. La notice qui est jointe au portrait le recommande aux véritables amateurs.

(*Note de la* 1re *édition.*)

C'est ce portrait qui figure en tête de notre premier volume. Nous le devons à l'obligeance de M. Grisier.

Il existe aussi une gravure qui représente la chevalière d'Éon faisant des armes contre Saint-Georges; elle est assez répandue et a pour titre : *The assaut, or Fencing Match, which took place at Carlton-House, on the* 9th *of april* 1787, *between Mademoiselle la chevalière d'Éon de Beaumont and Monsieur de Saint-George*. — Mademoiselle ou plutôt M. d'Éon, habillé d'une robe noire laissant le bras libre depuis la saignée, portant d'assez laides cornettes et la croix de Saint-Louis sur sa poitrine, y croise le fer contre Saint-Georges, en simple gilet de peau et en culotte. Au nombre des spectateurs on remarque le prince de Galles, depuis Georges IV.   (*Note de la* 2e *édition.*)

En ce moment il porta les yeux sur La Boëssière, et des larmes coulèrent de son visage défait.

— Quoi! c'est vous, dit-il, mon digne professeur! Vous venez visiter votre pauvre élève? — Je viens vous demander, Saint-Georges, quel est votre médecin... Voilà une fiole de rhum de la Jamaïque sur ce guéridon... Depuis quand guérit-on la fièvre avec le rhum? — Depuis que les médecins, La Boëssière, sont assez stupides pour ne voir jamais que les maux du corps, dit-il en attachant sur le maître d'armes de sombres regards, Est-ce que je puis mourir, moi? Suis-je donc si faible? voyez!

Il écarta les plis de sa couverture, et laissa voir à La Boëssière un torse d'Hercule. Sa respiration était devenue plus tranquille...

— C'est donc de la tête que vous souffrez? Que voulez-vous, mon pauvre Saint-Georges, les temps sont durs; il faut être philosophe!... Tenez, moi qui vous parle, devant tout ce qu'il leur plaît de faire et d'inventer j'ai pris un grand parti : j'ai fermé momentanément ma salle d'armes. Je compose des chansons contre les états généraux pour me distraire; c'est toujours ça... — Et les nouvelles? — Mauvaises; ne m'en parlez pas. Cependant je vous apporte le *Journal général* de la cour et de la ville; vous y verrez la *nouvelle dénonciation d'un horrible complot formé contre les villes de Paris et de Versailles.* — Et la reine? — La reine? Elle est allée à l'assemblée avec le roi... Vous lirez les détails dans le *Journal général*; je l'ai acheté cinq sous chez le limonadier Josserand, au Palais-Royal... — Dites-moi un peu les gens à la mode... Est-il vrai que Garat ait chanté dimanche rue de Cléry, à la *Société des Amateurs?* — Il a mal chanté; sa cravate l'engonçait trop... Il y a eu banquet, et Chabanon a fait de jolis vers où vous êtes cité avec honneur... — Voyons, donnez-les-moi... cela fera passer ma médecine. Que c'est bien à vous de m'être venu visiter! — Écoutez donc! je ne suis pas ingrat, moi; je n'ai point oublié ce que je vous dois... C'est grâce à vous que j'ai amassé une petite fortune. Vous êtes mon premier, mon meilleur, mon seul élève! Aussi nous partagerons, n'est-ce pas? Voici un rouleau que je vous apporte; cela payera toujours les gages de Platon, qui vous soigne et qui aurait lui-même besoin d'être soigné, car il se fait vieux, ce cher Platon, reprit La Boëssière en examinant l'ancien gérant de la Rose. — N'est-ce pas le tambour que j'entends? dit Saint-Georges. Ouvre la fenêtre, Platon. — Ce n'est rien, mon-

siéur le chevalier. Des imbéciles qui s'égosillent à crier les
nouvelles des districts, dit Platon avec un singulier mépris. —
Oui ; mais l'air est doux, il apaise le feu de ma poitrine... Mes
douleurs sont moins aiguës quand je vois entrer dans ma chambre un peu de soleil. Restez près de moi, mon digne maître ;
vous êtes toute ma famille... Depuis que ma mère n'est plus,
c'est vous seul qui m'avez ouvert les bras !

A ce cruel retour sur son isolement, il se mit à fondre en
larmes. Il prit les deux mains de La Boëssière dans les siennes,
et les serrant avec force, il lui dit :

— Concevez-vous ce chagrin cruel, mon ami ? mourir seul,
mourir sans famille ! arriver au dernier jour sans qu'un des
vôtres vous pleure ? Oh ! quelle agonie douloureuse que la
mienne, moi qui sais tant de secrets après Dieu, moi qui compte
du doigt en ce moment-ci les absents ! — De quels absents
voulez-vous parler, Saint-Georges ? — Oh ! je me comprends,
poursuivit-il avec un amer sourire.,.

Et sa tête pesante retomba sur sa poitrine ; il examina plusieurs objets épars sur le guéridon.

— Voici la bague d'une morte, reprit-il avec un accent de
mélancolie rêveuse. Elle est morte d'hier au couvent de l'Assomption.

Et il baisa la bague pieusement du bout de ses lèvres. Une
brise molle entrait dans la chambre ; elle fit voltiger les lettres
pendues au mur avec un léger frémissement : on eût dit qu'elles
allaient s'entre-parler.

— Silence ! fit-il en se retournant vers elles, vous n'êtes que
des profanes et des menteuses ; vos phrases sont effilées comme
le dard du serpent. Silence ! vous m'avez trompé !

Il enferma la bague d'Agathe dans un coffret de velours
placé près du lit ; elle eût coulé de son doigt tant sa main était
devenue osseuse et maigre...

— Illusion et mensonge que tout amour ! reprit-il. Elles me
laisseront abandonné à la dernière heure celles qui m'ont vu
autrefois jeune et beau. Que suis-je à leurs yeux, si ce n'est un
ruban fané ? Je n'emporterai donc qu'un seul sourire dans la
tombe, celui de cette femme souveraine dont j'entends encore
le noble pas, dont la figure se balance sur moi comme un
rayon !... Où sont les joyeux amis, les coureurs d'assauts, d'o-
péras et de soupers ? Où sont les blanches mains que je pres-
sais, les fiers spadassins prompts à me céder le pas ? Hélas !

pendant que je rugis seul dans la détresse comme un lion épuisé, mon nom court peut-être sur l'aile de la calomnie à l'armée ou à la cour; un misérable m'insulte, et je ne puis m'en venger! Encore une fois, La Boëssière, dites-moi que cet homme est mort ou que vous tuerez cet homme!... Quand je ne souffre pas, voyez-vous, j'oublie de Vannes; mais quand la douleur m'éveille, comme en cet instant, oh! je voudrais le tuer, je voudrais!... -

Il s'interrompit lui-même alors dans cette menace, car la porte de son appartement s'ouvrit. Un homme encore jeune, portant l'uniforme de colonel aux chevau-légers, entra, pâle, effaré... Il écouta d'abord à la porte pour voir s'il n'était pas poursuivi sur l'escalier; puis se précipitant tout d'un coup entre les bras de Saint-Georges, il l'embrassa quelque temps dans une muette étreinte... Ses vêtements poudreux indiquaient assez qu'il venait de faire une longue route; l'altération de ses traits était sensible.

— Mon frère! s'écria-t-il en pressant de nouveau contre son cœur le chevalier; mon frère! je suis Maurice; ne me reconnais-tu pas?

Saint-Georges s'était levé à demi sur son séant; il regardait cet homme avec une incroyable fixité. La contraction instantanée de ses traits était devenue presque effrayante... Maurice en eut peur rien qu'à voir le blanc de ses yeux ouverts et renversés dans leur orbite.

— Mon frère, reprit-il, vous voyez en moi un homme qui vient d'accomplir une promesse sacrée... une promesse faite à un vieillard dont nous devons tous deux porter le deuil... M. de Boullogne m'a fait appeler hier à son lit de mort; il m'a tout dit... Je sais votre héroïque générosité, votre abnégation, vos souffrances silencieuses. J'ai juré à mon père mourant d'obtenir de vous un double pardon, le sien d'abord, puis le mien. Me le refuserez-vous? Je viens à vous, Saint-Georges, comme un accusé qui tremble devant son juge. D'hier seulement, d'hier je sais que vous êtes mon frère! Ne me repoussez pas! oh! donnez-moi votre main! — Ma main? répondit-il avec ce rire désordonné et mêlé de larmes que donne la fièvre; ma main, monsieur le marquis de Langey! Vous voulez ma main? elle est noire, marquis; vous n'y pensez pas! — Cette main, Saint-Georges, elle aurait pu se lever sur moi redoutable et menaçante; elle ne l'a point fait; elle est retombée sur la garde de

son épée... Mais rassure-toi, mon frère; j'étais digne de vivre;
va, tu n'as point épargné un lâche! On ne t'insultera plus
sourdement, vois-tu; on ne ternira plus, à ton insu même,
ton noble courage. Moi aussi, Saint-Georges, j'ai une épée;
tiens, regarde... elle a du sang!

Et le marquis avait en effet tiré son épée hors du fourreau:
la pointe en était colorée d'un rouge violet; il était lui-même
blessé à la main en deux endroits.

— Du sang! s'écria Saint-Georges, que cette vue fit bondir sur
son séant. Quel est ce sang, Maurice, et contre qui venez-vous
de tirer l'épée? — Contre un homme, Saint-Georges, qui n'avait
pas craint de calomnier mon frère, contre un homme dont
j'eusse voulu traîner le corps pieds et poings liés jusqu'à votre
lit; contre M. de Vannes, que je viens de tuer, entendez-vous?

— Que tu viens de tuer! s'écria-t-il en faisant un effort pour
s'élancer hors du lit. Oh! répète-moi que tu l'as tué, et viens
m'embrasser après... Maurice, tu es bien mon frère!

Cette rayonnante fierté que donne la joie, Saint-Georges l'é-
prouvait en cet instant; d'abondantes larmes couvraient ses
joues. Il touchait les mains et l'uniforme de Maurice; il l'attirait vers lui et le pressait comme un lutteur glorieux contre sa
poitrine; il le montrait du geste à La Boëssière et à Platon.

— Tu n'as qu'une écorchure à ce doigt, dit-il en visitant
l'une des mains du marquis: mais tu l'as tué, tu l'as tué en
bonne et loyale défense! Encore une fois, raconte-moi ce duel;
dis-moi, Maurice, comment tu as pu quitter ton régiment, et
pourquoi tu collais encore en entrant ton oreille contre ma porte
comme si tu eusses craint que l'on ne vînt te saisir ici?... — L'affaire
est bien simple, répondit Maurice. J'ai quitté mon régiment parce
que mon régiment lui-même me quittait. Mes soldats se sont
soulevés; mes soldats, soudoyés tous par ce misérable agent du
duc, et par cet odieux de Vannes! Oui, l'or de son maître a
porté coup; oui, la rébellion a levé la tête et déchiré mon drapeau... Cette épée Saint-Georges, cette épée rougie du sang
d'un traître, elle est désormais inutile, elle ne peut rien pour
le service du roi! Cette épée, je vais la briser, car d'aujour-
d'hui je ne veux plus commander à des parjures!... Depuis
quelque temps d'ailleurs, poursuivit lentement Maurice, la
mort a tout fauché autour de moi : ma mère d'abord, ma
mère dont la fin est encore pour moi une sombre et sanglante
énigme; ma mère joyeuse la veille et que l'on a trouvée de-

vant un fourneau d'alchimie, empoisonnée, avec un flacon entre ses mains! Pour ce vieillard, notre père à tous deux, je viens hier de lui fermer moi-même les yeux. Je l'ai vu, moi qui te parle, s'éteindre dans les larmes et les regrets, car il déplorait amèrement son injustice; il t'appelait, il invoquait le nom de ta mère mêlé à celui de Dieu! J'espérais, Saint-Georges, que tu resterais seul pour me soutenir, et voilà maintenant que je te retrouve dans la fièvre et dans le besoin... Heureusement, ami, que je suis riche! Viens, partons, suis-moi; retournons à Saint-Domingue! C'est là que s'est écoulée notre première enfance, Saint-Georges; c'est là que nous devons mourir, nos deux mains entrelacées. Depuis hier, ami, j'ai vu deux hommes finir, l'un sous mon épée, l'autre sous la main de Dieu. Mais tout n'est point dit : d'autres spectacles et d'autres morts nous attendent. Ne vois-tu pas, frère, tout le monde courir à sa ruine? autour de nous n'entends-tu pas la terre qui tressaille sous nos pas? Oh! viens à Saint-Domingue, et laisse derrière toi le fléau; viens à Saint-Domingue, où désormais tu vas rentrer libre, où, si tu le veux, tu seras maître! Qui pourrait, réponds, valoir pour nous les voiles du Cap gonflées par le vent, la mer des Antilles radieuse sous un beau ciel, les mornes altiers où vit l'aigle? Déjà plusieurs de ces hommes qui nous entourent émigrent au loin. Allons retrouver, nous aussi, la patrie absente, les beaux sites et les beaux jours. Allons, veux-tu venir? Partons demain, cette nuit... —Cette nuit, Maurice, sera peut-être pour moi la dernière. M'aurais-tu reconnu? dis-moi, suis-je autre chose qu'un fantôme? N'importe, mon frère, pars, oh! pars vite pour ne pas me voir mourir. Détache ce portrait de ma cheminée; tu le donneras à ceux qui se souviennent de moi là-bas... oui là-bas... à Saint-Domingue! où peut-être il y a encore ce qu'il n'y a déjà plus ici, de la paix et du bonheur! — Ainsi tu refuses de m'accompagner; tu crains de succomber dans ce voyage? — Mes jours sont comptés. Je quitterai la vie sans regret, puisque j'ai serré mon frère entre mes bras! — Ah! jamais, jamais je ne me séparerai de toi! s'écria Maurice avec un accent d'angoisse. Je ne te laisserai pas seul exposé ainsi à la maladie, à la misère! — Il faut que tu partes, Maurice; il faut que tu ailles régler à Saint-Domingue des affaires indispensables. Tu me trouveras guéri et fort à ton retour, reprit-il avec un sourire où perçait une cruelle amertume. —Voici une copie du testament de notre

père, reprit Maurice de Langey en baissant la voix! tu verras
où l'a amené son repentir, sa sollicitude pour toi. Il te donne
en partage avec moi le domaine de la Rose. — La Rose! s'écria
Saint-Georges en jetant sa main fiévreuse vers le papier que
Maurice lui présentait, la Rose! où nous avons été élevés.
Quoi! la Rose! la Rose! à moi! — A nous deux, murmura
tout bas Maurice. — Oh! c'est impossible! continua Saint-
Georges en priant La Boëssiere de lui lire le testament, car sa
vue était trop faible et les sanglots suffoquaient alors son
frère.

— La Rose, reprit le maître d'armes après avoir lu l'écrit. Le
testateur exige seulement que Joseph Platon en devienne l'intendant immédiat. — Intendant! s'écria Platon, intendant
comme M. de Lassis! — Place à laquelle sont attachés les
émoluments de dix milles livres, continua La Boëssière, qui
referma le papier. — Tu vois, Platon, dit Saint-Georges, qu'il
ne faut jamais désespérer. — Il était le serviteur de M. de
Boullogne, reprit Maurice, il restera le nôtre; il partira avec
nous. — Avec vous deux, répondit Platon en essuyant une
grosse larme qui roula sur son gilet, avec vous deux! Avez-
vous cru, monsieur le marquis, que je pusse quitter mon
maître? Voyez où il en est, monsieur le marquis, continua-
t-il plus bas en l'attirant vers le marbre de la cheminée, sur
lequel reposait l'ordonnance du médecin.

Cette ordonnance fit courir le frisson dans les veines de Maurice. Elle n'accusait que trop l'intensité de la maladie et l'im-
puissance de la médecine à la combattre. Platon s'était jeté à
genoux auprès du lit de Saint-Georges; il le suppliait de ne pas
le bannir; il lui répétait : « Je resterai. » Le pauvre homme était
attelé depuis si longtemps à la vie du chevalier, il en avait traversé avec tant de fidélité ses phases diverses qu'il avait con-
tracté pour Saint-Georges une sorte d'attachement superstitieux.
Il lui semblait impossible qu'il ne mourût pas le jour où mourrait son maître.

— Mon pauvre Platon, reprit le chevalier, je veux que tu
partes, quelque chagrin et quelque vide que me doive causer ta
perte. Mais puisque tu as fait la sottise de reprendre ta femme
et deux enfants, il faut bien les faire vivre, mon ami... Je vais
mieux d'ailleurs, bien mieux... J'irai, oui, j'irai, j'espère, vous
rejoindre... Habille-moi, rase-moi... Quand je te dis que j'irai!...
La reine va ce soir à l'Opéra... Donne-moi mon habit vert...

Bien... Présente-moi la glace... Je veux me voir, je veux me lever... Ne me retiens pas...

Il se leva, mais pour retomber bientôt sur le lit... Il tenait entre ses doigts la rose que la reine lui avait donnée.

— Pauvre rose! dit-il, déjà flétrie! Ce sera la dernière qu'elle cueillera à Trianon!

En ce moment la voix aigre d'un crieur public monta jusqu'à la fenêtre :

« Ce qui est arrivé hier à monsieur Lenoir, ancien lieutenant de police.

» Les nouvelles de la Martinique et de la Guadeloupe, pour deux sous.

» La séance de l'Assemblée nationale.

» Arrivée du chevalier de Saint-Georges à la Martinique avec quinze mille fusils, et mauvaise issue de son projet[1]. »

— Mensonge et calomnie! s'écria le chevalier; mensonge et calomnie! dit-il encore une fois en étreignant la main de Maurice. Voilà les infamies de la grande Babylone! Me flétrir, me perdre, pendant que j'agonise ici! Oh! comme il se venge... le duc!...

Il s'arracha du lit, l'œil enflammé de rage, et courut à la fenêtre, traînant ses pieds nus sur le carreau. Le crieur était parti.

— Par pitié, mon frère, dit le marquis, calme-toi. Mon Dieu! qu'il me tarde de te savoir hors d'ici! Te quitter en ce moment me semble un crime... — Encore une fois, Maurice, tu dois partir avec ce fidèle serviteur. Ne viens-tu pas d'entendre le coup de tonnerre qui vient d'éclater là-bas? En ce moment peut-être il y a deux mondes qui croulent, deux mondes, l'ancien et le nouveau. Marquis de Langey, partez; vous arriverez peut-être encore à temps pour sauver le domaine que monsieur de Boullogne vous a laissé. De grâce, hâtez-vous. Il y a là-bas, au cimetière de Saint-Marc, des dépouilles mortelles qui vous sont chères!... Baisez ce sol en entrant, baisez-le, Maurice, car l'épée de l'ange du mal va bientôt l'entr'ouvrir et en disperser les cendres au vent! Partez; il me reste encore ici un ami près de mon chevet, c'est ce digne maître qui m'a offert un asile dans sa maison et qui vous remplacera!

Il avait posé sa main sur celle de La Boëssière. Les pleurs empêchaient seuls le maître d'armes de répondre... Les diverses

[1] Numéro du samedi 6 décembre 1789.

émotions de cette scène avaient achevé de briser Saint-Georges... Un morne silence succédait à ses paroles.

En ce moment, une des épées, mal accrochée sans doute, se détacha de la tapisserie et tomba La Boëssière la renoua avec respect et revint se placer près du lit où les yeux du malade s'étaient fermés. — Il mâchait encore entre ses dents une des feuilles de la petite rose blanche...

— Il dort, dit Maurice. Promettez-moi de le faire transporter chez vous cette nuit, monsieur La Boëssière? — Et de veiller sur lui comme sur mon fils, ajouta le maître d'armes, oppressé par sa douleur; je vous le promets.

Maurice contempla Saint-Georges quelques minutes : il dormait d'un sommeil calme; la noble expression de sa figure amaigrie lui donnait l'apparence d'un martyr... Le marquis lui baisa la main avec amour, et se mettant à genoux, il pria quelques secondes à côté du lit. Quand sa prière fut finie, le violon de Saint-Georges, un Stradivarius, posé sur la cheminée, rendit un soupir.

— Sortons, dit le marquis en faisant un effort sur lui-même. Il partit avec Platon, qui pleurait.

Épilogue.

1791.

> Allons, il paraît que les Français prendront leur café au caramel.
>
> (WILLIAMS PITT, alors ministre d'Angleterre.)
> Histoire de la Guerre civile en France, par l'auteur du Règne de Louis XVI, t. Ier, p. 275.

Le dix-huitième siècle était jugé : chaque pièce de son armure croulait ; on allait voir le squelette. La ruine imminente des colonies se chargeait assez de prouver aux incrédules l'imbécillité des niveleurs et le danger des sophistes. La question de la traite déférée par Pitt au parlement d'Angleterre n'était qu'un piège adroit que ce ministre avait présenté pour nous faire tomber dans ses filets en couvrant d'un masque de philanthropie les plans du cabinet britannique. Il avait fait même ajourner la question à plusieurs années, afin de donner le temps à l'affaire des noirs de mûrir, c'est-à-dire de faire elle-même révolution.

A Paris, la traite avait été discutée à peu près de la même manière que la querelle pour la musique de Piccini et de Gluck, c'est-à-dire que les disputeurs n'étaient ni musiciens ni politiques. En attendant qu'ils fussent d'accord, la révolte, l'incendie, le pillage s'étaient emparés de la Martinique et de la Guadeloupe et n'avaient pas tardé à se communiquer à Saint-Domingue.

La plus belle de nos colonies tendait la gorge au couteau. Partout l'effervescence, les déclamations, les massacres. Le contre-coup de la révolution de France se faisait sentir aux îles : après les encyclopédistes, les tueurs; après Voltaire et Franklin, Jean François et Biassou. La philosophie nègre prêchait son code à sa manière. Les nobles de Saint-Domingue avaient émigré comme les nobles de Paris : il fallait s'emparer à Saint-Domingue des domaines dont le maître était absent, comme on allait écrire à Paris *biens de la nation* sur le toit des fugitifs et des proscrits.

Comparé au peuple de Paris, le peuple noir fut-il plus atroce? nous ne le croyons pas, car ce peuple avait moins lu.

Comme à Paris, ce n'était pas encore le temps de Robespierre; ce n'était pas non plus encore, à Saint-Domingue, le temps de Toussaint Breda[1]. Les généraux nègres ne portaient pas encore l'uniforme à galons d'or; les femmes de la colonie ne brodaient pas encore de chemises de batiste à Toussaint[2] et n'entretenaient pas avec lui de galantes correspondances. Le nègre Dessalines n'avait pas encore de salons et ne portait pas sur sa tête poudrée un peigne en diamants sorti des ateliers de l'Empereur[3] et qui eût fait à lui seul la fortune d'un homme. Les tueurs noirs d'Haïti n'avaient point encore de ceinture magnifiquement frangée; ils ne montaient pas, comme Toussaint, un cheval accablé sous le poids d'un harnais d'or massif; ils n'avaient ni musiciens ni état-major.

Non, en vérité, non, ils étaient plus rustiques dans leur équipage de révoltés. Jean François lui-même n'était pas encore élevé au rang de grand d'Espagne, et Biassou ne se disait pas généralissime des pays conquis.

Cependant diverses parties de Saint-Domingue étaient deve-

[1] Toussaint l'Ouverture.
[2] *Mémoires d'un naturaliste*, tome III, p. 251.
[3] Fameux joaillier de Paris.

nues la proie des flammes. Des hommes de couleur et surtout
des Espagnols s'étaient faits les agents de la révolte.

. . . .

Une nuit du mois d'août 1791, un homme au front basané,
vêtu d'une simple veste de nankin et qui par une singulière
manie de décorum portait l'ordre de Saint-Jacques attaché à son
caleçon, descendit de cheval à une portée de fusil de la Rose,
cette ancienne habitation de M. de Boullogne, dont il ne restait
plus alors que quelques pans chétifs de murailles. Il attacha sa
monture aux branches d'un tamarin et se mit à considérer cette
ruine...

Au milieu de bois de cèdre rompus, de chapiteaux d'acajou,
de ferrailles, de plomb et de décombres de toute sorte, les galeries extérieures de la grande case gisaient à terre, fracturées à
grands coups de hache et déjà envahies par une foule de plantes
hâtives. L'or des balustres avait disparu ; mais à la lueur verdâtre de la lune, il était facile de reconnaître l'action de la fonte :
les noirs avaient trafiqué déjà de ces opulents débris de la Rose.
Le délabrement était complet... Au sein de quelques fourrés
lointains scintillaient çà et là de vives lumières qui faisaient re-
luire le mousquet des sentinelles chargées de veiller sur cette
portion de la plaine. L'empreinte meurtrière du pillage était in-
hérente à ce domaine autrefois si beau, maintenant jonché de
ronces et laissant voir le ciel à travers mille fissures.

Le personnage dont nous avons parlé examinait les moindres
détails de cette dévastation profonde avec un minutieux intérêt...

Et l'on eût dit vraiment qu'il ne pouvait s'arracher à ce tableau, car de temps à autre un sourire de satisfaction errait sur
ses lèvres.

Il tira bientôt de la sacoche suspendue à son cheval plusieurs
paquets de lettres cachetées que venait de lui remettre un nègre
du Cap ; il en brisa les scels avec une anxiété visible, comme si
ces nouvelles eussent été pour lui d'un grand prix.

En refermant une large missive timbrée de France et marquée
d'un cachet de cire noire, il soupira.

— Je ne l'attendrai plus ici !... murmura-t-il. Et il essuya une
larme sur sa joue brune.

Il regarda bientôt du côté de l'Ouest ; quelques clameurs
sourdes partaient de cette direction. L'homme écouta et ne tarda
pas à se voir rejoint par une foule de noirs, accoutrés grotesque-

ment pour la plupart; ils brandissaient des torches et des coutelas entre leurs mains.

Celui qui précédait leur bataillon était un nègre assez vieux,
obèse, agrafé dans un uniforme étroit (celui de général français)
et montant un cheval blanc richement caparaçonné. Sur les
épaules grêles de ce chef improvisé dansait une paire énorme
d'épaulettes; la poignée de son sabre était ornée de pierreries.
Deux mulâtres l'accompagnaient, comme aides de camp sans
doute, car ils se tenaient fidèlement près de son cheval et faisaient partie de son poudreux état-major.

Du plus loin qu'il les aperçut, l'homme ôta son chapeau et
éleva son mouchoir vers eux en signe de ralliement.

Puis, après avoir sifflé trois fois et rassemblé à ce signal quelques compagnons qui s'élancèrent des fourrés, il se trouva en
présence du général.

— C'est un renfort que je t'amène, *senor*, dit celui-ci en montrant sa troupe.—Je le sais, répondit l'homme. — Grâces soient
rendues au *comte de Marmelade!* Veut-il que ce soit lui ou moi
qui harangue ces dignes gens? — Comme il y a ici des héros de
tous les pays, reprit gravement le *comte de Marmelade*, et
comme vous possédez plusieurs langues, j'aime mieux que ce
soit vous! — *Santa Maria purissima!* je m'en acquitterai aussi
bien qu'un autre, général! mais ne descendez-vous pas de
cheval pour vous concerter quelques minutes avec votre ami?
Nous sommes ici dans un charmant endroit pour une halte;
ici, moi qui vous parle j'ai vu près de mille esclaves le front
courbé sur ce sol pour le produit du maître..... Ces quatre pans
de mur que vous regardez là, c'est ou plutôt ce fut la Rose! —
La Rose as-tu dit? mais en es-tu bien sûr?..... je n'aperçois là
que des décombres!.....

Et malgré lui sans doute le général noir se prit à rêver.....
Un soupir mal étouffé s'échappa de sa poitrine. On eût dit qu'il
connaissait ces lieux aussi bien que l'homme; il prononçait des
noms qui leur avaient appartenu.

Tout d'un coup la rage eut l'air de reprendre le dessus sur
cette émotion de quelques minutes; il montra le poing à ces
ruines inoffensives, et tirant son grand sabre hors du fourreau,
il en frappa le sol en prononçant ce seul mot:

— Vengeance!

En même temps il venait de remonter à cheval, et il échangeait avec l'homme quelques paroles rapides.....

La prédiction du vandou se trouvait accomplie à l'égard de Zaö, car ce général noir, ce *comte de la Marmelade*, c'était lui! Il portait une magnifique brochette de décorations, et commandait à près de quatre cents hommes.

— Parlez-leur, *senor*, dit Zaö à son nouvel acolyte. — Compagnons! cria l'homme, c'est moi qui cette nuit ai reçu l'ordre du comte de Marmelade de vous diriger..... Vous devez tirer vengeance des habitants de Saint-Marc, qui osent vous refuser du pain et des vivres. Vous connaissez l'ancienne prison de cette ville, c'est un château fort dans lequel plusieurs colons se sont retranchés; mais, pour la plupart, ce sont de pâles vieillards tremblant pour leurs femmes et pour leurs filles; ils ne sauraient lutter contre un plan d'attaque bien établi. Je sais, à n'en pas douter, que plusieurs d'entre eux ont des trésors, des diamants qu'ils veulent aller de là enfouir au Morne-Rouge. C'est à nous, braves noirs, à nous emparer de l'or de ces despotes, qui ont assez longtemps fatigué le pays de leurs vexations et de leurs usures. Ne vous souvenez-vous plus que l'Espagne et la France ont obtenu dans le temps qu'on comblât les mines de l'île, et souffrirez-vous que ces hommes jettent au Morne-Rouge de tels trésors? Non, mille fois non, et pendant que la nuit s'étend sur la ville faisons prisonnier Blanchelande, puisque cette nuit le gouverneur Blanchelande couche à Saint-Marc!

A ce discours auquel la pantomime emphatique de l'orateur donnait un irrésistible ascendant, tous les noirs levèrent leurs sabres, et jaloux de conquérir quelques-unes de ces vaines décorations dont les affublaient les Espagnols, ils ne tardèrent pas à prendre le chemin de la ville.

Quand ils arrivèrent, ils avaient éteint leurs torches; mais la vedette du fort les aperçut, et elle tira un coup de fusil.

Ce fut le signal de la lutte: les dragons et les noirs en vinrent aux mains. La prison de Saint-Marc se vit en un instant cernée et incendiée; les malheureux qui en sortaient, échappés aux flammes, qui noircissaient tout autour d'elles, étaient sur-le-champ égorgés. L'homme courait partout, comme s'il eût déjà connu la prison; il bravait les tourbillons de fumée qui le suffoquaient. Après avoir escaladé la muraille du château avec sa ceinture, et le poignard à la main, il entra dans la chambre de ces hommes réveillés tous en sursaut. Escorté de sa troupe, il ne trouva guère qu'une faible résistance. Arrivé à la porte d'une

petite chambre, le pied lui manqua, et il tomba tout d'un coup
dans un puits construit en forme d'*oubliette* dont le plancher
fléchit sous son poids.

— *Ajuto! ajuto!* cria-t-il d'une voix lamentable en se voyant
accroché miraculeusement par son habit à un. large crampon
de fer qui le retint suspendu......

Une main inconnue lui jeta une ceinture, et le malheureux
remonta à la margelle avec l'adresse d'un chacal.

— *Muerte!* cria-t-il en reconnaissant un uniforme d'officier
français; je suis perdu! Mes armes ont roulé au fond de ce
gouffre de pierre......

Et présageant sans doute que son ennemi allait le tuer dès
qu'il reconnaîtrait son erreur, il l'étreignit lui-même dans ses
bras robustes avec une force surhumaine. Mais celui qu'il attaquait eut le bonheur de se dégager, et tirant son épée, il lui en
perça le cœur......

L'homme roula à terre avec le bruit d'un taureau. Il allait
murmurer une imprécation contre l'officier, quand il vit arriver
un valet, une lanterne à la main et les cheveux en désordre,
courir au prisonnier pâle d'inquiétude en s'écriant :

— M. de Langey!

Les yeux de l'homme s'enflammèrent une dernière fois d'un
feu sombre......

— Langey! murmura-t-il, vous avez dit M. de Langey?

Joseph Platon approcha sa lanterne du front du mourant, il
était livide, et Maurice lui-même ne l'envisageait qu'avec
frayeur.

— Le ciel est juste, Maurice..... fio-Blas ne devait mourir
que de votre main..... à deux pas du lieu où repose encore
celui qu'il a tué..... le fils a vengé le père! — Que veut dire cet
homme? demanda le marquis à Platon. Mon père n'est-il pas
mort victime d'un duel, et non d'un assassinat?..... — Un
seul homme au monde, reprit l'Espagnol en tirant de sa veste
avec d'incroyables efforts une lettre scellée de noir..... — un
seul homme pouvait vous dire ce secret de sang. Maurice, il ne
l'a point fait..... il ne le fera point..... il est mort..... — Mort!
et de qui voulez-vous parler? dit Maurice avec angoisse. — Du
chevalier de Saint-Georges! lisez.

FIN.

TABLE

—

FIN DE LA TABLE.

CLICHY. — Imp. MAURICE LOIGNON et Cie, rue du Bac-d'Asnières, 12.